KB112530

도복 하나 둘러메고

도복 하나 둘러메고

초판 1쇄 인쇄 2014년 09월 01일
초판 1쇄 발행 2014년 09월 05일

지은이 이 재 영
펴낸이 손 형 국
펴낸곳 (주)북랩
편집인 선일영 편집 이소현, 이윤채, 김아름, 이탄석
디자인 이현수, 신혜림, 김루리 제작 박기성, 황동현, 구성우
마케팅 김회란, 이희정
출판등록 2004. 12. 1(제2012-000051호)
주소 서울시 금천구 가산디지털 1로 168, 우림라이온스밸리 B동 B113, 114호
홈페이지 www.book.co.kr
전화번호 (02)2026-5777 팩스 (02)2026-5747

ISBN 979-11-5585-335-1 03810(종이책) 979-11-5585-336-8 05810(전자책)

이 책의 판권은 지은이와 (주)북랩에 있습니다.
내용의 일부와 전부를 무단 전재하거나 복제를 금합니다.

이 도서의 국립중앙도서관 출판예정도서목록(CIP)은 서지정보유통지원시스템 홈페이지(http://seoji.nl.go.kr)와 국가자료공동목록시스템(http://www.nl.go.kr/kolisnet)에서 이용하실 수 있습니다.
(CIP제어번호 : CIP2014025815)

'길이 있어 가는 것이 아니라, 내가 감으로써 길이 생긴다'

도복 하나 둘러메고

이재영 지음

북랩 book Lab

프롤로그

책을 내면서

경호무술을 창시하여 보급한 지 10년이 되었을 때 나의 첫 번째 책인 『보디가드의 세계』(신아출판사)를 내고, 다시 10년이 지나 경호무술 창시 20년째 될 때 나는 『도복 하나 달랑 메고, 경호원들의 영원한 사부(師父)』라는 책을 집필했다.

"무슨 일이든 10년을 하면 그저 조금 알 것 같고, 20년을 하면 전체적으로 파악이 되고, 30년을 하면 비로소 그 일에 대해 자신할 수 있다."라는 말이 있다. 무술을 수련한 지 30년이 훨씬 지나고 경호무술을 창시하여 보급한 지 20년이 지나자, 나는 비로소 내 얘기를 나른 사람에게 할 수 있다는 자신감을 갖게 되었다.

30대 때 책을 집필하던 마음과 40대 때 책을 집필하던 마음은 전혀 색다른 경험이었다. 나에게 책을 쓰는 과정은 기쁨 그 자체였다. 누군가에게 꼭 들려주고 싶은 이야기가 있다는 사실이 큰 즐거움이 될 수 있음을 깨닫는 작업이었다. 누구든지 처음 책을 낼 때는 설레고 자신감에 차 있다. 그래서 자신이 아는 모든 지식과 경험을 책에 담으려 하고, 많은 책을 참고하고 공부하면서 집필하게 된다. 자신을 뽐내고 싶은 욕심에 자기가 아는 모든 것을 한 권의 책에 담으려 하며, 그런 과정을 겪으면서 한 단계 더 성장하게 된다. 그래서 다른 사람의 책을 읽는다는 것은 그 사람이 경험한 인생의 엑기스를 간접 경험을 통해 자신의 것으로 만드는 과정이다.

『보디가드의 세계』를 집필할 때 나의 마음이 그랬다. 나의 모든 지식과 경험을 책에 담으려 노력했고 나를 알리고 싶었다. 하지만 나는 나의 두 번째 책인 『경호원들의 영원한 사부(師父)』를 집필할 때는 한 단계 더 성장하여, 경호무술의 역사를 써간다는 사명감으로 썼고 독자들을 배려하는 마음까지도 지니게 되었다. "빨리 가려면 혼자 가고, 멀리 가려면 함께 가라"는 말처럼, 『보디가드의 세계』가 나 혼자 숨 가쁘게 달려온 경험담 위주로 집필했다면, 『경호원들의 영원한 사부(師父)』는 우리 연맹이 어떻게 세계적인 단체로 성장했는지, 그리고 함께했던 사람들과의 소중한 만남과 소중한 추억이 소중하게 담겨 있다.

현재 우리 사단법인 국제경호무술연맹 산하 1000개 지부에서는 30만 명(배출된 경호원 및 유단자 포함)의 수련회원이 땀 흘려 경호무술을 수련하고 있으며, 50개 대학의 경호 관련 학과에서 경호무술을 채택, 수련하고 있다. 또한 해외로는 20개국에 지부를 설립하여 '경호무술의 세계화'를 이루어가고 있다. 이 책에는 이런 모든 과정들이 자세하게 기록되어 있다.

자서전이나 자기계발서가 가장 범하기 쉬운 과오는 자신의 경험을 미화하거나 실패보다는 성공적인 삶에 초점을 맞추어 집필하는 것이다. 나는 이 책에서 성공보다는 실패를, 그리고 자랑스러웠던 일보다는 수치스러웠던 경험들을 가감 없이 얘기하고자 한다. 한 사람이 수많은 성공을 이루었다면, 그만큼의 실패 또한 겪었기 때문이다. 그런 실패와 수치스러웠던 일들을 딛고 어떻게 극복했는지, 읽는 분들이 그것을 반면교사로 삼는 데 도움이 되었으면 한다. 내가 이 책에서 너무 내 말을 많이 한다고 세상 사람들이 불평한다면, 나는 그들이 자신의 생각조차도 하고 있지 않다고 불평할 것이다. 세상에서는 모양과 기교를 부릴 때 권위와 신용을 얻는 듯한데, 나는 이 책을 통해서 비천하고 광채 없는 내 인생을 드러내고 싶다.

단언컨대 자신만의 길을 걷고 있는 CEO나 지도자들은 반드시 이 책을 읽어야 한다. 왜냐하면 이 책을 통하여 파란만장했던 한 사람의 삶의 엑기스를 경험할 수 있고, 읽고 난 후에는 이 책을 읽기 전의 자신이 아닌, 변화된 자신을 발견할 수 있을 것이기 때문이다. 나는 이 책의 내용을 이미 오래 전부터 많은 곳에서 강의를 해왔다. UN평화봉사단, 경찰청, 군부대를 비롯한 국가 기관들, 그리고 코마 그룹을 비롯한 수많은 대기업들, 경기대학교를 비롯한 수많은 대학교들, 보건복지가족부 한국청소년문제연구소 등을 비롯한 수많은 지방자치단체들, 국내뿐만 아니라 베트남 공안부, 캘리포니아, LA, 북경, 카자흐스탄 등 여러 나라의 주요 도시에서도 강의를 진행하고 있다.

사람은 누구나 죽음 앞에서 두려움을 느낀다. 하지만 그런 본능조차도 고객을 위해 희생하도록 훈련하는 것이 경호무술이다. 또한 경호무술은 겨루지 않고, 맞서지 않고, 상대가 비록 적일지라도 상대를 끝까지 배려하는 '윤리적인 제압'과 '희생정신'을 가장 큰 가치로 추구한다. 경호무술은 싸움의 기술을 가르치는 게 아니라 서로에 대한 존중을 알려주는 무술이다.

태권도가 우리 문화와 대한민국을 세계에 알리는 데 얼마나 많은 공헌을 해왔는지 우리 모두는 잘 알고 있다. 이제 '윤리적인 제압'과 '희생정신'을 가장 큰 가치로 추구하는 경호무술이 우리 문화와 함께 세계 곳곳으로 어떻게 보급되고 있는지 이 책을 통해 알게 될 것이다.

『내셔널지오그래픽』의 조사에 따르면, 우리는 매일 150가지의 선택을 해야 할 상황에 놓이고, 그 중 30번 정도 신중한 선택을 위해 고민하며, 고작 5번 정도 올바른 선택을 한 것에 미소 짓는다고 한다. 우리 삶의 매순간이 선택의 연속이며, 그만큼 올바른 선택을 한다는 것이 어렵다는 반증이다. 20세기의 저명한 사진작가 앙리카르티에 브레송은 이런 말을 했다. "우리에게 두 가지 선택이 주어진다면, 후회가 남을 가능성 또한 두 가지다." 독자 여러분의 인생에서 여러 선택의 기로에 놓일 때 "사람은 책을 만들고 책은 사람을 만든다."는 말처럼, 이 책이 조금이나마 보탬이 될 수 있다면 하는 바람이다. 여러 가지 사정으로 자주 보지는 못하지만, 나의 사랑스러운 쌍둥이 아들 이산, 이솔에게 해주고 싶은 말을 마지막으로, 무광택한 그러나 파란만장했던 나의 이야기를 시작하려 한다.

"네가 태어났을 때 너 혼자 울고 모든 사람이 웃었다.
네가 죽을 때 너 혼자 웃고 모든 사람이 울게 하여라."

경호무술 창시자 이 재 영

(사)국제경호무술연맹 총재

차례

제2장
도복 하나
둘러메고
151

제3장
경호무술과 나,
그리고 삶
327

제4장
멀리 가려면
함께 가라
421

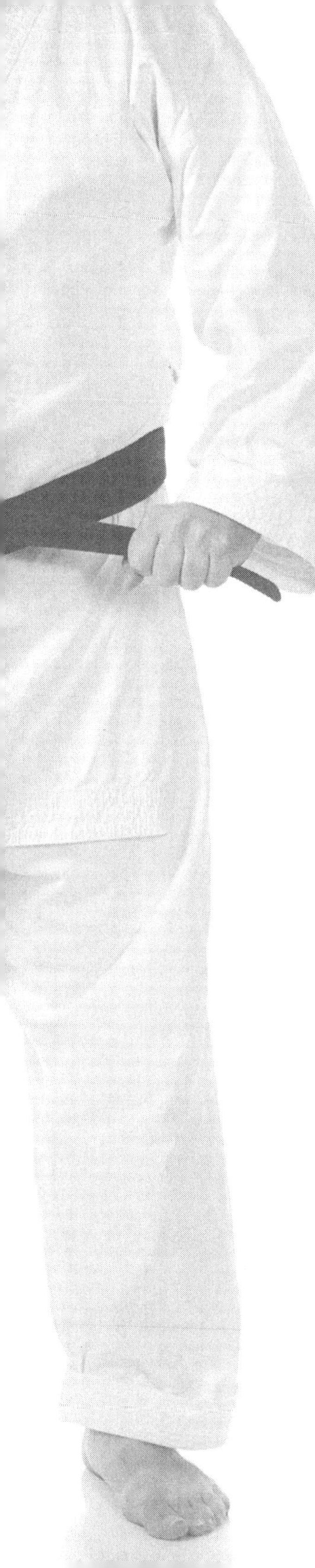

제1장

보디가드의 세계

경호원부터 시작하여 경호 회사의 CEO가 되었고, 대통령 후보자를 경호하기까지의 과정을 경호 경험 위주로 집필했으며, '보고, 듣고, 말하지 않는다'는 보디가드의 세계를 경험하게 될 것입니다.

"내가 꿈을 이루면, 나는 다시 누군가의 꿈이 된다."

기사 경호원들의 영원한 사부(師父)

경호무술 창시자 이재영 총재(국제경호무술연맹)

[신문기사] 2010. 7. 30.『무예신문』/ 윤영진 기자

"겨루지 않고, 맞서지 않고, 상대를 끝까지 배려한다. 이러한 3원칙이야말로 여타 무술과 차별화되는 경호무술만의 특징이다. 그런데 꼭 어떤 무술과 닮았다고들 하더라. 이건 사담이지만 오히려 기분이 좋다. 이제 17년 된 경호무술이 합기도나 아이키도와 비교된다는 것 자체가 영광스러운 일 아닌가."

국제경호무술연맹 사무실에서 만난 이재영 총재(41). 예상대로였다. 차를 대접한다면서 700ml 페트병 이온음료를 통째로 건넬 때부터 알아봤다. 말 한 마디 한 마디, 행동거지 하나하나에서 호탕한 성격이 그대로 묻어났다. 여기에 솔직함까지 더하니 영락없이 진국 그 자체였다. 덩치 값 못 하는 여느 사람들과 다르다고나 할까. 키 186cm, 몸무게 100kg, 발 치수 300mm. 딱 봐도 건장함 이상이었다. 인터뷰 내내 떡 벌어진 어깨에서 운동으로 다져진 몸매가 윤곽을 드러냈다. 생각과는 달리 손은 참 고왔다.

《경호무술신문》 발행인, 전국경호무술단체협의회 공동대표, 전국경호법인대표자회 의장, 경호학과 교수 등 이재영 총재를 가리키는 지시어는 숱하게 많다. 하지만 그를 가리키는 대명사는 단 하나면 족하다. '대한민국 경호무술 대통령' . 단순히 경호무술을 창시했기 때문이 아니다. 오히려 혼탁했던 경호 계를 천하통일하고 여타 무술과의 공조 체계를 구축한 공이 크다.

실제로 국제경호무술연맹에 등록된 지부 도장만 무려 820여 곳에 이른다. 이 중 경호무술 단일도장은 단 100여 곳에 불과하다. 어찌된 일일까.

"어떤 사람은 단점이라고도 하더라. 하지만 특정 무술에 국한되지 않는 경호무술의 특성상 합기도나 검도, 태권도 등 다양한 무술 도장들이 지부에 포함돼 있다. 이것이 경호무술을 통한 무예계의 통합을 꿈꾸게 된 배경이다."

단순히 수치화된 지부 수가 아니다. 함께 연무대회를 개최하고, 총회도 연다. 태권도를 접목시킨 경호무술, 합기도와 융화를 이룬 경호무술, 검도와 조화된 경호무술. 타 무술과의 연계는 경호무술 발전의 초석이 되고 있다. 바로 여기에 단 17년 만에 하나의 무술로 굳건히 자리 잡을 수 있었던 이유가 있지 않을까.

"경호는 의전과 비서 등 보다 폭넓은 형태로 자리를 잡아가고 있다. 정규 대학 과정에 경호학과가 있는 곳은 전 세계에서 우리나라뿐이다. 경호무술의 발전 폭도 더욱 가속화되고 있다. 해외에서도 대한민국의 경호 수준을 세계 최고의 수준이라 인정하더라."

이미 사우디 등 해외에 경호 사범들을 지속적으로 파견하고 있는 이유도, 미국 아메리칸 스포츠 유니버시티에 계절 학기를 개설하고 강의를 시작하게 된 것도 대한민국 경호무술의 2막 1장을 열기 위한 이재영 총재의 발 빠른 움직임이다. 이뿐이 아니다. 스케일부터가 다른 그답게 오는 2013년 경호무술 창시 20주년을 맞아 인천시 남동구의 1,500평 부지에 사옥을 완공할 계획이다. 이때를 기해 세계대회를 개최하고, 인천의 대표적인 문화 콘텐츠로 자리매김시키겠다는 이 총재. 처음에는 그저 호기인 줄 알았다. 하지만 그와 함께라면 경호무술을 통한 무예계의 통합도, 세계를 향한 경호무술의 가시화도, 인천의 아이콘으로 거듭날 문화 콘텐츠로의 가능성도 결코 허황된 꿈만은 아닐 듯싶다는 생각이 들었다. 그의 어깨에 대한민국 경호의 미래가 달려 있다고 한다면 너무 큰 비약일까. 이재영 총재의 힘찬 행보에 귀추가 주목된다.

기사 경호업계의 '대부' '전설' '대통령'

국제경호무술연맹 중앙본부에서 이재영 총재(인터뷰 중)

[특집기사] 2010. 7. 24. 대한방송 KBN / 전명균 기자

경호업계에서 '이재영 총재'를 말하면 '경호업계의 대부', '경호무술의 전설', 그리고 '경호산업의 대통령'으로 통한다. 아마도 업계에서 가장 영향력 있는 인물을 선정한다면 누구나 서슴없이 이재영 총재를 말할 것이다. 그만큼 이재영 총재는 업계에서 가장 성공한 인물로 손꼽히고 있다. 경호원부터 시작하여 경호 회사의 CEO를 넘어 전국에 경호 법인회사와 대표들이 회원사로 있는 전국경호법인대표자회(NSCA) 의장으로서 대한민국 경호산업을 주도해 나가고 있다. 또한 이 총재는 현재까지 20여 명 이상의 경호법인 대표들을 키워낸 경호아카데미의 대표이기도 하다.

이 총재는 인터뷰에서 "제가 지금까지 배출한 경호원이 5000여 명이 넘습니다. 그들이 사회 곳곳에서 사회의 안전지킴이로 자신이 담당한 고객들의

생명과 재산을 지키는 모습을 바라보면서 제가 그동안 살아온 삶에 대한 보람을 느끼기도 합니다."

경기대학교 경호비서학 전공과정 교수를 역임하고 현재는 원광보건대학 경호스포츠과와 전남과학대학 무도경호과 교수로 후진 양성에 주력하고 있는 이재영 총재는 지난 15일에는 미국체육대학교(ASU) 초빙교수로 임용되어 자신의 영향력을 미국에까지 확대해 나가고 있다. 또한 이재영 총재는 자신이 그동안 경호원들을 교육해오던 노하우와 경험을 바탕으로 경호무술을 창시하여, 현재 국내 820개 지부, 해외 20여 개 지부, 40여 개의 대학 인증 교육기관을 두고 있는 사단법인 국제경호무술연맹을 창립, 세계적인 단체로 성장시킨 장본인이기도 하다.

그는 또한 자신이 경호원으로 살아온 인생을 정리한 『보디가드의 세계』(신아출판사)를 집필, 출간하여 업계 최고의 베스트셀러를 자랑하고 있다. '경호산업의 대통령' 이라는 호칭에 대해 어떻게 생각하느냐는 기자의 질문에 "전 이제야 제 인생의 전환점에 왔습니다. 이제부터가 시작이라고 생각합니다. 지금까지 해온 일보다 해야 될 일들이 더 많이 기다리고 있습니다. 이제는 저의 모든 능력과 열정을 오로지 경호무술을 지도하고, 보급하고, 발전시키는 데 투자하고 싶습니다. 경호무술의 세계화가 앞으로 저의 목표입니다."

"사람은 누구나 죽음 앞에서 두려움을 느끼지만, 그런 본능조차도 고객을 위해 희생하도록 훈련을 받는 사람들이 경호원이다. 그것은 오로지 끊임없는 반복 훈련과 투철한 직업정신에 의한 희생에서 나온다. 하지만 아무리 반복적인 훈련과 투철한 직업정신으로 무장되었다 하더라도, 실제로 그런 상황이 닥쳤을 때 자신의 몸을 던져 고객을 보호한다는 것은 아무나 할 수 있는 것이 아니다."

이재영 총재가 집필한 『보디가드의 세계』 위 표지 글처럼, 자신의 몸을 던져 고객을 보호한다는 것은 아무나 할 수 있는 것이 아닌 듯싶다. 그것이 '경호무술의 정신' 이라는 그의 말을 마지막으로 안전한 사회를 추구한다는 이 총재와의 인터뷰를 마쳤다.

일본 야쿠자 보스의 사부(師父)가 되다

내가 해외에 경호무술을 보급하면서 가장 큰 가르침과 보람을 느꼈을 때는 바로 일본 야쿠자들 앞에서 경호무술 시범을 보였을 때다. 나의 주관적인 생각이지만, 나는 한국은 '문(文)'의 나라이고 일본은 '무(武)'의 나라라고 생각한다. 한국은 '선비' 계급이 시대를 이끌어갔다면, 일본은 '무사 계급', 즉 사무라이들이 시대를 이끌어갔다.

우리는 문과시험인 과거를 통해 선비를 등용했고(물론 무과시험도 있었지만 하급관리를 선발했음), 일본은 검술과 병법에 능통한 사무라이를 성주가 등용했다. 지역에서는 성주의 검술 사범이, 전국시대 때는 '쇼군'의 검술 사범이 최고의 명예였다. 우리의 선비들이 '문방사우'라고 하여 항상 붓과 종이 등을 지니고 다녔다면, 일본의 사무라이와 성주들은 지위 고하를 불문하고 항상 두 자루의 검을 몸에 지니고 다녔다. 천 년 동안 내란을 겪은 일본이기에 그것은 너무나 당연했다.

그런 만큼 일본 무도는 역사와 전통 면에서 우리보다 앞서 있었고, 일본 야쿠자들조차 무도인들을 가장 두려워하며 존경한다고 한다. 그것은 일본 에도시대(전국시대)를 거쳐 폐도령(칼을 차고 다니는 것을 금지한 법)이 시행되면서 몰락한 사무라이 계급 중 성공한 이들은 검술이나 무도 사범으로, 실패한 이들은 야쿠자로 이어져 내려온 일본의 역사와 무관하지 않다. 그런 일본에 경호무술을 보급하러 가는 나는 일제 강점기 때 일본 야쿠자에 맞선 조선 협객의 마음이었다. 장군의 아들 김두한의 마지막 후계자로 알려진 조일환 회장님과 함께 가는 길이었기에 그 마음은 더했다.

그때 일본에 가게 된 동기는 4박 5일의 일정으로 세계평화무도 세미나에 참석하기 위해서였다. 한국 무술인 400여 명이 함께 가게 되었는데, 그 중 100여 명이 우리 연맹 임원과 경호 사범들이었다. 이번이 두 번째로 참가한 것인데, 왕복 항공료와 숙식비용 등 행사에 드는 일체의 경비는 세계평화무도연합(통일교 산하 재단)에서 후원했다. 행사장은 1차 때와 같이 도쿄 베이호텔이었다. 행사의 모든 준비와 일정 관리는 조일환 회장님과 세계평화무도연합 사무총장 그리고 내가 했으며, 그런 만큼 일본에 경호무술을 알릴 좋은 기회였다. 또한 이번이 두 번째 세미나로서, 나는 이미 첫 번째 세미나에서 경호무술 기술 강의와 연무 시범을 통해 큰 호응을 얻었기에 자신감이 있었다. 하지만 나리타 공하에 도착하자 조일환 회장님은 나에게 너무 뜻밖의 말씀을 하셨다.

"이 총재, 이번에 경호무술 연무 시범을 보여줄 상대들은 야쿠자들이니, 멋진 모습으로 한국 무도인의 기상을 보여줘야 돼."

나는 순간 당황했다. 하지만 회장님은 계속 말씀을 이어가셨다.

"먼저 평화무도 세미나 때처럼 이 총재가 직접 시범을 보여주게. 그때만큼만 보여주면 돼. 그래서 그들의 기를 꺾어버렸으면 좋겠어. 먼저 내가 왔을 때 그들이 몇 명 치마바지(하카마) 입고 나와서 다다미 베는 시범을 보이는데, 영 볼 게 없더구먼…. 이 총재만 믿어!"

나는 회장님의 말씀을 듣고 당황스럽기도 하고 답답하기도 했다. 나는 먼저 1차 세미나 때 경호무술 창시자로서 직접 시범을 보였기 때문에, 이번에도 같은 대상인 줄 알았다. 그래서 프로그램 또한 교육 쪽으로 바꾸어, 연맹 경호사범들이 시범을 보이면 나는 한 동작 한 동작 마이크를 들고 설명하면서 교육할 준비를 하느라 내가 시범을 보일 준비는 전혀 하지 않았다. 그렇기 때문에 나는 도복조차 챙기지 않았었다. 또한 아무리 실력이 있다고 해도 전혀 준비가 되어 있지 않은 상태에서 즉흥적으로 시범을 보이다가는 받아주는 상대가 부상을 당할 수도 있었다. 그런 시범을 야쿠자들 앞에서

할 생각을 하니 여러 복잡한 생각들이 나를 고민스럽게 했다.

그렇게 여러 가지 생각을 하며 차 안에서 일본의 경치를 감상하고 있는데, 다른 차의 사람들이 자꾸 우리가 탑승한 차를 쳐다보았다. 그도 그럴 것이, 차는 야쿠자들이 공항으로 보내줬는데, 회장님과 나는 벤츠를 탔고, 무술인들과 연맹 임원들은 버스 10대에 나누어 타고 이동하고 있었다. 벤츠는 창문마다 커튼이 쳐져 있는 것이 특이했다. 3대의 벤츠가 우리를 에스코트했는데, 웬만한 신호등은 무시하면서 갔다. 나는 그런 모습을 보면서 '야쿠자라고 하더니, 정말 야쿠자는 야쿠자인가 보다.' 하고 속으로 생각했다.

우리가 타고 간 차가 도쿄 베이호텔에 도착하자, 호텔 밖에는 10대가 넘는 검정색 벤츠 차량이 일렬로 서 있었고, 그 차들 주위에는 검정색 정장을 한 건장한 청년들이 2열로 도열해 서 있었다. 우리 차가 멈추고 조일환 회장님과 내가 내리자 모든 벤츠 차량 문이 일사불란하게 열리더니, 뒷좌석에서 중절모를 쓴 중년 신사들이 내렸다. 그리고 조일환 회장님과 한 분씩 인사를 나누었다. 조일환 회장님은 그들에게 나를 일일이 소개시켜주었는데, 그들 옆에는 재일교포로 보이는 통역이 있었다. 나는 그때 '이럴 줄 알았으면 우리 경호사범들에게 정장을 입혀 경호를 시키는 것인데.' 하고 후회했다. 하지만 이미 우리는 짐이 많아서, 호텔에 짐을 풀 생각으로 편한 복장의 옷을 입고 있었다. 다행히 나는 인천 국제공항에서부터 조일환 회장님과 함께 해야 했기에 정장을 하고 있었다.

회장님은 대한민국 밤의 황태자로 불리며 그들과 여러 번 교류가 있었기 때문에 간단한 일본어로 그들과 인사를 나누셨다. 몰론 통역이 옆에 있어 내 소개를 함께 했지만, 분위기상 '나는 어쩐지 그들이 우리의 기선을 제압하려고 무척 애쓴다.'는 생각이 들었다. 호텔 숙소에 여장을 풀고 저녁을 먹는 자리에서도 중년 보스 급의 사람들은 편하게 앉아 있었다. 하지만 20여 명의 건장한 청년들은 무릎을 꿇고 2열로 앉아서 식사를 했고, 문 밖 보이는 곳에도 10여 명의 검은 정장이 도열해 서 있었다.

나는 젓가락질을 잘 못 하기 때문에 그들에게 얕잡아 보이지 않으려고 미끄러운 면이나 회 종류는 젓가락을 대지 않고 초밥만 30여 개쯤 먹었다. 원래 초밥을 좋아하지 않는 데다 분위기 또한 그래서 나는 속이 거북스러웠다. 그래서 그들이 말을 걸어와도 나는 그냥 고개만 끄덕이고 과묵하게 눈에 힘을 주고 있었다(사실 일본말이라 알아듣지도 못했다).

저녁 자리가 끝나고 나는 경호사범들과 함께 내일 연무 시범을 보일 호텔 행사장인 세미나실에서 연습을 하고 있었다. 그런데 검은 정장을 한 30대의 남자가 아랫사람으로 보이는 다부진 체격의 두 명의 덩치들과 함께 나에게 다가왔다. 배지를 보니 야쿠자들이었다. 그들은 모두 마름모꼴 두 개가 겹쳐져 있는 금장 배지를 착용하고 있어서 쉽게 알아볼 수 있었다. 그런데 그는 뜻밖에도 한국말로 나에게 인사를 했다.

"이재영 총재님이시죠. 저는 '가네사키 준베이'라고 합니다. 재일교포입니다."

나는 한국말이 반가워서 그와 악수를 했고, 그는 말을 이었다.

"기억 안 나시겠지만, 먼젓번 세미나는 제가 총 관리를 맡았었습니다. 총재님의 강연과 시범을 보고 같은 한국인으로서 가슴이 뛰었습니다. 시간 괜찮으시면 제가 모시고 싶은데, 괜찮으시겠습니까?"

나는 가뜩이나 초밥 때문에 속이 메스꺼웠던 터라 흔쾌히 승낙하면서 그에게 말했다.

"어디, 한국 소주 마실 만한 곳이 있습니까? 이왕이면 돼지고기 듬성듬성 썰어 넣은 얼큰한 김치찌개도 있으면 더 좋고요."

그는 그렇지 않아도 차로 30~40분쯤 가면 한국 음식을 하는 곳이 있다고 했고, 나는 그렇게 해서 그와 소주 한 잔을 하게 되었다.

그는 술을 마시면서 자신이 일본 최대의 야쿠자 조직인 야마구치구미의 중간 보스이며, 세계평화무도연합(일본 통일그룹 산하 재단) 재무 담당국장을 맡고 있다고 했다. 또 가라테는 4단이며, 나보다 2살이 어렸다. 내가 1차 세미나 때 보인 시범에 감동을 받아 인터넷을 통해 나에 대해 많이 알게 되었으며 경호무술에 큰 호감을 갖고 있다고 했다(현재 그는 우리 연맹 일본 지부인 일본 경호무술협회 설립 준비위원장을 맡고 있다). 또한 그는 자신이 모시는 보스는 일본에서 조일환 회장님 같은 존재로서, 검도 6단으로 일본에서는 야쿠자 보스이자 꽤 알려진 유명한 검도인이기도 한데, 내일 그의 보스도 검도 시범을 보인다고 했다. 나는 일본이라는 먼 이국땅에서 같은 한국인, 그것도 무술인을 만나게 되어 놀랍고 반가웠다. 때문에 우리는 늦게까지 소주를 마셨다.

다음날 행사장에서 그를 만났다. 그는 나에게 다가와 가라테에서 스승이나 윗사람에게 취하는 동작인 양팔을 벌려서 하는 인사를 하며 "오쓰!" 하고 인사를 했다. 나는 고개를 반쯤 숙여 "'경무!" 하고 인사를 했고, 그는 그가 어제 말한 자신의 보스에게 나를 소개했다. 그 보스와 서로 짧은 인사말을 주고받고 있는데, 어느새 조일환 회장님이 다가와 한 마디 덧붙이셨다.

"한국 무도와 일본 무도의 멋진 대결을 부탁합니다. 이 총재! 하네다 회장님도 오늘 시범을 보이실 거야."

그렇게 연무 시범 행사는 시작되었고 볼거리들이 참 많았다. 일본 중고등학교 학생들이 북을 치며 북춤으로 행사의 분위기를 고조시켰고, 일본 및 재일교포 여성들이 한복을 입고 '아리랑'을 불렀다. 비록 통일교에서 주최한 행사였지만, 나는 이때 종교를 떠나 큰 감동을 느꼈다. 일본 도쿄의 한 호텔에서, 그것도 일본 여성들이 한복을 입고 '아리랑'을 부르는 모습을 많은 사람들에게 보여주고 싶었다.

드디어 그 보스, 하네다 회장의 시범 순서가 되었다. 모든 조명이 꺼지고 하네다 회장이 하카마(일본 전통 치마바지)에 검을 두 자루 착용하고 나와 인사를 했다. 무대 위에는 좌대 위에 베기용 다다미가 말아 세워져 있었고, 조명은 하네다 회장과 다다미만 비추고 있었다. 그는 한참 동안 숨을 고르며 다다미를 응시했다. 순간, 정적을 깨고 빠른 속도로 '찰나의 순간'에 검광이 번뜩이며 발검이 되나 싶더니, 짧은 기압과 함께 그의 검이 허공을 갈랐다. 이어 그는 혈진(검에 묻은 피를 터는 동작), 착검의 동작을 취했다. 착검을 한 후 한참의 시간이 흐르고 나서 다다미가 미끄러지듯 베어지더니, 포개지듯이 바닥으로 떨어졌다. 그러고 나서도 한참의 정적이 흐른 후 그가 인사를 했고 모든 사람들이 박수를 쳤다. 나는 순간 온몸에 전율을 느꼈다. 박수를 칠 수도 없었고, 그냥 그 자리에 얼어붙어 있었다는 표현이 맞을 것이다. 그동안 수많은 검도 시범을 봐왔지만, 이처럼 단 한 번의 베기 동작만 시범을 보이는 것은 처음 보았다. 또한 그 간단하고 단순한 동작이 이렇게 길게 느껴지고 전율로 다가올 줄은 더더욱 몰랐다. (나는 이때의 경험 때문에 이후 검도 마니아가 됐고, 현재도 사단법인 세계검도협회 고문으로 활동하고 있다.)

드디어 나와 우리 경호 사범들의 시범이 이어졌다. 나는 도복을 준비해 오지 않았기 때문에 정장을 한 상태로 시범을 보였다. 원래 나의 시범은 계획에 없었다는 사회자의 멘트가 있었다. 나는 그동안 수련해온 나의 모든 것을 보여준다는 생각으로, 오카모토 타로의 "예술은 폭발이다."라는 말처럼, 가슴을 타고 흐르는 거침없는 에너지를 분출시키며 시범을 보였다. 그런데 모든 시범을 성공리에 펼치고 있는데 갑자기 "찌지직!" 하며 내 양복바지가 찢어졌다. 경호무술의 던지기는 온몸을 이용해 던지는 동작이 많다 보니, 동작이 커서 바짓가랑이가 찢어진 것이었다. 하지만 나는 멈추지 않고 계속해 시범을 보였고, 바지는 계속 찢어져 팬티까지 보일 정도였다. 그렇게 모든 시범이 끝났을 때, 나의 바지는 엉덩이부터 무릎 뒤쪽까지 길게 찢어졌고, 나는 그런 양복으로 인한 부자연스러운 움직임 때문에 땀이 비 오듯 했다.

모든 시범을 끝내고 인사를 마치자 갑자기 검도 시범을 보였던 하네다 회장이 일어나 기립박수를 쳤다. 이어 한두 사람씩 일어나더니 모든 사람들이 일어서서 기립박수를 쳤다. 나는 팬티가 보일 정도로 바짓가랑이가 찢어졌지만 당당한 자세로 무대에서 걸어 내려갔고, 그들은 그때까지도 기립박수를 치고 있었다. 나는 지금도 그때의 감동을 생각하면 심장이 두근거린다. 또한 나는 그때 시범을 보고 반했다는 일본의 국민가수 사쿠라다 준코와 인사를 하고 인연을 맺었다.

다음날 가네사키 준베이로부터 연락이 왔다. 자신의 보스가 3박 4일 일정으로 일본 관광을 시켜줄 테니 함께하자는 전화였다. 그래서 조일환 회장님과 나, 그리고 하네다 회장과 준베이는 벤츠에 나누어 타고 일본 관광을 하게 되었다. 나와 하네다 회장이 함께 타고 준베이가 통역을 맡았다. 물론 이때도 3대의 벤츠와 야쿠자 조직원들이 에스코트를 했는데, 총 5대의 벤츠가 움직였다.

우리는 온천으로 유명한 후쿠오카 노천탕에도 가보고, 일본의 전설적인 검성 미야무토 무사시의 고향도 가봤다. 그리고 일본의 전통 연극인 가부키도 구경했다. 나는 이때 하네다 회장의 설명으로 가부키의 '미에'라는 것을 처음 알게 되었다. 가부키에서 감정이 고조되는 순간의 정점에서 취하는 정지 자세를 미에라고 한다. 오히려 그 정지 자세, 즉 미에가 가부키를 더 격정적으로 보이게 한다는 것이다. 그런 얘기를 듣고 보니 어쩌면 하네다 회장이 보였던 베기 시범에서 나는 미에를 느꼈던 것 같다는 생각이 들었다.

나는 3일 동안 일본 여행을 하며 하네다 회장과 정말 많은 얘기를 나누었다. 무도 얘기에 밤이 새는 줄도 몰랐다. 또한 내가 일본 무도인 아이기도(일본 합기도), 이아이도(거합도), 가라테(공수도), 찬바라 등 일본 무도에 대해 자세하게 알고 있는 것에 대해 그는 놀라워했다.

마지막 날은 하네다 회장의 집에 가기로 일정이 예약되어 있었다. 그의 집은 긴자에서 가까웠는데, 일본 야쿠자 최대의 조직 보스답게 야외 노천탕과 수영장이 있었다. 정원도 정말 아름다웠고, 집은 일본식 목조 건물이었다. 저녁에 만찬회가 있다면서, 나의 치수를 어떻게 알았는지 내 하카마를 준비해놓았다. 내가 갈아입기를 껄끄러워하자 준베이는 로마에 가면 로마법을 따르라면서, '최고의 손님에 대한 예우'라고 하여 나는 하카마로 갈아입었다.

하카마를 입고 하네다 회장의 저택에 붙어 있는 행사장으로 가니 분위기가 엄숙했다. 야쿠자 조직원들은 검은 정장을 하고 2열로 도열하고 무릎을 꿇고 앉아 있었다. 하네다 회장과 나만 하카마를 입었다. 이어 하네다 회장이 얘기를 했고 준베이가 통역을 했다.

"오늘 나의 형제, 가족과 같은 모든 식구들 앞에서 경호무술 창시자 이재영 센세이(선생님)를 나의 경호무술 사부로 모십니다. 여기 계신 모든 분과 이 검 한 자루가 그 증인과 증거가 될 것입니다."

얘기가 끝나자 나는 그와 절을 하고 술을 반잔씩 마신 후, 다시 술잔을 바꾸어 나머지 술을 다 마시고는 절을 했다. 나는 그렇게 일본 최대 야쿠자 조직 보스의 사부가 되었다. 그리고 그에게서 검 한 자루를 선물 받았다(나중에 이 검을 한국으로 가져오는 과정에서 많은 우여곡절을 겪었는데, 인천 남동경찰서에서 소지 허가증을 받은 후에야 검을 찾을 수 있었다).

일본에서의 모든 일정이 끝나고 한국으로 돌아오는 비행기에 몸을 실었을 때, 나는 그동안 일본에서 겪었던 모든 일들이 필름처럼 눈앞에 스쳐지나가는 것을 느꼈다. 그러면서 나는 하네다 회장을 생각했는데, 그러다 보니 예전에 보았던 일본 영화 '카케 무사'가 떠올랐다. 나는 그 영화에 나오는 다케다 신켄 장군의 용병술을 되새겼다.

風(풍) 바람처럼 빠르게,
林(림) 숲처럼 조용하게,
火(화) 불처럼 용맹하게,
山(산) 산처럼 무겁게,

경호무술 창시자인 나의 연무 시범

바람처럼, 숲처럼, 불처럼, 그리고 산처럼

오래된 영화지만 '카케 무사'라는 일본 영화가 있었다. 영화는 도요토미 히데요시의 주군이었던 오다 노부가나와 함께 일본 전국시대를 주름잡았던 다케다 신겐을 소재로 하고 있다. 카케 무사를 우리말로 번역하면 '그림자 무사'를 뜻한다. 전국시대는 혼란기였기 때문에 권력자나 쇼군은 항상 위험에 노출되어 있었다. 그래서 무사, 즉 사무라이들 중에 권력자와 닮은 사람을 차출해서 권력자와 같은 옷을 입히고 교육을 시켜, 위험한 장소와 행사에는 권력자 대신 그와 닮은 무사를 보냈다고 한다. 그들을 '카케 무사'라고 한다. 우리나라에서 얼마 전에 개봉한 '광해'라는 영화를 떠올리면 이해가 빠를 것이다. 나는 이 영화를 보면서 영화 포스터에 쓰여 있는 '풍림화산(風林火山)'이라는 글귀를 처음 접하고 항상 가슴에 새기면서 경호무술 홍보에 많이 이용해왔다.

風(풍), 바람처럼 빠르게,
林(림), 숲처럼 조용하게,
火(화), 불처럼 용맹하게,
山(산), 산처럼 무겁게,

이 풍림화산은 다케다 신겐 장군의 용병술이기도 했다.
기습하는 부대는 빠르기를 바람처럼,
매복하는 부대는 조용하기를 숲처럼,
공격하는 부대는 용맹하기를 불처럼,
그리고 마지막으로,

본진을 지키는 부대는 무겁기를 산처럼 했다고 한다.

이 영화에는 "산은 움직이지 않는다."라는 명대사가 나오는데, 나는 특히 '산'을 좋아했다. 그래서 나의 쌍둥이 아들들의 이름도 '이산', '이솔'이라고 지었다(이솔은 사시사철 푸르른 소나무를 뜻하며, '산' 속에 우뚝 선 소나무를 뜻한다). 태산은 움직이지 않지만, 그 존재만으로도 보는 사람을 주눅 들게 하는 법이다. 태산 같은 무거움은 적을 질색하게 한다. 산은 움직이지 않기에 더 커 보인다. 현 시대를 살아가는 우리들에게 풍림화산이라는 용병술은 많은 가르침과 교훈, 그리고 삶의 지혜가 될 것이라고 나는 생각한다.

나는 모든 경호 무술인들에게 말하고 싶다.

상대의 기에

눌리지 않고

자신이 누구라는 것을

당당히 보여주는 것,

바로 그것이

경호 무술인의 자세입니다.

눈길을 걸어갈 때 함부로 걷지 마라

그리스 로마 신화에 의하면 인간에게 부여된 최초의 질문은 '너는 무엇이냐?'라고 한다. 그 대답을 못 한 인간들은 스핑크스에게 잡아먹혔다고 한다. 아이러니하게도 인간은 자신의 존재 가치를 묻는 '나는 무엇인가?'라는 명제를 최초로 대답해야만 했다.

'나는 무엇인가?'라는 질문에 대해 답을 얻으려면 '나는 어디로부터 왔는가?'를 생각해야 한다. 우리는 부모님으로부터 왔다. 혈액형, 신체, 유전자 등 과학적인 것을 떠나서, 우리의 모든 것은 부모로부터 이어져 왔다. 어머니로부터 여자를 알게 되고, 아버지로부터 남자를 알게 된다. 자라면서 남자는 어머니 같은 여자를 이상형으로, 여자는 아버지 같은 남자를 이상형으로 생각하게 되며, 성격, 습관, 행동 양식까지 부모님을 답습하면서 물려받게 된다. 나 또한 많은 것을 부모님에게서 배우고 부모님으로부터 이어져 왔다.

나는 3형제, 2남 1녀 중 막내로, 그것도 쌍둥이로 태어났다. 부모님과 형님 말씀에 의하면 한 명은 뽀얗고 통통하고 예뻤고, 다른 한 명은 검고 마르고 손가락이 유난히도 길었다고 한다. 그 중 뽀얗고 통통하고 예쁜 아이는 일주일 만에 죽었고, 검고 마르고 손가락이 긴 아이만 살아났다고 한다. 쌍둥이는 같이 죽는다는 속설이 있어서 나는 호적도 1년 늦게 올리게 되었다. 막내였기 때문에 나는 많은 사랑과 귀여움을 받고 자랐다. 아마도 내가 다른 사람들보다 낙천적이고 다른 사람들에 대한 배려심이 좀 더 많은 것은 부모님으로부터 물려받고 배운 장점인 것 같다. 나는 충남 홍성이 고향이지만, 서울의 성동구 행응동(현재는 행정구역 개편으로 행당동과 응봉동으로 바뀜) 판자촌에서 태어났다. 그 당시 아버님은 청소부를, 어머님은 형님을 업고 서울역 앞에서 껌팔이를 하셨다고 한다.

부유하지 못한 가정이었지만 건강한 신체와 좋은 성격을 물려주시고 다른 사람을 배려할 줄 아는 사람으로 티 없이 맑게 키워주신 부모님께 감사드린다. 자라면서 명절, 어린이날, 성탄절에 내 머리맡에는 항상 선물이 있었고, 운동회나 소풍 때는 어려운 형편인데도 어머님이 항상 새벽에 일어나 김밥을 싸주셨고, 한복을 입고 항상 곁에 계셨다. 어머님 생각만 하면 항상 코끝이 찡해온다.

아버님은 정말 유난히도 심하게 내가 운동하는 것을 반대하셨다. 심지어

술만 드시면 학교 교장 선생님에게 학생을 공부하게 해야지 왜 운동을 하게 하냐고 항의 전화도 하고, 도장 관장님에게 도장 못 나오게 하라고 윽박지르실 정도로 내가 무술 하는 것을 유난히도 반대하셨다. 그래서 한때는 아버님에 대한 반항심도 있었다. 그래서 고등학교 이후부터는 아버님과 대화하는 시간이 거의 없고 함께하는 시간들도 많이 없었다. 군대 제대 후 나는 서울로 상경해 경호원으로 활동하다 캡스 현금호송 팀에서 근무하게 되었다.

어느 날 현금호송 업무 중 회사로부터 삐삐가 왔다. 회사로 전화를 하자 직장 상사의 한 마디가 들려왔다. 아버님이 돌아가셨다는 것이었다. 그때 나는 공중전화 앞에서 한참을 멍하니 서 있었다. 장례를 치르고 아버님 유품을 정리하다 장판 밑에 있는 아버님의 지갑을 발견했다. 그 지갑 안에는 사진 한 장과 그동안 모아놓으신 현금이 있었다. 지갑 속에 있는 그 사진 한 장은 내가 고등학교 때 합기도 전국대회에서 우승한 사진이었다. 나는 그 지갑을 가슴에 품고 한 없이 울었다.

나는 결혼을 늦게 해서 나이 40 무렵에 쌍둥이 아들 둘을 가지게 되었다. 내가 쌍둥이였던 것처럼 아들들도 쌍둥이였다. 쌍둥이를 낳고 나서야 부모님의 사랑을 어느 정도 이해할 수 있었고, 특히 아버님이 많이 보고 싶었다.

나는 여러 가지 사정과 일 때문에 아이들을 자주 보지 못한다. 또한 부모님처럼 훌륭한 아버지가 못 될지도 모른다. 하지만 나는 우리 쌍둥이 '이산', '이솔' 에게 한 가지를 남겨주고 싶다. 그것은 '서산대사'께서 말씀하신 발자국이다.

눈길을 걸어갈 때 함부로 걷지 마라,
지금 네 발자국이 다른 사람에게 이정표가 될 테니.

어머님과 나와 누나와 형. 오른쪽 끝은 동네 누나

사랑스러운 나의 쌍둥이 아들 이산, 이솔

당신의 말 한 마디가 나의 인생을 결정합니다

나는 사실 초등학교 때 공부를 잘하는 편이었다. 산수는 항상 90~100점이었다. 하지만 받아쓰기는 거의 빵점에 가까웠다. 오죽했으면 선생님이 나에게 글을 읽으라고 하고, 그 읽은 글을 다시 칠판에 쓰라고 했을까. 하지만 금방 읽은 글조차도 못 썼다! 그래서 선생님이나 다른 사람들은 내가 산수와 다른 과목은 커닝을 하는 줄 알 정도로 나는 받아쓰기를 못 했다. 받아쓰기 말고 다른 과목은 거의 90점 이상이었다. 하지만 초등학교 저학년 때는 무엇보다도 받아쓰기가 중요했고, 그런 나의 단점은 점점 부각되었다. 나는 받아쓰기를 못 하는 것 때문에 학교에서 항상 열등생이었고, 그런 환경과 상황이 나를 점점 자신감 없는 무능 아로 만들어갔다.

그러다 그 당시 행정구역 개편과 함께 대대적인 주소 이전과 전학이 이루어졌다. 나도 초등학교 3학년 때 다른 초등학교로 전학을 했고, 전학한 첫날 담임선생님이 나를 다른 학생들에게 소개를 했다. 그때 선생님은 그동안의 내 성적을 다른 학생들에게 말하면서, 받아쓰기를 제외하고 내가 잘했던 과목의 성적을 학생들에게 불러주었다. 산수 100점, ** 98점, ** 95점 등…. 그러자 아이들이 탄성을 질렀고, 나는 갑자기 전학 온 첫날 그 학급에서 스타가 되었다.

그 당시 우리 부모님이 장사 일로 바쁘다 보니, 집에 오면 내가 혼자 밥을 챙겨먹어야 하고 여러 가지를 혼자 하다 보니, 학교에서도 청소든 힘든 일이든 웬만한 것들은 내가 혼자 했다. 그런 나의 모습을 지켜본 선생님은 나를 다른 아이들 앞에서 칭찬해주셨고, 나는 그렇게 선생님의 칭찬 한 마디에 그 학교에서 우등생이 되었다. 반장도 했고 1등도 했다. 전 학교에서는 매일 맞고 다니고 공부도 운동도 못 하던 아이가 일명 '산적두목'이라는 별명이 생길 정도로 공부도 싸움도 잘하는 아이로 바뀌어 있었다. 그러다 '전국 과학 글짓기 경시대회'에서 우승을 하여, 충남 홍성의 시골 촌놈이 서울의 세종문화회관에서 국무총리로부터 상을 받았다(이때가 초등학교 5학년 때인데, 이때 서울에서 삼겹살을 처음 먹어봤다). 당연히 학교에서 나는 스타가 되었다.

받아쓰기를 빵점 받던 내가 글짓기 대회, 그것도 전국 과학 글짓기 경시대회에서 우승할 수 있었던 힘은 무엇이었을까? 만약 내가 예전의 초등학교를 계속 다녔다면 나는 열등생으로 무능한 인생을 살아갔을지도 모른다. 하지만 전학 후 선생님, 아니 스승님의 말 한 마디와 칭찬이 나를 새로운 사람으로 만들어주었다. 그런 이유 때문에 지금도 아이의 기를 살려주기 위해 '촌지'와 '치맛바람'이 있는지 모르겠지만, 일선 도장에서만큼은 모든 아이들이 칭찬과 자신감을 얻도록 우리 지도자들은 최선을 다해야 한다고 생각하며, 우리는 그렇게 하고 있다.

전국의 무술 지도자 여러분!
스승님 당신의 말 한 마디가 제자의 인생을 결정합니다.

세종문화회관에서 국무총리로부터 상을 받고

무술은 나의 인생

나는 어려서부터 무술에 남달리 관심을 가지고 있었으며 좋아했다. '무술'이라는 얘기만 들려도 마음이 설레고 뛰었다. 국어사전에 어떻게 설명되어 있는지 궁금해서 '무술', '태권도', '합기도', '검도' 등의 단어를 찾아보기도 하고, 한동안 무협만화와 영화에 빠져들기도 했었다. 물론 무술에 관심 있는 모두가 그렇듯, 무술은 내게 세상의 전부일 때도 있었다. 하지만 그런 나의 바람과는 달리 어려운 집안 형편 때문에 도장을 다닐 수가 없어서, 중학교 1학년이 되어서야 처음 합기도를 배울 수 있었다. 처음 도장에 다닐 때 며칠 밤을 도복을 입거나 껴안고 자던 기억이 지금도 생생하다.

그렇게 시작한 무술 수련은 점차적으로 나의 꿈이 되고 나의 인생이 되어갔다. 집에서 지내는 시간보다 도장에서 지내는 시간이 더 많았고, 관장님 또한 그런 나의 모습을 보면서 귀여워해주시고 더 많은 것을 가르쳐주셨다. 승급을 해서 띠가 바뀔 때마다 나의 실력은 점차적으로 눈에 띄게 좋아졌으며, 처음 승단 심사에 응시하여 합격했을 때는 세상을 다 가진 기분이었다. 유단자가 된 이후로 내 가방에는 항상 도복이 있었다. 학교 책가방을 챙기면서 책을 못 챙긴 적은 있어도 도복을 못 챙긴 적은 없었다. 항상 도복을 먼저 챙겼다. 어려운 집안 형편에 수련비와 심사비 등이 큰 부담이 된 데다 아버님이 무술 수련을 많이 반대했지만, 항상 어머님이 나의 든든한 후원자가 되어 수련비를 몰래 챙겨주시곤 했다.

고등학교는 인문계에 진학했지만 학교생활을 제외하곤 거의 모든 시간을 무술을 수련하는 데 보냈다. 그런 나의 노력과 실력을 관장님이 인정하여, 고등학교 때부터는 사범으로 활동하며 도장에서 거의 모든 생활을 했다. 그 당시 관장님이 도장을 두 개나 운영하고 있었기 때문에 거의 모든 수련과 도장 지도와 관리를 내가 했다. 학교 선생님에게도 체대에 진학할 것이라는 의사를 밝혔기 때문에 학교에서도 운동을 할 수 있도록 배려하고 시간을 내주었다. 이 시기에 쿵후, 태권도, 격투기 등 다른 종목의 무술들도 많이 수련할 수 있었다. 나는 이 시기에 합기도 전국 선수권대회에서 우승을 하기도 했고, 많은 대회에 출전, 입상하여 견문을 넓힐 수 있는 기회가 되었다. 나이가 들수록 내가 가장 잘할 수 있는, 무술로 할 수 있는 직업을 생각하게 되었는데, 우연한 기회에 대통령 경호원이 소개된 책자를 보면서, 장래의 꿈을 경호원과 무술 지도자로 정하고 꿈을 키워 나갔다.

사회적으로 성공하는 지름길로 '고시(考試)'를 선택하는 요즘, 공부는 학창 시절에 가장 많이 할 수 있고 이때가 가장 중요하다고들 하면서 무술 수련에 대해 반대를 많이 하지만, 오히려 무술 수련은 신체가 가장 많이 발달하는 청소년기의 균형적인 신체 발달에 도움이 되며 집중력 또한 높일 수 있어서, 예절과 인성 교육에 무엇보다도 도움이 된다. 특히 사회적으로 학원폭력과 집단 따돌림 문제가 점점 심해지고 있다. 그런데 여러 연구조사 기관에서 밝혀졌듯이, 가해 학생에게만 문제가 있는 것이 아니라 피해 학생들에게도 문제가 있는 것으로 조사되었다.

나는 대학에서 강의를 하면서 경호무술을 왜 수련하느냐는 학생들의 질문에 다음과 같이 얘기한다. "멋지게 지기 위함이다. 경호무술을 배우는 목적은 상대를 이기기 위함이 아니라 멋지게 지기 위함이다." 상대와 겨룰 힘이 없으면서 고개를 숙이는 것과 겨룰 힘, 아니 기술이 있지만 고개를 숙이는 것과는 큰 차이가 있다. 특히 정서적으로 불안정한 청소년 시기에는 인격 형성에 미치는 영향이 상당히 크다. '평화를 원한다면 전쟁에 대비하라!'는 말처럼 신체 발달, 집중력 향상, 인격 형성, 모든 것을 떠나 세계의 넓은 들판, 인생의 싸움터에서 자기 자신을 지킬 수 있는 힘과 지혜는 오히려 공부보다 더 우선적으로 중요할 것이다. 현재 내가 경호무술을 창시하여 보급하면서 현재의 자리까지 오기까지는 학창시절의 배움과 경험이 가장 큰 도움이 되었다.

합기도를 수련하던 학창시절

경호원이 되기 위해 서울로 상경하다

나는 군 입대 후에도 경호원과 무술 지도자의 꿈을 지속적으로 키워갔다. 군 전역 후 경호원의 꿈을 이루기 위해 여러 곳을 알아봤지만, 그 당시에는 일반인에게 알려진 경호 회사가 거의 없었다. 여러 곳에 전화도 해보고 아는 곳을 수소문했지만 나에게 경호원의 길은 멀기만 했다. 그래서 생각해 낸 것이 바로 내가 직접 경호할 대상자, 즉 의뢰인을 찾아 나서는 것이었다. 물론 경호에 대한 경험이나 지식이 없었지만, 누구나 다 처음은 있는 것이라고 생각하면서 용기를 내어 지역 정보지에 사진과 함께 다음과 같이 광고를 냈다.

> ▶ 구직 광고
> 경호원 직 구함
> 신장 185cm, 몸무게 78kg, 신체 건강함
> 군 **부대 전역
> 운전 가능
> 합기도 *단
> 태권도 *단
> 쿵후 *단
> 격투기 *단
> ※ 귀하를 위해 목숨까지 바칠 각오로 경호하겠습니다.
> 연락처 000-0000

나는 이 광고 덕분에 경호원 생활을 시작하게 되었다. 이 광고를 보고 처음 경호 의뢰를 한 사람은 자기가 살면서 이처럼 용기 있고 도전 정신이 있는 광고를 처음 봤다고 했다(이 광고를 보고 경호를 의뢰한 사람은 현재 우리 사단법인 국제경호무술연맹 전무이사로 재직하다 부총재가 되었다). 누구나 꿈을 꾸지만 그 꿈을 이루는 사람은 많지 않다. 얼마나 일관되게 노력하고 자신의 생각을 행동으로 옮기느냐에 따라서 자신의 꿈을 이룰 수 있다고 생각한다. 또한 흔한 말이지만 '두드리는 사람에게 문이 열린다.'는 말처럼 과감하게 도전하는 행동이 필요하다. 젊음이 가치가 있는 것은 바로 이 도전 정신이 있기 때문이다. 내 제자들 중 가끔 이런 질문을 하는 제자들이 있다.

"경찰이 되려면 어떻게 해야 합니까?"

"대통령 경호실에 들어가려면 어떻게 합니까?"

나는 그럴 때마다 제자들에게 다음과 같이 말한다.

"대통령 경호원이 되고 싶다면 청와대 민원실에 직접 찾아가서 문의할 수 있는 용기, 경찰이 되고 싶다면 경찰서나 경찰청에 찾아가 직접 문의하고 상담할 수 있는 용기, 그런 용기가 없다면 지금 바로 그 꿈을 포기하라."

꿈이 있습니까? 그럼 지금 바로 도전하세요!

도전한 것이 이루어지지 않더라도 다시 도전할 수 있는 것,
그것이 도전의 진정한 가치다.

용과 뱀들이 온몸에서 꿈틀대다

내가 그렇게 경호원으로 첫 발을 내딛게 된 것은 바로 김원태 전무님 때문이다. 나는 그렇게 지역 정보지에 광고를 냈고, 이 광고를 보고 처음 전화한 사람이 바로 김원태 전무님이다. 나는 그 당시 군대를 제대하고 충남 홍성의 시골집에 있었는데, 아는 사람 서울 전화로 광고를 낸 후 그렇게 김원태 전무님과 연락이 되어 서울로 올라오게 된 것이다. 제대한 지 2개월도 안 되었기 때문에 나는 맞는 양복이 없어서 형의 양복과 코트를 입고 서울로 올라왔다. 형과 나는 10cm 이상 키가 차이 났는데, 그 모습은 여러분들의 상상에 맞기겠다.

그렇게 하여 나는 종로 3가 단성사 옆 '쥬리앙'이라는 커피숍에서 김원태 전무님을 오후 2시에 만나기로 했다. 사회에 나와서 첫 면접인 데다, 그것도 경호원으로 일하기 위한 면접이었기 때문에 많이 긴장해서, 커피숍 문으로 누가 들어올 때마다 일어섰다. 그렇게 10분…, 30분…, 1시간…, 2시간이 흘렀다. 핸드폰은 물론 삐삐도 없는 시절이었기에 달리 연락할 길이 없어 그냥 기다리는 것이 전부였다. 고마운 것은 아마도 나의 옷매무새가 시골에서 막 올라온 촌닭 같아 보였는지, 커피숍에서 커피 세 잔을 계속 리필해주어서 창 밖의 사람들을 구경하고 커피를 마시면서 시간을 때울 수 있었다. 그렇게 5시간이 흘렀다. 그런데 저녁 7시쯤 정말 황소같이 덩치 큰 사람이 내게로 다가왔다.

"이재영 씨죠? 반갑습니다! 김원태입니다."

정말 둘 다 미친 사람들이었다. 올 거라고 5시간을 기다린 나나 5시간을 기다릴 거라고 생각하고 온 김원태 전무님이나 말이다. 나는 그렇게 서울로 상경해서 김원태 전무님을 만나 경호원 생활의 첫 발을 디뎠다(알고 보니 김원태 전무님은 나보다 12년 연배이고 띠 동갑이었다. 사회에서는 위로 10년, 아래로 10년 맞먹는다고 하는데, 이후 시간이 흘러 나는 12년 차이 나는 김 전무님과 맞먹었다?).

이후 김원태 전무님은 내가 한국경호공사와 한국경호무술협회를 설립했을 때부터 현재까지 전무이사(자칭 '영원한 전무이사'라고 함)로 활동해오면서, 내게 항상 그림자같이 뒤에서 묵묵하게 나를 받쳐주시는 분이다. 오랜 기간 동안 추억도 많았고 힘든 시기도 함께 겪었다. 그 중 제일 기억에 남는 추억은 용산과 선릉에서 깡패들을 때려눕혔을 때이다.

그 당시 김 전무님과 나는 몸무게가 80kg가 넘었고 키도 둘 다 180cm가 넘었다. 또한 우리는 경호원들과 함께 항상 3~5시간씩 운동을 할 때라 함께 있으면 무서울 게 없었다. 그렇게 용산역 포장마차에서 소주 20병 정도 마시고 있을 때쯤, 정말 인상 더럽게 생긴 몇 명이 시비를 걸어와 언쟁이 붙어 그들과 함께 새벽에 용산역 광장으로 나갔다. 용산역 광장으로 나가자 갑자기 그들이 웃통을 벗었다. 그런데 중요한 것은 그들의 몸에서 용과 뱀들이 온몸에 꿈틀대고 있는 것이었다. 가슴과 등, 온몸이 문신이었다. 그것도 한 명이 아닌 4명 모두가 온몸에 문신이 있었다. 정말 무서웠고, 도망가고도 싶었다. 만약 그들이 식칼이나 사시미라도 꺼냈으면 도망갔을 것이다. 하지만 우리도 우리의 힘을 몰랐던 것인지, 아니면 그들이 약했던 것인지, 우리는 그들을 제압했고 그들의 형님이 되었다.

아마도 그들은 항상 술에 찌들어 생활했지만, 김 전무님과 나는 매일 경호원들과 함께 수련할 때라 쉽게 제압했던 것 같다. 이후 선릉역에서도 비슷한 경험으로 깡패들을 제압했었고 건설현장 경호 업무에 함께 파견되어 똥물을 함께 뒤집어쓰기도 했었다. 김 전무님과는 정말 많은 일과 많은 어려운 고비를 함께했다. 그럴 때마다 김원태 전무님은 항상 내 옆에 있었고, 나에게 큰 힘이 되었다. 우리 옛 무사(武士)와 장수들은 수많은 오랑캐와 왜적을 물리칠 때 서로 등을 맞대고 있으면 그 든든함에 수십 명의 적도 물리쳤다고 한다. 그런데 요즘에 김원태 전무님이 내 등 뒤에 없어서인지, 사우나에서 용과 뱀들이 꿈틀대는 것을 보면 겁이 난다.

경호원으로서 첫 발을 딛다

그렇게 경호원 생활의 첫 발을 디뎠다. 경호 대상은 바로 김원태 전무님의 장인인 참전예술인협회 이재경 감사님이었다. 이재경 감사님은 상이군인으로 몸이 불편했기 때문에 내가 운전 겸 경호 업무를 하게 되었는데, 말이 경호원이지 운전기사 겸 시중드는 일을 했다. 이재경 감사님이 상이군인이다 보니 만나는 사람들이 거의 상이군인이나 장애인 단체 사람들이었다. 그러면서 자연스럽게 한마음장애인협회 하상출 회장님을 알게 되었고, 그분의 경호원으로 일하게 되었다. 하상출 회장님은 두 발을 사용할 수 없는 장애인이기 때문에 운전할 때를 제외하곤 내가 거의 업고 다녔다. 하상출 회장님 신변에 무슨 위험이 있거나 경호가 필요해서가 아니라, 혼자서는 거동을 못 했기 때문에 운전과 시중을 둘 사람을 구했던 것이다.

나는 시간이 지날수록 회의가 들기 시작했다. '내가 뭐가 아쉬워서 장애인을 업고 다니면서 일을 해야 하나? 이것은 경호 업무가 아니다.' 그때는 정말 다른 사람들의 시선이 창피하고 부끄러웠다. 하상출 회장님을 업고 다닐 때는 사람들의 시선이 창피해서 고개를 숙이고 다녔다. 난 정말 경호원이 되고 싶었는데, 이런 건 아니라는 생각이 들었다. 난 항상 오늘이 마지막이라고 다짐하면서 하루의 일과를 끝냈지만, 서울에 연고가 없는 나로서는 다른 직장을 구하기도 힘들었고 당장 돈을 벌어야 했으므로 그렇게 6개월간을 일했다. 나중에 안 사실이지만, 하상출 회장님을 업고 다닐 때 만났던 많은 사람들이 나를 장애인으로 알았다고 한다. 그렇지 않고서야 신체 건강한 젊은 사람이 장애인을 업고 다니며 시중을 들면서 그런 일을 하지는 않을 것이라는 생각 때문이었다.

사회 첫 경험이면서 첫 번째 경호 업무였던 그 6개월간의 생활이 그 당시에는 창피하고 힘들고 어려운 시간이었지만, 나중에 내가 경호 회사를 설립했을 때 그것은 무엇과도 바꿀 수 없는 귀중한 경험과 도움이 되었다. 물론 그 당시에는 미처 그런 생각을 못 했었다. 하상출 회장님이 조그만 장애인 단체를 운영하다 보니 장애인들을 후원할 사람들을 만나는 일이 주 업무였는데, 그로 인해 그 당시 그렇게 많은 사람들을 만나게 되었던 것이다. 내가 나중에 경호 회사를 설립하고 인사를 드리러 그 사람들을 찾아가자 모두 놀라워했다. 그때 나는 하상출 회장님의 경호원으로 일했었다고 자랑스럽게 얘기했다. 장애인 단체에 후원할 정도의 위치에 있는 사람들이므로 그것이 인연이 되어 그분들에게 많은 도움을 받았고, 현재까지도 인연을 이어가며 많은 도움을 받고 있다.

경호업무를 하다 보면 자기가 생각했던 것과는 다른 업무를 하게 되는 경우가 종종 있다. 하인 같은 취급을 받을 때, 운전기사 같은 취급을 받을 때, 집사 같은 취급을 받을 때, 중요한 것은 경호 업무를 하는 경호원 자신이 긍지와 자부심을 잃지 않는 것이다. 그렇게 할 수 있다면 어떤 일을 하더라도 그 사람은 경호원이다. 또한 그런 마음으로 언행과 행동을 지켜 나간다면, 자신의 경호원이라는 위치를 찾아 나갈 수 있을 것이다.

성공하기 전에 간직하고 있던 열등감의 무게는
성공 후에 얻어지는 자부심의 무게와 같은 법이다.

기계경비와 현금호송 업무를 하다

경호원으로 활동하던 어느 날 TV 9시 뉴스에 사설 경호원들의 활동 사항이 소개되고 있었다. 경호원 구직 광고를 낸 후 경호 업무를 하게 된 것도 경호 회사를 알지 못해서였는데, 가뜩이나 혼자서 경호원으로 활동하는 것에 대해 한계와 회의를 느끼고 있던 터라 내게는 더 없는 좋은 기회였다. 방송국에 전화해서 여러 곳과 어렵게 통화한 후, 방송에 소개된 회사가 한국보안공사 CAPS(현, ADT 캡스)라는 것을 알게 되었다. 곧바로 CAPS에 전화해서 응시 자격에 대해 문의를 해보니 자격 여건이 된다고 했다. 나는 이제는 정말 경호원다운 경호원이 될 수 있겠다는 희망을 가지고 이력서를 준비해 CAPS를 방문했다. 이력서를 제출하고 면접을 보고, 출동 요원으로서의 생활이 시작되었다.

CAPS에서의 생활은 나의 기대와는 달리 경호원이 아니라, 대처 출동 요원으로서의 생활이었다. 기계경비 회사의 대처 요원은 자기의 관리 지역 중 은행이나 공공시설 그리고 기계경비 시설에 가입된 곳에 감지기가 작동하면 출동하여, 가입자의 건물에 대한 침입자를 검거하고 예방하는 업무를 하는 곳이었다. 근무시간은 저녁 6시부터 아침 9시까지인데, 가장 어려웠던 점은 저녁부터 아침까지 혼자 출동하고 순찰해야 한다는 것과, 밤새 운전을 하기 때문에 졸음운전을 하게 되어 사고의 위험이 있다는 것이었다. 또한 비가 많이 오는 날이나 겨울에는 눈길에서 운전을 하다가 사고를 내기도 했다. 가장 큰 사고는 졸음운전으로 차가 전복되어 폐차까지 했던 사고인데, 다행히 몸엔 큰 부상이 없었다. 지금 생각해도 정말 아찔하고 위험한 순간이었던 것 같다.

그때 느낀 감정은 우리나라의 기계경비 시스템과 감지기가 정말 첨단을 달릴 정도로 많이 발전되어 있다는 것이었다. 열선 감지기, 적외선 감지기, 충격 감지기 등을 매일 접하고 점검하다 보니 자연스럽게 기계경비 시스템과 감지기의 작동 원리에 대해 배우고 이해하게 되었다.

그렇게 얼마간의 시간이 흐른 후 나는 현금호송 팀에 발령받아 현금호송 업무를 하게 되었다. 현금호송 업무는 은행 연합회에서 합작 투자한 회사에서 현금을 지급받아, 각 지하철이나 편의점의 현금 지급기에 현금이 떨어지면 현금을 보충하는 업무였다. 항상 현금을 차에 싣고 다니기 때문에 많은 위험이 도사리고 있었다. 어떤 때는 10억 정도의 만 원권 현금을 현금호송차에 싣고 다니기도 했다. 현금호송 업무는 법적으로 3명 이상이 근무해야 한다. 3명이 근무하면서 현금을 현금 지급기까지 이동하고, 보충할 때는 1명은 차에서 대기하고 2명이 현금을 이송하여 현금 지급기에 넣어야 했다. 그때나 지금이나 우리나라 현금호송 시스템의 문제점은 현금호송 요원이 너무 많은 일을 한다는 것이다. 사주 경계와 안전 업무만 담당해도 힘든 업무인데, 거기에 현금을 이송하는 노동 업무와 현금 지급기 점검까지 하다 보니, 안전 업무에 집중을 할 수 없다는 것이다.

현금호송 업무를 하면서 점심은 항상 도시락을 가지고 다녔다. 차에 몇억의 현금이 있기 때문에 보안장치를 작동시켜놓았다 하더라도, 차를 두고 식당에서 편안하게 밥을 먹을 수 없기 때문이다. 처음에는 1명이 차에서 대기하며 교대로 식당에서 밥을 먹다가, 도시락을 가지고 다니면서 인적이 없는 산길 등에 차를 세워놓고 차 근처에서 팀원들과 같이 도시락을 먹었다. 어떤 때는 김밥을 싸와서 소풍 온 기분을 내기도 했다.

현금호송 업무는 항상 많은 현금을 소지하고 있어 범죄자들의 표적이 되기 때문에 철저한 안전 수칙을 준수해야 한다. 안전 운전과 과속하지 않는 것은 필수 여건이며, 접촉사고나 교통사고가 나도 특별한 경우를 제외하곤 경찰이 오기 전까지 절대 차에서 내리지 않는 것도 안전수칙 중의 하나이다. 만약에 있을지 모르는 범죄자들이 현금호송 차를 탈취하려면 먼저 교통 사고를 내기 때문이다. 그래서 교통사고가 나면 현금호송 요원들은 경찰서와 본부 상황실에 무전으로 비상연락을 한 후, 경찰이 도착할 때까지 긴장 상태를 유지한다. 또한 지하철 현금 지급기에 현금을 호송할 때나 보충할 때, 지나가는 사람이 길을 물어보거나 질문을 해도 대답하는 것은 절대 금물이다. 위협적인 자세로 그 사람이 멀리 떨어지도록 해야 한다. 또한 업무의 특성상 항상 위협적인 자세와 표정을 하고 다니다 보니 사람들에게 오해를 사는 경우가 많이 있다.

CAPS에서의 출동 대처요원 및 현금호송 요원 생활을 그리 오래 하지는 않았지만, 그것은 이후 내가 경호원으로 활동하면서 경호 회사를 운영할 때 많은 도움이 되었다. 우리나라도 국민 개개인의 소득이 높아지다 보니 많은 사람들이 자택에 기계경비 시스템과 감지기를 설치하고 있고, 거의 모든 회사와 상가에는 이미 설치되어 운영되고 있다. 따라서 경호원도 기계경비 시스템과 감지기 등의 작동 원리와 특성을 숙지하고 있으면 많은 도움이 된다. 나 또한 경호 업무를 하면서 기계경비 시스템에 대한 경험을 한 것이 도움 된 적이 많이 있다. 고객의 집과 회사에 감지기가 설치되어 있다 보니 경호 업무를 하면서 자연스럽게 감지기를 점검하고 운용하는 나의 모습을 보면서 고객이 강하게 신뢰하는 것을 느낀 적이 있었다.

경호원을 평생 직업으로 생각하고 있거나 장래 경호 회사를 창업할 꿈을 가지고 있다면, CAPS 같은 기계경비 회사에서 경험을 쌓거나 기계경비 시스템과 침입 감지기에 대한 공부를 별도로 하는 것이 필수 여건이다. 현재 국내의 모든 관공서와 공공시설 그리고 상가에는 이 기계경비 시스템이 설치되어 운영 중이며, 새로 지어지는 모든 건물과 아파트 등에도 이 감지기들이 사용되고 있기 때문이다. 미래 사회가 요구하는 경호원은 신변을 보호할 수 있는 무술 능력 외에도 이처럼 다방면의 지식과 경험 또한 요구된다.

생각의 차이가 경험의 차이를 만들고,
경험의 차이가 능력의 차이를 만들며,
능력의 차이가 인생의 차이를 만든다.
또한 경험 없는 지식보다 지식 없는 경험이 낫다.

한국경호공사를 설립하면서

나는 CAPS에서 직장 생활을 하면서 경호원의 꿈을 계속 키워갔다. 나름대로 경호에 대한 자료도 준비해 나갔으며, 쉬는 날에는 직접 명함을 만들어 경호 영업과 업무를 해나갔다. 경호 영업과 업무라고 해봤자 집에 전화기를 한 대 설치하고 그 전화번호의 명함을 만들어 차에 꽂고 다니는 것이었다. 쉬는 날 그렇게 명함을 차에 꽂고 다니다 보면, 간간이 경호 의뢰가 들어오곤 했고, 쉬는 날 CAPS의 비번인 동료들과 경호 업무를 하기도 했다. 그렇게 얼마간의 시간이 흐른 후 이제는 내가 직접 경호 회사를 창업할 꿈을 가지고 CAPS를 그만두고, 경호 회사를 창업하기 위한 준비에 들어갔다.

하지만 문제는 돈이었다. 수중에 모아둔 돈이 하나도 없었기 때문에 가족이나 지인들에게 돈을 꿔야만 했다. 20대 초반인 내가 경호 회사를 창업한다고 돈을 꾸러 다니자, 모두 나를 만류하거나 미친 사람 취급을 했다. 집에서도 반대가 심했다. 하지만 나는 자신이 있었기 때문에 계속 밀어붙였다. 돈이 부족해서 사무실을 낼 수 없다면, 집을 사무실로 쓰면서 해나가면 되었다. 그게 가능했던 이유는 경호를 의뢰하는 의뢰인들을 만날 때는 거의 커피숍에서 만나기 때문이었다.

하루 종일 눈에 보이는 차마다 명함을 꽂고 다니고, 지나가는 사람마다 명함을 돌렸다. 그렇게 계속하다 보니 요령이 생겨서, 지역과 장소를 나누어 명함을 돌리기 시작했다. 하루하루 지하철을 바꾸어가면서 지하철에서 나오는 모든 사람에게 명함을 돌리기도 했고, 호텔마다 찾아가 주차장에 있는 차들에 명함을 꽂고 다녔다. 그렇게 아침저녁으로 명함 돌리기를 2개월, 시간이 지나면서 경호 의뢰가 들어오기 시작했다. 경호 일이 끝나면 새벽에도 명함을 돌리고 다녔다. 아마도 내 인생에서 이때가 가장 정열적인 삶을 살았던 때인 것 같다. 아마도 무엇을 처음 시작한다는 감격과 내가 하고 싶은 일을 한다는 열정이 그것을 가능케 했던 것 같다. 그런 생활이 얼마쯤 지나자 어느 정도의 돈을 모으게 되었다. 회사를 창업하기에는 돈이 부족했지만 그냥 밀어붙이기로 하고, 사무실을 얻어 경호 회사를 창업하게 되었다.

이때 세무서에서 사업자 등록을 낼 때도 여러 우여곡절을 겪었다. 이 당시만 해도 경호 관련 법규가 없었기 때문에 그동안 경호 회사의 사업자 등록증을 내준 적이 없어서 담당 공무원은 난처해했다. 특히 나는 사업자 명을 '한국경호공사'라고 신청했는데, '공사'라는 상호는 정부 투자기관이나 공공기관만 사용할 수 있는 상호라면서 다른 상호로 신청해야 한다고 했다. 하지만 나는 한국경호공사라는 상호를 꼭 사용할 결심을 하고 밀어붙였다. 그때나 지금이나 나는 한번 무엇인가 결심을 하면 물불 안 가리고 밀어붙이는 데는 일가견이 있었다. 나는 다음날부터 중부세무서 관내의 '공사'라는 간판을 찾아다녔다. 그래서 찾은 것이 '00하수도공사', '00전기공사', '00토목공사'라는 상호의 간판들이었다. 나는 그 간판들의 사진을 찍고 사업주들에게 사정 설명과 양해를 구하고 사업자 등록증 사본을 챙겨서 다시 세무서를 방문했다.

그러자 담당 공무원은 내가 제출한 사본의 '공사'는 시설 등을 공사하는 '工事'이고, 한국경호공사의 공사는 공적인 공공기관의 '公社'라며 안 된다고 했다. 나는 내가 언제 한국경호공사를 한문 상호로 제출했느냐고 반박하면서, 한국경호공사의 '공사' 또한 경호와 안전시설을 설치하기 위한 '공사(工事)'라고 우기며 법적으로 공사라는 상호를 사용할 수 없는 근거를 대라고 반박했다. 그렇게 하여 400만 원을 가지고 설립한 것이 '한국경호공사'다. 이 한국경호공사의 '공사'라는 상호는 나중에 경호 회사를 운영하면서 많은 도움이 되었다.

보증금을 낼 여유가 되지 않았으므로 월세만 선불로 내는 사무실을 서울 약수동 근처에 얻어 경호 회사를 창업했다. 회사를 설립한 후에는 개인적으로 활동했던 것과는 차원이 다르게 체계적인 운영을 해나가야만 했다. 또한 그동안 착실하게 준비하고 만들어온 경호무술도 보급해 나가야 했다. 그래서 사무실 근처의 체육관을 낮 시간만 빌려 거기서 경호무술을 수련하면서 경호원들을 교육하기로 하고, 지역 정보지에 경호 연수생 모집 광고를 냈다. 그때 광고를 내고 느낀 것은 우리나라에 경호원을 희망하는 사람이 이렇게 많을 줄이야 하는 놀라움이었다. 하루 종일 전화가 너무 많이 와서 업무를 못 할 지경이었다. 그렇게 몇 개월간 천 명이 넘는 경호원을 배출하고 많은 경호 업무를 했다.

나중에는 경호무술원이라는 경호무술 전문도장 겸 경호 연수원을 설립해 회사와 같이 운영해 나갔다. 또한 많은 어려움 끝에 한국경호무술협회를 서울시에서 사회단체(제787호)로 승인받고 체계적으로 경호무술을 보급해 나갔다. 정말 모든 것이 탄탄대로였다. 이 모든 것들이 경호 회사를 창업한 지 1년 안에 이루어졌다.

열정 없이 했던 것들은 기억 속에 남지 않는다. 반면 같은 일이라도 열정을 다해 행하게 되면 그 일은 기억에 남을 뿐더러 의미 있는 결과를 만들어 준다. 무슨 일을 하든지 열과 성의를 다하면 기억은 풍요로워지며, 그 기억만큼 성장하게 된다.

아우구스투스 황제 시대에 로마에서 활동한 뛰어난 서정 시인이며 풍자 작가인 호라티우스는 그의 저서 『거룩한 길로 나아가라』에서 열정에 대해 다음과 같이 말하고 있다.

"당신의 정열을 지배하라. 그리하지 않으면 정열이 당신을 지배할 것이다."

나이의 벽을 넘어서

내가 젊은 나이에 경호 회사를 창업하면서 가장 힘들었던 것은 나이의 벽이었다. 내가 20대 초반의 나이이다 보니 경호원들을 통솔하고 사람들을 만나면서 많은 어려움을 겪었다. 경호원들 중에 절반, 아니 3분의 2 이상이 나보다 나이가 많았다. 하지만 나는 체격이 크고 나이 들어 보이는 외모이기 때문에 자연스럽게 나이를 속이게 되었다. 그때의 나로서는 그게 최선의 방법이었다. 경호원들에게 존댓말을 써가며 경호 회사를 운영하고 경호 업무를 할 수는 없는 노릇이었다.

세상에 비밀은 없듯이, 나중에 경호원들이 내 나이를 알게 되면서 회사에 큰 고비가 찾아왔다. 경호원들이 내가 나이를 속인 사기꾼이라면서 100여 명 정도 회사로 몰려왔다. 그도 그럴 것이, 나보다 나이 많은 경호원들이 내 앞에서 담배를 못 피는 것은 물론 회식 자리에서 술을 마실 때도 무릎을 꿇고 마셨으니, 그 배신감이 오죽했겠는가! 또한 평상시에도 나에게 항상 반말을 들었으니 그들은 많이 흥분하고 화나 있었다. 나는 그때 처음으로 사람과 군중의 무서움을 알았다. 100여 명이, 그것도 어떻게 보면 나의 제자들이 나를 죽인다는 기세로 몰려와 있는 것을 보고 정말 도망가고 싶었고, 그 자리를 모면하고 싶다는 생각밖에 없었다. 하지만 그 사람의 직위가 사람을 용감하게 만들 수 있다는 것을 그때 처음 느꼈다. 나는 회사의 대표이자 운영자로서 오히려 반말로 그들을 질책했다. 만약 내가 여기서 그들의 기세에 진다면 어떠한 일이 생길지 모르는 상황이었다. 나는 그 중 선동자로 보이는 경호원의 따귀를 힘껏 올려친 후 말했다.

"말할 게 있는 사람은 한 사람씩 얘기하고, 그리고 도전하고 싶은 사람은 누구든지 한 사람씩 도전해라. 이런 것들이 그동안 배운 경호원의 자세냐!"

그렇게 말하면서 모두 옥상으로 올려 보내고, 경호원 한 명씩 사무실로 불러 얘기를 했다. 나이가 나보다 많은 경호원들에게도 계속 반말로 이야기를 해나갔다.

"회사에 남아 있기를 원한다면 난 지금처럼 반말을 할 것이고, 만약 떠난다면 지금부터 존댓말을 쓰겠다. 반말을 들으면서도 회사에 남겠다면 남고, 그렇지 않겠다면 내가 그동안 반말한 것에 대해 사과를 할 테니 지금 떠나라."

그렇게 새벽까지 하루 종일 한 명 한 명 얘기를 하면서 경호원 모두를 설득하고 돌려보냈다. 그러고 나서 나는 그만 소파에 쓰러져 잠이 들었다. 그렇게 새벽까지 상담하면서 나는 많은 것을 느끼고 배웠다. 군중의 무서움을 알았고, 사람을 설득하는 것을 배웠고, 그리고 사람을 다스리는 법을 배웠다. 그때 함께했던 사람들 중 일부는 현재 연맹에서 임원으로 활동하고 있고, 나보다 나이 많았던 몇 명은 경호 회사를 창업해 CEO가 되었는가 하면, 경호 업무와는 상관없이 다른 일을 하는 사람들도 있다. 그들을 가끔씩 만나면 서로 존댓말을 하면서 그때 얘기를 안주 삼아 술을 마시곤 한다.

그렇게 세월이 흘러 20년이 지난 지금도 나는 나이의 벽을 느끼곤 한다. 나이를 밝히기 싫은 자리에서 누가 나에게 나이를 물어보면 난 지금 이렇게 대답한다.

"내 나이 60입니다. 경호무술을 해서 이렇게 젊어 보이는 것입니다. 젊어지고 싶으시면 경호무술을 하세요!" 그러면서 서로 웃는다.

몽테뉴는 『수상록』에서 다음과 같이 말했다.

"우리의 욕망은 장애 때문에 더하다."

"우리는 한 보배를 볼 때, 확실하게 내 것이라고 할 수 없고 빼앗길 우려가 있을 때 더 한층 애착을 가지고 악착스레 움켜쥐며 매달린다고 말할 수 있다. 왜냐하면 불은 찬 기운이 있을 때 더 잘 타는 것과 같이, 우리의 의지는 반대에 부딪힐 때 더 억세지는 것을 우리는 명백히 느끼기 때문이다."

나이의 벽은 나를 한 단계 더 성장시켰다.

연예인을 경호하면서

처음 연예인의 경호 의뢰를 받고 많은 기대와 설렘 속에 경호 업무에 파견되었다. 경호를 시작하고 얼마 동안은 계속 들뜬 상태였다. TV에 나오는 연예인을 경호한다는 것이 즐거웠고, 방송국에서 가끔씩 유명 연예인과 마주칠 때면 놀라기도 했다. 경호 업무를 끝내고 집에 돌아오면 내가 경호하는 연예인이 나왔던 드라마를 녹화해 새벽까지 볼 때도 많았다. 아마도 내가 경호하는 사람이 나오는 드라마를 보면서 나 또한 그런 유명인이 되지 않았나 하는 대리만족을 느꼈던 것으로 기억된다.

그렇게 한 달여간의 시간이 흐른 후, 처음의 기대감과는 달리 연예인을 경호한다는 것이 오히려 일반인을 경호할 때보다 더 힘들고 어렵다는 것을 느끼게 되었다. 오랜 시간을 차에서 기다리고 대기하는 시간이 많았으며, 어떤 때는 따분한 시간도 많았다. 밤새도록 촬영이 있을 때는 촬영장 부근에서 차를 세워놓고 뜬눈으로 밤을 지새우기도 했다.

연예인 경호와 일반 경호의 가장 큰 차이점은 시간 문제인 것 같다. 유명인이나 연예인은 항상 바쁜 일정과 스케줄에 얽매이다 보니, 경호원 자신의 개인 시간이 거의 없음은 물론 규칙적이지 못한 생활로 인해 몸에 많은 무리가 따르게 된다. 또한 나의 이미지가 그 연예인의 이미지를 대신할 수도 있기 때문에 복장과 외모에도 많은 신경을 써야 했고, 식사는 거의 차에서 하거나 간단하게 때우는 경우가 많았다. 또 어떤 때는 화장실에 갈 시간이 없어 길거리에서 볼일을 보는 경우도 있었다.

그렇게 바쁜 일정 속에서 몇 개월간의 경호를 마치자 몸이 말이 아니었다. 경호원은 업무의 특성상 항상 긴장 상태에 있고 피로가 많이 쌓이는 직업이기 때문에, 하루에 10시간을 초과하여 지속적으로 근무한다는 것은 힘도 많이 들 뿐더러 경호원으로 업무를 수행하기가 힘들어진다. 그때 나는 연예인 매니저들은 어떻게 저런 생활을 버틸 수 있을까 하고 대단하게 느껴졌다. 경호원을 희망하는 많은 예비 경호원들이 유명인이나 연예인 경호를 선망하고 많은 기대를 갖고 있지만, 한 달 정도 연예인 경호를 해보고 나면 그런 기대감은 여지없이 무너질 것이다. 또한 연예인들이 전속으로 경호 의뢰를 하는 경우는 매우 드물다. 행사 때마다 행사를 주최하는 업체나 이벤트 회사에서 그때그때 사정에 따라 경호 의뢰를 하기 때문에, 연예인이 별도로 경호 의뢰를 하는 경우는 특별한 경우를 제외하곤 거의 없는 것이 연예인 경호의 실상이다.

누군가를 지키고 보호한다는 것이 경호원의 보람이자 사명이다. 경호원이 경호 업무에 파견될 때는 고객이 유명인이든 그렇지 않든, 고객을 위해 자신의 목숨까지도 바칠 각오로 경호 업무에 임해야 한다. 또 항상 자신의 이미지가 고객의 이미지를 대신할 수도 있다는 마음으로 언어, 행동, 몸가짐에 각별히 신경을 써야 한다.

사람들은 TV에 나오는 유명 인사나 연예인을 보고 그들을 부러워한다. 그것은 너무나 당연하다. 내가 경호원으로 활동하면서 지켜본 그들은 그 어느 누구보다 최선을 다하는 삶을 살아가고 있다. 그렇기에 그들의 삶은 선망과 부러움의 대상이 된다.

'부러우면 지는 것이다.' 나는 이 말이 틀렸다고 생각한다.
'부러워하지 않으면, 그게 지는 거다.'

현재 우리 연맹에는 많은 연예인들이 '경호무술 홍보대사'로 활동하고 있다.

기사 경호무술 홍보대사 연예인 김명수, 김학도, 윤택

19일 경호무술 발전 기여 공로 경호무술 명예단과 경호원증 받아

[신문기사] 2011. 2. 21.『시티저널』/ 유명조 기자

지난 19일 개그맨 윤택, 김학도 그리고 영화배우 겸 탤런트 김명수 씨가 사단법인 국제경호무술연맹 경호무술 홍보대사에 임명됐다. 이날 국제경호무술연맹 이재영 총재는 임명장을 갖고 김학도, 윤택, 김명수에게 경호무술 발전에 기여한 공로로 경호무술 명예단과 경호원증을 수여했으며, 앞으로 지속적인 관심과 홍보를 부탁했다.

탤런트 김명수는 형식적인 홍보대사가 아니라 앞으로 경호무술 홍보에 최선을 다해 도울 것을 약속했으며, 기회가 된다면 경호무술도 수련할 시간을 갖도록 할 것이라고 말했다. 개그맨 김학도도 가까운 시간 안에 연예인 팀과 경호원 팀 간의 야구나 축구 시합을 가질 것을 제의했으며, 청소년 범죄 예방을 위해 노력하겠다며, 경호 발전에도 조금이나마 도움이 되는 일을 하고 싶다고 말했다. 또한 개그맨 윤택은 경호원과 사회에 안전 지킴이를 배출하는

연맹 홍보대사에 임명된 것을 영광스럽게 생각한다며, 앞으로 모임과 행사가 있을 때마다 적극적으로 참여할 것을 약속했다.

이날 참석한 모두는 앞으로 지속적인 만남과 경호무술 홍보에 최선을 다할 것을 다짐했고, 참석한 연예인들도 앞으로 무술에 많은 관심과 함께 더욱 발전을 기대한다고 밝혔다.

경호무술이란?

경호무술은 이재영 총재가 창시한 무술로서, 겨루지 않고, 맞서지 않고, 상대가 비록 적일지라도 상대를 끝까지 배려한다는 '윤리적인 제압'을 강조하는 무술로서, 현재 국제경호무술연맹을 통해 1000여 개의 지부 도장과 40여 개의 대학 경호학과에서 채택됐다. 국내는 물론 해외에도 보급되고 있는 무술로서, 경호원뿐 아니라 남녀노소 누구나 수련하고 무술로서 보급되고 있다. 이재영 총재는 이날 홍보대사 임명식을 계기로, 앞으로 경호무술이 대한민국 무예계의 아이콘이 될 것이라는 포부와 함께, 앞으로 경호무술이 액션 배우나 드라마 등 연예계 쪽에도 진출할 것이라는 야심찬 계획을 피력했다.

고객과 사랑에 빠지다

경호원은 고객을 그림자처럼 따라다니면서 경호 업무를 수행한다. 사람의 친밀도는 거리와 비례하듯이, 고객과 항상 붙어서 생활하다 보니 자연스럽게 친밀도가 높아지고 서로 특별한 감정을 갖게 되는 경우가 많이 있다. 특히 고객이 이성인 경우 그런 감정은 더 발전한다. 고객 쪽에서도 항상 예절바른 정중한 자세로 경호원이 자신을 보호하고 지켜주다 보니 경호원에게 그런 감정을 갖게 된다. 영국 왕실의 앤 공주와 다이애나 세자빈이 왕실 경호원들과의 구설수에 오르게 되고, 칼 기 폭파범인 김현희 씨가 경호원과 사랑에 빠져 결혼하게 된 이유도 위와 같은 이유와 무관하지 않다.

나 또한 경호 업무를 해오면서 고객과 연인 사이로 발전한 적이 있었다. 지금은 이름만 대면 알 정도로 유명해진 연예인이지만, 그 당시만 해도 그녀는 연예계에 막 입문한 연기 초년생이었다. 그녀와의 만남이 시작된 것은 그녀가 드라마에서 알려지기 시작하자 그녀를 알아보는 사람들이 생기게 되고, 협박 전화 등 스토커에 시달림 받게 되면서부터이다. 나는 그때 처음으로 여자 고객이자 연예인인 고객을 경호한다는 것에 매우 흥분된 상태였다. 그녀의 첫 인상은 청순하고 단아한 모습 그 자체였으며, 세련되지 않고 가꾸지 않은 자연미가 돋보였다.

그렇게 얼마간의 시간이 흐른 후 나는 그녀에게 특별한 감정을 갖게 되었고, 그녀 역시 자연스럽게 나에게 호감을 갖게 되어 연인 사이로까지 발전하게 되었다. 그녀와 그렇게 계속 연인 사이를 유지하면서 나는 그녀의 경호원으로 일을 했다. '보디가드'라는 영화에서 의뢰인과 사랑에 빠지면 안 된다고 했던 대사가 기억났지만, 오히려 나에게는 내가 사랑하는 사람을 경호한다는 것이 즐겁기만 했다. 하지만 시간이 흐를수록 많은 문제점들이 생기게 되었다. 그녀를 연인으로 생각하다 보니 경호 이외의 다른 것에도 자연스럽게 신경이 쓰이게 되었는데, 그런 점들이 경호 업무를 하는 데 많은 방해가 되었다.

특히 경호를 할 때 경호원의 시선은 고객의 주위와 고객이 만나는 사람들을 살피고 경계해야 하는데, 자꾸 그녀에게 시선이 집중되는 것이 문제였다. 또한 그녀와 싸우거나 말다툼을 한 다음날은 거의 경호원으로서 경호 업무를 하기가 힘들었다. 그때 느낀 것은 경호원이 고객을 사랑하게 되면 사랑하는 사람으로서 보호하고 지켜줄 수 있고 희생정신은 더 높아질 수 있지만, 냉정하고 냉철한 판단력이 요구되는 경호원으로서는 많은 문제점들이 생긴다는 것이다. 가끔씩 TV를 보다가 그녀가 TV에 나오면 그때 생각을 하곤 한다.

어느 철학자가 산책을 하는데 우연히 한 사람이 매우 슬퍼하며 눈물 흘리는 것을 보았다. 철학자는 그 사람에게 다가가 무엇 때문에 슬퍼하는지 물었다. 그러자 그가 대답했다.

"실연을 당했어요."

철학자는 그의 대답을 듣고 손뼉을 치며 크게 웃었다.

"이 어리석은 사람아!"

그 남자는 울음을 멈추고 화를 내며 물었다.

"교양이 있으신 분들은 그렇게 다른 사람을 비웃고 우롱해도 됩니까?"

철학자는 고개를 저으 말했다.

"나는 자네를 비웃지 않았네. 자네 스스로가 자신을 비웃어야 한다네."

철학자는 그가 이해하지 못하는 것 같아 계속해서 설명을 해주었다.

"자네가 그렇게 상심하는 것을 보니, 자네 마음속에는 아직 사랑이 있다는 것이네. 자네 마음속에 사랑이 있다면, 상대방은 필경 사랑이 없을 것이

네. 그렇지 않다면 왜 헤어졌겠는가? 하지만 사랑은 자네 쪽에 있으니, 아직 사랑을 잃어버린 것은 아니네. 단지 자네를 사랑하지 않는 한 사람을 잃은 것뿐인데, 그렇게 상심할 필요가 있는가? 내 생각에는 자네, 집으로 돌아가서 편안히 잠이나 자게. 울어야 할 사람은 자네가 아니라 그 여자야. 그녀는 자네를 잃었을 뿐만 아니라, 마음속에 있는 사랑도 잃어버린 거야. 이 얼마나 비극적인가!"

실연한 남자는 철학자의 그 말을 듣자, 가슴을 쓸어버릴 듯했던 슬픔이 갑자기 기쁨으로 바뀌었다. 어떻게 이런 평범한 도리를 꿰뚫어보지 못한 것인지, 자신을 원망했다. 그는 철학자에게 허리를 숙여 인사한 뒤, 경호원으로 열심히 활동을 했다.

"진정한 사랑은 해피엔딩으로 끝나지 않는다. 왜냐하면 진정한 사랑은 끝나지 않기 때문이다."

- 알렉산더

행사 경호를 하면서

회사를 창업하고 처음으로 300여 명의 경호원이 동원되는 대형 행사 경호를 맡게 되었다. 그동안 경호원이 20~50명 정도 파견되는 경호 업무는 많이 해봤지만, 이처럼 국가적인 행사인 대형 행사 경호를 직접 맡기는 처음이었다. 나는 기쁘면서도 내심 많은 걱정이 들었다.

'과연 내가 해낼 수 있을까? 사고가 생기면 어떻게 할까?'

많은 생각과 고민 중에도 행사 날짜는 하루하루 다가오고 있었고, 5일 전부터는 거의 잠을 이루지 못했다. 잠깐씩 잠이 들더라도 행사장이 폭발하는 꿈이나 행사장이 아수라장이 되는 꿈을 꾸기 일쑤였다. 그만큼 그 일이 나에게 심리적인 부담이 되었던 것 같다. 그렇게 시간은 점점 다가오고, 드디어 행사 날 관중들이 끝없이 몰려들었다. 그들이 질러대는 함성은 대단했다. 5만 명에 가까운 관중이 운집한 주경기장은 이내 흥분의 도가니로 바뀌고, 관중들은 열광하기 시작했다.

그러면 그럴수록 나에게는 언제 어디서 터질지 모르는 돌발사고 때문에 극도의 긴장감에 휘말렸다. 여기저기 무전으로 지시하고 뛰어다니면서 경호원들을 배치하기를 1시간 정도 하자, 내 온몸은 땀으로 뒤범벅이 되었다. 그러면서 나는 나도 모르게 그런 분위기와 나의 그런 행동들에 익숙해져갔다. 환경이 사람을 변하게 만든다고 했던가. 나는 나도 모르게 변화되고 있었다. 그렇게 정신없이 많은 시간이 흐르고 행사가 거의 끝나갈 무렵, 조금씩 행사 경호에 대해 자신감이 생기고 익숙해지는가 싶더니, 갑자기 관중들이 흥분하기 시작했다. 이때 관중들의 상태는 조금만 문제가 생겨도 성난 파도같이 몰려올 기세였다. 마지막 출연진이 무대에서 공연할 때는 옆에 있는 사람의 소리가 하나도 들리지 않을 정도로 관중들은 열광하면서 소리를 질러대기 시작했다. 내 눈에 비친 관중들은 거의 미친 사람들의 집단 같았다. 그때 문득 그런 생각이 들었다.

'지금까지의 경호는 아무것도 아니구나! 정말 중요한 것은 지금부터다!'

나는 이때부터 혼신의 힘을 다해 경호원들에게 지시를 내리고 일반인들을 통제해 나갔다. 이때 느낀 것은 행사 경호는 시작보다 끝이 중요하다는 것이었다. 또한 관중들을 통제하고 질서를 유지시켜 나갈 때는, 물의 흐름같이 자연스럽게 유도, 통제해야 한다는 것이다. 나는 지금도 그때의 함성을 생각하면 온몸에 피가 끓어오르곤 한다. 이 행사 경호를 지휘하지 못했다면 현재의 나는 없었을 거라고 생각한다.

경호원들을 양성하고 같이 경호 업무를 하다 보면, 어느 순간부터 경호원들을 배려하고 걱정하며 그들을 이끌어가는 경호원을 발견하게 된다. 그 순간부터 누가 시키지도 임명하지도 않았지만, 그 경호원은 자연스럽게 팀의 리더가 되어 경호원들을 통솔한다. 경호원의 세계는 어느 직업보다도 적자생존의 법칙이 잘 적용되며, 무엇보다 실력과 노력으로 평가된다.

보통 조직은 6명이 모이면 1명은 리더, 2명은 추종자, 2명은 반골, 1명은 비실비실이 된다. 그렇게 리더가 된 리더끼리 모이더라도 새로운 리더, 추종자, 반골, 비실비실이 형성된다.

'중요한 것은 누가 먼저 리더가 되느냐에 달려 있다.'

월드컵 문학경기장에서 경호를 마치고

패싸움을 하다

경호원들과 함께하다 보면 패싸움에 휘말리는 경우도 종종 있다. 특히 경호 업무 때는 모두 사명감을 갖고 긴장감을 유지하기 때문에 큰 사고가 없지만, 회식이나 술자리를 갖게 되면 흐트러진 마음에 사고가 생기기도 한다. 특히 항상 절제된 생활과 절도 있는 생활이 요구되며 자신이 아닌 고객 위주로 생활해야 하는 경호원들에게는 많은 스트레스가 쌓인다. 스트레스는 환경의 변화에 적응하려는 내 몸의 변화라고 한다. 하지만 그 변화조차도 고객을 위해 희생해야 하는 것이 경호원들이다. 그렇기 때문에 회식, 즉 술자리는 경호원들을 많이 흐르러지게 만든다.

나 또한 경호원들과 회식을 하면서 큰 사고가 있었다. 종로 쪽에서 경호 업무를 마치고 20여 명의 경호원들과 주점에서 회식을 하고 있었다. 그런데 갑자기 그 당시 팀장으로 근무하던 백** 팀장이 술병으로 자기 머리를 치는 것이었다. 이어 이마에서 피가 흐르고, 백** 팀장은 자리에서 벌떡 일어섰다. 나는 순간 나에게 불만이 있어서 그러는 줄 알고 당황했지만, 백 팀장은 홀 쪽으로 걸어가면서 손으로 피를 닦아낸 후 한 무리의 사람들에게 걸어가더니, 그 중 한 사람의 얼굴에 자기 피를 손바닥으로 비벼버렸다.

사건의 발단은 이랬다. 우리가 회식을 하고 있는 주점의 한쪽에서 한 무리의 동네 깡패들이 술을 마시고 있었다. 그런데 우리가 경호 관련 일 얘기를 하자 그들은 우리 쪽을 못마땅해 하며 보고 있었고, 백 팀장은 바로 그 쪽이 보이는 방향으로 자리 배치가 되어 있었다. 그러다 점점 술자리가 길어지자 백 팀장과 그쪽 깡패들이 서로 눈싸움을 하게 되었고, 그것이 점점 심해지다 상대 쪽에서 가운데 손가락을 세우면서 백 팀장에게 욕을 한 것이었다. 백** 팀장은 그 당시 특전사 중사로 전역한 지 6개월도 되지 않았을 때였다. 나는 그의 특전사 경력을 인정해 팀장으로 발탁했었다. 그런데 혈기 왕성한 백 팀장이 그것을 참지 못하고 사고를 낸 것이었다.

술자리는 난장판이 되었다. 내가 제지하기도 전에 깡패들과 경호원들은 패싸움을 벌이기 시작했다. 여기저기 유리가 깨지고, 의자와 집기들이 부서졌으며, 깡패들과 경호원들이 나뒹굴었다. 나는 그 와중에도 큰일이라는 생각이 들었다. 그 당시는 경호라는 직업이 제도권에서 법적으로 인정받는 직업이 아니었다. 경호 회사를 설립할 때도 허가가 안 되었으며 관련 법규도 없었다. 법에 저촉도 안 받는 자유업이었지만, 반대로 법의 보호도 받지 못하는 시기였다. 그래서 종종 경호 회사들이 폭력사건과 연관되면 회사 대표는 두목, 관리자는 행동대장, 그리고 경호원들은 조직원으로 처벌받는 시기였다.

나는 눈앞이 캄캄했다. 하지만 이내 정신을 수습하고 어차피 발생한 일, 사고를 수습해야만 했다. 그 길은 빠른 시간 안에 상대들을 제압하는 것이라고 생각하고 나는 그들을 살폈다. 그러던 중 한 사람이 눈에 들어왔다. 바로 그가 리더, 곧 두목으로 보였다. 그를 눕혀야만 이 사건이 해결될 것 같았다. 나는 병을 들고 테이블을 발로 차고 날아올라(그 당시 85kg이었음) 내려오는 속도를 이용해 그의 머리를 병으로 힘껏 내리쳤다. 순간 '빵' 하는 소리와 함께 뭔가 부서지는 소리가 났다. 나는 순간 당황하여 내 손을 보았다. 내 손에는 병이 아니라 1.5리터짜리 생수통이 들려 있었다. 그것도 반쯤 너덜너덜한 채로 말이다.

나는 그 당시나 지금이나 술을 마실 때 물을 많이 먹는다. 하지만 그 당시 술집들에서는 생수기나 정수기가 없어서 수돗물을 주는 데가 많다 보니, 술 마시러 갈 때면 생수 큰 것을 두 병씩 사가지고 가서 마시곤 했다. 술에 취해 나도 모르게 그 생수통을 들고 상대를 내리친 것이다. 그것도 빈 생수통을 말이다. 그는 뒷머리를 만지작거리며 뒤돌아서 나와 내 손을 봤다. 그 생수통 터지는 소리가 얼마나 컸던지, 많은 사람들이 싸움하다 멈춰 서서 내 손을 봤다. 나도 내 손을 봤다. 그리고 웃었다. 다른 사람들도 웃었다. 갑자기 분위기가 반전되었다. 그리고 크게 다친 사람이 없었기 때문에 우리는 서로 화해를 했다. 하지만 술집 주인은 벌써 경찰에 신고를 한 상태였다. 일단 나는 지갑에 있는 모든 돈을 주고 경호원들과 그 술집을 급하게 빠져나왔다.

백 팀장의 머리에서는 계속 피가 흐르고 있었다. 주말에 그 붐비는 종로 거리에서 피 흘리는 백 팀장을 데리고 우리는 병원을 찾아 여기저기 뛰어다녔다. 우리가 뛰어갈 때마다 사람들이 비명을 질렀다. 백 팀장의 하얀 와이셔츠에 피가 흥건했기 때문이었다. 우리는 그렇게 한국병원에 도착해 백 팀장의 머리를 꿰맸다. 머리를 꿰매면서 나는 백 팀장의 손을 잡고 크게 소리쳤다.

"운웅아, 죽지 마! 눈떠! 죽으면 안 돼! 정신 차려, 눈감으면 죽는다!"

그러자 백 팀장도 소리쳤다.

"예, 실장님 정신 차릴게요. 안 죽어요! 어디 가지 마세요! 제 마지막을 지켜주세요!"

나는 그 당시 회사의 대표로 있으면서 나이와 영업상 경호실장이라는 직함을 사용했었다. 의사와 간호사들의 만류에도 불구하고 나는 그렇게 한 시간 가까이 백 팀장의 손을 잡고, "정신 차려 죽지 마!"를 외쳤다. 백 팀장은 그렇게 이마에 네 바늘을 꿰맸다. 그런데 치료를 마치고 치료비를 계산하려고 하니, 싸움하면서 흘렸는지 지갑이 없었다. 나는 어쩔 수 없이 신분증을 맡기고 다음날 올 것을 약속하고 병원 문을 나섰다. 다음날 치료비를 주기 위해 병원에 찾아가자 간호사는 의사 선생님에게 가보라고 했다. 의사 선생님에게 가자 의사 선생님이 신분증을 보면서 얘기했다.

"경호원들이시군요! 어쩐지 두 분의 우정이 대단했습니다. 내가 의사 생활

20년 동안 머리에 네 바늘 꿰매면서 그렇게 감동적인 드라마는 처음입니다. 잠깐 나가 계시라고 해도 손을 붙잡고 우시는 모습이 너무 감동이었습니다. 무슨 전쟁영화 보는 기분이었습니다. 오늘 아침에 초등학생이 머리가 다쳐서 병원에서 열 바늘 정도 꿰맸습니다. 아이스크림 먹으면서 어머님과 웃으면서 얘기하더군요."

나는 쥐구멍이라도 들어가고 싶었다. 그 이후 나는 경호원들과 회식할 때는 아예 외곽에 있는 '가든'을 예약해 술을 마시고, 그곳에서 함께 잠을 잤다. 그래서 한번은 경기도 포천의 광릉수목원 근처의 가든에서 경호원들과 회식을 했는데, 그때도 백 팀장은 술에 취해 산속으로 사라졌다. 그런데 문제는 백 팀장이 특전사 시절 입었던 얼룩무늬 군 야상 잠바를 입고 산속으로 사라졌다는 것이다. 그것도 전방 지역에서. 전방 지역에서는 군복 같은 것을 입고 산속에 다니면 무장공비나 간첩으로 오인을 받을 수도 있었고, 잘못하면 큰 사고로 이어질 수 도 있었다. 그때 우리는 백 팀장을 찾아 밤새워 산을 헤매고 다녔다.

'서로가 계산적인 만남과 자기 잇속을 먼저 생각하는 이 시기에, 백 팀장의 순수함과 담백함이 그리워지는 것은 왜일까?'

종로 거리에서 삼일절 기념행사 경호 업무 중('야인시대' 실존 인물들과 함께)

경호 현장에서 똥물을 뒤집어쓰다

00건설회사와 00토건에서 경호 의뢰가 들어와, 김해 건설 현장에 파견되었다. 건설 현장에 경호원들을 파견하는 것이 내심 내키지는 않았지만, 경호 인원이 50명 이상 파견되고 보수가 높은 편이라 파견하기로 결정했다. 김해 현장에 내려가서 현장 관계자로부터 업무 내용에 대한 브리핑을 받았다. 업무 내용은 철거민들로부터 공사 현장 사무실과 인부들 그리고 건설 장비들을 지키고 보호하는 업무였다. 철거민들은 법적인 보상이 끝났지만 자신들의 생계 터전을 하루아침에 잃었기 때문에 가끔씩 현장으로 몰려와 공사가 중단되기 일쑤였고, 몇몇 사람들은 건달들을 동원해 공사를 못 하도록 하고 있다는 것이었다.

현장에 배치된 지 며칠 동안은 아무런 일이 발생하지 않았지만, 5일째 되던 날 많은 사람들이 몰려오기 시작했다. 일부 사람들은 곡괭이와 삽 등을 들고 위협을 했고, 우리보다 훨씬 많은 사람들이 계속 몰려왔다. 처음에는 몸으로 막았는데 시간이 흐를수록 몸싸움이 거칠어지기 시작했다. 그러던 중 10여 명의 사람들이 똥바가지를 들고 달려오기 시작했고, 경호원들은 그 똥바가지를 보자 뒤로 물러서기 시작했다. 그러나 나는 경호원들의 리더로서, 회사의 대표로서 책임감과 의무감으로 버티고 있었다. 그리고는 나까지 물러서면 끝이라는 생각으로 그냥 거기서 똥물을 뒤집어썼다. 그런 나의 모습을 보면서 경호원들이 한두 명씩 다가와서 막기 시작했다. 우리는 모두가 그렇게 똥물을 뒤집어썼다.

그렇게 일을 마치고 숙소로 돌아오는 길에 경호원들이 난리였다. 모두가 이구동성으로 이런 일을 하려고, 똥물을 뒤집어쓰려고 경호원이 된 것이 아니라며, 모두 합의해 서울로 올라간다는 것이다. 반면에 경호를 의뢰한 00건설과 00토건 측에서는 칭찬이 자자했다. 지금까지 건설업을 해오면서 문제가 있을 때마다 건달들을 써보기도 하고 용역 직원들을 부르기도 했지만, 항상 폭력사건이 발생해서 민·형사 문제 때문에 공사가 중단되기 일쑤였다는 것이다. 오늘처럼 깨끗하게 아무런 문제없이 일이 끝나기는 처음이라는 것이었다. 그도 그럴 것이, 우리 경호원들이 똥물을 뒤집어쓰면서 일방적으로 당했기 때문에 상대 철거민들에게는 아무런 피해가 없었고, 그렇게 똥물을 뒤집어쓰면서도 경호원들은 서로 팔짱을 끼고 방호벽이 되어 몸으로 상대 철거민들을 막아냈다. 00건설과 00토건 측에서는 연장계약을 하자고 제의해 왔고, 나는 갈등하기 시작했다. '경호원들을 어떻게 설득할까!' 숙소로 돌아오면서 내내 마음이 무겁기만 했다. 숙소로 돌아와서 나는 경호원들과 회의를 가졌다. 역시 예상했던 대로 반발이 심했다. 나는 경호원들을 설득하기 시작했다.

"시작한 일은 끝을 내자. 이런 어려움 앞에 포기하고 올라간다면 미래에 실패한 기억으로 남겠지만, 끝까지 참고 이겨낸다면 고생했던 하나의 좋은 추억이 될 것이다."

나는 그렇게 새벽까지 경호원들을 설득하기 시작했다. 아침이 되자 일부 경호원들은 몰래 짐을 꾸려 서울로 올라갔고, 나는 남은 경호원들과 계속 현장에서 일을 해나갔다. 우리는 그렇게 몇 개월간 똥물을 뒤집어쓰기도 하고, 때로는 옷이 찢어지면서 끝까지 일을 마무리했다. 그때 나와 같이 일했던 경호원들 중 상당수는 현재 경호 회사의 CEO나 중간 관리자로 활동하고 있다. 그리고 일부는 나의 제자가 되어 경호무술을 수련하고 지도하면서 경호무술 지도자의 길을 걷고 있다. 가끔씩 만나서 그때 일을 회상하면 고생했던 좋은 추억으로 현재까지 간직하고 있다.

많은 사람들이 철거 노조 관련 일들에 사설 경호원들이 파견되는 것을 우려하는 말들이 많다. 물론 문제성이 전혀 없는 것은 아니지만, 경호원들이 그 일을 안 한다면 누군가는 해야 할 일들이다. 과거에는 깡패들이 하던 일들이었기 때문에, 경호원들이 파견되지 않는다면 과거처럼 깡패들이 그런 일들을 하게 될 것이다. 현행 법률상 경호원들이 경호 업무에 파견되려면 사전에 관할 경찰서에 배치 신고를 해야 한다. 신원이 확실한 경호원이 파견됨으로써 있을지 모르는 폭력 사건을 미연에 예방하는 효과가 있다. 경호원 자신들의 인적사항이 관할 경찰서에 배치 신고되어 있으므로 자신의 행동에 책임감을 느끼기 때문이다. 또한 그동안 깡패들이 해오던 일들을 경호원들이 함으로써 음성적인 일들을 양성화하는 데 많은 이바지를 하고 있으며, 깡패들의 수입원을 차단하는 효과까지 있다.

호메로스의 『오디세이아』에서는 리더를 다음과 같이 표현하고 있다.

"수많은 고통을 묵묵히 참아내야 하는 존재."

즉 리더는 남들보다 더 철저히 자기 관리가 필요하고, 솔선수범하기 위해 몸과 마음을 혹독하게 단련시켜야 하며, 필요하다면 앞장서서 위험의 실체와 대면해야 한다.

선거 후보자 경호를 하면서(밀가루를 뒤집어쓰다)

선거 후보자의 경호 의뢰를 받고 파견할 경호원을 선정하면서 선거 후보자 비서진 등과 많은 고민을 했다. 비서진들의 요구는 자칫 경호원들의 행동이 너무 드러나게 되면 유권자들에게 권위적인 이미지를 줄 수 있기 때문에 부드러운 이미지의 경호원들을 파견할 것과, 경호 업무 또한 비노출 경호로 티가 나지 않도록 해달라는 것이었다. 나는 고심 끝에 여자 경호원 한 명과 남자 경호원 둘을 데리고 선거 후보자 경호에 나섰다.

경호원으로서 티가 나지 않도록 비노출 경호 업무를 해야 하기 때문에 우리는 선거 운동원처럼 어깨띠를 두르고 경호 업무를 했다. 또한 선거 운동원들이 유권자들에게 인사를 할 때는 우리도 같이 해야 했으며, 구호(후보자의 기호)를 외칠 때도 같이 외쳐야만 했다. 어색한 동작으로 구호를 외치는 경호원들은 서로를 보면서 쑥스러워했다. 그러면서 '이런 것까지 해야 하나' 하는 생각도 많이 했지만, 반면에 비노출 경호 또한 경호 기법의 한 방법이고 오히려 이런 것이 경호 업무를 수행하는 데 더 도움이 될 수 있다는 생각이 들기도 했다. 그렇게 계속 밤낮으로 경호 업무를 수행하던 어느 날, 선거유세 중 우리가 경호하는 후보자의 연설이 다가오자 갑자기 대학생으로 보이는 몇 명의 사람들이 후보자에게 달려왔다. 비노출 경호이기 때문에 무전기를 갖고 있지 않은 나는 경호원들에게 눈짓과 몸짓으로 사태를 알리려 했지만, 눈짓과 몸짓으로 그 긴박한 상황을 알리기에는 역부족이었다. 급한 나머지 나는 후보자 쪽으로 달려갔고, 그것을 본 경호원들도 후보자를 보호하기 위한 행동을 취했다.

이어서 대학생들이 몇 개의 달걀을 던졌는데 우리는 잘 막아냈다. 바로 이어 우리가 숨을 돌리기도 전에 다른 무리의 대학생들이 비닐봉지를 풀어 헤치면서 밀가루를 뿌리기 시작했다. 나는 재빨리 상의를 벗어 후보자의 머리와 상체를 감싼 후 안전 지역으로 이동해 나갔다. 그 와중에도 대학생들은 계속해서 밀가루를 뿌렸고, 우리는 밀가루를 뒤집어썼다. 그 중 경호원 한 명은 후보자를 보호하기 위해 달걀을 몸으로 막은 상태였기 때문에 달걀 파편 위에 밀가루를 뒤집어쓰게 되어 몰골이 말이 아니었다. 그렇게 얼마간의 시간이 흐르고 경찰이 출동하면서 사태가 진정되고, 이어서 우리가 경호하는 후보자는 연설을 무사히 마치게 되었다. 그 후보자가 연설하는 내내 우리는 사람들이 안 보이는 곳에서 우리의 몰골을 보면서 배꼽을 잡고 웃었다. 그러면서 만약 달걀과 밀가루를 막지 못해 우리가 뒤집어쓰지 않고 후보자가 뒤집어썼더라면, 아마도 그런 몰골로는 연설을 하지 못했을 것이라는 생각이 들었다. 그런 생각을 하자 경호원들과 나 자신이 자랑스러웠다. 하지만 내 생각을 읽기라도 한 것처럼, 연설을 마치고 돌아오는 차 안에서 그 후보자가 이런 말을 했다. 만약 자신이 달걀을 맞고 밀가루를 뒤집어썼더라도 자신은 그런 모습으로 연설을 끝까지 했을 것이라고. 그러면서 일화 하나를 이야기해주었다.

박정희 대통령 시절, 대통령의 연설 도중에 문세광이 박정희 대통령을 저격했는데 육영수 여사가 피살당했고 행사장은 아수라장이 되었다. 당시 대통령의 연설은 TV로 생중계되고 있었는데, TV가 잠시 중단되고 육영수 여사는 병원으로 호송되었다. 사태가 어느 정도 진정되고 나서 대통령이 제일 먼저 한 일은 저격 사건이 발생한 그 자리에서 하던 연설을 끝까지 마친 것이다. 이런 말을 하면서 그 후보자는 경호원들에게 감사하다는 인사를 하고 자신감 있는 눈빛으로 자신의 당선을 확신했다. 나는 그때 후보자의 얘기를 듣고 '역시 정치는 아무나 하는 것이 아니구나!' 하고 생각했다. 그렇게 선거 후보자의 경호를 마치고 몇 년이 지났을 때, TV에서 정치인들이 달걀과 밀가루를 뒤집어쓰고 예전의 우리와 같은 몰골로 황급하게 차량을 타고 꽁무니를 빼는 모습을 보았는데, 참 씁쓸한 생각이 들었다.

"생각하는 것은 쉬운 일이다. 행동하는 것은 어려운 일이다. 생각하는 대로 행동하는 것은 더욱 어려운 일이다."

- 괴테

노조 진압 현장의 용역 깡패가 되다

경호 의뢰가 들어와 노조 현장에 경호원들을 데리고 파견되었다. 그 당시에도 내키지 않았고 지금 생각하기에도 왜 그런 일까지 했을까 하는 후회가 들지만, 당시만 해도 사설 경호산업이 초창기이다 보니 경호 의뢰가 많지 않았다. 하지만 노조 현장은 많은 경호원들이 파견될 수 있고 그만큼 큰 수입을 올릴 수 있는 기회이기 때문에 운영자 입장에서는 매력 적일 수밖에 없었다. 또 일이 많지 않았던 경호원들에게도 경호 일보다 높은 수당을 받을 수 있는 기회이기 때문에 서로 암묵적인 합의 하에 현장에 파견되었다.

하지만 노조 현장은 항상 몸싸움이 심하게 일어나기 때문에 경호원들이 몸을 상하는 경우가 많았다. 나 또한 경호원들과 노조 현장에 파견되어 경호원들과 같이 몸을 다치는 경우가 몇 번 있었다. 처음 노조 현장에 파견되어서 느낀 생각은 '이것은 경호가 아니다.'라는 생각뿐이었다. 해고 근로자들이 회사에 들어오지 못하도록 몸싸움을 하기도 하고, 노조원들과 쇠 파이프 몽둥이를 들고 싸우기도 했다. 옷이 찢어지고 머리에서 피를 흘리는 경호원도 있었고, 나 또한 얼굴에 쇠 파이프를 맞고 상처를 입어 꿰매기도 했다. 물론 상대 노조원들도 많이 다쳤다. 그렇게 일을 마치고 나면 이번이 마지막이라고 혼자 다짐하곤 했지만, 그 이후에도 몇 번 노조 현장에 파견되었다.

나쁜 짓도 많이 하면 무감해지고 자신이 하고 있는 일이 나쁜 짓이라고 못 느끼는 것처럼, 나는 점점 노조 현장의 노조 진압에 익숙해져갔다. 그렇게 몇 번의 노조 파견 업무를 하면서 문득 정신을 차려보니 내 손에는 몽둥이가 들려 있었다. 그리면서 '내가 말로만 듣던 구사대나 용역 깡패 일을 하고 있구나!' 하는 생각이 들자, 정말 나 자신이 창피하고 부끄러웠다. 그 이후로 노조 현장에는 나가지도 않았고 경호원들을 파견하지도 않았다. 하지만 가끔씩 그때 생각을 하면 아직도 얼굴이 달아오르곤 한다.

요즘에는 노조와 철거를 전문적으로 하는 경호 회사가 활동 중이라고 한다. 예전에는 노조 진압과 철거를 하려고 용역 회사에 의뢰하면 사람 구하기가 힘들었지만, 요즘에는 경호 회사에 의뢰하면 몇 백 명도 짧은 시간 내에 동원할 수 있고 법적으로도 문제가 되지 않기 때문이라고 한다. 또한 경호 일보다 높은 보수를 받기 때문에 많은 경호 회사들이 노조나 철거 관련 일들에 경호원들을 파견한다고 한다. 그러다가 허가가 취소되면 이름만 바꾸어서 다시 경호 회사를 설립하기도 한다.

물론 법적으로, 제도적으로 그런 문제가 없도록 보완하는 것도 중요하지만, 경호원 한 명 한 명이 자신의 일에 대한 긍지와 자부심을 잃지 않는다면 그런 문제는 발생하지 않는다고 생각한다. 경호원으로 활동하다 보면 법적으로는 문제되지 않지만 도덕적으로 자신의 양심에 문제가 될 수 있는 의뢰가 들어오는 경우가 종종 있다. 그런 불의와 타협하지 않는 정의감이 경호원에게는 절대적으로 필요하다. 특히 경호원을 지도, 관리, 교육하는 중간 관리자나 운영자는 그런 점을 유념해 경호원들을 파견해야 한다.

군대가 나라와 국민을 지켜줄 수 있지만 잘못 이용하면 쿠데타에 이용되는 것이 군대이듯이, 경호원들이 잘못된 일에 파견되면 용역 깡패가 될 수도 있다는 것을 생각해야 한다.

〈잘못된 리더십과 팀워크〉

날벌레들의 생태를 주의 깊게 관찰하면 매우 중요한 사실을 발견할 수 있다. 날벌레들은 아무런 목적도 없이 무턱대고 앞에서 날고 있는 놈만 따라서 빙빙 돈다. 즉 앞에 있는 다른 벌레가 돌면 따라서 돈다. 어떤 방향이나 목적도 없이 그냥 돈다. 빙빙 돌고 있는 바로 밑에다 먹을 것을 가져다놓아도 거들떠보지 않고 계속 돌기만 한다. 이렇게 무턱대고 7일 동안 계속해서 돌던 날벌레들은 결국엔 굶어서 죽어간다.

좋은 기업을 넘어 위대한 단체로

내가 한국경호공사를 운영하던 시기는 공무원들조차 '사설 경호원'이 있는지도 모르던 시기였다. 그렇기 때문에 많은 에피소드와 우여곡절을 겪기도 했다. 그 중 재미있는 일이 하나 있었는데, 경호원들과 회식을 할 때였다.

우리는 1차로 식당에서 삼겹살에 소주를 마셨다. 경호원 20명이 함께 회식을 하다 보니 당연히 식당을 빌렸다. 경호원들의 3대 불문율인 '보고, 듣고, 말하지 않는다'처럼, 항상 절제된 생활을 하다 보니 경호원들은 스트레스를 많이 받는다. 그렇기 때문에 모처럼의 회식은 경호원들의 사기 진작에 도움이 되었다. 우리는 그렇게 삼겹살집에서 1차로 회식을 끝내고, 나는 경호원들의 성화에 못 이겨 2차로 강남 신사동에 있는 리버사이드호텔 나이트클럽에 가게 되었다. 하지만 검은 정장을 하고 머리가 짧은 건장한 경호원 20명이 나이트클럽 입구에 나타나자 나이트클럽은 발칵 뒤집혔다. 그리고 우리는 당연히 입장이 거부되었다. 나는 간신히 나이트클럽 영업상무와 타협을 봤고, 우리는 클럽 홀이 아닌 나이트클럽 대형 룸에서 술을 마시게 되었다. 룸에 들어가자 나는 그동안 고생했던 실장, 팀장, 그리고 경호원들에게 마음껏 마시라고 하고는 편하게 재킷을 벗도록 했다. 그래서 우리는 모두 재킷을 벗었다.

당연히 우리의 어깨에는 권총 밴드인 엑스반도를 착용하고 있었고, 겨드랑이에는 모두 총을 착용하고 있었다. 물론 가스총이지만 육안으로는 실제 총과 구별하기 힘들었다. 또한 이때 우리의 와이셔츠 포켓에는 신분증이 들어 있었는데, 흰 와이셔츠에 신분증이 비쳐 '경호'라는 글씨가 선명하게 보였다. 그런데 문을 열고 들어오던 웨이터가 그런 우리를 보고 소스라치게 놀라면서 술과 음료수를 놓고 부리나케 나갔다. 이어 나이트클럽 영업상무와 한 중년 신사가 함께 룸으로 들어왔다. 그 중년 신사가 내가 책임자로 보였는지 나에게 말했다.

"경호원들이십니까?"

나는 대답했다.

"예, 그렇습니다."

신사는 명함을 건네며 말했다.

"나이트클럽 영업대표를 맡고 있는 000입니다. 최선을 다해 모시겠습니다. 불편함 없이 즐겁게 회포를 풀다 가십시오."

그 당시엔 일반인에게 알려진 경호 회사가 거의 없었기 때문에 그들은 우리를 '대통령 경호원'이나 '정부 기관 경호원'으로 오인했던 것이다. 20명의 경호원들이 총을 착용하고 있었으니 그럴 만도 했다.

우리는 그렇게 날이 새도록 나이트클럽에서 그동안의 스트레스를 풀었다. 하지만 부킹을 할 때마다 우리 룸에 들어온 여성들은 우리의 모습에 부리나케 도망가기 일쑤였다. 그러던 중 강남 한 병원의 의사와 간호사들이 단체회식을 왔는데, 오히려 간호사들은 우리들과 부킹을 했고, 우리 20명이 모두 부킹에 성공했다. 우리는 그렇게 날이 새도록 패스포드 30병을 마셨다 (이 당시는 패스포드가 가장 좋은 양주였다). 나는 계산을 할 때 나의 카드 한도가 초과될 것 같아 실장과 팀장의 카드를 함께 빌려 계산을 했다. 하지만 나이트클럽 대표는 카드를 돌려주며 나에게 말했다.

"계산은 받지 않겠습니다. 즐거우셨으면 저희들은 그것으로 만족합니다. 다들 매너가 좋으셔서 우리 영업에도 많은 도움이 되었습니다. 앞으로도 자주 방문해주십시오."

우리는 그날 '봉'을 잡았다. 나중에 안 사실이지만, 오히려 그날 나이트클럽은 우리 때문에 매상이 4배 이상 올랐다고 한다. 그 당시만 해도 과소비 억제와 사회 기강 확립 차원에서 시간 외 영업 규제를 했다. 모든 술집과 유흥업소는 12시까지만 영업을 해야 했다. 어길 경우 영업정지나 벌금을 내야 했고, 상습적일 경우 구속까지 되는 시절이었다. 물론 호텔 나이트클럽도 새벽 1시까지만 영업이 가능했다. 그렇기 때문에 12시가 넘으면 모든 술집과 유흥업소의 간판 불도 꺼졌다.

하지만 그날 우리가 있는 나이트클럽은 날이 새도록 영업을 했던 것이다. 기존에 있던 손님들도 간만에 늦도록 놀았고, 주위에도 소문이 퍼져 12시에 술집에서 나온 사람들이 이곳으로 모이게 된 것이다. 모든 곳의 간판이 불이 꺼져 있는데, 이 나이트클럽의 간판만 휘황찬란하게 불이 켜져 있으니 너무나 당연했다. 그들은 우리를 믿고 날이 새도록 영업을 한 것이었다. 물론 중간에 파출소에 시간 외 영업신고가 들어와 경찰관들이 출동했지만, 경찰관들은 나이트클럽 상무와 대표의 말을 듣고 통유리로 된 창문으로 우리의 모습을 지켜보았는데, 검은 정장에 스포츠머리 그리고 총을 찬 채 놀고 있는 우리를 보고 돌아간 것이었다. 그렇게 해서 그 나이트클럽은 평소보다 4배 이상의 매상을 올렸던 것이다.

이때 경호원 승환이는 그날 나이트클럽에서 만난 간호사와 결혼식을 올렸다. 결혼식 날 예식이 끝나고 신랑신부 행진을 할 때, 우리 경호원 20명은 2열로 도열해서 가슴에서 총을 꺼내 신랑신부가 지나갈 때마다 공포탄을 발사했다. "탕, 탕, 탕!" 후에 승환이의 아들 또한 나의 제자가 되었다. 이들 부부는 아들에게 얘기했다고 한다.

"엄마 아빠는 대학 도서관에서 처음 만났단다."

이 당시 한국경호공사는 좋은 기업이었다. 하지만 나는 이제 국제경호무술연맹을 위대한 단체로 만들고 싶다. 『좋은 기업을 넘어 위대한 기업으로』의 저자인 짐 콜린스는 우리가 위대한 기업으로, 위대한 교사로, 위대한 인간으로 도약하지 못하는 이유는 좋은 기업, 좋은 교사, 좋은 인간에 만족하기 때문이라고 했다.

"거대하고 위대한 학교는 없다. 대개의 경우 좋은 학교들이 있기 때문이다. 거대하고 위대한 정부는 없다. 대개의 경우 좋은 정부가 있기 때문이다. 위대한 삶을 사는 사람은 아주 드물다. 대개의 경우 좋은 삶을 사는 것으로 만족하기 때문이다. 대다수의 회사들은 위대해지지 않는다. 바로 대부분의 회사들이 제법 좋기 때문이다. 그리고 그것이 그들의 주된 문제점이다."

- 짐 콜린스의 『좋은 기업을 넘어 위대한 기업으로』 중에서

깡패들에게 전쟁을 선포 받다

경호원으로 일하면서 가장 위험했던 순간은 경호 회사를 창업하고 어느 정도 회사가 안정되어갈 때였다. 물론 경호원이라는 직원은 항상 위험과 사고에 노출되어 있다고는 하지만, 아직까지 국내의 사설 경호 분야는 경호원이 목숨까지 위험에 빠질 정도의 경호 업무는 거의 없고, 혹시 있더라도 극소수에 불과하다. 나 또한 다섯 차례의 큰 위험이 있었지만, 그 중 더 기억에 남는 것은 나의 비굴하고 부끄러운 행동이었다.

회사가 어느 정도 안정권에 들어서고 홍보와 활동을 통해 많이 알려지자, 신변 보호를 의뢰하는 고객의 의뢰 양상도 많이 바뀌어갔다. 초창기에는 호기심과 과시욕 때문에 경호를 의뢰하는 경우가 많이 있었지만, 시간이 흐르자 점차적으로 자신의 신변에 위협을 느껴 경호원을 요청하는 경우가 많아졌다. 그 중 가장 많았던 의뢰는 바로 채권채무 관련 경호 업무였다. 그 당시는 경제가 상당히 어려워지다 보니 도산하는 중소기업들이 많았는데, 부도난 사업주들 가운데는 사채업자들로부터 당하는 협박과 폭력 때문에 자살하는 사람들까지 생기게 되었다. 어떤 사채업자들은 깡패들을 동원해 채무자의 집에 구둣발로 들어가 처자식이 있는 앞에서 욕을 하고 드러누워 돈을 요구하는 경우도 많이 발생했다.

사정이 이렇다 보니 부도가 난 힘든 상황에도 불구하고 경호 요청을 하게 되었고, 나는 그런 곳에 경호원을 파견했다. 처음에는 몸싸움도 많이 하고 형사 문제도 많이 발생했지만, 채권채무 관계 때문에 회사나 집에 찾아와 행패를 부리는 행동 자체가 업무방해이며 불법 침입이기 때문에, 경호원들이 파견되고 몇 번의 몸싸움을 하고 경찰이 출동하면 거의 잘 해결되었다. 그렇게 일이 잘 해결되어가자 처음 의뢰했던 고객이 주위의 같은 처지에 있던 사람들을 소개해주면서 사채업자들로부터 어려움을 겪던 더 많은 사람들을 경호하게 되었다. 그때마다 크고 작은 몸싸움이 있었지만 별 문제없이 잘 해결해 나갔다. 이때는 정말 힘든 사람들을 도와주고 있다는 보람과 경호원으로서의 자부심을 느꼈다.

하지만 점차적으로 문제가 생기기 시작했다. 경호원이 몸싸움 중 흉기에 의해 상해를 입는가 하면, 근무를 마치고 돌아가던 경호원이 뒤에서 쇠 파이프로 머리를 공격당해 크게 다치는 사고가 생겼다. 또한 사무실과 내 핸드폰에도 하루 종일 협박 전화가 오기 시작했다. 나중에 안 사실이지만, 사채가 불법이다 보니 아는 사람을 통해 사채를 쓴다고 한다. 따라서 우리가 채권채무 때문에 경호했던 많은 사람들이 거의 한 사람에게 사채를 썼다는 것이다.

사채업자 입장에서 보면 하루아침에 우리 회사와 경호원들 때문에 몇 억이 넘는 돈을 못 받게 되었고, 그러자 많은 깡패들을 동원했는데, 그 중 몇 명은 폭력과 상해 사건으로 구속까지 되었다. 그러자 우리 회사와 경호원들을 상대로 속칭 '전쟁'을 선포했다는 것이다. 그런 위험에도 불구하고 경호 계약기간이 많이 남았기 때문에 나는 계속해서 경호원들을 파견했다. 그렇게 파견된 경호원들은 고객의 신변은 물론 자신의 신변까지도 지켜야만 했다. 상황이 상황인지라 회사에도 항상 경호원들이 돌아가면서 외곽 순찰과 대기 근무를 하는 실정이었다.

그렇게 계속해 사채 관련 경호 업무를 파견해 나가던 어느 날, 나는 일요일이라 집에서 쉬고 있었다. 하지만 그날도 어김없이 핸드폰으로 계속 협박 전화가 오기 시작했다. 항상 받았던 협박 전화이기 때문에 별다른 생각 없이 핸드폰의 전원을 끄고 집에서 TV를 보고 있었다. 그렇게 얼마간의 시간이 흐른 후 집 밖에서 문 두드리는 소리가 들렸다. 특별히 찾아올 손님이 없었기 때문에 나는 창문을 통해 바깥쪽을 살폈다. 그 당시 내가 살던 집은 다세대 주택이었기 때문에 창문으로 보면 집의 출입문과 바깥쪽을 다 살필 수 있었다. 바깥쪽을 살피던 나는 순간 소스라치게 놀랐다. 많은 깡패들이 몽둥이와 흉기를 들고 문 앞에 몰려와 있었기 때문이다. 드디어 나의 집까지 알아내 건달들을 보냈던 것이다. 도저히 숫자상으로 내가 상대할 수 있는 여력이 되지 않았다. 창문으로 도망갈까도 생각했지만, 이미 바깥으로 나갈 수 있는 곳은 봉쇄되고 말았다. 당황한 마음에 TV를 끄고 핸드폰을 찾아봤지만, 너무 긴장하고 초조한 마음에 핸드폰을 찾을 수가 없었다.

이어서 문이 부서지는 소리가 들렸고, 나는 나도 모르게 장롱 속에 숨고 말았다. 장롱 속에 숨어서 나는 생각했다. '이제 죽는구나.' 마음이 너무 떨리고 긴장되어 숨도 제대로 쉬지 못 할 정도였다. 아마 이때 태어나서 처음으로 하느님을 찾은 것 같다. '하느님, 제발 살려주십시오! 장롱 문이 열리지 않게 해주십시오.'

계단을 뛰어오르는 소리, 구둣발 소리, 그리고 큰 소리로 나를 욕하며 찾는 소리를 들으면서 앞이 캄캄한 지옥 같은 시간이 흐르고 있었다. 구둣발 소리가 가까워질 때마다 숨소리가 들릴까봐 숨을 멈추었다. 숨이 막혀 죽어도 좋다는 생각이 들었다. 다만 장롱 문만 열리지 않기를 빌며, 장롱 문이 열리면 나는 죽는다는 생각으로 나의 모든 힘을 다해 안에서 장롱 문을 붙잡고 있었다. 여기저기서 유리창 깨지는 소리와 물건 던지는 소리가 났다.

그렇게 지옥 같은 얼마간의 시간이 흘렀을까. 갑자기 "튀어!" 하는 큰 소리가 들리고 구둣발 소리가 멀어지기 시작했다. 이웃에서 사람들이 몽둥이와 흉기를 들고 소란을 피우는 모습을 보고 112나 경찰에 신고를 한 것이었다. 구둣발 소리가 멀어지고 밖에서 경찰로 생각되는 사람이 나를 찾는 목소리가 들려와도 나는 장롱 속에서 나갈 줄을 몰랐다. 그때까지도 마음이 진정되지 않았다. 아마도 그때 한 시간 이상을 그렇게 장롱 속에 있었던 것으로 생각된다. 그때 장롱 속에서 나는 정말 많은 생각들을 했다. 내가 지금 하고 있는 이 일이 정말 위험하고 힘든 일이라는 것을, 그리고 경호원이라는 직업을 그만둘까 하는 생각이 들었고, 회사를 닫아버릴까도 생각했다. 그렇게 많은 생각을 하면서 한 시간을 장롱 속에 있었지만, 나에게는 10년 같은 한 시간이었다.

장롱 속에서 나오자 다리가 후들거려 도저히 서 있을 수가 없었다. 그 이후로 몇 개월간 여관에서 경호원들과 생활하면서 출퇴근을 했고, 채권채무 관련 경호 일을 계속해 나갔다. 그때는 길을 걷거나 식당에서 밥을 먹을 때도 항상 주위를 살피며 긴장 상태를 유지했다.

그때의 사건은 나에게 큰 경험이 되었고, 경호원이라는 직업에 대해 다시 한 번 생각하는 시간이 되었다. 그 사건 이전까지만 해도 경호원은 멋지고 폼 나는 직업으로만 생각했었고, 경호 업무 시에도 어깨에 힘을 주며 폼을 잡고 다녔었다. 하지만 사건 이후 '경호원이라는 직업이 정말 위험하고 어려운 일이구나!' 하는 생각을 가지게 되었으며, 아무리 쉬운 경호 일이라도 신중하게 최선을 다하는 자세를 갖게 되었다.

경호원은 항상 위험에 노출되어 있다. 의뢰인이 적지 않은 경호 비용을 들여 경호 의뢰를 할 때는 그만큼 사고가 발생될 수 있다는 것을 반증한다. 한 번의 실수와 방심이 의뢰인은 물론 경호원 자신의 목숨과 신변을 위험에 빠지게 할 수 있다는 것을 염두에 두어야 한다.

호랑이가 토끼를 사냥할 때는 자신의 모든 능력을 다해 최선을 다한다고 한다. 호랑이는 사냥할 때만큼은 절대 토끼를 하찮게 보거나 가볍게 생각하는 법이 없다고 한다. 경호원도 경호 업무 시에는 호랑이의 자세를 본받아야 한다.

일찍 출세하기보다는 크게 성공하라

내가 '한국경호공사'를 설립, 운영할 당시는 사설 경호업이 초창기이다 보니, 일반인들은 사설 경호원이 있는지도 몰랐고 경찰과 공무원들도 마찬가지였다. 특히 한국경호공사의 '공사'라는 명칭 때문에 가끔씩 검문을 하는 경찰관들에게 한국경호공사 경호원 신분증을 보여주면 "충성!" 하고 경례를 하기도 했다. 또한 각종 콘서트 장이나 행사장 그리고 야구장 등에서 경호원 증을 보여주고 "경호원입니다." 하면, 거의 모든 곳이 프리패스로 입장이 가능했다. 그런 만큼 이 당시 경호원은 선망의 대상이었다. 경호 연수생 모집 광고를 내면 경호 연수생들이 정말 벌떼처럼 몰려들었다. 서류심사와 면접을 통해 합격된 예비 경호원들은 30만 원의 경호 연수비를 내고 3개월간 교육을 받고 3개월의 프리랜서(수습 기간) 경호원으로 활동한 후 취업을 하거나 경호원으로 활동했다. 그렇게 우리 한국경호공사에서는 1년 동안 1500명이 넘는 경호원을 배출했는데, 교육비만 4억이 넘는 금액이 들어왔다.

경호 의뢰 또한 그 당시 알려진 경호 회사가 거의 없다 보니, 지역 정보지에 낸 경호 연수생 모집 광고를 보고도 경호 의뢰가 들어올 정도로 경호 영업 또한 잘되었다. 별다른 광고를 하지 않아도 각종 언론 매체에서 앞 다투어 인터뷰와 방송 촬영 협조 요청이 들어왔고, 그것이 홍보가 되어 사업이 더 발전하고 모든 것이 성공적이었다. 사무실도 이전해 100평 정도의 사무실 2개 층을 사용하고 지방에 지점도 5군데 개설했으며 직원도 20명 정도 근무했다. 그때의 내 나이는 불과 20대 중반이었다.

하지만 이런 젊은 나이의 성공 아닌 성공은 오히려 나에게 독이 되었다. 우리의 옛사람들은 인간의 세 가지 불행 중 첫 번째로 '소년등과'를 꼽았다. 소년등과란 어린 나이에 과거에 급제해 높은 자리에 오르는 것을 말한다.

(나머지 두 가지는 아버지의 덕으로 좋은 벼슬에 이르는 것과, 재주가 좋은데 글까지 잘 쓰는 것이다. 정민의 『세설신어』 중)

"소년등과하면 불행이 크다."

"소년등과한 사람치고 좋게 죽은 사람이 없다."

이런 말까지 있을 정도로 옛사람들은 소년등과를 경계했다. 또한 우리나라 영화제에는 '신인상'이 있는데, 미국 아카데미 영화제에는 없다고 한다. 역사도 훨씬 오래된 데다 규모도 더 크고 수상 부분도 더 다양하지만 신인상이 없다. 그만큼 아카데미 시상식은 무엇보다도 경륜과 완숙함을 최고의 가치로 추구하기 때문일 것이다. 위의 말처럼 젊은 나이의 작은 성취는 나를 자만하게 만들었고, 그런 자만과 경험 부족 때문에 나에게도 점점 어둠의 그림자가 드리워지기 시작했다.

『손자병법』에는 '전승불복'이라는 말이 있다. 이 세상에 영원한 승자는 없다는 말이다. 승리에 도취되는 순간 이미 패배가 등 뒤에서 기다리고 있다. 그렇기 때문에 잘나갈 때, 승리했을 때, 더 조심해야 하고 더 초심으로 돌아가야 한다.

내 인생 최대의 실수

회사와 경호무술 도장이 잘 운영되면서 나는 점점 거만해지기 시작했다. 내가 창시한 경호무술이 점점 발전하고 있다는 자신감과 어렵게 서울로 올라와 자수성가했다는 자만심이 거만함을 더 부채질했다. 무리를 해서 고급차를 할부로 샀고, 저녁에는 룸살롱 등에 다니면서 술을 마셨다. 그도 그럴 것이, 나는 20대의 젊은 나이에 경호 관련 사업으로 몇 억의 돈을 벌었던 것이다.

그러다 보니 친구들과도 상당히 멀어지게 되었다. 그 당시 나는 친구들이 다 나보다 못나고 어리게만 생각되었다. 나는 차도 좋은 것을 타고 다니고 돈도 잘 버는데, 친구들은 직장에 취직해 월급쟁이 생활을 하고 있거나, 아직 대학교나 대학원에 다니고 있었다. 그런 친구들을 보면서 나는 거드름을 피우게 되었다. 친구와 만나면 밥이나 술을 마실 때 좋은 곳에 데리고 가서 내 자랑만 일삼으며 거드름을 피우기 시작했다. 그런 나의 모습을 보면서 친구들이 하나 둘씩 멀어지기 시작했고, 나중에는 모든 친구들과 헤어지게 되었다. 지금 생각해보면 그때의 내 모습은 브레이크 없는 오토바이 같았다. 저녁에 일이 끝나면 경호원들을 데리고 다니면서 술을 마셨다. 그 당시는 정말 세상의 모든 것을 다 쥔 기분이었다. 회사도 잘 운영되고, 내가 창시한 경호무술도 잘 보급되고, 경호원들과 같이 몰려다니면서 내가 무슨 폭력 조직의 보스가 된 것마냥 행동하기 시작했다. 그도 그럴 것이, 검정색 정장을 한 경호원 20여 명이 몰려다니니 사람들의 이목을 끌었던 것이다.

그렇게 방탕한 생활을 해나가다 내 인생에서 가장 치욕적인 큰 잘못과 실수를 저지르고 말았다. 룸살롱에서 술을 마시다 사소한 시비가 생겨 폭력을 행사하고, 술에 취해서 술집 집기들을 부수고 웨이터들에게 폭력을 행사하면서 폭력으로 구속되어 구치소에 수감되었던 것이다. 사람을 보호하고 지켜주는 경호원이, 그것도 경호 회사를 운영하는 내가 폭력으로 구속되다니, 정말 창피하고 부끄러웠다. 그 당시 나는 경호 회사의 대표였고, 경호무술 단체의 총재였기 때문에 일간지에 기사화되었다. 신문기사의 내용은 실제 사건과 많은 차이가 있었고, 내 이름이 직접 거론되지는 않았지만 회사명과 단체명이 그대로 기재되었다. 폭력으로 기소되었는데, 기사에는 사기로 기소된 것으로 기사화되었다. 실제 사건과 기사가 다를 수 있다는 것도 그때 처음 알았다.

그렇게 구치소 생활이 시작되었다. 처음에는 적응하기 많이 힘들었지만, 얼마간의 시간이 흐른 후 구치소 생활에 잘 적응해 나갔다. 거기서 나는 그동안의 내 생활에 대해 뒤돌아볼 수 있는 소중한 시간을 가질 수 있었다. 반성도 많이 했고, 많은 것을 생각했다. 그렇게 한 달 정도 구치소에서 생활하다 보석으로 석방되어, 나중에 집행유예의 선고를 받았다. 지금까지도 그때의 잘못했던 내 행동은 내가 경호무술을 보급하는 데 나의 발목을 잡는 요소로 작용하고 있지만, 다른 한편으로는 내가 인생을 살아가는 데 하나의 큰 가르침이 되고 있다.

일본의 유명한 영웅 오다 노부가나는 전쟁에 참여했는데, 전쟁 중에 상대 장수인 다께다 신켄 장군의 호랑이에게 쫓겨 도망가면서 그만 겁을 먹은 나머지 바지에 똥을 쌌다고 한다. 그러면서 자기 진영에 돌아오자 오다 노부가나가 제일 먼저 한 일은 똥 싼 바지 그대로 자신의 용상에 앉아 화가를 불러, 지금 있는 그대로의 자기 모습을 그림으로 그리도록 했다고 한다. 그는 이후 그때의 수치와 부끄러움을 잊지 않으려고 그 그림을 곁에 두고 보면서 항상 반성의 기회로 삼았다고 한다. 그리고 이후 그는 일본 전국을 통일하는 대업을 이루었다. 나 또한 오다 노부가나 같은 영웅은 못 되더라도, 폭력으로 구속된 수치스러웠던 그때의 내 모습을 항상 생각하고 반성하면서, 앞으로는 더 겸손하고 노력하는 경호원으로서, 경호무술인으로서 살아가겠다는 다짐을 해본다.

경호원을 꿈꾸는 사람들 중 한때의 실수로 인해 전과자가 되어서 경호원이 될 수 없다고 한탄하는 사람들을 종종 볼 수 있다. 법적으로 금고 이상의 형을 선고받은 사람은 5년 이상 경과되어야 경호원으로 활동이 가능하며, 집행유예의 형을 선고받은 사람은 그 유예 기간이 지나면 경호원으로 활동이 가능하다. 같은 실수를 반복한다면 문제가 될 수 있겠지만, 한 번의 실수로 전과자가 되었다 하더라도, 그 실수를 교훈 삼아 열심히 정진하고 노력한다면 경호원의 꿈은 이룰 수 있다. 나 또한 인생 최대의 실수가 있었지만 현재도 경호원의 꿈을 경호무술의 보급을 통해 이루어가고 있다.

맛있는 음식의 핵심에는 '숙성'이라는 단어가 있고, 탁월한 상품의 핵심에는 '완성'이라는 단어가 있으며, 성숙하고 성공하는 사람에게는 '반성'이라는 단어가 있다.

도끼에 목이 잘릴 뻔하다

경호 회사를 운영하다 보면 별의별 의뢰가 다 들어온다. 바람난 부인의 현장을 잡아달라는 의뢰가 들어오는가 하면, 방탕한 아들이나 딸을 감시 겸 보호해달라는 요청을 하기도 한다. 그 중 가장 기억에 남는 일은 정신병자를 병원에 호송해달라는 의뢰였다. 처음 전화가 왔을 때는 "여기는 경호 회사이니 병원이나 112에 신고하시기 바랍니다."라고 했다. 하지만 고객은 모두 거절당했다고 했다. 얘기인즉 아들이 정신병에 결려서 어머니인 자신에게 상해를 입히기도 하고 행패를 부려 정신병원에 입원시키려고 정신병원 구급차를 불렀더니, 칼과 도끼를 가지고 난리치는 바람에 병원에서 왔던 사람들이 겁을 집어먹고 도망갔다는 것이다. 그래서 112에 신고도 해보았지만, 경찰에서는 병원이나 응급호송단에 연락하라고 했다. 그렇게 여기저기 전화도 해보고 몇 번의 응급호송 업체가 왔다 갔지만, 모두 끝내 돌아갔다고 했다. 그렇게 고민 고민하다 경호 회사에 속는 셈치고 전화를 했다는 것이다.

그 아주머니의 아들은 이전에도 정신병원에 입원했던 이력이 있다고 했다. 나는 경호 업무와는 거리가 먼 업무였지만, 그 아주머니가 하도 딱하다는 생각이 들어 경호원 둘을 데리고 현장으로 갔다. 현장에 도착하니 아주머니는 우리를 보자 반가워하면서, 자신의 아들이 그랬다면서 팔과 다리의 상처를 보여주었다. 그러고는 제발 꼭 아들을 정신병원까지 데려가 달라고 했다. 내가 아들이 어디 있느냐고 묻자 아주머니는 한쪽 방의 문을 가리켰다. 그 집은 시골에 위치한 전통적인 시골집이었다. 마루가 있고 바깥에는 전등이 켜져 있었기 때문에 저녁인데도 바깥은 밝았다. 아주머니가 가리키는 문을 보니 쇠사슬로 문을 묶어 자물쇠로 잠가놓은 상태였다. 아주머니 말로는 어제부터 칼과 도끼를 가지고 난리를 쳐서 문을 잠가놓았다는 것이다.

나는 아주머니에게 자물쇠를 풀라고 지시하고는, 내가 들어갈 테니 경호원들에게 대기하라고 했다. 안이 어떤 상태인지도 모르고 내가 들어가려고 했던 것은 아마도 경호 교육이 막 끝난 초보 경호원들을 데리고 왔기 때문에, 그들에게 자신감 있는 멋진 모습을 보여주기 위해서였는지도 모르겠다. 문을 열자 방안은 불이 꺼져 있어서 아무것도 보이지 않는 상태였는데, 문지방을 막 들어서는 찰나 앞에서 번쩍 하는 섬광을 보았다. 지금 생각해도 그때 내가 섬광을 볼 수 있었던 것은 그때가 내가 죽을 때가 아니었기 때문일 것이다. 나는 이어서 머리를 숙였고 뭔가 '꽝' 하는 소리와 함께 문틀이 부서지는 소리를 들었다. 순간 오른손을 더듬어서 방안의 전기 스위치를 올리고 고개를 돌려 문틀을 보니 문틀에 도끼가 찍혀 있었다. 순간 온몸에 식은땀이 흘렀다. 고개를 숙이지 않았다면 그 도끼는 나의 머리나 목을 쳤을 것이다. 다시 고개를 돌려 방안을 본 순간 나는 온몸에 소름이 끼치면서 그 자리에 얼어붙어버렸다. 도끼 자루를 잡고 있는 그 아주머니의 아들은 온몸이 발가벗은 상태였다. 또한 온몸에 상처투성이였다. 상처투성이의 발가벗은 상태에서 도끼자루를 잡고 있으니 흡사 악마 같은 모습이었다.

이 급박한 순간에 같이 왔던 경호원들이 뛰어 들어와 그를 제압했다. 나는 한동안 그렇게 다리가 풀린 채로 주저앉아 있었다. 나의 경솔함과 자만 때문에 생명을 잃어버릴 수 있는 상황이었기 때문이다. 그렇게 사태를 수습한 후 우리는 우리가 타고 온 차에 아주머니와 그 아들을 태우고 정신병원으로 향했다. 경호원 한 명이 운전을 하고, 아주머니가 조수석에 앉고, 나와 경호원은 뒷좌석에서 아들을 가운데 앉게 하고 탑승했다.

그런 상황에서도 아주머니의 아들은 노래를 부르면서 혼잣말을 중얼거렸다. 그렇게 얼마간을 주행하던 중 갑자기 옆에서 바람과 움직임이 느껴져 쳐다보니, 그 아들이 바지 속으로 손을 넣는 것이었다. 이어서 어떻게 숨겨 왔는지 시퍼런 칼을 바지 속에서 꺼내더니 내 옆구리를 찔러왔다. 순간 나는 몸을 틀어 두 손으로 그의 손목을 쥐어 잡았다. 이 칼 든 손목을 놓치면 죽는다는 생각으로 온몸에 힘을 다해 그의 손목을 붙잡고 있었다. 정신병자는 힘이 세다고 하더니, 정말 힘이 장사였다. 우리의 움직임이 이상했는지 경호원이 내게 물었다. "총재님, 무슨 일이 있습니까?" 하지만 나는 온몸의 힘을 손에 집중하고 있었기 때문에 목소리가 나오지 않았다. 간신히 "카, 카, 카, 칼." 하고 모기만 한 소리만 냈을 뿐이다. 앞에 탑승한 경호원이 이상이 여긴 나머지 차를 세우고 뒤돌아보고는 사태를 알아차렸고, 경호원들과 함께 그를 제압했다. 무사히 그 아들을 정신 병원에 인계한 후 돌아오는 길에 경호원들이 내게 말했다.

"역시 총재님은 대단하십니다. 나 같으면 여기 칼이 있다고 난리를 쳤을 텐데, 그냥 칼, 하고 한 마디만 하시더군요."

나는 속으로 생각했다. 난들 "여기 칼이 있다! 빨리 제압하자!" 하고 큰소리를 치고 싶지 않았겠는가! 손에 힘이 너무 들어간 나머지 목소리가 안 나오는 것을, 아마 그 경호원은 지금도 그때 일을 생각하면서 내가 멋진 모습으로 "칼!" 한 것으로 상상할 것이다. 내가 그 순간 천당과 지옥을 얼마나 많이 헤맸는지도 모른 채. 나는 그날 그렇게 일을 마치고 집에 돌아와 한동안 잠을 이루지 못했다. 그리고 생각했다. 지금 내가 걷고 있는 이 길이 아무나 걸을 수 없는 길이라는 것을.

숲속을 걷다 보면 두 가지 길이 나온다.
하나는 다른 사람들이 걸었던 길이고, 다른 하나는 아무도 걷지 않은 길.
나는 아무도 걷지 않은 길을 걸을 것이다.

경호 업무에 실패하다

대한민국의 이혼율이 높아지면서 이혼 관련 경호 의뢰가 점차적으로 많아지고 있다. 물론 이혼이 사회적으로 바람직한 현상은 아니지만, 여성의 입장에서 보면 이혼 시 법정에서 남편을 혼자 만난다는 것이 대단히 힘들고 어려운 일이다. 이혼 소송을 의뢰한 당사자가 여성인 경우, 불안하고 초조한 마음은 더하다. 나는 경호 회사를 운영하면서 수십 차례 이혼 관련 경호를 맡았던 경험이 있다.

처음 이혼 관련 경호 의뢰가 들어왔을 때는 별생각 없이 남자 경호원 2명을 데리고 법원 앞 커피숍에서 의뢰인을 만났다. 경호 근무는 별로 힘들지 않게 생각되었다. 시간이 되면 지금 있는 커피숍에서 이혼 법정까지 수행 경호를 한 다음, 재판이 끝나면 다시 법원 앞에서 택시를 탈 때까지만 수행 경호를 하면 되었다. 문제는 이혼을 안 하려는 남편이 재판을 받고 나오면서 행패를 부릴 수 있다는 것이다.

예상했던 대로 재판을 받기 전 대기실에서는 큰 문제가 생기지 않았다. 남편 역시 조용하게 부인에게 말만 거는 상태였기 때문에 큰 문제없이 남편과 부인은 재판장으로 들어갔다. 하지만 재판을 받고 나오면서부터 남편은 많이 흥분된 상태였다. 그는 우리가 경호해야 할 부인에게 욕설과 함께 행패를 부리기 시작했다. 우리는 부인에게 접근하는 것을 몸으로 제지하면서 막았지만, 남편은 그러면 그럴수록 웃통을 벗고 길거리에서 더 심하게 행패를 부렸다. 지나가는 사람과 차들이 멈춰 서서 구경하기 시작했다. 우리는 부인에게 접근하는 남편을 막으랴, 택시를 잡으랴, 무척 우왕좌왕했다. '미리 택시를 잡아놓거나 차를 준비할 걸!' 하는 후회를 해봤지만, 이미 상황은 벌어진 후였다. 그렇게 어렵사리 택시를 잡아 부인을 차에 태워 보내고 우리는 경호 업무를 마무리할 수 있었다. 그때까지도 남편은 분이 풀리지 않았는지 우리에게 계속 욕설을 해댔다.

실패한 경호 업무였다. 경호 업무는 아무리 상황을 잘 처리했더라도, 일단 상황이 발생했다면 실패한 경호다. 특히 이혼 관련 경호 업무 시 위의 상황과 같이 고객인 부인이 많은 사람들이 있는 곳에서 전 남편에게 욕설을 듣는 상황을 만들게 되는 경우는 이혼 관련 경호 업무 중 최악의 상황이라고 봐야 한다. 이후 실패에 대한 분석과 여러 번의 경험을 통해 이혼 법정에서는 다음과 같은 방법을 생각하고 준비해야 원활하게 경호 업무를 수행할 수 있다는 것을 알게 되었다.

먼저 이혼 관련 경호에 나갈 때는 여자 경호원 1명 이상을 경호 팀에 합류시켜야 한다. 그래야 이혼당하는 남편을 자극하지 않는다. 이혼까지 당하는 남편의 입장에서는 경호원이라 하더라도 자신의 부인 옆에 남자가 있으면 강한 질투심과 함께 흥분하게 된다. 따라서 여자 경호원 1명이 고객의 언니나 동생같이 행동하면서 근거리에서 경호를 하고, 남자 경호원은 멀리 떨어져서 최대한 남편의 눈에 띄지 않게 원거리 경호를 해야 한다. 물론 때로는 상황에 따라 경호원이 있다는 것을 남편에게 과시함으로써 사고를 예방하는 경호 기법 또한 있다. 또한 차량을 미리 준비해놓아야 재판이 끝나는 대로 바로 고객을 차에 태워서 안전 지역으로 이동시킬 수 있다. 법원 앞에서 시간을 끌다가는 앞의 경우처럼 고객이 망신당하는 경우가 발생할 수 있다. 만약 재판이 끝나자마자 고객을 차량으로 이동시키는데 남편이 따라온다면, 남자 경호원이 남편을 제지하고 여자 경호원은 고객을 데리고 차로 이동해 최대한 빨리 그 자리에서 벗어나는 것이 중요하다. 이때 경호원이 남게 되더라도 재빨리 고객을 그 자리에서 벗어나게 해야 한다. 이혼 관련 경호 시에는 이 두 가지 방법을 잘 염두에 두어야 사고를 미연에 방지할 수 있다. 앞으로 우리나라도 이혼율이 낮아져 이혼 관련 경호 업무가 적어졌으면 하는 바람을 가져본다.

"나는 계속해서 실패를 경험한다. 그것이 내가 성공하는 이유다."

- 마이클 조던

OK 국도의 결투

내가 경호원으로 경호 업무를 해오면서 가장 보람을 느꼈을 때는 한중교류문화협의회 이장수 회장님을 경호할 때였다. 아는 사람을 통해 이장수 회장님을 소개받았다. 그 당시 이장수 회장님은 자신이 하고 있는 일 때문에 신변에 위협을 받고 있었다. 그 동기는 이장수 회장님이 중국에 무역업을 하면서 국내 무역회사들과 이권 문제가 개입되었는데, 상대 무역회사들이 현재 하고 있는 사업에서 손을 떼도록 협박하고 있다는 것이었다. 언제부터인가 미행과 감시를 받는다는 느낌을 받았고, 집의 전화 자동응답기에는 딸의 신변에 대해 협박하는 녹음까지 했다고 한다.

경찰에 신고와 함께 신변보호 요청을 하기도 했지만, 사건 처리는 접수해서 조사는 해보겠지만 신변보호 요청은 할 수 없다고 했다. 또한 경찰에서는 범죄가 성립된 사건에 대해서만 조사가 이루어진다는 것이다. 아마 이런 이유 때문에 사설 경호원들이 필요한지도 모른다.

이장수 회장님의 슬하에는 딸이 하나밖에 없었기 때문에 경호원이 4명 파견되었다. 2명은 이장수 회장님을, 2명은 이장수 회장님의 딸을 경호했다. 그 당시 이장수 회장님의 딸은 고등학교 3학년이었다. 이장수 회장님과 딸이 같이 움직이는 날은 차량이 한 대로 움직이기 때문에, 2명은 쉬고 2명의 경호원만 경호 근무에 나섰다.

사고가 일어난 날은 휴일인 데다 이장수 회장님과 딸이 같이 고향에 가는 날이었기 때문에 나와 경호원 한 명이 경호 근무에 나섰다. 경호원 한 명이 운전을 하고 나는 조수석에 탔다. 이장수 회장님의 고향이 지방이기 때문에 국도를 타고 가는데, 아까부터 뒤에서 차가 계속 따라오는 것 같았다. 속도를 높이거나 줄이기도 하고 중간에 쉬기도 하면서 그 차를 따돌렸지만, 어느 정도 진행하다 보면 어느새 뒤에 따라붙는 것이었다. 가만히 살펴보니 상대방 차는 2대로 추정되었는데, 각 차마다 4명 정도가 타고 있는 것으로 보였다. 하지만 현재까지는 상대가 어떤 위협이나 행동을 한 상태가 아니기 때문에 섣불리 경찰에 신고할 수 도 없는 상황이었다. 아마 상대방들은 우리가 인적이 드문 곳으로 가기를 기다리는 것 같았다. 위험한 순간이 아닐 수 없었다. 만약 상대방들이 흉기를 가지고 있다면 우리 2명으로는 무리였다.

그나마 다행인 것은 평상시에는 귀찮아서 장비 휴대를 안 하다가 오늘은 가스총과 경호봉(3단봉), 그리고 방검복을 다 착용하고 나왔다는 것이다. 경호 계약 시 경호 비용을 높게 받기 위해 견적서에 방검복 대여료를 포함시켰고, 이장수 회장님에게도 방검복을 착용하도록 한 상태였다. 또한 나는 이 가스총을 잘 이용하여 상대가 총으로 생각하도록 만들 수만 있다면 이 위험을 벗어날 수 있을 것 같았다. 나는 가스총에 공포탄 3발과 가스탄 3발을 장전하고 경호원에게도 그같이 지시했다. 그리고 회사에 전화해서 현재 우리의 위치와 진행 방향, 목적지, 그리고 상대의 차량번호를 알려주었고, 10분 간격으로 전화해서 우리가 전화를 안 받을 경우 바로 112에 신고하도록 모든 조치를 취해놨다.

그렇게 얼마간을 주행하는데 갑자기 차 한 대가 앞지르면서 우리 앞길을 막아섰다. 우리는 급정거를 했고 순간 나와 경호원은 용수철처럼 밖으로 튀어나갔다. 미리 긴장상태를 유지하면서 준비하고 있었기 때문에 그러한 동작이 가능했다. 만약 차 안에 그대로 있었다면 우리는 그대로 차에 갇히는 꼴이 됐을 것이다. 상대방도 미리 준비한 것처럼 야구 방망이와 흉기를 들고 내렸다. '이제 정말 실전이구나!' 하는 생각에 앞이 깜깜해지기 시작했다. 그동안 수많은 수련과 훈련을 통해 이런 상황을 수도 없이 연습했건만, 역시 실전은 나의 두 다리를 얼어붙게 만들었다. 야구 방망이와 흉기 그리고 그들의 수에 나는 기세가 꺾이는 것을 느꼈다.

7~8명 정도의 사람들이 점점 포위하면서 좁혀오기 시작했다. 나는 순간 하늘에 '탕탕!' 하고 공포탄을 발사한 후, 가스총으로 제일 앞에 오는 사람의 다리를 겨냥했다. 다리를 겨냥한 이유는 상대가 이 가스총을 실제 권총으로 오인하도록 유도하기 위함이었다. 순간 효과가 즉시 나타났다. 상대방들은 주춤하면서 약간 뒤로 물러서는 것 같았다. 그렇게 긴장되는 몇 분이 지나갔다. 아마 차 안에선 이장수 회장님이 경찰에 신고를 했을 것이므로 우리는 이렇게 경찰이 올 때까지 시간을 끌면 되었다.

그런데 이런 중요한 순간에 같이 있던 경호원이 너무 긴장한 나머지 가스총을 발사하고 말았다. 그것도 공포탄이 아닌 가스탄을 말이다. 물론 가스탄도 '탕!' 하고 소리는 났지만 하얀 먼지 같은 가스탄이 밀가루처럼 퍼지다가 순간 바람에 의해 모두 날려가고 말았다. 약간의 최루탄과도 같은 냄새가 나기 시작했고, 상대방들은 가스총이라는 것을 눈치 채고 다시 좁혀오기 시작했다. 나 또한 다가오는 사람들을 상대로 남은 공포탄과 가스탄을 모두 쏴봤지만, 가스탄은 약간만 바람이 불어도 밀가루처럼 모두 날아가 버렸다. 이런 가스총을 경호 장비라고 팔아먹는 장비 회사들이 원망스러웠고, 왜 진작 성능 시험이나 사용을 해보지 않았을까 하는 후회가 들었다. 그냥 실제 총과 같은 생김새에 끌려 구입했던 것이다.

이제는 정말 마지막이라는 생각으로 3단봉을 빼어 들고 싸우기 시작했다. 싸움이 시작되자 3단봉의 위력이 이렇게 유용할 줄은 몰랐다. 가벼우면서 길이가 적당하기 때문에 상대의 흉기나 야구 방망이를 든 손목 부위를 후려치면 여지없이 상대가 흉기를 놓치는 것이었다. 상대의 흉기를 떨어트린 다음 어깨나 목 부위를 치면 상대가 고꾸라지기 시작했다. 한두 번 성공하자 자신감이 생겼고, 계속해서 상대들을 공격해 나갔다. 누가 싸움은 자신감과 기세라고 했던가! 자신감을 찾은 나는 그동안 수련했던 모든 기술들을 펼치면서 상대들을 제압해 나갔다. 그때는 정말 아무 생각도 없었다. 무아지경, 바로 그런 상태가 그때 나의 상태였다.

그렇게 상대를 다 물리친 후 정신을 차려보니 나 또한 앞가슴 쪽의 옷이 두 군데나 크게 찢겨졌고, 방검복 또한 두 군데 크게 흠집이 나 있었다. 이장수 회장님의 말로는 두 번이나 가슴 쪽에 칼로 찔렸다는 것이다. 그 모습을 보고 이장수 회장님도 크게 놀랐다고 했다. 하지만 방검복 덕택에 조그만 찰과상을 제외하곤 어느 곳에도 부상을 입지 않았다. 나는 이때 방검복과 3단봉의 위력을 절실히 깨달았다. 나중에 경호무술에 3단봉을 이용한 경호봉술을 새롭게 창안해 정립시킨 것도 이때의 경험 때문이다. 군에 처음 입대하여 훈련을 받으면, 아무리 어려운 훈련 중에도 총을 절대 놓지 않도록 훈련을 한다. 절체절명의 위기 시 이 총 한 자루가 자신의 목숨을 지켜줄 수도 있기 때문이다. 경호 장비 또한 군대의 총과 같다 우리가 소홀하게 여기는 장비 하나가 절체절명의 순간 고객과 경호원의 목숨을 지켜줄 수 있는 것이다. 아마 그때 방검복을 착용하지 않았고 3단봉이 없었다면 하고 생각하면 지금도 아찔하다.

이장수 회장님은 현재 중국에 한중 합작회사를 설립해 한중 교류사업에 큰 활동을 하고 있고, 우리 사단법인 국제경호무술연맹 후원회장으로 재직하면서 경호무술 발전에도 많은 도움을 주고 계신다. 그리고 그때 같이 있었던 딸 현희는 얼마 전에 결혼해서 행복하게 살고 있다. 그때 결혼식장에서 현희가 내게 다가와서는 "앞으로 오빠를 친오빠로 생각하겠다."고 하며 해맑게 웃어주었다. 그 모습이 지금도 눈에 선하다.

현명한 사람은 과거에서 배우고, 현재를 살며, 그리고 미래를 계획한다.

절체절명의 죽을 고비를 넘기면서

내가 경호원으로 활동하는 동안 가장 큰 사고가 난 것은 건설 관련 경호 업무에 파견되었을 때다. 건설 관련 일들은 항상 이권이 개입되다 보니 용역 깡패들과 부딪히는 일이 많았다. 하지만 우리는 관할 경찰서에 합법적으로 배치 신고를 하고 파견된 경호원들이고 상대는 이권에 개입된 용역 깡패들이기 때문에, 서로 대치하다 경찰이 출동하면 별다른 사고 없이 해결되곤 했다.

그러던 중 경기도 지역 건설 현장에 30여 명의 경호원들이 파견되었다. 다른 때처럼 서로 대치하다 상대 용역 깡패들은 물러나게 되었고, 우리는 순탄하게 경호 업무를 해나갔다. 며칠 후 상대 쪽에서 연락이 왔다. 연락한 이유는 "서로 먹고살자고 하는 일이니 만나서 술 한 잔 하면서 잘 해결하자."라는 것이었다. 나는 마다할 이유가 없었다. 어차피 앞으로 한 달간은 경호 업무를 해야만 했고, 언제 어떤 일이 발생할지 모르니 만나서 평화적으로 해결하는 것이 좋다는 생각이 들어 선뜻 약속 장소를 잡았다.

약속 장소로 가려는데 직원들이 만류하면서 경호원들과 함께 가라고 했다. 이유인즉 우리 때문에 자신들의 이권이 빼앗겨 좋지 않은 감정이 있을 것이고, 상대가 상대이니만큼 안전을 생각해서 10여 명의 경호원들을 데리고 가라는 것이었다. 나는 오히려 경호원들을 데리고 가는 것이 상대에게 얕잡아 보일 수가 있고, 상대가 술 한 잔 하자고 호의적으로 나왔는데 경호원들을 데리고 가는 것이 내키지 않아 그냥 혼자 가기로 결심했다. 나 또한 약속 장소로 향하면서 내심 걱정이 되기도 했지만, 며칠 밤낮으로 경호 업무 때문에 잠도 제대로 못 자고 교대 근무 중인 경호원들을 데리고 갈 수도 없는 노릇이었다. 또한 내가 자신들을 만나러 간다는 것을 많은 사람들이 알고 있기 때문에 별다른 일이 발생하지 않을 거라는 확신이 있었다. 하지만 약속 장소에 도착하자 상대는 혼자가 아니고 10여 명의 사람들과 함께 있었고, 분위기가 험악해 보였다.

'어차피 엎질러진 물'이라는 생각과 함께 현 상황을 잘 헤쳐 나가지 않으면 안 된다는 생각이 들었고, 다시 되돌아 나갈 수도 없는 상황이었기에 자리에 앉아 술자리를 함께했다. '건달, 아니 깡패들을 만나면 항상 느끼는 거지만, 자신에 대해 자신 없는 사람들이 깡패가 아닌가 싶다!' 그렇기 때문에 패로 몰려다니고, 얘기를 해도 자신이 아닌 다른 사람의 얘기를 한다. 여기서도 마찬가지였다. 어디에 누구 형님, 무술인 중에 누구, 경호협회 중에 누구누구 회장을 아냐는 거였다. 그러면서 자신이 말했던 사람들과의 친분을 얘기하면서 은근히 속된 말로 '간'을 보고 있었다. 나는 여기서 물러서면 안 되겠다는 생각으로 "나는 건달이 아니기 때문에 누구 00 형님은 모르겠고, 경호 회사는 내가 대표로 있고 경호무술은 내가 창시해서 보급하고 있다." 라고 당당하게 말했다. 그러면서 그때나 지금이나 내가 술은 좀 먹는 편이기 때문에 10여 명의 사람 모두와 일대일로 술 대작을 했다. 그렇게 한두 시간이 흐르면서 나는 점점 취해갔다.

술이든 기세든 자신들에게 지지 않는 모습에 화가 났는지, 아니면 술에 취했는지, 그 중 몇 명이 약간씩 언성을 높이면서 반말을 하기 시작했다. 물론 그 중 매너가 있는 사람들은 그들을 만류했지만, 나는 다음에 다시 볼 것을 약속한 후 자리를 차고 일어섰다. 술집이 지하이다 보니 계단을 오르며 내가 평소보다 술을 많이 한 것을 느끼면서 나는 약간 비틀거렸다. 계단을 다 오른 순간 난 함정이라는 생각과 함께 정신이 번쩍 들었다. 양쪽에 두 무리의 사람들이 야구 방망이와 쇠 파이프를 들고 나를 기다리고 있는 것이었다. 그런 생각이 머리에 스치는 찰나의 순간, 나는 머리에 '퍽' 하는 소리와 함께 둔탁함을 느끼고 바닥에 쓰러졌다. 이어지는 구둣발과 몽둥이들.

나는 말 그대로 몽둥이찜질을 당하고 있었다. 아무런 생각도 안 들었고 아무런 저항도 못 했다. 그냥 발길질에, 몽둥이질에 내 몸이 내던져졌을 뿐이었다.

그렇게 얼마간의 시간이 흐르자 상대들이 아무리 발길질과 몽둥이질을 해도, 나는 몸만 흔들릴 뿐 아픔을 못 느낌은 물론 온몸이 무감각해져갔다. 그렇게 감각이 없어지자 나에게는 공포가 엄습해왔다. '아! 이제 죽는구나!' 몸이 무감각해질수록 죽음에 대한 공포가 밀려왔다. 나는 그렇게 길거리에서 기절했다. 나중에 안 사실이지만, 그렇게 길거리에서 2~3시간을 기절해 있었던 것 같다. 내가 테러를 당한 곳이 경기도 외각의 인적이 드문 시골 밤거리이다 보니 지나가는 사람들이 없었기 때문이다.

나는 몇 시간 후 깨어났지만 온몸이 피투성이고 몸이 말이 아니었다. 얼굴은 여러 군데가 찢어져 피가 흐르고 있었고, 일어설 수도 없는 데다 앞은 잘 보이지도 않았다. 그냥 저 멀리 녹색 십자가가 흐릿하게 보여 병원이라는 생각에 걷다 쓰러지고, 기어가고 다시 걷다 쓰러지기를 반복하면서 병원에 갔다. 병원에서는 너무나 상처가 깊어 응급처치 찢어진 곳들을 봉합 수술하고 대학 병원으로 후송되었다. 대학병원 담당의사는 찢어진 곳은 봉합하면 되고 부러진 곳은 깁스하면 되지만, 걱정은 얼굴의 한 쪽 안구 뼈가 골절되고 주저앉아 눈이 실명될지도 모른다는 거였다. 내가 몇 번을 거울을 봐도 한 쪽 눈은 흰자만 보였다. 나는 그때나 지금이나 성격이 낙천적이다. 그 당시엔 '궁예'라는 사극이 유행했었는데, 나는 그 순간에도 '애꾸가 되면 궁예처럼 안대를 금색으로 할까, 검정색으로 할까?' 하고 고민을 했다. 지금 생각하면 참 웃음이 나온다. 나는 천만다행으로 5시간의 수술 끝에 인공 안구뼈를 이식받아 실명의 위기를 넘겼다.

병원에 입원해 있을 때 가장 먼저 달려와 주신 분이 김두한의 마지막 후계자로 알려진 조일환 회장님이시다. 그것도 수십 명의 식구(?)들과 병원을 방문하셔서 병원이 발칵 뒤집히기도 했다. 나중에 안 사실이지만 간호사들이 내 병실에 들어올 때 아침마다 자기들끼리 가위 바위 보를 했다고 한다. 서로 들어오는 것이 무서워서. 그도 그럴 것이, 얼굴을 너무 많이 꿰매어 꼴이 말이 아닌 데다, 병실 앞에는 경호원들이 지키고 서 있고, 면회 오는 사람들은 조일환 회장님 같은 수십 명의 건달들이었으니 그런 생각을 가질 만도 했다. 그렇게 가위 바위 보에서 진 사람은 떨리는 마음으로 병실에 들어왔고, 두려운 마음에 말을 걸어보려고 "오늘 날씨 좋죠?" 하고 말을 걸어왔다. 하지만 나는 입술과 입 안쪽도 꿰맨 상태였기 때문에 말하는 것이 부자연스러워서 이상한 소리로 "웨(예)." 하고 대답했고, 간호사들은 그것이 더 무서웠다고 했다. 이후 나는 많이 회복되어 병원 직원들과 한 식구처럼 지냈고, 간호사 중의 한 명과 사귀기도 했다. 그렇게 4개월간의 입원 치료를 하고 퇴원했다.

이후 눈에 후유증 같은 것을 전혀 못 느끼지만, 실탄 사격할 때와 탁구를 칠 때 눈이 예전 같지 않음을 느끼곤 한다. 상대방들은 모두 구속되었으나 조일환 회장님의 노력과 중재로 이후 원만하게 모든 것이 처리되고 합의가 되어 잘 해결되었다.

나는 이 사건 이후 어떤 일이든 '모든 경우의 수'를 생각하는 신중함을 갖게 되었으며, 새로운 경호 교육 기법을 생각해내게 되었다. 물론 평범한 생각일지 모르지만 일상생활에 경호 업무를 접목해보는 것이다. 즉 길을 걷다가도 앞에서 걸어오는 상대가 언제 나를 공격할지 모른다는 생각을 갖고 걸어가고, 문을 열 때도 문 뒤에서 누가 갑자기 공격할 수도 있다는 생각을 갖고 문을 열고, 엘리베이터에서도 뒤에 있는 상대가 갑자기 나를 공격할지 모른다는 긴장감을 갖는 것이다. 그렇게 하루하루 자기를 단련하다 보면 변화된 자신을 발견하게 될 것이다!

나는 이 당시 죽음의 문턱까지 가보았다. 호랑이는 죽어서 가죽을 남기고 사람은 죽어서 이름을 남긴다. 하지만 중요한 것은 호랑이는 가죽 때문에 죽고, 사람은 이름 때문에 죽는다는 것이다. 가장 어렵고 힘든 시기에 큰 힘이 되어주셨던, 지금은 고인이 되신 고(故) 조일환 회장님, 그리고 수술이 처음이라 너무 떨리고 외로울 때 함께 있어준 동생 정종섭 이사에게 이 글을 빌어 감사의 인사를 전해드린다.

용기는 함께하는 것이다(영광의 상처)

소래시장에서 일수를 하는 여자 고객으로부터 경호 의뢰가 들어왔다. 이유인즉, 시장에서 수금을 하고 나면 전 남편(법적으로 이혼하지 않은 상태였음)이 찾아와 수금한 돈을 빼앗아 가기도 하고 행패를 부린다는 것이었다. 가끔씩 돈을 안 주면 시장바닥에서 자신의 머리채를 잡고 끌고 다니기도 한다고 했다. 경찰에 몇 번은 신고도 해봤지만, 법적으로 이혼한 상태가 아니라 처벌이 힘들고, 교묘하게 법망을 피해 가는 속칭 '양아치'라는 것이었다.

나는 상담을 하면서 좀 망설였다. 두 사람이 부부관계이기 때문에 부부싸움에 제3자가 개입하기가 힘든 데다, 만약 폭력 사태가 발생하면 법적으로 불리하기 때문이었다. 하지만 고객 분의 사정이 너무 딱하다는 생각이 들어 아는 분의 법률 자문을 얻은 후 경호 계약을 체결했다. 다만 여자 고객 분이 전 남편에게 내용 증명과 함께 이혼소송을 내야 한다는 조건을 달았다. 폭력으로 전 남편을 여러 차례 경찰에 신고한 근거가 있고 이혼 소송을 제기한 상태라면, 법적으로 경호원이 개입하더라도 어느 정도 법률상의 보호를 받을 수 있다는 법률 자문을 얻었기 때문이다.

나는 여자 경호원 한 명(윤유현)과 함께 경호 현장으로 나갔다. 여자 경호원은 여자 고객 옆에서 고객을 근접 경호했고, 나는 그 여자 고객이 보이는 가시거리 안에서 원거리 경호를 했다. 며칠 동안 특별한 일은 발생하지 않았지만, 문제는 유현이와 나의 정장이 너무 눈에 띄는 것이었다. 매일 같은 시간 우리가 무전기를 착용한 상태에서 정장을 하고, 일수 때문에 수금하는 고객을 경호하면서 소래시장을 한 바퀴씩 돌자 시장 상인들이 수군거렸다. 그래서 나는 고객에게 건의했다.

"우리의 정장이 너무 눈에 띄어서 이목을 끄는 것 같습니다. 눈에 띄지 않는 복장으로 경호할까요?"

그러자 고객은 정색을 하면서 말했다.

"이렇게 경호하고 있다는 것을 눈에 띄게 해야 전 남편이 겁을 집어먹고 해코지하지 못할 겁니다. 계속 정장을 입고 해주세요. 무전기도 계속 착용하구요!"

내심 고객은 경호를 받는 것이 처음이라 그것을 즐기고 있었다. 나중에 알게 된 내용이지만, 자신이 젊은 나이에 일수를 하다 보니, 돈이 아쉬울 때는 돈을 빌리기 위해 웃는 얼굴을 하지만, 속으로는 자신을 멸시하는 눈초리를 많이 느꼈다고 했다. 그래서 전 남편이 행패를 부릴 때도 도와주는 사람이 한 명도 없었던 것이라고 했다. 화장실 들어갈 때와 나올 때, 다른 것이 사람의 마음이라고 했다. 그런데 자신을 경호원이 경호하는 모습을 보면서 사람들의 태도가 달라진 것을 느꼈고, 자신도 일수쟁이가 아니라 '큰손'이 된 기분이 들었다는 것이다.

그렇게 일주일쯤 됐을 때 전 남편이 소래시장에 나타났다. 고객이 눈짓으로 알려주어 살펴보니, 딱 한눈에도 깡패 같았고 독사 같은 눈이 보통이 아니라는 생각이 들었다. 이날은 경호원이 있는 것을 눈치 채고 상황만 파악하는 것 같아 아무 일도 발생하지 않았다. 하지만 다음날 전 남편은 두 명의 일당과 함께 나타났고 우리가 경호하는 고객에게 말을 걸며 행패를 부렸다. 나는 바로 그들을 제지했다. 나와 여자 경호원은 그들과 그렇게 서로 대치했는데, 전 남편이 데려온 두 명도 한눈에 범상치 않아 보였다. 나는 유현이(여자 경호원)에게 고객을 데리고 뒤로 빠지게 하고 나는 그들과 그렇게 3대 1로 맞섰다.

"야, 새끼야, 네가 우리 부부 문제에 왜 끼어들어?"

그렇게 소리치며 전 남편은 웃통을 벗고 내 멱살을 붙잡으려 했다. 나는 그의 손목을 비틀어 그를 바닥으로 제압했다. 하지만 나는 이때 전 남편을 제압하기 위해 머리를 숙이고 있었는데, 다른 한 명이 구둣발로 나의 앞면을 걷어찼다. 나는 큰 충격과 함께 머리가 뒤로 젖혀지면서 코에서 선지피가 흘렀다. 나는 코피 나는 코를 움켜잡고 크게 코를 풀었다. 그래야 핏덩이가 나와서 코피가 더 이상 나지 않기 때문이었다. 과연 주먹만 한 선지피 덩어리가 나왔다. 이제는 어느 정도 '정당방위'가 성립될 수 있는 상황이었다. 경호 현장에서는 아무리 위험한 상황이라도 경호원이 먼저 물리력을 행사하면 법적으로 정당방위로 보호받기가 힘들다. 여자 경호원인 유현이는 내가 사전에 지시한 대로 고객과 뒤로 물러서서 소형 카메라로 이 모든 상황을 촬영하고 있었다.

그들은 한 번의 공격이 성공하자 의기양양해 다시 공격했고, 나는 그들을 가격하지 않고 두 명을 경호무술의 던지기 기술로 제압했다. 그러자 그들은 생선 박스들과 함께 나뒹굴었다. 그런데 다른 한 명이 옆에 있는 회칼을 들었다. 내가 그 회칼 든 손을 걷어차고 그의 턱을 팔꿈치로 가격하자 그가 바로 고꾸라졌다. 그런데 다시 일어난 그들 세 명의 손에는 모두 회칼이 들려 있었다. 어시장이기 때문에 주위에는 손만 뻗으면 회칼이었다. 주위에는 시장 상인과 손님들이 우리 주위를 모두 둘러싸고 있었고, 몇몇 아줌마들은 회칼 든 그들을 보고 비명을 지르면서 웅성거렸다. 나는 그때 정말 두려웠다. 로마시대 콜로세움 경기장의 야수들한테 혼자 던져진 기분이었다. '나도 칼을 들까, 아니면 사람들에게 도와달라고 소리칠까, 도망갈까!' 순간 많은 생각들이 스치고 지나갔다. 하지만 사람은 명분이 그 사람을 용감하게 만든다고, 주위 사람들이 나를 응원하고 있는 눈빛과 웅성거림이 내 두려움을 없애주기 시작했다.

나는 옆에 있는 박스와 활어들을 그들에게 던지고 한 명씩 그들을 제압했다. 한 명의 장딴지를 있는 힘껏 걷어차 그를 쓰러뜨리고, 다른 한 명은 그의 칼 든 손을 비틀어 손목뒤집기(경호무술의 제압 기술)로 그의 손목을 비틀어 던졌다. 그리고 마지막 한 명은 그의 낭심(급소)을 걷어차 고꾸라뜨렸다. 이어 시장 상인들이 용기를 얻어 합세해 그들을 잡아 눌렀다. 그런데 어떻게 풀려났는지 그 중 한 명이 회칼을 들고 휘둘러댔다.

"다 죽인다!"

그러자 상인들은 다시 우르르 물러났고, 나머지 일당들도 정신을 차리고 일어서더니 세 명 모두 쏜살같이 꽁무니를 빼버렸다. 그때까지 유현이는 모든 상황을 카메라로 촬영하고 있었다. 나 또한 정신을 차려보니 왼손 엄지손가락 손바닥 쪽이 찢어져 피가 철철 흐르고 있었다. 그들과 싸울 때는 긴장해서 몰랐는데, 내가 그들 중 한 명의 칼 든 손을 제압할 때 회칼 칼날과 손잡이를 함께 잡아서 왼손 엄지손가락이 덜렁거리는 것이었다. 나는 엄지손가락을 감싸 쥐었고 시장 상인들은 모두 박수를 쳤다. 나는 119로 병원에 호송되어 왼손 엄지손가락 근육 부분을 20바늘 이상 꿰맸다. 봉합 수술을 마치고 응급실에 있는 나에게 여자 경호원인 제자 유현이가 다가와 말했다.

"그놈들이 회칼을 들고 저와 눈을 마주쳤을 때 도망가고 싶었습니다. 하지만 그놈들과 의연하게 혼자 싸우시는 총재님을 보면서 용기를 얻어, 그 중에 한 놈은 제가 제압했습니다."

그때 시장 상인들이 그들을 함께 제압했는데, 유현이가 먼저 그들을 붙들자 상인들이 가세한 것이었다. 나는 이후 경호원들을 교육할 때와 대학에서 경호학과 학생들을 가르칠 때, 그때 촬영한 동영상과 경험을 교육 자료로 활용하고 있다. 그러면서 내 왼손 엄지손가락의 상처를 훈장처럼 보여주면서 아래 글귀를 인용한다.

"용기란 두려움이 없는 것이 아니라, 다른 사람들로 하여금 두려움을 이기고 나아가도록 격려하는 것이다."

〈보디가드의 세계〉를 내면서

경호원이 되기 위해 서울로 상경한 후 경호원으로 활동하던 11년째 되는 해에 나는 『보디가드의 세계』(2004년 신아출판사)라는 책을 집필, 출간했다. 물론 보디가드에 관한 얘기뿐 아니라 경호무술 명명, 창시 배경, 이념, 보급 등도 함께 소개했지만, 주로 경호원으로 살아온 경험과 사건, 사고들을 다루었다.

사람은 누구나 죽음 앞에서 두려움을 느끼지만 그런 본능조차도 고객을 위해 희생하도록 훈련받는 사람들이 경호원이다. 그것은 오로지 끊임없는 반복 훈련과 투철한 직업정신에 의한 희생에서 나온다. 하지만 아무리 반복적인 훈련과 투철한 직업정신으로 무장되었다 하더라도, 실제로 그런 상황이 닥쳤을 때 자신의 몸을 던져 고객을 보호한다는 것은 아무나 할 수 있는 일이 아니다. 또한 보통 '경호원' 하면 사람들은 일반적으로 연예인 경호나 유명인사 경호를 떠올린다. 하지만 사설 경호원에게 있어서 연예인 경호와 유명인사 경호는 극히 일부분의 경호 업무에 지나지 않는다. 사설 경호원들은 많은 분야와 많은 곳에서 활동하고 있는데, 단순히 경호 대상자의 신변을 보호하는 데 그치는 것이 아니라 위험 요소를 사전에 제거하는 예방 업무가 더 강조된다. 따라서 경호원들은 경호 업무 수행을 위한 특별한 직무 능력이 필요하다. 특히 사설 경호원은 법적으로 정당방위의 범위 안에서 자신의 무력을 사용해야 하므로 특별한 교육과 대처 능력이 요구된다. 내가 『보디가드의 세계』라는 책을 출간한 이유는 바로 이러한 점들 때문이다.

『보디가드의 세계』는 내가 그동안 사설 경호원으로 활동하면서 경호무술을 보급하며 살아온 내 인생의 역사이다. 이 책은 사설 경호원이라는 직업에 대한 올바른 이해와 경호원이 꿈인 많은 예비 경호원들에게 경호원이라는 직업을 선택하는 데 큰 도움이 될 수 있다고 나는 자부한다. 또한 내용의 거의 모든 부분이 경호학과 경호 실무에 대한 이론과 학문적인 접근이 아니라, 실제의 경호 경험과 실용적인 경호 기법 등을 소개하는 데 많은 비중을 두었다. 이 책은 관련 서적 중에서 베스트셀러가 될 정도로 인기가 좋았고 현재 매진되어 서점에 재고가 없을 정도로 잘 팔렸다. 그 후 나는 두 번째 책으로 『도복하나 달랑 메고, 경호무술들의 영원한 사부(師父)』를 집필, 출간했다. 『보디가드의 세계』가 힘들고 어려웠던 시기를 극복해 나가는 과정을 소개했다면, 『경호무술들의 영원한 사부(師父)』는 무술 재벌을 꿈꾸는 나 자신의 경험과 그것을 하나하나 이루어가는 과정을 소개하고 있으며, 우리 연맹이 어떻게 세계적인 단체가 됐는지, 소중한 사람들과의 소중한 인연이 소중하게 담겨 있다. 다음은 『보디가드의 세계』에 대한 독자들의 평이다.

1. 삶의 지혜가 담겨 있는 책 [maum_2004]

저자가 10년 넘게 보디가드로 활동하면서 겪은 실패와 좌절이 사실적으로 잘 짜여 있고, 장래 경호원이 꿈인 사람들에게 길잡이가 될 수 있는 책이다. 청소년들이 장래 자신의 꿈을 이루기 위해 어떻게 해야 되는지, 이 책을 읽으면 많은 도움이 될 수 있을 것 같다. 자신의 분야에서 전문가와 최고가 되고 싶은 사람들에게 권하고 싶은 책이다. (교보문고)

2. 보디가드에 대해 알 수 있는 책 [cms0622]

일반인들이 보디가드가 무슨 일을 하고 어떤 사람들인지 알 수 있도록 자세하게 설명된 책이다. 사진이 많아 보는 재미가 있다. 다만 사진이 질이 좋지 않은 것이 흠이다. 저자의 경험이 매우 인상적이며, 경호원이 꿈인 많은 사람들에게 길잡이가 될 수 있는 책이다. 저자의 주관적인 경험과 견해뿐 아니라, 외국의 경호 사례나 많은 경호원들의 이야기를 다루었으면 하는 아쉬움이 있다. 전체적으로 실패와 좌절, 그리고 삶의 생활이 치밀하게 잘 짜여 있고, 꼭 보디가드가 꿈인 사람뿐 아니라 누구나 한번쯤은 읽어보면 도움이 될 것 같다. (교보문고)

3. 너무 재미있게 읽었습니다. [정진오 님]

너무 재미있게 읽었습니다. 내용에 사실감과 현장감이 있어 좋았습니다. 특히 지은이 자신이 10년 동안 겪은 일에 대해 가감 없이 저술한 것이 인상적입니다. 내용 중 '전과자가 되어서'라는 제목의 글은 특히 자신의 치부까지 드러내면서, 경호원이 꿈인 사람들에게 희망을 주는 메시지가 담겨 있어 인상적이었습니다. 그동안 경호 관련 책들이 좀 딱딱한 느낌이었는데, 『보디가드의 세계』는 시를 한 편 읽은 기분입니다. (Daum 도서)

4. 보디가드의 생활에 대해 흥미 있게 사실적으로 잘 쓰인 책이다.

처음 책을 샀을 때는 제목에서 느껴지듯이 좀 딱딱한 내용으로 이루어진 줄 알았는데, 처음부터 끝까지 한 번도 쉬지 않고 읽을 정도로 재미있고 현장감과 사실감을 느꼈다. 저자가 10년 넘게 경호원으로 활동하면서 경호무술을 보급하고 활동했던 경험을 사실적으로 잘 저술한 것 같다. 특히 '보디가드 24'의 내용은 보디가드의 꿈을 가지고 있는 많은 사람들에게 보디가드라는 직업을 다시 한 번 생각하게 하는 것 같다. 도복 하나 달랑 메고 전국에 다니면서 경호무술을 보급하던 내용은 사람이 한 가지에 미쳐 있을 때 어떻게 어려운 고통과 시련을 이겨낼 수 있는지를 단적으로 보여주는 내용이었다. 좀 아쉬웠던 것은 사진의 질이 좋지 않아 사람 구별을 못 할 정도의 사진이 몇 장 있다는 것이다. 처음에는 개인 프라이버시를 위해 사진을 일부러 흐리게 한 것으로 착각했는데, 다른 사진들을 보니 그런 것도 아닌 것 같다. 전체적으로 짜임새가 있고 보디가드라는 직업에 대해 지식도 넓힐 수 있는, 교훈도 있는 책이다. 사진 질이 안 좋은 것이 흠이지만 추천하고 싶은 책이다. (알라딘)

5. 내용이 전체적으로 흥미가 있고 현장 경험감이 있다. [유성님]

처음 인터넷 홍보를 통해 책을 샀을 때는 경호원에 대해 알고 싶어서 그냥 생각 없이 책을 샀다. 책을 사서 처음부터 끝까지 한 번도 쉬지 않고 읽을 정도로 재미있고 현장감과 사실감을 느꼈다. 저자가 10년 넘게 사설 경호원으로 활동했던 경험을 사실적으로 잘 저술한 것 같다. 보디가드의 꿈을 가지고 있는 많은 사람들에게 보디가드라는 직업을 다시 한 번 생각하게 하는 책인 것 같다. 또한 사진이 많아 보는 재미가 더 있었다. 일반인들도 보디가드라는 직업을 이해하는 데 많은 도움이 될 수 있는 책이다. 가을에 추천하고 싶은 책이다. (영풍문고)

사소한 것에 목숨을 걸지 말라

남자들은 사소한 것에 목숨을 거는 것 같다. 어느 날 바쁜 경호 업무를 마치고 오래간만에 사우나에 갔다. 한증막에서 땀을 빼고 있는데 갑자기 온몸에 문신을 한 한 무리의 사람들이 한증막으로 들어왔다 난 그때부터 가슴에 힘을 주고 배를 밀어 넣고 허리를 꼿꼿이 세운 후 눈을 지그시 감았다. 그렇게 5분, 10분…이 지나갔다. 정말 더웠다. 그들도 내 배에 칼자국이 있어서인지 나를 의식하는 것 같았다(사실 맹장수술 자국인데). 서로 무언 속에 끊임없는 싸움을 하고 있었다. 난 혼자, 저들은 4명…, 사자 우리 속에 혼자 던져진 기분이 아마도 이런 기분일 것이다. 그렇게 15분이 지나고…, 나와 그들, 아니 그놈들은 땀으로 목욕을 하고 있었다. 그때 한 놈이 인상을 쓰면서 벌떡 일어섰다. 난 순간 머리가 섰고 온몸이 긴장되었다. 두 주먹을 불끈 쥐고 박차오를 준비를 했다. 그때 벌떡 일어선 그놈이 한마디 했다.

"야 씨발, 더워 죽겠다. 나가자."

그러자 세 놈이 합창을 했다.

"예, 형님."

'대한독립만세!' 나는 속으로 크게 외쳤다. 그리고 그들이 나간 후에도 2분을 더 버틴 후 한증막을 나가면서 냉탕에 있는 그들이 들리도록 크게 소리 질렀다.

"아~~, 시원하다!"

난 오늘 내가 무척 자랑스러웠고 그런 나에게 꼬리곰탕을 사주려 한다. 땀을 너무 많이 흘려 현기증이 나서.

섹터 1. 사소한 것에 목숨을 걸지 말라.

섹터 2. 세상일은 다 사소하다.

경호 영업에 대한 나만의 비법

아는 분의 소개로 우리나라 5대 안에 드는 건설회사 부장을 소개받았다. 건설회사는 분양, 아파트 점검, 그리고 건설 현장의 여러 다툼 때문에 경호원들을 가장 많이 의뢰하는 곳이다. 이 건설회사의 김경석 부장은 경호 업체에 경호 의뢰를 해오다가 우연히 나의 저서인 『보디가드의 세계』를 접하고 나에게 큰 호감을 느꼈다. 그래서 알음알음으로 나와 연결되었고, 김경식 부장님의 소개로 건설회사의 팀장, 이사, 그리고 상무님까지 소개받아 술자리를 함께했다. 우리나라 5대 안에 드는 건설회사이기 때문에 나에게는 큰 도움이 되는 자리였다.

나를 좋게 봐주셔서 그런지, 다음날 나의 남자다움과 호탕함에 반했다며, 2억 원 정도 되는 경호경비 업무를 수의 계약으로 체결했다. 모든 업무를 끝내고 결재를 받는 날, 나는 김경석 부장에게 전화해서 내가 한턱 쏜다고 팀장, 이사, 그리고 상무님을 모시고 나오라고 했다. 우리는 그렇게 횟집에서 소맥을 말아 정말 많이도 마셨다. 건설회사 직원들, 그것도 임원들은 일이 일이다 보니 정말 술을 많이 마신다. 하지만 술이라면 한 술 하는 나이기에 나는 멀쩡한데, 그들은 조금씩 술에 취해가고 있었다. 2차로 맥주를 마셨다. 남자들은 술을 많이 마시고 취해봐야 서로 친해진다. 나는 이날 내가 나이가 제일 어려 그들과 형님, 동생 하기로 하고 내가 막내가 되었다. 술이 조금씩 얼큰해지자 그 중 이규석 팀장이 나에게 말했다.

"이 총재님, 아니 아우님, 우리 상무님도 계신데 페이지를 넘깁시다."

룸살롱이나 좋은 곳을 가자는 뜻이었다. 하지만 나는 3차, 4차를 소주 집을 데리고 다니면서 술을 마셨고, 그들 중 상무가 먼저 넉다운(knock down)이 되었다. 새벽 4시 무렵 대리운전과 택시를 불러 그들을 마지막까지 배웅했다. 아마 그들이 집으로 가는 차안에서 내 욕을 했을 것은 불을 보듯 뻔했다. 항상 하청업체나 여러 곳에서 융숭한 대접과 접대를 받다가, 나에게 2억 원 정도 되는 경호 업무를 주고 어렵게 시간을 냈는데 새벽까지 소주집이나 해장국집에 데리고 다녔으니, 나에게 화가 많이 났을 것이다. 나중에 알았지만 집에 가는 차안에서 박상훈 이사가 부장과 팀장에게 전화해서 앞으로 나에게 경호 일을 주지 말라고 했다는 얘기를 들었다.

나는 사실 그들과 만나기 전에 그들 모두의 집을 알아놓았다. 그리고 그들을 만나고 있을 때 나는 그들 모두의 집에 경호원들을 2명씩 보냈다. 정말 잘생기고 깔끔한 경호원들로. 그리고 경호원들의 손에는 영광굴비 세트가 들려 있었고, 그 영광굴비 세트에는 봉투에 직급에 따라 몇 백만 원씩 만 원 권 현금 다발이 들어 있었다. 또한 이때가 가을이었기 때문에 백화점에서 최신 유행하고 있고 가장 비싼 여성용 스카프도 포장해 함께 보냈다. 이때 보낸 현금과 선물은 우리가 룸살롱에 가면 없어질 돈이었다.

여자들은 선물을 받으면 가장 먼저 선물을 풀어본다. 갑자기 검은 정장을 하고 가슴에 신분증을 착용한 경호원들이 초인종을 누르고 선물을 전달한 다음 깍듯하게 인사하자, 사모님들은 무척 당황했을 것이다. 더군다나 선물을 풀어보니 만 원권 현금 다발이 들어 있어 가슴이 철렁 했을 것이고, 스카프를 보고는 또한 마음이 설 을 것이다. 그러면서 'TV에서나 보는 이런 일이 나에게도 생기는구나!' 하고 많은 생각을 하며 남편이 대단해 보였을 것이다. 아마도 그 건설회사 임원 분들은 아침에 룸살롱에서 받는 서비스보다 더 큰 서비스를 받으면서 영광굴비와 해장국을 맛있게 먹었을 것이다.

오전에 네 명의 임원들로부터 각각 비슷한 전화가 왔다.

"이 총재님, 어제 잘 먹었고 여러 가지로 고맙습니다. 모처럼 총재님 덕분에 마누라에게 점수 좀 땄습니다."

나는 대답했다.

"형님 동생 하기로 하시고 총재님이 뭡니까? 서운합니다."

"이 총재, 아니 아우님, 우리 앞으로도 함께 갑시다. 보상 과에서 며칠 안으로 전화가 갈 테니, 견적서 가지고 들어오세요."

이 네 분의 임원 분 중 두 분은 현재까지도 연맹 임원으로 함께하고 있으며, 가끔씩 임원 분들의 집에 식사초대를 받아 가면 사모님들이 나를 제일 반긴다.

돈은 벌어서 쓴다는 것은 거짓말이다. 돈은 쓰면서 버는 것이다. 그리고 돈은 어떻게 버느냐가 아니라, 어떻게 쓰느냐가 중요하다.

세계적인 무기 거래상을 만나다

어느 날 한 남자로부터 미국이라고 하면서 경호 의뢰가 들어왔다. 내일 오후 2시에 공항에 도착하니, 공항에 리무진과 함께 경호원 5명을 입국장에 대기시키라는 경호 의뢰였다. 특이한 것은, 리무진을 흰색을 요구했다. 하지만 의뢰인이 미국이라고 해서 나는 경호비용 계약금이나 선불을 요구할 수가 없었다. 갈등을 하다가 생각 끝에 계약이 취소될 수도 있다는 생각으로 리무진은 빌리지 않고, 연맹에서 사용하는 승합차에 경호원들을 데리고 공항으로 나갔다. 공항 입국장에서 기다리고 있는데, 한 덩치 큰 남자가 내게 다가와 악수를 하며 인사를 했다.

"이재영 총재님이시죠? 어제 전화를 했던 '데이비드 김'입니다. 사진으로 본 모습보다 더 풍채가 좋으시네요."

나는 아직도 그때의 데이비드 김과의 첫 만남이 기억에 생생하다. 그것은 그의 특이한 모습과 차림새 때문이기도 하다. 덩치는 말 그대로 황소 같았고 얼굴은 햇볕에 그을린, 아니 새까맣다는 표현이 맞을 것이다. 그리고 흰색 양복에 흰색 구두를 신고 있었다. 손목에는 시계 줄보다 훨씬 굵은 순금 팔찌를 차고 있었으며, 손가락에는 왕 다이아 반지(정확하게 다이아인 줄은 모르겠지만)를 끼고 있었고, 머리에는 통가죽으로 된 카우보이 모자를 쓰고 있었다. 흡사 영화에서나 나올 법한 캐릭터의 모습이었다. 또 악수하는 손이 얼마나 크고 억세던지, 나도 손이 크다는 얘기를 많이 들었는데 나보다도 두 배나 손이 큰 것 같았다. 말투는 한국말에 서툴러 보였지만, 오히려 한국 사람이 외국에 오래 산 것처럼 보이기 위해 한국말에 서투른 척하는, 혀를 굴리는 느끼한 말투와 억양이었다.

그에게 리무진은 사정으로 대기시키지 못했다고 양해를 구했다. 그러자 데이비드 김은 엄청 화를 냈고, 호텔로 향하는 승합차 안에서도 계속 투덜거렸다. 그를 특급 호텔에 내려주고 나는 호텔 커피숍에서 경호 계약을 했다. 경호 기간은 한 달 정도이고, 경호 비용은 매일 경호가 끝나면 그날그날 지급한다는 말과 함께 계약금 형식으로 500만 원을 현금으로 지불했다. 전화로 의뢰했을 때와 마찬가지로 리무진은 흰색으로 해야 한다는 조건을 달았다.

사실 처음에 대면한 데이비드 김의 모습은 믿음이나 신뢰가 가는 모습이 아니었다. 하지만 우리는 상대가 누구든 그의 신변을 보호해야 하는 경호원으로서 프로 정신으로 그에 합당한 경호 비용을 받으면 되었기에, 그렇게

30일간의 경호 업무가 시작되었다. 며칠간 데이비드 김을 경호하면서 우리는 사람들의 이목을 끌었다. 데이비드 김은 항상 흰색 양복에 모자를 쓰고 있었고 그의 주문대로 리무진 또한 흰색이었는데, 우리는 검은 양복을 입고 경호를 했으니 사람들이 주목하는 것은 당연했다. 특히 흰색 리무진에 타고 내릴 때는 연예인인 줄 알고 사람들이 우르르 몰려들기도 했다. 그때 우리는 세계적인 스타도 이렇게 경호를 하지는 않을 것이라고 얘기할 정도로 요란하게 노출 경호를 했다.

경호 업무 시에는 두 가지의 경호 기법이 있다. 한 가지는 비노출 경호인데, 경호원이 최대한 노출되지 않도록 하는 방법이다. 주로 정치인이나 연예인들을 경호할 때 위화감을 느끼지 않도록 비노출 경호를 한다. 다른 한 가지의 기법은 노출 경호로서 경호원들의 경호모습을 노출시킴으로써 있을지 모르는 가해자에게 '기'로써 가해 목적을 차단하는 방법으로 의전업무 또한 포함되어 있다. 그런데 데이비드 김 자신이 노출 경호를 원했다.

데이비드 김은 항상 경호 업무가 끝나면 경호 비용을 만 원권 현금으로 지불했다(이때는 5만 원 권이 없었음). 그래서 항상 손가방에 만 원 권 현금 다발을 가지고 다녔고, 쇼핑이나 일상생활의 모든 비용을 현금으로 지불했다. 또한 경호 업무가 끝나면 3명의 경호원은 리무진과 함께 보냈고, 나와 경호원 한 명은 호텔 바에서 술을 마시는 그의 곁에서 자리가 끝날 때까지 그를 경호했다. 그러다가 나는 술을 함께 마시게 되었고, 경호 일이 끝나면 그와 함께 항상 호텔 바에서 술을 마셨다. 술도 내가 알지 못하는 고급술로 한 병에 100만 원이 넘었는데, 우리는 1~2병씩 매일 마셨고 데이비드 김은 항상 계산을 현금으로 했다. 그런 그의 모습이 유난히도 외롭고 쓸쓸해 보였다. 한 번은 술을 마시다가 그가 나에게 말했다.

"이 총재님, 사실 나는 이 총재님을 몇 년 전부터 알고 있었습니다. 총재님이 운영하는 '보디가드의 세계' 카페를 통해서 총재님께서 올리신 글도 많이 읽고 사진도 많이 봤지요, 저도 그 카페 회원입니다. 그리고 총재님이 집필하신 책도 어렵게 구해 읽었습니다."

그러면서 그는 가방에서 내가 집필한 책 『보디가드의 세계』를 꺼내 사인을 부탁했다.

"외국에 있다 보면 한국 사이트를 보면서 고국에 대한 향수를 달래기도 합니다. 또한 이 무기 거래상이라는 직업이 무척 외롭고 고독한 직업입니다. 나는 현재 부모형제 아무도 없는 외톨이입니다. 제가 나이도 적어도 15년 이상은 많은 것 같으니, 우리 형, 동생 할까요?"

나는 이때 그의 직업을 처음 알았다. 또한 그와 진솔한 대화를 나누면서 외모와는 다르게 그의 솔직하고 소탈한 모습이 좋았다. 또 내가 집필한 책 『보디가드의 세계』를 외국에서 어렵게 구해 읽었다는 말을 듣고 고맙기도 했다. 나는 데이비드 김과 호형호제하는 사이가 되었다.

경호 업무가 끝나면 그와 함께 술을 마시며 많은 대화를 나누었다. 대화라기보다는 그가 세계 곳곳을 다니며 무기를 팔던 무용담을 내가 일방적으로 들어주었고, 그는 말주변은 없었지만 나는 내가 경험해보지 못한 전혀 색다른 분야의 얘기라 흥미를 가지고 재미있게 들었다. 이후부터 데이비드 김은 만나는 모든 사람들에게 나를 자신의 동생이라고 소개를 했고 친형제처럼 대해주었다. 그러면서 저녁에 일이 끝나고 술 한 잔 할 때는 나에게 소원이 무엇이냐고 물으면서, 자신이 미국으로 떠나기 전에 돈이 얼마가 들어도 좋으니 소원을 들어준다고 했다. 또한 내 책을 몇 번이나 재미있게 읽었다면서, 책을 한 권 더 낼 때는 자기 얘기도 써달라고 농담하면서 멋쩍게 웃었다. 나는 그의 말처럼 '세계적인 무기 거래상을 만나다'라는 제목으로 이 글을 쓴다.

한 번은 경호원들과 함께 차량 운행 중 그가 백화점을 가자고 했다. 백화점 정문에 리무진을 세우고 우리가 내리는데 백화점 간부가 부리나케 뛰어

나왔다. 우리가 데이비드 김을 경호하면서 백화점에 들어서자 사람들 모두가 우리를 쳐다보았다. 데이비드 김은 우리를 이끌고 남성복 코너에 가서 경호원 모두에게 정장과 와이셔츠, 그리고 넥타이를 모두 같은 것으로 선물했고, 내일부터는 모두 선물한 같은 정장, 와이셔츠 그리고 넥타이를 매고 경호해달라고 하여 우리는 모두 다음날부터 같은 옷을 입고 경호를 했다. 물론 나는 덩치가 너무 커서 맞는 양복이 없어서, 그가 200만 원 넘는 고급 가죽 코트를 맞추어줬다.

그러던 어느 날, 데이비드 김이 나에게 중요한 약속이 있으니 서울에 유명한 술집을 알아보라고 해서 나는 종로의 요정을 예약해뒀다. 그리고 데이비드 김과 나는 한 무리의 사람들과 요정에서 미팅을 했다. 당연히 경호원들은 문 밖에서 경호를 하고 있었다. 데이비드 김은 그들에게 나를 자기와 형제처럼 지내는 사이라고 소개하며 나의 명함을 그들에게 주도록 했고, 그들에게 나를 많이 도와주라고 부탁했다. 데이비드 김과 그들의 대화를 얼핏 들어보니 그들은 방위 사업체 임원이었고, 그 중 한 명은 다른 사람들이 그에게 '장군님'이라는 호칭을 사용했다. 얘기가 끝나갈 무렵 데이비드 김은 그들에게 자신이 지금 미국에서 돈을 입금받기 어려우니 내일까지 현금 2억 원을 준비해서 꿔달라고 했다. 그러면서 자신은 내일 중요한 일이 있으니 그 돈을 나에게 전달해주면 된다고 했다.

다음날 나는 그들과 만나기로 한 장소에서 가방 2개를 받아서 저녁쯤에 데이비드 김에게 전달했다. 나는 이때부터 갑자기 데이비드 김에게 의심이 생기기 시작했다. '의심은 의심을 낳고, 그 의심이 또 의심을 낳는다.'는 말처럼, 한번 데이비드 김을 의심하자 그의 모든 것이 의심스러워 보이기 시작했다. 모든 것을 현금으로만 계산하는 것이 의심스러웠고, 돈을 물 쓰듯이 쓰고 다니는 것도 의심스러웠다. 그렇게 의심이 싹을 트자 나에게 너무 잘해주는 것도 의심스러웠다. 특히 내가 현금 2억 원을 받아 전달한 것 때문에 불안해지기 시작했다.

그러던 중 나의 의심을 확정 짓게 하는 일이 생겼다. 데이비드 김이 기자회견을 한다면서 경호원들 10명을 더 보강할 것과 기자회견 날 금속 탐지기도 준비해서 출입자 모두를 금속 탐지기로 검사한 후 통과시켜야 한다고 했다. 나는 그렇게 기자회견 날 만반의 준비를 끝내고 경호에 임했다. 하지만 1시간, 2시간 그리고 3시간이 흐를 때까지 기자들은 물론, 사람 한 명도 나타나지 않았다. 물론 저녁쯤에 경호 비용은 데이비드 김이 현금으로 지불했고, 기자 회견은 연기되었다고 말했다. 나는 그날부터 다음날 아침까지 한숨도 못 자고 많은 생각을 했다.

'여기서 끝내야 된다. 더 이상 휘말리다가는 나중에 어떤 일이 발생할지 모른다.'

경호원들과 회의를 해도 모두 나와 같은 생각이었다. 나는 다음날 데이비드 김을 찾아가 정중하게 얘기했다.

"형님, 죄송합니다. 다른 일이 생겨 더 이상 경호를 못 할 것 같습니다."

그러자 데이비드 김은 한 5분간 입을 꾹 다물고 아무 말도 없었다. 나에게는 그 5분이 5시간보다 길게 느껴졌다. 5분 후에 데이비드 김은 한 마디 했다.

"이 총재, 아니 동생, 오늘 우리 코가 삐뚤어지도록 술 마시자! 시간은 되지?"

그렇게 해서 우리는 항상 가던 호텔 바의 룸에서 술을 마셨다. 데이비드 김과 나는 그가 항상 마시던 100만 원이 넘는 술을 10병 이상 마셨고, 데이비드 김도 그렇고 나도 인사불성이 되었던 것 같다. 아침에 일어나니 호텔 스위트룸이었는데 두통과 함께 어제의 일이 어렴풋이 기억났다. 데이비드 김의 눈물 흘리던 모습이 떠올랐고, 둘이 함께 양주를 한 병씩 원 샷 하던 기억도 났다. 소파에 앉으니 녹음기와 메모지, 그리고 현금 다발 10개가 놓여 있었다. 메모지는 데이비드 김이 나에게 쓴 메모였고, 이렇게 적혀 있었다.

"동생 보시게, 한숨도 못 자고 이렇게 두서없이 녹음을 남기네. 나는 외국에서 자라 한국어는 읽을 줄은 아는데 쓸 줄은 잘 몰라서 녹음으로 편지를 남기네."

녹음 내용은 대충 이랬다. 자신은 평생 무기상으로 전 세계를 떠돌면서 무기를 팔아왔고 돈도 많이 벌었다고 했다. 그러면서 지금까지 일정한 주거 없이 호텔 생활만 30년째라 했다. 무기 거래는 한 번에 몇 백억에서 몇 천억씩 돈이 움직이기 때문에, 로비스트들이 자신을 찾아다니는가 하면, 경쟁 회사들로부터 암살의 위협 또한 느끼기도 한다고 했다. 돈을 많이 벌었지만, 돈을 벌수록 안정된 생활이 그리웠는데, 한번 무기 거래에 발을 들여놓으면 그곳에서 손을 떼기는 매우 어렵다고 했다. 30년 동안 전 세계를 떠돌다 보니 외로움을 많이 느끼게 되고, 사람들이 그런 자신을 이용하여 돈도 많이 사기당하기도 했지만, 자신은 돈보다 사람을 잃는 것이 가장 아팠다고 했다. 그러면서 우연히 내가 운영하는 '보디가드의 세계'라는 사이트를 알게 되었고, 내 책도 몇 번을 읽으면서 나에 대해 많이 알게 되었으며, 2년간 카페를 지켜보면서 게시판에 질문도 많이 했다고 했다.

그러면서 자신은 전 세계를 하나의 네트워크로 엮는 세계적인 경호 단체를 설립할 꿈을 갖게 되었다고 했다. 자신의 자본과 세계적인 네트워크, 그리고 우리 연맹의 교육 프로그램과 인프라, 무엇보다도 내가 '경호무술 창시자'라는 사실이, 전 세계에서 사업적으로 크게 성공했을 때도 그것이 하나의 구심점 역할을 하면서 이탈을 막고, 부와 명예를 함께 누릴 수 있다는 장점이 있다고 했다. 그래서 경호도 의뢰하게 되었고 여러 모습을 두루두루 지켜봤다고 했다. 그리고 마지막에는, 지금은 인연이 아닌 것 같다고 하면서, 나중에 기회가 되면 반드시 다시 만나자고 했다. 그리고는 항상 어디에 있든지 지켜보겠다는 말을 덧붙였다. 마지막에는 '사랑하는 동생에게'라는 말로 녹음을 마쳤다. 그리고 돈 다발은 그동안 잘해준 것에 대한 보답이라면서, 선물을 사려다 시간이 없어 돈을 놓고 간다며, 기분 나빠하지 말고 유익하게 써달라는 내용도 덧붙였다. 또한 중간 내용에, 자신이 흰색 리무진을 고집했던 이유는, 처음 미국에 입양되었을 때 양부모님들이 자신을 항상 '백마 탄 왕자님'이라고 별명을 붙여주어서, 그것이 조금이라도 돌아가신 양부모님을 생각하고 존경하는 표현 방식이라고 했다. 나는 데이비드 김, 아니 형님의 음성을 듣는 내내 그의 외로운 삶과 고독이 느껴져서 하염없이 뺨을 타고 눈물이 흘렀다. 나는 그렇게 데이비드 김과 헤어졌다.

데이비드 김과 헤어진 지 1년이 못 되어 나는 『국방신문』을 보다가 깜짝 놀랐다. 이 당시 우리 연맹은 군 전역자들에게 경호 연수 및 경호사범 연수생을 모집한다는 홍보를 위해 『국방일보』에 광고를 내고 있어서 『국방신문』을 자주 보는 편이었다. 『국방신문』 1면 톱기사에는 데이비드 김과 국방부 장관 그리고 군 장성들이 함께 찍은 사진이 실려 있었다. '미국 000사와 대한민국 2천억 무기 계약 체결'이라는 제목과 함께 데이비드 김에 대한 소개 기사도 실려 있었다. 기사에는 데이비드 김이 제일교포이자 성공한 사업가이며, 이번 무기 계약을 체결하는 데 큰 공을 세웠으며, 그동안 입양된 한국 입양아들을 위한 후원 및 장학 사업을 해왔다는 기사였다.

기회는 준비돼 있지 않은 사람에게는 물거품에 지나지 않는다. 또한 믿어서 손해를 본 것보단, 믿지 않아서 기회를 놓친 것이 더 큰 손해다.

데이비드 김이 사준 가죽코트를 입고

마지막 현장경호 업무를 마치며

신중현의 마지막 은퇴 콘서트 경호 업무를 맡게 되었다 장소는 인천 송도 유원지였다. 콘서트 장소가 야외이다 보니 50명의 경호원들을 파견하게 되었다. 이 당시 나는 경호 회사를 제자에게 물려주고, 오로지 경호원 양성과 경호무술 보급, 그리고 대학 경호학과에서 강의에만 전념하고 있을 때였다.

웬만하면 경호 책임자로 직원을 보내거나 경호 회사 대표로 있는 제자에게 맡기려고 했지만, 내가 평소 존경해왔던 신중현 씨의 마지막 은퇴 콘서트인 데다 나 또한 경호원으로 현장에서는 마지막 경호 업무라는 생각으로 현장에 나가기로 결심했다. 콘서트 초대권 또한 100장을 후원받아 연맹 임원들과 지인들에게 부부 동반으로 오라고 2장씩을 보내주었다. 그렇게 모든 준비가 끝나고 행사 날이 되었는데 날씨가 문제였다. 아침부터 비가 많이 왔는데, 일기예보에는 하루 종일 비가 온다고 했다. 행사 주최 측에 몇 번을 확인해도 마지막 은퇴 콘서트이기 때문에 아무리 비가 많이 와도 콘서트는 예정대로 진행한다고 했다.

우리는 그렇게 소나기가 내리는 송도 유원지에서 안전 관리와 경호 업무를 시작했고, 신중현 씨의 마지막 콘서트라 그런지 비가 많이 왔지만 5000석의 좌석은 앉을 자리가 없어서 많은 사람들이 우의를 쓰고 서서 콘서트를 기다렸다. 또한 신중현 씨의 인맥을 자랑하듯 앙드레김, 윤도현 등 연예인도 많이 참석했다. 그런 만큼 경호 업무는 힘들었지만 아무런 문제없이 모든 것이 순조로웠다. 다만 비가 많이 와서 약간의 질서 유지가 문제되기도 했고 50명의 경호원으로는 턱없이 부족했다. 하지만 난 10명의 경호원들을 별도로 대기시켜두었다. 그 10명의 경호원들에게는 연맹 임원들이 콘서트 행사장에 도착하면 행사장 입구부터 VIP 좌석까지 경호를 맡도록 지시했고, 그들을 내가 직접 통솔하면서 경호를 했다. 오히려 연예인들보다도 경호를 더 돋보이게 하는 바람에 그런 모습을 임원 분들은 부담스러워했다. 하지만 나는 임원 분들께 얘기했다.

"사모님과 오늘은 행사장에 VIP로 참석하신 것입니다. 연맹 경호원들이 최선을 다해 경호하겠습니다. 오늘 하루 주인공이 되어보세요."

임원들이 부부 동반으로 도착할 때마다 경호원 10명이 그들을 에워싸고 행사장 VIP 좌석으로 경호를 하면서 이동하니 모든 사람들의 주목을 끌었다. 연예인들도 '도대체 누구기에 저렇게 철통같이 경호하나?' 하는 의문을 갖고는 일어서서 부부 동반으로 참석한 임원들에게 인사를 했다. 나는 좌석 배치 또한 연맹 임원들과 연예인들 좌석을 VIP 좌석으로 함께 배치했는데, VIP 좌석은 연맹 경호원들이 경호를 하고 있었다. 나 또한 무대를 등지고 관중석을 향해 서서 경호를 하며 무전기로 경호원들을 통솔했다.

콘서트는 소나기가 오는 중간 중간에 중단되기도 했지만, 비를 맞지 않도록 무대 위에 거대 비닐 텐트를 치고 공연을 계속했고, 무대 위에도 경호원 몇 명을 배치했다. 비가 오는 중에도 공연에 열기는 대단했다. 경호원들은 모두 비를 맞으면서 자기의 맡은 지역을 철통같이 경호했다. 나중에 안 사실이지만, 우의도 입지 않고 비를 맞으면서 경호하는 모습이 오히려 더 감동적이었고, 그 때문에 콘서트가 더욱 빛났다고 했다. 역시 송충이는 솔잎을 먹고 살아야 한다는 것을 나는 이때 느꼈다. 소나기를 맞고 신중현의 '아름다운 강산'이라는 음악을 들으며 형형색색의 조명들이 빗물에 반사되는 무대 앞에서 나는 경호원으로 서 있었다. 그동안 경호원으로 활동하던 모습들이 활동사진처럼 스치고 지나갔고 나는 심장이 뛰었다. 우리는 그렇게 콘서트 경호를 마쳤다, 신중현 씨는 자신의 마지막 콘서트였고, 나는 현장에서 하는 마지막 경호 업무였다. 행사가 끝나고 행사 주최 측과 신중현 씨가 말했다.

"그동안 많은 행사를 다녀보며 경호원들을 많이 봐왔지만, 이렇게 완벽하고 특별한 경호는 처음입니다."

그러면서 앞으로도 잘 부탁한다며 내 명함을 가져갔다. (기획사에서는 이후 경호를 의뢰했고, 나는 내 제자가 대표로 있는 경호 회사에 경호를 맡겼다. 그리고 나는 귀빈으로 그 행사에 참석했다.) 모든 경호와 행사가 끝나고 연맹 임원 및 경호원들과 뒤풀이를 했는데, 이때 임원들은 경호원들을 격려하면서 이렇게 말했다.

"소나기를 맞으며 무대 옆에서 태산같이 서 있는 총재님의 모습과 일사불란하게 움직이는 경호원들의 모습을 보면서 연맹의 임원이라는 것이 자랑스러웠습니다. 오늘은 제가 한턱 쏘겠습니다. 마음껏 드세요."

연맹 임원 분들은 집으로 향하는 차 안에서 아내들로부터 다음과 같은 얘기를 들었다고 한다.

"당신이 국제경호무술연맹 임원이라는 것이, 내 신랑이라는 것이 자랑스러워요. 태어나서 이렇게 경호를 받아보긴 처음입니다. 오늘 신데렐라가 된 기분이에요."

나는 그렇게 현장에서의 마지막 경호를 마쳤다.

세상에는 두 부류의 사람이 있다. 승자와 패자다. 승자는 무대의 주인이 되고, 자신의 능력 이상을 뛰어넘어 성취하여 사람들의 부러움을 산다. 반면에 패자들은 무대에서 멀찌감치 벗어나 있고, 항상 자신의 능력 안에서만 일을 열심히 하고, 사람들에게 그 어떤 부러움도 받지 못한다.

"경험이란 우리에게 발생한 일을 가리키는 말이 아니라, 우리에게 발생한 일에 우리가 한 행동을 가리키는 말이다."

\- 올더스 헉슬리

'주먹의 세계'를 떠나며

'장군의 아들' 의송 김두한의 후계자 조일환 회장님을 만나고

내가 조일환 회장님을 처음 만나게 된 것은 무술 단체의 행사에서이다. 첫 만남에서는 인사를 드리지 못하고 먼 발치에서 뵙게 되었다. 그 이전에 매스컴이나 책을 통해 조일환 회장님을 알게 되었지만, 직접 만나게 된 것은 이 때가 처음이었다. 처음 본 조일환 회장님의 이미지는 생각했던 것보다 풍채가 좋으셨고 호랑이 같다는 강렬한 느낌을 받았다. 이후 여러 차례 행사에 참석하면서 조일환 회장님을 뵙게 되고, 직접 독대하는 자리까지 갖게 되었다. 조일환 회장님과 여러 이야기를 하게 되었는데, 그러면서 느낀 감정은 강한 카리스마와 더불어 생각했던 것보다 자상하고 인자하다는 것이었다. 나는 이때부터 조일환 회장님의 남자다움에 반해 조일환 회장님의 식구(?)로서 행사가 있을 때마다 경호원들을 데리고 회장님의 경호를 하게 되었다.

나는 회장님을 만나면 만날수록 회장님의 카리스마와 남자다움에 반하게 되었고, 남자에 대해, 협객에 대해 다시 한 번 생각는 계기가 되었다. 또한 한동안 어디를 가든지 회장님의 그림자처럼 함께했고, 회장님 또한 정통 무술인인 나를 아껴주시고 총재로 대우해주셨다. 그러다 보니 건달계에서는 내가 회장님의 후계자로 소문나기도 했다. 이런 나의 모습을 지켜보면서 연맹 임원들과 가까운 사람들이 걱정스러워하며 나를 반대하기 시작했다. 무술인이, 경호인이 건달과 가까이하면 안 된다는 것이었다. 그것은 그 당시 조일환 회장님을 건달계의 대부, 밤의 대통령으로 모든 사람들이 알고 있었기 때문이었다. 하지만 그럴 때마다 나는 임원들에게 얘기했다.

"나는 어떤 사람을 만날 때 그 사람의 과거가 아니라 현재 무슨 생각을 갖고 있고, 앞으로 무엇을 할 것인지, 그 사람의 비전을 보고 만납니다. 현재 회장님은 많은 사회봉사 활동을 하고 계시며, 건달계의 큰형님으로서 건달들이 올바른 협객의 길을 걷도록 인도하는 것을 평생의 목표로 삼고 계십니다. 나는 그렇게 살아온, 또한 살아가는 그분의 삶을 존경합니다. 만약 조금이라도 잘못된 길을 걷는다면 언제든 말씀해주시길 바랍니다."

그러면서 나는 회장님과 소년소녀가장 돕기, 수재민 돕기 전국 경호무술 연무 시범대회 등을 함께 개최해왔고, 헌혈 운동, 일본의 독도 망언 규탄대회 등 많은 사회봉사 활동도 함께 했다. 또한 나는 회장님과 2000명의 한국 무술인들을 초청, 일본 도쿄 베이 호텔에서 세계평화무도 세미나를 함께 개최했는데, 이때 일본 최대의 야쿠자 조직 보스를 소개받아 그의 사부가 되기도 했다.

회장님을 통해 나는 정말 많은 분들을 소개받았다. 장군의 아들 김두한의 친구인 김동회, 낭만파 주먹 낙화유수 김태련, 종로꼬마, 신상사 등 한 시대를 주름잡았던 야인시대 실존 인물들과 교류하면서 한국 건달계에 명함을 내밀기도 했다. 특히 드라마 '야인시대'가 한참 인기리에 방영되고 있을 때는, '야인시대' 출연진과 '야인시대' 실존 인물들의 만남을 주선하여, 삼일절 기념행사인 '만세의 날'에 종로 거리의 차량 통행을 막고 시가행진 등을 하기도 했다. 그리고 이때 이명박 서울시장(제17대 대통령)과 김두한 의원의 딸과 아들인 김을동 국회의원과 김경민 대표를 소개받았다.

조일환 회장님과 조일환 회장님 주위의 많은 사람들을 만나면서 느낀 감정은 '이런 것이 진정한 남자들의 세계구나!' 하는 것이었다. 서로 애경사가 있을 때마다 자기 일처럼 슬퍼하고 기뻐하면서 도와주는 모습, 그리고 누가 힘든 일이 있으며 서로 자신의 일을 제쳐놓고 도와주는 모습을 보면서 많은 것을 깨닫게 되었다. 나 또한 힘든 일이 있을 때 조일환 회장님의 많은 도움을 받았다. 특히 기억에 남는 것은 테러로 안구 뼈가 주저앉고 얼굴을 80바늘 이상 꿰맬 정도로 많이 다쳐 수술을 받고 병원에 입원해 있을 때, 조일환 회장님이 병문안을 오셔서 많은 힘이 되었다. 그 당시 내가 병원에 입원하게 된 동기는 경호 업무 중 조직 폭력배들과의 다툼 때문이었는데, 조일환 회장님께서 물심양면으로 도와주셨기 때문에 사건을 잘 해결할 수 있었다.

아버님이 일찍 돌아가신 나에게 어쩌면 회장님은 아버님 같은 존재였다. 회장님은 돌아가시기 며칠 전에 나에게 한 말씀 하셨다.

"이 총재, 이제 내 동생들 만나지 마! 이 총재는 큰 일할 사람이야! 그동안 나를 그림자처럼 지켜줘서 고마워! 이제 대한민국에 협객은 없어. 이제 이 총재만의 세상을 만들어가."

이 말씀을 마지막으로 회장님은 10일쯤 지나 세상을 떠나셨고, 이 말씀은 나에게 유언이 되었다. 나는 유언을 지켜드리기 위해, 회장님의 장례식 때 전국의 주먹들이 모두 모이고 이미 그들과는 형님 동생 하는 사이였지만, 장례식 먼발치에서 천안 공원묘지에 안치되는 회장님을 지켜보면서 눈물을 흘렸다. 그리고 주먹 세계와는 영원한 안녕을 고했다. 어쩌면 내 인생에서 가장 활력이 넘치고 '남자다운 삶'을 살았던 때가 아마도 회장님과 함께했을 때가 아닌가 싶다. 나는 회장님을 통해 '남자의 세계'와 '주먹의 세계'를 알 수 있었고, 제자들에게 해줄 무용담 또한 생겼었다. 지금은 고인이 되신 회장님을 생각할 때마다 나는 아래 글귀를 떠올린다.

한 마리 사슴이 이끄는 백 마리의 호랑이 무리보다, 한 마리의 호랑이가 이끄는 백 마리의 사슴 무리가 더 무섭다.

그러면서 나는 생각한다.

'내가 이끄는 우리 국제경호무술연맹이 한 마리 사슴이 이끄는 단체인지, 아니면 한 마리 호랑이가 이끄는 단체인지'를.

야인시대 실존인물들과 함께. 좌측 첫 번째가 이재영 총재

기사 30년을 뛰어넘은 그들만의 우정

[연재기사] 2010. 9. 29. 대한방송 KBN / 전명균 기자

조일환 회장과 이재영 총재

전혀 어울릴 것 같지 않은 두 사람, 그들은 30년이라는 나이 차를 넘어 피보다 진한 그들만의 우정을 나누었다. 한 명은 '밤의 황태자'로 불리면서 대한민국 건달계의 큰형님으로 통했던 의송 김두한의 마지막 후계자 협객 조일환 회장, 다른 한 명은 경호무술 창시자로서 대한민국 '경호업계의 대부'로 통하는 이재영 총재. 30년 이상의 나이 차이에도 불구하고 이렇게 전혀 다른 길을 걸어온 두 사람이 어느 누구보다 진한 그들만의 우정을 나누게 된 계기가 무엇이었을까? 이재영 총재를 만나 그들만의 얘기를 들어본다.

Q : 조일환 회장과 어떻게 처음 만났는지?

어려서부터 무술을 좋아하다 보니 당연히 무술과 연관된 '건달' (?) 쪽에도 관심을 갖게 되었고, 조일환 회장님과 고향 또한 같다 보니 조일환 회장님의 명성을 학창시절부터 익히 알고 있었다. 그러다 경호원으로 활동하면서 우연히 몇 번 소개를 받기도 했지만, 내가 국제경호무술연맹의 모태인 한국경호공사와 한국경호무술협회를 설립하면서 그분과 인연을 맺게 되었다. 지금은 경호원이라는 직업이 하나의 직업군으로서 확고하게 자리를 잡았지만, 경호산업의 초창기 시절만 해도 건달들이 하던 음성적인 일들이 양성화되면서 경호원들이 그 자리를 차지해 나가는 과도기였다. 그러다 보니 당연히 경호원들과 건달들이 밥그릇을 가지고 서로 싸우는 형국이었고, 건달계의 큰형님으로 통했던 조일환 회장님과 경호 회사의 대표인 나는 서로 '적대적' 으로 만나게 되었다.

Q : 인연을 맺게 된 계기가 무엇인지?

처음 본 조일환 회장님의 이미지는 생각했던 것보다 풍채가 좋으셨으며 호랑이 같다는 강렬한 느낌이었지만, 생각했던 것보단 자상하고 인자하셨다. 주먹은 주먹을 알아본다는 말처럼, 여러 차례 조일환 회장님을 뵙게 되면서 회장님에게 강한 카리스마와 남자다움에 반해 속칭 식구(?)가 되었으며, 회장님을 큰형님으로 모시게 되었다. 많은 시간 회장님과 함께하면서 '회장님' 이라는 호칭을 사용할 때마다 '형님' 이라는 호칭을 사용하길 원하셨지만, 30년 이상 나이 차이가 나는 회장님께 감히 형님이라는 호칭을 사용하기까지는 많은 시간이 걸렸고, 이후 오히려 '큰형님' 이라는 호칭이 더 자연스러워졌다.

Q : 특별한 관계로 발전하게 된 계기는?

회장님은 말 그대로 대한민국 밤의 대통령으로 통했었고, 그런 만큼 회장님의 주위에는 거의 모든 사람들이 건달들이었다. 하지만 회장님께서는 평생 협객이라는 자부심을 갖고 살아오신 분이시기 때문에, 건달이 아닌 정통 무술인인 나를 더 아껴주시고 사랑해주셨던 것 같다. 또한 회장님은 항상 나를 동생이자 연맹 총재로 대우해주셔서 속칭 보스(?) 급의 대우를 해주시다 보니, 주위 잘나가는 건달들로부터 시기와 견제를 받을 정도였다.

건달들의 생활은 항상 긴장된 생활의 연속이다. 언제 작업(?)을 당할지 모르고 언제 자신의 위치를 위협받을지 모르기 때문에, 그들의 친분관계는 '보디 존' , 즉 사람과 사람의 거리 관계에서 서열과 친밀도를 알아볼 수 있다. 자신이 가장 믿을 수 있는 사람을 가장 최측근에 두고 활동하는 것은 너무나 당연하다. 나는 항상 회장님의 옆에서 회장님의 그림자가 되어 회장님과 함께 했다.

Q : 주량이 대단했다고 하던데?

나는 지금까지 많은 사람들과 술을 마시면서 나보다 더 술을 많이 먹는 사람은 보지 못했다. 하지만 그런 나보다 술을 더 잘 드셨으니, 회장님의 술은 상대할 사람이 없었다. 또한 아무리 술을 많이 드셔도 한 치의 흐트러짐이 없으셨다. 아마도 당신이 그동안 살아온 인생이 그분을 그렇게 만들었던 것 같다. 작고하시기 전까지도 일흔이 넘은 연세에도 불구하고 소주를 맥주 글라스로 10잔 이상 마시셨고, 갈비 4인분을 드시고도 갈비탕까지 드실 정도로 식욕 또한 왕성하셨다.

Q : 많은 분들이 대한민국의 큰 별이 지셨다고 회고하던데?

회장님을 모르는 분들은 회장님이 대한민국 건달계의 대부로서만 살아가신 걸로 기억하겠지만, 회장님은 누구보다 나라를 사랑하신 애국자이자 협객이셨다. 많은 사람들은 회장님을 생각하면서 육영수 여사 피살사건 때 일본에 대한 항의로서 손가락을 자르신 '단지사건' 을 기억하지만, 회장님은 나라를 위한 일이라면 누구보다 제일 앞장서 오신 분이다. 사재를 털어 전국에 무궁화 심기 운동을 전개하셨고, 우리나라에 피가 부족해 수입한다는 말을 들으시고 전국적인 헌혈 운동을 전개하시기도 하셨다. 항상 어느 장소에 들어

가든지 태극기만 보이면 그 자리에 멈춰 서서 국기에 대한 경례를 경건하고 엄숙하게 하시던 그 모습이 지금도 기억에 생생하다. 지금은 고인이 되신 회장님을 생각할 때마다 나는 로버트 드니로가 주연을 맡았던 '미션' 이라는 영화의 대사가 생각난다.

"그들은 죽고 저만 살아남았습니다. 하지만 실제로 죽은 것은 저고, 산 자는 그들입니다. 왜냐하면 언제나 그렇듯, 죽은 자의 정신은 산 자의 기억 속에 영원히 기억되기 때문입니다."

조일환(1938~2009년 7월 13일)은 김두한의 후계자로 알려진 인사. 별명은 '천안곰'. 충남 천안에서 태어나 열일곱 살이 되던 해방 전후 충남 천안 지역 주먹계를 평정한 뒤, 1974년 육영수 여사 피살사건 당시 일본의 사죄를 요구하며 천안 시내 유관순 동상 앞에서 새끼손가락을 잘라 항의한 바 있다. 2005년 3월에는 일본 고이즈미 준이치로 수상의 망언과 신사참배, 역사 교과서 왜곡 중단, 반성을 촉구하며, 조 씨의 아내와 아들이 손가락을 절단했다. 전 세계적으로 특정 사안에 대한 항의 표시로 온 가족이 손가락을 절단한 것은 조 씨 집안이 처음이다. 세상을 떠나기 직전에는 기독교에 귀의했다.

그림자에게 그림자가 붙다

한동안 주먹세계에 몸담았을 때(?) 장군의 아들 김두한의 마지막 후계자로 알려진 조일환 회장님의 그림자가 되어 회장님을 경호한 적이 있다. 그렇게 회장님과 일본의 야쿠자들을 만났고, 중국의 삼합회를 만났으며, 그리고 국내의 둘째가라면 서러워하는 주먹들을 만났다. 나는 그럴 때마다 회장님의 그림자가 되어 회장님과 함께했다.

주먹들과 만나다 보니 언제 다구리(테러)를 당할지 몰라 항상 긴장의 연속이었는데, 어쩌면 이때가 경호다운 경호를 했던 것 같다. 그렇게 시간이 흐른 후 언제부터인가 나에게도 그림자가 생겼다. 내가 일본에 가서 경호무술 연무대회를 할 때, 그리고 모든 행사장에 나에게도 그림자가 항상 내 곁을 지켰다. 그 그림자는 나의 영원한 경호 실장을 자처하는 제자이자 동생인 최재열이다. 재열이를 처음 본 사람들은 단박에 그이 직업을 둘 중 하나로 생각한다. 주먹 아니면 경호원. 그만큼 재열이는 다부진 체격에 심상치 않은 외모를 지녔다. 팔뚝은 보통 사람의 허벅지만 했고, 수염과 얼굴은 야쿠자 아니면 연예인 수준의 외모를 지녔다. 그래서 일본에 함께 갔을 때도 외국인들이 그가 일본 사람인 줄 알고 그에게 길을 물을 정도였다. 하지만 나는 오히려 그 외국인이 더 대단해 보였다. 만약에 재열이가 내 동생이 아니고 모르는 사람이었다면, 나는 그에게 길 같은 것을 물어보는 위험은 감수하지 않았을 것이다.

지금 와서 생각해보면, 내가 복부에 사시미 칼을 맞거나 얼굴을 80바늘 이상 꿰매는 사고 등의 위험한 일이 발생했을 때는 항상 재열이가 옆에 없었다. 반대로 생각하면 그가 있었다면 그런 일이 발생하지 않았을 것이다. 그렇게 재열이는 나의 영원한 경호 실장이었다. 그는 연맹 이사를 거쳐 현재는 연맹 울산광역시 지부 회장을 맡아 울산 지역에서 경호무술의 역사를 써가고 있다. 그의 도장에 들어서면 태극기 위에 다음과 같은 글귀가 있다. "땀은 정직하다." 그에게 전화를 하면 다음과 같은 멘트가 나온다. "감사합니다. 땀은 정직하다, 최재열입니다." 나는 그럴 때마다 '그 말만큼 그를 잘 설명하는 말은 없을 것'이라고 생각한다. 세상 사람들은 성공하기 위해 공작처럼 화려한 자태를 뽐내면서 암사자의 카리스마를 지니고, 늑대같이 영리하고 사슴처럼 눈치 빠르면서 여우같은 교활함을 갖추라고 말하지만, 나는 오히려 재열이에게 다음과 같은 말을 해주고 싶다.

"재열아, 난 너를 볼 때면 '땀은 정직하다.'란 말이 가슴에 와 닿는다."

돈이 없어서 행복하지 않습니다.
그러나 돈이 있다고 행복하지도 않습니다.
병들어서 행복하지 않습니다.
그러나 건강하다고 행복하지 않습니다.
무명이어서 행복하지 않습니다.
그러나 유명하다고 행복하지 않습니다.
하지만 난 재열이가 있어 행복합니다.

자기를 위해선 땀을 흘려라,
선한 이웃을 위해선 눈물을 흘려라,
진리를 위해선 피를 흘려라.

- 차동엽 신부의 '바보 Zone' 중

IKF
제경호무술연맹

1978
神武館
HANSUNG
汗成
1978
神武館
汗成

경호원 생활의 즐거움

피아노의 아름다운 선율을 느끼면서

경호원이라는 직업이 매력적인 것은 여러 이유가 있지만, 그 중에 하나가 여러 문화와 지식을 직접 접하고 배울 수 있어서일 것이다. 나는 피아니스트 서혜경 씨를 경호하면서 가장 놀랐던 것이 바로 피아노 연주회의 비싼 입장료였다. 입장료 못지않게 또 놀란 것은, 그 비싼 입장료에도 불구하고 항상 만원이라는 것이다. 따분한 피아노 연주회에 그 비싼 입장료를 내고 많은 사람들이 보러 온다는 것을 나는 이해할 수 없었다. 하지만 피아노 독주가 시작되면서 나의 생각은 180도 바뀌었다. 현장에서 느낀 피아노의 선율은 감동 그 자체였다. 웅장한 소리와 그 섬세한 음악들. 이래서 사람들이 피아노 연주회에 비싼 입장료를 내고 오는구나 하는 생각이 들었다. 그때 느낀 것은 나 또한 그런 비싼 입장료를 냈더라도, 그 입장료가 하나도 안 아까울 정도였다.

오페라의 감동을 느끼며

피아노 연주회 못지않게 감동을 느낀 것은 오페라의 감동이다. 오페라 공연을 보게 된 것은 오페라 행사 경호를 맡게 되어서였다. 화려한 조명과 세트장, 그리고 웅장한 음악과 연기자 한 명 한 명의 목소리와 표정들. 아마 내가 경호원이라는 직업을 가지지 않았다면 이러한 문화를 평생 접해보지 못했을 것이다. 이후에도 몇 번 오페라 구경을 했지만, 처음의 감동은 가져지지 않았다. 오페라를 잘 아는 사람의 설명으로는, 오페라는 처음 봤을 때가 가장 중요하다고 했다. 처음 본 오페라의 그 감동과 기억은 평생을 간다는 것이었다. 그 자신도 자기가 처음 본 오페라의 감동은 지금까지 생생하게 기억하고 있다고 했다. 나는 그 얘기를 들으면서, 내게 아내가 생기고 자식이 생기면 꼭 오페라 공연장에 데리고 가서, 그 처음의 오페라 감동을 주는 남편이자 아버지가 되자고 다짐했었다.

국악 공연의 흥겨움에 놀라면서

처음 국악 공연장 행사 경호를 맡고 나서 속으로 따분한 시간이 되겠구나 하고 생각했었다. 하지만 공연이 시작되고 시간이 흐르면서 나는 나의 생각이 틀렸음을 알게 되었다. 특히 사물놀이의 흥은 어떤 음악보다도 흥겹고 역동성이 있었다. 아침부터 저녁까지 며칠 동안 국악 공연을 보고 느낀 것은 우리 음악인 국악은 대중가요와는 달리 들으면 들을수록 더 매력이 있다는 것이었다. 이 시기에 묵계월, 안비치, 이은관 씨 등 우리나라 국악계의 큰 거목들을 직접 만나고 알게 되었고, 우리 음악인 국악을 이해하는 데 많은 도움이 되었다. 국악인들과 공연을 보면서 아쉬웠던 점은 인간문화재인 많은 국악인들이 그들의 노력과 활동에 비해 출연료나 대우 등이 매우 열악하다는 것이다. 국악 최고 실력자들인 인간문화재에 대한 대우가 이렇다면, 다른 국악인들은 더 말할 필요도 없을 것이다.

『개미』의 작가 베르나르 베르베르를 만나고

내가 가장 재미있게 읽은 책 중에 하나가 바로 베르나르 베르베르가 쓴 『개미』이다. 몇 번을 읽어도 재미있는 책이 바로 이 『개미』였다. 어느 날 경호 업무를 하다가 교육 방송국에서 『개미』의 작가 베르나르 베르베르를 직접 만나게 되었는데, 그것은 내게 잊을 수 없는 추억이 되었다. 내가 읽었던 책의 작가를, 그것도 외국 작가를 직접 옆에서 만날 수 있는 경험은 바로 내가 경호원이었기 때문에 가능했다. 나는 지금도 베르나르 베르베르의 마니아가 되어 새로 책이 나올 때마다 사서 읽어본다.

많은 문화 예술인들을 만나면서

나는 경호원으로 일하면서 많은 문화 예술인들을 직접 옆에서 만날 수 있는 좋은 기회가 많았다. 앞에서 말한 피아니스트 서혜경 님, 국악인들, 그리고 베스트 작가를 만났고, 그 이외에도 소설가 이수광 님, 진달래꽃의 장사익 님, 스님이자 피아니스트인 임동창 님, 손숙 님, 이외에도 많은 문화 예술인들을 만났다. 좀 아쉬웠던 점은 기념으로 같이 사진이라도 찍어둘 것을, 하는 것이다. 지금도 공연 안내 팸플릿이나 TV에서 내가 만났던 문화 예술인들이 나오면 관심을 가지고 관람하거나 시청한다. 이런 점들이 내가 무술인이면서도 문화 예술에 대한 안목을 넓힐 수 있는 좋은 기회가 되었다. 이러한 모든 것들은 내가 경호원이기 때문에 가능했다.

창조 경영의 대가이자 『생각의 탄생』의 저자 로버트 루트번스타인 교수는 "창의적 인재란 미술, 음악, 시 등 다른 영역의 세계도 자유자재로 활용할 수 있는 사람들"이라고 말했다.

전국경호법인대표자회(NSCA) 의장 취임

2009년 1월 21일 경기대학교 민간경비 교육센터에서 전국 각 지역에서 활동 중인 경찰청 허가 경호경비 전문법인 CEO들이 모여 '한국 민간경호산업의 발전 방향'에 대한 주제로 간담회를 개최하면서 '전국경호법인대표자회(NSCA)' 창립식을 가졌다. 이날 창립식에서 나는 전국 경호법인 업체의 대표자들이 참가한 가운데 만장일치로 의장에 취임했다.

나는 대한민국 경호산업의 1세대로서, 20년 넘게 오로지 한 길만 걸어왔다. 반대로 말하자면, 대한민국의 경호산업, 즉 사설경호의 역사는 20년도 채 되지 않는다. 물론 계급사회가 등장하고 역사와 함께 '경호'라는 문화가 꾸준하게 발전해왔지만, 사회에 사설경호 회사가 등장하고 경호업이 법률과 함께 제도권의 테두리에서 활동하게 된 것은 20년이 되지 않는다. 어떻게 보면 짧고 어떻게 보면 긴 시간이었지만, 나는 항상 경호 현장에 있었고 경호무술을 지도하면서 그들과 함께해왔다. 나는 경호원부터 시작해 경호 회사를 창업, CEO를 거쳐 이제 CEO들의 연합단체인 전국경호법인대표자회의 의장이 되었다. 그러자 언론과 여러 곳에서 '경호업계의 대부', '경호산업의 대통령'이라는 수식어가 따라붙기 시작했다.

하지만 나는 사실 그렇게 성공한 경호 사업가는 아니다. 경호 회사 CEO 중에는 몇 십억, 몇 백억의 매출을 올리는 CEO도 있다. 나는 경호 업무보다는 경호 경험과 경호 교육을 통해 경호무술을 창시, 경호원 양성과 경호무술 보급에 더 많은 노력과 시간을 투자해왔다. 경호원과 유단자를 포함한 30만 명의 수련생들이 경호무술을 수련하고 있으며, 20여 명의 경호법인 CEO를 배출했다. 또한 그런 실력과 능력을 인정받아 5개 대학의 경호 관련 학과에서 강의를 담당하고 있다.

전국경호법인대표자회 의장 취임은 나에게는 무척 영광스럽고 자랑스러운 일이지만, 사실 대표자회가 창립하기까지는 무엇보다도 회원사 대표들의 도움과 자기희생이 컸다. 경호 업무의 특성상 경호 회사들 간에는 서로 교류보다는 견제를 하게 되고, 고객에 대한 비밀 및 보안 문제로 다른 업종보다 폐쇄성과 보안성이 크다. 그렇다 보니 현장에서는 서로가 적(?)이자 경쟁자이지만, 우리는 하나가 되었다.

하나가 되었다는 것만으로도 그것이 상징하는 의미는 대단했다. 대표자회는 처음 10여 개의 경호법인 회원사로 시작했지만, 불과 1년 사이에 협력단체 포함, 50여 개의 단체가 참여하는 국내 유일이자 최고의 경호 관련 단체로 성장했다. 물론 '00경호협회' , '00경호연맹' 등 경호원들을 교육하고 양성하는 학원들이 경호원들의 권익과 복지를 위한 협회를 표방하기도 했지만. 경찰청 허가 법인회사 및 관련 단체가 50여 개 가까이 한 깃발 아래 모였다는 것은 정말 지금 생각해봐도 대한민국 경호 역사에 큰 사건이었다. 경호법인을 관리하는 주무 관청에서도 여러 차례 전화 통화가 이루어졌고, 많은 곳에서 인터뷰 요청이 쇄도했으며, 여러 곳에 인터뷰를 했다. 또한 기존 경호 회사 및 기득권을 지닌 경비 관련 단체로부터 견제와 시기도 받았다. 하지만 우리 경호법인대표자회는 '경비'가 아닌 '경호' 전문가 CEO들의 단체라는 것을 알게 되고, 우리 단체의 설립 취지와 목적을 이해하면서 대표자회에 가입하거나 함께할 것을 약속했다.

우리 경호법인대표자회는 회원사(경호 법인회사) 및 경호법인에 종사하는 회원(경호원)들의 목소리를 대변하고, 그들의 권익과 복지를 위해 노력하며, 관련 단체와의 유기적인 협조를 통해 대한민국 경호산업의 발전과 안전한 사회 만들기에 일익을 담당하여 국민의 생명과 재산을 보호하고, 더 넓게는 인류 평화에 공헌함을 그 목적으로 하고 있다. 이 글을 빌어 전국경호무술인대표자회(NSCA) 모든 회원사 대표자들과 협력단체 대표님들, 그리고 회원님들께 감사의 인사를 드린다.

> 희망이란
> 본래 있다고도 할 수 없고 없다고도 할 수 없다.
> 그것은 마치 땅 위의 길과 같은 것이다.
> 본래 땅 위에는 길이 없었다.
> 걸어가는 사람이 많아지면 그것이 곧 길이 되는 것이다.
>
> \- 노신의 '고향' 중

경
전국경호법인대표자회(NSCA) 정기총회
(한국청소년문화재단과 MOU 체결)
축

전국 경호법인 대표자회의[NSCA]

기사 전국의 경호법인 대표들이 한 자리에 모이다!

[방송기사] 2011. 6. 12. 대한방송 KBN / 전명균 기자

전국경호법인대표자회(NSCA, 의장 이재영)가 창립 2주년을 맞이해 전국의 경호법인 대표들이 한 자리에 모였다. 또한 이날 총회에서는 NSCA와 서울현대전문학교 간 MOU 계약을 체결하면서, 앞으로 두 단체는 교육과 취업 그리고 경비원 신임 교육 등 다각적인 교류와 협력을 할 것에 합의했다. NSCA는 국내에서 활동 중인 경찰청 허가 경호법인 회사의 대표들이 모여 설립한 단체로 50여 개의 경호법인과 관련 단체를 회원사로 두고 있으며, 올해로 창립 2주년을 맞이했다.

단체의 수장은 국제경호무술연맹 이재영 총재가 의장으로서 단체를 이끌어가고 있으며, 이재영 대표는 20년 가까이 5000여 명 이상의 경호원들과 20여 명의 경호법인 대표를 교육, 배출하는 등, 지금도 6개의 대학 경호학과에서 경호학 및 경호무술 강의를 담당하고 있다. NSCA는 2년 동안 경기대학교 민간경비 교육센터, 원광보건대학(총장 김인종), 한국청소년문화재단(이사장 이주열), 서울현대전문학교(학장 김남경) 등 많은 경호단체 및 대학들과 MOU 계약을 체결하였으며, 대한시큐리티연구소(이사장 손상철)를 자문기관으로 두고 있다.

목적 사업으로는 경호산업의 발전 방향에 관한 기본 방침을 심의 결정하고 연구, 홍보, 계몽활동 전개/ 관계 정부 기관과의 유기적인 협력 구축 및 정책 건의/ 경호원, 경비원, 안전요원들의 양성과 자질 향상을 위한 교육 훈련/ 범죄 예방, 학원폭력 근절 청소년 선도 등 다각적인 활동을 하고 있으며, 대한민국 경호산업의 발전과 안전한 사회 만들기에 일익을 담당, 국민의 생명과 재산을 보호하고, 더 넓게는 인류평화에 공헌함을 그 목적으로 하고 있다.

지금까지 경호 분야의 공인된 단체는 경비업자들의 단체인 사단법인 한국경비협회가 유일하였지만, 전국경호법인대표자회(NSCA)의 등장으로 경호

법인 대표자 및 종사자(경호원)들의 권익과 복지가 많이 향상될 것으로 기대되며, '경호(신변보호)'가 경비 용역업의 한 분야가 아닌, 제도적으로 전문 직업군으로 자리 잡을 수 있는 계가가 마련되었다고 볼 수 있을 것이다. 경호 업무의 특성상 경호 회사들 간에는 서로 교류보다는 견제를 하게 되고, 고객에 대한 비밀 및 보안 문제로 다른 업종보다 폐쇄성과 보안성이 크다. 그렇다 보니 현장에서는 서로가 적(?)이자 경쟁자이다. 그렇기 때문에 NSCA의 등장은 경호산업에 큰 전환점이 될 수 있는 사건이다. 하지만 앞으로 넘어야 할 과제도 많은 것이 사실이다. 수십 년의 세월 동안 기존의 기득권 있는 경비업자들과 군, 경찰 출신들로 이끌어온 한국경비협회와의 관계, 정부 기관으로부터의 공인단체 인정, 그리고 전국에 흩어져 있으면서 폐쇄성과 개성이 강한 경호 법인회사들을 얼마나 많이 규합할 것인지, 앞으로 NSCA의 행보가 주목된다.

대통령 후보를 경호하다

경호원이라면 한번쯤은 꼭 해보고 싶은 것이 바로 대통령 경호일 것이다. 나는 그동안의 경호 경력과 능력을 인정받아 이명박 대통령 후보의 경호안전대책특별위원회 수석부위원장, 그리고 현 대통령인 박근혜 후보의 경호협력원장으로 임명받아 대통령 후보의 경호 업무에 참여하게 되었다. 물론 대통령 경호실 경호원들과 경찰들도 경호 업무에 투입되었지만, 워낙 많은 사람들이 유세장에 몰리다 보니 항상 긴장의 연속이었다. 특히 가장 당선이 유력한 후보를 경호하다 보니 많은 부담감을 느끼게 되었다. 하지만 경찰과 관련 공무원들의 협조, 삼엄한 출입통제 등이 이루어지면서 경호 업무는 생각보다 힘들지 않았다. 그동안 해왔던 경호와는 차원이 달랐고, 사설 경호와 공 경호의 많은 차이를 느끼게 되었다.

대통령 후보를 경호하면서 느꼈던 가장 큰 차이는 오히려 사설 경호가 공 경호보다 더 어렵다는 것이었다. 공 경호는 말 그대로 경호 업무에만 충실하도록 모든 여건이 갖춰진 반면, 사설 경호는 모든 것을 경호원들이 해결해 나아가야 한다. 그래서인지 대통령 경호실 출신 경호 회사 CEO들이 많지만, 사설 경호 분야에서는 그렇게 큰 두각을 나타내지 못하고 있다. 아마도 사설 경호와 공 경호는 본질적으로 다르기 때문일 것이다. 나는 이번 대통령 후보 경호를 계기로 오히려 공 경호보다는 사설 경호 분야의 전문 분야를 개척하여 후진 양성에 더 노력하면서 경호무술을 보급해 나가야겠다는 확고한 신념을 갖게 되었다. 처음 '벼룩시장'에 경호원 구직광고를 낸 후. 경호원부터 시작하여 기계경비 회사의 출동 요원과 현금호송 요원을 거쳐, 경호 회사를 창업하고 경호무술을 창시, 보급하면서 대통령 후보를 경호했던 나의 경험과 노하우를 후진들을 위해 교육해 나갈 것을 다시 한 번 생각하는 계기가 되었다. 대통령 후보를 경호했던 경험은 나에게 있어 큰 자부심과 긍지를 갖는 계기가 되었다. 이때 경호했던 후보는 현재 대통령에 당선되어 대통령의 직무를 수행해 나가고 있다.

대통령 경호실 김정기 수행부장님과 함께

대통령 경호실 김락기 경호부장님과 함께

자신만의 역사를 만들어간다는 것

일본의 어떤 여고생이 2년 동안의 하루하루의 일상을 사진으로 담아 책을 냈다고 한다. 그 책을 만들기 위해 그 여고생은 하루에 일어나는 모든 사건과 만나는 사람들을 일일이 제목을 붙여가면서 사진으로 찍어 자료를 남겼다고 한다. 예를 들어 '아침에 골목길을 청소하는 옆집 할아버지' , '즐거워하는 강아지' , '힘없이 퇴근하는 아버지의 뒷모습' , 이런 식으로 제목을 붙여가면서 사진을 찍었다고 한다. 사진에서 동네 사람들과 옆집 할아버지의 다정함과 인자함을 느낄 수 있었고, 즐거워하는 강아지의 모습을 보면서 동물에 대한 사랑을, 그리고 아버지의 뒷모습을 보면서 아버지의 삶의 무게와 사랑을 느낄 수 있었다고 한다. 그 여고생이 매일 저녁마다 자신이 찍었던 사진들을 정리하면서 느낀 것은, 자기가 무심코 느끼지 못하고 지나간 정지화면, 즉 사진 속에는 자신이 몰랐던 아름다움과 메시지가 담겨 있었다는 것이다. 그렇게 사진을 2년 가까이 찍다 보니, 2년 동안 하루하루에 대한 자신만의 역사를 사진첩으로 만들게 되었고, 그것을 책으로 냈다고 한다. 그 책은 일본에서 베스트셀러가 되었고, 그 여고생은 앞으로도 계속해서 사진을 찍어가면서 자신만의 인생을 사진으로 담겠다는 포부를 밝혔다고 한다.

나는 이 여고생의 얘기를 읽고 나 또한 나만의 역사를 사진으로 기록하고 싶다는 생각을 갖게 되었다. 나 또한 경호원들을 교육하고 경호 업무를 하던 일들과 경호무술을 수련, 보급하던 일들을 사진으로 담아 '사진으로 보는 보디가드의 세계'와 '사진으로 보는 경호무술의 역사'를 만들자는 꿈을 갖게 되었다. 그래서 현재 우리 연맹의 홈페이지(www.ikf.kr)와 다음카페 동호회에는 어느 경호단체나 무술단체보다 사진 자료들이 많이 있는데, 사진만으로도 연맹과 경호무술의 역사를 한눈에 알 수가 있다. 나는 경호원이 되기 위해 교육받는 경호원들과 경호무술 제자들에게 항상 같은 말을 되풀이한다.

"지금부터 시작이라는 생각을 가지고 자신에게 일어나는 경호 관련 모든 사건과 일들을 사진과 글로 남겨 자신만의 역사를 만들고 자료를 만들어가라! 그러면 훗날 자신이 경호 회사를 창업해 CEO가 되었을 때, 이런 모든 것들이 소중한 자료이자 도움이 될 것이다. 나중에 자신이 그 분야에서 걸어온 길에 대한 평가이자 소중한 자료이며 역사가 될 것이다."

내가 지금 이 글을 쓰고 있는 자체도 나에게는 나만의 역사를 만들어가는 과정이다.

자신을 사랑하지 않는 사람들은 다른 사람을 흠모하지 못한다. 누군가를 흠모한다는 것은 상대방을 크게, 자신을 작게 만드는 행위이기 때문이다. 자신의 운명을 바꾸고 싶다면, 다른 사람을 사랑하기 전에 자기 자신부터 사랑할 줄 알아야 한다.

경호원의 길을 걸어오면서

경호원의 길을 걸어오면서, 경호무술을 보급하면서 나는 많은 사람들을 만났고 많은 사람들을 경호했다. 그리고 많은 사건들을 겪었다. 어떤 때는 테러를 당해 얼굴을 80바늘 이상 꿰매기도 했고, 눈을 크게 다쳐 실명의 위기에서 인공 안구 뼈를 이식받아 아슬아슬하게 실명의 위기를 넘기기도 했다. 또 사시미 칼에 찔려 하나밖에 없는 생명을 위협받기도 했었다. 나는 그럴 때마다 경호원의 생활을 포기할까도 생각했었다. 하지만 그럴 때마다 내가 경호원이라는 길을 계속해서 걸을 수 있었던 것은 경호원이라는 직업의 매력과 보람 때문이었다. 경호원은 자신을 희생하여 다른 사람의 신체와 생명을 보호하는 소중하고 값진 직업이다. 그렇기 때문에 많은 경험과 전문성을 필요로 하는 직업이다.

많은 사람들이 경호원이라는 직업에 도전하지만, 그만큼 많은 사람들이 좌절을 겪고 중도에 포기한다. 세상에는 1등, 2등, 그리고 프로와 아마추어가 존재한다. 2등과 3등은 1등을 시기하고 질투하지만, 1등은 앞만 보고 달릴 뿐이다. 바로 자신이 1등이고 최고라는 생각을 갖는 것이 진정한 프로 정신이다. 이러한 프로 정신이 없다면 일찌감치 경호원이라는 직업을 포기해야 한다.

프로야구 1군 선수는 능력에 따라 수십억, 수백억의 연봉을 받는 선수가 있는가 하면, 1년 동안에 몇 백만 원의 연봉을 받으면서 생활하는 2군 선수 또한 있다. 사설 경호원은 이 프로야구 선수들보다 더 엄격하게 적자생존의 원칙이 적용된다. 한 달 동안 수천만 원의 경호 수당을 받는 경호 팀장이 있는 반면, 한 달 동안 몇 십만 원의 수당도 못 받는 프리랜서 경호원 또한 있다. 경호원은 무엇보다도 실력과 노력으로 평가되며, 거기에 따르지 못한다면 중도에 도태되고 만다. 그런 만큼 경호원이라는 직업을 선택할 때는 많은 것을 생각하고 신중하게 선택해야 한다. 또한 한번 선택했다면 어떤 어려움과 고난에도 굴복하지 말고 자신의 길을 묵묵하게 걸어가는 것이 경호원이다. 또한 경호원이 꿈이라면 자신의 포부를 더 크고 더 넓게 가져, 경호회사나 경호 단체 CEO의 꿈을 가지고 하나하나 준비해 나가길 바란다. 세계의 넓은 들판에서, 인생의 싸움터에서 승리하는 용사가 되길….

나는 다시 태어난다 하더라도 경호원이라는 직업을 선택할 것이다!

"일을 즐겁게 하는 자는 세상이 천국이요, 일을 의무로 생각하는 자는 세상이 지옥이다."

- 레오나르도 다빈치

제2장

도복 하나 둘러메고

'제1장 보디가드의 세계'가 경호원으로 살아온 경호 경험 위주로 집필했다면, '제2장 도복 하나 둘러메고'에서는 경호무술을 보급하면서 겪었던 실패와 좌절, 그리고 그것을 극복해 가는 과정을 담고 있습니다. '제1장 보디가드의 세계'와 시기적으로 중첩되는 경우가 있더라도, 여기에서는 경호무술을 보급하던 경험만 다루고 있습니다.

“길이 있어 내가 가는 것이 아니라,
내가 감으로써 길이 생기는 것이다.”

경호무술의 정체성

무 술 명 : 경호무술(警護武術)

기　　원 : 1993년

종 주 국 : 대한민국

창 시 자 : 이재영(李在暎)

영　　문 : KYUNG-HO MOOSOOL

(경호무술은 한국에서 창시된 무술이므로 한글 고유 발음을 사용합니다.)

경호무술의 어원 :

경호무술(警護武術)은 '경계하고 호위한다'는 뜻으로 경호(警護)와 무술(武術)의 두 단어를 합성한 합성어이다.

경호무술의 정의 :

경호무술은 창시자 이재영에 의해서 창시된 무술이며, 기존 무술과는 차별화된 독창적인 기술, 철학을 바탕으로 수련하는 독창적인 무술이며, 창시 초기 경호원을 위해 창시된 무술이지만, 현재는 남녀노소 누구나 자유롭게 수련할 수 있는 생활 무술이다. 가장 큰 특징은 현 시대환경, 법률, 상황에 적합한 무술로서 자기 자신과 가정, 그리고 크게는 사회와 국가를 지켜주는 호위, 호신, 호국 무술이다.

경호무술의 정체성 :

경호무술은 1993년도 이재영 총재에 의해 창시되어 보급되고 있는 무술이다. 그 증거로 1995년 6월 29일 경호무술 최초로 국가에 공인 신고 된 사회단체 한국경호무술협회(대표 이재영)를 서울특별시에 제787호로 설립 신고하여 보급해왔으며, 경호무술 창시에 대한 부분을 명확하게 하고자 2004년도에 경호무술 명명, 창시 배경, 이념, 보급 등을 소개한 『보디가드의 세계』(이재영, 신아출판사, 2004)를 집필, 출간했다.

경호무술의 보급 :

경호무술은 현재 사단법인 국제경호무술연맹(총재 이재영)을 통해 국내 1000개 지부와 해외 20개국에 지주를 설립, 보급되고 있으며, 50여 개의 대학 경호학과에서 경호무술을 채택, 수련하고 있고, 유단자와 수련회원을 포함 30만여 명의 회원을 두고 있다.

경호무술의 홍보 및 활동 :

매달 격월로 《경호무술신문》(발행인 : 경호무술 창시자 이재영) 2만 부를 발행, 전국의 모든 무술도장, 대학(교) 경호, 무도, 체육 관련학과 및 경호회사 등에 무료로 배포해 경호무술의 정체성을 확립하고, 경호무술계의 긍지와 자부심을 발현하며, 경호무술인의 권익을 대변해 나가고 있다.

경호무술 자격증(경호 지도사) 국가 기관 최초 등록 :

자격기본법 제17조 제2항 및 동법 시행령 제23조 제3항에 의해 경호무술 관련 자격증으로는 최초로 경호 지도사 자격증을 국가 기관(국무총리실 산하 한국직업능력개발원)에 공식 등록하여 경호 지도사를 배출하고 있다.

사회활동 :

산하에 한국범죄퇴치운동본부(ASS)를 설립, 정부 기관에 비영리 민간단체로 등록하여 학원폭력 근절, 청소년 선도, 범죄 예방, 소년소녀가장 돕기 등의 활동을 체계적으로 전개하여 국가사회 발전에 이바지하고 있다.

"경호무술(警護武術)은 결코 한 개인이나 단체 또는 모임의 전유물이 아니라, 경호무술을 배우고 수련하고자 노력하는 사람들이 모두 함께 공유하는 무도이자 문화입니다. 어린 시절이나 경호원이 되기 위해 잠시 배우는 그런 것이 아니라, 성인이 되어서도 평생 즐기면서 수련하는, 즉 살아 있는 무술로 존재하는 것입니다."

- 경호무술 창시자 이재영(李在暎)

경호무술 창시에 대해

내가 경호무술을 창시했다고 주장하는 것은 내가 무술의 대가라거나 경호무술만이 최고의 무술이어서가 아니라, 현시대에 발생된 신생 무술로서 인정받고자 하기 때문이다. 신생 무술이 제일 범하기 쉬운 과오는 바로 있지도 않은 역사를 왜곡하여 삼국시대 혹은 그 이전 시대부터 비밀리에 전수됐다느니, 아무도 모르고 자신만 아는 어느 산속의 도인으로부터 전수받았다느니 하는 거짓된 역사를 주장하는 실수이다.

어느 날 갑자기 창시된 무술은 없다. 한 무술이 만들어지려면 당연히 이전 무술을 참고하면서 새로운 기술을 연구, 개발 정립하여 창시하게 된다. 나 또한 경호무술을 처음 보급할 때 '삼국시대부터 왕권을 보호하기 위해서 비밀리에 수련하고 전수되던 무술'이라는 거짓된 역사를 주장한 적이 있었다. 지금 생각하면 참 부끄럽기 그지없다. 자신이 창시한 무술에 자신이 있다면, 역사 속에 숨지 말고 당당하게 자기가 만들었고 무엇을 참고했으며 앞으로 발전시켜 나가야겠다고 해야 한다. 그것이 무술인의, 그리고 창시자의 자세라고 나는 생각한다.

우리나라 무술들의 큰 단점 중 하나는 바로 많은 무술들이 모두 창시자가 없고 정확한 뿌리가 없다는 것이다. 정말 통탄스럽고 슬픈 일이 아닐 수 없다. 창시자가 불분명하고 이어져온 뿌리도 정확하지 않는 무술은 무술이 아니라고 생각된다. 자신의 제자를 지도할 때 자신의 스승을 소개하고 그 무술의 역사, 문화, 철학 등을 가르치는 것도 하나의 수련 과정이다. 경호무술은 비록 나 자신이 부족하고 사이비라는 말을 들을지라도, 정확한 역사와 창시자가 있어 후세에 기억되리라 생각되며, 나 또한 많은 어려움이 있더라도 최선을 다해 그렇게 기억되길 바란다.

어떤 무술이건 이전의 다른 무술을 참고했다 하더라도 분명히 처음 만든 창시자가 있다. 그럼에도 불구하고 그 무술들의 창시자가 없는 것은 새로운 것을 시작해야 되는 부담감과 새로운 것에 대한 기득권이 있는 무술인들의 견제, 시기, 멸시 때문일 것이다. 그래서 많은 무술들이 이전에 유행하던 무술 명을 그대로 사용하게 되고 왜곡된 역사를 주장하게 된다. 나는 시기와 질시 속에서 그런 어려움을 극복하면서 창시를 주장하는 나 자신을 떳떳하고 자랑스럽게 생각하며 앞으로도 그럴 것이다. 우리나라에서 많은 무술들이 창안되어 우리 문화와 더불어 세계에 보급된다면, 그 또한 국위 선양이며 바람직한 일이라 생각한다. 평가는 시간이 흐르면 자연스럽게 이루어질 것이다.

하나의 무술을 창시하여 보급하는 것보다 새로운 신생 무술로 인정받는 것이 더욱더 힘든 것 같다. 이제 경호무술을 만들어 보급한 지 오랜 세월이 넘어섰다. 아니 더 정확하게 말하자면, 경호무술이라는 명칭을 사용한 지 오랜 시간이 지났다는 표현이 맞을 것이다. 많은 발전도 있었지만 나의 수양 부족으로 인해 생기는 실수가 더 많은 것 같다. 완벽한 무술은 없다고 나는 생각한다. 평생이 걸리더라도 완벽에 가깝도록 변화, 연구, 발전시켜 나가는 그것이 바로 앞으로 해나가야 할 길인 것 같다.

아마 내가 다른 무술을 수련하지 못했다면 지금의 경호무술은 없었을 것이다. 경호무술이 처음 만들어질 당시에는 여러 무술들의 장점을 많이 수용했다. 하지만 이제 경호무술은 다른 무술의 기술과는 많이 다른 경호무술만의 철학, 원리, 기술을 가지고 있다. 그동안 여러 무술의 장점들을 경호무술에 수용하면서, 경호무술이 단순히 여러 무술을 섞어놓은 종합 무술로 오인 받는 경우가 종종 있었다. 하지만 나는 앞으로도 다른 무술의 장점이 있다면 과감하게 수용, 변화, 발전시켜 나갈 것이다. 그것은 변화하고 발전되는 과정이 바로 경호무술이기 때문이다.

겨루지 않고, 맞서지 않고, 상대를 끝까지 배려한다

내가 경호무술을 지도하면서 가장 강조하는 것이 '상대와 겨루지 않는다.', '상대와 맞서지 않는다.' , 그리고 '상대를 끝까지 배려한다.'라는 경호무술의 3원칙이다. 나는 경호무술을 수련하는 목적을 묻는 질문에 다음과 같이 말한다. "경호무술을 배우는 목적은 상대와 싸우지 않고 이기기 위함입니다. 또한 멋지게 지기 위함입니다."

상대와 겨루지 않는다.

겨루지 않는다고 해서 싸움 자체를 회피하는 것은 아니다. 끊임없는 수련과 단련을 통해 강자의 여유로움과 인품으로 상대를 굴복시키는 '칼집 안의 승부' , 바로 그것이 경호무술의 철학이다. 경호무술은 수련이나 연무시범시 대련을 하지 않는다. 많은 무술과 스포츠는 승자와 패자가 존재한다. 상대를 이겨야만 내가 이긴다. 하지만 경호무술은 상대를 이겨야만 내가 이기는 것이 아니라, 상대와 나의 연무 시범을 통해 상대와 나의 화합과 교감이 이루어져야 한다. 경호무술의 주 기술은 던지기이다. 그렇게 서로 끊임없이 던지고 던져지면서 단련해 나가며 상대와 내가 하나가 되는 화합을 강조하는 수련이 경호무술만의 기술이며 수련 방식이다.

상대와 맞서지 않는다.

상대를 이길 힘이 충분히 있지만 여러 환경 등을 고려해 싸움에 휘말리지 않고 멋지게 지는 것, 바로 그것이 경호무술이 추구하는 길이다. 상대와 겨룰 힘이 없으면서 고개를 숙이는 것과 겨룰 힘, 아니 기술이 있지만 고개를 숙이는 것과는 큰 차이가 있다. 특히 정서적으로 불안정한 청소년 시기에 비굴한 굴종은 인격 형성에 있어서 큰 정서 장애가 된다.

경호무술은 상대의 힘에 정면으로 맞서지 않고, 상대의 힘을 흘려보내거나 이용하면서, 또한 좌우로 회전하면서 상대의 힘을 이용해 상대를 던지는 효율적이고 과학적인 무술이다. 그래서 경호무술은 상대를 던지거나 제압할 때 상대가 중간에 힘을 빼거나 공격할 의사가 없어지면 상대를 제압할 수 없다. 그렇기 때문에 타격기와는 다르게 경호무술은 공격할 의사가 없는 상대를 제압하지도 제압할 수도 없다. 이것이 맞서지 않는다는 경호무술만의 독창적인 기술이다.

상대를 끝까지 배려한다.

경호무술의 모든 기술들은 상대를 던지거나 제압할 때 상대가 구르면서 던져지도록 끝까지 배려한다. 상대가 비록 적일지라도 상대 또한 다치지 않도록 끝까지 배려하면서 제압하는 '윤리적인 제압'을 경호무술에서는 제일 큰 가치로 여긴다. 그러면서 나는 경호무술을 수련하는 모든 경호무술인들이 상대를 이기려는 호전적인 정신보다는 외유내강의 여유로운 마음으로 상대를 배려하는 성격이 형성되기를 바란다.

'경호무술'이라는 명칭을 만들면서

내가 '경호무술'이라는 명칭을 처음 쓰게 된 동기는 서울로 상경하여 경호원 생활을 하면서부터이다. 어릴 때부터 무술을 수련하게 된 동기가 무술도장 관장이나 경호원이 꿈이었기 때문에, 경호원 생활을 하면서 경호원만 전문적으로 교육하는 도장을 차리고 싶었다. 그래서 생각해낸 것이 '경호무술'이라는 무술 명이었다. 처음에 '경호무술'이라는 명칭을 생각해내고 무척 마음이 설레고 떨렸다. 무술 명칭 또한 마음에 드는 데다 내가 앞으로 하고자 하는 경호 일과도 연계가 되기 때문이었다.

낮에는 경호 업무를 했고 밤에는 무술 수련과 관련 서적을 공부하면서, '경호무술'의 역사와 기술을 만들기 위해 연구를 하기 시작했다. 그때 왜 그런 거짓된 역사를 주장할 생각을 가졌는지 몰라도 경호무술을 역사가 오래된 '전통무술'로 미화하고 싶었다. 아마도 그 당시 우리 무술계에 유행처럼 번졌던 역사 조작과 신비주의적 전통무술 바람에 나도 모르게 편승했던 것으로 생각한다. 그때 내가 공부하면서 느낀 것은 우리나라의 거의 모든 무술들의 역사와 철학이 거의 비슷하면서 거짓말을 하고 있다는 것이었다. 그래서 내가 생각해낸 것이 바로 '삼국시대 궁궐 내에서 왕권을 보호하기 위해 비밀리에 전수되고 수련하던 무술'이라는 거짓된 역사 조작이었다. 지금도 우연히 다른 경호무술 관련 사이트에서 내가 억지로 꾸며낸 이런 역사 주장을 하는 것을 보면서 얼굴이 달아오르기도 하고 씁쓸한 생각이 들기도 한다. 이제 경호무술만의 역사를 만들었으니, 기존 무술과는 다른 실전적이고 실용적인 경호무술만의 동작들을 만들어야 했다.

밤마다 그동안 배웠던 무술을 수련하고 생각했지만, 새로운 기술을 만들기란 쉽지 않았다. 그때 처음으로 창작의 고통에 대해 느끼게 되었고, 이후

엔 경호무술만의 기술을 하나하나 창안하면서 창작의 희열을 느끼기도 했다. 단기간 안에 '경호무술'의 기술들을 모두 만든다는 것은 힘든 일이었다. 그렇기 때문에 어쩔 수 없이 내가 가장 많이 수련한 합기도를 주축으로 수련하면서, 거기에 여러 무술들의 장점을 수용하는 방법밖에 없었다. 이때의 이 행동 때문에 나중에 경호무술이 합기도로 오인 받는 경우가 많이 생겼고, 이후 합기도의 스타일을 벗어나기까지 10년이라는 세월이 걸렸다.

낮에는 경호원 생활을 하면서 밤에는 앞으로 수련, 보급하게 될 '경호무술'을 계속해서 연구, 발전시키면서 여러 무술들을 수련해 나갔다. 그렇게 많은 시간들이 흐르면서 하나하나 경호무술만의 체계가 갖추어졌고, 드디어 경호 회사를 창업하게 되면서 '경호무술'을 직접 경호원들에게 가르치는 시간이 다가왔다. 그 당시 경호원 모집 자격은 무술 특기 4단 이상이 필수였다. 따라서 처음 경호무술을 가르치는 경호원들은 모두 무술 고단자였기 때문에 내심 긴장이 많이 되었다. 그동안 내가 연구하고 수련하고 만들었던 '경호무술'이 어떻게 비춰질까 떨렸고, 기존 무술과의 짬뽕 무술로 오인될까 봐 두려웠다. 그나마 다행인 것은 그 이전까지 무술 지도자 생활을 많이 했었기 때문에 나는 교육에는 자신이 있다는 것이었다.

그렇게 경호무술의 첫 교육과 수련을 시작했고, 이 시작이 현재의 경호무술같이 세계적인 무술로 발전할지는 전혀 꿈도 꾸지 못했었다. 하지만 나는 이 당시 이미 경호무술의 연구, 개발, 보급을 내 인생 최고의 목표로 생각했었다.

신은 동물들에게 하늘을 날 수 있는 날개를 주었고, 빨리 달릴 수 있는 강한 다리를 주었으며, 깊은 바다를 헤엄칠 수 있는 지느러미를 주었다. 하지만 인간에게는 가슴 설레게 하는 목표를 만들 수 있는 생각하는 힘을 주신 것이다. 위대한 사람에게는 목표가 있고, 평범한 사람에게는 소망이 있을 뿐이다.

경호무술 지도자 교육을 마치고

경호무술원과 한국경호무술협회를 설립하면서

경호업의 발전과 함께 '경호무술'또한 성공리에 보급되고 있었다. 처음에는 태권도장의 낮 시간을 빌려 경호원들에게 경호무술을 가르치기 시작했다. 그렇게 얼마간의 시간이 흐르고 경호무술만 전문적으로 가르치는 경호무술 전문 도장을 열게 되었다. 이 '경호무술원'이 바로 국내 최초의 경호무술 도장이었다. 항상 남의 체육관을 빌려 경호무술을 수련하고 보급하던 나로서는 세상을 다 가진 기분이었다. 이때부터 생각한 것이 '삼국시대부터 왕권을 보호하기 위해 비밀리에 전수되고 수련하던 무술이다'라는 거짓된 역사 주장이 아니라, 이제부터가 시작이라는 생각으로 경호무술의 역사를 만들어간다는 것이었다.

나는 이때부터 경호무술 창시자라는 직함을 쓰기 시작했다. 물론 아직까지는 다른 무술을 수용하면서 변화, 발전하는 단계였지만, 경호무술을 평생 연구하고 발전시켜 창안해 나가면 되었다. 어디에나 시작은 있는 법이니까. 이러한 자신감이 가능했던 이유는 내가 만든 경호무술을 전문적으로 보급할 수 있는 경호무술원을 열었기 때문이었다.

나는 경호무술 창시자라는 직함을 쓸 때부터 내가 곧 경호무술의 역사이고 하나의 역사를 만들어간다는 생각으로 더 열심히 수련하고 공부했다. 나는 정말 경호무술에 미친 사람처럼 무술에 미쳐 있었다. 그때나 지금이나 같은 생각이지만, 어느 한 분야의 창시자가 된다는 것은 정말 매력적인 일이었다. 하지만 주위 사람들의 이목은 달랐다. 20대의 나이에 내가 경호무술 창시자라고 하자 모두 비웃었고 나를 사기꾼 취급했다. 국내의 어느 분야나 그렇지만 특히 한국 무술계는 나이의 벽이 너무 컸다. 그도 그럴 것이, 내 나이 정도에 도장 관장을 해도 욕먹을 짓인데, 거기에 한술 떠서 경호무술 창시자라고 하니 미친놈 취급을 했다.

50, 60대 관장들이 나를 공개적으로 욕하기 시작했다. '이제 새파랗게 어린놈이, 자신들 무술 경력의 반도 안 되는 놈이 무슨 창시자냐'는 것이었다. 여러 사람이 한 사람을 바보로 만드는 것은 쉬운 일이었다. 나는 언제부터인가 무술계에 사이비로 소문이 나 있었다. 그도 그럴 것이, 그때까지만 해도 웬만한 무술협회의 협회장은 거의 60대 이상이었다. 이때부터 나는 외로운 투쟁을 계속해 가야만 했다. 주위사람들이 무술인 중 연륜과 인덕이 많은 사람을 창시자로 추대하자는 조언을 하기도 했다. 나는 그런 얘기를 들을 때마다 이렇게 말했다.

"내가 만들었고 내가 창시해가는 경호무술을 왜 다른 사람의 연륜과 인덕을 빌려 보급합니까? 내가 만들었으면, 나의 노력과 실력으로 인정받겠습니다. 나는 역사 속에 숨어서 거짓된 역사 조작도 안 할 것이며, 다른 사람의 힘을 빌려 경호무술을 보급하지도 않을 겁니다. 이런 것들이 바로 창시자의 자세입니다."

그러면서 시간이 흐르고 내가 경호무술을 더 멋지고 실전적인 기술로 만들어간다면 그들도 인정할 것이라고 나는 생각했다. 그래서 생각해낸 것이 바로 '경호무술' 관련 협회를 설립하여 경호무술을 좀더 체계적으로 보급하는 것이었다. 현재는 무술 관련 사단법인에 관한 인, 허가가 완화되어 민법 제32조에 의해 결격사유가 없으면 협회를 설립할 수 있지만, 그 당시만 해도 협회 설립은 꿈도 꾸기 어려운 일이었고 어떻게 설립하는지도 모르는 입장이었다. 하지만 경호무술 단증을 발행하고 체계적인 보급을 위해서는 협회를 꼭 설립해야만 했다. 여기저기 관공서를 다니면서 협회 등록에 대해 문의했다. 하지만 그때마다 관공서의 벽은 높기만 했다. 협회 등록을 포기할까도 생각했지만, 어차피 경호무술을 보급하기 위해서는 나중에라도 꼭 등록을 해야 했기 때문에 계속 밀어붙였다.

그렇게 노력하기를 몇 개월, 드디어 모든 서류를 준비해 서울특별시에 사회단체 등록을 신청했다. 이제 기다리기만 하면 되었다. 7일 만에 서울특별시에서 답변서가 왔다. 나는 너무나 기뻐 봉투를 뜯어봤지만, 봉투 안에는 사회단체 등록증이 아닌, 등록 신청이 반려됐다는 반려 통보서였다. 반려 통보 내용에는 여러 이유가 있었지만, 경호무술이 아직 사회단체로 등록하기에는 비 활성화되었고 생소하다는 것이었다. 정말 이만저만 실망이 아니었다. 그렇게 오랜 시간 관공서를 여기저기 쫓아다니고 최선을 다해 노력했는데 이런 실망감이 들 줄이야. 나는 이때 무술계의 큰 벽을 실감해야만 했다. 하지만 나는 여기서 포기할 수는 없었다. 경호무술이 하나의 무술로서 단증을 발행하고 인정받기 위해서는 꼭 사회단체 등록을 해야 했다.

나는 2~3일 정도 경호무술에 대한 자료를 더 준비해서 서울특별시청의 담당자를 찾아 나섰다. 자리에 없다고 하면 다음날 찾아갔고, 지방에 출장을 갔다고 하면 출장에서 돌아오는 날 어김없이 찾아갔다. 그리고 매일같이 전화해서 반려가 된 정확한 이유를 따졌다. 지금 생각해도 정말 그 담당 공무원을 너무 귀찮게 했던 것 같다. 그러면서 알게 된 것이 그 당시 사회단체 등록에 관한 법률은 민법 제32조에 관련된 것이라는 것이었다. 나는 법률 책을 공부해가며 서류를 더 준비하고 보강해서 다시 서울특별시에 사회단체 신청서를 제출했다. 그렇게 초조하게 며칠이 흐른 후 서울특별시 담당 공무원으로부터 시청에 들어오라는 전화를 받았다. 나는 시청으로 향하면서 이번에도 반려를 한다면 앞으로 1년이든 10년이든 등록될 때까지 신청할 거라는 얘기를 하겠다고 다짐하고는 들어갔다. 그러자 그 시청 공무원의 첫 마디가 자기가 지금까지 사회단체 등록 신청을 받으면서 대표자가 이렇게 나이 어린 경우는 처음이라는 것이었다. 특히 무술 관련 사회단체는 더 그렇다는 것이었다. 그러면서 참 대단하다고 했다. 어린 사람이 이런 단체를 설립할 생각을 어떻게 했느냐고, 앞으로 경호무술이 얼마나 발전할지 지켜본다면서, 사회단체 등록이 수리되어 사무실로 사회단체 등록증을 발송했다고 했다.

이렇게 해서 설립된 것이 경호무술 관련 최초의 국가 공인 단체인 '한국경호무술협회' (서울특별시 사회단체 제787호)였다. 나는 20대의 어린 나이에 초대 회장으로 취임하게 되었다. 지금 생각해보면 아무것도 아닐지 모르겠지만, 이때의 나에게는 세상에서 가장 큰 감동과 성취감을 맛본 일이었다. 그것은 이렇게 하나하나 성취하고 발전해 나가는 과정이 바로 경호무술의 역사이기 때문이었다. 나는 이렇게 하나하나 경호무술을 발전시켜 나갈 때마다 이런 생각을 했다.

'뜨겁게 사는 사람은 세상이 안 된다고 해도 혼자서는 된다고 말하고, 세상이 바보라고 해도 스스로는 그래도 괜찮다고 생각하고, 세상이 손해 보는 짓이라고 해도 그래도 상관없다고 말할 수 있는 사람이다.'

재미있는 사실은 세상이 이렇게 무시하고 욕하고 협박을 하지만, 결국에는 세상이 누구보다 더 뜨겁게 사는 사람들에게 열광하고, 흥분하고, 전율을 느끼며, 박수갈채를 보내게 된다는 것이다.

전국적으로 경호무술을 보급하면서

한국경호무술협회를 설립하고 서울특별시에 사회단체로 등록되자 경호무술을 좀 더 체계적으로 보급하게 되었고, 경호무술이 한 단계 발전할 수 있는 계기가 마련되었다. 이때부터 전국에 경호무술을 보급하기 위해 지부 도장을 모집했다. 지부 도장 모집 조건은 10년 이상 무술 수련 경력자 중 현재 도장을 운영하고 있거나 앞으로 도장을 운영할 계획을 갖고 있는 사람들이었다. 나는 이들에게 경호무술을 가르쳐서 전국적으로 경호무술을 보급할 계획을 갖고 있었다.

광고를 내자 전국적으로 관심이 대단했다. 전국 각지의 도장에서 문의가 오기 시작했다. 2개월 동안 전국 30개의 도장이 경호무술 지부 도장으로 가입하여, 관장과 사범들을 상대로 경호무술을 지도하게 되었다. 지방 도장의 관장이나 사범들은 평일에 시간이 없었기 때문에 교육은 거의 주말에만 이루어졌다. 난 평일에는 경호 회사를 운영하면서 경호원들을 양성하고, 주말에는 경호무술 지도자 교육을 해나갔다. 그러면서 경호무술은 점점 전국적으로 발전되어 가고 있었다. 하지만 시간이 흐르자 점차 많은 문제점들이 발견되기 시작했다. 주말에 교육하는 관장이나 사범들은 최소 무술 수련 경력이 10년 이상 된 무술 고단자들이었기 때문에, 창시된 지 얼마 되지 않은, 아니 이제 초기 단계의 경호무술을 지도하려니 여러 모순점들이 발견되기 시작했고, 경호무술의 정체성에 대해 의심받기까지 했다. 또한 처음에 합기도의 기술을 너무 많이 수용해서 합기도의 한 계파로 인식되기에 이르렀다.

그런 점들을 알면서도 나는 경호무술에만 모든 시간을 투자할 수가 없었다. 평일에는 경호 회사를 운영해야 했으며 많은 시간 경호 업무에도 나가야만 했다. 정말 이때는 몸이 하나라도 모자랄 지경이었다. 그렇게 계속해서 경호 회사를 운영하면서 경호무술을 보급해 나가다가, 급기야 과로로 인해 쓰러지는 일이 발생했다. 집의 우편함에서 우편물을 꺼내다 그 자리에서 쓰러진 것이었다. 건강만큼은 누구보다 자신했는데 내가 그런 일을 당하자 참 어이가 없었다. 나는 그때 3일 동안 병원에 입원해 있으면서 중요한 결정을 내리게 되었다. '두 마리 토끼를 다 잡으려 하다가는 두 마리 토끼 모두 놓친다.' 그러면서 나는 한 가지 일에만 전념하자는 생각으로 당분간 경호무술의 기술 개발과 수련, 그리고 보급에만 열중해야겠다고 결심하게 되었다. 그때부터 회사 운영은 내가 가장 믿을 만한 직원에게 많은 부분을 일임하고, 나는 많은 시간을 경호무술에만 매달렸다.

평일에는 아침부터 저녁까지 무술 수련과 경호무술 기술 개발에 투자했고, 주말에는 경호무술을 지도하면서 하루하루를 보냈다. 또한 경호무술의 기술 개발을 하다가 부족한 부분이 있으면 다른 도장에서 부족한 부분을 수련하면서 나의 부족한 부분을 채워 나갔다. 주먹 기술이 부족할 때는 한동안 권투를 배웠고, 잡기 기술이 부족하면 한동안 유도를 배워서 경호무술의 기술들을 하나하나 만들어갔다. 그런 식으로 3~4년 정도의 시간이 흐르자 경호무술은 전국적으로 보급되어 하나의 무술로서 자리매김해가고 있었다. 책에 보면 '마이더스의 손'이야기가 나온다. 만지면 모든 것이 금으로 변한다는 전설에 나오는 손 이야기다. 이때의 나의 일들이 그랬다. 어렵게 경호 회사를 창업하면 회사가 금방 발전했고, 다른 사람의 반대에도 불구하고 미친 사람 취급을 받으면서 경호무술을 창시하여 경호무술 단체를 설립했더니 전국적인 단체로 성장했다. 물론 그러기까지는 나를 따라주는 경호원들과 나를 믿어주는 제자들의 숨은 노력이 있었기 때문에 가능했다.

그러면서 해외에도 경호무술을 보급할 수 있는 기회가 찾아왔다. 해외에 파견되는 태권도 국제사범들을 통해 경호무술을 지도하게 되었는데, 그들을 통해 해외에 경호무술을 보급하게 된 것이다. 이때 독일, 미국에 경호무술이 보급되었고, 사이판에서도 지부 설립 문의가 들어왔다. 이때 사이판의 박철 관장을 알게 되었는데, 당시의 인연이 계속되어 후에 사이판에 현지 법인지부를 설립하게 되었다. 나는 이 당시 경호무술을 우리 문화와 함께 세계에 널리 보급하여 국위 선양과 함께 경호무술을 세계 속의 자랑스러운 한국 무술로 보급한다는 계획을 가지고 국제경호무술연맹을 설립, 총재로 취임했다. 그러면서 경호무술 국제사범과 경호원들을 양성, 해외에 파견하면서 '경호무술의 세계화'라는 꿈을 가지게 되었다.

1951년생 최초의 미국 여성 우주비행사 샐리 라이드. 그 당시 여자들이 우주비행을 한다고는 그 누구도 상상하지 못했던 일이었다. "저 역시 최초라는 수식어를 언젠가는 일생에 한번이라도 가져보고 싶지만, 쉽지만은 않을 것 같아요." 그럼 그녀를 최초의 여자 우주비행사로 만든 그 명언은 무엇일까? 이 말은 샐리 라이드가 한 말이 아니라, 그녀의 아버지가 그녀에게 한 말이다.

"애야 꿈을 크게 가져야 하는 거야~. 하늘의 별을 따겠다는 마음으로 말이다."

경호무술 시범 및 연무대회를 개최하면서

경호무술을 창시하여 보급한 지 5년 정도의 시간이 흘렀을 무렵, 많은 사람들 앞에서 첫 경호무술 시범대회를 개최하게 되었다. 물론 그 이전까지 다른 무술 단체와 합동으로 몇 차례의 시범대회를 치렀지만, 경호무술만 시범을 보이는 시범대회는 이때가 처음이었다. 나는 이 시범대회를 기회로 경호무술을 좀 더 많은 곳에 알리고 싶은 욕심에 많은 무술 단체와 많은 사람들을 초빙했다. 또한 이때부터 앞으로 모든 경호무술 행사와 대회 때는 경호무술 창시자인 내가 항상 제일먼저 시범을 보인다는 원칙을 세우고, 그러한 내용의 연설 또한 준비했다. 그렇게 제자들과 3개월가량을 밤낮으로 경호무술 시범 연습에만 열중했다. 드디어 경호무술을 많은 사람들 앞에서 직접 시연할 수 있는 시간이 다가왔다.

시범대회 날 많은 사람들이 모인 대회장에 다다르자 나는 눈앞이 캄캄해지면서, 너무 긴장한 나머지 숨조차 크게 쉴 수가 없었다. 이 많은 사람들 앞에서 대회사를 해야 한다는 것이 부담스러웠고 시범을 보인다는 것이 떨렸다. 나는 이때까지 이렇게 많은 사람들 앞에 서본 경험이 없었다. 그렇게 큰 부담과 중압감을 느끼고 있을 때 사회자가 행사 시작을 알렸다.

"지금부터 경호무술 시범 및 연무대회를 개최하겠습니다. 경호무술은 1993년 국제경호무술연맹 이재영 총재에 의해 창시된 무술로서…"

사회자의 설명과 국민의례가 끝나고 이어 나의 차례가 다가왔다.

"그럼 이제부터 경호무술 창시자 이재영 총재님의 대회사와 시범이 있겠습니다."

연단으로 올라가는 나는 이미 제정신이 아니었다. 그러면서 나는 생각했다. '많은 사람들 앞에 선다는 것이 이렇게 떨리고 힘든 일인가?' 정신을 간신히 가다듬은 후 연단에 올라 대회사를 시작했다. 미리 대회사 원고를 준비하고 며칠 밤을 연습했지만, 내 눈에 원고는 보이지 않았다. 간신히 몇 줄을 더듬거리고 읽다가 나는 원고를 덮어버렸다. 그러면서 혼자 다짐했다. '그래, 나는 지금 대회사를 연습할 때와 같이 혼자 있다. 이 앞에 있는 사람들은 다 허수아비다.' 그렇게 다짐하고 나니 한결 마음이 편해졌다. 그러면서 원고 없이 대회사를 시작했다.

"여러분, 저는 나이가 어립니다. 무술 경력 또한 많지 않습니다. 이런 내가 경호무술 창시자라고 하면 많은 사람들이 비웃습니다. 내가 경호무술 창시자라고 주장하는 이유는 내가 무술의 대가여서가 아닙니다. 저 또한 어느 산속의 도인으로부터 비밀리에 전수받았다는 거짓된 역사를 주장할 수도 있지만, 난 창시를 주장합니다. 그것은 경호무술의 역사를 지금부터 시작하고 싶기 때문입니다. 경호무술은 진행형입니다. 앞으로 제 평생을 바쳐 발전시키고 정립해 나갈 것입니다. 그런 의미에서 여러분에게 약속을 하나 하겠습니다. 앞으로 열리는 경호무술의 모든 대회에는 제가 항상 제일 먼저 시범을 보일 것입니다. 앞으로 10년 후, 20년 후, 50년 후에도 전 항상 제가 제일 먼저 시범을 보일 것입니다. 여러분들은 그런 저의 시범을 보시면서 경호무술을 평가해주시고, 경호무술 역사의 증인이 되어주십시오."

한번 자신감을 회복하자 나도 모르게 그동안 내가 생각했던 말들이 봇물 터지듯 나오기 시작했다. 그렇게 대회사를 해나가면서 나는 나에게 이런 능력이 있었는지 스스로 놀랄 정도였다. 대회사가 끝나고 많은 박수와 함성이 터졌다. 나는 그때부터 이런 분위기에 도취되고 있었다.

이어서 바로 나의 시범이 시작되었다. 처음 시범은 내가 5명의 적을 상대로 그들을 제압해 나가는 시범이었다. 처음부터 절도 있는 동작으로 관객들의 시선을 사로잡아야 했기 때문에 나는 상대를 제압하면서 인정사정 볼 것 없이 내리치고 꺾고 던져버렸다. 대회 준비를 위해 3개월간 제자들과 하루에도 수백 번씩 연습했던 동작이므로 실전 같은 대련 모습에 관객들은 열광하기 시작했다. 다음 시범은 경호 상황에 따른 대처 방법 중 흉기를 들고 덤비는 가해자를 제압하는 기술이었다. 다양한 방법의 공격에 대한 경호술 시범을 보였고, 실전을 방불케 하는 공격, 방어가 이어지자 곳곳에서 탄성이 터져 나왔다. 나와 제자들은 신들린 것처럼 모든 동작을 빠르게 펼쳐 나갔다. 그대로 거기에 쓰러져도 좋았다. 지금 숨이 차서 죽어도 좋았다. 나는 이때 이 당시의 긴장감과 떨림, 그리고 숨 막힘을 즐기고 있었다.

그렇게 경호술 시범이 끝나고 이제는 나 혼자 하는 시범만 남았다. 바로 이어진 시범은 경호무술의 모든 제압하는 기술들을 천천히, 부드럽게 이어서 하는 동작인 경호유권(경호태극권)의 시연이었다. 단소 소리에 맞추어 경호태극권의 시범을 보일 때쯤 사방은 쥐 죽은 듯이 조용했고, 관객들은 나의 동작 일거수일투족에 시선을 집중했다. 나는 하도 많이 연습한 동작이어서 눈을 감고 경호유권을 시연했다. 나중에 안 사실이지만 눈을 감았던 나의 이런 행동이 더 감동을 주었다고 했다.

그렇게 나의 시범이 끝나고 내 제자들의 시범이 이어졌다. 격파 시범, 약속대련, 경호 시범 등 많은 시범들이 이루어졌고 마지막에는 사격술 시범이 이루어졌다. 사격술은 고객을 보호하는 경호원들이 상황 발생 시 다양한 방법으로 사격을 하는 동작으로 이루어졌는데, 때로는 엎드려서, 때로는 구르면서 사격하는 동작들이었다. 시범의 효과를 높이기 위해 가스총에 공포탄을 장전하고 시범을 보였다. 여기저기서 '탕탕' 하는 총소리와 함께 경호원들이 몸을 날려 고객을 보호하고 사격하는 동작들이 펼쳐지자 관중들은 열광하기 시작했다. 성공적인 시범이었다. 경호무술이 하나의 무술로 자리매김하는 순간이었다.

춤추라, 아무도 바라보고 있지 않은 것처럼.
사랑하라, 한 번도 상처받지 않은 것처럼.
노래하라, 아무도 듣고 있지 않은 것처럼.
살라, 오늘이 마지막 날인 것처럼.

중앙연수원의 문을 닫으면서

국제경호무술연맹 총재로 취임한 후 경호무술 대회까지 성공적으로 치르자 나는 자신감을 갖고 모든 것을 투자하여 경호무술 세계본부 겸 경호무술 중앙연수원을 개원했다. 그러면서 경호 회사는 전무이사에게 모든 업무를 맡기고, 오로지 경호원 양성과 경호무술만 보급하기로 결정했다. 또한 배출된 제자들을 위해 그들에게 평생토록 무료 수련, 취업 추천, 활동 정보를 제공할 수 있는 단체를 만들고 싶었다. 그러면서 장래 경호원이 꿈인 사람들에게 희망과 꿈을 줄 수 있는 일을 하고 싶었다. 지금까지 해온 관장이나 경호원들을 상대로 한 지도자 연수교육이 아니라, 태권도나 합기도처럼 일반 사람들에게 경호무술을 무술 스포츠로서 보급하는 것이었다. 중고등학생에게, 경호원이 꿈인 사람들에게 경호무술을 가르치면서 그들의 꿈을, 경호원의 꿈을 하나씩 이루어주는 것이었다. 그러면서 3가지 경호무술 지도철학을 나름대로 만들어서 일반인에게 경호무술을 보급할 계획을 세우고 그것을 실천해 나갔다. 그렇게 경호무술을 수련하고 보급하면서 느낀 것은 내가 한국 무술계의 실정을 너무도 몰랐다는 것이었다. 하지만 나는 연맹 중앙본부 도장을 운영하면서 3가지 나의 경호무술 지도철학을 꼭 지켜 나갔다. 그때 내가 생각한 경호무술 지도철학은 다음과 같았다.

첫째 : 중, 고등학생 이상만 경호무술을 지도할 것이다.

우리나라 거의 모든 무술 도장들이 초등학생이나 유아 위주로 체육관을 운영하기 때문에 무술다운 무술을 가르치기가 힘든 실정이다. 그것은 우리나라의 무술 관장들이 실력이 없거나 무술에 대한 열정이 없어서가 아니라, 유아들을 지도해야 하는 현실과 환경이 그랬다. 그래서 내가 생각한 것은 앞으로 경호무술은 중학생 이상만 수련하는 무술다운 무술로서 보급한다는 것이었다.

둘째 : 도장 입관 시 3일 동안 정좌하고 경호무술 수련 모습을 관전한 사람만 입관을 허락한다.

자신이 배울 무술을 3일 동안 관전한 후 입관하다 보니, 한번 입관하면 그만두는 경우가 거의 없었다. 또한 이런 과정을 통과한 수련생은 배우고자 하는 열의가 남다르기 때문이었다.

셋째 : 오로지 경호무술만 가르친다.

경호무술이 신생 무술이다 보니 많이 알려지지 않아서 도장 운영의 어려움이 있더라도, 꼭 경호무술만 가르친다는 신념이었다. 그것은 내가 경호무술 창시자이기 때문에 너무도 당연했다.

나의 이 세 가지 지도철학 때문에 연맹 본부 도장이 경제적인 운영난으로 문을 닫게 되었다. 그것은 너무나 당연했다. 국내의 무술 실정에서는 초등학생이나 유아들을 수련생으로 받지 않고 도장을 운영한다는 것은 힘든 일이었다. 또한 3일 동안 하루에 2시간 정도 정좌하는 과정에서 많은 사람들이 그만두었다. 그렇게 해서 1년 가까이 교육한 사람이 10명 정도였다. 사정이 이렇다 보니 1년이 지난 후에는 보증금 또한 이미 월세를 못 내서 다 없어진 상태였다. 엎친 데 덮친 격으로 경호 회사도 여러 가지 사건으로 법적인 사건이 생겨 보상 문제와 변호사 비용으로 3억 정도의 돈이 들고 문을 닫게 되었다. 당시만 해도 경호 관련 법규나 보험이 되지 않아 고객이 다치거나 문제가 발생하면 모든 것을 회사가 떠안아야 했다. 승승장구하던 모든 것을 잃고 나는 인생에서 첫 번째 실패를 맛보아야 했다.

회사와 도장을 정리하려고 계산해보니 나에게 남은 돈은 몇 십만 원이 전부였다. 정말 막막하고 앞이 캄캄했다. 서울에 올라와서 경호원으로 활동하면서 경호 회사도 창업하고 많은 일을 했다. 그리고 경호무술 또한 창시하여 전국의 많은 지부 도장에 경호무술을 보급하고 해외에도 경호무술을 보급했건만, 이제 나에게 남은 것은 경호무술과 내 몸 하나뿐이었다. 나는 2개월 정도 미친 사람처럼 술만 마셨다. 그러다 어느 날 정신을 차려보니 나는 폐인이 되어 있었다. 하지만 이대로 끝낼 수는 없었다. 살아야 했고, 지금까지 해왔던 모든 노력들이 아까워서라도 다시 일어서야만 했다. 그렇게 10일 정도 집에 틀어박혀 하루 종일 생각하고 고민했다. 그래서 생각해낸 것이 현재까지 설립된 지부 도장을 다니면서 경호무술을 보급하는 것이었다.

'그래, 어차피 후세에 경호무술 창시자로 기억되려면 현재까지의 길보단 앞으로가 더 중요하다. 이런 어려움도 없이 어떻게 큰일을 이룰 수 있겠냐.'

나는 이때부터 '도복 하나 둘러메고' 전국의 지부 도장을 다니면서 경호무술을 보급하기로 결심했다. 중앙연수원 문을 닫으면서, 마지막으로 그동안 경호무술을 지도하고 가르쳤던 제자들을 모아놓고 나는 얘기했다.

"지금 나는 연맹 문을 닫지만 어디서든지 경호무술을 가르치고 보급할 것이다. 포장을 치고라도 교육할 것이며, 산에서라도 보급할 것이다. 내가 지금 너희들에게 이런 말을 하는 것은 꼭 그 약속을 지키기 위한 나에 대한 약속이기도 하다."

그러고 나서 나는 제자들에게 말했다.

"나중에 내가 다시 국제경호무술연맹 문을 열 때는 너희들에게 꼭 연락해서 평생토록 무료로 경호무술을 가르쳐주겠다."

그러면서 나는 전국의 지부 도장에 도복 하나 둘러메고 경호무술을 보급하기 위해 떠났다. 나는 그때 제자들에게 했던 약속을 지켰다. 또한 후에 국제경호무술연맹을 더 큰 단체로 성장시켜 그때의 제자들에게 지금도 경호무술을 무료로 가르치고 있다. 그때 부족한 나를 믿고 끝까지 수련했던 관장들과 도장 문을 닫을 때 눈물 흘리면서 나에게 힘과 용기가 되었던 제자들이 없었다면 지금의 나는 없었을 것이다.

하늘에도 (비행기) 길이 있고 바다에도 (배) 길이 있다. 세상 어디에나 길이 있으니, 잠시 막다른 골목을 만났다고 절망해서는 안 된다. 홀로 설 수 있는 사람만이 함께 설 수 있다.

나보다도 경호무술을 더 사랑하는 놈

서울 신월동에 경호무술본부도장을 열었을 때의 일이다. 이 당시만 해도 의욕과 신념이 가득했다. 그래서 전단지에도 다음과 같은 문구를 넣었으며 그 약속은 체육관 문을 닫을 때까지 지켰다.

"3일 동안 수련 시간에 수련 시간만큼 정좌하고 관전한 사람만 입관을 허락한다."

입관하러 방문한 모든 사람들이 하루 이틀 한 시간 이상 정좌를 하다가

다들 입관을 포기하고 3일째는 나오지 않았다. 당연히 입관하는 수련생은 항상 10명이 넘지 않았고, 운영에 많은 어려움을 겪으면서 월세를 내지 못해 보증금만 까먹고 있었다. 하지만 난 그 신념을 계속 지켜갔다. 또한 초등학생을 수련생으로 받지 않았다. 지금 생각해보면 쓸데없는 고집이고 아집이었지만, 이 당시에는 나의 신념이고 신앙이었다. 힘들고 어려웠지만 나는 경호무술 창시자로서의 자부심만은 가득했다. 그렇게 힘들게 도장을 운영하고 있을 때, 정말 이상한 놈이 도장에 찾아왔다.

"제자가 되고 싶습니다. 3일 동안 하루 종일 무릎을 꿇고 있겠습니다. 다만 그냥 수련생이 아니라, 진정한 경호무술 사범이, 경호원이 되고 싶습니다. 사범이 되도록 이끌어주십시오!"

미친놈이었다.

처음부터 사범이 되겠다는 놈, 싸가지 없는 놈, 난 그렇게 생각했다. 근데 이놈이 정말 3일 동안 체육관에 찾아와서 청소도 하고 라면도 끓이고 수련시간에 무릎을 꿇고 있었다. 그것도 하루 종일. 난 그렇게 종섭이와 사제지간의 연을 맺었다. 힘들고 어려운 시기였지만 종섭이가 있어 외롭지 않았다. 그러다 운영난으로 도장 문을 닫을 때, 누구보다 슬퍼하고 울었던 제자가 바로 종섭이었다. 난 그때 종섭이에게 약속했다. 내가 지금 도장 문을 닫지만, 난 포장을 치고라도 어디서나 경호무술을 보급할 것이다. 난 이후 종섭이에게 한 약속을 지켜 나갔다. 도복 하나 둘러메고 전국의 지부와 도장을 다니면서 경호무술을 보급했다.

그렇게 몇 년이 흐른 후 종섭이와 연락이 되어 서울로 올라왔다. 종섭이는 나를 반갑게 맞이하며 말했다. "스승님의 가르침으로 저 이제 경호원의 길을 걷고 있습니다." 난 도복 하나 둘러메고 전국을 다닐 때라 돈도 집도 없었기 때문에, 종섭이의 자취집으로 향했다. 그런데 정말 말로만 듣던 쪽방에서 종섭이가 생활하고 있었다. 정말 문 열면 바로 방 한 칸짜리 쪽방이었다. 이 당시 종섭이는 이대 목동병원 응급실 안전 요원으로 근무하고 있었다, 우리는 그렇게 쪽방에서 쓰디쓴 소주를 한잔했다. 다음날 종섭이가 퇴근하고 돌아와서 나에게 말했다.

"스승님, 저 오늘 월급 탔고 휴가 냈습니다. 스승님이랑 여행 가요."

난 그렇게 해서 목동에서 종섭이와 택시를 타고 인천 월미도까지 갔다. 또 거기서 배를 타고 영종도로 들어가서 다시 택시를 타고 을왕리 해수욕장에 도착했다. 그냥 서울에서 택시를 타고 아무 바닷가를 가자고 해서 온 곳이 을왕리 해수욕장이었다. 우리는 거기서 진하게 소주를 마셨다. 그러다 갑자기 종섭이 이놈이 나에게 제시를 했다. "스승님, 저랑 수영해요." 맙소사, 그때가 11월이었다. 늦가을, 아니 초겨울이라고 해야 하나. 난 그렇게 해변에 종섭이와 옷을 다 벗어놓고 팬티만 입은 채로 물속으로 들어갔다. 아마도 우리가 술을 너무 많이 먹어서 춥지 않았는지도 모르겠다. 그렇게 물속으로 계속 들어가다 갑자기 종섭이가 나의 머리를 물속으로 밀어 넣었다. 난 순간 '이놈이 나를 물 먹이려 하는구나!' 하고 오히려 종섭이 머리를 물속에 처박았다. 나중에 안 사실이지만, 종섭이는 을왕리가 전방인줄 알았다고 한다. 그냥 택시 타고 아무 바닷가를 온 곳이라서 보초 서는 군인이 "위험합니다, 나오세요!" 하는 소리를 "움직이면 쏜다!"라는 소리로 듣고, 내가 총 맞을까봐 내 머리를 숙이도록 누른 것인데, 난 이놈이 나를 물 먹이려 하는 줄 알고 이놈 머리를 물속에 처박아 계속 물을 먹였던 것이다.

나도 술이 취했었다. 우리는 그렇게 초겨울 바닷가에서 혈투를 벌였다. 을왕리 해수욕장 물속에는 바위와 암초도 많아서 우리의 몸은 여기저기 할퀴고 만신창이가 되었다. 그렇게 혈투를 벌이다 다시 해변가로 나왔는데, 아뿔싸! 우리가 물속에 있는 동안 물이 너무 많이 빠져서 해변가가 너무 넓어지는 바람에 처음에 옷 벗어놓은 곳을 찾을 수가 없었다. 우리는 그렇게 팬티만 입고 늦은 가을밤 을왕리 해수욕장 해변가를 헤매고 다녔다. 사람들이 쳐다보고 있어서 정말 쪽팔리고 창피했다. 그러다 옷을 찾아 입고 있는데 갑자기 종섭이가 옷에서 월급봉투를 꺼내 소리치면서 만 원짜리 지폐들을 바다에 뿌렸다. "총재님, 아니 스승님, 저는 스승님만 있으면 돈이 필요 없습니다." 그렇게 100만 원 이상 되는 돈을 바다에 뿌렸다. 지금 생각해봐도 종섭이 이놈, 진짜 멋있었다.

그렇게 모든 돈을 바다에 뿌리고 우리는 우여곡절 끝에 버스를 타고 여러 가지 고생을 해가며 영등포에 도착했다. 그리고는 영등포 극장에서 영화 '친구'를 함께 보고, 영등포 뒷골목에서 소주를 마시며, 스승과 제자가 아니라 의형제를 맺었다. 건달(?)들의 의리로서. 이후 종섭이는 경호원들만 100명이 넘는 경호 회사를 설립, 경호업계에서 유명한 CEO가 되어 많은 활동을 했다. 항상 나를 만날 때마다 "저의 지금이 있는 것은 총재님, 아니 형님이 있기 때문입니다." 하며 연맹과 경호무술에 대한 자부심이 대단하다. 오히려 연맹과 경호무술에 대한 애착과 열정이 나보다도 더 높았다. 어쩌면 종섭이야말로 나의 진정한 첫 제자가 아닌가 싶다.

그렇게 서로 각자의 길을 열심히 걸어가다가, 내가 경호 업무 중 테러를 당해 심하게 다친 적이 있었다. 얼굴은 80바늘 이상 꿰맸고 오른쪽 안구 뼈는 골절되어 눈이 주저앉았다. 그렇게 수술실로 들어가면서 나는 너무 무서웠다. 수술이 처음이라 떨렸고, 혼자라는 게 두려웠다. 그렇게 5시간의 수술을 마치고 인공 안구 뼈를 이식받아 눈을 떴는데, 내 눈앞에 종섭이가 있었다. 그때는 종섭이도 경호 회사를 접고 지방에서 사업을 하고 있었는데, 어떻게 알았는지 수술을 끝내고 내가 죽음의 문턱에서 깨어나 처음 본 얼굴이 종섭이었다. 제자가 되고 싶다고 이상한 놈이 처음 찾아온 지 이제 20년이 다 되어가고 있다. 누구보다도, 아니 나보다도 연맹과 경호무술을 사랑하는 놈, 항상 새로운 사업을 할 때마다 홍어니 김치니 하는 것들을 보내주는 놈….

"난 무엇보다 스승님만 있으면 돈도 필요 없습니다." 하고 월급을 통째로 바다에 뿌려버린 놈, 내가 죽음의 문턱에서 돌아와 눈을 떴을 때 깨어나 제일 처음으로 본 놈. 난 그런 네놈을 사랑한다.

공자가 광나라 땅에서 위험한 일을 당했을 때, 가장 아끼던 제자 안연이 사라졌다가 한참 후에 나타났다. 혹시 제자에게 무슨 일이 있지 않을까 염려해서 안절부절 못 하다가 제자를 보고는 안도의 숨을 내쉬며 말했다.

"나는 네가 죽은 줄 알았다."

그러자 안연이 대답했다.

"스승님이 계신데 어찌 제가 감히 죽겠습니까?"

-『논어』 선진편

"종섭아, 나보다도 경호무술을 더 사랑하는 너를 놔두고 죽을 수가 없었다."

전국에 도복 하나 둘러메고 다니기 직전

충주에 경호무술을 보급하면서

내가 '도복 하나 둘러메고' 경호무술을 가르치기 위해 처음 도착한 곳이 바로 충주였다. 충주 봉방동에는 우리 국제경호무술연맹 충북 지부가 있었고, 우리 연맹에 제일 먼저 가입한 도장이기도 했다. 몇 번 내려왔던 곳이기에 낯설지는 않았으며 황경진 관장이 반갑게 맞아주었다. 처음 며칠간은 여관에서 생활했지만, 그나마 있던 돈도 바닥이 나서 황경진 관장 몰래 밤에는 여관에 간다고 하면서 체육관에서 생활을 했다. 다행히 그때가 여름이었기 때문에 체육관에서 생활하는 게 어렵지 않았지만, 밤엔 모기 때문에 무척 힘이 들었다. 모기 때문에 잠을 잘 수 없는 밤에는 밤새 도장에서 수련하다가 지쳐서 도장 바닥에 쓰러져 잠이 들었고, 새벽에 일어나면 온몸이 모기 물린 자국이었다. 나중에 내가 도장에서 잔다는 것을 황경진 관장이 알게 되어 무척 미안해했지만, 나는 오히려 도장에서 자는 것이 편하다면서 황경진 관장이 집에서 생활하라는 것을 극구 사양했다. 나는 이때부터 낮에는 충주 지역 관장들을 상대로 경호무술을 가르치고, 저녁에는 경호무술 기술 개발을 하면서 생활해 나갔다.

내가 낮에 경호무술을 지도하는 사람들은 거의 다른 무술의 사범들이나 관장들이었다. 경호원이 되기 위해 배우는 사람들이 있는가 하면, 자신들이 가르치던 무술에 경호무술을 접목시켜 가르치기 위해 별도의 연수 교육비를 내고 배우는 중이었다. 나는 이 당시 서울에 있는 연맹도 문을 닫은 상태였고, 오로지 경호무술 창시자와 국제경호무술연맹 총재라는 타이틀밖에 아무것도 없었다. 연수교육을 받는 관장들은 거의가 나보다 나이가 많았고 무술 경력 또한 모두 몇 십 년 이상 된 관장들이었다. 이들에게 경호무술을 가르치기 위해서는 오로지 실력으로 인정받는 길밖에 없었다. 그래서 밤마다 다음날 가르칠 기술을 몇 백, 몇 천, 몇 만 번씩 혼자 연습하다가 도장에 쓰러져 잠이 들었다. 나는 이때 한 가지 기술을 만 번 이상 연습하기도 했으며, 그러면서 전설적인 무술가이자 영화배우인 이소룡의 말을 떠올리기도 했다.

"나는 만 가지 킥을 할 수 있는 사람은 무섭지 않은데, 한 가지 킥을 만 번 연습한 사람은 무섭다." - 이소룡

그런 노력 때문인지 많은 사람들이 관심을 가지고 수련했고, 경호무술의 기술 또한 많은 발전이 있었다. 하지만 손님은 3일 손님이라는 말이 있다. 내가 충주 도장에서 경호무술을 지도한 지 5개월 정도 되어가면서 황경진 관장과 내 사이가 멀어지기 시작했다. 황경진 관장은 총재인 내가 부담스러웠을 것이며, 나 또한 도장에서 생활하면서 어떤 때는 '내가 이 도장의 사범인가' 하는 생각이 들 때도 있었다. 그러던 중 충주에서 경호무술을 배우던 수련생 중에 한 사람이 자신은 실력이 부족하지만 원주에서 경호무술 도장을 할 수 있도록 허락해달라고 했다. 또한 자신이 어느 정도 실력이 쌓일 때까지 그곳에도 지도를 해달라고 부탁했다. 어차피 이곳에서는 교육이 거의 끝나가고 있는 데다 다른 곳을 찾아 경호무술을 보급해야 했기에 나는 흔쾌히 허락하고, 다음 달 원주에 경호무술 도장을 열면 그곳에서 경호무술을 지도하기로 하고는 지부도장 설립 허가증을 만들어주었다.

충주에서의 5개월은 내가 경호무술에 대한 가능성을 발견하게 된 귀중한 시간이 되었다. 또한 도복 하나 둘러메고 전국을 다니면서 경호무술을 가르칠 수 있다는 자신감을 가지게 했다. 그때 5개월간의 교육을 마쳤을 때 나의 몸무게는 거의 10kg 이상 빠져 있었다.

나는 이 당시 배고픈 호랑이였는데, 요즘은 배부른 돼지가 되어가는 것 같다.

원주에서 경호무술을 보급하면서

충주에서 5개월간의 교육을 끝내고 나는 다시 도복 하나 둘러메고 원주로 향했다. 원주로 향하는 버스 안에서 내가 창시한 경호무술이 이제 원주에도 첫발을 딛는다는 생각에 설 다. 그러면서 원주 지부 도장이 잘될 수 있도록 여러 가지로 많은 도움을 줘야겠다는 생각을 하게 되었다. 또한 원주 지부 도장 서강인 관장은 충주에서 나와 인연이 되어 나만 믿고 원주에 경호무술 도장을 여는 것이었기 때문에 나는 큰 책임감을 느꼈다.

원주 단계 택지에 있는 원주 도장에 처음 도착하여 체육관을 둘러보면서 나는 속으로 실망했다. 도장은 햇볕이 안 들어오는 거의 지하 2층에 가까웠으며, 도장의 크기 또한 성인 5명 이상이 수련하기에도 부족할 정도로 협소했다. 어떻게 이런 장소에 도장을 할 생각을 했는지 참 어이가 없었다. 하지만 이젠 엎질러진 물이었으므로 나는 오히려 서강인 관장에게 용기를 가질 수 있는 말을 해야만 했다. 그래서 나는 말했다. “도장의 장소나 크기는 중요하지 않다. 성심을 다하고 열심히 가르치면 꼭 성공할 수 있을 것이다.”

그렇게 하여 원주 도장에서의 생활이 시작되었다. 내가 원주에 도착했을 즈음에는 겨울이 다가오고 있었기 때문에, 추위를 이겨가면서 도장에서 생활하는 방법밖에 없었다. 충주 도장에서는 밤에 모기 때문에 잠을 못 이루고 경호무술을 수련해야 했지만, 원주에서는 추위 때문에 밤에 추위를 이기기 위해서 운동을 해야만 했다. 특히 새벽녘에는 너무 추워서 운동을 하지 않으면 도저히 견디지 못했다. 물론 난로가 있었지만 도장이 지하이고 환기가 전혀 안 되었기 때문에 난로를 계속 켤 수는 없었다. 어떤 때는 난로를 아침까지 켜고 자다가 정신이 몽롱해지면서 거의 질식사 직전까지 간 적도 있었다. 아마도 내가 담배를 잘 피우지 않으면서도 폐가 나빠진 이유가 이때의 영향이 많이 있었던 것 같다.

그렇게 힘든 원주에서의 생활이 시작되었다. 나는 서강인 관장과 밤낮으로 체육관 전단지와 홍보지를 돌리면서 다녔다. 나는 내가 창시한 경호무술이 원주에 뿌리내리게 하기 위해 그렇게 열심히 다녔고, 서강인 관장은 자신이 처음으로 도장을 오픈했기 때문에 열과 성의를 다해 노력해 나갔다. 그렇게 새벽까지 전단지를 돌리고 나면 도장에 와서 서강인 관장과 두부에 막걸리를 마시면서 경호무술에 대한 많은 이야기를 주고받았다. 하지만 우리의 노력에도 불구하고 수련생은 좀처럼 모여지지가 않았다. 도장의 위치가 너무 인적이 드문 택지 개발 지역이라는 것과 도장이 햇볕이 전혀 들지 않는 지하라는 것이 그 요인이었던 것 같다. 그렇게 몇 개월의 시간이 흐르면서 나와 서강인 관장은 지쳐가기 시작했다. 전단지를 돌리는 것도 효과가 있어야 흥이 나서 돌리는데, 전혀 효과가 없었다.

그렇게 얼마간의 시간이 더 흐르자 경호무술을 보급하기 위해 원주에 왔던 나의 목적과는 달리 오히려 내가 체육관에 더부살이하는 꼴이 되었다. 그렇다고 나만 믿고 도장을 연 서강인 관장을 놔두고 다른 곳으로 경호무술을 보급하러 갈 수도 없는 노릇이었고, 또한 그때까지는 갈 곳도 없었다. 그러면서 나는 조금씩 현재의 생활에 회의가 들기 시작했다. '내가 지금 이렇게 경호무술을 보급한다고 누가 알아주기나 할까?' 자꾸만 나쁜 생각과 쓸데없는 생각들이 내 머리를 채우기 시작했다. 내가 이때 처음 깨달은 감정은 사람이 어려워지고 궁지에 몰리면 범죄의 유혹에 빠질 수 있다는 것이었다. 이때 처음으로 무술인으로서 부끄러운 생각을 가져봤다. 은행을 터는 생각도 했었고, 사람을 납치해 돈을 요구하는 상상도 했다. 그 돈으로 경호무술 도장을 차리는 꿈을 꾸면서 한없이 비참해져가는 나를 발견하게 되었다.

그렇게 시간이 덧없이 흘러 끝내 원주에 경호무술을 뿌리 내리지 못하고 도장 문을 닫게 되었다. 비록 이 당시 원주에서의 경호무술 보급은 실패했지만, 나는 지금도 그때 서강인 관장과 밤새 전단지를 돌리고 나서 새벽녘에 같이 마셨던 막걸리의 추억은 소중하게 간직하고 있다. 그 추억 때문인지 이후 2년 정도의 세월이 흐른 후 나는 다시 제자를 통해 원주에 '경호 마스터'라는 경호무술 도장을 열게 되었고, 이때도 역시 도복 하나 둘러메고 원주에 내려가 도장에서 생활하며 경호무술을 가르쳤다. 그리고 강원도 지역에 경호무술을 뿌리 내리게 되었다. 그런 만큼 원주는 나에게 있어서나 경호무술 역사에 있어서 소중한 장소 중에 하나이다.

그때 원주에서 첫 번째 실패를 했을 때는 열등감을 가졌다면, 이후엔 다시 보급하면서 오히려 그 열등감 때문에 더 큰 성공의 성취를 맛볼 수 있었다.

"열등감은 과대한 욕망과 부족한 능력 사이에서 태어나는 사생아다. 그러나 누구에게나 애물단지로만 존재하지는 않는다. 어떤 방법으로 양육하는가에 따라 불행의 동반자로 성장할 수도 있고 행복의 수호자로 성장할 수도 있다. 희망을 간직한 채 끊임없이 노력하는 양육자에게는 성공의 지름길로 인도하는 수호신이 되기도 하지만, 절망을 간직한 채 속절없이 단념하는 양육자에게는 실패의 벼랑길로 몰고 가는 악마의 하수인이 되기도 한다. 하지만 만약 그대가 남보다 많은 열등감을 양육하고 있다면 위대해질 가능성도 남보다 많다는 사실을 명심하라."

- 이외수 산문집 『그대에게 던지는 사랑의 그물』 중

원주에서 강원도 지역 지도자 연수교육을 마치고

평촌에서 경호무술을 보급하면서

평촌에 경호무술을 지도하러 가게 된 동기는 평촌에 국술원 도장을 운영하고 있던 최경순 관장이 있었기 때문이다. 최경순 관장은 예전에 우리 경호무술 지부 도장을 운영하고 싶다고 연맹 중앙본부로 상담하러 찾아온 적이 있었다. 그것이 인연이 되어 그가 운영하던 승용체육관에 경호무술을 지도하러 가게 되었다. 그 당시 최경순 관장은 체육관 운영의 어려움을 겪고 있던 터라 국술과 경호무술을 접목하여 도장을 운영하려 했고, 경호 회사를 창업할 꿈을 가지고 있었다. 최경순 관장은 국술과 합기도 8단으로 평생 무술인의 길을 걸어온 정통 무술인이었다. 최경순 관장이 경제적으로 많이 힘든 시기였기 때문에 도장에서 같이 숙식을 해결하면서 경호무술을 지도했다. 국술과 합기도는 최경순 관장이 지도했고, 경호무술은 내가 지도했다. 그러면서 최경순 관장도 경호무술에 점차적으로 관심을 가지게 되었다. 최경순 관장은 나보다 나이가 많았기 때문에 내가 여러 가지로 의지할 수도 있었고 많은 힘이 되었다.

나도 술을 좋아하고 최경순 관장도 술을 좋아했기 때문에 저녁에 운동이 끝나면 같이 도장에서 라면에다 소주를 마셨다. 나는 이때 라면탕을 처음 먹어봤다. 라면탕은 라면을 안주로 먹기 위해 라면을 잘게 부순 다음 달걀과 참치 통조림을 넣고 끓여 만들었다. 그래야 소주를 마시면서 수저로 탕처럼 안주삼아 먹을 수 있기 때문이었다. 이때는 라면 살 돈도 없었던 시기였기 때문에, 우리는 유효기간이 지난 라면을 공짜로 몇 박스씩 얻어먹었다. 나중에 안 사실이지만, 우리가 먹었던 유효기간이 지난 라면은 돼지 사료로 쓰던 것이었다고 한다.

이 당시에는 힘들었어도 많은 관장들이 경호무술을 배우기 위해 찾아와

주어서 행복했다. 최경순 관장이 국술원합기도협회 임원이었기 때문에 많은 관장들을 소개받아 그 관장들에게 경호무술을 지도할 수 있었고 지부 도장도 이때 많이 늘려 나갔다. 또한 이때 여의도에서 열리는 월드컵 유치 기념 콘서트의 행사 경호를 맡아 경호 업무를 하기도 했다.

그렇게 평촌에서 6개월가량 경호무술을 보급했다. 평촌은 신도시였기 때문에 공기도 좋았고 도시 미관도 깨끗했다. 이때 가장 행복했던 것은 맑은 새벽공기를 마시면서 평촌 중앙공원에서 조깅하는 것이었다. 새벽마다 조깅하면서 나는 생각했다. '이제 시작이다. 조금씩, 조금씩 경호무술이 알려지고 있다.' 나는 이때부터 어디를 가거나 아침에 조깅할 때는 등에 '경호무술'이라는 큰 글씨가 있는 점퍼나 트레이닝 복을 입고 달렸다. 이때의 경험이 인연이 되어 나는 후에 안양과 평촌에 있는 20개 정도의 거의 모든 고등학교에 '보디가드'에 대한 직업 강의를 할 수 있었다.

최경순 관장은 후에 우리 국제경호무술연맹 중앙연수원장으로 재직하다가 '(주)한국스페셜가드'라는 경호 회사를 인수하여 경호 회사 CEO(최고 경영자)의 꿈을 이루었고, 현재는 연맹 부총재로 재직하고 있다. 나는 라면을 먹을 때마다 그때 먹었던 유효기간 지난 라면과 라면탕 그리고 최경순 관장이 생각난다.

"순간순간 사랑하고, 순간순간 행복하세요."
그 순간이 모여 당신의 인생이 됩니다.

- 혜민스님

생각의 관점이 인생을 바꾼다

내가 어렵게 지부 도장을 다니면서 경호무술을 보급하고 다닐 때, 엎친 데 덮친 격으로 어려움이 찾아왔다. 몇 년 동안 지방을 다니다 보니 예비군 훈련을 몇 차례 못 받게 되었고 급기야는 향군법 위반으로 벌금이 부과되었다. 하지만 나는 그 벌금 통지서 역시 받지 못해서 벌금을 못 내 기소중지가 내려지게 되었다. 나는 그 사실도 모른 채 경호무술을 보급하면서 지방을 다니고 있었다. 그러던 중 검문을 받게 되면서 기소중지된 것을 알게 되었다. 두 차례 훈련을 받지 못했다고 하여 한 차례에 30만 원씩 총 60만 원의 벌금이 부과되었다. 만약 벌금을 내지 못하면 하루에 3만원씩 노역장에 유치되게 되어 있었다. 하지만 도복 하나 둘러메고 지부 도장을 다니는 나로서는 벌금을 낼 여력이 안 되었다. 그렇다고 아는 관장에게 전화해서 벌금을 못 내면 구치소에 수감되니 벌금 60만 원을 가지고 오라고 할 수도 없는 상황이었다.

내가 그나마 연맹 문을 닫고도 지방 지부 도장을 다니면서 교육할 수 있었던 이유는 내가 경호무술 창시자이고 국제경호무술연맹 총재이기 때문에 가능했다. 그런 내가 벌금 60만 원이 없으면 구치소에 수감된다는 말을 차마 할 수가 없었다. 그래서 나는 벌금을 못 내어 20일 동안 구치소에 수감되었다. 그때 검문했던 경찰관과 구치소에 수감되었을 때 교도관이 했던 말이 지금도 생각난다. "젊은 사람이, 그것도 사지 멀쩡한 건장한 사람이 돈 60만 원이 없어서 구치소에 수감돼?" 하지만 난 부끄럽지 않았다. 내가 무슨 부끄러운 짓을 해서 구치소에 가는 것이 아니니까. 물론 예비군 훈련을 받지 못한 것은 국방의 의무를 지켜야 하는 대한민국의 남자로서 잘못된 일이지만, 나는 그 당시 도복 하나 둘러메고 경호무술을 보급하기 위해 지방을 떠돌고 있었기 때문에 어쩔 수가 없었다. 또한 이때쯤 나는 전국 지부 도장을 다니면서 고생하던 일들에 많이 지쳐 있는 상태였다.

지방에 다니면서 경호무술을 보급할 때는 항상 잠자리와 끼니를 걱정해야 했다. 하지만 오히려 항상 편안하게 잘 수 있는 구치소가, 그리고 끼니를 제대로 먹을 수 있는 구치소의 20일은 오히려 나에게 휴식이었으며, 지금까지의 나를 잠시 뒤돌아보면서 차분하게 많은 것을 생각할 수 있는 기회가 되었다. 그러면서 나는 구치소 안에서 생각했다. 내가 정말 경호무술을 하나의 무술로서 완성시키고 내가 경호무술 창시자로 확고하게 인정받는 날, 내가 구치소에 수감되었던 이런 경험이 훗날 경호무술의 자랑스러운 역사가 될 것이라고. 나는 이후에도 비슷한 경험으로 30만 원이 없어서 한 차례 더 구치소에 수감되었는데, 그때 역시 경호무술의 역사를 이어갔다.

베르나르 베르베르의 『상대적인 지식의 백과사전』에는 이런 대목이 있다.

"개는 이렇게 생각한다.
'인간이 나를 먹여줘, 그러니까 그는 나의 신이야!'
고양이는 이렇게 생각한다.
'인간은 나를 먹여줘, 그러니까 나는 그의 신이야!'"

이 얘기는 자신에게 일어나는 일에 대해 어떤 관점을 갖느냐가 중요하다는 것을 보여준다. 가족 중 물레 빠져 죽을 뻔한 사람은 자녀를 물가에 얼씬도 못 하게 한다. 하지만 현명한 사람은 자녀에게 수영을 가르친다. 내가 가끔 제자들에게 돈 30만 원 없어서 구치소에 수감되었었다는 말을 하면 나의 제자들은 믿지를 않는다. 하지만 구치소에 수감되었던 일 또한 나에게는 경호무술의 역사였으며, 이렇게 그것을 글로 쓸 수 있다는 현재의 나의 처지가 고맙고 자랑스럽다.

청주에 경호무술을 보급하면서

구치소에서 나왔을 때 내 수중에는 돈 한 푼도 없었다. 새벽 4시에 나와 여기저기를 헤매고 다녔다. 돈도 없었고 갈 곳도 없었으며 연락할 곳도 없었다. 새벽녘 달빛에 비친 내 그림자를 이끌고 가는 것이 얼마나 힘들고 처량한지, 나는 말 그대로 노숙자와 다를 바가 없었다. 그러면서 나는 많은 것을 생각했다. '내가 그동안 전국으로 경호무술을 보급하러 다닌 게 고작 이런 것인가.' 정말 외롭고 비참했다. 그렇게 2일 동안 노숙자처럼 여기저기를 헤매고 다니다가 문득 진광인 관장이 생각났다. 진광인 관장은 내가 원주에 경호무술을 보급하기 위해 두 번째 내려갔을 때 나에게 경호무술을 지도받았는데, 그 당시 청주에서 '블랙가드 체육관'이라는 경호무술 도장을 운영하고 있었다. 그때 갑자기 진광인 관장이 생각난 것은 원주에서 경호무술을 지도할 때 다른 관장들보다 더 열심히 열정을 가지고 배우던 모습이 생각났기 때문이었다.

수중에 돈이 한 푼도 없었던 나는 공중전화 수신자 부담으로 진광인 관장에게 전화해서 나의 위치를 알려주면서, 청주에 경호무술을 교육하러 내려가겠다고 연락했다. 진광인 관장은 "그래주시면 영광입니다." 하고 말하면서 나를 데려가기 위해 직접 차를 가지고 내가 있는 곳으로 올라왔다. 그때 진광인 관장의 그 말 한 마디가 나에게는 얼마나 큰 힘이 되었는지 아마도 진광인 관장은 모를 것이다. 청주로 행하는 차 안에서 나는 무심코 진광인 관장의 손을 꽉 잡았다. 그렇게 하여 청주에서 경호무술의 역사를 이어가게 되었다.

'블랙가드 체육관'은 청주 흥덕구 수곡동에 위치하고 있었으며 원주와 평촌 도장처럼 지하였다. 하지만 도장이 지하임에도 불구하고 진광인 관장이 오랫동안 도장을 운영했기 때문에 수련생이 많은 편이었다. 청주에서도 다른 곳에서와 같이 도장에서 숙식을 해결했다. 또한 구치소에서 나온 후 바로 청주에 내려왔기 때문에 다른 때보다 더 열심히 경호무술을 보급해야겠다는 생각을 갖게 되었다. 그것은 힘들 때마다 항상 이런 생각이 들었기 때문이었다. '만약 내게 경호무술이 없었다면 지금 나는 정말 보잘것없는 떠돌이다.' 그러면서 나는 경호무술이 나의 전부라고 생각하게 되었다.

청주에서도 4~5개월 정도 경호무술을 지도했다. 다른 곳에서는 타 무술 관장을 상대로 경호무술을 지도했지만, 청주에서는 일반 수련생을 상대로 경호무술을 지도했다. 많은 수련생들이 관심을 갖고 배웠다. 청주에서는 거의 밖에 나가지 않고 24시간 도장에서만 생활했다. 밖에 나가려고 해도 길도 모르고 아는 사람도 없었기 때문에 나갈 수도 없었다. 그렇게 하루 종일 도장에만 있다 보니 경호무술 수련에만 전념할 수 있었고, 그 덕택에 이 당시 경호무술의 주먹 기술이 새롭게 정립되어 많은 발전을 하게 되었다. 또한 진광인 관장과 정상범 관장이 권투를 오랫동안 수련했기 때문에 많은 도움이 되었다. 이때의 경험은 경호무술의 주먹 기술이 실전적으로 변화하는 데 큰 계기가 되었다.

도장에서 숙식을 해결하면서 진광인 관장과 제일 많이 먹었던 음식이 바로 라면과 콩나물밥이었다. 그것은 콩나물밥은 별 재료나 반찬이 없어도 콩나물과 간장만 있으면 맛있게 먹을 수 있었기 때문이며, 진광인 관장이 제일 잘하는 요리가 바로 콩나물밥이었기 때문이다. '맛은 추억으로 먹는다'는 말처럼 나는 콩나물밥이나 콩나물 반찬을 먹을 때마다 이때의 추억을 떠올리곤 한다. 내가 청주에서 경호무술을 보급하던 때는 진광인 관장도 대출 문제 등 여러 가지로 힘든 시기였다. 하지만 그는 한 번도 불평 없이 잘 따라주고 도와주었다. 그 당시 우리 모두는 경제적으로 힘들었다. 하지만 현재 모두 자신의 길을 열심히 걸으면서 성공적인 삶을 살아가고 있다. 현재 진광인 관장은 서울에서 경호무술 도장과 경호 회사를 창업하여 CEO(최고경영자)로 활동하고 있으며, 정상범 관장은 청주에 기계경비 회사를 설립, 운영하고 있다. 나는 이때 오직 하루 종일 경호무술만 생각하고 수련하고 가르치다 보니 이 말뜻을 조금은 이해하게 되었다.

"천일 동안의 연습을 '단(鍛)'이라 하고, 만일 동안의 연습을 '련(鍊)'이라 부른다. 그래서 우리는 무술을 수련한다고 말한다. 30년 이상을 수련해야 비로소 그 무술에 자신할 수 있다."

이 글을 빌어 그때 진광인 관장과 정상범 관장의 도움에 감사하다는 말을 전하며, 언제 두 관장을 불러서 내가 직접 만든 콩나물밥을 대접해야겠다.

청주에 경호무술를 보급하면서

가운데가 진광인 관장

정읍에서 경호무술을 보급하면서

내가 도복 하나 둘러메고 지방에 가서 경호무술을 보급할 때 가장 실패한 곳이 바로 정읍이고, 기억하기도 싫은 추억이 있는 곳이 바로 정읍이다. 그래서인지 이후에도 그쪽으로는 경호무술을 보급하고 싶은 생각이 들지 않을뿐더러, 지금도 이때 생각을 하면 나 자신이 비참해지곤 한다.

내가 경호무술을 보급하기 위해 정읍에 도착했을 때는 겨울이었다. 도장에 난방시설이 잘되어 있지 않았고, 도장에서 숙식을 해결할 수 있는 여건도 되지 않아 여인숙에서 생활하면서 경호무술을 가르치게 되었다. 내가 우리 연맹의 지부 도장을 다니면서 경호무술을 보급하지만, 지부 도장의 관장들은 엄밀히 따지면 나의 제자라고 볼 수 없었다. 자신들이 하던 무술에 경호무술을 접목하여 교육하는 것이 목적이었고 거의 나보다 나이가 많은 편이었다. 그러다 보니 나는 항상 지방을 다니면서 경호무술을 보급할 때 도장 관장들에게 최대한 폐를 끼치지 않으려고 모집 광고도 내가 냈고, 연수 교육생이 모집되면 교육비의 절반가량을 내가 교육하는 곳의 지부 도장에 후원비로 주었다. 그래야만 내가 그곳에서 교육하는 것을 관장들이 환영했기 때문이다.

하지만 지방에 경호무술을 보급하러 다니면서 내가 느낀 것은 사람은 돈이 없으면 실수도 하게 되고 추해진다는 것이다. 내가 지방을 다니면서 돈이 없어 가장 비참했던 적이 바로 이 정읍에서이다. 돈 30만 원이 없어서 구치소에 수감될 때도 나는 정읍에서처럼 비참한 기분을 느끼지 않았다. 나는 이 정읍 교육을 마친 후 내가 지금까지 도복 하나 둘러메고 경호무술을 보급하러 다니는 나의 이런 행동과 노력에 대해 다시 한 번 생각하게 되는 계기가 되었다. 그때 나는 이런 생각을 가지게 되었다. '내가 지도하러 다니는 지부 도장의 관장들에게도 존경받지 못하는 내가 어떻게 지방의 교육생들에게 믿음을 주고 경호무술을 보급할 수 있을까?' 그런 생각을 하면서 많은 성인(聖人)들에 대해 생각하게 되었다. '예수는, 공자는, 그리고 많은 훌륭한 스님들은 돈이 없이 어떻게 전국을 다니면서 많은 사람들에게 가르침을 주고 믿음과 존경을 받을 수 있었을까?' 그런 많은 생각 끝에 내가 생각하게 된 단어는 한 가지였다. 그것은 바로 '절제'였다. 나는 그때부터 이런 무술인이자 스승이고 싶었다. '절제된 생활 속에서 가르침을 주고 믿음과 존경을 받는 스승.' 하지만 난 아직도 제자에게 그런 스승이 되지 못하는 것 같다.

사람이 살다 보면 좋은 기억과 나쁜 기억, 다시 말해 좋은 추억과 나쁜 추억이 있기 마련이다. 정읍에서의 생활은 나에게는 나쁜 추억으로 기억되지만, 그런 추억과 기억이 있어 이후 경호무술을 보급할 때 좀 더 절제된 생활을 할 수 있게 된 동기가 되었다. 나는 이때 경비를 절약하려고 다른 지방에서 경호무술을 배우러 온 제자 2명과 여인숙의 한 방에서 함께 생활했다. 그런 이유로 항상 교육을 마치고 여인숙에 갈 때는 그들을 먼저 보내고 어린이 놀이터에서 한 시간씩 앉아 있다 들어갔다.

"어린이 놀이터는 어른을 위해서 만들어졌다. 아이들의 웃음은 남아 있고, 어른들의 눈물을 들킬 염려가 적은 곳. 거기 왜 갔었냐고 누가 물으면 '그냥, 어린 시절을 생각했다'고 대답하면 되는 안전한 은신처였다."

적은 밖에 있는 것이 아니라 내 안에 있었다.
나는 내게 거추장스러운 것은 깡그리 쓸어버렸다.
나를 극복하는 순간,
나는 칭기즈칸이 되었다.

- 칭기즈칸

인터넷을 통해 경호무술을 보급하다

나는 도복 하나 둘러메고 전국을 다니면서 경호무술을 보급하던 중 큰 슬럼프에 빠지고 말았다. 한 지역에서 5개월 정도 교육이 끝나고 다시 다른 지역으로 이동하면서 경호무술을 보급하다 보니, 다른 지역에 가서 지금까지 고생했던 것들을 다시 겪게 되고, 그런 생활이 몇 년쯤 반복되면서 나는 점점 지쳐가고 있었다. 그때의 내 생활은 경호무술을 보급한다는 일념보다는 나의 생활을 이어간다는 생존에 가까웠다. 또한 항상 체육관에서 숙식을 생활하기는 힘든 노릇이었다. 겨울에는 여관에서 자야 했고, 지방에 혼자 있다는 외로움에 술도 마시게 되었다. 그렇게 5개월간의 시간이 흐르면 다른 곳으로 또 교육을 위해 무일푼으로 떠나야만 했다. 어떤 때는 돈이 없어 버스 대합실에서 잠을 자기도 했고, 내가 도착하는 곳의 관장과 연락이 닿지 않아 2일 밤낮을 낯선 도시를 헤매고 다닌 적도 있었다. 그렇게 정처 없이 도복 하나 둘러메고 경호무술을 보급하고 다녔지만, 항상 나에게 찾아오는 것은 떠돌이 같은 나의 신세였다.

흔히들 마라톤은 42.195km라는 거리와의 싸움이 아니라, 자기 자신과의 싸움이라고 얘기한다. 2시간 55초(세계 신기록)라는 시간과의 싸움이 아니라, 100m당 18초에 달려야 하는 속도와의 싸움이 아니라, 순간순간 밀려드는 외로움과의 경쟁이라고 얘기한다. 나는 지방을 다니면서 늘 혼자일 수밖에 없었기 때문에 외로움과 싸워야만 했으며, 그것은 어떤 때는 심장이 터질 것 같은 압박감으로 다가왔다. 몇 개월마다 반복되는 그 생활에 나는 점점 경호무술에 대한 열정이 식어가고 있었다.

그러다 우연히 알게 된 것이 바로 인터넷과 '다음카페'였다. 나는 다음카페를 알게 된 후부터는 지방에서 교육이 끝나면 PC방에 가서 인터넷을 공부했다. 그러면서 다음카페에 '보디가드의 세계'라는 카페를 만들어 내가 창시한 경호무술을 알리기 시작했다. 그렇게 얼마간의 시간이 흐르자 몇 십 명이었던 카페 회원이 몇 백 명으로 늘어났다. 항상 교육이 끝나면 다음카페에 경호무술을 소개하고 답변하는 시간을 가졌는데, 그 시간이 내 유일한 행복이자 즐거움이었다. 그러던 중 다행히 내가 교육하러 내려간 곳의 지방 체육관에 인터넷이 되었고, 그 때문에 인터넷으로 매일 새벽까지 동호회를 발전시켜 나갔다. 그렇게 1년쯤의 시간이 흘렀을 때, 다음카페 동호회 회원이 몇 천 명을 넘는 카페로 성장했다. 이때부터 나는 혼자가 아니었다. 이때까지도 전국을 다니면서 경호무술을 보급하던 시기였기 때문에 나에게 도장은 없었다. 하지만 나에게는 다음카페가 나의 도장이었고, 회원들이 나의 수련생이며 후원자였다.

나는 이때부터 다음카페에 나의 경험과 글을 올리면서 경호무술의 역사를 만들어가기 시작했다. 카페에 글을 올리고 비판 글들에 답변하고, 그리고 나의 경험과 경호무술을 소개하고 했는데, 나에게는 이런 모든 것들이 경호무술의 역사를 만들어가는 과정이었다. 아마 그때의 이런 경험들이 어릴 때 받아쓰기를 항상 빵점 맞은 내가 책까지 쓸 수 있는 문장력을 갖게 한 것 같다. 나는 이때부터 더 많은 곳에 경호무술을 알리고 보급할 수 있었다. 또한 내가 다시 경호무술 도장을 오픈할 때 나의 소중한 자산이 되었다. 아마 내가 인터넷을 몰랐더라면 어느 때부터인지는 몰라도 도복 하나 둘러메고 전국을 다니면서 경호무술을 보급하는 것을 중도에 포기했을지도 모른다. 이후 '보디가드의 세계' 카페는 회원이 1만 명을 넘어섰고 신문과 잡지 등에도 소개되기도 했다. 나는 지금도 홈페이지와 카페의 모든 질문에 직접 답변하면서 경호무술의 역사를 써가고 있다.

능서불택필(能書不擇筆). '글씨를 잘 쓰는 사람은 붓을 가리지

않는다.'

중요한 것은 컴퓨터 CPU의 처리 속도가 아니라, 사용하는 사람의 생각의 속도이다. 중요한 것은 컴퓨터의 저장 용량이 아니라, 거기에 담는 우리 생각의 크기이다.

인천에 경호무술을 보급하면서

인천에 경호무술을 보급하러 왔을 때는 내가 도복 하나 둘러메고 전국을 다닌 지 6년 정도의 시간이 흘렀을 때이다. 그동안 지방을 다니며 경호무술을 보급하는 동안 나의 수양 부족으로 인한 실패도 있었고 많은 어려움도 있었기 때문에, 인천에서만큼은 모든 면에서 성공적인 보급을 하겠다는 강한 신념과 자신감이 있었다. 그런 신념과 자신감 때문인지 인천에는 경호무술을 성공적으로 보급할 수 있었고, 후에 국제경호무술연맹 중앙본부를 인천에 다시 오픈하여 경호무술의 역사를 이어갈 수 있는 기회가 되었다.

인천대 앞 박문삼거리에 '쌍용체육관' (관장 오순협)이라는 연맹 인천 지부 도장이 있었다. 쌍용체육관은 합기도와 경호무술을 같이 병행해 가르치는 곳이었는데, 주로 합기도를 주 종목으로 교육하는 곳이었다. 쌍용체육관에 도착하여 경호무술을 가르치면서도 나는 다른 곳에서와 같이 체육관에서 숙식을 해결했다. 이때쯤에는 경호무술의 기술 또한 많은 발전이 있었고, 경호무술만의 독창적인 기술들이 많이 창안되어 교육하게 되었다. 그런 이유 때문인지 몰라도 수련생들에게 경호무술의 인기는 대단했다.

나는 이때부터 도장에서만 경호무술을 가르칠 것이 아니라, 학교에서도 경호무술을 지도할 생각을 갖게 되었다. 하루 종일 경호무술을 가르치는 것이 아니기 때문에, 남는 시간은 학교에 경호무술 동아리를 설립해 경호무술을 무료로 가르쳐야겠다는 생각을 하게 되었다. 그렇게 해서 설립한 것이 인천해사고 경호무술 동아리였다. 그런 생각을 실행에 옮길 수 있었던 것은 인천에서 나의 제자가 된 정재욱 사범이 있었기 때문이다. 처음 정재욱 사범이 경호무술 지도자 교육을 받기 위해 쌍용체육관으로 나를 찾아왔을 때, 나는 정재욱 사범을 모질게 거부하고 돌려보냈다. 왜냐하면 정재욱 사범이 교도소에서 5년 정도 복역하고 나온 전과자인 데다 온몸에 문신이 있었기 때문이다. 그 당시 교도소에서 나온 정재욱 사범은 아무것도 할 수 없었고, 붕어빵 장사를 하다 다마스 트럭을 가지고 동네마다 다니면서 달걀 장사를 하고 있었다. 그러다 우연히 경호무술 관련 광고를 보고 나를 찾아온 것이었다.

그는 나이도 나보다 많았다. 그런 정재욱 사범이 몇 차례에 걸쳐 끈질기게 찾아오면서, 나는 나보다 나이가 많았지만 그에게 경호무술을 지도하게 되었다. 인생의 실패를 경험한 후 다시 새 인생을 시작한다는 각오로 경호무술을 배우려는 정재옥 사범의 노력과 열정은 대단했다. 나 또한 그런 정재욱 사범이 고마워서 내 모든 능력을 다해 지도했고, 때로는 몽둥이를 들고 매질을 하기도 하며 혹독한 극기 훈련을 시켰다. 그렇게 정재욱 사범은 나의 제자가 되어 같이 인천해사고 경호무술 동아리에서 경호무술을 가르치게 되었다. 평일에는 쌍용체육관에서 숙식을 해결하면서 경호무술을 지도했고, 매주 두 번씩 정재욱 사범과 인천해사고 경호무술 동아리에 가서 경호무술을 지도했다.

인천해사고에 갈 때는 정재욱 사범이 달걀 장사를 할 때 쓰던 다마스 트럭을 타고 다녔다. 그래서 처음에는 학교 교문에서 우리가 잡상인인 줄 알고 출입을 막기도 했다. 또한 학교에는 무술 동아리인 '우슈 동아리'가 있었기 때문에, 처음 경호무술을 지도할 땐 많은 어려움이 있었다. 하지만 추운 겨울에도 강당 마룻바닥에서 맨발에 반 팔 도복만 입고 경호무술을 지도하는 정재욱 사범과 나의 모습을 본 교장선생님의 전폭적인 지지로 인천해사고에 경호무술을 성공리에 보급하고 많은 제자들을 가르칠 수 있게 되었다. 인천해사고 교육이 끝나고 저녁에 체육관으로 올 때는 정재욱 사범과 인천 차이나타운에 들러서 짜장면에 물만두를 먹었다. 그러면서 술을 좋아하는 나는 항상 고량주를 마셨고, 술을 못 마시는 정재욱 사범은 내가 전국에 다니면서 경호무술을 보급하던 얘기를 묵묵히 들어주었다. 그는 기쁜 이야기를 할 때는 같이 기뻐해줬고, 슬픈 이야기를 할 때는 같이 슬퍼해줬다. 그런 정재욱 사범이 나에게는 큰 힘과 용기가 되었다. 술을 마시다 산에 올라가고 싶다고 하면 자유공원에 데려다주었고, 바다가 보고 싶다고 하면 바다 구경을 시켜주었다.

그러던 어느 날 일요일이라 체육관에서 쉬고 있는데 정재욱 사범이 나와 같이 술을 마시자고 했다. 그가 술을 못 마시는 것으로 알고 있던 나는 적지 않게 놀랐지만 같이 삼겹살에 소주를 마셨다. 둘이 7병쯤 마셨을 때 갑자기 정재욱 사범이 상을 안고 쓰러졌다. 거의 인사불성 상태였다. 택시를 태워 보내려고 해도 너무 술에 취해 있어서 걱정이었다. 그래서 나는 정재욱 사범을 업고 새벽에 인천대 운동장에 가서 정재욱 사범이 술이 깨기를 기다렸다. 그렇게 기다리는데 정재욱 사범이 술에 취해 구토를 하면서 중얼거렸다.

"술을 못 마시는 제가 왜 오늘 술을 마셨는지 아십니까? 그동안 인천해사고 경호무술 동아리에서 경호무술을 가르치면서, 교육이 끝나고 체육관으로 돌아오는 길에 인천 차이나타운에서 혼자 외롭게 술을 마시는 총재님의 모습을 보면서, 꼭 한 번쯤은 총재님이 술에 취할 때까지 같이 술을 마셔주고 싶었습니다."

나는 정재욱 사범의 이 말을 듣자 나도 모르게 코끝이 찡해왔다. 정재욱 사범을 택시를 태워 보내고 체육관으로 행하는 내 눈에서는 자꾸만 눈물이 흘렀다. 내가 인천에 경호무술을 성공리에 보급할 수 있었던 것은 정재욱 사범이 있었기 때문에 가능했다. 이 당시 정재욱 사범은 나의 제자이자 스승이었다. 이 글을 빌어 그 당시 많은 도움을 주었던 인천지부 쌍용체육관 오순협 관장님과 열심히 경호무술을 배워준 정재욱 사범, 김원진 사범, 현유찬 사범, 박석남 사범, 그리고 국립 인천해사고 경호무술 동아리 제자들에게 고맙다는 말을 전한다.

인천해사고 경호무술 동아리와 함께

인천에서 교육을 마치고 오순협관장과 사범들

을왕리에서 지옥훈련을 하다

인천에서 경호무술을 보급하던 중 정재욱 사범과 현유찬 사범을 데리고 영종도로 극기 훈련을 떠났다. 내가 극기 훈련을 하게 된 동기는 정재욱 사범을 수제자로 받아들이기 위해 뭔가 의미 있는 입문식을 하고 싶어서였다. 중국이나 일본의 무술계에는 자신의 제자를 받아들일 때나 수제자를 임명할 때 입문식 등의 의식이 보편화되어 있었다. 하지만 한국 무술계는 그런 것이 일반화되어 있지 않았다. 하지만 나는 형식일지라도 그런 과정을 꼭 정재욱 사범과 함께 하고 싶었다.

우리가 을왕리 해수욕장에 도착했을 때는 여름이 막 끝날 무렵이었지만 해수욕장에는 사람들이 많았다. 우리는 며칠간 지옥훈련 겸 극기 훈련을 해야 했기에 을왕리 해수욕장 옆의 바위산 지대에서 텐트를 치고 훈련에 들어갔다. 처음에는 수련하는 모습을 호기심을 가지고 몇몇 사람들이 구경하기도 했지만, 이내 자신들의 볼일을 보기에 바빴다. 그렇게 점심때부터 시작된 훈련은 저녁때까지 이어졌다. 중간에 너무 훈련이 힘들고 고통스러운 나머지 정재욱 사범과 현유찬 사범이 모래바닥에 쓰러지기도 했지만, 나는 그럴수록 더 힘들고 어렵게 수련 강도를 높여갔다. 그렇게 다음날 날이 샐 때까지 수련은 이어졌다. 중간에 식사시간 30분과 1시간의 휴식을 제외하곤 하루를 꼬박 수련시켰다. 중간에 졸거나 정신이 해이해지는 것을 보면 바로 물속에서 수련을 시켰다. 이 당시는 여름이 막 가고 초가을에 들어설 무렵이므로 많이 추웠고, 새벽에 물속에서 수련할 때는 더더욱 그랬을 것이다.

나는 다음날도 어김없이 식사 시간을 제외하곤 수련을 계속 시켰다. 정재욱 사범과 현유찬 사범은 이틀 동안 물속에서 엎어지고 모래사장에서 굴러서 몰골이 말이 아니었다. 그런 모습을 보면서 해수욕장에 놀러왔던 주위 사람들이 말리기 시작했다. 그러면서 하는 말이 "어제 처음 왔을 때는 그냥 수련 겸 놀러오는 사람들로 생각했는데, 잠도 안 자고 이틀 동안 수련과 훈련을 반복하는 모습을 보니 너무 안쓰럽고 불쌍하다."고 했다. 어떤 아주머니는 군대 간 아들이 생각난다며, 나에게 제발 그만하라고 울면서 사정하기도 했다. 하지만 나는 계속해 경호무술 수련과 극기 훈련 그리고 체력단련을 해나갔다. 내가 그때 그렇게 모질게 교육했던 것은 정재욱 사범에게 인생의 전환점을 만들어주고 싶어서였다. 정재욱 사범 또한 자신의 인생을 다시 시작한다는 결심을 가지고 시작한 수련이었기에 힘든데도 잘 참아가면서 견뎠다. 나는 그런 정재욱 사범의 모습을 보면서 내가 오히려 걱정스럽기까지 했다. 반면에 현유찬 사범은 그 당시 고3의 어린 나이였기 때문에 울면서 집에 간다고 떼를 쓰기도 했지만, 그럴수록 나는 더 엄하게 혼내고 훈련시켰다.

3일째 되어가던 날 정재욱 사범과 현유찬 사범은 모두 힘들고 지쳐 있었다. 하지만 어느 순간부터 그들의 눈빛은 달라지고 있었다. 아마도 짧은 기간이었지만 자기 나름대로 체력의 한계를 경험했던 것으로 생각된다. 그도 그럴 것이, 3일 동안 단 3시간만 잠을 재우고 계속하여 극기 훈련을 시켰으니, 한계를 경험해도 몇 차례 경험했을 것이다. 그러면서 4일 정도의 시간이 지나자 정재욱 사범과 현유찬 사범의 눈빛은 사람의 눈빛이 아니었다. 만화책에서나 볼 수 있는, 뭔가 금방이라도 터질 것 같은 눈빛, 그때 정재욱 사범의 눈빛이 그랬다. 나는 그런 눈빛을 보면서 내심 섬뜩하기까지 했었다. 그렇게 4일간의 극기 훈련을 끝내고 나는 정재욱 사범과 바다를 보면서 약속했다.

"나와 함께 경호무술의 발전을 위해 인생을 걸어보자. 그리고 어떠한 고난과 힘든 일이 있더라도 지금 우리가 함께한 약속은 평생 지켜가자."

그러면서 우리는 영종도에서의 극기 훈련을 마쳤다.

나는 지금도 이 당시 정재욱 사범과 영종도에서 함께했던 기억을 나의 가장 값진 추억으로 간직하고 있다. 이때 같이 찍었던 사진을 볼 때마다 극기 훈련을 마치고 경호무술 지도자 도복을 받을 때 한없이 울던 정재욱 사범의 모습을 떠올리곤 한다. 지금은 정재욱 사범과 연락이 되지 않지만, 내가 앞으로 흔들림 없이 경호무술을 보급해 나간다면 정재욱 사범이 영종도에서 나와 함께했던 약속을 꼭 지킬 것이며, 함께할 수 있는 시간이 올 거라는 것을 믿어 의심치 않는다.

"가르치는 것은 두 번 배우는 것이며
오랫동안 꿈을 그리는 사람은 그 꿈을 닮아간다. "

- 앙드레 말로

을왕리에서 훈련을 마치고 정재욱 사범과 함께

정재욱 사범과 현유찬 사범의 훈련 중 모습

승학산에서 경호무술을 가르치면서

인천에서 5개월간의 경호무술 보급을 성공리에 마쳤다. 그동안 전국을 다니면서 경호무술을 보급했지만, 가장 성공적인 보급을 인천에서 이루어냈다. 나는 이 인천에서의 성공이 그동안 지방을 다니면서 많은 실패와 시행착오를 겪었기 때문에 가능했다는 생각을 하게 되었고, 내 개인적으로는 내가 경호무술 창시자라는 자신감과 경호무술에 대한 나의 열정을 확인하는 기회가 되었다. 또한 이때 인천해사고와 동양공전에 경호무술 동아리를 설립, 좀 더 많은 곳과 다양한 곳에 경호무술을 보급하는 계기도 마련되었다. 이런 여러 가지 이유 때문에 나는 인천에서의 교육이 끝나고도 인천을 떠날 줄 몰랐다.

나는 한동안 휴식을 취하면서 인천의 여러 곳을 다녔다. 그러면서 생각한 것이 앞으로도 인천에서 계속 경호무술을 보급하고 싶다는 것이었다. 이때까지도 도장을 설립할 경제적인 여건이 안 되었던 나로서는 경호무술을 지도할 장소가 없었다. 이미 인천 지부 도장에서는 교육이 끝났기 때문에 지부 도장에서 계속 생활할 수도 없었다. 그래서 생각한 것이 산에서 교육하는 것이었다. 그런 생각을 하게 된 동기는 '인간극장 고수를 찾아서'라는 다큐멘터리에서 산에서 무술을 지도하는 어느 무술 고수의 이야기를 보았기 때문이다. 이때쯤은 도복 하나 둘러메고 전국을 다니는 것도 어느 정도 이골이 났을 때이다. '이제 전혀 색다른 방법으로 경호무술을 보급하자.' 그런 생각을 가지고 무작정 시작했다. 또한 이 당시 경호무술을 보급하면서 틈틈이 시간 날 때마다 인터넷 다음카페에 '보디가드의 세계' 카페를 활성화시켜가고 있었기 때문에, '보디가드의 세계'가 나에게 큰 힘이 되고 있었다.

그러면서 여러 장소를 찾아보던 중 인천 월드컵 문학경기장 앞의 승학산

중턱의 공터를 발견하고 거기서 경호무술을 지도하기로 결정했다. 승학산에는 예비군 훈련장이 있었기 때문에 처음에는 군부대의 간섭 때문에 지도할 때 많이 힘들었다. 하지만 나중에 경호무술에 대한 나의 열정과 노력을 알고 나서부터는 군 관계자들이 나의 든든한 후원자가 되어주었다. 이때 홍보는 오로지 다음카페 '보디가드의 세계'에 의지했다. 산에서 경호무술을 가르치는 일은 내게는 그동안 지방을 다니면서 체육관에서 교육할 때와는 전혀 다른 모험이었다.

그렇게 승학산의 교육이 시작되었다. 승학산에서 경호무술을 지도할 때는 돈이 없어도 좋았고, 힘들어도 좋았다. 여름에는 무더웠고 겨울에는 추웠지만, 지방에서 경호무술을 배우기 위해 찾아오는 제자들이 있어 나는 행복했다. 특히 겨울산은 매우 추웠으나 이때의 승학산은 나의 수련장이요 나의 도장이었다. 산에서 대자연과 호흡하면서 수련한다는 것은 수련정진에 많은 도움이 될뿐더러, 나중에 나에게 잊을 수 없는 멋진 추억이 되어주었다. 나무가 샌드백이었고 땅바닥이 매트였다. 승학산의 모든 것들이 수련장이었다. 수련이 끝나고 나면 도복이 땀과 흙이 뒤범벅되어 말이 아니었다. 그렇게 수련을 마치고 우리의 모습을 보면서 등산하는 사람들이 이상한 눈초리를 보내곤 했지만, 나중에는 여기저기 알려지기 시작하면서 등산하는 사람들과 배드민턴 치는 사람들도 경호무술을 배우기 시작했다. 이런 경험이 토대가 되어 경호무술 중 경호유권(경호태극권)을 한 단계 더 발전시키는 계기가 되었다.

그렇게 승학산에서 대자연과 호흡하면서 경호무술을 지도하기를 1년 정도 흘렀다. 이 1년 동안 다양한 연령층의 많은 사람들에게 경호무술을 지도했다. 직장인도 있었고 학생도 있었고 타 무술관장들도 있었다. 이 1년이라는 시간은 내가 인천에 정착하게 되는 계기가 되었고, 후에 인천에 국제경호무술연맹 중앙연수원을 다시 설립하게 되는 기반이 되었다. 승학산에서 경호무술을 지도하다 어둠이 내리면 행사 때문에 관중들의 함성과 형형색색의 조명들로 웅장하게 빛나는 월드컵 문학경기장을 내려다보면서 나는 이런 생각을 했었다. '나중에 내가 양성한 경호원들과 나의 제자들과 저곳에서 꼭 행사 경호를 맡아 해보겠다.' 그런 생각을 할 때마다 내가 행사장에 있는 것마냥 마음이 설레기도 했었다.

나는 후에 인천에 국제경호무술연맹 중앙연수원을 다시 설립해 월드컵 문학경기장에서 열리는 많은 행사에 경호를 총 지휘하는 영광을 갖게 되었다. 그때 승학산에서 같이 수련하던 제자들을 포함한 경호원들과 경호 업무를 하게 되었다. 나는 그때 관중들의 함성과 조명으로 가득 찬 월드컵 문학경기장 안에서 어둠이 내리는 승학산을 올려다보면서, 승학산에서 월드컵 문학경기장을 내려다보던 예전의 내 모습을 생각하며 일본 야구선수 스즈키 이치로의 말을 떠올렸다.

"노력하지 않고 뭔가를 잘할 수 있는 사람을 천재라고 한다면, 나는 천재가 아니다. 내가 노력하지 않고 공을 잘 칠 거라는 생각은 잘못됐다. 내가 일본 최고의 선수가 될 수 있었던 것은 나보다 더 많이 연습한 선수가 한 명도 없었기 때문이다."

- 야구선수 스즈키 이치로

환
경호원 및 경호무술 연수교육
다음카페동호회 http://cafe.daum.net/moosool
국제경호무술연맹 032)868-1779, 011)9943-1778
영

인천 승학산에서 수련 중

승학산에는 총각귀신이 살고 있다

산에서 경호무술을 수련하고 가르치는 것은 나에게 또 다른 시도이자 모험이었다. 나는 이때까지도 도복 하나 둘러메고 다니던 때이기에 승학산에서 텐트를 치고 생활했다. 이때 의식주 중 잠자리는 텐트에서 생활하면 되었지만, 식사 문제와 세탁 문제는 힘든 문제였다. 식사는 버너와 코펠을 구입해서 해먹었는데, 이조차도 산은 취사가 금지되었기 때문에 등산하는 사람들의 시선을 피해서 해야만 했고 쌀과 라면이 떨어지면 며칠씩 굶기도 했다. 간단한 빨래는 어둠이 내린 저녁이나 새벽녘에 약수터에서 해결했고, 많은 빨래는 일주일에 한 번 관교동 빨래방을 이용했다. 식사와 옷 세탁 문제가 해결되자, 가장 힘들었던 것은 외로움과 두려움이었다. 칠흑 같은 밤, 산에서 생활하다 보면 가끔씩 오싹한 기분이 들기도 하고, 환영이지만 가끔씩 귀신도 보였다.

도시에 있는 작은 산인데도 어두운 밤에는 텐트 밖에서 여러 동물들의 움직임과 소리가 느껴졌다. 라디오를 구입해 밤새 듣기도 하고 랜턴을 켜고 책을 읽기도 했지만, 랜턴을 켜면 주위는 도두 어두운데 텐트만 밝기 때문에 모든 시선들이 텐트에 집중되는 것 같아, 그것이 더 무서웠다. 바람이라도 부는 밤에는 산이 운다. 바람은 자지 않고 밤새 텐트를 두드렸고, 그것은 거의 비명에 가까웠다. 그렇게 얼마간의 시간이 흐르자 요령이 생겼다. 낮에 산을 뛰어다니며 극기 훈련과 수련을 통해 몸을 혹사시키면, 저녁에는 곯아떨어져 새벽녘에야 눈을 떴다. 그러다 보니 외로움과 두려움을 느낄 겨를도 없었다. 나는 그럴수록 하루 종일 몸을 혹사시키며 수련했고, 어떤 나무는 내가 너무 때려서 나무가 죽어가며 통째로 부러지기도 했다.

몇 개월이 지났을 때, 나의 몸은 돌덩이처럼 단단해졌지만 몰골은 노숙자에 가까웠다. 주말마다 경호무술을 배우러 오는 제자들은 내 눈에서 광채가 난다고 말할 정도였다. 새벽이나 저녁 늦게 등산하는 사람들이 노숙자 같은 나의 모습을 보고 간첩이나 수배자로 오인, 신고해서 파출소에도 몇 번 갔었고, 구청 사회복지부에서 사람이 나와 '노숙자를 위한 쉼터'를 소개해주기도 했다. 또한 나는 흰 도복과 검은 도복을 번갈아가면서 입었는데 도복은 다 헤져 있었고, 머리는 뒤로 묶어 어깨까지 내려왔다. 등산하는 사람들과 마주치면 그들은 깜짝 놀라곤 했고, 약수터에 있는 할아버지들은 내 별명을 '총각귀신'이라고 붙이면서 등산하는 사람들에게 '이 산에는 총각귀신이 살고 있으니 조심하라'는 농담 섞인 주의를 주기도 했다. 나는 가끔씩 할아버지들에게 스트레칭 법과 체조, 그리고 호신술을 가르쳐주고, 할아버지들은 나에게 장기와 바둑을 가르쳐주었다.

그러던 어느 날 우연히 약수터에서 고양이를 발견하고 손을 뻗자, 고양이는 내게 다가와 장난을 쳤다. 사람을 잘 따르는 것으로 봐서는 집에서 기르는 고양이 같았다. 약수터에서 저녁 늦게까지 기다렸으나 찾는 이가 나타나지 않았고, 며칠을 약수터에 가봐도 찾는 사람이 없어 나는 한동안 고양이와 함께 지냈다. 우리들은 외로움 때문에 서로 의지했다. 어느 날은 고양이와 장난을 치다가 문득 몽테뉴의 『수상록』 중 한 글귀가 생각났다.

'내가 고양이와 희롱할 때에는 내가 고양이를 데리고 시간을 보내는 것인지, 고양이가 나를 데리고 노는 것인지 누가 알겠는가?'

추운 겨울이 다가오자 고양이는 어디로 갔는지 종적이 묘연했다. 기분이 그래서 그런지, 고양이에게 차였다는 생각에 나는 외로움이 더했다. 산에서 1년 동안 수련하면서 지낼 때 가장 힘들었던 것은 외로움보다 여름에는 모기였고 겨울에는 추위였다. 여름에 산모기는 텐트를 뚫을 정도였고, 겨울에는 너무 추워서 침낭 속에 침낭을 넣고 그 속에 들어갔다. 어떤 때는 감기 몸살로 이틀 동안 침낭 안에서 떨며 잠만 잔 적도 있었다. 특히 겨울에는 추위 때문에 경호무술을 배우러 찾아오는 제자들이 없었고, 그럴수록 더 춥고 배고프고, 그리고 외로웠다. 나는 그럴수록 더 극기 훈련과 수련에 열중했다. 새벽녘에는 냉수마찰로 하루를 시작하고, 오전에는 하루 종일 산을 타고 체력 훈련을 했다. 오후에는 경호무술 기술 개발과 수련을 했으며, 저녁에는 팔굽혀 펴기와 철봉 운동, 그리고 근력 운동을 주로 했다. 이때 좀 아쉬웠던 것은 상대해줄 사람이 없다 보니 기술 개발에 한계를 느낀 것이었다. 몇 달 동안 혼자 있으면서 하루 종일 수련과 단련을 하다 보면, 나중에는 자기 자신과 대화를 하게 되고, 시간이 더 흐르면 나무들과, 그리고 산과 대화를 하게 된다. 스티브 잡스(Steve Jobs)가 좋아했던 윌리암 블레이크의 '순수의 전조'라는 시가 있다.

〈순수의 전조〉
한 알의 모래 속에서
세계를 보고
한 송이 들꽃에서
천국을 보기 위해
손바닥 안에 무한을 붙들고
시간 속에 영원을 붙잡아라.

한 알의 모래 속에서 세계를 보는 방법은 무엇일까? 바로 모래가 되는 것이다. 비록 작지만 모래만의 삶이 있기에 그 속으로 들어가 그것이 보고, 듣고, 느끼고, 말하고 행동하는 것을 상상해보면 한 세계를 만날 수 있다. 나는 승학산에서 1년간 생활하고 수련하면서, 그리고 외로움 속에서 또 다른 세계를 만날 수 있었다. 운동은, 수련은, 오로지 몸 하나만 생각하면 되었다. 단순하고 깨끗하다. 몸 안의 나쁜 피가 다 빠져나간 느낌이었다. 새로 태어난 기분이었다. 운동은, 수련은 사람을 깨끗하게 한다. 새벽녘에 만나는 아침이슬처럼.

이 세상에서 가장 만나기 어려운 사람은 누구일까? 오바마 미국 대통령이나 푸틴 러시아 대통령, 아니면 한 끼 점심 가격이 경매에서 10억 원이 넘는다는 워렌 버핏? 하지만 이들보다 몇 배 더 만나기 어려운 사람이 있다. 바로 '나' 자신이다. 만약 우리가 지갑이나 휴대폰을 잃어버렸다고 하자. 아마 당황해서 열 일 제쳐놓고 잃어버린 물건을 찾아 헤맬 것이다. 하지만 그보다 몇 만 배는 더 소중한 것인데도 잃어버린 줄도 모른 채 정신없이 살아가는 것이 있다. 바로 '나' 자신이다. 나는 승학산에서 나 자신을 만났었다.

"누구도 시도한 적 없는 성취란,
누구도 시도한 적 없는 방법을 통해 가능하다."

- 프랜시스 베이컨

인천에서 경호무술의 역사를 이어가면서

6년 동안 도복 하나 둘러메고 전국에 경호무술을 보급하며 다니고 승학산에서 텐트를 치고 1년 정도 경호무술을 가르치다가, 나는 다시 인천에 국제경호무술연맹 중앙본부와 중앙연수원을 오픈했다. 인천시청 앞 지하 180평의 수련장, 5층 40평의 연맹 사무국을 마련했다. 다시 연맹을 오픈하기 전까지 지방도 여러 곳을 다녔고 많은 사람을 만났으며 많은 경험 또한 했다. 그런 소중한 인연과 경험이 밑바탕이 되어 인천에 중앙본부를 오픈할 때는 많은 사람들이 찾아와주었고 많은 도움을 받았다. 나는 그때 생각했다. '그 동안의 고생과 노력이 헛된 것이 아니었구나.' 버스 대합실에서 잠을 자고, 노숙자처럼 아무 연고도 없는 지방의 거리를 헤매고 다녔다. 산에서 텐트를 치고 생활하면서도 나는 항상 경호무술과 함께했다. 그런 모든 것을 보상받는다는 생각이 들었다.

남자는 태어나서 두 번 운다고 한다. 세상에 태어날 때 한 번 울고, 부모님이 돌아가셨을 때 한 번 운다고 한다. 그리고 죽을 때는 나 혼자 웃고, 주위 모든 사람들이 울도록 만들어야 한다고 한다. 하지만 나는 인천에 국제경호무술연맹 중앙본부를 다시 오픈하고 소리 없는 울음을 한없이 울었다. 그것은 그 동안의 고생이 힘들어서나 서러워서가 아니었다. 그동안 전국을 다니면서 만났던 많은 사람들에 대한 고마움의 눈물이었고, 그동안 부족한 나에게 경호무술을 배워준 제자들에 대한 사랑의 눈물이었고, 경호무술 창시자인 나 자신에 대한 자부심과 감격의 눈물이었다.

인천에 중앙본부를 오픈하고부터는 경호무술의 새 도약기를 맞이했다. 인천광역시의 거의 모든 행사 경호를 맡았으며, 10개 정도의 경호법인 회사와 단체들이 연맹에 회원 단체로 가입했다. 회원 단체로 가입한 경호 회사들 중에는 내 제자가 창업한 회사들도 있었다. 또한 그동안의 노력과 인터넷 홍보 덕택에 전국 각지에서 경호무술을 배우기 위해 중앙연수원으로 모여들었다. 이 시기에 경호무술과는 별도로 경호원만 전문적으로 양성하기 위해 'IKF 경호 아카데미'를 설립했고, 독일 4개 지역의 도시에 지부를 설립했으며, 사이판에 '블랙타이거씨큐리티시스템'이라는 현지 경호법인과 지부를 설립하게 되었다. 또한 인터넷을 통한 경호무술 공개 세미나를 성공적으로 개최했고, 인터넷 무술 및 경호 관련 단체 중 1위 단체로 선정되기도 했다. 많은 언론 매체에 연맹과 경호무술이 소개되었고, 많은 곳으로부터 그동안의 노력과 공적을 인정받아 표창장을 받았다.

연맹은 현재 세계적인 단체로 성장하고 있다. 이런 모든 것들이 가능했던 이유는 그동안 나를 믿고 따라준 연맹 지도자들과 경호원, 그리고 나의 제자들이 있었기 때문이다. 이 글을 빌어 그동안 나를 믿고 따라준 제자들과 인천에 중앙본부를 오픈할 때 많은 도움을 주었던 임원 분들께 감사의 인사를 전한다.

"이룩할 수 없는 꿈을 꾸고
이루어질 수 없는 사랑을 하고
싸워 이길 수 없는 적과 싸움을 하고
견딜 수 없는 고통을 견디며
잡을 수 없는 저 하늘의 별을 잡자. "

400년 전, 세르반테스는 『돈키호테』에서 호기 어린 희망을 이렇게 노래했다.

홍보가 곧 경쟁력이다

인천에 연맹 중앙본부를 오픈하면서 7년 만에 다시 여는 중앙연수원이기에 나는 어느 때보다 희망과 열정으로 가득 찼다. 나는 이때 홍보만이 살 길이라는 것을 오랜 경험으로 터득했다. 그래서 포스터와 스티커를 만 장씩 제작한 후 뿌리기 시작했다. 버스 정류장, 담벼락, 그리고 가스배관판 등 붙일 수 있는 모든 곳에 포스터와 스티커를 붙였다. 그렇게 한 달 동안 2만 장의 포스터와 스티커를 붙였다. 얼마나 많이 붙였는지 구청에서 불법 홍보물

부착으로 과태료를 부과하기도 했고, 여러 군데서 자신의 건물에서 스티커를 떼어달라는 민원전화도 걸어왔다.

그러다가 차츰 요령이 생기기 시작했다. 포스터와 스티커보다는 명함 크기의 코팅된 명함 홍보지를 만들어 뿌리는 것이 더 효과가 좋았다. 그리고 계획을 세워 지역별로 명함 홍보지를 뿌렸다. 하루에 홍보할 지역을 정하고, 그 지역의 모든 대문, 모든 차량에다 붙이고 뿌렸다. 이 지역의 모든 사람들에게 경호무술을 알릴 수 있도록 한다는 생각으로 명함 홍보지를 붙이고 뿌린 것이다. 아파트의 경우는 꼭대기 층부터 1층까지 모든 세대의 대문과 엘리베이터, 그리고 현관에 명함 홍보지를 붙였고, 지하 주차장의 모든 차량 운전석 창문에도 꽂아놓았다. 길을 걸을 때도 길거리에 홍보지를 뿌렸다. 그리고 토요일에는 경호 사범들과 함께 중고등학교 정문에서 하교하는 모든 학생들에게 경호원 복장을 하고 명함 홍보지를 나누어주었다. 토요일을 선택한 것은, 토요일에는 하교 시간이 1, 2, 3학년 모두 같았기 때문이다. 학생들은 경호원이라는 직업과 경호무술에 대해 대단한 흥미를 보였다. 홍보를 하다 보면 학생들이 우르르 몰려와 질문과 상담을 많이 했고, 다음날 어김없이 연수원으로 찾아와 경호무술 수련회원이나 경호교육 연수생으로 등록했다.

나는 중앙연수원의 수련이 끝나는 저녁 9시부터 새벽 4시까지 명함 홍보지를 뿌리고 다녔다. 얼마나 많이 걷고 다녔는지, 두 달째 되는 날 발바닥에 물집이 생기고 그 물집 위에 다시 물집이 생겨 굳은살이 생겼고, 살도 10kg 이상 빠졌다. 또한 지하철 타고 30분 이상 걸릴 정도의 거리인 부평, 계양 지역에도 명함 홍보지를 뿌리고 다녔다. 그것은 경호 연수생들은 거리와는 상관이 없었기 때문이다. 장래 경호원이 꿈인 학생들이나 경호학과 진학을 희망하는 학생들은 지하철이나 버스를 타고 교육을 받으러 왔다.

명함 홍보지를 얼마나 많이 붙이고 뿌리고 다녔으면 연맹 연수원에 다니는 교육생들이 아침에 집에서 나올 때 자기 집 현관문과 엘리베이터, 그리고 아파트 입구에서 명함 홍보지를 봤다며 가지고 오기도 했다. 또 고등학교 정문에서 명함을 나누어주다 보면, 그 학교에 다니는 제자들이 나에게 인사를 하면서 같이 홍보지를 뿌리기도 했다. 여고 입구에서 명함 홍보지를 뿌리다 보면 오히려 여고생들이 더 흥미 있어 했고, 다음날 어김없이 5~7명의 학생들이 교육생으로 등록했다. 나는 그렇게 1년 동안 100만 장의 명함 홍보지를 뿌렸다. 명함 홍보지 제작비만 천만 원이 들 정도로 정말 많이 뿌리며 인천의 모든 곳에 홍보한다는 계획을 세웠다.

한 번은 명함 홍보지를 뿌리다 새벽에 경찰에 체포된 적이 있었다. 상황은 이랬다. 경찰관들이 새벽에 순찰차로 순찰을 하고 있는데, 검은색 운동복을 입고 덩치 큰 사람이 배낭을 메고(전단지가 들어 있었음) 빌라 1층부터 5층까지 올라갔다가 다시 내려와 옆 동 1층부터 5층까지 올라갔다 내려오기를 반복하는 것을 봤다고 했다. 새벽에 계단을 올라갈 때마다 자동으로 불이 켜졌다 꺼지기를 반복하기 때문에 더 잘 볼 수 있었다고 한다. 두 명의 경찰관은 내가 올라간 아파트 현관 옆에서 기다리다 내려오는 나를 덮쳐 제압하려 했다. 하지만 그때는 어두운 새벽이었고 내가 한참 운동할 때라, 경찰관 중 한 명을 고꾸라트렸다. 그들은 총으로 나를 겨눈 후에야 제압하고 수갑을 채웠다. 파출소에 가서 소지품을 검사하고 나의 설명을 들은 그들은 나의 노력과 열정에 감동하여, 파출소장과 직원 일부는 나의 제자가 되어 연수원에 무료 수련생으로 등록, 경호무술을 배웠다.

명함 홍보지의 효과는 대단했다. 연맹 연수원이 180평인데도 항상 수련생들이 많아 비좁았다. 많을 때는 400명이 넘는 경호 연수생과 수련생들 때문에 승급 및 승단 심사를 볼 때 오전과 오후, 그리고 저녁으로 나누어 심사를 봐야 했다. 수련생들이 많아지자 내가 그 다음으로 한 것은 공무원, 선생님, 그리고 경찰 공무원들에게 경호무술을 홍보하는 것이었다. 경호무술

1년 무료 회원권을 만들어 시청, 학교, 파출소에 나누어주었다. 그렇게 해서 시청 공무원, 선생님, 그리고 경찰관들이 경호무술을 배우러 왔고, 나는 그들의 스승이 되었다. 그때 인연을 맺었던 경찰관과 해양경찰청 직원들은 연맹 임원으로도 활동하고 있으며, 일부는 내 제자가 되어 현재까지도 인연을 이어가고 있다.

사람의 가치는 그 주변사람에 의해 평가된다. 공무원, 선생님, 그리고 경찰관들은 무료 수련생이지만 그들은 나의, 아니 경호무술의 가치를 높이는데 많은 도움이 되었다. 연수원으로 중고등학생을 데리고 오는 학부모들은 이곳에서 시청 공무원, 선생님, 그리고 경찰관들이 수련하는 모습을 보면서 상담을 하지 않아도 주저 않고 등록했다. 나는 그때의 실력과 노력을 인정받아 많은 무술 단체들이 개최하는 '스포츠 마케팅 및 도장 활성화 세미나'에 여러 번 초청받아 강의를 담당했고, 그때 강의를 들은 많은 관장들이 연맹 지부도장으로 가입했다. 나는 연맹 지부도장 관장님들이 수련생이 없다고 힘들어할 때마다 제일 먼저 묻는 것이 있다.

"과연 홍보를 얼마나 하셨습니까? 정말 억울하고 무서운 것은 홍보다운 홍보를 해보지도 못하고 도장 문을 닫는 것입니다."

빅토르 위고는 자신의 소설 『레미제라블』에서 장발장을 통해 이런 말을 했다.

"죽는 것은 아무것도 아니다. 정말 무서운 것은 결코 살아보지 못하는 것이다."

뼛속까지 느끼며 살아간다는 것은 과연 어떤 삶일까? 그것은 자기 자신에게 기회를 주는 삶이고, 기회를 준다는 것은 도전하며 자신의 삶을 살아간다는 말일 것이다.

홍보 명함

명함 한 장으로 세상을 품다

인천 지역에 명함 홍보지 100만 장을 붙이고 뿌렸다. 심지어는 약속이 있으면 약속 장소에 한두 시간 전에 도착하여 그 주위의 차량에 명함을 꽂았고, 상가와 집 대문에도 붙였다. 얼마나 많이 붙이고 꽂았으면 나와 사업 미팅을 끝내고 돌아가는 사람이 자신의 차량에 명함이 꽂혀 있다고 신기해하면서 나에게 전화를 하기도 했다.

한 번은 학교 앞에서 명함 홍보지를 학생들에게 나누어주는데, 함께 갔던 제자가 바닥에 떨어진 명함을 주웠다. 나는 제자에게 그냥 놔두라고 말했다. 그러면서 다른 학생들이 바닥에 떨어진 명함을 주울 수도 있기 때문이라고 얘기했다. 연수원으로 돌아오는 길거리에도 명함이 떨어져 있었고 제자는 그것을 주우려 했다. 그러나 나는 그때도 똑같이 말했다.

"지나가는 사람이 누구든 주울 수도 있기 때문에 그냥 놔둬라."

그러면서 나는 남은 명함을 한 장씩 길거리 벤치에 놓거나 바닥에 뿌리면서 연수원으로 걸어갔다. 그러자 제자는 의아해 하면서 나에게 말했다.

"총재님, 그렇게 명함을 바닥에 뿌리고 다니면 너무 아깝지 않습니까? 누가 바닥에 떨어진 것을 보겠습니까?"

나는 제자와 벤치에 앉아서 그에게 얘기했다.

"얼마 전 연수원에 등록한 제자에게 무엇을 보고 연수원에 찾아왔냐고 물었더니, 학교 앞 바닥에 떨어진 명함을 보고 왔다고 하더구나. 그러면서 지갑에서 명함을 꺼내 보여주더구나. 오늘 너와 내가 뿌린 명함이 몇 장 되는 줄 아니? 한 2천 장 넘을 거다 많은 사람들이 바닥에 버렸겠지. 나는 오늘 뿌린 2천 장의 명함 중 나와 인연이 있는 단 한 사람만 와도 만족한단다. 만약에 아무도 그 명함을 보지 않았다면, 적어도 그것을 청소하는 청소부는 그것을 보지 않겠니? 그 청소부가 나의 제자가 될 수도 있고, 어쩌면 그 청소부의 자녀가 나의 제자가 될 수도 있지 않겠니? 네가 나의 제자가 된 것처럼."

그러면서 나는 제자에게 공자의 말씀이 담긴 『공자기어』 중의 한 일화를 이야기해주었다. 초나라 공왕이 사냥을 나갔다가 활을 잃어버렸다. 신하들이 나서서 찾으려 하자 그는 이렇게 말하며 만류했다.

"그만두어라, 어차피 초나라 사람이 주울 것인데 뭣 하러 찾겠는가!"

훗날 이 말을 들은 공자는 이렇게 말했다.

"그 말에서 '초나라'를 빼면 어떨까. '사람이 잃어버린 것을 사람이 주울 것이다.'라고 하면 더 훌륭했을 것이다."

활을 잃어버린 초나라 공왕의 호연지기는 놀랍다. 하지만 공자의 생각은 초나라 공왕의 차원을 넘어선다. 초나라 공왕의 생각이 자신이 다스리는 나라에 한정되어 있었다면, 공자의 생각은 나라라는 경계를 넘어선다. 공자는 나라의 경계를 넘어 모든 사람을 말하고 있는 것이다. 훗날 노자는 이 말을 듣고 "공자의 말에서 '사람'을 빼는 것이 더 좋겠다."라고 말했다. 노자의 생각은 공자가 말하는 '사람'의 한계를 넘어서 세상 전체를 함께 묶는 것으로서, 온 세상을 품은 것이다.

나는 명함 한 장으로 세상을 품었다.

당신은 저 창공을 나는 독수리입니다

내가 경호무술을 가르치면서 항상 제자들에게 들려주는 이야기가 있다. 그것은 바로 창공을 나는 독수리 이야기이다.

어느 시골마을에서 농부가 독수리 알을 달걀과 함께 놓아두었다. 닭은 독수리 알도 자기가 낳은 알인 줄 알고 달걀과 함께 품었다. 그렇게 시간이 흘러 독수리 알과 달걀은 부화했다. 하지만 독수리 새끼는 미운오리새끼처럼 병아리들로부터 왕따를 당했다. 생긴 것도 까맣고 이상하게 생긴 데다 털도 병아리처럼 뽀얗지 않고 깃털이 듬성듬성 나 있어 항상 병아리들로부터 놀림을 당했다. 독수리 새끼는 항상 자신을 이렇게 못 생기게 나아준 어미닭을 원망하고 삐뚤어진 행동만 하면서 점점 더 외톨이가 되어갔다. 그러다 문득 하늘을 보는데 날개를 활짝 펴고 하늘을 나는 독수리가 눈에 들어왔다. 그것을 보던 새끼 독수리는 속으로 생각했다. '와, 멋있다. 나도 저 독수리처럼 저 넓고 높은 하늘을 날개를 활짝 펴고 날아보고 싶다.' 하지만 그렇게 그 새끼독수리는 하늘을 나는 꿈을 이루지 못하고, 못난 외톨이 병아리의 모습으로 살아간다는 이야기다. 아마 이때 이 새끼독수리에게 누군가 '너는 하늘을 날 수 있다. 네가 바로 독수리다.'라며 용기를 줬다면, 아마 이 새끼독수리는 자신의 꿈을 이루어 저 창공을 훨훨 날아올랐을 것이다.

이처럼 비전과 용기, 그리고 자신감은 한 사람의 인생을 바꾸어놓을 수도 있다. 반대로 비전을 상실하면 쇠사슬보다 더 무거운 마음의 사슬에 묶이게 된다. 커다란 전봇대를 아주 쉽게 코로 말아 올리는 코끼리 서커스 쇼를 본 적 있을 것이다. 코끼리에게는 그처럼 엄청난 힘이 있다. 그러나 신기하게도 그 거대한 코끼리는 조그만 말뚝에 매여 꼼짝도 하지 않고 앉아 있다. 그것도 아주 보잘것없는 밧줄에 매여서 말이다. 코끼리의 힘이 얼마나 센지 안다면 굵은 쇠사슬을 쓸 법도 한데, 서커스단 사람들은 그렇게 하지 않는다. 그냥 보통 밧줄을 사용한다. 그뿐 아니라 말뚝 역시 육중한 쇠말뚝이 아닌, 아주 보잘것없는 나무 기둥을 사용한다. 그리고 그토록 허술한 말뚝과 허술한 사슬에 매면서 매듭도 제대로 짓지 않는다. 맸다기보다는 그저 매는 시늉만 해놓았을 뿐이다.

그런데 더욱 이상한 것은 코끼리를 매어놓은 사람들이 아니라 그렇게 매여 있는 코끼리 쪽이다. 언제라도 사슬을 끊고 말뚝을 부러뜨리고 벗어날 수 있을 것 같은데, 결코 그렇게 하지 않는다. 도대체 코끼리는 왜 그렇게 바보같이 꼼짝없이 매여 있는 것일까? 그것은 코끼리를 사육하는 방법에서 찾아볼 수 있다. 코끼리는 아주 어렸을 때 서커스단에 데려오는데, 처음 왔을 때는 무지막지한 쇠사슬과 쇠말뚝에 묶어놓는다고 한다. 힘으로는 도저히 벗어날 수 없도록 말이다. 어린 코끼리는 쉬지 않고 계속 쇠사슬을 잡아당겨 보다가 아무 소용이 없음을 깨닫게 된다. 그리고 결국엔 아무리 얄팍한 줄이라도 일단 다리에 감겨 있기만 하면 벗어날 수 없다고 생각하게 된다. 이것이 서커스 코끼리들이 작은 말뚝이나 밧줄에 매여 있어도 도망치지 못하는 이유이다. 이젠 완전히 성장하여 몇 배나 강해져서 자기를 묶어놓은 사슬을 단숨에 끊어버릴 수 있지만, 사슬에서 벗어나려는 생각을 포기한 지 오래된 코끼리는 그렇게 무기력하게 묶여 있을 수밖에 없다. 그러니까 실제로 코끼리는 물리적인 사슬에 묶여 있는 것이 아니라, 자기 마음속의 사슬, 관념적인 사슬, 체념의 사슬에 묶여 있는 것이다.

사람도 마찬가지다. 생생하고 뚜렷한 비전이 없기 때문에 이 세상 대부분의 사람들이 코끼리처럼 '마음의 사슬'에 묶여 자유를 잃은 채 살아가고 있다. 엄청난 힘을 가지고 있으면서도 그 힘을 제대로 한번 써보지도 못한 채 그냥 사그라지는 모습으로 살아가고 있는 것이다. 나는 나의 제자들이 사슬에 매인 코끼리가 되기보다는 저 창공을 훨훨 나는 독수리가 되길 바란다.

"길 잃고 방황하는 자에게 친절하게 길을 가르쳐주는 사람은 마치 자신의 등불로 다른 사람의 등에 불을 붙여주는 것과 같다. 그런데 남에게 불을 붙여주었다고 해서 자신의 불빛이 덜 빛나는 것은 아니다."

- 키케로의 『의무론』 중

문화유산 무예를
'BLACK TIGER' 정기 게릴라 공연
IKF

기사식

토끼에게 수영을 가르치려고 하지 마라

고등학생들에게 경호무술을 지도할 때의 일이다. 우리 도장은 경호 전문 도장이다 보니 고등부 수련생들이 많았다. 특히 경호학과에 진학하려는 고3 수련생들이 유난히 많아 경호학과 입시 과정을 별도로 운영하고 있었다. 하지만 고3 수험생들을 지도하다 보면 학교 선생님들이나 학부모님들과 부딪치는 경우가 많다. 나의 입장은 공부는 학교 수업만으로 충분하고 그 나머지 시간에는 자신의 특기와 적성을 살려 경호무술 수련과 경호원 연수 과정을 이수하도록 하여, 단증이나 자격증 취득 후 대학에 수시나 무도 특기생으로 특례 입학하도록 하는 것이었다. 그러나 학교 선생님이나 학부모님의 입장은 오로지 공부만이 대학에 입학하는 길이라면서, 저녁 10시까지 효과도 없는 야간 자습을 학교에서 시키고 있었다. 나는 그럴 때마다 학교 선생님이나 학부모님을 설득해야 했고, 그러면서 대한민국 교육계, 특히 고3 학생들의 교육 시스템이 너무나 불합리하다고 느꼈다.

이미 공부에 흥미를 잃은 학생에게 밤 10시까지 행하는 야간 자습은 말 그대로 '자습'이 아니라 '강제 학습'이다. 또한 그 학생에게는 학습의 효과 또한 볼 수 없으며 시간 낭비이자 소수의 10% 학생들을 위한 희생이다. 그 시간에 그 학생의 특기 적성을 살려 그림을 좋아하는 학생에게는 미술 공부를, 음악을 좋아하는 학생에게는 음악을, 그리고 체육을 좋아하는 학생에게는 해당 종목을 배울 기회를 주는 것이 진정한 '참교육'이라고 나는 주장했다. 그렇다고 학교 공부를 등한시하라는 것이 아니라, 학교 수업 시간에는 수업에 충실하고, 그 나머지 시간에는 자신의 특기 적성을 살려야 한다는 것이다.

나는 학교 선생님들을 설득하고, 어떤 때는 학부모님들께 학생의 진로를 책임진다는 각서까지 써주면서 그들에게 경호무술을 지도했다. 그리고 현재까지 본인이 대학 경호학과 진학을 희망하는 경우 100% 대학에 무도 특기생 및 장학생으로 특례 입학을 시켜왔다. 또한 고등학교 때는 성적이 하위권이었던 학생이 대학 진학 후에는 상위권이나 심지어는 과 수석까지 하는 경우도 많이 지켜봤다. 그것은 수업 내용이 자신이 하고 싶어 하는, 자신의 적성과 맞는 과정이기 때문이며, 그 수업을 통해 자신의 꿈과 희망이 이루어질 수 있다는 비전을 갖게 되었기 때문이다. 물론 학교 선생님이나 학부모님들을 설득하는 데 실패하여 그 학생이 특기 적성을 살리지 못하고 오로지 수능 성적으로만 대학에 진학하려다 실패하는 경우도 있었다. 나는 그럴 때마다 대한민국 교육계의 현실과 교육 시스템에 대해 안타까움을 느껴왔다. 아래 얘기는 한국 교육계의 현실과 교육 시스템의 모순을 잘 지적하고 있다.

어느 숲속에 오리와 물고기, 독수리, 부엉이, 날다람쥐, 그리고 토끼가 살고 있었다. 어느 날 그들은 토론 끝에 학교를 세우기로 결정했다. 자녀를 사람처럼 똑똑하게 만들고 싶어서였다. 이 학교는 '원만한 동물' 양성을, 사람으로 따지자면 전인(全人) 교육을 교훈으로 삼고 다음과 같이 교과 과정을 짰다.

달리기
수영
나무 타기
뛰어오르기
날기

첫 시간은 달리기였다. 이 시간에 토끼는 그야말로 스타였다. 선생님이 토끼에게 이렇게 말했다.

"토끼야 넌 정말 잘 뛰는구나. 넌 정말 멋진 뒷다리 근육을 가졌구나. 좀 더 연습하면 세상 누구도 너보다 빨리 달리지 못할 거야."

토끼는 신이 났다.

"전 정말 학교가 좋아요. 전 제가 좋아하는 걸 할 수 있고, 또 배울 수 있어요."

다음 시간에는 수영이었다. 수영장에 갔을 때 토끼는 이렇게 소리쳤다.

"잠깐! 저는 수영을 싫어해요."

선생님은 이렇게 말했다

"지금은 비록 싫을지 몰라도, 3년 후에는 네게 수영이 얼마나 좋은 것인지 알게 될 거다."

셋째 시간은 나무 타기 수업이었다. 30도 각도로 기운 나무 넝쿨을 뛰어넘는 것이었다. 다른 동물들은 모두 성공했지만 토끼는 그렇지 못했다. 아등바등하던 토끼는 다리를 다치고 말았다.

뛰어오르기 시간이 되자 토끼는 그럭저럭 해냈다. 하지만 날기 시간에는 사정이 달랐다. 선생님이 토끼를 데려다 심리 테스트를 했다. 고소 공포증을 갖고 있으니 쉬운 단계부터 연습해야 한다는 결과가 나왔다. 선생님은 토끼에게 이렇게 말했다.

"넌 할 수 있어. 열심히 연습하면 넌 잘 날 수 있을 거야."

다음날 아침, 다시 수영 시간이 되었다. 선생님이 말했다.

"자, 오늘은 물에 들어간다."

토끼가 소리쳤다.

"잠깐만요, 부모님께 수영에 대해 의논했는데, 그분들은 수영을 할 줄 모른다고 하더군요. 토끼는 물에 젖는 걸 싫어하구요. 이 과목은 포기할래요."

그러자 선생님은 이렇게 대답했다.

"포기 못 해, 수강신청 변경 시간이 지났거든. 물에 뛰어들거나 낙제하거나 둘 중 하나밖에 없어."

토끼는 물속으로 들어갔다. 다리를 몇 번이고 파닥거렸지만 몸은 점점 물속으로 빠져들어 갔다. 사정이 심상찮게 돌아가자 선생님은 토끼를 끄집어냈다. 토끼는 다시 들어갔다. 이번에도 사정은 마찬가지였다. 다른 학생들은 '물에 빠진 토끼'를 보고 신나게 웃어댔다.

"세상에, 물에 젖은 생쥐보다 더 우스운 꼴이잖아."

토끼는 집으로 돌아가기로 마음먹었다. 집에 도착했을 때 부모님에게 이렇게 말했다.

"난 학교 가기 싫어요, 자유롭고 싶어요."

"넌 다시 학교로 가야 한다. 넌 졸업장을 받아야 돼."

"졸업장 따위는 필요 없어요."

"네가 원하든 원하지 않든, 넌 학위를 받게 될 거다."

토끼는 부모와 소리 높여 싸웠다. 토끼의 부모는 일단 토끼를 재우기로 했다. 다음날 아침 토끼는 학교 상담실을 찾았다.

"토끼야, 네가 싫은 건 학교가 아니라 수영이 아니니? 내 생각에는 뭔가 조정이 필요한 것 같구나. 넌 달리기를 잘하잖니. 사실 너 같은 애에게 달리기 수업은 필요 없을지도 몰라. 네게 필요한 건 수영 연습이야. 네 수업 시간을 조정해서 달리기 대신 수영을 더 배우도록 하자꾸나."

우리 주변에는 불쌍한 토끼가 너무 많다. 학교는 물론 직장에서도, 심지어 가정에서도 그렇다. 너무도 많은 사람들이 '교육은 어떤 것을 잘하는 것'보다는 '어떤 것을 잘못 하지 않는 것'이라고 생각한다. 하지만 그것은 잘못된 믿음이다. 이러한 잘못된 믿음 덕분에 우리는 토끼에게 수영을 가르치려 한다. 수영을 못 하는 토끼는 약점이고, 그래서 고쳐야 하고, 의지만 있다면 고칠 수 있다고, 토끼도 수영을 잘할 수 있다고 믿는다.

'토끼에게 수영을 가르치려고 하지 말라. 네 시간을 낭비하는 것일 뿐 아니라, 토끼에게도 역시 열 받는 일이다.'

그들의 장점과 적성을 살려 토끼에게 달리기를 가르치고, 오리와 거북이에게 수영을 가르치고, 그리고 독수리에게 하늘을 더 잘 날 수 있도록 가르치는 교육이 오늘날의 피겨 여왕 김현아를 낳고, 축구 스타 박지성을 만들었다는 것을 우리 모두는 잊지 말아야 할 것이다. 또한 인간은 때로는 교육을 빙자해서 미숙하고 불공정한 상상력으로 토끼와 거북이의 육상 경기를 주선하기도 한다. 토끼를 자만심이 강하고 졸음을 참지 못하는 패배자로 조작하기도 하고, 거북이를 인내심이 강하고 성실한 승리자로 조작하기도 한다. 그러나 만약 수영 경기를 하게 된다면, 거북이를 자만심 강하고 졸음을 참지 못하는 패배자로 조작할지도 모른다.

한국 교육에서는 정답을 잘 고르는 학생은 많은데, 문제를 낼 수 있는 사람은 드물다, 사실 리더가 된다는 것은 대답을 하는 존재가 아니라, 질문을 하는 존재가 됨을 뜻한다.

시작하는 모든 존재는 늘 아프고 불안하다.
하지만 기억하라, 그대는 눈부시게 아름답다.

- 김난도 교수의 『아프니까 청춘이다』 중

적을 이기는 최선의 방법은 그를 친구로 만드는 것이다

인천시청 앞 연맹 연수원은 인천의 명소가 되었다. 명함 홍보지를 100만 장 뿌리고 수련생이 400명을 넘어서고 공무원, 선생님 그리고 경찰관들이 경호무술을 수련하러 오자, 구월동에 경호무술을 모르는 사람들이 거의 없을 정도가 되었다. 또한 일주일에 두 번은 100여 명의 경호 교육생들이 경호무술 도복을 입고 시청 앞 분수광장에서 구령을 외치며 구보를 하다 보니 지나가는 사람들의 이목을 끌게 되었다.

'호사다마'라는 말이 있듯이, 모든 것이 잘 풀리고 경호무술이 성공적으로 보급되고 있을 때, 또 한 번의 고비가 찾아왔다. 아는 분의 소개로 연맹 연수원을 임대 계약한 것인데, 알고 보니 계약한 건물이 경매 중이었다. 건물이 계속 유찰되다 보니 1년 정도 시간이 지났지만 나중에 경낙 받은 분이 찾아와 사무실과 연수원을 비워줄 것을 요구했다. 나는 그 당시 지하 180평의 연수원 중 일부를 방으로 개조해 숙식을 해결하고 있었기 때문에 갑자기 여기서 나가기가 힘들었으며, 수련생 400명 때문에도 그들을 놔두고 옮기기 힘든 상황이었다. 나는 새로 건물을 낙찰 받은 분에게 먼젓번 건물주에게 보증금을 전부 지불했으므로 못 나간다고 버텼다. 물론 터무니없는 억지였다. 나는 처음 그 건물에 들어갈 때 그 당시 건물주(건물주가 아니었음)를 소개받고, 많은 돈을 들이지 않고 사용할 수 있다는 얘기를 듣고 사용하게 되었다. 그렇기 때문에 임대 계약서도 형식상 작성했을 뿐이어서 확정일자 같은 것도 신고하지 않았다. 그랬기 때문에 법적으로 나에게는 아무런 권리가 없었다.

하지만 나는 그동안 해볼 고생은 어느 정도 했기 때문에, 이번이 마지막이라는 생각으로 버텼다. 새로 건물을 인수한 건물주는 이사 비용과 어느 정도 보상을 해준다며 회유도 하고 자신이 아는 건달을 동원해 협박도 했지만, 그런 것에 꿈쩍할 내가 아니었다. 새 건물주에게는 미안했지만, 나는 여기서 밀려나면 끝이라는 '배수의 진'을 칠 수밖에 없는 상황이었다.

그러던 어느 날 건물주는 5층 사무실과 지하 연수원의 전기를 차단해버렸다. 5층 사무실은 햇볕이 들기 때문에 그런 대로 괜찮았지만, 지하 연수원은 햇볕이 전혀 들어오지 않는 곳이기 때문에 교육과 수련을 할 수가 없었다. 나는 고심 끝에 초를 사다가 촛불을 켜놓고 경호무술을 가르쳤다. 수련장이 180평이었기 때문에 1미터 간격으로 한 번에 50개 정도의 촛불을 켜놓고 경호무술을 가르쳤다. 전기가 끊긴 것을 알 턱이 없는 경호 교육생들과 수련생들에게는 오히려 그런 모습이 색다르고 더 신비스럽게 느껴지기도 했다. 그런데 촛불을 켜고 수련하는 중에 새로 등록한 수련생이 첫 수련을 마치고는 나에게 말했다.

"인터넷을 통해 여기를 알게 되었습니다. 경호무술 창시자께서 직접 가르친다고 하여 등록했는데, 정말 색다른 경험이었습니다. 경호무술의 가르침도 좋았지만 촛불을 켜놓고 수련하는 것이 너무 인상적입니다. 실례가 되지 않는다면 총재님과 사진 한 장 부탁드립니다."

그는 그렇게 나의 제자가 되었고 사진 한 장을 찍었다. 전기가 들어오기까지 나는 10일 넘게 촛불을 켜놓고 수련했다. 10일 정도 지났을 때는 옆 건물의 아는 분 식당에서 전선을 끌어 이어와서 전기를 연결하여 경호무술을 계속 가르쳤다. 나는 이때의 경험 때문에 초와 전기에 대해 일가견을 가지게 되었다.

건물주는 도저히 안 되겠다 싶었는지 명도 소송을 제기했고, 나중에는 집달관을 동원해 법적으로 모든 집기와 사람들을 들어내는 집달을 집행하기 위해 용역 30명을 동원했다고 했다. 그렇게 많은 사람들을 동원한 것은 연맹이 경호 단체이기 때문에 기세에서 나를 제압하기 위해서였다. 그런데 법원에 아는 분이 있는데, 그분이 집달 날짜와 시간을 알려줬기 때문에 나는 그들이 오는 시간을 알고 있었다. 그동안 죽을 고비도 여러 차례 경험해봤고 고생도 해볼 만큼 해본 나는 오늘이 마지막이라는 비장한 각오를 가졌다.

나는 사무실이 있는 5층 엘리베이터 앞에 흰 도복을 입고 머리를 풀어헤친 후(그 당시 나는 머리를 뒤로 묶고 있었음) 무릎을 꿇고 정좌하고 있었다. 그리고 옆구리에는 칼을 차고 있었다. 칼은 언뜻 보면 진검처럼 보이지만, 내 옆구리에 찬 칼은 수련용 가검이었다. 나는 30분 정도 꿈쩍도 않고 엘리베이터를 주시하면서 결의에 찬 눈빛으로 앉아 있었다. 그때 엘리베이터가 멈추고 한 무리의 사람들이 우르르 몰려나왔다. 순간 나는 깜짝 놀랐다. 내 제자들(경호원과 경호 교육생) 20여 명이 검은 정장을 하고 내린 것이다. 어떻게 알았는지 나를 돕기 위해 왔다고 했다. 나는 화를 내면서 모두 돌아가라고 했다. 하지만 속으로는 천군만마를 얻은 기분이었다. 그렇게 나는 머리를 풀어헤치고 흰 도복에 칼을 차고 정좌하고 있었고, 내 뒤에는 20명의 제자들이 검은 정장을 하고 2열로 도열해 있었다. 지금 생각해봐도 그때는 영화의 한 장면 같았다!

얼마간의 시간이 흐른 후 집행관과 30여 명의 용역들이 계단과 엘리베이터로 5층으로 올라왔지만, 우리의 모습을 보고 혼비백산하여 모두 1층으로 철수했다. 그렇게 1시간 정도 대치하다 건물주의 신고로 경찰이 출동했다. 경찰들은 내가 차고 있는 칼이 수련용 가검임을 확인하고, 자신들은 관여할 수 없으니 양측에서 잘 해결하기 바란다면서, 폭력이나 형사 문제가 생기면 엄중하게 처벌한다는 엄포를 놓고 철수했다. 사실 출동한 경찰관 중에는 이곳 연수원에서 수련하는 나의 제자도 있어 은근히 내 편을 들어주었다.

어떠한 방법도 이제는 안 되겠다 싶었는지, 건물주로부터 대화하면서 서로 타협하자는 제의가 들어왔다. 나는 그렇게 건물주와 만나 앞으로 1년간 사무실과 수련장을 계속 사용하다가 1년 후 재계약을 하든지, 아니면 사무실과 수련장을 깨끗하게 비워주든지, 둘 중 하나를 선택하기로 합의했다. 그때 타협을 하면서 건물주가 나에게 이런 얘기를 했다.

"엘리베이터 앞에서 정좌하고 칼을 차고 앉아 있는 총재님의 모습에서 강한 살기를 느꼈습니다. 그리고 눈에서 불이 나오는 것 같더군요. 순간 소름이 끼쳤습니다. 그래서 정말 큰 사고가 날 수도 있겠구나 싶어서 철수를 했습니다."

그러면서 말을 이어갔다.

"주위 사람들로부터 총재님에 대한 평판을 들으니 좋은 일도 많이 하시고 훌륭한 분이라는 것을 알게 되었습니다. 이 건물을 낙찰 받고 제가 여러 가지로 경험이 없습니다. 집도 서울이라 자주 못 내려오니, 우리 건물 관리를 맡아주십시오."

나는 그렇게 해서 건물 관리와 상가번영회장을 함께 맡게 되었다.

『손자병법』과 함께 병법서의 쌍벽을 이루는 『오자병법』에는 이런 말이 있다.

"천하가 싸움에 휩쓸렸을 때, 5번 이긴 자는 화를 면치 못하고, 4번 이긴 자는 그 폐단으로 약해지고, 3번 이긴 자는 패권을 잡고, 2번 이긴 자는 왕이 되며, 단 한 번 이긴 자는 황제가 된다."

이 말은 많이 이기는 게 능사가 아니라, 한 번의 결전으로 모든 것을 끝내야 한다는 뜻이다. 그것은 매번 이기더라도 매번 피해가 생기고 인심을 잃기 때문이다.

"적을 이기는 최선의 방법은 그를 친구로 만드는 것이다."

- 링컨

사회봉사 활동과 전국 경호무술 연무대회를 함께 개최

연맹 중앙본부를 인천시청 앞에서 주안 남인천우체국 건너편 6층 건물로 옮겼다. 이곳에서도 나는 홍보에 주력했다. 인천시청 앞에 있을 때 100만 장의 홍보 명함을 뿌렸는데, 이곳에서는 20만 장을 뿌렸다. 물론 전화번호는 바뀌지 않았기 때문에, 먼저 100만 장의 홍보 명함을 뿌린 것이 큰 도움이 되었다. 얼마나 많이 돌렸는지, 홍보 명함을 붙이거나 뿌리고 다니다 보면, 예전에 뿌렸던 홍보 명함이 붙여져 있는 것을 여러 번 보기도 한다. 많은 곳과 많은 사람들이 경호무술을 배우러 왔으며, 회사나 기업체에서도 경호무술 동아리가 생기기 시작했다. 이때 나는 좀 더 체계적인 경호무술 홍보와 이미지 마케팅을 하기 위해 많은 생각을 했다. 그래서 생각한 것이 바로 사회봉사 활동과 전국 경호무술 연무시범대회를 함께 개최하여 경호무술의 이미지를 높이는 것이었다. 그 첫 번째로 '소년소녀가장 돕기 전국 경호무술 연무시범대회'를 갤럭시 호텔에서 개최하기로 했다.

무술대회는 보통 실내 체육관이나 강당 등에서 많이 개최하는데, 호텔에서 개최하는 경우는 이때가 첫 시도였고, 나는 전혀 새로운 방법의 연무대회를 개최했다. 연맹 임원들과 관장님들, 그리고 주위의 지인들 500명 정도를 초대했다. 400명 정도가 참석했고, 참석자들은 모두 10만 원의 입장료를 냈다. 명예 대회장은 김두한의 마지막 후계자로 알려진 조일환 회장님이 맡으셨고, 대회장은 경호무술 창시자인 내가 맡았다. 연무시범대회가 끝난 후 모든 조명을 끄고, 빔 프로젝트로 연맹 홍보 동영상을 시청하는 시간을 가졌다. 그리고 시청 후 가수들을 초청해 초청공연을 하고 모든 사람들에게 호텔 뷔페를 제공했다. 입장료 10만 원 중 뷔페에 사용한 금액을 제외한 모든 금액은 소년소녀가장 돕기로 기증했다.

성공적인 행사였다 호텔에서 경호무술 연무시범대회를 개최함으로써 경호무술의 가치를 높였으며, 가수들의 초청공연으로 행사가 더 빛났다. 그리고 참여한 모든 분들에게 호텔 뷔페를 제공함으로써 모두 만족스러워했다. 무엇보다도 가치가 있었던 것은 참가한 모든 사람들의 입장료 중 뷔페를 제외한 금액을 소년소녀가장 돕기에 기증함으로써 모두 보람과 자부심을 갖는 계기가 되었다는 것이다. 또한 대회 포스터에 참가한 모든 사람들의 이름을 '소년소녀가장 돕기에 후원한 분'들이라는 제목으로 인쇄해서 포스터도 그들에게 하나의 기념품이 되게 했고, 그들은 자랑스러워했다. 이후 연맹에서는 결식아동 돕기, 장애우 돕기, 불우이웃 돕기, 수재민 돕기 전국 경호무술 연무시범대회를 매년 개최했고, 나는 거의 모든 시범대회에서 경호무술 창시자로서 직접 시범을 보였다.

나는 현재 각 지방 축제와 함께 전국 경호무술 연무시범대회를 개최할 준비를 하고 있다. '월미도 경호무술 축제' , '문경 경호무술 축제' , '남한산성 경호무술 축제' 등의 지방 축제와 전국 경호무술 연무시범대회를 함께 개최하는 것이다. 그 시작의 일환으로 월미도 야외 공연장에서 전국 경호무술 연무시범대회를 '월미도 무술 축제'로 준비하고 있다. 또 경호무술 세계대회 또한 준비 중이다. 그것은 현재 우리 연맹이 20개국에 지부를 설립, 경호무술을 보급하고 있기 때문이다. 나는 경호무술 세계대회에서는 우리나라가 우승하는 것이 아니라, 외국인들이 1, 2, 3위 모두를 석권하길 바란다. 예전에 일본의 검도 세계대회를 관전한 적이 있는데, 일본 선수가 모든 검도 부분을 석권했다. 그것은 아직도 검도가 세계적으로 보급되지 않았다는 반증으로서 그것은 검도의 세계화에 도움이 되지 않는다. 나는 앞으로 한국에서 창시된 경호무술 세계대회를 대한민국에서 개최할 때, 많은 외국인 제자들이 참석하여 그들이 우승하길 바란다. 그것이 바로 국적을 떠난 '경호무술 세계화'이며, 경호무술이 우리 문화와 함께 세계로 보급되는 길이기 때문이다.

가장 중요한 것은
나의 내부에서
빛이 꺼지지 않도록
노력하는 일이다.
안에 빛이 있으면
밖은 스스로 빛나는 법이다.

- 슈바이처

물을 소가 먹으면 젖이 되고, 뱀이 먹으면 독이 된다

연맹을 주안 남인천우체국 앞으로 옮기고 나서 골칫거리가 하나 생겼다. 동네에 자칭 '건달'을 자처하는 30대의 청년이 경호무술을 배우겠다고 도장에 찾아와서 행패를 부리고 나와 맞장을 뜨자고 우겨댔다. 자신과 맞장을 떠서 이기면 평생 스승으로 모신다는 의미에서 평생 수련비로 1억 원을 주고 제자가 되겠다는 것이었다. 그러면서 한 달 동안 매일 찾아왔다. 참 끈기 하나는 대단했다. 어느 날은 내가 상대를 해주지 않자 맞장을 뜨자고 새벽에 체육관 바닥에 똥을 누고 가기도 했다. '맞장 뜨자'는 낙서와 함께. 나는 도저히 참을 수가 없어서 그와 맞장을 뜨기로 결심했다. 하지만 그 방법이 문제였다. 나는 그동안 그와 같은 사람을 많이 상대해봐서 그들의 생리를 누구보다 잘 알고 있었다. 내가 그를 때려눕히더라도 그는 다시 도전할 것이고, 그런 악순환은 계속될 것이다. 그렇기 때문에 방법은 그가 완전하게 나에게 굴복해야 되었고, 그러려면 그의 육체뿐 아니라 마음까지도 굴복시켜야 했다. 어쩌면 그것이 바로 경호무술이 추구하는, 겨루지 않고, 맞서지 않고, 상대가 비록 적일지라도 상대를 끝까지 배려하는 경호무술의 가치일 것이라고 나는 생각했다.

나는 그렇게 그와 1대 1로 맞서게 되었다. 그는 건달을 자청할 정도로 막싸움에는 일가견이 있었다. 나는 안면부와 복부 등에 몇 번 공격을 당했지만, 그를 꿈쩍 못 하게 제압하고 풀어주기를 반복했다. 그는 그럴수록 씩씩거리면서 더 거칠게 공격했다. 그러다 그는 내 얼굴을 머리로 들이받았고, 나는 눈 밑 빰이 찢어져 피가 흘렀다. 하지만 나는 그를 한 대도 가격하지 않고, 오로지 방어 기술인 호신술(경호무술 기술 중 경호 유술)로만 그를 제압했다. 나는 이 당시 그를 가격해 고꾸라뜨릴 수도 있었지만, 나는 그에게 '싸움의 기술'이 아닌, 상대가 비록 적일지라도 상대를 끝까지 배려하는 '윤리적인 제압'과 '상대에 대한 존중' , 즉 경호무술이 추구하는 가치를 알려주고 싶었다. 그리고 그것이 곧 그의 마음을 굴복시키는 방법이기도 했다.

그는 그래도 막돼먹은 양아치는 아닌지, 여러 번 얼굴 등을 가격당하고 피가 흐르는데도 내가 흥분하지 않고 흔들림 없이 그를 다치지 않게 제압하자, 나중에는 졌다면서 바닥에 엎어졌다. 원래 방어가 공격보다 더 힘들기 때문에 나도 이때쯤은 거의 탈진 직전이라 나도 바닥에 주저앉았다. 나의 흰 도복은 뺨에서 흐른 피로 피투성이가 되었다. 한겨울이지만 나는 그와 도장 화장실에서 찬물로 샤워를 한 후, 뺨에는 대일밴드를 붙이고(나중에 5바늘 꿰맸음), 그의 권유로 돼지 껍데기 집에서 소주 한 잔을 했다. 그는 그러면서 앞으로 열심히 경호무술을 수련하겠다고 다짐했다. 그런데 점점 술이 취할수록 그는 흐트러지기 시작했다. '총재님'이라는 호칭이 '형님'이라는 호칭으로 바뀌었고, 나중에는 '재영이 형'이라는 호칭을 사용했다. 나는 그가 측은하기도 하고 더 이상 봐줄 수가 없어 계속 마시자는 그를 뒤로 하고, 소주 몇 병과 돼지 껍데기를 더 시켜준 후 계산을 하고 자리에서 일어섰다.

며칠 후 대학에서 강의를 하고 있는데 사범으로부터 다급한 전화가 왔다.

"총재님, 큰일 났습니다. 그 또라이가 회칼을 가지고 와서 무릎을 꿇고 앉아 있습니다."

"총재님께서 빨리 와보셔야 할 것 같습니다. 수련생들이 난리입니다."

도장에서 그의 별명은 이미 '또라이'로 소문나 있었다. 도장에 들어서자 꼴에 배운 것은 있는지, 그는 도장 정면의 연맹 깃발을 응시하면서 무릎을 꿇고 정좌하고 앉아 있었다. 앞에는 손잡이를 붕대로 감은 회칼이 놓여 있었다. 아마 영화 꽤나 봤던 것 같다. 나는 그에게 호통을 쳤다.

"이게 무슨 짓이냐! 대결에서 졌으면 깨끗하게 승복하는 것도 네가 그렇게 떠들고 다니던 건달의 자세다."

그러자 그는 먼젓번엔 좀 방심했다면서, 정말 경호무술이 상대를 때리지 않고 제압할 수 있다면 자신이 칼을 들고 공격할 테니 자신을 제압해보라고 했다. 그러면 깨끗하게 승복하겠다고 했다.

나는 순간 많은 생각을 했다. 그가 양아치 같은 데는 있어도 한다면 하는 놈이었기 때문이었다. 나와 맞장을 뜨려고 한 달 동안 하루도 거르지 않고 새벽에 도장을 찾아온 그였다. 어떤 때는 내가 나오지 않으면 도장 바닥에 똥을 누고 가는 그런 놈이었다. 나는 고심 끝에 그에게 말했다.

"앞으로 2주 후 15일 오후 2시에 도장에 와라. 그때 상대해주마."

그는 재차 약속을 확인한 후 도장을 떠났다. 그는 한다면 하는 놈이었기에 나는 그때부터 지옥훈련 아닌 지옥훈련을 해야만 했다. 물론 그동안 경호업무 시 칼 든 상대를 제압하기도 했지만, 이렇게 칼을 든 상대와 정식으로 겨루는 것은 처음이었기 때문이다. 제자들에게 수련용 고무 칼을 주고 방검술을 수련하기도 하고 나무칼로도 수련해봤지만 별 효과를 보지 못했다. 나는 생각 끝에 회칼을 하나 사가지고 제자에게 들려주었다. 그런데 비록 연습이지만 회칼을 든 상대 앞에서 나는 갑자기 소름이 돋았다. 회칼의 시퍼런 칼날이 나를 섬뜩하게 했다. 경호 업무 시, 칼 든 상대를 상대할 때는 너무 긴장해서 몰랐는데, 그런 긴장이 없는 상태에서 칼 앞에 서자 뒷머리가 서면서 공포와 두려움이 몰려왔다. 공포와 두려움은 그 상황 때문에 느끼는 것이 아니라, 그 이후에 발생하는 상황을 미리 생각하기 때문에 느끼는 것이다.

그와 약속한 날이 하루하루 다가오면서 나는 점점 초조해지기 시작했다. 칼에 대한 공포를 없애려고 하루종일 회칼을 들고 생활하기도 했다. 잠잘 때도 칼을 들거나 베개 밑에 두고 잤고, 과일을 먹을 때도 회칼로 깎아먹었다. 24시간 회칼을 손에서 거의 놓지를 않았다. 그런데 두려움이 없어지기는커녕 회칼의 시퍼런 칼날이 자꾸 내 심장을 후벼 팠다. 약속한 날이 3

일 정도 남았을 때는 거의 노이로제 수준이었고, 한없이 약해지는 나 자신에 대해 비참한 생각마저 들었다. 물론 그동안 매일 하루 종일 칼 든 상대를 제압하는 기술을 제자들과 수련했다. 그래서 이때의 노력 때문에 경호무술의 방검술(칼 든 상대를 제압하는 기술)이 발전하는 데 많은 도움이 되었다. 나는 그 이후부터 검도를 더 열심히 수련해서 검도 공인 8단을 수여받았고, 현재도 사단법인 세계검도협회 고문으로 활동하고 있다.

드디어 약속한 날, 그는 어김없이 신문지에 칼을 말아들고 나타났다. 그런데 이상한 것은 그동안 그렇게 떨리고 두려웠었는데, 막상 그와 칼을 두고 대면하자 아무런 감정과 동요가 일어나지 않았다. 예전에 들은 얘기가 생각났다. 야구에서 타자가 피나는 연습과 노력을 한 다음 컨디션이 최고일 때 타석에 서면, 아무리 강속구인 투구도 슬로우 비디오로 느껴지고, 야구공도 수박만큼 크게 느껴지며, 배구에서 선수가 스파이크를 하려고 공중에 뜬 순간 모든 것이 정지된 것 같은 순간을 느끼며 그렇게 정지된 공을 힘차게 때린다는 것이었다.

그 당시 내가 그랬다. 그의 동작이 슬로우 비디오로 다가왔고, 그의 칼은 항상 제자들과 연습하던 연습용 칼로 느껴졌다. 나는 그렇게 그를 제압하고 풀어주기를 여러 번 하면서 '구름 위를 걷는 기분'을 느꼈다. 또한 그의 칼 든 손을 비틀어 칼을 떨어뜨린 후 그를 바닥에 던지는 순간, 나는 모든 것이 정지된 것 같은 순간을 느꼈으며 마음 또한 고요했다. 이때 순간 나는 우리나라 양궁 선수들의 연습 전 구호를 떠올렸다.

'천 발의 열정과 한 발의 냉정!'

내가 지금도 계속 경호무술을 가르치고 수련하는 이유는 아마 그때 느꼈던 '구름 위를 걷는 기분'과 '천 발의 열정과 한 발의 냉정' 때문일 것이다. 이후 그는 나의 제자가 되어 경호무술을 수련했지만, 계속해서 동네에서 싸움을 하고 다녔고 감방에도 몇 번 다녀왔다. 나는 그런 그가 안쓰러워 면회를 갔다 오기도 했다. 나는 그에게 경호무술의 가치인 '서로에 대한 존중'을 가르치려고 했는데, 그에게는 경호무술이 '싸움의 기술'이 된 것 같아 가슴이 아프다. 그에게 경호무술을 가르친 지 1년이 채 못 되지만, 나는 어느 제자들보다도 그가 더 생각난다. 부디 그에게 경호무술이 독이 아닌, 젖이 되길 기원하며 나는 그에게 한 마디 한다.

"상준아, 1억 원 언제 줄래?"

물을 소가 먹으면 젖이 되고, 뱀이 먹으면 독이 된다.
또한 싸움은 싸워야 할지 말아야 할지 아는 자가 이긴다.

국제경호무술연맹이 '사단법인'으로 재도약하다

전국적으로 경호무술이 보급되고 전국 경호무술 연무대회도 매년 성공리에 개최되자, 나는 우리 '국제경호무술연맹'을 공신력 있는 단체로 인정받기 위해 민법 제32조 및 문화재청 및 문화관광부 소관 비영리 단체에 관한 법률에 의해 사단법인 허가를 받고자 인천광역시에 비영리 사단법인 허가 신청서를 제출했다. 그동안 경찰청 허가 경호 법인도 설립, 운영해왔고, 국제경호무술연맹의 모태인 한국경호무술협회 또한 1995년 6월 29일 서울특별시에 사회단체 제787호로 설립, 10년 넘게 운영해왔다. 이처럼 그동안 많은 활동을 통해 경호무술을 보급해왔으므로 나는 문제없이 사단법인으로 등록될 것이라고 생각했었다.

그런데 뜻밖에도 인천광역시에서 사단법인 허가를 '불허가'한다는 공문이 도착했다. 나는 도저히 이해할 수가 없어서 인천광역시청 체육진흥과 담당 공무원을 찾아가기도 하고 이의 신청서를 3번이나 보냈지만, 그때마다 '불허가'한다는 내용의 공문이 날아왔다. 계속해서 이의 신청을 했으나 시청에서는 답변이 없었고, 나는 그것을 트집 잡아 떼를 써보기도 했다. 하지만 담당 공무원은 난처해하면서 같은 내용의 이의 신청 및 민원에 대한 답변은 3번만 하면 된다고 하기도 했다. 나중에 관련 공무원의 귀띔으로 안 사실이지만, 연맹이 사단법인 불허가 통보를 받은 이유는 이랬다.

나는 사단법인 허가 신청서를 제출하고 당연히 100% 허가가 날 것이라는 확신을 갖고 이미 '사단법인 국제경호무술연맹'이라는 간판을 걸었고, 모든 포스터에 '사단법인'이라는 명칭을 사용해 포스터를 제작, 인천 구월동과 주안의 모든 건물과 버스 정류장에 부착했는데, 그것을 체육 관련 비영리 사단법인 전결 결재권자인 담당 국장이 봤다는 것이다. 자신의 책상 위에 사단법인을 허가해달라는 '사단법인 국제경호무술연맹' 허가 신청서 서류가 있었기 때문에 더 자세히 포스터를 보게 되었고, 사단법인 허가를 내주지 않았는데 사단법인이라는 단체명을 사용한 것이 '괘씸죄'가 되어 불허가 통보가 되었다는 것이었다. 나의 지나친 열정이 오히려 독이 되었던 것이다.

사단법인 불허가 통보는 나와 우리 연맹에 '사형선고'와 같은 일이었다. 많은 회원들과 지부 도장에서는 연맹이 '사단법인'이 될 거라는 큰 기대를 가지고 있었고, 연맹에서 발행하는 단증, 경호원 증, 지도자 자격증 등의 공신력을 갖기 위해서는 반드시 사단법인 허가를 받아야 했기 때문이었다. 그렇기에 어떤 면에서는 이때의 불허가 통보는 내가 그동안 연맹을 운영해오면서 겪은 시련 중 행정적인 가장 큰 시련이었다. 하지만 나는 그동안 수많은 실패를 경험해봤고 그 실패 또한 극복하는 방법을 배워왔기에 다시 흔들림 없이 경호무술을 보급해 나갔다. 이때 토머스 에디슨의 말은 나에게 용기를 잃지 않도록 해주었다.

"시도했던 모든 것이 물거품이 되었더라도
그것은 또 하나의 전진이기 때문에
나는 용기를 잃지 않는다."

- 토머스 에디슨

나는 이때 사단법인 불허가 통보가 너무나 불합리했기 때문에, 마지막 지푸라기라도 잡는 심정으로 당시 인천광역시장이었던 안상수 시장님에게 나의 저서인 『보디가드의 세계』와 함께 사단법인 불허가 통보가 불합리하다는 서신을 내용 증명으로 보냈다. 그런데 그때의 인연으로 나는 현재까지 안상수 전 인천광역시장님과 인연을 이어오고 있다. 아래 내용은 그 당시 안상수 인천광역시장님에게 보낸 서신 내용이다.

존경하는 안상수 시장님께

시장님께서 시장으로 부임하신 후 인천은 많은 변화와 발전이 되고 있다는 것을 인천 시민의 한 사람으로 느끼고 있으며 또한 감사하게 생각하고 있습니다.

저는 조그만 무술단체인 국제경호무술연맹의 대표로 있으면서 경호무술을 보급하고 있는 이재영이라고 합니다. 제가 시장님에게 편지를 쓰게 된 것은 어쩌면 저희 단체의 이익을 위해서라고 생각할 수도 있으시겠지만, 인천시에 소속된 단체의 발전이 바로 인천시의 발전이라는 생각으로 읽어주시면 감사드리겠습니다.

저희 국제경호무술연맹은 1993년도에 설립되어 경호무술을 보급하고 있는 단체이며, 서울에 있던 연맹 본부를 2001년도에 인천으로 옮겨 현재까지 활동하고 있습니다. 현재 저희 국제경호무술연맹은 사이판에 현지 사단법인 지부와 국내에 150개(현재는 1000개)의 지부 도장을 두고 있습니다. 또한 인터넷상에서도 활발한 활동을 통해 다음카페 동호회에도 8000여 명의 회원

이 활동하고 있습니다. (다음카페 : 보디가드의 세계 http://cafe.daum.net/guard24)

이에 본 연맹에서는 합법적인 비영리 단체로 거듭나고자 인천광역시 체육진흥과에 비영리 법인 허가 신청을 했지만, 첨부된 서류와 같이 허가 신청이 불허되었습니다. 불허된 이유와 부당함은 첨부된 서류를 통해 충분하게 설명하고 있기 때문에 검토해주시면 감사드리겠습니다.

단, 저희가 말씀드리고자 하는 것은 모든 것을 배제하고 한 가지만 시장님에게 말씀드리고 져 합니다. 몇 년 전까지만 해도 생활체육 사단법인은 문화관광부에서 허가 신청을 받았지만, 현재는 지방자치 단체로 모든 것이 이관되어 운영되고 있는 것으로 알고 있습니다. 그만큼 지방자치 단체의 운영에 맞는 비영리 단체 허가, 관리, 감독을 하라는 이유로 알고 있습니다.

저희 국제경호무술연맹은 큰 단체는 아니지만, 현재 전국에 150개 이상의 지부를 두고 있는 단체입니다. 그런 연맹의 본부가 인천광역시에서 활동한다면 인천시에도 많은 도움이 있으리라 생각합니다. 그것은 연맹의 각종 행사, 즉 승단 심사, 합동 연수교육, 연무대회, 총회 등을 연맹 본부가 있는 인천시에서 개최하기 때문입니다. 이제 무술도 하나의 문화상품이 될 수 있습니다. 충주에서는 충주시의 지원 아래 5억여 원의 예산을 들여 택견 전수관을 건립했으며, 매년 충주시에서 주관해 충주 무술축제를 개최하고 있습니다. 또한 지난 일이지만, 각 지방자치 단체에서는 태권도 공원을 유치하기 위해 치열한 경쟁을 했었습니다. 미국의 경우만 해도 그 지방에 있는 무술단체가 활성화되도록 지방 주마다 많은 지원을 하고 있습니다. 이 모든 것들이 무술도 하나의 문화상품이 될 수 있다는 것을 증명하는 것일 겁니다.

물론 이제 시작된 지 10년 정도의 역사를 갖고 있는 저희 경호무술이 태권도나 택견과 같이 비교될 수는 없겠지만, 경호무술은 하루가 다르게 발전하고 있습니다. 그 실례로 전국 40여 대학에 경호학과가 설립, 운영되고 있고, 현재 저희 연맹의 지부는 150개가 설립, 활동 중이며, 한 달에 20~30개가 새로 늘어나고 있습니다. 2005년도 12월까지는 국제경호무술연맹 산하에 300여 개의 지부가 설립, 활동할 것으로 예상되며, 향후 3년 안으로 1000개의 지부를 설립할 것을 목표로 하고 있습니다. 저희 국제경호무술연맹은 경호무술이 인천시에서 자랑할 수 있는 하나의 무술이자 문화상품이 되었으면 합니다.

저희가 인천광역시에 바라는 것은 예산 지원이 아닙니다. 저희 국제경호무술연맹이 인천광역시에서 합법적인 비영리 단체로서 활동할 수 있도록 사단법인 허가를 바랄 뿐입니다. 물론 저희 국제경호무술연맹도 비영리 단체로서의 여건을 갖추도록 모든 노력을 다할 것입니다. 만약 인천광역시에서 비영리법인 등록이 되지 않는다면, 저희 국제경호무술연맹 본부는 타 시, 도로 이전해 허가를 받아야 하는 어려움에 처하게 됩니다. 이 점 깊이 생각해주시길 진심으로 부탁말씀 올립니다. 위 모든 내용은 저희 국제경호무술연맹 모든 회원들의 바람입니다. 끝까지 읽어주셔서 진심으로 감사드립니다.

첨부 서류 :
임원 명부 1부,
지도자(회원) 명부 1부,
비영리사단법인 설립 허가신청 불허가 통보 이의 신청서 1부, 끝.

2005년 6월 2일

국제경호무술연맹 총재 이재영 /회원 일동

위와 같은 서신을 보내고 많은 우여곡절을 겪은 끝에 나는 1년 후 다시 사단법인 허가 신청서를 제출했고 '사단법인 국제경호무술연맹'으로 허가를 받았다.

경호무술을 배울 때는 상대를 던지거나 제압하는 기술을 배우기에 앞서, 다치지 않고 넘어지는 '낙법'을 먼저 배운다. 인생도 이와 다르지 않다. 성공하는 방법을 배우기에 앞서, 실패를 극복하는 방법을 먼저 배워야 한다.

미국 최대 경제잡지《포브스》의 창립자 말콤 포브스는 다음과 같이 말했다.

"승리는 패배의 맛을 알 때 제일 달다!"

안상수 인천광역시장님과 함께

EBS 다큐맞수 '초보 보디가드, 사선에 서다'

경호무술이 점점 유명해지고 연맹이 많이 알려지자, 여러 곳에서 인터뷰와 방송 촬영 요청이 들어왔다. 그 중 내가 자주 보던 EBS '다큐맞수'라는 프로그램에서 촬영 협조가 왔고, 나는 내가 자주 보던 좋아하는 프로그램이라 제자들과 함께 촬영을 했다. 제목은 '초보 보디가드, 사선에 서다.'이며, 나와 박철 부총재, 그리고 제자인 이태호, 박용선, 이수진 경호원이 함께 촬영했다. 모두 3부작이기 때문에 거의 한 달 동안 촬영을 했으며 경호무술 수련 모습, 경호훈련 과정, 그리고 경호 현장의 모습 등을 촬영했다. 평상시와 같은 모습을 촬영한다고 했지만 항상 카메라를 든 두 명의 PD가 따라다니다 보니 어색하기도 하고 부담스럽기도 했다. 하지만 점점 시간이 지나면서 익숙해지자 재미있기도 했다. 그렇게 한 달 가량 촬영을 마치고 TV에서 3부작으로 방송을 했는데, 시청률이 좋아 낮 시간 대에 여러 번 재방송을 했고, 따라서 많은 곳에 경호무술을 알릴 수가 있었다,

나는 이 당시 몸무게가 130kg 나갔고, 머리도 길러서 뒤로 묶은, 누구나 한번 보면 특이한 외모였기에 여기저기서 방송을 본 사람들이 알아보기 시작했다. 자주 가는 식당에서도, 오랫동안 연락이 끊겼던 사람들로부터도 방송을 보고 축하한다는 인사를 받았다. 또한 이 당시는 어디를 가든지 알아보는 사람들이 많이 있었고, 가끔씩 사인을 해달라는 사람들도 있어 사인을 해주기도 했다. 방송의 힘은 대단했다. 경호원이 되고 싶은 많은 예비 경호원들이 방송을 보고 연맹 중앙본부를 찾아와 경호 교육생으로 등록했다.

이후에도 나는 여러 방송과 신문, 그리고 각종 언론 매체에 촬영 및 인터뷰를 했지만, EBS 다큐맞수 '초보 보디가드, 사선에 서다'가 첫 방송이라 그런지 가장 기억에 남고 제일 잘 소개되었던 것 같다. 가끔씩 방송을 다시 보면서 그때의 추억을 떠올린다. 그때 함께 촬영한 박철 부총재는 사단법인 국제불무도연맹 총재로, 경호원 이태호는 경호 회사 CEO로, 그리고 경호원 이수진은 간호사로, 모두 각자의 길에서 열심히 생활하고 있다. 그리고 연락이 되지 않는 경호원 박용선도 아마 자신의 길을 열심히 걷고 있을 것이다.

우리는 소중한 기억과 순간들을 기억이라고 부르지 않고 추억이라고 부른다.

기억은 잊혀 지지만 추억은 가슴속에서 평생 자리를 지키고 있다.

인생은 추억이 있어 아름답다.

세월은 흘러가는 것이 아니라 쌓이는 것이다

경호무술이 여러 곳에 많이 알려지자 무예계의 고수들과 원로 분들이 연맹을 찾기 시작했다. 많은 분들과 소중한 인연을 맺었지만 그 중 기억에 많이 남는 분이 이정효 회장님이다.

이정효 회장님은 태권도 9단(당시 8단)의 원로 태권도인으로, 경북 지역의 태권도인이라면 누구나 존경하는 무술인이다. 그분은 이 당시 경북태권도협회 임원을 역임하시고, 태권도장을 2개나 운영하고 계셨다. (나중에 나는 이정효 회장님의 소개로 회장님의 제자인 로이혁권 경호무술 하와이 지부장, 에릭 조 경호무술 필리핀 지부장을 소개받아 경호무술을 보급할 수 있었다.) 이정효 회장님은 매스컴과 여러 경로로 경호무술을 접하고 관심을 갖게 되어 일주일간의 일정으로 연맹 중앙연수원을 방문하셨다. 70이 넘은 연세에도 불구하고 회장님은 도복을 입고 경호무술을 직접 배우셨다.

회장님은 숙소를 잡아드리려 했는데도 극구 사양하시고 도장 바닥에서 주무셨다. 나는 그런 모습이 안쓰러워 내 집으로 모시려고 말씀드렸지만, 다시 처음부터 다른 무술을 배운다는 초심을 갖기 위해 그러신다며 청소까지도 도맡아서 하셨다. 나는 그런 이정효 회장님의 모습을 지켜보면서 태권도가 왜 세계적인 무술이 되었는지 조금은 알 것만 같았다. 또한 일주일 동안 하루 종일 너무나 열심히 경호무술을 배우시는 모습에 경호 사범이나 다른 지도자 교육생들에게 좋은 가르침과 자극제가 되었다. 일주일간의 교육을 마친 후 이정효 회장님은 이렇게 말씀하셨다.

"경호무술을 창시하신 총재님께 직접 배우게 되어 영광이었습니다. 평생 태권도만 해오다가 경호무술의 전혀 색다르고 훌륭한 기술을 알게 되었고, 새로운 세계를 알게 해주셔서 감사합니다. 저 또한 경북 지역에 경호무술 보급의 일익을 담당하겠습니다."

나는 천군마마를 얻은 기분이었다. 그렇게 일주일간의 교육을 마치고 나는 이정효 회장님과 술 한 잔을 하며 경호무술의 미래에 대한 많은 대화를 나누었는데, 그때 조언도 많이 해주셨다. 거나하게 한 잔 한 후 회장님을 택시로 태워 보냈는데, 한 30분쯤 후 택시 기사에게서 전화가 왔다. 택시 기사의 말은, 이정효 회장님이 술이 너무 취해서 택시 안에서 오바이트를 하시고 인사불성이 되셨다는 것이다. 내가 택시 기사에게 내 명함을 주면서 대단한 분이니 잘 모시라고 해서 그나마 다행이었다. 나는 택시 있는 곳으로 달려가서 이정효 회장님을 업고 우리 집에 모셨다. 어느 정도 시간이 흐르고 몸을 추스르고 난 이정효 회장님이 말씀하셨다.

"총재님과 교육을 마치고 처음 술자리를 하게 되어 너무 긴장했었나 봅니다. 제가 술은 잘 못 하는데, 총재님 기분에 맞추어 드리려고 대작을 하면서 정신을 바짝 차리고 긴장했죠. 그런데 총재님과 헤어지고 나니 긴장이 풀려 술에 취했나봅니다. 죄송합니다, 총재님."

나보다 나이가 30년이나 훨씬 많은 무술 대선배님에게서 이런 말씀을 들으니 나는 오히려 몸 둘 바를 몰랐다. 그런 이정효 회장님의 모습에서 '벼는 이길수록 고개를 숙인다'는 무술인의 겸손함과 아름다움을 보았다. 나는 항상 이정효 회장님을 생각할 때마다 아래 글귀를 떠올린다.

'세월은 흘러가는 것이 아니라 쌓이는 것이다.'

이정효 회장님은 우리 연맹 경호무술 경북협회 초대회장을 역임하고, 현재는 고문으로 재직하고 계신다. 이정효 고문님 외에도 연맹에는 많은 태권도 고수와 원로 분들이 함께하고 있다. 특히 태권도 격파 왕들로 구성된 '대한민국태권도천무회' 관장님들은 거의 모두가 태권도 8단 이상의 고단자들이다. 처음 태권도천무회 초청으로 경호무술 세미나를 하게 되었을 때, 나는 무척 영광스러웠지만 그 영광만큼 부담감도 컸었다. 몇 명을 제외하고는 나보다 적어도 10년 이상 나이가 많은 무술 선배님들이기 때문에 걱정이 되기도 했다. 하지만 교육이 시작되고 누구보다도 더 열정과 성의를 가지고 경호무술을 배우시는 모습들에 내가 오히려 더 감명을 받았다. 많은 관장들을 교육하다 보면 오히려 일부 젊은 관장들이 사범들을 앞에 내세우고 자신들은 뒤에서 뒷짐 지고 구경하는 모습을 볼 수 있었다. 하지만 천무회 관장님들은 달랐다. 심지어는 열 차례까지 따라할 정도로 진지하고 성의 있게 교육에 임했다. 교육이 끝난 후 경호무술의 '겨루지 않고, 맞서지 않고, 상대가 비록 적일지라도 상대를 끝까지 배려하는 윤리적인 제압'을 가장 큰 가치로 추구한다는 경호무술의 기술과 철학에 많은 공감과 찬사를 보내주었다.

이후 대한민국 태권도천무회 관장님들은 우리 연맹에 지부 도장으로 가입, 태권도와 함께 경호무술의 보급에 일익을 당당하고 계시며, 연맹의 고문으로서 경호무술과 연맹의 발전에 많은 도움을 주고 계신다. 이처럼 우리 연맹은 여러 무술 고수 및 원로 분들과 인연을 맺고 함께하고 있으며 많은 도움을 받고 있다.

나는 위와 같은 고문 및 자문위원님들을 우리 연맹의 '밑짐'이라고 생각한다. 밑짐이란 배 밑바닥에 실어두는 짐을 말한다. 우리는 흔히 가벼운 배일수록 더 빠를 것이라고 생각한다. 그런데 이상하게도 뱃사람들은 배 밑바닥에 밑짐이라 부르는 일정 무게의 짐을 항상 실어둔다. 밑짐이 든든한 배는 풍랑이 거센 때에도 큰 흔들림 없이 앞으로 나아갈 수 있기 때문이라고 한다.

얼마 전 우리나라를 떠들썩하게 만들었던 세월호 침몰사건도 이 밑짐, 즉 평형수를 채우지 않아서 발생한 것이다. 밑짐이 든든한 우리 연맹은 현재 세계 곳곳으로 경호무술을 보급해 나아가고 있다.

살과의 전쟁, 33kg을 감량하다

연맹의 발전과 함께 행사도 많아졌고 회식도 많아져다. 특히 내가 여러 곳에 직책을 맡고 있다 보니 모임도 많이 갖게 되는데, 거의 모든 모임이 술과 이어졌다. 또한 우리 연맹에 임원이 100명이 넘는다. 내가 한 사람과 한 번씩 술을 마셔도 3달간 매일 먹어야 모든 임원들과 술을 마실 수가 있다. 나는 지금껏 저녁에 약속을 두 개 이상 잡아본 적이 없다. 그것은 한 사람에게 충실하고자 함이며, 그분과 술 한 잔 하게 되면 언제 자리가 끝날지 모르기 때문이기도 하다. 그것은 나의 소신이기도 하다. 요즘 젊은 사람들이 저녁을 먹고 나서 다른 약속이 있다고 차 한 잔 먹을 시간도 없이 급히 가는 모습을 보면서 여러 가지 많은 생각을 하게 된다. '내가 저 사람에게 차 한 잔 마실 시간조차도 아까운 사람인가?' 나의 이런 소신과 성격 덕분에 거의 매일 약속이 잡혀 있을 정도로 많은 사람들과 술을 마셔왔다. 또한 지방에서 우리 연맹의 지부 관장님들이라도 올라오면 새벽까지 함께 술을 마셨다. 사람 좋아하고 술 좋아하다 보니 거의 매일이 모임과 술자리였다.

그러다 점점 시간이 흐를수록 이제는 내가 좋아서보다는 어쩔 수 없이 술을 먹는 경우가 많아지고, 나의 몸은 점점 망가져갔다. 좋아서 먹는 술보다 어쩔 수 없이 마시는 술은 나에게 많은 스트레스를 받게 했고, 그것은 살로 이어졌다. 물론 그러면서 운동은 계속했고 시범도 직접 보였다. 오히려 육중한 몸을 가지고 날렵하게 시범을 보이자 시범의 효과는 더 컸다. 주부들과 여성 회원들이 본부 도장에 경호무술을 수련하려고 입관하면서 항상 묻는 것이 있었다. "경호무술 배우면 정말 살이 빠집니까?" 나는 그러면 웃으면서 대답한다. "당연하죠! 저를 보세요!" 그럼 모두 등록을 한다. 지금도 그 이유가 궁금하다.

어느 영화배우에게 "당신은 언제 이처럼 유명한 스타가 됐습니까?"라고 질문하자, "어느 날 자고 일어나니까 스타가 돼 있더군요." 했다는 말이 있다. 나는 어느 날 정신을 차려보니 내 몸무게가 130kg까지 나가는 곰이 되어 있었다. 살이 찌면 점점 게을러지고 나태해지는 것 같다. 다른 유사 단체에서 내 몸을 가지고 비방할 정도로 정말 나는 뚱뚱해져 있었다. 나는 그래서 살을 빼기로 결심했다. 그리고 3개월 만에 33kg을 감량했다. 비결이 무엇이냐는 사람들의 질문에 나는 대답한다. "그냥 경호무술을 더 열심히 했습니다."

경호무술은 서로 던지고 던져지는 던지기, 즉 유술이 주 기술로 이루어졌다. 또한 합기도처럼 관절기에 의해 상대를 꺾거나 던지는 기술이 아닌, 몸으로 상대를 던지고 제압하는 기술이기 때문에, 내 몸을 상대보다 더 많이 움직여야 상대를 효율적으로 던질 수 있다. 그렇게 상대를 던지고 상대에게 던져지면서 수없이 구르고 넘어지고 일어나는 것이 경호무술이다. 그렇기 때문에 몇 십 분만 수련해도 온몸에서 땀이 비 오듯 한다.

물론 내가 술을 절제하고 사람들과 되도록이면 저녁 약속을 잡지 않은 것도 이유겠지만, 나는 경호무술 수련을 통해 3개월에 만에 33kg을 감량했다. 33kg을 감량하자 나는 더 큰 욕심이 생겼다. 요즘에 유행인 몸짱이 되어보자고. 나는 그래서 요즘 웨이트 트레이닝을 같이 한다. 그러면서 경호무술을 배우러 오는 주부 및 여성 회원들에게 이렇게 말한다.

"경호무술은 호신과 다이어트에 좋은 과학적이고 체계적인 무술입니다."

가수 이소라는 이런 말을 했다.
"인생은 살이 졌을 때와 안 쪘을 때로 나뉜다."
연예인 홍석천도 이런 말을 했다.
"몸이 변하면 주변에 만나는 사람이 달라진다."

그래서 나도 이런 말을 한다.
"그럼 경호무술을 배워라!"

130kg나갈 때

33kg감량 후

고아원에서 경호무술을 가르치며

예전에 연맹이 서울에 있을 때 '천사원'이라는 고아원에 일주일에 한 번 경호무술을 지도한 적이 있다. 사실 내가 천사원이라는 곳에 교육과 후원을 했던 것은 봉사정신이나 희생정신이 있어서가 아니라, 남에게 보여주고 싶은 마음 때문이었을지도 모른다. 근 2년 정도 교육을 하게 되었고, 그 2년 동안 3~4번 정도 경호 일 때문에 못 간 적이 있다. 이때 신부님이 전화해서 다음과 같이 말씀하셨다. "우리 천사들이 교육 날 총재님이 못 오신다는 것을 알고 하루 종일 시무룩해 있었습니다. 이왕 시작하신 것, 천사들에게 꿈과 희망이 되어주십시오."

시도야 어떻게 되었든 교육을 하면서 내가 오히려 아이들, 아니 천사들(신부님이 아이들을 천사라고 부름)의 열정과 노력에 빠져서 나에게 큰 도움이 되었다. 한 번은 이제 좀 더 체계적이고 아이들에게 희망을 주기 위해 경호무술 도복을 선물하기로 했다. 하지만 50명이 넘는 아이들에게 한 번에 도복을 전부 선물하기에는 큰 부담이었다. 그래서 점차적으로 도복을 주기 위해 교육 날 도복 몇 벌을 가져갔다. 수련이 끝나고 말을 제일 잘 듣던 몇 명의 천사들에게 도복을 선물했다. 그리고 돌아오는 차 안에서 가슴 뿌듯함을 느꼈다. 그런데 이틀이 지나고 신부님으로부터 전화가 왔다.

"총재님, 앞으로 도복을 가지고 오지 마세요. 지금 있는 도복도 전부 제가 빼앗았습니다."

그 얘기를 듣고 순간 당황했지만, 이어서 하는 신부님의 얘기에 나는 가슴이 뭉클해졌다.

"천사들이 밤에 잠을 못 잡니다. 서로 도복을 빼앗으려고 안달이 났습니다. 또한 도복을 가진 천사들은 도복을 빼앗기지 않으려고 밥 먹을 때도, 화장실 갈 때도, 그리고 심지어는 잘 때도 항상 도복만 안고 잡니다. 하루 종일 도복만 입고 생활하는 천사도 있습니다. 도복을 주시려거든 시간이 걸리더라도 준비하셨다가 모두 주시든지, 아니면 모두 주지 마시길 바랍니다."

나는 신분님의 얘기를 듣고 부끄러움을 느꼈다. '사실 교육을 시작하게 된 것은 남에게 보여주고 싶은 욕심 때문이었는데.' 신부님 또한 처음에 그런 생각을 가지셨다고 한다. 젊은 사람이 공명심에서 이런 일을 하지만, 나중에 내가 교육을 못 하게 되면 오히려 천사들에게 상처만 주게 될까봐 처음에는 반대도 했었다. 하지만 비가 오나 눈이 오나 거의 하루도 빠지지 않고 교육하러 오는 내 모습을 보고 신부님도 같이 수련을 하셨다. 나중에는 경호무술 단증까지 취득하기도 하셨다.

내가 천사원에서 교육을 하다 한 번은 천사의 가슴 저린 사랑에 눈물이 흐른 적이 있다. 교육을 하던 천사들 중에 유난히 소심하고 내성적인 천사가 있었다. 나는 오히려 그 천사에게 더 말을 걸고 다른 천사들 앞에서 칭찬을 많이 해주었다. 어느 날 수련을 마치고 돌아가는 길에 그 천사가 천사원 문에 서 있었다. 나는 "성우야, 왜 나와 있어?" 하고 물었다. 그러자 성우는 나에게 신문지에 싼 물건을 주고 쏜살같이 천사원으로 달려갔다. 그 신문지를 펴자 삶은 달걀이 있었다. 그것도 그 소심한 천사가 얼마나 망설이고 긴장하면서 달걀을 주물렀으면, 그 달걀 껍질이 전부 으깨져 있고 땟국이 자욱할까. 나는 돌아오는 차 안에서 그 달걀을 먹으면서 그냥 눈물이 흘렀다.

내가 이 당시 교육을 하면서 느낀 것이 있었다. '아무리 내가 제자들을 잘 교육하고 그들에게 꿈과 희망을 주어도, 천사원의 천사들만큼 간절할 수 있을까?' 그들에게는 경호무술이 바로 꿈과 희망이었다. 천사들에게 경호원과 사범 그리고 관장이라는 것은 그들에게 희망이자 전부였다. 나중에 그들이 경호무술 지도자가 됐을 때, 누구보다 열정을 가지고 자신과 같은 애들을 지도하고 가르칠 것이라는 것을, 또한 그러한 것이 경호무술의 가치가 될 수 있을 것이라는 것을. 하지만 나는 이후 사무실과 도장 문을 닫고 7년 동안 도복 하나 둘러메고 전국에 경호무술을 보급하러 다니게 되면서 그들과의 인연을 이어가지 못하게 되었다. 그러다 한참의 세월이 흐른 후 천사원을 방문했을 때, 그 신부님은 돌아가시고 안 계셨다. 신부님의 유언이 화장을 해서 천사원에 뿌려달라고 하셔서 묘지도 없었다. 대신 나는 사진 한 장을 얻어왔다. 나는 사진을 보면서 나의 부족함을 느끼며 아버님 같았던 신부님을 생각하니 눈물이 또 한 번 흘렀다.

"역시나 신부님께서 저를 처음 봤을 때 염려하신 것처럼 천사들에게 상처만 주었습니다. 아예 시작도 안 했으면 나중에 천사들에게 기대만큼 큰 상처도 없었을 걸. 상처 많고 많은 것을 포기해야 하는 천사들에게 또 하나의 포기와 실망만 안겨줬습니다."

나는 이후 어느 정도 안정을 찾아 다시 고아원에서 교육을 하려고도 생각했지만, 또 아이들에게 상처를 줄까봐 선뜻 실행에 못 옮기고 있다. 다만 매년 연말에 소년소녀가장 돕기나 장애우 돕기 쌀 기증 행사로 그것을 대신하고 있다. 물론 그때나 지금이나 나는 속물이기 때문에 그것을 경호무술 홍보에 이용하기도 한다. 하지만 시도야 어떻게 되었든 그러한 것이 오히려 나에게 더 큰 기쁨을 준다는 것을 이제는 알 것 같다. 얼마 전에 국제원이라는 장애우 재활원에 다녀왔다. 그때 달려와서 안기는 한 장애우를 보고 나는 그의 모습에서 '천사'를 '성우'를 보았다. 그러면서 나는 얘기하고 싶다.

"존경받는 것보다 존경할 대상이 있다는 것이 더 행복하고, 사랑을 받을 때보단 사랑할 때가 더 설레며, 그리고 봉사는 받는 사람보다 주는 사람이 더 행복합니다."

감동을 느끼고, 희망을 보면서

경호무술이 전국적으로 보급되면서 나는 전국을 순회하여 경호무술 승단 심사를 보게 되었다. 심사를 보러 강원도부터 부산까지 전국을 다녔다. 심사를 보러 도장이나 학교 혹은 대학 실내 체육관에 갈 때마다 나는 많은 감동을 느낀다. 경호무술 승단심사장에 도착할 때마다 다음과 같은 현수막이 걸려 있었기 때문이다. "환영, 경호무술 창시자 이재영 총재님 초청 경호무술 승단심사 대회." 어느 곳에는 고속도로 톨게이트 입구에 현수막이 걸려 있었고, 어느 곳에는 지방도시에 들어서는 입구에 현수막이 걸려 있었다. 물론 심사대회장에도 당연히 현수막이 걸려 있었다.

또한 심사장에는 정말 많은 응시생들이 있었다. 초등부, 중고등부 그리고 일반인 승단심사 응시생들도 보였다. 나는 그런 모습을 보면서 가슴 뿌듯함과 많은 감동을 느꼈다. 경호무술을 20년 가까이 보급하면서 이때가 가장 감동적이었던 것 같다. 그 중 가장 감동을 느꼈던 곳이 바로 부산이다.

전북 지역 승단심사를 마치고 우리는 부산으로 향했다. 심사위원으로 함께 참석할 최용기 연수원장님, 이안근 부총재님(당시 원광보건대학 교수), 그리고 임광영 부총재님(당시 경호무술서울시협회장)과 경호원들이 함께 출발했다. 부산 광안리 해수욕장에서 부산 지역 지부 도장 관장님들과 8시경 만나기로 했지만, 그날이 토요일이고 연말이라 차가 너무 밀리는 바람에 우리는 저녁 11시경이 되어서야 부산 광안리에 도착할 수 있었다.

다음날이 승단 심사일이니 심사일에 만나면 되었으므로, 우리가 너무 늦게 도착하여 부산 지역 지부 도장 관장님들은 모두 돌아갔을 거라고 생각했다. 역시나 생각한 것처럼 도착하자 정상민 관장님이 혼자 나와 있었다. 정상민 관장님과 인사를 나눈 후 우리들은 정상민 관장님의 안내로 식당으로 향했다. 식당은 횟집이었다. 엘리베이터를 타고 횟집 3층에 내리는 순간 갑자기 한 사람이 꽃다발을 주었다. 그리고 이어 식당으로 들어서는 순간 식당에 "환영, 경호무술 창시자 이재영 총재님 초청 승단심사 대회"라는 현수막이 보였고, 양쪽으로 검은 정장을 한 20여 명의 관장님들이 도열해 있었다. 다음날이 심사일인데도 3시간이 넘도록 관장님들이 기다리고 있었던 것이다. 우리는 그렇게 새벽까지 술을 마셨다. 나는 그때 피곤한 몸이었지만 모든 관장님들과 일대일로 맥주 글라스에 소주를 따라 원 샷을 했다. 그때의 감동은 내가 지금까지도 경호무술을 보급하면서 느껴보지 못했던 큰 감동이었다.

다음날 동의과학대학 실내 체육관에서 경호무술 승단심사를 실시했다. 100여 명에 가까운 초중고생과 일반인들이 심사를 봤다. 응시생들이 너무 많아서 처음 인사할 때 모두 함께 서지 못할 정도였다. 심사를 모두 마치고 나자 학생부 응시자들, 특히 초등부 응시생들이 모두 내 앞에 줄을 섰다. 나는 순간 의아해했고 당황했지만, 그들은 자신들의 도복이나 가방에 내 사인을 받기를 원했고 나와 사진 찍기를 원했던 것이었다. 나는 그들의 도복이나 가방, 그리고 종이에 사인을 해주고 일일이 함께 사진을 찍었다. 너무 많은 사진을 찍고 웃는 얼굴을 유지하려다 보니 얼굴에 근육 경련이 일어날 정도였지만, 나는 그들의 맑은 눈동자를 바라보면서 많은 것을 느꼈다. '지금 이들의 맑은 눈동자에 비친 희망의 눈빛을 더 크고 더 넓게 펼칠 수 있도록 최선을 다할 것이다.'라는 다짐과 함께 무한한 감동을 느꼈고, 그 감동의 무게만큼이나 책임감 또한 느꼈다.

전국순회를 하면서 경호무술 승단심사를 모두 보고, 부산을 마지막으로 마치고 인천으로 향하는 차 안에서 나는 몸이 정말 많이 피곤했지만 잠이 오지 않았다. 항상 오늘의 감동과 책임을 생각하면서 나 자신을 채찍질해야겠다는 생각과 다짐을 했다. 하지만 항상 초심을 잃지 않기란 쉽지 않은 것 같다. 초심이란 처음 가졌던 소중한 마음이라고 한다. 무언가에 싫증을 낸다는 것은 만족을 못 하기 때문인 것 같다. 처음 가졌던, 나름대로 소중한 느낌들을 쉽게 잊어가기 때문일 것이다. 나는 이 글을 쓰면서 다시 그 당시의 소중함과 설렘을 가져본다.

훌륭한 인물이 되고 중요한 과업을 성취하기 위해서는 세 가지 마음이 필요하다고 한다. 그 첫째는 초심, 둘째는 열심, 그리고 셋째는 뒷심이다. 그 중 가장 중요한 것이 초심이라고 한다. 그 이유는 초심 속에 열심과 뒷심이 담겨 있기 때문이다. 초심에서 열심이 나오고, 초심을 잃지 않을 때 뒷심도 나오기 때문이다.

한국범죄퇴치운동본부(ASS)를 설립하면서

내가 그동안 배출한 경호원이 5천 명(현재는 경호무술 수련회원 및 유단자 포함 30만 명)을 넘어서고 경호무술이 많은 곳에 보급되자, 나는 또 다른 계획을 가지게 되었다. 그것은 5천 명이 넘는 경호원 그리고 경호무술 지도자들과 사회봉사 활동을 하는 것이었다. 물론 그동안 소년소녀가장 돕기, 결식아동 돕기, 수재민, 돕기, 장애우 돕기, 불우이웃 돕기 등의 전국 경호무술 연무시범대회를 통해 사회봉사 활동에 일익을 담당해왔지만, 좀더 체계적인 봉사 활동을 하기 위해서는 명분과 구심점이 필요했다. 그래서 설립한 것이 NGO 단체인 '한국범죄퇴치운동본부(ASS)'이다. 재원과 운영비는 내 개인 재산을 출연했고, 앞으로 사단법인 국제경호무술연맹에서 발생하는 수익금 중 일부를 본부에 기증, 운영비로 충당하기로 연맹 총회에서 의결했다.

그러면서 나는 한국범죄퇴치운동본부를 비영리민간단체지원법 제4조 제1항 및 동법시행령 제3조 제1항에 의해, 정부 기관에 비영리 민간단체로 등록, 이사장에 취임했다. 취임식에서는 나는 연맹 임원, 관장, 그리고 경호원들을 운동본부 범죄예방 위원으로 임명함과 동시에 전국의 경호무술 지부 도장을 청소년 지킴이 단체로 지정하고, 체계적인 범죄예방, 청소년 선도, 그리고 학원폭력 근절 운동을 펼쳐 나갔다. 우리가 사회봉사 활동을 하다 보면 내 주변이 어려운데도 멀리 해외나 거리가 먼 곳부터 돕는 것을 종종 볼 수 있다. 이것이 나쁘다는 게 아니라, 가까운 이웃이 헐벗고 굶주린다면 우선 가까운 이웃을 돕고, 그 다음에 먼 이웃을 돌아보는 게 더 합당하다는 것이다. 또한 '재능 기부'라는 말이 있듯이 '봉사와 사회활동은 내가 가진 재능으로 충분히 우리의 이웃을 도와줄 수 있다.'는 것이 우리 한국범죄퇴치운동본부의 모토였고, 그렇게 시작한 것이 학교 주변 범죄예방, 청소년 선도, 그리고 학원폭력 근절운동이었다.

무술 도장들은 거의 모두가 차량 운행을 하고 있다. 그렇기 때문에 나는 우리 경호무술 지부 도장 차량을 모두 청소년 지킴이 차량으로 지정, 경광등과 청소년 지킴이 스티커를 부착하고, 누구든 범죄의 위협이나 학원 폭력으로부터 도움을 요청할 수 있도록 시스템을 구축해 나갔다. 관장님들은 차량 운행을 많이 하기 때문에 밤에는 도장 차량에 경광등을 부착하고 운행하는 그 자체가 범죄예방 효과가 있었고, 학교 주변을 한 번 더 돌면서 순찰하는 자체만으로도 학원폭력 근절 효과가 컸다. 경호무술을 보급하는 우리 지도자들과 경호원들이 그렇게 자신의 지역에서 학생들과 시민들의 보디가드가 되는 것, 그것이 바로 경호무술의 철학이자 한국범죄퇴치운동본부의 설립 목적이었다.

우리의 활동이 알려지자 많은 분들이 한국범죄퇴치운동본부 범죄예방 위원으로 가입, 함께 봉사활동을 펼쳐 나갔고, 한국청소년문화재단, 한국청소년보호육성회 등 많은 청소년 관련 단체와 MOU를 체결, 적극적인 청소년 운동을 전개했다. 그리고 나는 이때 보건복지가족부 한국청소년문제연구소 고문과 한국청소년문화재단 청소년보호위원장에 임명되었다. 또한 매년 연말에는 연맹과 한국범죄퇴치운동본부 회원들의 소중한 회비와 후원비로 소년소녀가장 돕기 및 불우이웃 돕기 쌀 기증 행사를 하고 있다. 한 사람이 쌀 백 포대를 기증하는 것보다, 백 사람이 한 포대씩 쌀 백 포대를 기증하는 것이 나는 봉사라고 생각한다. 또한 그렇게 할 수 있도록 자리와 기회를 만드는 것이 앞으로 내가 가야 할 길이다.

나는 그동안 대한민국 시민봉사 대상, 자랑스러운 한국인상 대상, 한국을 움직이는 혁신리더 대상, 서울지방경찰청장 표창, 인천광역시장 표창, 국회부의장 표창, 국회산업자원위원장 표창 등, 각종 사회봉사 활동으로 국회의원 표창만도 30여 차례 수상했다. 그럴 때마다 나는 자랑스럽게 생각한다. 그것은 이 표창이 내 개인이 받는 것이 아니라, 한국범죄퇴치운동본부 범죄예방 위원들과 연맹의 모든 회원들을 대표해서 받는 것이기 때문이다. 나는 앞으로도 우리 모든 회원들과 함께 초심을 잃지 않고 사회봉사 활동을 펼쳐 나갈 것이다. 그것은 바로 '봉사는 받는 사람보다 주는 사람이 더 행복해지기 때문이다.'

"당신이 더 나이가 들면
당신의 손이 왜 두 개인지 알게 될 것이다.
한 손은 당신 스스로를 돕는 손이고
다른 한 손은 다른 사람을 돕는 손이라는 것을."

- 오드리 헵번

원폭력근절 및 범죄예방 결의대회
소년소녀가장 돕기 후원

경기명가

기사 청소년문화재단 '청소년보호위원회' 창설

한국범죄퇴치운동본부와 업무 협약

[신문기사] 2010. 03. 18. 투데이포스트 / 김응일 기자

한국청소년문화재단(이주열 이사장)은18일 오전 한국범죄퇴치운동본부 이재영 이사장을 청소년보호위원회 위원장으로 위촉하고 체육관 관장, 사범, 경호무술 사범들과 함께 활동에 들어갔다. '청소년보호위원회' 는 학생들 등하교길, 골목길 등 범죄예방 활동 및 유아, 청소년 성범죄 등 범죄예방 활동을 함께 지속적으로 펼치기로 했다. 특히 학교폭력과 졸업식 알몸 동영상 파문, 여중생 납치 살인유괴, 살인 등 유아, 청소년, 여성들이 안심하고 골목길도 다닐 수 있도록 하자는 데 목적이 있다.

한국청소년문화재단은 전국연합회(회장 이강부), 교원위원회(위원장 박등배), 법률위원회 및 어머니연합회(회장 조용균), 푸르미가족봉사단, 장학위원회, 국제교류위원회, 푸르미기자단, 푸르미예술단, 홍보위원회, 자문위원회, 협력위원회, 고문위원회가 운영되고 있다. 이날 청소년문화재단은 청소년 보호육성 및 푸르미가족봉사단 어머니연합회 학부모들의 적극적인 의견으로 한국범죄퇴치운동본부와 MOU 체결을 했다. 학교 내 폭력이 점차 심각성을 더해가는 가운데 교육 당국이 학교 폭력을 근절하기 위해 전국 학교를 대상으로 '폭력 안전 인증제' 를 도입하기로 했다.

교과부는 이르면 올해부터 전국 16개 시, 도교육청 별로 모든 초, 중, 고교에 대한 국가 차원의 학교폭력 안전도 실태 조사를 진행한다고 밝혔다. 이번 대책은 지난해 교과부가 행정안전부, 여성부 등 유관 기관과 합동으로 마련한 '학교폭력 예방 및 대책 5개년 계획' 의 일환이다.

평가 항목은 예방 인프라, 예방 활동, 지원 체제, 사안 처리 등으로 학교별로 점수에 따라 학교폭력 안전성에 대한 등급이 평가되고, 조사 결과는 교과

부 차원에서 이뤄지는 시, 도교육청 평가와 시, 도교육청 차원의 학교 평가에 반영된다. 평가 결과에 따라 일정 점수 이상의 안전도를 보인 학교는 '안전학교'로 인증되며, 안전도가 낮은 학교는 전문가 컨설팅, 교원 및 학부모 연수 지원 등을 통해 안전도를 높일 방침이다. 조사 결과와 안전학교 인증 여부 등은 학부모에게 공개된다. 이와 함께 교과부는 현재 '1개 영역 3항목'으로 구성된 정보공시 범위를 올해부터 '5개 영역 31개 항목'으로 확대, 세분화하고 단위학교의 예방교육, 학교폭력 건수, 심의내용, 가해자 선도 및 피해자 보호 조치 등에 대한 현황을 유형별로 공시할 방침이다.

한편 학교폭력 발생률은 2006년 17.6%를 정점으로 2007년 16.1%, 2008년 10.6%, 2009년 11.35% 등으로 점차 낮아지고 있는 추세이지만, 경찰에 신고 검거된 학생 수는 갈수록 증가세를 보이고 있다. 욕설과 협박, 폭행, 금품갈취는 줄고 있지만, 집단 따돌림이나 폭력의 저 연령화 추세는 갈수록 심화하는 등, 학교폭력이 또 다른 양상을 보이고 있어 이에 대한 적절한 대책이 필요하다는 지적이다.

이날 창단식에는 한국청소년문화재단 이주열 이사장, 한국범죄퇴치운동본부 이재영 이사장, 전국연합회장 이강부, 한국청소년문화재단 인천광역시회장 외 한국범죄퇴치운동본부의 회원들이 참석했다.

한국청소년문화재단 '청소년보호위원회'는 이재영 위원장을 비롯해 안태일, 최경득, 허동규, 임형신, 최예철, 황정태, 최태순, 이경호, 우영수, 이상일 부위원장, 정원훈, 이안근, 손상철, 이주호, 박춘열 자문위원, 김박수, 김동일, 윤태호, 이상민, 정재규, 김형희, 장영재, 이태호, 진광인, 유영훈, 인웅열, 이병찬, 백광일, 안한준, 임백석, 이기현, 김현준, 고영완, 김경윤, 최우창, 김병희, 김병호, 현성호, 이교원, 강덕희, 현정호, 김언상, 이광섭, 유근종, 김현민, 류성호, 강현우, 이홍욱, 신유찬 위원을 위촉했다.

《경호무술신문》을 발행하면서

나는 경호무술을 통해 무예계의 대통합을 꿈꾸며 《경호무술신문》을 인천광역시에 월간으로 등록, 발행하게 되었다. 매월 총 2만 부를 발행하여 대한민국의 모든 도장, 무술 관련 단체, 경호 단체, 그리고 대학 경호 및 무술 관련학과에 매월 무료로 발송했고, 연맹회원들과 홈페이지에 구독을 신청한 일반인들에게도 신문을 무료로 발송했다. 신문의 효과는 대단했다. 전국에 태권도, 검도, 합기도 등 많은 무술 도장들이 연맹에 지부 도장으로 가입했고, 신문 발행 2년 만에 연맹 지부 도장이 1000개를 넘어섰다. 또 50개 대학교 경호학과에서 경호무술을 채택 수련하게 되었고, 대학을 연맹 인증 교육기관으로 승인, 연맹에서 시행하는 자격증을 취득하게 되었다. 나는 이때부터 대한민국 무예계의 대통합을 이룬 후 '경호무술의 세계화'라는 야심찬 미래 비전을 제시하면서 다음과 같은 캐치플레이어를 모든 홍보물에 사용했다.

'대한민국 1위를 넘어 세계 최고를 생각합니다.'

《경호무술신문》 창간사

창간사에 앞서 먼저 《경호무술신문》을 발행할 수 있도록 도와주신 많은 분들과 연맹 임원 분들의 대폭적인 지원, 그리고 편집과 인쇄를 맡아주신 직원 여러분들의 수고에 감사의 인사를 드립니다.

《경호무술신문》의 발행 목적은 경호무술의 정체성을 확립하고 경호무술 홍보와 보급을 통해 국민의 체력 향상과 안전한 사회 만들기에 일익을 담당하는 데 있으며, 전국의 3만(현재는 30만)여 경호무술인들의 지위와 권익 신장을 위해서입니다.

제가 경호무술을 창시해 15년간 경호무술을 보급하면서 가장 추진하고 싶었던 중점사업이 바로《경호무술신문》발행과 경호무술 세계본부 도장인 경호무술원을 설립하여 경호무술원이 세계 무술의 메카가 되는 것이었습니다. 단순히 무술 도장이 아닌, 국기원처럼 경호무술 종주국으로서 하나의 상징이며 총본산인 경호무술원을 설립하는 것입니다. 오늘은 그 일환의 하나인《경호무술신문》을 발행하게 되어 무척 가슴 설레고 기쁩니다. 아마도 그런 면에서는 15년의 세월을 접고 지금 이 시기가 또 다른 시작이 아닌가 하는 생각을 하게 됩니다.

《경호무술신문》은 단순히 경호무술을 수련하고 홍보하는 것을 떠나서, 연맹의 모든 활동 사항과 지부 도장 근황, 그리고 회원들에게 필요한 종합적인 정보를 제공함으로써 연맹의 사업들을 회원들과 함께 공유하고, 경호무술인들에게 긍지와 자부심을 갖도록 할 것입니다.

또한 사단법인 국제경호무술연맹은《경호무술신문》발행을 계기로 현재까지 추진해왔던 소년소녀가장 돕기, 결식학생 돕기, 장애우 돕기 행사 등을 더 적극적으로 펼쳐 나갈 것이며, 경호무술 소식뿐이 아닌 경호산업과 무예계의 소식을 종합적으로 다루어 경호 및 무예계의 공익을 창출하는 정론지로서 최선을 다할 것입니다.

전국의 3만여 회원 여러분! 이제 우리 연맹은 대한민국 1위를 넘어 세계 최고의 단체로 성장하고 있습니다. 이 중요한 시기에《경호무술신문》은 그 밑거름이 될 것이며, 결코 한 개인이나 단체의 홍보물이 아닌, 경호무술을 지도하고 수련하는 모든 회원들이 함께 공유 하는 경호무술의 역사가 될 것입니다. 저는 이렇게 하나하나 이루어갈 때마다 아래 글을 항상 가슴에 새기고 있습니다.

"길이 있어 내가 가는 것이 아니라 내가 감으로써 길이 생기는 것이다."

-《경호무술신문》 발행인 이 재 영

인터넷은 원하는 정보와 뉴스를 제공하지만, 신문은 알아야 할 정보와 뉴스를 제공한다.

경호무술 교도관 동호회 발족

내무부 정책으로 구치소와 교도소에 군인 신분인 교도대가 철수하고 전국적으로 무도 교도관을 모집, 특채 시험이 실시되었다. 이때 경호무술을 수련한 내 제자들도 상당수 무도 교도관 특채 시험에 합격했다. 나는 합격한 교도관들과 기존 교도관 중 경호무술에 관심 있는 교도관들과 함께 '경호무술 교도관 동호회'를 발족했다. 발대식에는 비번인 교도관 60여 명, 그리고 가족 등을 초빙하여 함께 개최했으며, 강릉의 한 초등학교를 빌려 체육대회 및 바비큐 파티도 함께했다.

이날 연맹 강원도 지부 회장으로 있으면서 강릉 교도소에 재작 중인 안태일 회장을 경호무술 교도관 동호회 회장으로 임명했다. 무도 교도관으로 특채, 20여 년간 교도관으로 근무 중인 안태일 회장은 공무원 기네스북에 전국 공무원 중 최고 유단자로 선정될 만큼 무술 합계 28단의 무술의 고수이며 강릉에서 '천무관'이라는 도장 또한 운영하고 있다. 부인 또한 지도 관장으로 안태일 회장이 근무 중일 때는 대신하여 수련생들을 지도하고 있는 부부 무술인이다.

교도관들과 대화를 하다 보면 자신들이 근무하는 구치소나 교도소를 '회사'라고 호칭한다. 나는 그럴 때마다 그냥 '법무부'에서 근무한다고 하라고 농담을 하기도 했다. 그만큼 교도관들은 자신의 직업에 대한 소속감이나 자부심이 없었다. 하지만 경호무술 교도관 동호회를 발족한 후부터는 자신이 경호무술 교도관 동호회 소속이라는 것을 자랑스럽게 생각하는 것을 보면서 나는 보람을 느낀다. 나는 교도관 동호회에 제자들과 자주 보지는 못하지만 모두들 자신이 속한 교도소 무도장이나 지부 도장에서 경호무술을 열심히 수련하고 있으며, 한 달에서 두 달에 한 번씩은 내가 직접 경호무술을 지도하고 있다.

얼마 전에는 1년에 한번씩 용인 법무연수원에서 개최하는 제45회 전국 교도관 무도대회에서 경호무술 교도관 동호회 회원들이 종합 2위인 준우승을 하는 기염을 토했다. 1위를 했으면 모두 일 계급 특진을 했을 텐데, 좀 아쉽긴 했지만 나는 이날 연맹으로 찾아온 안태일 회장 및 교도관 동호회 제자들과 오래간만에 회포를 풀었다. 가끔씩 연맹 임원이나 지인들이 교도소에 면회 갈 때, 그리고 교정본부 관련 일이 있을 때 나는 교도관 동호회 제자들에게 부탁해 '특별면회'나 편의를 제공받기도 한다. 나는 그럴 때마다 무리한 부탁으로 제자들에게 피해가 갈까봐 조심스럽기도 하지만, 반면에 흐뭇함과 자부심 또한 느낀다.

나는 경호무술 교도관 동호회 발족을 계기로 앞으로 연맹 산하에 경찰 동호회, 공무원 동호회, 국회의원 경호무술 동호회 등을 설립할 계획을 가지고 있으며, 이미 그 계획의 일환으로 전국 대학교 경호학과 교수들로 구성된 '경호무술 교수협의회'를 발족했다. 또 목사님들 50여 명으로 구성된 경호무술 선교회를 조직, 국회 복음화협의회 및 애국지사 복음화협의회 운영 총재에 취임했다.

동호회가 단체나 회사보다 결속력과 친화력이 좋은 것은, 동호회는 상하 관계가 아닌 평등한 관계, 즉 동료들이 한 가지 목적을 가지고 자발적으로 모였기 때문일 것이다.

'1류 회사는 동료로부터 배우고, 2류 회사는 상사로부터 배운다.'

기러기들이 V자 모양을 하고 날아가는 이유는 앞 기러기의 날갯짓이 뒤 기러기에 양력을 주기 때문이다. V자 대열은 단독 비행보다 추진력이 70% 증가한다. 선두 기러기가 피곤하면 대열로 돌아온다. 그러면 다른 기러기가 앞에 선다. 뒤 기러기의 물음소리는 앞서가는 기러기에게 힘을 준다.

고졸로 대학 강단에 서다

나는 고졸 학력이지만 20여 년간의 경호 및 관련 분야의 활동과 능력을 인정받아 경기대학교 경호비서학과(학점 4년제), 전남과학대학, 원광보건대학, 서울현대전문학교, 아세아항공전문학교 항공보안학부, 교육과학기술부 미래 영재 교육연구원, 그리고 미국의 미국체육대학교(ASU) 교수로 임용되어 강의를 담당했거나 하고 있으며, 많은 대학 등에서 특강 형식으로 강의를 하고 있다. 물론 학력 때문에 문제가 생기기도 했었다. 모 대학에서는 교수로 임용될 때 나의 학력 때문에 많은 교수들이 반대를 해서 인사위원회가 개최되었고, 우여곡절 끝에 교수로 임용되었다. 하지만 난 1년 후 학생들이 평가하는 교수평가에서 1위를 했다.

처음 강단에 섰을 때의 설렘과 감격은 나를 한 단계 성장시키는 계기가 되었던 것 같다. 지금도 그때를 생각하면 그 설렘이 느껴지는 것 같다. 하지만 대학 강의는 그렇게 만만한 것이 아니었다. 누구보다 경호 분야에서 전문가라고 자부했고 경험도 풍부하다고 생각했는데, 경험과 실기는 학문과는 다른 것이었다.

처음에는 나의 경험과 그동안의 노하우를 가지고 강의를 진행했지만, 점점 시간이 흐를수록 나의 부족함을 느끼게 되었다. 내가 세 시간을 공부해야 한 시간 정도 강의를 할 수 있었다. 물론 경호무도나 경호실무교육은 내가 항상 경호원들을 지도하던 과목이라 별반 다르지 않았지만, 경호학이나 관련 법률 등 학문적인 부분에서는 많은 부족함을 느꼈다. 나는 그렇게 부족함을 느끼며 늦은 나이에 공부를 시작했고 대학에도 입학했다. 대학에서는 강의를 하고 학점을 주는 교수지만, 또 다른 대학에서는 학생으로 입학해 강의를 듣고 학점을 받아야 하는 학생이 되었다.

소크라테스의 '너 자신을 알라'라는 말의 뜻은 자신이 모르고 있다는 것을 알라는 뜻이라고 한다. 자신이 모르고 있다는 것을 모르는 사람은 배우려고 하지 않는다. 그리스 델포이 신전에는 이런 말이 새겨져 있다고 한다.

"인간은 자기가 모른다는 것을 모른다. 다만 오직 한 사람 소크라테스만이 자신이 모른다는 것을 알고 있는 사람이다."

자신이 모른다는 사실을 알아야만 다른 사람에게 질문을 하든지 배우게 된다. 하지만 누구든지 많은 사람 앞에서 자신이 모른다는 사실을 얘기하는 것은 죽기보다 싫을 것이다. 나 또한 내가 모른다는 것을, 내가 고졸이라는 것을 누구한테 얘기하는 것이 죽기보다 싫었다. 하지만 나는 이제 내가 모른다는 것을 인정하고 많은 사람에게 얘기한다. 그래야만 새로운 것을 배울 수 있기 때문이다.

이제 내년이면 대학을 졸업하게 된다. 물론 이제 새로운 시작이다. 한때 미국의 대학 등에서 사회적인 위치가 있고 대학교수로 있으니 창피하게 국내 대학에 입학하지 말고 기간을 단축해줄 테니 학위를 주겠다는 유혹도 있었다. 하지만 내가 대학을 입학한 계기는 학위가 아니라, 내가 모른다는 사실을 알고 배우기 위함이었다. 늦은 나이에 대학에 입학했지만 오히려 강의를 하면서 강의를 들으니 나는 더 노력하게 되었고, 이번 학기에는 영어만 B학점을 받고 거의 모든 과목을 A플러스 학점을 받았다.

내가 교수의 입장에서 학생을 바라보고, 또 반대로 학생의 입장에서 교수님을 바라보면서 느낀 점이 있다. 바로 '선생님은 가르치는 사람이 아니라 학생들이 배울 수 있도록 도와주는 사람이다'라는 것이다.

기사 윤리적인 제압과 상대를 배려하는 '경호무술'

[방송기사] 2011. 04. 12. 대한방송 KBN / 전명균 기자

체육관 간판에서 쉽게 볼 수 있는 '태권도', '합기도' 등의 무술 이름들…. 하지만 어느 순간 그 간판들에 '경호무술'이라는 이름이 하나 둘씩 적히기 시작하더니, 이제는 '경호무술'이라는 이름을 어렵지 않게 들어볼 수 있다. 경호에 대한 관심 증가와 경호원에 대한 이미지 상승, 경호학과 설립 등의 분위기에 맞추어 등장한 경호무술은 점점 그 세력을 넓히고 있다.

이 경호무술을 창시한 사단법인 국제경호무술연맹 이재영 총재. 이재영 총재는 경호무술에 대해 다음과 같이 말한다. "경호무술은 현시대의 환경, 법률, 상황에 맞는 무술입니다. 경호무술은 화합과 단합을 제일 중요시 여깁니다. 경호무술이 제일 큰 가치로 생각하는 것은 '윤리적인 제압'입니다. 상대가 비록 적일지라도 상대 또한 다치지 않도록 배려하면서 제압하는 것이 경호무술의 철학입니다."

그래서 이재영 총재가 창시한 경호무술에는 상대를 치고 때리는 타격기가 없으며 '상대와 겨루지 않는다. 상대와 맞서지 않는다. 상대를 끝까지 배려한다.'라는 3원칙을 제일 큰 가치로 여긴다. 이재영 총재는 경호무술을 수련하는 목적을 다음과 같이 말한다. "경호무술을 배우는 목적은 상대를 이기기 위함이 아니라 멋지게 지기 위함입니다. 상대와 겨룰 힘이 없으면서 고개를 숙이는 것과 겨룰 힘, 아니 기술이 있지만 고개를 숙이는 것과는 큰 차이가 있습니다. 특히 정서적으로 불안정한 청소년 시기에 비굴한 굴종은 인격 형성에 있어 큰 정서장애가 됩니다. 상대와 맞설 힘은 있지만 여러 환경 등을 고려하여 싸움에 휘말리지 않고 멋지게 지는 일, 바로 그것이 경호무술이 추구하는 '칼집 안의 승부'입니다."라고 이재영 총재는 자신이 창시한 경호무술의 철학을 설명했다.

그런 매력 때문인지 몰라도 현대 경호무술은 10만여 명의 수련회원을 넘어

경호무술 경찰 동호회, 경호무술 교도관 동호회 등이 조직되어 활발하게 보급되고 있으며, 40여 개의 대학 경호 관련학과에서도 경호무술이 채택, 보급되고 있다. 이재영 총재는 현재까지 경기대 경호비서학과, 원광보건대학 경호스포츠과, 전남과학대학 무도경호과 등에서 직접 경호무술을 수련, 보급해오고 있으며, 향후에도 많은 대학에서 직접 경호무술을 수련, 보급할 계획을 가지고 있다고 향후 계획을 밝혔다.

"경호무술은 나의 삶이고 인생이고 전부입니다. 제 생이 얼마 남았는지 모르겠지만, 제 생이 끝나는 그날까지 저는 경호무술을 수련하고 지도하고 보급할 것입니다."

경호무술에 대한 강한 긍지와 자부심을 말하는 이재영 총재의 모습을 보면서 태권도와 같이 '경호무술' 이 멀지 않은 미래에 대한민국의 자랑스러운 세계 속의 문화이자 무도로 발전하길 기원해본다.

경호무술 교수협의회 발족

경호산업의 발전과 함께 많은 대학에도 경호학과가 개설되었다. 신설된 학과도 있으며 기존 무도, 체육, 경찰 관련학과들도 커리큘럼을 바꾸어 경호학과로 학과명을 바꾸기도 하여, 전문대를 포함해서 80여 개의 대학에 경호학과가 개설되었다. 또한 대학 진학 시 경호학과는 학과 선택 10위 안에 들 정도로 인기가 대단했다. 그 중 50여 개의 대학이 우리 연맹 인증 교육기관으로 승인되어 경호무술을 채택, 수련하게 되었으며, 나 또한 5개 대학에 교수로 임용되어 경호학, 무도학, 경호무술의 강의를 담당하게 되었다.

경호학과 학생들은 1학년 때는 경호무술 1단, 2학년 때는 2단, 그렇게 졸업하기 전까지 경호무술 4단증과 경호무술 지도자 자격증을 취득했다. 매년 1000명 이상의 문무를 겸비한 졸업생이 경호무술 지도자로 배출되었다. 이들은 졸업 후 경찰, 대통령 경호실, 헌병 특별 경호대, 경호 회사의 중간 간부나 CEO로 활동하고 있으며, 일부는 경호무술 도장을 개관, 나와 함께 경호무술을 보급하고 있다. 또한 그런 만큼 우리 연맹의 위상이 점점 높아져갔고 나에게는 이때부터 '경호원들의 영원한 사부(師父)'라는 수식어가 붙기 시작했다.

이 모든 것이 가능했던 것은 바로 '경호무술 교수협의회'를 발족했기 때문이었다. 경호무술 교수협의회는 경호무술의 정체성과 학문적 정립을 위해 처음 8명의 교수님들과 함께 시작했으며, 이후 많은 교수님들을 참석시키기 위해 여러 어려움과 우여곡절을 겪었다. 교수들, 특히 경호학과 교수님들은 학과의 특성상 다른 교수님들보다 권위의식과 자부심이 강했고, 개중에는 대통령 경호실 출신들도 있었다. 이런 교수님들을 한자리에 모이게 한다는 것은 매우 힘든 일이어서 나는 어쩔 수 없이 교수 한 분 한 분을 만나 설득해야만 했다.

교수님들을 만나기 위해 약속을 하고 지방에 있는 대학에 찾아갔다가 만나지 못하고 허탕을 치는 경우도 있었고, 어느 대학교수는 문전박대까지 하는 경우도 있었다. 그런 경험을 할 때마다 나 또한 대학에서 강의를 하는 교수이자 연맹 총재로서 자존심이 많이 상했지만, 나는 그럴수록 더 오기가 생겼다. 어떤 교수들은 내가 대학과 학과를 돈벌이에 이용하려 한다며 선입관을 갖기도 했다. 매월 학생 수만큼《경호무술신문》을 무료로 보내주면서 지속적인 설득을 한 후에야 함께하게 된 교수들도 있었다. 사람의 심리는 처음에 선입감으로 나쁜 감정을 가졌다가 진심이 통해 좋은 감정을 갖게 되면, 그것이 전화위복이 되어서 많은 도움을 받게 된다. 나는 그런 과정을 통해 좀 더 많은 교수님들과 함께할 수 있게 되었다. 어느 교수님과는 함께하기까지 지방의 먼 곳이지만 10번 이상 찾아간 적도 있었다.

무함마드는(마호메트라고도 함) 이슬람교 창시자이다. 사람들은 '믿음이 있으면 산도 옮긴다.'고 했던 예수의 말을 거론하며 무함마드에게 산을 옮겨보라고 했다. 무함마드는 신도들에게 장담했다. "저기 저 산을 움직여 이리로 불러오리다." 사람들이 모여들었다. 산을 향해 "산아! 내 앞으로 오라."라고 여러 번 불렀다. 그러나 산은 그대로 가만히 있었다. 그는 전혀 당황하는 기색이 없었다. 그는 "산이 내게 오지 않으면 내가 산으로 가겠다."고 말하며 성큼성큼 걸어 산 쪽으로 걸어갔다. 이때의 내가 그랬다. 교수님들이 찾아오지 않으면 내가 일일이 찾아갔다. 그러면서 나는 사람들에게 다음과 같은 말을 한 적도 있었다.

"열 번 찍어 안 넘어가는 나무는 없습니다. 단, 열 번 찍어 안 넘어가는 나무가 있다면 열한 번 찍으면 됩니다."

이렇게 한 분 한 분 참석하게 된 것을 시작으로 현재는 50개 대학의 80여 명의 교수님들이 '경호무술 교수협의회'에 함께하고 있으며, 대학 총장님들과 학장님들도 자문 교수단으로 도움을 주고 계신다. 교수협의회가 설립되기까지 많은 도움을 주신 분들이 있다. 경기대학교 이상규 교수, 인천대학교 신호수 학장, 대림대학교 최방호 교수, 전남과학대학 양동선 교수, 경운대학교 최승원 교수, 예원예술대학교 박춘열 교수, 미래창의 영재교육연구원 최형식 이사장, 아세아항공전문학교 김정석 학부장님께 감사드린다.

"갈까 말까 할 때는 가라.
살까 말까 할 때는 사지 마라.
말할까 말까 할 때는 말하지 마라.
줄까 말까 할 때는 줘라.
먹을까 말까 할 때는 먹지 마라."

- 서울대 행정대학원 최종훈 교수의 '인생교훈' 중

경호무술 교수협의회

기사 '대학가에 경호무술 바람이 불고 있다'

[방송기사] 2011. 05. 25. 대한방송 KBN / 전명균 기자 사진29

서울현대전문학교 경찰 선포식에서 강의를 하고 있는 이재영 총재

2011년 대한민국의 대학가에서는 등록금 못지않게 가장 화두가 되고 있는 것이 바로 '취업' 이다. 특히 청년실업 140만 명을 넘어선 현재, 우리 대학생들에게는 무엇보다 취업이 가장 큰 고민이자 넘어야 할 산이 되고 있다. 그런 이유로 대학생들은 자신의 스펙을 올리기 위한 여러 노력과 투자를 하고 있다. 그러면서 가장 취업 분야에 두각을 나타내고 있는 학과가 바로 경호학과이며, 전국의 100여 개 대학(교)에 경호학과가 운영되고 있으며, 대학마다 다소 차이는 있지만 90~100%의 취업률을 자랑하고 있다.

특히 무도, 체육, 경찰 관련학과 학생들도 경호 분야로 진출을 모색하고 있어 지금 대학가에서는 경호무술이 하나의 큰 아이콘이 되어가고 있다. 현재 경호무술은 사단법인 국제경호무술연맹(총재 이재영)을 통해 전국에 1000여 개의 지부 도장이 활동하고 있으며, 100여 개의 대학에서 경호무술을 채택,

수련하고 있다. 또한 국제경호무술연맹 산하에 경호무술 교수협의회를 운영하면서 전국에 40여 대학의 경호 관련학과 교수들이 자문교수로 활동하고 있다.

경호무술 창시자인 이재영 총재 자신 또한 경기대학교 경호비서학과, 전남과학대학 무도경호과, 원광보건대학 경호스포츠과, 서울현대전문학교 경찰학부, 아세아항공전문학교 항공보안학부, 미국체육대학교(ASU) 무도대학 등에서 경호무술 강의를 담당하고 있으며 전국의 대학(교)를 순회하면서 경호무술 특강을 실시하고 있다. 이재영 총재는 인터뷰에서 "청년실업 140만 시대에 앞으로 경호무술이 대학생들의 꿈과 희망을 이루어주며, 그들에게 부와 명예를 동시에 누릴 수 있도록, 그리고 평생 동반자가 될 수 있는 무술이 되도록 최선을 다할 것입니다."라는 강한 의지를 피력했다.

앞으로 경호무술이 대학가에 한 번 스치고 지나가는 바람이 될지, 아니면 대학생들에게 꿈과 희망을 이루어주는 큰 태풍이 될지, 자못 기대해본다.

경호무술이란?

경호무술은 이재영 총재가 창시한 무술로서 겨루지 않고, 맞서지 않고, 상대가 비록 적일지라도 상대를 끝까지 배려한다는 '윤리적인 제압'을 강조하는 무술로서, 경호원뿐 아니라 남녀노소 누구나 자유롭게 수련하는 무술로 보급되고 있다.

가장 친한 친구를 떠나보내며

친구(親舊)란 '가깝게 오래 사귄 사람'이란 뜻이다. 나는 오늘 가장 친했던 오래된 친구를 떠나보냈다. 내 친구는 기쁠 때나 슬플 때나 외로울 때나 즐거울 때나 항상 나와 함께했다. 내가 연맹과 도장 문을 닫고 전국에 도복 하나 둘러메고 다닐 수 있었던 것도 이 친구가 있었기 때문이다. 내가 이 친구를 필요로 하거나 부를 때는 항상 달려왔다. 기쁠 때는 그 기쁨을 더 크게 만들어줬고, 슬플 때는 나를 위로해줬다. 나에게 아무것도 원하지 않았고, 그냥 항상 내 옆에 있었다. 다만 이 친구는 항상 파란 옷을 입고 있었으며 항상 나에게 돈 천 원을 요구했다. 내가 천 원이 있는 한 나를 한 번도 배신한 적이 없었다. 이 정도면 아마도 이 친구가 누구란 것을 여러분도 아실 것이다.

그렇다. 나의 가장 친했던 오래된 친구는 바로 '술'이었다. 나는 술 때문에 얻은 사람도 많았고 또한 술 때문에 잃은 사람도 있었다. 하지만 중요한 것은 바로 이 친구가, 술이 소리 없이 나를 죽여가고 있었다는 것이다. 술이 나의 신체와 정신을 죽여가고 있었다. 나는 그래서 오늘 나의 가장 오래된 친한 친구인 술을 떠나보낸다.

『탈무드』에 이런 말이 있다. 술을 만들 때 양의 피, 사자의 피, 원숭이의 피, 그리고 돼지의 피를 섞어서 만들었다고 한다. 그래서 사람들이 술을 마시면 양처럼 순해지다 사자처럼 용맹해지고, 점점 더 술을 먹을수록 원숭이처럼 노래 부르며 춤을 추다가, 나중에는 돼지처럼 추해진다고 한다.

나는 돼지처럼 추해진 적은 없지만, 정말 술에 관한 에피소드가 많이 있다. 그 중 가장 기억에 남는 추억은 내가 원룸에 혼자 살 때이다. 항상 거의 매일 술을 마시던 나는 집에 들어갈 때마다 생수를 사가지고 갔다. 술을 마시면 당연히 물이 더 마시고 싶었기 때문에 생수는 필수였다. 그러던 어느 날 나는 술에 너무 취해 생수 사는 것을 깜빡했고 집에서 잠을 자다 심하게 갈증을 느꼈다. 정말 너무 목이 말라 입술까지 부르틀 정도였다. 그러다 나는 꿈을 꾸었다. 그 꿈은 바로 내가 컵으로 변기 물을 퍼 마시는 꿈이었다. 꿈이었지만 정말 시원했고 갈증이 완전히 해소되는 기분이었다.

아침에 일어나 나는 혼자 웃었다. 아무리 갈증이 나더라도 내가 그런 꿈을 꾼 것이 너무 웃겨 혼자 웃었다. 그리고 나는 출근 준비로 샤워를 하고 소변을 보려고 변기 뚜껑을 열었다. 순간 나는 너무나 당황스러웠다. 바로 변기통 안에 컵이 가라앉아 있는 것이었다. 나는 그렇게 한참을 서 있었다. 그리고 생각했다. 원효대사의 해골 물을. 술은 나의 정신까지도 이상하게 만들고 있었던 것이다. 원효대사는 해골 물을 마시고 장소가 중요한 것이 아니라 마음이 중요하다는 깨달음을 얻어, 중국이나 인도로 수도 여행을 하기로 한 것을 포기하고 자신의 고향으로 다시 돌아가 많은 업적을 남겼다지만, 변기 물을 마신 나는 술이 나의 신체와 영혼을 갉아먹고 있었던 것이다.

나는 그래서 오늘 가장 친했던 친구를 떠나보내려 한다. 원효대사처럼 해골 물을 통한 그런 큰 깨달음은 못 가질지 몰라도, 나는 변기 물을 통해 내 친구와의 이별에 성공한다면, 그것도 나에게는 원효대사의 해골 물보다 더 소중한 경험이 될 것이다. 내가 이런 글을 쓰는 것 자체도 이 친구와의 이별을 많은 사람에게 공표해 그 이별에 성공하기 위해서이다. 그러면서 나는 영화 '친구'에서 장동건이 칼에 마구잡이로 찔리면서 했던 대사로 이 친구와의 이별을 고하려고 한다.

"그만해라(그만 가라). 많이 묵었다(먹었다) 아니가."

기사 대한민국 무예계의 아이콘 '경호무술'

[인터뷰기사] 2010. 11. 1. 뉴스타임즈

한국 무예계의 가장 성공한 무술 '경호무술' . 경호무술이 대한민국 무예계의 큰 물결을 일으키며 대한민국 무예계를 대표하는 아이콘으로 자리매김하고 있다. 그 경호무술을 창시한 이재영 총재, 국제경호무술연맹 중앙본부를 방문해 대한민국 무예계를 통합해 나가겠다는 그의 야심찬 미래를 조명해본다.

Q : 경호무술을 창시하게 된 계기는?

어려서부터 경호원과 무술 지도자가 꿈이었기 때문에 무술을 수련하게 되었고, 경호원으로 활동하다 경호 회사를 설립, 운영하면서 경호원들을 교육하기 위해 기존 무술과는 차별화된 특별한 교육 방법을 창안하게 된 것이 경호무술의 시작이었다.

Q : 경호무술과 기존 무술과의 차이점은?

17년 동안 경호무술을 보급하면서 많은 발전과 변화가 있었다. 세상에 완벽한 무술은 없다고 생각한다. 변화하고 진화하는 것이 무술이다. 그렇기 때문에 우리 무술인들은 역사와 정통을 중요시 여긴다. 내가 합기도를 제일 많이 수련했기 때문에 경호무술의 기술이 합기도의 틀을 벗어나는 데 10년이라는 기간이 필요했고, 또 다시 10년 가까운 시간 동안은 경호무술의 독창적인 기술과 철학이 정립되는 시기였던 것 같다. 이제는 경호무술만의 철학, 기술, 원리를 가지게 되었다. "겨루지 않고, 맞서지 않고, 상대가 비록 적일지라도 상대를 끝까지 배려한다." 이것이 바로 경호무술만의 철학과 기술이다.

Q : 경호무술을 보급하면서 가장 힘들었던 시기는?

무엇이든지 처음 시작한다는 것은 많은 노력과 희생이 뒤따른다. 경호무술을 창시, 보급하면서는 매 순간이 힘들고 어려웠다. 특히 기존 무술의 기득권에 밀려 '사이비' 라는 소리를 들으면서도, 10년 가까이 전국에 도복 하나 둘러메고 경호무술을 보급해 나가던 때가 가장 힘들었지만, 지나고 나니 이제는 그 시간들이 나의 자랑스러운 추억이자 경호무술의 역사가 되었다.

Q : 경호무술을 보급하면서 보람차게 생각되는 것은?

내가 지금까지 배출한 경호원만도 5천 명이 넘는다. 제자들 중에는 경호 회사 대표도 있고 경호학과 교수도 있다. 또한 공무원으로서 경호 관련 부서에서도 근무하고 있다. 그들이 사회 곳곳에서 사회의 안전 지킴이로 활동하는 모습을 보면서 내가 그동안 살아왔던 삶에 대한 자부심과 보람을 느낀다.

Q : 경호무술의 통합과 유사 단체 난립에 대한 견해는?

내가 경호무술을 창시한 후 경호무술의 발전과 더불어 경호무술을 표방하는 단체가 많이 생겨났지만, 나는 오히려 그것이 경호무술의 발전이라고 생각한다. 자본주의 시장경제 원칙에 의해 선의의 경쟁이 경호무술의 발전을 가져오게 될 것이다. 족발집도 원조 논쟁이 있지만 중요한 것은 어느 집이 '맛있냐?' 이다.

나는 자랑스럽게 경호무술은 우리 국제경호무술연맹이 통합했다고 자부한다. 경호무술 법인(사단법인) 대표들로 결성된 전국경호무술단체협의회를 내가 공동대표 겸 총무로서 이끌어가고 있고, 전국에 경호회사법인 대표자들로 구성된 전국경호법인대표자회도 내가 의장으로서 단체를 대표하고 있다. 또한 40여 명 이상의 경호학과 교수들로 구성된 경호무술 교수협의회도 우리 연맹의 산하단체로 두고 있다.

Q : 대학에서 강의를 하고 있는 것으로 아는데?

전남과학대학 객원교수로서 무도경호과 학생들을 특강 형식으로 지도하고 있으며, 원광보건대학 경호스포츠과 겸임교수로서 1주일에 한 번씩 경호학, 경호무술, 경호실무를 강의하고 있다. 또한 미국체육대학교(ASU)에 초빙교수로서 방학 기간에 계절학기 강의를 담당하고 있다.

Q : 이번에 두 번째 책을 출판하신다는데?

『보디가드의 세계』에 이어 이번에 나의 두 번째 책인 『도복 하나 둘러메고』를 출판한다. 아시다시피 『보디가드의 세계』는 업계의 베스트셀러가 될 정도로 인기를 끌었다. 『보디가드의 세계』는 내가 경호원으로 살아온 경험과 삶을 바탕으로 집필했다면, 『도복 하나 둘러메고』는 경호무술인으로서 살아온 경험과 삶을 다루었다.

Q : 앞으로의 계획은?

나는 경호무술을 통해 대한민국 무예계의 통합을 생각하고 있다, 대한민국의 모든 도장들을 연맹의 지부 도장으로 가입 받고, 대한민국의 무예 통합을 이룬 후 경호무술을 우리 문화와 더불어 세계로 보급하는 것이다.

그 계획의 일환으로 현재 우리 연맹은 《경호무술신문》을 창간해 전국의 모든 도장에 무료로 발송하고 있으며, 2013년도에 경호무술 창시 20주년을 기념하면서 '재단법인 경호무술원(경호무술 세계본부)' 을 1500평의 부지에 완공할 계획이다. 또한 현재 고등학교에 경호과를 개설하고 있으며 경호대학도 설립 준비 중이다.

Q : 마지막으로 하고 싶은 말은?

경호무술은 이제 개인이나 단체를 넘어 한국을 대표하는 무술로 발전했다. 경호무술은 결코 한 개인이나 단체 또는 모임의 전유물이 아니라, 경호무술을 배우고 수련하고자 노력하는 사람들이 모두 함께 공유하는 무도이자 문화이다. 태권도가 우리 문화와 대한민국을 세계에 알리는 데 얼마나 많은 공헌을 했는지 우리 모두는 잘 알고 있다. 이제 '겨루지 않고, 맞서지 않고, 상대를 끝까지 배려하는 경호무술' 이 세계 속으로 우리 문화와 함께 보급되는 그 날을 위해 우리 모두는 최선을 다할 것이다.

국회복음화협의회 운영 총재 취임

"나에게 있어 경호무술은 종교보다 상위개념입니다. 특정 종교를 믿는 것이 경호무술 발전에 도움이 된다면 나는 그렇게 할 것입니다. 또한 그렇게 하고 있습니다. 어쩌면 겨루지 않고, 맞서지 않고, 상대가 비록 적일지라도 상대를 끝까지 배려하는 '윤리적인 제압'을 가장 큰 가치로 추구하는 경호무술이 나에게 있어 종교일지도 모릅니다. 이하 생략…"

- 국회복음화협의회 운영 총재 취임사 중

나는 목사님들 50여 분으로 구성된 '경호무술선교회'를 조직해 국회복음화협의회 및 애국지사복음화협의회 운영 총재에 취임하면서, 위와 같은 취임사를 하여 목사님들과 참석한 전도사님들의 반발과 논란을 불러일으킨 적이 있다. 일부 목사님들은 내가 취임사를 하는 중에 퇴장하기까지 했다. 하지만 나의 끈질긴 설득으로 경호무술이 추가하는 '윤리적인 제압'과 '희생정신'이 기독교에서 추구하는 믿음, 소망, 사랑과 함께한다는 뜻을 알고부터는 오히려 많은 목사님들이 든든한 후원자가 되었다.

그동안 국회복음화협의회(경호무술선교회)는 대통령 당선 축하예배, UN 한반도 유치를 위한 기도회, 나라와 민족을 위한 구국기도회 등을 국회 헌정기념관에서 개최해왔으며, 노숙자들에게 무료식사 제공 등의 사회봉사 활동 또한 지속적으로 실시해왔다. 또한 소속 목사님들 10여 명 정도가 경호무술 유단자가 될 정도로 경호무술에 대한 열의가 대단했으며, 1개월에 한 번씩 목사님들, 그리고 종교가 기독교인 관장, 사범님들과 함께 경호무술 지도자 연수교육 및 합동예배 식을 하고 있다. 협의회 소속 목사님이 운영하는 교회 건물 3층에 연맹 지부 도장이 있어 일요일 오전에 예배를 마치고 3층에서 수련을 함께할 수 있었다.

연맹에서는 국회복음화협의회 소속 목사님들과 선교사들을 통해 국제경호무술선교회를 결성, 해외에 하나님의 말씀과 더불어 경호무술과 경호무술이 가장 큰 가치로 추구하는 '윤리적인 제압'과 '희생정신'을 전파하겠다는 계획을 가지고 있으며, 현재 협의회 소속 선교사 교육 프로그램에 경호무술을 필수 교육과정으로 채택, 수련하고 있다.

다만 협의회에 많은 목사 및 선교사님들이 가입하면서 전혀 예기치 못한 문제가 발생하기도 했다. 목사님들은 무엇보다도 개인의 주관과 철학이 뚜렷하고 자기주장 또한 강하기 때문에 목사님들 간의 갈등이 생기기도 했고, 장로교, 감리교, 성결교 등으로 나뉘어 분파가 형성되기도 했다. 하지만 나는 그런 모습을 볼 때마다 이런 자기주장이 강한 목사님들 간의 갈등을 조정하고 그분들을 화합시키면서 미래 비전을 제시해 모든 능력을 한 곳으로 집중시키는 것, 그것이 바로 앞으로 내가 가야 할 길이라고 생각하면서, 아래의 이야기가 나와 목사님들, 그리고 선교사님들에게 교훈이 되었으면 하는 바람을 가져본다. 그것은 바로 경호무술은 화(和)의 무술이기 때문이다.

회사원 톰슨 씨가 다른 주로 출장을 가게 되었다. 그는 기독교인이고 흑인이었다. 그는 일요일이 되어 예배를 보기 위해 출장지에 있는 교회를 찾았다. 그러나 그는 예배에 참석할 수가 없었다. 출입문에서 강력한 저지를 당했기 때문이었다. 교회가 백인 전용 교회이기 때문에 들여보낼 수가 없다는 것이었다. 예배시간이 되어 교회 문이 닫히고 톰슨 씨는 교회 바깥에 혼자 남게 되었다. 교회 안에서는 백인들의 찬송가 소리가 힘차게 울려 퍼지고 있었다. 눈보라가 몰아치는 겨울이었다. 톰슨 씨는 너무나 슬퍼서 땅바닥에 주저앉아 울고 있었다. 그때였다. 예수님이 톰슨 씨 앞에 나타났다.

"그대는 왜 땅바닥에 주저앉아 울고 있는가?"

예수님이 톰슨 씨에게 물었다.

“백인 전용 교회라는 이유로 출입을 저지당했기 때문에 너무나 슬퍼서 울고 있었나이다.”

톰슨 씨가 대답했다.

그러자 예수님이 부드러운 손길로 톰슨 씨의 등을 어루만지며 이렇게 말했다.

“울지 마라, 이 교회가 생긴 지 1백 년이 넘었지만, 나 역시 아직 한 번도 들어가본 적이 없느니라.”

그러면서 예수님은 아래 말씀을 덧붙였다.

“내가 알려준 이 교회로 가보거라. 이 교회에서는 백인, 흑인 그리고 장로교, 감리교, 성결교 등 이 세상 모든 사람에게 아무런 차별 없이 하나님의 말씀을 전파하고 있단다. 또한 ‘윤리적인 제압’과 ‘희생정신’을 가장 큰 가치로 추구하는 경호무술도 가르치고 있더구나!”

상처가 없다면 살지 않은 거나 다름없다

지금은 고인이 되신 ‘장군의 아들 김두한의 마지막 후계자’로 알려진 조일환 회장님 때문에 알게 된 지인이 30대로 보이는 건장한 청년을 데리고 연맹을 방문했다. 얘기인즉, 함께 온 청년이 어렸을 때부터 ‘조직’ 생활을 하다 소년원에 들락거렸고, 실형 전과만 5범이 넘었으며, 얼마 전에 범죄단체 조직에 관한 법률, 일명 조폭으로 5년형의 형기를 마치고 출소했으며 보호 관찰 중이라고 했다.

자신은 먼 친척뻘 되며, 가족은 아무도 없고 홀어머니를 모시고 있으며 징역 생활만 오래해서 세상물정은 전혀 모르고 심성만은 착하다고 했다. 그런 그를 '사람을 만들어달라고' 나에게 부탁했다. 또한 월급은 안 주어도 좋으니 궂은일도 시키면서 데리고 있어달라고 했다. 그러면서 경호무술 제자로 받아주면 무엇보다도 좋겠다는 말과 함께, 많지는 않지만 성의라고 하면서 내 책상에 봉투를 내려놓았다.

나는 그 당시 연맹 사옥을 지으려다 사기를 당해 경제적으로 힘든 시기라 누구를 데라고 있을 형편이 안 되었고, 내 주제에 누구를 사람을 만들어달라는 부탁이 부담스러워 거절하려 했지만, 심성만은 착하다는 그의 맑은 눈빛과 간절해 보이는 표정 때문에 부탁을 거절하지 못하고 그를 제자로 받아들였다. 그의 이름은 '윤사언'이었고 나보다는 12살이 어렸다.

'四言', 네 가지 말씀, 그의 이름이 어쩐지 의미가 남달라 보였다. 나는 그 당시 개인적인 사정으로 가족과 떨어져 오피스텔에서 혼자 생활하고 있었기 때문에, 그렇게 그와 동거 아닌 동거가 시작되었다. 첫 날 나는 그에게 사무실 청소를 시키면서 도산 안창호 선생님의 일화를 얘기해줬다. 안창호 선생이 미국 유학 중에 겪었던 일이다. 선생은 유학 경비를 벌기 위해 한 회사에 소개장을 받아 방문했다. 하지만 회사의 간부와 직원들은 동방의 아주 작은 나라에서 온 왜소한 체격의 선생을 무시했고, 선생에게 당신 같은 사람이 무슨 일을 할 수 있냐고 물었다고 한다. 그때 선생은 자신감 있는 모습으로 대답했다.

"나는 청소만큼은 남한테 뒤지지 않고 잘할 수 있습니다."

그렇게 선생은 모든 청소를 도맡아 하게 되었다. 첫 날 선생은 퇴근하지 않고 밤새 모든 곳의 청소를 했다고 한다. 높은 천장은 막대기에 빗자루를 묶어 청소를 했고, 그래도 작은 키 때문에 닿지 않으면 의자 위에 올라가서 막대기에 묶은 빗자루로 청소를 했다. 심지어는 청소할 곳이 아닌 회사 앞도로까지도 깨끗하게 청소했다.

아침에 출근한 직원들은 모두 깜짝 놀랐다. 화장실, 사무실은 물론 모든 곳이 먼지 하나 없이 반짝반짝했기 때문이었다. 그렇게 하루 이틀 시간이 흘렀고 항상 모든 곳은 먼지 하나 없이 깨끗했다. 얼마나 청소를 열심히 했는지 안창호 선생에게는 '청소의 귀신'이라는 별명이 붙었다. 그렇게 소문은 삽시간에 퍼져나갔고, 회사 사장의 귀에까지 들어갔다. 이후 선생은 다른 일도 이처럼 잘할 것이라는 것을 인정받아 성공적인 미국 유학 생활을 했다는 일화였다.

사언이는 안창호 선생 얘기를 듣고 정말 '청소의 귀신'처럼 열심히 청소를 했다. 그는 그렇게 무엇인가를 가르쳐주면 너무나 열심히 노력하는 모습을 보여줬다. 사언이는 무엇이든지 못 해서 안 한 것이 아니라 몰라서 못 했던 것이었다. "천사의 장점은 결점이 없다는 것이고, 사람의 단점은 결정이 많다는 것이다. 결점이 많기 때문에 발전할 수 있다는 것, 그것이 사람이 가진 최대의 장점이다."라는 말처럼 결점 많은 그였지만 그는 항상 발전할 수 있다는 것을 보여줬다.

한 번은 사언이를 내가 가끔씩 가는 복요리 집을 데려간 적이 있다. 나 또한 복 코스요리는 비싸기 때문에 누가 나를 접대할 때 빼고는 자주 가는 곳이 아니었고, 내 돈 내고 복 코스요리를 먹는 것은 이때가 처음이었다. 나는 복요리를 먹으면서 사언이에게 이 집이 인천에서 제일 유명한 복요리 집이라면서 많이 먹으라고 했다. 며칠 후, 우연히 행사장에서 그 복 집 대표님과 마주쳤다. 그런데 복 집 대표님은 뜻밖의 말씀을 하셨다.

"총재님이 다녀가신 후 함께 오신 제자분이 어머님을 모시고 왔었습니다. 몸이 불편한 어머님을 휠체어로 모시고 오셔서, 자신은 식사를 했다면서 복 코스요리 1인분을 시키더군요. 아시다시피 우리 집은 1인분은 팔지 않지만, 총재님의 얼굴을 봐서 1인분을 드렸습니다. 그런데 몸이 불편한 어머님에게 복요리를 한 점 한 점 쌓아서 먹여드리는 모습이 너무나 뭉클해 보였습니다. 그래서 1인분을 더 드렸고, 가실 때 복 껍데기 무침도 많이 싸드렸습니다. 물론 계산은 1인분 값만 받았고요."

나는 복 집 대표님의 얘기를 듣고 사언이를 마음으로도 제자로 받아들였다. 나는 그런 사언이와 매일 새벽 승학산을 등산했다. 승학산을 걸으며 그에게 내가 이곳에서 1년 동안 텐트를 치고 먹고 자면서 경호무술을 가르치던 얘기를 해주면, 그는 귀를 쫑긋 세우고 즐겁게 들어주었다. 사람은 누가 자기 얘기를 재미있게 들어주면 더욱더 재미있고 좋은 이야기를 해주고 싶어 한다. 나는 새벽마다 사언이와 등산을 하면서 그에게 명언이나 교훈 등을 얘기해주고 그에 얽힌 일화들도 들려줬다. 물론 그럴 때마다 사언이는 재미있게 들어줬고, 어떤 때는 사무실에 와서 메모까지 했다. 그런 점들이 또한 나로 하여금 책도 많이 보고 공부도 하게 했으며, 오히려 나에게 더 큰 가르침이 되기도 했다. 사람이 어떤 글을 읽고, 그 글을 다른 사람에게 들려주고 가르치다 보면, 오히려 그것이 자신에게 더 큰 가르침이 된다는 것을 나는 그때 알게 되었다.

특히 사언이는 경호무술을 배우는 것을 제일 즐거워했다. 그럴 때는 그의 모습이 엄숙해 보이기까지 했다. 대학에서 경호무술을 가르칠 때 함께 데리고 가서 나의 상대역을 맡겼을 때, 그는 세상을 다 가진 것처럼 즐거워했다. 그는 그렇게 6개월쯤 되었을 때 경호무술 유단자가 됐다. 그리고 단증과 자신의 이름이 새겨진 검은 띠를 '엄마'에게 보여준다고 제일 먼저 어머님에게 달려갔다. 그러던 어느 날 한 무리의 사람들이 사언이를 찾아왔다. 언뜻 봐도 조폭들이었다. 그들은 사언이가 속했던 조직의 조폭들이었고, 사언이에게 빚을 받으러 찾아온 것이었다. 그들 또한 내가 누군지 알고 있어서 내가 책임진다고 하니 순순히 그들은 돌아갔다. 나는 사언이에게 그동안의 얘기를 들을 수 있었다.

사언이는 홀어머니를 모시고 있었는데, 사언이의 오랜 수감생활 옥바라지를 어머니 혼자 도맡아 하다 보니 몸이 많이 나빠졌다고 한다. 사언이는 누구보다 어머니에 대한 정이 남달랐고, 나이가 먹었어도 항상 '우리 엄마'라고 말했다. 그렇게 병원을 다니고 기초생활 수급자로 생활을 하다가 전세금도 모두 빼서 집도 절도 없는 상태였다. 그래서 어머니는 사설 요양소에 입원 중이었다. 그런 사언이는 사체업자들의 빚을 받아내는 일을 하다 그들의 돈을 횡령하여 어머님 병원비와 사설 요양원 입원비로 사용했던 것이다. 하지만 그 당시 나또한 어려운 시기였고 경제적으로 도움을 줄 수 있는 상황이 아니었다. 이후에도 나와 사언이는 그들과 몇 번의 실랑이가 있었지만, 내가 누군지 아는 그들은 함부로 하지는 못했다. 그러다 기어코 큰 사고가 터졌다. 계속 돈을 받지 못한 그들은 결심이나 한 듯이 험악하게 나왔고 이번이 마지막 기회라면서 이렇게 말했다.

"총재님이 정말로 사언이를 위하신다면 언제까지 갚는다는 각서를 써주시고 무릎을 꿇어주시면 그날까지 기다리겠습니다."

그런데 갑자기 이 얘기를 듣고 있던 사언이가 큰소리로 소리쳤다

"총재님을 건드리면 다 죽인다."

그리고 내가 말릴 겨를도 없이 옆에 있는 의자를 들어 그 중 한 명의 머리를 내리쳤다.

"우지직."

그 한 명은 의자가 부서지면서 파편들과 함께 바닥에 쓰러졌다. 이어서 그들은 발목과 허리춤에서 사시미 칼을 빼어들어 사언이에게 달려들었고, 나는 발뒤꿈치로 한 명의 명치를 밀어 차서 고꾸라뜨린 후, 다른 한 명의 손목을 낚아채 비틀어서 제압했다. 그런데 갑자기 오른쪽 옆구리에 감전된 것처럼 묵직한 통증을 느꼈고 온몸에 힘이 풀리면서 나는 그 자리에 주저앉았다. 책상을 붙잡고 일어서려 했지만 연거푸 두 번을 나뒹굴었고, 앉은뱅이

처럼 일어서지를 못했다. 오른쪽 아랫배에 사시미 칼을 맞은 것이었다. 정말 피가 한 순간 분수처럼 뿜어져 나왔다. 그리고 사언이가 나를 업고 뛰던 기억과 함께 나는 기절했다.

병원 회복실. 나는 마취에서 깨어나면서 아주 작은 소리를 들었다. 조금씩 커지더니 마침내 또렷하게 들렸다. 교회도 다녀본 적이 없는 사언이의 기도하는 목소리였다. 나의 눈에 눈물이 맺혔다. 마취가 풀리면서 몰려온 통증 때문인지, 내가 깨어나기를 애타게 기다려준 마음이 뭉클해서인지 알 수 없었다.

"우리 총재님 아프지 않게 해주세요. 아프더라도 죽지 않게 해주세요. 죽더라도 저를 대신 죽게 해주세요."

나의 눈에 눈물이 핑 돌았다. 어설프게 소원을 빌면서도 이거 다 이루게 해달라고 떼쓰지 않고, 기도마저 한 걸음씩 양보하는 사언이의 맑은 영혼이 고스란히 전해졌다. 며칠 병원에 입원해 있는 동안 사언이는 함께 있으면서 헌신적인 간호를 했다. 하지만 한 번도 나와 눈을 마주치지 않고 그는 시선을 피했다. 그러다 문득문득 사언이가 보이지 않을 때가 있었고, 그를 찾아 병원 이곳저곳을 찾아다니다 병원 공원 벤치에 한없이 멍하니 앉아 있는 사언이의 모습을 먼발치에서 보게 되었다. 뒷모습이지만 그가 속으로 울고 있는 것 같아 마음이 저려왔다.

병원 침대에 누워 사언이와 나에 대해서 생각하다 문득 그런 생각을 했다, 40대가 갖춰야 할 다섯 가지가 있다고 한다.

출근길, 회사가 아닌 바다를 향해 핸들을 돌리려는 오른손을 다독일 수 있는 왼손.

사랑하는 사람들을 위해 두 번쯤은 굴욕을 참을 수 있는 인내심.

헛헛한 마음이 보름달처럼 꽉 찰 때 기댈 수 있는 책 한 권, 음악 한 곡, 풍경 하나.

고독한 마음을 감쪽같이 감출 수 있는 포커페이스.

함께 나이를 먹어갈 마음이 잘 통하는 친구.

사언이는 나에게 왼손이었고, 인내심이었으며, 책 한 권이었다. 그리고 나를 감출 수 있는 포커페이스이자 친구였다. 퇴원하기 전에 사언이는 편지를 한 통 남겨놓고 사라졌다. 그 조폭들은 내가 고소를 안 한다는 조건으로 사언이의 빚을 탕감하기로 했으며, 자신들 중 한 명도 머리를 10바늘 이상 꿰맸다면서, 나에게 치료비와 합의금으로 천만 원을 주고 갔다. 연맹이 여러 가지로 힘든 시기에 이 천만 원은 큰 힘이 되었다.

나는 지금도 복부에 사시미 칼자국과 수술자국이 그어져 있다. 사람들이 물어보면, 인상 또한 한 인상하는 나이기에 맹장수술 자국이라고 얘기한다. 물론 맹장수술도 했지만 상처가 이처럼 크고 깊지 않다. 나는 상처를 볼 때마다 사언이를 생각하면서 아래 말을 되새긴다.

상처가 없다면 살지 않은 거나 다름없다.
이별하고도 아프지 않기를 바란다면 사랑하지 않은 거나 다름없다.
노력하지 않고도 얻길 바란다면 배우지 않은 거나 다름없다.
쓰러진 사람을 일으켜본 적이 없다면 혼자 사는 거나 다름없다.
살아온 시간에 상처가 없다면 살지 않은 거나 다름없다.

"누가 그랬다.
상처 없는 사람은 없다.
그저 덜 아픈 사람이
더 아픈 사람을 안아주는 거다."

- 이석희의 시(時) '누가 그랬다' 중

시련은 있어도 실패는 없다

우리 연맹 지부 도장이 1000개를 넘어서고 해외 20개국에 지부를 설립하자 나는 또 다른 계획을 세웠다. 그것은 태권도의 총본산인 '국기원'처럼 사단법인 국제경호무술연맹의 사옥인 '경호무술원'을 설립하는 것이었다. 경호무술원은 경호무술 한국 본부 및 세계 본부의 역할을 담당하는 '경호무술의 총본산'이 될 거라는 야심찬 계획을 갖게 되었다. 그것이 가능했던 이유는 그 당시 우리 연맹은 무술 단체 중 태권도 다음으로 지부 도장이 많았으며, 수련 인구도 유단자를 포함하여 30만 명이 넘어섰기 때문이다. 또한 아는 분의 소개로 인천 남동구 도림동 소재 그린벨트 지역에 1500평 정도의 땅을 사단법인 법인 앞으로 기증받기로 했으며, 그린벨트 지역이라도 임대사업을 하지 않고 비영리 목적사업을 위한 건물이라면 건축 허가가 났기 때문이다.

땅주인은 도림동 일대가 모두 자기 땅이기 때문에, 연맹에서 건물을 짓게 되면 부대시설 등을 지으면서 그린벨트 지역을 하나씩 풀어나갈 계획이었다. 양도소득세 및 취득세 등 여러 비용을 포함해서 5천만 원을 들여 1500평의 땅을 법인으로 기증, 인수받았다. 5층 건물로 설계도와 조감도가 나왔고, 총 공사비가 18억 원 정도 책정되었다. 아는 변호사 사무실 사무장의 소개로 건축업자를 소개받아 3억 원을 착공비와 건축비로 지불하고, 남은 비용은 건물을 짓지 않는 땅을 건설회사 명의로 이전등기 해주기로 했다. 또한 건물 준공 후 매달 일정 금액을 지불하기로 계약서를 작성했다. 나는 이때 연맹의 사옥을 짓는다는 설렘에 마음이 들떠 있었다. 땅 인수 비용 5천만 원, 건축비 3억 원, 총 3억 5천만 원을 마련해야 했기에 나는 오피스텔과 사무실 보증금, 그리고 여기저기서 돈을 끌어 모아 총 3억 원을 건축 계약과 함께 지불했다. 땅 인수 비용까지 총 3억 5천만 원이 들었다.

그렇게 하루하루 건물을 지을 생각으로 나는 희망에 차 있었다. 경호무술을 창시하여 도복 하나 둘러메고 보급한 지 20년, 이제 경호무술의 총본산이 생긴다는 생각을 하니 장밋빛 인생이 내 눈 앞에 펼쳐지는 듯했다. 그러나 그런 행복도 잠시, 계약을 한 사무장이 3억 원을 가지고 사라져버렸다. 나에게는 청천벽력 같은 일이었다. 나 말고도 피해자가 한둘이 아니었다. 그렇게 나는 사기를 당했다. 내 인생 처음으로 사람에게 사기를 당해봤다.

옛 말에 이런 말이 있다. '도둑놈은 한 죄, 도둑맞은 놈은 열 죄'라고 했다. 도둑놈의 죄는 물건 훔친 것 하나밖에 없지만, 도둑맞은 사람은 물건 제대로 건사 못 한 죄에 쓸데없이 사람을 의심한 죄 등 10가지 죄를 짓게 된다는 말이다. 사기를 친 사무장을 탓할 일이 아니라 건물을 짓는다는 들뜬 마음과 흥분에 자세하게 살피지 못하고 사기를 당한 나 스스로를 탓할 일이었다. 있는 돈은 물론 빚더미를 떠안게 되고 다시 그것을 갚기 위해 돈을 꾸는 악순환의 연속이었다. 그러다 돈 때문에 실수도 하게 되고, 민·형사 소송들도 당하게 되었다. 사람이 힘들어질 때는 어려운 상황들이 어깨동무하고 함께 온다고 한다. 이 당시 내가 그랬다. 사무실 집기 등이 압류되어 딱지를 붙여 경매에 넘어가기도 했고, 통장이 압류되기도 했다. 또한 돈을 꾼 사람으로부터 형사 소송도 당하게 되었다. 3번의 재판 끝에 청천병력 같은 법정 구속으로 징역 6개월을 선고받고 6개월간의 수감 생활이 시작되었다(나중에 항소심에서 사건이 연맹의 운영 때문에 어쩔 수 없는 상황이었고, 그동안 소년소녀가장 돕기 등 많은 사회봉사 활동을 해온 것이 참작되어 4개월 만에 형 집행 정지로 풀려났다).

수감될 당시 몸도 많이 망가져 당 수치가 400 넘게 나가고 이빨이 빠질 정도로 당뇨가 심해서 배에 인슐린을 맞을 정도였다. 간수치도 보통사람의 20배가 높을 정도로 초기 간경화 증세 또한 있었다. 구치소 의료 담당자가 의무 기록을 보고 난 뒤 큰소리로 나를 야단쳤다.

"혈당 수치가 417로 나왔습니다. 이 정도 수치라면 당신 장기는 지금 설탕물에 녹고 있는 상태요. 지금이라도 혈당을 관리하지 못하면 합병증이 생기고 손발이 썩고 눈이 멀게 됩니다. 이 지경이 되도록 뭐한 겁니까? 약 처방을 내려줄 테니 열심히 먹고 열심히 운동하세요."

그러면서 병동으로 옮길 것을 권했다. 나는 이때 부와 명예, 그리고 건강, 모든 것을 잃었다. '100-1=00'이라는 공식이 있다. 100번의 성공을 이루었더라도 한 번의 실패로 모든 것을 잃을 수도 있다는 뜻이며, 100개를 가졌더라도 단 하나 건강을 잃는다면 아무것도 갖지 못한다는 뜻이다. 이 공식이 나에게도 적용되었다.

한겨울의 구치소 생활은 너무 힘들었다. 나는 속칭 '빵기통을 탔다.' 얼음장 같은 물로 빵기통(화장실) 청소, 설거지, 그리고 목욕을 해야 했다. 목욕이라고 해봐야 빵기통에서 얼음장 같은 물을 바가지로 몸에 끼얹는 것이었다. 이때까지 나는 웬만한 건달들도 많이 알고 지냈고, 나 또한 연맹 총재로, 경호무술 창시자로 꽤 알려져 있었기 때문에 어느 정도 대우를 받을 수도 있었지만, 나는 인생을 다시 시작한다는 각오로 수감 생활을 하면서 밑바닥부터 다시 시작했다. 하루 종일 설거지와 화장실 청소를 하다 보니 손발이 마를 시간이 없어 동상이 걸렸고, 밤에는 동상으로 손발이 저리고 가려워 잠을 이루지 못했다. 또한 잠을 빵기통 옆에서 자다 보니 냉기로 인해 감기 몸살이 걸려 떨어지지 않았다. 나는 그럴 때마다 입술을 꼭 깨물고 버텨 나갔으며, 이불을 뒤집어쓰고 소리 없는 울음도 울어봤다.

무엇보다도 힘들었던 것은 당뇨로 구치소 의료과에서 배에 인슐린을 맞을 때였다. 너무나 비참했고 내가 인생의 어느 밑바닥까지 떨어질까 오기가 생기기까지 했다. 나는 그때 『오디세이아』 중에서 영웅 오디세우스가 거듭된 위기를 맞이해 뇌었던 말을 떠올렸다.

"나는 이미 너울과 전쟁터에서 많은 것을 겪었고, 많은 고생을 했소. 그러

니 이들 고난들에 이번 고난이 추가될 테면 되라지요." (호메로스의 『오디세이아』 중)

그렇게 한 달 정도 시간이 흐른 후 내가 TV나 언론 매체에 소개되었던 것을 알아보는 사람들이 생겼다. 우연히 접견 시간에 마주친 다른 방의 건달 동생이 나에게 90도로 인사를 하게 되면서 방 사람들이 내가 누군지를 알게 되자, 방 사람들의 배려로 하루 종일 책을 읽고 글을 쓰고 운동하면서 시간을 보냈다. 그렇게 4개월 가까이 100권 이상의 책을 읽고 운동을 하면서 많은 생각을 했고, 후회와 반성도 뼈에 사무치도록 했다. "책은 여러 권의 책을 읽기보단, 한 권의 책을 여러 번 읽는 것이 더 도움이 된다."는 말처럼, 100권 이상의 책을 여러 번 읽었다. 또한 "어떤 책을 읽은 사람은 그 책을 읽기 전의 사람이 아니다."라는 말처럼 나는 많은 변화를 겪었고, 책을 읽을수록 내가 책 속에 같이 있다는 생각 또한 들었다.

그리고 팔굽혀펴기도 한 번에 500개 이상을 할 정도로 건강도 많이 좋아졌다. 체력 또한 한참 운동하던 시절의 몸을 되찾았고, 방 사람들로부터 바늘로 찔러도 들어가지 않을 정도로 돌덩이같이 단단하다는 농담을 들을 정도였다. 하루 종일 운동을 한 후 한겨울에 얼음장 같은 차가운 물로 목욕을 하다 보면 정신이 번쩍 들 정도로 온몸에 소름이 돋아났다. 다른 사람들이 그렇게 운동하다가는 쓰러진다고 했지만, 운동하면서 느끼는 피곤함과 고통이 오히려 쾌감으로 다가왔고, 나는 이때 무엇인가 미치도록 하는 것이 내가 미치지 않도록 하는 방법이었다.

"육체의 피곤함과 고통은 정신을 맑게 한다."는 말처럼, 나는 그렇게 점점 정신이 맑아지자 내 인생을 한 발짝 뒤로 물러서서 지켜보는 여유 또한 가지게 되었다. 이때 내가 매일 아침 눈떠서 가장 먼저 한 일은 무사히 아침을 맞았음을 감사하는 일이었다. 어쩌면 이때 내가 구치소에 수감되지 않았더라면 몸이 완전히 망가져 더 이상 회복이 불가능했을지도 모른다. 사람은 세상을 어떤 프레임으로 보느냐에 따라서 성공과 실패가 좌우된다고 나는 생각한다. 4개월의 수감 생활을 내 인생의 수치이자 실패로 생각했다면, 나는 주저앉았을 것이다. 하지만 나는 이 4개월의 기간이 오히려 그동안 나태해진 나를 뒤돌아보고 반성하고, 그리고 담금질하는 시간이 되었다.

나는 세상을 강자와 약자, 성공과 실패로 나누지 않는다. 나는 세상을 배우는 자와 배우지 않는 자로 나눈다. 그것은 나에게 시련은 있어도 실패는 없기 때문이다. 나는 지금 이 글을 구치소에서 쓰고 있다. 이렇게 수치스럽고 굴욕적인 일을 글로 기록하는 것, 이 또한 나에게는 경호무술의 역사이기 때문이다.

"삶에서 가장 위대한 영예는 결코 쓰러지지 않는 데 있는 것이 아니라, 쓰러질 때마다 일어서는 데 있다. 나의 성공으로 평가하지 말라. 얼마나 많이 쓰러졌다가 다시 일어서는가로 평가하라."

- 넬슨 만델라

구치소에서 경호무술을 가르치다

조직 폭력배는 감옥 안에서도 눈에 띄는 존재다. 우선 수형자 명찰부터 다르다. 일반 수형자들은 흰 광목천에 검은색으로 숫자를 쓴 수형자 번호를 부착하지만, 조폭은 '요시찰인' 노란 명찰이다. 범죄단체 조직 죄로 구속되면 노란 명찰을 달아야 한다. 노란 명찰을 단 수형자는 수형자 세계에서 공포의 대상이며, 일명 '노란 명찰'로 불린다.

인천 구치소가 12층의 건물이고 면회실이 1층에 있다 보니, 면회를 하기 위해 엘리베이터를 타거나 면회실에서 대기하다 보면 노란 명찰끼리 마주치는 경우가 있다. 그런 경우 아랫사람이 윗사람에게 '형님'이라는 호칭을 사용하면서 90도로 고개 숙여 문안 인사를 한다. 또한 조폭이 무슨 말을 하면 동생들은 두 손을 배 위에 가지런히 모은 상태에서 고개를 숙이고 경청한다. 그런 모습을 지켜보면서 일반 수형자들은 그들을 '꼴불견'으로 생각하며, "똥이 무서워서 피하냐, 더러워서 피하지." 하면서 위안을 삼는다.

내가 구치소에 수감된 지 한 달이 채 못 되었을 때쯤 면회 대기실로 줄을 맞추어 걸어가고 있는데, 뒤에서 한 무리의 조폭들이 웅성거리며 걸어오고 있었다. 그 중 특히 한 명의 목소리가 유난히 크고 그들을 주도하고 있었다. 그런데 목소리가 어딘지 무척 낯익었다. 나는 뒤돌아 그 목소리의 주인공과 눈을 마주치고 소스라치게 놀랐다. 그는 바로 내 제자이자 동생인 여동훈이었다.

여동훈은 내가 인천에 왔을 때부터 나에게 경호무술을 배웠던, 어느 정도 인천에 이름이 알려진 건달이었다. 그는 경호원으로 활동하다가, 나중에 경호 회사를 설립하겠다는 포부로 나에게 10년 동안 경호무술을 배우면서 경호무술 4단 단증과 사범 자격증까지 취득했었다. 또한 나는 전남과학대학 경호보안과 객원교수로 재직하면서 그를 이끌어 늦은 나이에 대학을 졸업시키고, 체육 실기교사 자격증까지 취득하도록 도와주었다. 그래서 그는 나를 '평생의 스승'으로 생각하고 있으며, 스승의 날에는 여러 선물을 보내주곤 했다. 나는 그런 그와 스승과 제자 그리고 형제로서 인연을 맺게 되었다. 그런 동훈이와 구치소 면회 대기실에서 만났으니, 나도 놀랐지만 그도 많이 놀랐다.

"총재님, 이런 데 어쩐 일이십니까? 처음 마주치고 제 눈을 의심했습니다."

나는 좀 쑥스러운 표정으로 얘기했다.

"창피하다…. 그건 그렇고, 너는 무슨 일이냐? 명찰을 보니 너 아직도 손을 씻지 못했냐!"

그렇게 우리는 짧은 시간이지만 여러 이야기를 주고받았다. 얘기인즉, 동훈이는 낮에는 경호 팀장으로 활동하면서 저녁에는 업소를 관리하다가, 일이 잘못 엮여 범죄단체 조직 죄로 1심에서 징역 2년형을 선고받았다고 했다. 동훈이가 자신의 조직, 형, 동생들에게 내가 자신의 큰형님이자 스승이라고 소개를 해서, 그때부터 엘리베이터나 면회 대기실에서 노란 명찰들이 나를 보면 90도로 인사를 했다. 나는 그런 것이 부담스러워 동훈이에게 그러지 말라고 당부했지만, 동훈이는 누가 실수라도 했나 싶어 오히려 그들에게 주의를 주곤 해서 더 깍듯하게 나에게 인사를 했다. 나는 그렇게 노란 명찰이 아닌데도 교도관이나 수형자들로부터 주목을 받게 되었다. 또한 동훈이는 내가 집필한 『보디가드의 세계』에 자신의 사진이 나와 있어, 자신의 방 사람들에게 자랑하려고 책을 가지고 있었다. 그 책에는 초창기에 여동훈이 교육받던 사진이 있어서 소중하게 간직하고 있다가, 아는 지인에게 차입도서로 구치소에 넣어달라고 한 것이었다.

동훈이는 『보디가드의 세계』를 조폭들끼리 돌려보다가, 그 책을 내가 있는 방으로 보내주었다. 방 사람들 중 한 명이 우연히 우리 방으로 보내준 『보디가드의 세계』와 내 이름, 그리고 내 사진을 보면서 그 책을 우리 방 사람 전부에게 보여주게 되었다. 그러면서 책을 쓴 작가이자 경호무술 창시자인 사람과 같은 감방에서 생활하고 있다는 사실을 교도관들에게 선전하고 옆방 수형자들에게도 자랑했다. 나는 그렇게 인천 구치소에서 유명인사가 아닌 유명인사가 되어가고 있었다. 내가 누군지를 알게 된 같은 감방 사람들이 나에게 운동 방법이나 경호무술에 대해 물어보면서, 하루에 30분 운동 시간에 내가 운동하는 것을 따라하는 사람도 생기게 되었다. 몇몇 사람들은 경호무술에 큰 관심을 갖고 배우려고까지 했지만, 나는 주위사람들의 시선이 부담스러워 운동 시간에는 조용히 체력 훈련만 했다.

말은 적게 할수록 사람의 무게는 더 나가는 법이다. 여러 가지 소문과 말없이 운동만 하는 나를 보며 감방 사람들은 처음엔 내가 조폭 두목인 줄 알았다고 했다. 그러다 점점 사람들과 친해지면서 내가 운동하는 것과 책을 쓰는 것에 많은 배려를 해주었고, 읽고 싶은 책들을 구해주기도 했다. 또한 운동 시간에는 사람들에게 경호무술을 가르칠 수 있었고, 일부 교도관들은 그런 모습을 지켜보면서 따라하기도 했다. 이때 나에게 경호무술을 배웠던 수형자 중에는 실력을 갖추어 경호무술 단증을 취득한 사람도 있었다. 6년 동안 도복 하나 둘러메고 전국에 경호무술을 보급하러 다닐 때, 승학산에서 1년 동안 텐트를 치고 경호무술을 가르칠 때, 나는 그때보다도 구치소에서 경호무술을 가르치는 나 자신이 더 자랑스러웠고 뿌듯했다.

'바람은 정지해 있으면 이미 바람이 아니다.'

내 인생에서 가장 가치 있는 4개월

6평 남짓한 감방, 하루 30분 운동하러 나가는 시간을 제외하고 하루 24시간을 이곳에서 지낸다. 먹고, 자고, 씻는 모든 생활을 이 좁은 공간에서 11~12명의 사람들과 함께한다. 그렇게 10일이 한 달이 되고, 한 달이 어느새 4개월이 되어가고 있다. 이제 곧 나는 형 집행 정지로 출소하게 된다. 출소를 눈앞에 두고 지난 4개월의 시간이 주마등처럼 스쳐지나간다. 짧다면 짧고 길다면 긴 시간, 나는 이곳에서의 4개월이 내 인생에서 가장 소중한 4개월이 될 수 있도록 노력해왔다.

처음에는 적응하기 힘들었지만 시간이 지날수록 점점 익숙해지고, 규칙적인 생활이 육체와 마음을 건강하게 했다. 그래서 사람은 '환경에 적응하는 동물'이라는 말이 생긴 것 같다. 북아메리카 인디언들은 어디론가 급히 갈 때면 반드시 한 번쯤 멈춰 주변을 돌아보는 훈련을 어릴 때부터 한다. 몸이 너무 빨리 달려가면 영혼이 따라오지 못하기 때문이라고 하지만, 사실은 제대로 가고 있는지 돌아보게 하려는 지혜였다. 기계적으로 가고 있는 건 아닌지 스스로를 점검할 시간을 갖도록 했다. 그 4개월의 시간이 나에게는 나를 되돌아보고 스스로를 점검할 수 있는 시간이 되었다. 그러다 보니 내 인생을 뒤로 한 발짝 물러서서 생각하는 여유 또한 가지게 되었다. 장기판에서는 옆에서 훈수 두는 사람이 판을 더 잘 본다. 한 발 떨어져서 판 전체를 내려다보기 때문이다. 영화 '죽은 시인의 사회'에서 키팅 선생은 책상 위에 올라가 세상을 보라고 가르쳤다. 발상의 전환을 강조한 가르침이다.

그렇게 내 인생을 되돌아보니 많은 부분 헛된 것에 시간을 허비했던 것 같다. 나 자신의 가치를 찾기보다는, 남에게 인정받기 위해 살아온 세월이었다. 나는 내가 원하는 것을 생각하는 대신, 다른 사람들이 나에 대해 무슨 생각을 하고 있는가를 걱정하느라 너무 많은 시간을 낭비했다. 나는 식당에서 음식이 입에 맞지 않는다고 불평한 적도 없고, 다른 사람들의 시끄러운 소리에 소리를 낮춰달라고 말한 적도, 형편없는 물건을 사놓고도 그 가게에 가서 환불을 요청한 적도 없었다. 나는 내가 사람들에게 친절한 태도를 보이고 있다고 생각했지만, 사실은 제 밥그릇도 제대로 찾아먹지 못하는 사람 노릇을 하고 있었다.

나는 타인의 눈에 나를 맞추고 있었다. 사실 다른 사람들이 나를 어떻게 생각하는지는 내가 전혀 신경 쓸 일이 아니었다. 오히려 내가 나를 어떻게 생각하는지가 중요한 것이었다. 자존심은 스스로가 자신을 좋게 생각하는 것이지만, 허영은 남이 나를 좋게 생각해주었으면 하는 마음이다. 그렇게 나는 남이 나를 인정했으면 하는 삶을 살아왔던 것 같다. 그러면서 나는 생각했다. '자신이 자신을 인정하는 자존감이야말로 최고의 가치'라는 것을.

우리는 끊임없이 누군가에게 무엇이 되고 싶어 한다. 그러면서 한편으로는 끊임없이 누군가에게 관심을 받고 싶어 한다. 누군가에게 기대고 싶고, 힘이 되어주고 싶은 것은 분명히 그 사람에게 아름다운 마음이 있기 때문이다. 지금 내가 바로 그렇다. 누군가의 관심을 받고, 기대고 싶고, 힘이 되고 싶지만, 6평 남짓한 감방에 있는 나는 그럴 수가 없다. 그럴 때마다 나는 감방 안에서 고함이라도 지르지 않으면 가슴이 터질 것 같은 때가 몇 번 있었다. 갇혀 있는 것 자체가 엄청난 스트레스다. 참으려고 하면 할수록 심장이 벌컥거리며 얼굴이 시뻘겋게 달아올랐다. 한겨울이지만 온몸이 마치 열병에 걸린 것처럼 불덩이가 되었다. 나는 그럴 때마다 쓰러질 정도로 운동을 하고 땀을 흘린 후, 얼음장 같은 차가운 물로 목욕을 했다. 그리고 글을 썼다. 나중에 이 글을 읽는 이에게 나의 경험이 조금이나마 도움이 될 수 있도록….

처음에 법정 구속되어 구치소에 수감되었을 때, 그것은 내 인생에서 가장 큰 수치와 굴욕이었지만, 이제는 내 인생에서 가장 가치 있는 4개월이 되었다. 또한 남은 시간도 그렇게 되도록 노력할 것이다.

'두 사람이 감옥에서 창문 밖을 내다보았다.
한 사람은 진흙탕을, 다른 한 사람은 별을 보았다.'

지혜는 한계를 인정하는 것이다

내가 징역 4개월의 옥살이를 마치고 출소하자, 여러 곳에 소문이 퍼졌다. 말하기 좋아하는 사람들은 좋은 말보다는 나쁜 말을 옮기기 좋아한다. 내 앞에서 한 마디도 못 하는 사람들이 내가 징역을 갔다 온 일로 뒤에서 수군대며 비난과 비방을 하는 것을 알게 되었다. 물론 4개월이라는 시간 동안 많은 생각도 하고 반성도 했다. 하지만 이때 나는 처음으로 사람들에 대한 실망도 함께 느꼈다. 그러면서 나는 오히려 다음과 같이 생각했다.

'죽은 개는 아무도 걷어차지 않는다. 그 개가 두렵고 대단한 것이기에, 사람들은 묶여 있는 그 개를 걷어참으로써 자기가 대단한 척 만족을 느끼는 것이다.'

임원 분들 중에는 가만히 있을 일이 아니라 명예훼손으로 대처하면서 해명을 적극적으로 해야 한다는 의견을 낸 사람도 있었으나, 나는 그럴 때마다 침묵이 가장 좋은 답이라고 말했다. 그때 내가 침묵으로 일관했던 근거는 눈이 준 교훈 때문이다. 폭설이 내리고 있는 동안에는 눈을 쓸지 않는다. 눈이 쏟아질 때 눈을 쓰는 것은 바보 같은 짓이기 때문이다. 또한 참새와 뱁새는 하루 종일 재잘대지만, 사자는 침묵을 지키다가 가끔 포효한다. 퍼붓는 눈처럼 비방과 욕설이 한참 쏟아지고 있을 때, 중간에 해명을 한들 통하겠는가. 해명은 변명이 될 것이고, 더 큰 욕과 중상모략이 있을 것은 뻔한 이치다. 어떤 진실도 이해를 구할 수 없는 나쁜 때가 있는 법이다.

'그것은 지혜는 한계를 인정하는 것이기 때문이다.'

폭풍우와 홍수 속에 무작정 뛰어나가 설치다가는 공연히 함께 휩쓸려 떠내려가고 만다. 내가 이때 입은 상처는 대단히 컸다. 오히려 법정 구속으로 징역 6개월을 선고받았을 때나 수감 생활을 할 때보다 이때의 상처가 더 컸다. 사람한테는 자신이 믿고 싶어 하는 대로 믿는 경향이 있다. 그것이 좋은 쪽으로든 나쁜 쪽으로든. 또한 사람들은 종종 자기들이 얻을 수 없는 것을 나쁘게 말한다. 하지만 나는 이때 '타면자건(唾面自乾)'이라는 교훈을 떠올리면서 인내를 배웠다. 타면자건은 '남이 내 얼굴에 침을 뱉으면 그것이 저절로 마를 때까지 기다려라'는 말이다. 남이 나의 낯에다 침을 뱉을 때, 이를 바로 닦으면 그 사람의 뜻을 거스르는 것이 되므로 저절로 마를 때까지 기다리라는 뜻이다. 처세에 인내가 얼마나 중요한 미덕인가를 말해주는 사자성어이며, 상대가 비록 적일지라도 상대 또한 끝까지 배려하는 경호무술의 '윤리적인 제압'과도 통하는 말이다.

사람들이 나는 존경하지 않거나 나를 짓밟으려 하면, 이렇게 자문해볼 필요가 있다. '이 사람들이 나를 이렇게 대하도록 내가 부추기고 있는 것은 아닐까?' 그들로부터 다른 대접을 받고 싶다면, 내가 먼저 변해야 한다. 그렇게 생각하다 보니 나는 이번 경험을 통해 사람들에게 실망도 느꼈지만, 오히려 소중함을 알게 되는 귀중한 시간이 되었다.

구치소에 있을 때, 4개월간 한 주도 빠짐없이 면회를 오면서 연맹 업무와 뒷바라지를 해주신 김영호 여성 부총재, 이재섭 사무총장님께 감사를 드린다. 또 면회를 오면서 여러 도움을 주신 이만우 고문, 이희천 고문, 윤태한 부총재, 백승호 부총재, 이영호 부총재, 조백종 부총재, 최승원 교수, 김재영 경북협회장, 백승민 이사, 임인옥 여사, 곽진주 여성위원, 만취 김용복선생님, 민경환 사무국장, 박태윤 관장, 이민우 관장, 김기태 관장, 장천우 관장, 유성태 관장, 안영호 관장, 서윤 관장님께 감사드린다.

세계적인 디자이너 피에르 가르뎅의 말을 생각하며 나는 오늘도 도복을 입는다.

"전 다른 사람들에게 비판을 받는 일에는 이미 이골이 났습니다. 제가 혁신적인 디자인을 선보일 때마다 사람들은 제가 만신창이가 될 때까지 그 디자인을 헐뜯고 비난합니다. 그런데 그렇게 비난하고 욕하던 사람들도 결국 제가 만든 옷을 입습니다."

- 피에르 가르뎅

아첨해보아라, 그러면 당신을 믿지 않게 될 것이다.
비난해보아라, 그러면 당신을 좋아하지 않게 될 것이다.
무시해보아라, 그러면 당신을 용서하지 않게 될 것이다.
격려해보아라, 그러면 당신을 잊지 않게 될 것이다.

전국 시·도 지부 발족 및 발대식 개최

처음 경호무술을 창시해서 보급할 때, 아니 정확하게 말하자면 경호무술이라는 명칭을 처음 사용할 때인 20년 전만 해도 이처럼 경호무술이 발전할지는 몰랐었다. 이제는 국내 1000여 개의 지부 도장을 통해 전국적으로 경호무술이 보급되고 있으며, 해외 20개국에 지부를 설립, 세계 속으로 경호무술이 나아가고 있다. 또한 배출된 경호원 및 유단자를 포함하여 30만여 회원들이 수련하는 무술로 발전했다. 그러다 보니 연맹 중앙본부에서 전국 지부 도장과 수련회원을 모두 관리하기가 힘들었고, 나는 전국 광역시·도 지부 도장 관장들로부터 주위에 인품과 덕망이 뛰어난 무술인을 추천받아 각 시·도 지부 회장으로 임명, 발대식을 지부별로 개최했다. 또한 지부 발대식 때는 지역마다 전국경호무술 연무시범대회를 함께 개최해 경호무술의 인기를 실감할 수 있었다.

지역 지부 협회들이 결성되자 지역마다 경호무술이 활성화되었다. 지역별로 훌륭한 분들을 지부 임원으로 영입, 행사 시 연맹 지부 도장 관장들과 경호원들을 제외하고도 중앙본부 및 지부 인원들만 모여도 500명이 넘는 임원들이 행사에 참여했다. 그렇기에 연맹에서는 2개월에 한 번씩 전국 시·도 지부 회장들의 모임인 전국경호무술 시·도 지부 대표자 회의를 개최해 연맹에 중요한 결정을 할 때마다 시·도 지부 회장들의 의견을 수렴하여 연맹 운영에 많은 도움을 받고 있다.

나는 그때 전국 시·도 지부 회장 및 대표들이 모두 나의 제자들로 임명되는 날, 바로 그날이 진정으로 경호무술이 천하 통일되는 날이라고 생각했었다. 이제 연맹 시·도 지부는 시간이 많이 흘러 어떤 곳은 3대, 어떤 곳은 4대 회장을 임명하여 경호무술을 보급하고 있으며, 지부장 이·취임식 때 전임 회장은 신임 회장에게 지부 깃발을, 신임 회장은 전임 회장에게 감사패를 수여하면서 서로 축하를 해주고 있다. 그러면서 전임 회장은 지부 회장직을 후배에게 물려주고 연맹 중앙본부 고문 및 부총재로 임명받아 연맹에 많은 도움을 주고 있다. 나는 이러한 모습을 지켜보면서 이것이 바로 경호무술의 역사이자 연혁이라고 생각한다. 현재는 경호무술 전국 시·도 지부 회장들이 모두 나의 제자들로 임명되어 활동하고 있다. 나는 전국 시·도 지부 회장들을 새롭게 나의 제자들로 임명하는 날, 다음과 같은 말을 인용하여 인사말을 했다.

"호랑이가 산에 있으면 그 위엄이 막중하고, 용이 연못에 있으면 신기를 헤아릴 수 없습니다. 그러나 호랑이가 들판에 헤맨다면 초동목부(樵童牧夫, 땔감을 하는 아이와 풀밭에서 가축에게 풀을 먹이는 사람)에게 쫓길 것이요, 용이 육지로 나와 기어 다닌다면 물개도 비웃을 것입니다. 나는 항상 언제 어디서나 도복을 입고 경호무술을 수련하고 가르칠 것이며, 경호무술과 함께할 것입니다. 여러분 모두도 각자의 지역에서 경호무술 창시자라는 사명을 가지고 경호무술의 역사를 새롭게 써가 주시길 바랍니다."

현재 전국에 시·도 지부 회장들, 아니 나의 제자들은 오히려 나보다 더 경호무술에 대한 열정과 자부심을 갖고 경호무술을 보급하고 있다. 나는 그런 제자들의 모습을 지켜보면서 그들의 '빨래집게'가 될 것이라는 다짐을 가져본다.

"빨래집게는 오로지 빨래만을 위해 존재한다. 빨래가 날아가지 않게 감독하고 햇빛과 바람을 골고루 쐬면서 잘 마르게 하기 위해 매달려 있는 것이다. 빨래집게가 가장 빨래집게다울 때는 어떤 바람이 불어도, 어떤 태풍과 폭풍과 악천후에도 끈질기게 빨래를 물고 있는 것이다."

- 유용주 산문집 『그러나 나는 살아가리라』 중

사)국제경호무술연맹 강원도협회 발대식

사단법인 국제경호무술연맹 서울특별시중앙협회
명예회장 취임식 및 임원 임명식
행사일시 : 2010년 7월 17일(土) 12:00

서울협회 발대식 및 회장취임식
2008 전국경호무술 연무시범대회
환영
환영
환영
경축

(사)국제경호무술연맹 인천광역시협회 발대식
■장소 : 수림공원가든 ■주최 : (사)국제경호무술연맹 인천광역시협회

국제 경호 무술연맹 경기도협회 발대식 및 세미나
주최·주관 : 국제 경호 무술연맹 경기도 협회 / 수원시지부
일 시 : 2009년 2월 21일(토요일) 오후2시
장 소 : 국제 경호 연맹 경기도 연수원(수원성교회 소강당)

회장 이.취임식 및
2006 전국 경호 무술 연무 시범대회
성남특별경호단
일시 : 2006. 8. 26 오후2시 장소 : 코리아디자인센타 6층 컨벤션 홀
국제경호무술연맹
S.P.G
성남특별경호단
JCI JCI-KOREA 성남

사)국제경호무술연맹 충청남도협회 발족 (주)휴먼쉴드 충청지사 설립
■ 주관 : (사)국제경호무술연맹 충남협회/(주)휴먼쉴드 충청지사
국제경호무술연맹/한국범죄퇴치운동본부/경호무술신문사/(주)휴먼쉴드

전라남도협회 창립식

경호무술창시자 이재영총재님 초청
I.K.F 승단심사 대회 2007. 12. 23

대구광역시경호무술협회 창립식
명예회장 김기열 · 회장 최예철 취임
CLEAN

결식학생돕기 경호무술
연무시범대회 전북협회 발대식·회장
2006.11.18 17:00

국제경호무술연맹
국제경호무술협회

사이판에서 경호무술 세계화의 꿈을 펼치다

두 사람이 있었다. 한 사람은 우리 지부 도장 국내 관장님이고 한 사람은 우리 연맹 해외 지부장님이었다. 난 두 사람을 처음 만나는 날 한 명에게는 남대문 시장에서 연탄구이와 소주를 사주었고, 다른 한 명은 막걸리 집에서 닭발을 사주었다. 얼마간의 시간이 흐른 후 반응이 왔다. 연탄구이와 소주를 마신 관장님은 다른 관장님들에게 국제경호무술연맹의 이재영 총재는 사기꾼이라는 얘기를 하고 다닌다고 했다. 총재라는 사람이 자신을 처음 만나는 날 남대문시장에서 연탄구이와 소주를 마시더라는 것이 그 이유였다. 막걸리와 닭발을 같이 먹은 해외 지부장님에게서는 감사하다는 전화와 이메일이 왔다. 자신은 대학을 졸업하고 결혼하자마자 해외로 나가서 한국에 대한 추억이 그리 많지 않다는 것이었다. 자신이 한국에 올 때마다 후배나 아는 사람들이 좋은 술집에 데리고 가거나 양주를 사주지만, 자신은 올 때마다 한국에서 특별한 추억을 만들고 싶었었는데, 바로 나와 함께 막걸리와 닭발을 먹게 되었다는 것이다.

이미 서양 입맛에 길들여진 그 지부장님에게는 그 닭발이 얼마나 매웠던지, 온몸에 땀을 흘리면서 닭발을 먹었다고 한다. 그리고 사이판에 돌아간 후 그런 추억을 만들어준 나에게 감사하다는 이메일이 왔다. 또한 총재라고 해서 내심 긴장도 하고 무게를 많이 잡을 것으로 생각했는데, 소탈한 모습이 너무 좋았다면서 거의 이틀에 한 번 꼴로 이메일이 왔다. 그 후 많은 이메일을 서로 주고받고 교류를 하다가, 그 해외의 관장님은 우리 연맹의 해외 지부가 되어 사이판에 경호 회사까지 설립하게 되었다. 그 지부장님이 바로 박철 부총재님이시다. 박철 부총재님은 용인대학교 태권도학과를 졸업하고 신혼여행을 사이판으로 갔다고 한다. 그렇게 가게 된 사이판에서 박철 부총재님은 태권도에 대한 신념 하나로 사이판에 정착하게 되었다. 그래서 그분은 늘 그런 얘기도 했었다, 자신은 항상 신혼여행 중이라고. 맨몸 하나로 사이판에서 사이판 태권도협회를 설립하고 연맹의 지부가 되어 미국 법인 경호 회사까지 창업했고, 사이판 무도대학까지 설립, 준비하게 되었다.

나는 그런 박철 부총재님과 친구가 되었고, 우리 연맹에 해외 첫 지부가 생기는 순간이었다. 또한 시간이 흐를수록 우리의 우정은 깊어졌고 경호무술 또한 아마도 제일 많이 배우신 것 같다. 나는 그런 박철 사이판 지부장님을 연맹 부총재로 임명하게 되었다. 그리고 나는 박철 부총재님과 정말 많은 것을 했다. 박철 부총재님도 사이판에 있는 시간보다 한국에, 특히 연맹에 있는 시간들이 더 많았다. 우리는 함께 경호무술 연무대회를 개최했고 경호무술 홍보 동영상을 함께 출연, 만들었으며, 그리고 EBS 다큐멘터리 맞수 '초보 보디가드, 사선에서다'도 함께 출연했다. 또한 힘들고 외로운 시기에 옆에서 큰 버팀목이 되어주었다. 또 몇 달간 체육관에서 함께 자고 먹고 생활한 적도 있다. 그러다 어떤 때는 내가 운전을 하다 교통사고를 내어 차를 폐차할 정도로 함께 죽을 고비도 넘겼다. 그러한 모든 것들이 어쩌면 박철 부총재님 때문에 내가 한 단계 성장할 수 있는 밑거름이 되었던 게 아닐까 싶다. 얼마나 둘이 붙어 다녔으면, 그런 우리 사이를 질투해서 시기와 이간질하려는 임원들도 있었다. 우리는 또한 사이판에 무도대학을 설립할 꿈을 가지고 실행에 옮기기도 했다. 물론 박철 부총재님이 거의 모든 것을 준비한 상태였었다. 그리고 건물까지 실제로 준공에 들어가서 50% 가까이 건물을 짓기도 했다.

그 당시 박철 부총재님과 나는 야심찬 미래를 가지고 있었다. 대학도 대학이지만, 대학 준공이 완료되면 그것을 기반으로 함께 사이판에 찜질방을 오픈하는 것이었다. 한국에서 사이판으로 가는 여행객들 중 비행기 시간으로 인해 새벽에 도착하는 경우가 많았다. 물론 지금도 그렇지만, 그 사람들이 호텔에 가게 되면 새벽에 가는데도 하루 비용을 지불해야 했다. 또한 사이판에는 사우나와 찜질방이 없기 때문에 사이판에 있는 한국 교포들이 한국에 오면 제일 먼저 사우나에 가서 때를 민다고 했다. 그래서 우리는 사이판 무도대학에 이어 찜질방을 오픈하고 무술 재벌의 꿈을 키워 나갔다. 그게 가능했던 이유는 미국이라는 나라는 누가 새로운 것을 하면 적극적으로 지원하는 시스템이 되어 있기 때문이다. 그래서 이런 말이 생겼는지도 모른다. "미국은 새로운 것에 지원과 투자를 하며, 일본은 미국을 따라잡는 것이라면 무엇이든지 투자를 하고, 한국은 돈 되는 것이라면 투자를 한다." 물론 우리는 그 꿈을 이루지 못했지만, 우리는 또 다시 도전할 것이다.

실행 불가능한 생각을 한 글자로 표현하면 그것이 바로 '꿈'이라고 한다. 우리 연맹이 오늘과 같은 세계적인 단체로 성장한 배경에는 박철 부총재님과 같이 그 실행 불가능한 생각, 즉 '꿈'을 이루고자 했던 많은 분들의 노력 덕분이다. 세상은 참 아이러니하다. 현재 박철 부총재님은 국내에서 사단법인 국제불무도연맹을 설립해서 스님이 되어 부처님의 말씀과 불무도의 전파와 보급을 위해 노력하고 계시다. 박철 총재님은 현재 제천의 한 절에 무예연수원을 짓고 있다. 사단법인 국제불무도연맹 박철 총재님, 아니 대일 스님의 건승과 발전을 기원 드린다.

베트남 공안부에서 경호무술을 채택, 수련하다

20대 초반에 읽었던 책 중에 『한국 무술 미 대륙 정복하다』라는 책이 있었다. 아마 내가 읽었던 책 중에 제일 감명 깊게 읽었던 기억이 생각난다. 이 책에는 맨몸뚱이 하나 가지고 미국으로 건너가 성공신화를 이룬 무술인들의 파란만장한 삶의 스토리가 소개되어 있는데, 나는 그 책을 읽으면서 20대의 젊은 나이에 피 끓는 열정을 느꼈었다. 그런 20대의 열정은 시간이 많이 흐른 지금에도 해외에 경호무술을 한 곳, 한 곳 보급할 때마다 나는 느끼고 있다. 현재 우리 연맹은 해외 20개국에 경호무술협회를 설립, 경호무술을 보급하고 있다.

앙드레지드의 『지상의 양식』에는 이런 글이 있다.

"바닷가의 모래가 부드럽다는 것을 책에서 읽는 것만으로는 만족할 수 없다. 나의 맨발이 그것을 느끼고 싶은 것이다. 먼저 감각이 앞서지 않은 지식은 그 어느 것도 나에게는 소용이 없다."

위의 글처럼 해외에서 경호무술을 보급하고 있는 우리 연맹 해외 지부장들의 삶의 경험은 책에서 얻을 수 있는 지식이 아닌, 그들의 몸으로 부딪치면서 체득한 귀중한 경험이며 우리연맹의 가장 소중한 자산이 되고 있다. 언어가 통하지 않고 풍습, 환경 등 모든 것이 다른, 머나먼 이국땅에서 현재가 있기까지 아마도 수많은 난관을 극복했을 것이다. 그런 그들의 삶의 궤적은 존경받아 마땅하다. 그런 분 중에 한 분인 우리 연맹 베트남 경호무술협회 이명식 회장님과 함께 베트남에 경호무술을 보급할 수 있어 나는 무척 자랑스럽고 영광스럽게 생각하고 있다. 이명식 회장님은 현재 베트남 공안부 무도 사범으로 재직 중이며, 공안부 요원들에게 태권도와 경호무술을 가르치고 있다. 베트남 공안부는 대한민국의 경찰청과 국방부 같은 조직으로, 이명식 회장은 10년 넘게 공안부에서 태권도를 지도하고 있으며, 그분의 노력으로 2010년부터 경호무술 또한 채택, 수련하고 있다.

그는 그동안 베트남에서 무도를 보급한 공로로 베트남 공안부와 베트남 문화체육부로부터 훈장을 수여받았고, 얼마 전에는 베트남 공안부 장관상 또한 수상할 정도로 베트남에서 자 타가 공인하는 그랜드마스터이다. 얼마 전 이명식 회장은 베트남 공안부 인사 총국장인 TRAN BA THIEU 공안부 소장★★과 간부들과 함께 방문단을 이끌고 한국을 방문했다. 그들이 경호무술 창시자를 직접 보기 원하고 지도하는 모습을 참관하고 싶다고 해서 나는 내가 강의 중인 아세아항공전문학교 항공보안학부 무도장에서 그들을 맞이했다.

그날 항공보안학부 무도장에서 경호무술을 지도하는 모습을 참관한 그들은 최고의 찬사와 함께 앞으로 베트남 공안부의 모든 공안원들에게 경호무술이 보급될 수 있도록 모든 지원과 협조를 해줄 것을 약속하면서, 국제경호무술연맹과 베트남 공안부 간 경호무술 계승 발전에 관한 MOU를 체결했다. 또한 이날 베트남 지부 이명식 지부장님은 베트남 경호무술협회 회장으로 TRAN BA THIEU 베트남 공안부 인사 총국장(공안부 소장 ★★)님과 LE VAN DE(공안부 준장 ★)님은 베트남협회 고문으로, NGUEN HIEN LUONG (공안부 대령)님은 지도위원으로 임명했으며, 경호무술 명예단을 수여했다. 베트남 공안부 간부들은 경호무술 창시자를 직접 만나게 되어 영광이라면서 나에게 'VIET NAM POLICE'라고 쓰인 청동 패를 선물해줬다. 그것을 나는 항상 총재 직무실 책상 위에 놓고 베트남에 경호무술의 성공적 보급을 되새기곤 한다.

특이한 것은 경찰청 외사과 형사가 항상 이들을 따라다니면서 동선을 체크했다. 내가 무도장에 들어오라고 하자 한사코 밖의 차에서 대기하면서, 안에 들어가는 것은 '민간인 사찰' 문제가 있을 수 있다면서 안에는 들어오지 못하고 이들의 활동만 체크한다고 했다. 베트남이 공산국가이다 보니 공안부 장성들이 한국을 방문하자 경찰청 외사과에서 그들의 동선과 만난 사람들을 체크했던 것이다. 나는 오히려 이러한 점들이 우리 연맹이 세계적인 단체라는 것을 반증하는 것 같아 뿌듯했다.

현재 베트남 공안부에서는 모든 공안원들이 경호무술을 수련하고 있다. 그들의 한가운데서 지금도 값진 땀방울을 흘리며 열심히 경호무술을 가르치고 있는 베트남 경호무술협회 이명식 회장님에게 나는 머리 숙여 존경의 인사를 드린다. "경무!"

"세상을 바꿀 수 있다고 생각할 만큼 미친 사람들이 결국 세상을 바꾸는 사람들이다."

- 애플의 1997년 광고

좌측부터 NGUEN HIEN LUONG(공안부 대령), TRAN BA THIEU 베트남 공안부 인사 총국장(공안부 소장), 이재영 총재, LE VAN DE(공안부 준장) 베트남 경호무술협회 이명식 회장

카자흐스탄에 경호무술의 새 역사를 쓰다

중앙아시아 지역 중 경호무술이 가장 먼저 보급된 곳은 바로 카자흐스탄이다. 카자흐스탄은 우리나라 국토의 6배나 되고 우즈베키스탄, 키르키즈스탄 등과 국경을 맞대고 있어서, 이곳에 경호무술이 보급되면 여러 인접 국가에 경호무술을 보급할 수 있는 좋은 기회가 된다. 그렇기에 이미 카자흐스탄 지역에는 연맹 조백종 부총재가 2년간 카자흐스탄 전 지역을 순회하면서 경호무술을 보급했고, 카자흐스탄 경호무술협회를 설립하게 되었다. 회장에는 그동안 카자흐스탄에 경호무술이 보급될 수 있도록 후원해온 사업가 조이그낫을 회장으로, 그리고 실질적인 운영자인 사무처장에는 강스베타라라(KANSVETLALA)라는 고려계 현지인을 임명했다.

나는 바쁜 일정 때문에 카자흐스탄 경호무술협회 창립 행사에 가지 못해 연맹 조백종 부총재가 대신 참석했고, 이날 강스베타라라의 인맥으로 카자흐스탄 전 지역에 지부를 승인, 지부장 임명식을 함께 개최하여 카자흐스탄에 경호무술의 새 역사를 쓰는 계기가 마련되었다. 또한 이때 강스베타라라로부터 키르키즈스탄 아탐바에프 현직 대통령을 소개받아 우리 연맹 키르키즈스탄 경호무술협회 명예회장에 추대했다. 이후 강스베타라라는 경호무술 창시자인 나를 만나기 위해 카자흐스탄 경호무술협회 임원들과 한국을 방문했고, 나는 그들을 접견했다. 처음 만난 강스베타라라 처장은 사진으로 봤던 것보다는 상당한 미모였으며 한국말이 유창한 고려계였다. 그녀는 당찬 사업가의 이미지였다. 내가 그런 그녀에게 앞으로 꿈이 무엇이냐고 묻자 그녀는 서슴없이 대답했다.

"한국의 박근혜 대통령처럼 카자흐스탄 최초의 여성 대통령이 되는 것이 저의 꿈입니다."

나는 한동안 부드러우면서도 강렬한 그녀의 눈빛을 응시하면서 그녀의 말 속에 진심이 담겨 있음을 느꼈다. 이미 카자흐스탄 경호무술협회 창립식 행사 때 얘기를 통해 그녀의 인맥과 능력을 알게 되었고, 카자흐스탄과 국경을 맞대고 있는 키르키즈스탄의 아탐바에프 현직 대통령을 그녀에게 소개받은 터라, 나는 그녀의 말에 강한 신뢰를 느꼈다. 또한 어떻게 알았는지 그녀는 내가 술을 즐겨한다는 얘기를 듣고 카자흐스탄의 상징물로 만들어진 고급 보드카를 선물해주었다. 나는 아직도 그 술을 마시지 않고 내 직무실에 베트남 공안부에서 받은 청동 패와 함께 장식해놓고 있다. 그러면서 나는 연맹을 방문하는 사람들에게 보드카를 자랑하면서 말한다.

"미래의 카자흐스탄 최초의 여성 대통령에게 받은 보드카입니다."

이후 우리 연맹에서는 그녀를 통해 우즈베키스탄, 키르키즈스탄 등 중앙아시아 지역 국가들에 경호무술을 보급할 수 있었고, 키르키즈스탄 아탐바에프 현직 대통령을 연맹 키르키즈스탄 명예회장에 추대하게 되었다.

나는 해외에 경호무술을 보급하기 위해서는 무조건 경호무술만 가르치는 해서는 안 된다고 항상 말한다. 한 곳뿐이 아니라 여러 곳에 장기간에 걸쳐 경호무술을 보급하려면 상대방을 이해하고, 그러려면 그들의 사회와 문화를 알지 않으면 안 된다. 그 숙제를 푸는 1차적인 작업이 바로 그들과 친구가 되는 것이다. 그들과 친구가 되면 그들을 이해하는 길이 생기고, 그 길을 따라가다 보면 더 깊은 것을 알고 싶은 욕구가 생기고, 그 욕구를 해결하다 보면 그들을 사랑하게 된다. 그들을 사랑하면서 경호무술을 가르치는 사람과 그냥 기술만 지도하는 자의 느낌은 완전히 다르다. 그 다름은 말로는 하기 어렵지만 상대방들은 본능적으로 다 알아차린다. 진심으로 그들의 문화를 이해하고 사랑하는 것, 그것은 지도자의 자기계발을 위해서라도 좋다. 그리고 그것은 해외에서 무술을 지도하는 지도자의 가장 강한 무기다. 나는 강스베타라라를 통해 카자흐스탄, 우즈베키스탄, 그리고 키르키즈스탄 지역의 역사와 문화를 이해할 수 있었으며 그들을 사랑할 수 있게 되었다.

프랑스의 강력한 봉건영주로 잉글랜드를 정복하여 역사의 흐름을 바꾼 노르만 정복의 주인공 잉글랜드 왕 윌리엄 1세가 영국의 해안에 상륙 중, 자갈이 많은 해변에서 한 쪽 발을 헛디디는 바람에 엎어져 두 손을 헛짚게 되었다. 그의 휘하의 군사들은 상서롭지 못한 징조라며 탄식했다.

"흉조입니다."

그러자 윌리엄은 큰소리로 말했다.

"아니야 귀관들, 하나님의 위업으로 나는 내 두 손으로 영국을 움켜쥐었으니, 이제 영국은 내 것이요, 내 것은 그대들의 것이로다."

그리고 윌리엄 왕은 영국을 정복했다.

나는 강스베나타라라 그녀가 카자흐스탄을 움켜쥘 날을 기대해본다.

키르키즈스탄 지부 명예회장에 현직 대통령 추대

우리 연맹 국내외 회원들 중 사회적인 직위가 가장 높은 사람은 누구일까? 그는 바로 키르키즈스탄 아탐바에프 대통령이다. 아탐바에프 현 대통령은 연맹 키르키즈스탄 경호무술협회 명예회장으로서 경호무술 발전에 많은 도움을 주고 있다. 나는 그에게 2012년 명예회장 추대장을 수여했다. 태권도, 유도, 권투 등 올림픽 정식 종목이면서 세계적으로 유명한 무술은 많지만, 한 나라의 현직 대통령이 한 무술단체 지부 명예회장을 맡는 일은 매우 이례적인 것이며, 그만큼 우리 국제경호무술연맹(IKF)이 세계적인 단체가 되었다는 반증이다. 그것은 어쩌면 '대한민국 1위를 넘어 세계 최고를 추구한다'는 연맹의 나아갈 길이기도 하다. 아탐바에프 대통령과 함께 키르키즈스탄의 경호무술을 이끌어가는 키르키즈스탄 경호무술협회 회장에는 은행가이자 사업가인 안바르잔 회장을 임명했다. 그는 키르키즈스탄 제1의 은행인 파이낸스크레딧뱅크 회장으로서 아탐바에프 대통령의 친구이기도 하다.

그런 만큼 나는 어느 해외 지부보다 키르키즈스탄 지부에 더 큰 애정과 기대를 가지게 되었다. 그런 나의 관심에 화답하듯, 안바르잔 회장은 키르키즈스탄 경호무술협회 임원들과 가족들을 이끌고 한국을 방문했다. 그들을 접견할 때 그들은 이미 동영상과 사진을 통해 나를 많이 봐왔기 때문에 나에게 최고의 격식을 갖추어 인사를 했다. 내가 동영상이나 사진으로 봐왔던 것보다 키나 풍채가 상당히 커서 놀랐다고 했다. 하지만 어디나 '기 싸움'에서 지기 싫어하는 사람이 있듯 키르키즈스탄 방문단에도 '이고르'라는 국장이 눈빛과 행동에서 나에게 기 싸움을 걸어오는 듯 보였다. 나중에 안 사실이지만 그는 우리나라 국정원 같은 조직인 키르키즈스탄 정보부(구, KGB) 국장으로 재직 중이라 몸에 밴 행동이었다.

그들과 미팅을 끝내고 나는 그들의 환영 만찬회를 특별히 주문한 양고기 집으로 하게 되었다. 중앙아시아 및 구 소련국가들은 독한 보드카를 즐겨 마시기 때문에 나는 사실 며칠 전부터 몸 관리를 해놓은 상태였다. 그날 안바르잔 회장, 이고르 국장, 그리고 키르키즈스탄 임원들 10여 명, 우리 연맹 임원 10명, 그렇게 20명이 소주 5박스에 맥주 10박스를 마셨으니, 보드카로 단련된 그들은 정말 술이 셌다. 나는 그날 연맹 직위를 떠나 나와 나이가 같은 '이고르'와 친구가 되었다. 이고르는 자신의 이름 중 '이'자가 우리 한국 성씨 '이'씨라는 말과 함께 자신도 고려계라고 했다. 나의 호탕한 환대에 감사하다면서 안바르잔 회장은 호텔에 있던 자신의 와이프와 딸을 불러 나에게 소개시켜주면서, 나를 자신의 '그랜드마스터'라고 소개했다. 그날 한국에 유학 중인 러시아 유학생이 통역을 맡아 우리는 시간 가는 줄 모르고 밤늦게까지 많은 대화를 나누었다.

한국 방문 마지막 날, 호텔에서 만난 안바르잔 회장은 경호무술 창시자를 직접 만나게 되어 그동안 평생 잊지 못할 즐거운 추억을 만들었다면서, 연맹에 경호무술 발전기금으로 2만 달러를 후원했다. 이후 우리 연맹 임원들이 연맹 업무를 떠나 사업적으로 키르키즈스탄 방문 시 안바르잔 회장은 많은 도움을 주고 있다. 현재 연맹에서는 지속적으로 경호 사범을 파견하고 있다. 얼마 전 아탐바에프 대통령이 한국을 방문, 박근혜 대통령을 만나 정상회담을 했다. 나는 병원에 있어서 만나지는 못했지만, 그때 아인슈타인의 말을 떠올렸다.

"인생을 살아가는 데는 두 가지 방법이 있을 뿐이다.
하나는 아무것도 아닌 것처럼 사는 것이고,
다른 하나는 모든 것이 기적인 것처럼 사는 것이다."

- 알버트 아인슈타인

내가 아탐바에프 대통령과 안바르잔 회장을 만난 것은 기적이었다.

사진 왼쪽부터 키르키즈스탄 정보국(구, KGB) 이고리 국장, 안바르잔 회장,
이재영 총재, 이재섭 사무총장

키르키즈스탄 경호무술협회 명예회장 아탐바예프 대통령

멕시코에 국제경호전문사관학교 설립

멕시코에서는 연맹 부총재로 재직 중이면서 멕시코 경호무술협회 회장이신 임재호 부총재님이 경호무술을 지도하고 있다. 임재호 부총재님은 70이 넘은 연세에도 불구하고 멕시코 국립대학교인 BUAP 대학교에서 4년제 정규과정으로 경호무술과 합기도 지도자 과정을 지도하고 있다. 또 BUAP 대학교 산하 '경호사범 및 보디가드 트레이닝 아카데미' 과정을 통해 멕시코의 국립 경찰들이 경호무술을 수련, 순차적으로 경호무술 유단자들이 배출되고 있다. 또한 얼마 전에는 정규 2년제 과정으로 멕시코에 '국제경호사관학교'를 설립, 멕시코 경호무술협회와 함께 운영해 나가고 있다. 이로써 멕시코에는 '국립대학교인 BUAP 대학교'와 정규 2년제 과정인 '국제경호사관학교', 그리고 멕시코 전역의 20여 군데 지부에서 경호무술을 수련, 보급하고 있으며, 거의 모든 사범들이 BUAP 대학교에서 배출된 현지인 경호 사범들이다.

물론 그들의 최 일선에서는 임재호 부총재님이 그들을 진두 지휘 하고 있다. 이러한 모든 것은 멕시코에 경호무술을 보급한 지 4년 만에 이룬 쾌거였다. 나는 그런 불가능을 가능케 한 임재호 부총재님을 지켜보면서 '불가능, 그것은 아무것도 아니다'라는 아디다스의 광고 카피를 떠올렸다.

불가능, 그것은 나약한 사람들의 핑계에 불과하다.
불가능, 그것은 사실이 아니라 하나의 의견일 뿐이다.
불가능, 그것은 영원한 것이 아니라 일시적인 것이다.
불가능, 그것은 도전할 수 있는 가능성을 의미한다.
불가능, 그것은 사람들은 용기 있게 만들어주는 것이다.
불가능, 그것은, 그것은 아무것도 아니다.

IMPOSSIBLE NOTHING

- 2004년 아디다스 광고 카피

임재호 부총재님은 가족이 인천에 있기 때문에 1년에 서너 번 한국을 방문하면서 연맹에 들른다. 그럴 때마다 임재호 부총재님은 제일 먼저 도복을 갈아입고 나와 함께 경호무술을 수련한다. 얼마 전에도 한국 방문 기간 중 거의 모든 시간을 경호무술을 수련하고, 저녁에는 멕시코에서 가져온 데킬라를 마시면서, 멕시코에 경호무술을 보급하던 얘기를 하며 우리는 밤새는 줄 몰랐다. 나는 그런 임재호 부총재님을 볼 때마다 오히려 나보다도 더 경호무술에 대한 열정과 자부심, 그리고 긍지를 가지고 있어 너무나 감사하게 생각하고 있다.

어느 나그네가 길을 가던 중 3명의 석공이 일하고 있는 것을 보았다고 한다. 그들은 각자 땀을 뻘뻘 흘리며 큰 돌들을 다듬고 있는 중이었다. 나그네가 그들에게 물었다.

"지금 뭘 하고 있는 중입니까?"

첫 번째 석공이 답했다. "보면 몰라요? 돌을 다듬고 있지 않습니까?"

두 번째 석공이 답했다. "성당 짓는 데 쓰일 석재를 다듬는 중입니다."

그렇다면 세 번째 석공은 어떻게 답했을까? 그는 이렇게 말했다.

"신을 모실 성스러운 공간을 짓고 있는 중입니다."

위 세 번째 석공의 말처럼 해외에서 경호무술을 보급하고 있는 우리 연맹 해외 사범 및 지부장들은 누구보다도 사명감과 자부심을 갖고 경호무술을 수련, 보급하고 있다. 그런 그분들의 열정과 경험, 그리고 삶은 바로 세계 최고를 생각하는 우리 국제경호무술연맹의 소중한 자산이자 비전이라고 나는 생각한다.

임재호 부총재님 그는,

불가능, 그것은 사실이 아니라, 하나의 단어이고 하나의 의견일 뿐이라는 것을 증명했다.

멕시코 경호무술협회 창립식 행사

'마이프렌드 빌 오프라 조슈아' 나이지리아 지부

내가 처음 '빌 오프라 조슈아'를 알게 된 것은 내가 운영 총재로 있는 국회복음화협의회 문수영 목사님(연맹 고문)을 통해서이다. 빌 오프라 조슈아는 영국계 나이지리아 인으로 영국의 옥스퍼드대를 졸업한 재원으로서 영국, 중국, 필리핀 등 세계 각국을 돌며 선교 활동을 하다가, 현재까지 12년 동안 이태원에서 외국인 노동자들을 위한 '하나님의 교회' 목사님으로 목회 활동을 하고 있다. 외국인 노동자들을 위한 선교 활동 저서를 출판할 정도로 외국인 노동자들 사이에서는 유명한 목사님이다. 또한 조슈아는 나이지리아 군부의 우쳄 오빈나 Uchem Obinna J. 장군(중장)과 친구 사이로, 군목(군인들에게 목회 활동을 하는 목사)이었다. 나이지리아가 군정 국가인 데다 내란으로 치안이 불안정한 상태라서 우첸 오빈나 장군과 더불어 치안을 담당하고 있는 군인들에게 경호무술을 보급할 생각을 갖고 나는 그를 찾게 되었다. 나 또한 나이지리아에 경호무술을 보급할 수 있는 좋은 기회였기에 마다할 이유가 없었다.

하지만 '나에게 영어의 벽은 너무 컸다. 처음 목사님 다섯 분과 조슈아를 만났을 때 목사님들은 나와 조슈아의 얼굴만 쳐다봤고, 나와 조슈아 또한 서로의 얼굴만 쳐다봤다.

"Good Afternoon."

"Good Afternoon."

"How are you?."

"I'm fine, thank you. And you?"

"I'm fine, too. Thanks."

"……."

"……."

Thanks를 마지막으로 우리는 한동안 웃기만 했다. 이날 통역을 대동하지 않은 나의 실수였다. 조슈아 또한 한국말이 서툴렀기 때문에 우리는 두 시간이 흐르도록 몇 마디 인사말만 주고받고 서로 웃기만 했는데, 오히려 이런 서투른 모습 속에서 서로의 진실됨을 느끼게 되었다. 다행히 시간이 흐르면서 스마트폰에서 아는 단어를 찾아가며 간신히 대화를 나눈 끝에, 그와 사업적인 얘기가 통하기 시작했다. 그는 앞으로 6개월 후에, 나이지리아 군인들이 순차적으로 경호무술을 배우러 한국에 방문할 것을 희망하며, 총 교육 인원은 1년에 400명 정도라고 했다. 그러면서 교육기간, 비용, 그리고 취득 가능한 라이센스에 대해 문의했다.

나는 그렇게 6개월간 연맹 행사나 특별한 일이 있는 날을 제외하곤 매일 그를 만났다. 이태원에 있는 그의 교회에도 가보고, 여행도 함께 했으며, 그리고 그의 가족도 함께 만났다. 그의 아내를 만났을 때 그녀는 나를 보고 말했다.

"오~, 빅! 오~, 빅!"

자기가 생각했던 것보다 체격이 컸기 때문이었다. 하지만 내가 본 그의 아내는 뚱뚱한 흑인 체형이기 때문에 오히려 그녀가 더 '오~, 빅, 빅, 빅~!'이었다. 나는 그렇게 나보다 7살이나 많은 빌 오프라 조슈아와 친구가 됐고, 그를 우리 연맹 나이지리아 지부장으로 임명하게 되었다.

나는 그를 나이지리아 지부장으로 임명하면서 목사인 그에게 특별한 임명식을 해주고 싶어 그를 '이화장'으로 초청했다. 이화장은 대한민국 초대 대통령인 이승만 대통령의 생가로서 대통령 재임 시절 경무대(현 청와대)보다 이곳에서 국정을 더 많이 보았다고 하며, 이승만 대통령의 동상이 모셔져 있다. 나는 이화장의 이승만 대통령 동상 앞에서 국회복음화협의회 소속 목사님 일곱 분과 함께 나이지리아 지부장 임명식 및 기도회를 개최했다. 이날 임명장과 경호무술 도복을 받고 한없이 좋아하는 빌 오프라 조슈아의 천진난만한 순수한 모습을 보면서 '우리의 우정이 영원하기를' 서로 다짐했다.

외국어를 배우려면 그 나라 사람과 함께 자고 먹고 생활하는 것이 가장 빠른 방법이라는 말이 있듯이, 나는 조슈아와 6개월간 매일 붙어 있다 보니 영어도 많이 늘고, 전혀 몰랐던 새로운 영어 에티켓과 문화를 알게 되었다. 그러면서 한 영어 교재에 있던 글이 가슴에 와 닿기도 했다.

"언어란 그 말을 사용하는 사람들의 문화와 삶이 담겨져 있다. 한 가지 이상의 언어를 배운다는 것은 단순하게 창문 하나를 더 열어 지식의 새로운 다리를 건너는 것이 아니다. 이것은 또 하나의 두뇌와 생명을 얻는 것이다.

그 다리를 건너면 우리가 알지 못하던 전혀 새로운 세계가 펼쳐져 있다. 외국어는 공부가 아니라 트레이닝이다."

-『영어 천재가 된 홍 대리』 중

오프라 조슈아와 어느 정도 대화가 통하자 우리는 사업적으로 많은 대화를 나누면서 비즈니스와 관련하여 발전이 있었다. 그리고 그가 나이지리아에 두세 번 갔다 오면서 나는 그에게 나이지리아 군부의 우첸 오빈나 장군을 소개받아, 나이지리아 치안을 담당하고 있는 군인들에게 경호무술을 가르칠 계획을 세우게 되었다. 계획은 매년 400여 명의 나이지리아 군인들이 매 분기별 3개월씩 4번에 걸쳐 100명씩 경호무술 블랙벨트 과정(유단자 과정)을 이수하고, 연맹에서 국가기관에 등록, 시행하는 '경호 지도사' 자격증 또한 함께 취득하는 것이었다. 국가적으로 대단히 자랑스러운 일이었고, 우리 연맹 차원에서도 영광스러운 일이었다.

또한 그때는 일본의 독도 망언으로 우리의 반일 감정이 최고조에 달했던 시기였기 때문에 나는 교육 마지막 날, 교육을 이수한 나의 제자이자 나이지리아 군인들과 독도를 방문하는 것으로 교육 수료식을 마칠 생각이었다. 외국의 군인들이 한국에서 창시된 경호무술을 수련하고 연맹의 자격증을 취득한 후, 독도에서 태극기가 달린 경호복을 입고 교육 수료식을 하는 것은 정말로 무엇보다도 극적인 드라마이자 퍼포먼스가 될 것이라고 나는 생각했다.

이러한 모든 것이 순조롭게 잘 진행되어 나이지리아 군부와 계약을 한 후 교육 계약금을 입금 받고, 이러한 모든 사실에 대해 보도 자료를 내자, 여러 언론사에서 인터뷰 요청이 쇄도했다. 또 한 방송국으로부터는 동행 취재 요청이 들어왔다. 또한 나이지리아에 진출한 한국 기업에서는 숙식 비용 등 연수교육에 필요한 제반 경비와 독도 방문에 드는 모든 비용을 후원해주기로 계약을 체결했다. 그 한국 기업에서 나이지리아 치안을 담당하고 있는 군인들의 교육을 후원하기 때문에 교육 기간 중 그 한국 기업의 공장 및 회사 방문 교육일정 또한 잡혀 있었다. 또한 도복 및 경호복 등 모든 옷의 어깨에 기업의 로고를 부착하기로 후원 계약을 체결했기 때문에, 그 기업 또한 나이지리아 군인들에게 기업의 좋은 이미지를 보여줄 수 있는 기회였다.

우리 연맹에서도 나이지리아 군부 쪽에서 연수비용과 자격취득 비용을 받을 수 있었고, 한국 기업에서도 그만큼의 모든 경비를 후원받기로 했기 때문에, 말 그대로 '꿩 먹고 알 먹는 비즈니스'였다. 모든 일이 순조롭게 진행되어 드디어 첫 교육생들이 인천 공항에 도착했다.

공항에서 빌 오프라 조슈아와 함께 그들을 기다리면서 나는 마음이 설렜다. 이때까지 그동안 경호무술이 보급된 곳은 20개국이었다. 이제 또 한 곳 나이지리아에 경호무술이 보급된다는 생각에, 새로운 제자들을 만난다는 마음에, 그리고 그들과 함께 독도에서 '독도를 사랑한다'는 플래카드를 들 생각에 나는 설렜다('독도는 대한민국 땅'이라는 플래카드는 그들이 외국 군인 신분이므로 외교·정치적인 문제가 있어서, 태극기와 '독도를 사랑한다'는 플래카드를 드는 것으로 준비되어 있었다).

그러데 그들의 입국 수속이 점점 늦어졌다. 그렇게 한두 시간이 지나고 세 시간이 되어가자 갑자기 불안한 생각이 들기 시작했다. 이어서 조슈아에게 전화가 왔다. 그들의 입국이 거절되었다는 전화였다. 나는 전화를 바꿔 받아 출입국사무소 담당 직원과 통화를 했다.

"저는 사단법인 국제경호무술연맹에 총재로 있는 이재영입니다. 무슨 일입니까?

나이지리아 주 한국 대사관에 이미 연맹에 초청서류, 체류보증 각서 등 모든 서류를 제출해 연수비자가 발급되었는데, 왜 입국이 거절된 것입니까?"

나는 출입국사무소 담당 직원 및 간부와 한 시간 넘게 통화를 했고, 중간에 연수 비자를 내준 나이지리아에 있는 한국 대사관과도 통화를 했으며,

여러 곳에 통화를 했다. 그런데 문제는 입국자 중 군인이 아닌 일반인도 섞여 있었는데, 그의 비자에 약간의 문제가 있었던 것이다. 또한 이때가 한국에 입국한 후 불법적으로 체류하는 불법 체류 문제가 사회적 이슈가 되던 시기였다. 얼마 전 나이지리아 국빈 방문단 일행 중에도 한국에 불법 체류했던 일도 있어서 나이지리아는 요주의 국가였다. 조정래 작가의 『정글만리』에서 중국 관리가 그랬던 것처럼, "문제 삼지 않으면 아무 문제가 아닌데 문제 삼으니까 문제가 된다."는 말처럼, 한 번 문제를 삼으니 어떻게 알았는지 빌 오프라 조슈아가 예전에 초청한 사람들 중에 초청 기간을 넘겨 불법 체류했던 것 또한 문제가 되었다.

그렇게 공항에서 하룻밤을 꼬박 새우고 다음날도 출입국사무소 직원들과 실랑이를 벌였다. 하지만 한 번 입국 거절된 그들의 입국 허가는 되지 않았다. 우첸 오빈나 장군이 사정으로 며칠 늦게 오기로 되어 있어, 그 장군이 오지 못한 것 또한 문제가 되었다. 그리고 그들은 입국이 거절되어 나이지리아로 돌아가는 비행기에 강제로 탑승되었다.

나는 '문제 삼지 않으면 아무 문제가 아닌데 문제 삼으니까 문제'가 되게 한 출입국사무소 담당 공무원을 원망하기에 앞서, 머나먼 이국땅에 왔다가 밤을 꼬박 새우고 입국장에 들어오지도 못하고 출입 거부를 당해 돌아가는 그들을, 나의 제자가 되기 위해 한국에 왔던 그들을, 그리고 대한민국이라는 나라를 원망할 얼굴도 못 본 그들을 생각하니 가슴이 저려왔다. 그들을 그렇게 돌려보내고 원래 술을 마실 줄 모르는 빌 오프라 조슈아와 나는 함께 밤새도록 술을 마셨다. 이때 오프라의 술 취한 모습을 처음 봤다.

얼마 전 나는 우리 연맹 중고등학생 회원, 그리고 지도자 100여 명과 함께 '독도 지킴이'를 조직해 독도를 방문했다. 이때 '대한민국 독도 지킴이'라는 플래카드를 들고 사진을 찍으면서, '지금 이 회원들이 나이지리아 제자들이면 얼마나 좋을까!' 생각하며 아래 글귀를 떠올렸다.

"기업에서 제일 훌륭한 사람은 무엇인가를 실행해서 성공한 사람이고, 두 번째로 훌륭한 사람은 무엇인가 실행하다가 실패한 사람이다. 그리고 세 번째는 아무것도 안 하고 성공한 사람이고, 가장 불행한 사람은 아무것도 안 하고 실패한 사람이다."

그것은 무엇인가를 시도해서 실패했다면, 다음 번 시도에서는 절대로 같은 실수를 하지 않을 것이기 때문이다. 나는 빠른 시일 안으로 빌 오프라 조슈아와 함께 나이지리아를 방문할 예정이다. 그들의 사부이자 친구가 되기 위해.

필리핀 세부대학에 경호학과를 개설하다

10년 전 우리 연맹 필리핀 지부장인 에릭 조(한국 이름 조시영) 지부장을 처음 만났을 때, 그는 체격만큼이나 대단히 과묵했다. 보통 외국에서 어설프게 생활했던 사람들을 만나면 유난히 그 나라에 대해 아는 체를 많이 한다. 그래서 "외국 생활 6개월이면 그 나라 전체에 대해서 아는 척하고, 1년이면 자기 분야에 대해 아는 척하고, 10년이 넘으면 아무 말도 안 한다."라는 말이 생겨났는지도 모른다. 미국에서 10년 넘게, 그리고 또 다시 필리핀에서 10년, 해외에서 20여 년간 무도 마스터의 길을 걸어왔던 에릭 조는 그의 삶의 무게만큼이나 입이 무거웠다.

"평생 태권도 수련하고 가르쳐왔지만, 총재님의 시범과 지도하는 모습을 보고 머리를 망치로 한 대 얻어맞은 기분입니다. 부드러움으로 강함을 제압하는 경호무술과, 상대가 비록 적일지라도 상대를 끝까지 배려해야 한다는 총재님의 말씀을 듣고 큰 가르침을 배웠습니다. 앞으로 필리핀에 경호무술의 새 역사를 써간다는 마음으로 열심히 노력하겠습니다."

에릭 조가 나의 시범을 보고 10년 전 나에게 해주었던 말이다. 나는 그런 그를 우리 연맹 필리핀 지부장으로 임명했고, 그는 10년 동안 변함없이 필리핀에 한 단계, 한 단계 경호무술을 보급해왔다. 우리의 우정 또한 그 시간만큼 쌓여갔다.

에릭 조를 보면 나는 마음이 평온해옴을 느낀다. 그것은 눈앞을 보기 때문에 멀미를 느끼는 이치와 같다. 멀리 보라, 그곳은 잔잔한 물결처럼 평온하다. 아마도 10년이라는 세월이 그렇게 만든 것 같다.

한번은 그에게 한국에서의 멋진 추억을 만들어주려고 나이지리아 지부장 빌 오프라 조슈아와 가까운 시·도 지부장들을 불러서, 밤을 새워 그의 송

별회를 해준 적이 있었다. 우리는 그동안 해외에 경호무술을 보급하던 이야기로 밤새는 줄 모르고 술을 마셨다. 심장 수술을 해서 술을 한잔도 못 마시는 에릭 조였지만, 그가 주인공인 자리이기 때문에 그는 매우 즐거워했다. 밤을 샌 후 아침을 먹으면서 내가 막걸리 10병을 마시자, 그는 매우 놀라워했다. 하긴 밤새도록 술을 마시고 아침에 나 혼자 막걸리 10병을 마셨으니 그가 놀랄 만도 했다. 그때 그는 자신이 지금까지 살아오면서 많은 나라를 가보고 많은 사람을 만나봤지만, 나만큼 술을 많이 마시는 사람은 처음 봤다면서, 그렇게 술을 많이 마시고도 한 치의 흐트러짐 없는 비결이 무엇이냐고 물었다. 나는 그에게 대답했다.

"술은 그 마음을 헤아릴 수 있는 벗과 마시는 거라고 합니다. 나는 나와 함께 마음을 나눌 수 있는 사람과 함께 있으면 며칠 밤을 새며 함께 마실 수 있습니다. 에릭 조가 나에게는 그런 사람이지요."

나는 그렇게 10년 동안 에릭 조와 변함없는 우정을 나누어왔고, 그의 10년간의 노력이 얼마 전 결실을 맺었다. 우리 연맹 필리핀 지부가 정식으로 필리핀 경호무술협회를 발족했으며, 회장에는 에릭 조의 소개를 받아 조세이토(JOSEIITO HOLGANZA RUIZ) 회장을 임명, 임명장을 전달했다. 조세이토 회장은 필리핀 내무부 차관을 역임하고, 필리핀 TV 기독교방송 채널 47 '범죄와 마약'이라는 토크쇼 진행자로 활동하고 있었다. 또한 필리핀에 최초로 세부대학에 경호학과를 개설하여 학과장을 조세이토 회장이 맡게 되었고, 나는 초빙교수로서 방학을 이용해 계절학기로 경호무술과 경호실무 강의를 담당하게 되었으며, 필리핀 전역에 10여 개의 지부를 설립, 경호무술이 보급되고 있다.

프랑스의 한 시골 마을에서 목수 아버지 밑에서 자란 루이비통은 반대를 무릅쓰고 큰물에서 성공하겠다는 일념으로 대도시인 파리로 떠나겠다고 말한다. 무일푼으로 떠난 루이비통은 여행길에 묵게 된 마을에서 청소와 허드렛일을 도와주면서 여비를 마련해, 1년여 만에 파리에 도착하게 된다. 루이비통은 당시 귀족들의 여행 가방을 대신 싸주는 '패커'의 일을 하면서 신임을 얻어, 파리 한복판에 자기의 이름을 건 가방가게를 열 수 있었다. 그리고 드디어 세계적인 명품 브랜드가 탄생하게 된다. 만약 당시 루이비통이 조용하고 평화로운 고향 생활에 만족했다면 아버지의 가업을 이어받아 목수일을 계속했을 것이고, 세계적으로 3초 꼴로 한 개씩 팔려 '3초 백'이라고도 불리는 루이비통 가방은 세상에 나오지도 못했을 것이다.

루이비통과 같이 에릭 조 또한 한국이라는 편안함에 만족하지 않고, 그의 힘든 10여 년간의 미국 경험, 그리고 또다시 필리핀에서의 10여 년간의 노력이 없었다면, 나는 아마도 필리핀에 경호무술을 보급하지 못했을 것이다.

"얻어먹는 빵이 얼마나 딱딱하고, 남의집 살이가 얼마나 고된 것인가를 스스로 경험해보라. 추위에 떨어본 사람이 태양의 소중함을 알듯이, 인생의 힘겨움을 통과한 사람만이 삶의 존귀함을 안다. 인간은 경험을 통해 조금씩 성장해 나간다."

- 13세기 이탈리아 시인 단테

단테의 말처럼 에릭 조의 머나먼 이국땅에서의 그 힘든 경험과 노력은 우리 연맹 및 경호무술의 발전에 위대한 주춧돌이 되고 있다.

이처럼 국제경호무술연맹(IKF)은 미국, 중국, 일본, 베트남, 카자흐스탄, 키르키즈스탄, 멕시코 등 세계 20개국에 각국의 경호무술협회를 설립, 경호무술을 보급하고 있다. 나는 이렇게 한 곳 한 곳 세계에 경호무술을 보급할 때마다 아래 글귀를 되새긴다.

"나에게 아직도 가보지 않은 곳이 있으며, 남아 있는 시간이 있음에 감사한다."

대한민국 1위를 넘어 세계 최고를 생각합니다

'대한민국 1위를 넘어 세계 최고를 생각합니다.'

이 말은 연맹에서 7년 전부터 써온 캐치플레이어이다. 연맹은 이 캐치플레이어처럼 그동안 국내 1000개의 지부 도장을 승인, 활동해왔으며, 해외 20개국에 지부를 설립하여 세계 최고를 추구하고 있다. 하지만 우리 연맹이 경호 및 무술 단체 중 1위로 올라서고부터는 모든 것이 달라졌다. 2등일 때는 1등만 보고 달리면 되었다. 하지만 1등이 되고 난 다음부터는 갑자기 목표가 사라지자 슬럼프에 빠지기도 하고 우왕좌왕했던 것 같다. 그래서 마라톤에도 페이스메이커가 있는 것이다. 다음은 연세대학교 김상근 교수의 『인문학으로 창조하라』 중의 일부 내용이다.

한국 기업으로 세계 반도체 시장을 석권했던 탁월한 경영자에게 질문을 던졌다.

"어떻게 세계 반도체 시장에서 1등으로 올라설 수 있었습니까?"

그분은 신선하다 못 해 충격적인 답을 했다. 아주 간단하다는 것이다.

"버거킹 전략을 구사했지요."

한 마디로 미국의 패스트푸드 회사인 버거킹을 따라했다는 것이다. 반도체 산업이 식 음료도 아닌데 무슨 말씀이냐고 묻자, 그분은 다음과 같이 대답했다.

"버거킹이 어떻게 오늘날의 버거킹이 되었습니까? 무조건 세계 1등인 맥도날드 옆에 딱 달라붙어 있어 가능했던 것입니다. 미국에 가보면 맥도날드 옆에 항상 버거킹 매장이 있는 것을 볼 수 있습니다. 맥도날드가 철저한 시장조사와 특유의 효율성으로 적정 지역에 체인점을 내면, 바로 그 옆에 버거킹 매장도 문을 열었지요. 저도 그렇게 했습니다. 기술도 모자라고 시장조사도 미흡하니, 무조건 세계 1등 기업을 부지런히 따라했습니다. 우리가 잘하는 것은 월화수목금금금이지 않습니까? 부지런히 1등을 따라하다 보니 이렇게 된 것이지요."

그런데 문제는 여기서부터 시작된다. 그분도 진짜 문제는 지금부터 시작이라고 강조했다. 지금까지는 부지런함으로 2등까지는 따라왔는데, 앞으로 진짜 문제라는 것이다. 우리 산업 분야도 이제 세계에서 1등을 차지하는 기업과 초일류를 지향하는 기업들이 나오고 있다. 그런데 정작 문제는 1등이 되면 더 이상 따라할 수 있는 롤 모델(role model) 기업이 없어진다는 것이다. 바로 일인자의 딜레마가 그것이다. 끊임없이 시장을 선도하기 위해서는 새로운 제품, 서비스를 창조해야 한다. 모방할 수 있는 대상이 없기 때문이다. 이제 더 이상 '월화수목금금금'으로만은 버틸 수 없다는 말이다. 내가 위의 글처럼 목표를 잃고 우와좌왕할 때, 연맹 부총재로 있으면서 인천도시공사 민자처장(현 법무팀장)으로 있는 김영은 처장으로부터 전화가 왔다.

"이 총재, 오늘 시간 괜찮으면 만날까요? 상의할 일도 있고."

김영은 처장님은 인천에 와서 알게 되었지만, 나와 고향이 같다 보니 후배인 나에게 여러 가지로 많은 도움을 주셔왔고 연맹 부총재로서 항상 행사에 참석하면서 많은 조언을 주시곤 했었다. 김영은 처장님 집 근처에 있는 꼼장어 집에서 우리는 자주 만났는데, 그날도 그곳에서 만났다.

"이 총재, 앞으로 연맹의 비전이 무엇인가요?"

나는 너무 갑작스러운 질문에 머뭇거리고 있는데 그분이 말을 이어갔다,

"그동안 이 총재와 연맹을 지켜보면서 정말 대단하다고 생각했습니다. 인프라도 그렇고, 연맹 행사에 참석해보니 좋은 사람도 많은 것 같고…, 많은 대학과도 교류가 있는 것으로 알고 있습니다. 이 총재도 여러 대학에 강의

를 하고 있지요? 단도직입적으로 얘기하겠습니다. 이 총재, 대학 총장 한번 해볼 생각 없습니까?"

나는 이때 갑자기 가슴이 뛰었다. 사람의 꿈은 점점 커지기 때문일 것이다. 나는 그때까지 대학 강단에 서는 꿈을 이루기 위해 지방에 있는 대학에 2년간 매주 이틀씩 하루도 빠짐없이 강의를 해온 끝에 대학 교수의 꿈을 이루었다. 그 꿈을 이루자 나는 다시 대학을 설립할 꿈을 가지게 되었고, 처장님의 입에서 '대학 총장'이라는 말이 나오자 가슴이 뛰었던 것이다.

"이 총재, 이제 경호무술은 한국에도 전국적으로 보급이 되었고 해외에도 보급되고 있는 것으로 알고 있습니다. 하지만 내가 홈페이지나 그동안의 연맹 활동을 지켜보면서 뭔가 큰 획기적인 전환점이 필요한 것 같습니다. 해외 대학들과도 교류가 활발하게 있는 것으로도 알고 있습니다."

처장님은 한참 동안 뜸을 들이다가 다시 다짐을 하듯 얘기했다.

"이 총재, 우리 송도나 영종도에 '국제무도대학'을 설립합시다. 국제도시인 송도나 영종도는 외국대학 유치가 가능하고 인허가 문제도 내가 있어서 많은 도움이 될 것입니다. 내가 현직에 있을 때 나를 많이 활용하시길 바랍니다."

나는 김영은 처장님을 만나고 나서, 일인자 아닌 일인자 딜레마에 빠져 있던 모든 고민이 해소되는 것을 느꼈다. 또한 대한민국 1위를 넘어 세계 최고를 생각한다는 연맹의 캐치플레이어 또한 실현할 수 있는 기회였다. 현실에 안주하고 있는 나에게 김영은 처장님은 새로운 비전과 새로운 목표를 세울 수 있도록 도와주었다. 나는 그렇게 김영은 처장님, 연맹 임원, 그리고 경호무술교수협의회 교수님들과 여러 번의 미팅 끝에 '국제무도대학 설립 준비위원회'를 발족시켰다. 준비 위원회는 현재 경호 및 무예 분야 50여 분의 교수님들이 대학을 설립하기 위해 함께 활동하고 있다.

'국제무도대학'은 전문 경호원과 무술 지도자를 배출하는 대학으로, 미국 대학교의 분교 형태로 설립, 국내에서 2년간 전문학사 과정을 마치고 미국에서 2년간 유학을 통해 학사학위를 취득하도록 계획하고 있다. 또한 전문 경호원, 무술 지도자들에게 세계화 시대에 영어 또한 마스터하여 국제 경호원, 국제 무도인을 배출하고, 본인이 원할 경우 미국 및 해외 진출의 꿈을 이루어주며, 그들을 통해 '경호무술의 세계화'를 이룰 수 있도록 하는 것과 국제무도대학 건물 중 한 동에는 국제무도센터를 설립해 국내외 300여 개의 각 무술 단체 사무실을 무상임대 유치해서, 각 무술대회 및 행사를 국제무도대학 내의 연무관에서 개최함으로써 명실공히 경호 및 무술 분야의 '세계적인 메카'로 만드는 것이 그 목적이었다.

이 모든 것이 가능했던 것은 김영은 처장님이 있었기 때문이었다. 나는 이후 김영은 처장님의 조언 덕분에 미국 체육대학교인 '아메리칸스포츠유니버시티' 무도대학장에 임명되었고, 미국 워싱턴에 있는 '국제보안전문대학' 명예총장에 추대되었다.

TV 종편 프로그램 중에 '신의 한 수'라는 프로그램이 있다. 각 분야의 최고 전문가가 나와 한 수의 가르침을 통해 문제를 해결해 나가는 프로그램이다 어려운 고비마다 내가 목표를 잃고 우왕좌왕할 때, 김영은 처장님은 나에게 항상 '신의 한 수' 같은 조언을 주고 계신다. 나는 현재 '국제무도대학'을 설립하기 위해 최선을 다하고 있다. 바로 그것이 연맹이 '대한민국 1위를 넘어 세계최고가 되는 길'이기 때문이다.

"대부분의 사람들에게 존재하는 가장 위험한 일은, 목표를 너무 높게 잡고서 거기에 이르지 못하는 것이 아니라, 목표를 너무 낮게 잡고 거기에 도달하는 것이다."

- 미켈란젤로

미국체육대학교 무도대학장 임명, 명예총장 취임

대학의 교수들은 다른 직업보다 보수적이고 권위의식이 강하다. 내가 고졸의 학력으로 대학 강단에 서고 1년, 2년 후 연속하여 교수평가에서 1위를 하자, 나는 교수들로부터 시기와 견제 속에서 왕따를 당하기 시작했다. 하지만 그런 것들이 나에게는 오히려 자극제가 되어 바쁜 일정 속에서도 학위를 마치고 경호무도학 박사학위 또한 취득하도록 만들었다. 또한 내가 자극제가 된 것처럼 연맹 임원 분들도 용기를 얻어 나이 40, 50대가 넘은 분들이 만학도가 되어 학위를 마치고, 내가 출강하고 있는 대학 등에 외래교수나 객원교수로 활동하고 있다. 나는 이때 나이가 많은 임원들과 관장들을 대학에 만학도로 입학시키기 위해 다음과 같이 설득했다.

"죽어서도 가져가는 것이 학위입니다. 만약에 당신이 돌아가셨을 때 고졸의 학력이면 당신의 자식들이 제사를 지낼 때 당신 제문에 '현고학생부군신위'라는 지방을 쓰고 제사를 지내지만, 만약 당신이 벼슬을 했거나 박사학위를 취득했다면 관직명이나 '현고경영학박사부군신위'라는 지방을 쓰고 제사를 지냅니다. 이때 제사를 지내는 당신 자식들이 어떤 마음일까요? 학위는 죽어서도 가져가는 것이 학위입니다."

그러면서 내가 그랬듯이 나와 함께 공부한다면 대학 강단에 설 수 있도록 만들어주겠다고 말했다. 그렇게 해서 연맹에는 많은 분들이 늦은 나이로 학위를 마치고 현재 나와 함께 여러 곳의 대학에서 강의를 담당하고 있다. 성경의 "구하면 얻으리라!"는 말처럼 무엇인가 간절히 원하면 이루어지는 것 같다. 물론 그만큼의 노력도 필요하겠지만.

나는 내가 그토록 원하던 대학 강단에 선 후, 연맹 임원들과 제자들을 이끌어 그들이 대학 강당에 설 수 있도록 인도했다. 그렇게 몇 년의 시간이 흐른 후 나는 그동안의 활동과 능력을 인정받아 미국 캘리포니아 샌디에이고에 있는 아메리칸스포츠유니버시티(미국체육대학교) 초빙교수 겸 무도대 학장에 임명되었고, 워싱턴 소재 국제보안전문대학 명예총장에 추대되었다. 아메리칸스포츠유니버시티는 전 IOC 김운용 부위원장이 명예총장으로 재직중이다. 나는 이렇게 나의 꿈을 하나씩 이루어갈 때마다, 내 제자들에게 울타리가 되어 그들의 경호원의 꿈을, 무술 지도자의 꿈을, 그리고 대학교수의 꿈을 이루어갈 수 있도록 도와주는 것이 나의 길이라고 생각하고 있으며 그렇게 하고 있다. 현재 나의 제자들은 경호 회사 CEO, 대통령 경호실, 그리고 대학 경호학과 교수 등으로 활동하고 있어서 나는 자랑스럽게 생각하며, 무엇보다도 많은 제자들이 나와 함께 경호무술을 보급하고 있어 나는 무한한 자부심을 느낀다.

내가 꿈을 이루면 나는 다시 누군가의 꿈이 된다.

기사 '경호무술' 미(美) 대륙으로 진출하다'

[방송기사] 대한방송 KBN / 전명균 기자

경호무술 창시자인 이재영 총재(사단법인 국제경호무술연맹)가 미국체육대학교(아메리칸스포츠유니버시티) 초빙교수에 임용되었다. 그동안 미국 관련 대학에 학술 교류 등의 목적으로 여러 분야에 걸쳐 국내 교수들이 교환교수나 초빙교수로 초청되어 교류가 있었지만, 경호 및 경호무도 관련 초빙교수는 이재영 총재가 최초로 임용된 만큼, 국내대학 경호 관련학과들과 미국 대학 경호 및 체육 관련학과와의 교류가 활발하게 이루어질 것으로 많은 대학들이 주목하고 있다.

아메리칸스포츠유니버시티(ASU)는 김운용 전 IOC 부위원장이 명예총장으로 활동 중이며, 미국 캘리포니아 주에 위치하고 있는, 해리 황 이사장(59, 황영규)이 한국인으로서 미국에 첫 4년제 스포츠 대학을 설립한 미국 최초의 스포츠 특성화 4년제 대학이다. ASU는 골프, 태권도, 농구, 야구, 무도 등 주요 스포츠 종목을 포괄하는 4년제 학부 과정(11개 학과)과 대학원 과정을 두고 있다.

이재영 총재의 초빙교수 임용은 지난해 11월 해리 황 이사장이 한국을 직접 방문하여 국제경호무술연맹과 산학 협정을 맺으면서, 이재영 총재의 경호무술에 대한 노력과 열정을 높이 평가해 이루어졌으며, 국내 경호 및 무도 관련 최초의 초빙교수 임용인 만큼 많은 고심이 있었다는 후문이다.

이재영 총재는 경호무도. 무도학, 경호실무 등의 강의를 담당하게 되며, 이재영 총재가 현재 원광보건대학 경호스포츠과와 전남과학대학 무도경호과 교수로 활동 중인 만큼, 아메리칸스포츠유니버시티(ASU)에서는 방학 기간에 경호실무와 경호무도에 대한 별도의 계절학기 과정을 편성할 계획을 가지고 있다고 밝혔다.

금번 아메리칸스포츠유니버시티(ASU) 초빙교수 임용으로 이제 이재영 총재는 대한민국 경호업계의 통합을 넘어 경호무술의 미국대륙 진출의 토대를 자리 잡았으며, 자신이 주장하는 '경호무술의 세계화' 를 실현시키는 첫발을 디뎠다.

대한민국 무예 통합을 꿈꾸며

국내 여러 무술 단체가 있지만 나는 우리 국제경호무술연맹이 무예계를 통합해 나아가고 있다고 자부한다. 우리 연맹은 현재 1000여 개 지부 도장이 등록, 활동하고 있고, 50여 개의 대학교 경호학과에서 경호무술 채택했으며, 경호원과 유단자를 포함해 30만 명의 수련회원이 경호무술을 수련하고 있다. 해외로는 20개국에 지부를 설립, 경호무술을 보급하면서 경호무술의 세계화를 위해 달려가고 있다. 이제 나는 경호무술의 통합을 이루었고, 더 나아가 경호무술을 통한 무예계의 대 통합을 꿈꾼다.

우리 연맹에 가입된 지부 도장들은 태권도, 합기도, 격투기, 검도 등 여러 종목들의 무술 도장들이 가입해 활동하고 있다. 물론 경호무술만 가르치는 경호무술 전문 도장들도 있지만 대다수 도장들이 기존 무술과 경호무술을 접목하기 위해 가입해 있다. 어떤 면에서는 이런 것들을 연맹의 단점으로 생각하는 사람들도 많지만, 나는 오히려 이런 점이 경호무술의 장점이라고 생각하며, 내가 경호무술을 통해 무예계의 통합을 생각하게 된 계기가 되었다.

대한민국 무예계의 현실은 너무나 힘들고 어렵다. 도장 수련회원의 90%가 유아, 초등학생들이며, 그마저도 저 출산의 문제로 수련회원들이 점점 감소하고 있다. 또한 사회적 성공의 지름길로 고시(考試)를 선택하는 요즘 무술 지도자의 사회적 직위와 만족도는 매우 열악한 실정이다. 여러 이유가 있겠지만 가장 큰 문제는 바로 성인층의 수련 인구가 없다는 것이다. 무술 종주국인 우리나라는 이런 실정인 데 반해, 오히려 미국은 성인층의 수련 인구가 활성화되어 있다. 그런 점을 입증이나 하듯이 미국에서 '마스터'하면 상당한 존경을 받으면서 부와 명예를 동시에 누린다. 나는 어떤 무술이든지 경호무술과 결합된다면, 바로 그것이 또 하나의 발전된 형태의 경호무술이 될 수 있다고 생각한다. 태권도가 경호무술이 될 수 있고, 합기도가 경호무술이 될 수 있으며, 검도가 경호무술이 될 수 있다. 그런 발전된 형태의 경호무술은 중고등학생 및 성인층 수련회원 확보에도 큰 도움이 될 것이다.

경호무술은 현시대의 환경, 법률, 상황에 맞는 무술이다. 경호무술은 '겨루지 않고, 맞서지 않고, 상대를 끝까지 배려한다'라는 경호무술만의 독특한 철학과 수련 방식을 가지고 있다. 상대가 비록 적일지라도 상대 또한 다치지 않도록 제압하는 것을 경호무술의 가장 큰 가치로 생각하는 '윤리적인 제압'이다. 이런 독특한 철학과 수련 방식이 기존 무술과 차별화되면서 기존 무술과 결합된다면, 바로 그것이 내가 추구하는 경호무술의 미래이다.

나는 경호무술을 통해 무예계의 통합을 보았다. 우리 연맹에서는 매년 전국 경호무술 연무대회를 개최해오고 있다. 연무대회에서는 태권도는 태권도 시범을 보이고, 합기도는 합기도 시범을 보이며, 검도는 검도 시범을 보인다. 그리고 그 다음 그 무술을 가지고 경호무술과 결합하여 경호 상황을 대처하는 경호 대처술 시범을 보인다. 이것이 바로 경호무술 연무시범인 것이다. 우리 연맹에서는 매주 토요일 경호무술 지도자 교육을 무료로 실시하고 있다. 지도자 연수교육에는 태권도, 합기도, 격투기. 검도 등 각 무술 지도자들이 땀을 흘리면서 함께 수련하고 서로 정보를 공유한다. 또한 연맹의 각종 행사에는 여러 무술의 지도자들이 한 자리에 모인다. 태권도 지도자, 합기도 지도자, 격투기 지도자, 검도 지도자 등 수백 수천 명의 무술 지도자들이 한 자리에 모여 행사를 개최한다. 이것은 경호무술이기 때문에 가능한 것이다.

수성여시(水性如時)라는 말이 있다 물을 그릇에 담으면 액체가 되고 끓이면 기체가 되고 얼리면 얼음이 되지만 물의 성질은 변하지 않는 것처럼, 경호무술이 태권도, 유도, 검도 등과 결합되어도 경호무술의 기술과 철학은 변하지 않는다. 나는 대한민국에 있는 모든 무술 도장들이 연맹에 가맹하는 그

날을 위해 노력하고 있다. 내가 추구하는 바로 그것이 무예계의 통합이 될 것이다.

"당신이 그렇게 걷고 또 걸으면
언젠가는 사람들이 '길'이라고 부르겠지."

- 이철수의 '길'

기사 경호무술 '천하통일'

세계 최고를 향해 달려가는 사단법인 국제경호무술연맹

[방송기사] 대한방송 KBN / 전명균 기자

많은 단체들의 중앙본부가 서울에 있지만, 유독 인천에 중앙본부가 있으면서 대한민국 1위를 넘어 세계 최고를 향해 달려가는 단체가 있어 탐방해본다. 그곳은 바로 사단법인 국제경호무술연맹(총재 이재영)이다. 국제경호무술연맹은 현재 국내 800여 개(현재 1000개) 지부와 해외 20여 개에 지부를 두고 있으며, 10만 명(현재 30만 명) 가까운 회원을 두고 있다. 연맹 산하에는 전국 16개 시도협회가 구성되어 발대식을 가졌으며, 매년 소년소녀가장 돕기, 전국 경호무술 연무시범대회를 개최해오고 있다

국제경호무술연맹의 대표로 있는 이재영 총재는 현재 전국에 경호법인 회사들이 회원사로 있는 전국 경호법인 대표자회의 의장이며 문화관광부 소관 사단법인 경호무술 단체들로 구성되어 있는 전국 경호무술 단체협의회의 공동대표이자 총무로서 단체를 이끌어가고 있다. 또한 전국에 경호, 무도 관련 40여 명의 교수들로 구성된 경호무술 교수협의회(자문교수단)를 두어 경호무술의 정체성 확립과 학문적 정립에도 노력하고 있으며, 이재영 총재 자신 또한 원광보건대학 경호스포츠과와 전남과학대학 무도경호과 교수로서 경호무술 전문 지도자를 배출하고 있다.

이 총재는 현재 한국범죄퇴치운동본부 이사장이자 한국청소년문화재단 청소년 보호위원장으로 재직하면서 청소년 유해환경 캠페인, 학원폭력 근절 운동 등을 지속적으로 펼쳐가는 '청소년의 영원한 지킴이' 로 자타가 공인하는 청소년 문제 전문가이기도 하다. 또한 이재영 총재가 집필한 『보디가드의 세계』는 경호원을 꿈꾸는 청소년들과 대학 경호 관련학과 학생들에게 큰 인기를 끌고 있다.

이재영 총재는 향후 계획에 대해 "현재 저의 두 번째 책인 『도복 하나 둘러

메고』 원고를 출판사에 넘긴 상태입니다. 『보디가드의 세계』는 경호원의 실무 경험을 토대로 경호 기법, 경호 경험, 관련사진 등의 내용으로 집필했지만, 이번 『도복 하나 둘러메고』는 경호무술인으로 살아온 제 인생에 대한 자서전적인 책"이라고 말하면서, "특히 이번에 전통무예진흥법에 무예 원류 적통자를 지정하는 개정안이 발의되었습니다. 금번 책에는 경호무술에 대한 여러 증거자료들도 함께 제시되고 있어, 책 발행과 함께 경호무술 창시에 대한 여러 논쟁을 불식시키고 경호무술 창시자로서 확고한 위치를 자리매김하게 될 것입니다."라고 말했다.

이 총재는 2013년에 연맹 설립 20주년을 기념하면서 연맹의 사옥인 재단법인 경호무술원(경호무술 세계본부)을 인천에 건립, 완공할 계획을 가지고 있다고 밝혔다. 인천에 경호무술원이 건립되면 경호무술이 인천광역시의 문화상품으로서 인천광역시를 세계적으로 알리는 데 경호무술이 일조할 것이라고 이 총재는 인천 시민으로서 인천에 대한 강한 애정을 밝혔다.

‘도복 하나 둘러메고’ 경호무술을 보급하면서

나는 지금까지 경호무술을 보급하면서 많은 것을 경험했고, 많은 것을 느꼈고, 그리고 많은 것을 배웠다. 이런 나의 경험과 느낌, 그리고 배움이 없었다면 아마도 지금의 경호무술은 없었을 것이라고 나는 자신 있게 얘기한다.

지방을 다니면서 어떤 때는 돈이 없어 버스 대합실에서 잠을 자기도 했으며, 낯선 도시에서 밤거리를 헤매기도 했고, 어떤 때는 벌금을 못 내 구치소에 수감되기도 했었다. 제자 때문에 배신감을 느끼기도 했으며, 제자 때문에 감동의 눈물을 흘리기도 했었다. 또한 나의 수양 부족으로 생기는 실수도 많았다. 돈 때문에 비굴해지기도 했었고, 배고픔을 이기지 못해 빚을 지기도 했으며, 어떤 때는 한동안 술만 마시면서 폐인이 되기도 했었다. 그럴 때마다 나에게 힘과 믿음을 가지게 해준 것은 경호무술이었다. 나는 항상 경호무술과 함께했고, 기쁠 때보다는 슬플 때가, 성공보다는 실패가 많았다. 하지만 나의 이런 생활이 후에 경호무술의 역사가 될 것이라는 신념과 믿음이 있었기 때문에 나는 이겨 나갈 수 있었다. ‘도복 하나 둘러메고’ 전국을 다니면서 경호무술을 보급할 때 고생하는 나의 모습을 보면서, 만나는 사람들과 제자들이 나에게 이런 질문을 했었다.

“이런 고생을 왜 합니까?”

“이런다고 돈이 나옵니까?”

“누가 이런다고 알아주기나 합니까?”

그때마다 나는 항상 같은 말로 답변했다.

“내가 경호무술을 창시한 것은 그것이 나의 운명이기 때문입니다.”

“내가 경호무술을 사랑하는 것은 그것이 나의 전부이기 때문입니다.”

“내가 경호무술을 가르치는 것은 그것이 나의 인생이기 때문입니다.”

나는 그동안 많은 어려움도 겪었고 좌절도 맛보고 실패도 했다. 하지만 그럴 때마다 나는 오뚝이처럼 다시 일어섰다. 물론 앞으로도 더 큰 어려움이 있더라도 움직이지 않기를 태산처럼 버텨 나갈 것이다. 그것은 현재 나의 성공이 있기까지는 더 큰 실패가 있었기 때문이기도 하다.

위대함은 비교될 수 없다. 피카소가 위대한 천재 화가인 이유는 이 세상에 피카소와 같은 화가가 없기 때문이고, 셰익스피어가 위대한 작가인 이유는 이 세상에 셰익스피어 같은 작가가 없기 때문이고, 스티브 잡스가 위대한 혁신의 아이콘인 이유는 이 세상에 스티브 잡스와 같은 혁신가가 없기 때문이다. 모든 위대함은 비교될 수 없다. 위대한 삶을 살고 싶다면 타인을 흉내 내는 삶을 멈추고 자기 자신만의 삶을 고집해야 한다.

'길이 있어 내가 가는 것이 아니라, 내가 감으로써 길이 생기는 것이다.'

제3장

경호무술과 나, 그리고 삶

경호원으로 활동하면서, 경호무술을 보급하면서 얻은 지식과 깨달음을 수필 형식으로 서술했습니다. 본 장을 통하여 삶의 선택의 기로에 있을 때 조금이나마 도움이 되었으면 합니다.

"사람은 책을 만들고, 책은 사람을 만든다."

진정한 강함이란 무엇인가?

한때는 정말 바보같이 강함만 추구했다. 휘어지기보다 부러지는 강함을 추구했다. 나를 알아주기를 원했고, 그것이 아니라면 맞장을 떴다. 지금 와서 생각하면 부질없지만, 어쩌면 그때는 행복했는지도 모른다. 실력만 있으면 되었으니까! 지금은 뭐 그리도 머리 쓰는 일들이 많은지, 무식했던, 오직 실력만 있으면 최고인 줄 알았던, 밤새 운동하다 도장에 쓰러져 잠들던 그때가 그립다. 그때는 배고픈 호랑이였는데, 지금 나는 배부른 돼지가 되어가고 있지 않나 반성해본다.

나는 요즘 이종격투기를 보면서 '많은 무술들이 추구하는 강함은 과연 무엇인가?'라는 질문을 한 번씩 나 자신에게 던져보고 있다. '벽돌을 깨고 일격에 상대를 넉 다운(knock down)시키는 것이 무술의 본질인가?'라는 생각을 요즘 많이 해본다. 내가 아무리 노력해도 나보다 강한 사람이 있을 것이고, 설사 '내가 최고가 된다고 해도 나이 들고 근력이 약해지고 순발력이 떨어지면 새로운 도전자에게 최고의 자리를 내주어야 한다.'라는 냉엄한 정글의 법칙이 나에게도 적용된다고 생각할 때마다, '내가 추구해야 하는 강함이란 무엇인가?'라고 자주 반문해본다.

우리나라에도 소개된 『미야무도 무사시』라는 일본 소설이 생각이 난다. 내 기억으로는 소설의 주인공인 미야무도 무사시에게는 절대 강자를 추구하는 묘한 카리스마와 집착증이 있었다. 그리고 자신의 강함을 시험하기 위해서, 혹은 상대를 무너뜨리기 위해서 명의인이라는 이유 하나만으로도 어린아이를 베고 결투라는 정당성 안에서 많은 살인을 자행하는 주인공에게서 나는 일종의 동질감을 느꼈다. 나 자신이 무술을 시작한 계기도 바로 무조건적인 강함을 추구하는 데 있었다. 어린 시절 부족한 운동신경과 싸움 실력으로 열등감 혹은 패배의식에 사로잡혀 이것을 극복하기 위해 무술을 배운 나는 어느 면에서는 무조건적인 강함만을 추구하는 미야무도 무사시와 동지일 수도 있다. 그러나 수련을 하면 할수록, 시간이 가면 갈수록 나의 상대는 나보다 더 강해지는 것만 같았고, 나는 싸우면 싸울수록 더 약해져 가는 것만 같았다. 그리고 모든 면에서 나는 휘어지기보다는 부러지는 것을 선택했었던 것 같다.

옛날에 부모의 원수를 갚기 위해, 또는 강해지기 위해 무술의 달인을 찾아간 한 사람이 있었다. 그는 자신의 스승에게 강해질 수만 있다면 어떤 어려운 수련도 마다하지 않겠다고 했다. 하지만 스승은 그를 제자로 받아들이긴 하겠지만, 대신 목검을 몇 백 다발 주면서 그것으로 자기가 그만이라고 할 때까지 앞에 있는 돌탑을 너의 원수라고 생각하고 무너뜨리라고 말했다. 비가 오나 눈이 오나 제자는 계속해서 돌탑에 목검을 휘둘렀다. 목검을 몇 백 개 이상 소비하고 나서야 전혀 쓰러질 것 같지 않던 돌탑이 쓰러졌다. 스승은 제자에게 다시 돌탑을 쌓아놓고, 다시 쓰러뜨리라고 했다.

그러기를 몇 년이 흘렀다. 제자는 스승에게 "언제까지 돌탑을 무너뜨려야만 합니까? 이런 방법으론 결코 강해질 수 없습니다. 저에게 스승님의 기술들을 가르쳐주십시오." 했다. 그러나 스승은 그저 계속해서 같은 수련을 하라고 했다. 제자는 '혹시 자신의 끈기와 실력을 시험하는 것이 아닐까? 또는 자신이 홀로 새로운 무언가를 만들기를 원하는지도 모르겠다.'라고 생각했다. 하루 종일 돌탑을 무너뜨리다 이제는 단칼에 돌탑을 무너뜨릴 수 있는 경지에 다다랐지만 스승은 아무런 말이 없었다.

하지만 제자에게도 약간의 변화가 생기기 시작했다. 왠지 시간이 갈수록 돌탑이 자신의 원수로 보이지 않을뿐더러, 원수를 생각해도 예전 같은 분노가 생기지 않았다. 오히려 자신의 원수와 돌탑이 그냥 그렇게 있는 전혀 의미 없는 무 존재한 것으로서 느껴지기 시작했고, 강해지고 싶다는 마음이 예전처럼 많이 생기지 않게 되기 시작했다. 그저 수련이 좋기만 할 뿐이었다. 수련을 하면 할수록 일종의 '명상'에 빠져들기도 하고, 자신의 지난날을 되돌아보게 되기도 했다. 어느 날 스승이 제자에게 "요즘도 나에게 무술을 배우도 싶으냐?"라는 질문을 던졌다. 그때 제자는 깨달았다. 자신이 더 이상 강한 사람이 되고 싶다는 생각을 하지 않게 되었다는 사실과 힘으로 상대를 굴복시키고 싶다는 마음이 사라졌다는 사실을 말이다.

물론 이런 내용의 이야기는 많이 있다. 하지만 요즘 들어 나에게도 이런 이야기가 적용되고 있지는 않은지 생각해본다. 그리고 어쩌면 강해지는 것보다 강해지고 싶다는 마음이 들지 않는 것이 더 좋은 것인지도 모르겠다는 생각을 해본다.

강함이란 무엇인가?

여러분도 한번 생각해보시는 것이 어떨지? 아니면 작대기라도 한번 들어보시는 것은 어떨지?

독일의 유명한 철학자 니체는 말했다.

"강자를 약자로부터 보호하라!"

니체가 말하는 강자는 누구인가? 사람들은 남에게 기대 살려고 하는 거지근성이 있다. 비굴하게 살아가려는 노예근성 말이다. 힘 안 들이고 뭔가를 이루려고 하는 나태함이 우리의 본능이다. 바로 이런 것을 극복한 사람이 진정한 강자다. 조직의 어려움을 직시하고 그에 대한 해결책을 내놓는 사람이 바로 강자다.

니체가 말하는 강자는 자기 자신과의 싸움에서 이긴 사람이다. 아니, 자기 자신과의 싸움에서 실패했더라도 계속하여 도전하는 사람이다. 그 길은 결코 달콤한 것일 수가 없다. 하지만 나는 니체가 말하는 그런 강자가 되고 싶다.

또한 내가 추구하는 강함은 겨루지 않고, 맞서지 않고, 상대가 비록 적일지라도 상대를 끝까지 배려하는 '윤리적인 제압' , 이것이 바로 경호무술의 강함이다.

미치면 미치고, 안 미치면 못 미친다

우리에게 BBQ 치킨으로 익숙한 제너시스 그룹의 윤홍근 회장의 접견실은 매우 독특하다고 한다. 그의 접견실에는 이 세상의 모든 닭들이 모여 있다. 앙증맞게 작은 것부터 성인 남자 혼자서는 들 수 없을 만큼 큰 것까지, 그리고 플라스틱에서 순금까지, 세상 모든 닭들을 볼 수 있다. 닭장 같은 그 화려한 접견실이 바로 그의 삶이다. 그의 인생 자체가 닭과 함께였다. 세상에서 가장 맛있는 치킨을 만들겠다면서, 신 메뉴를 개발할 때면 토해가면서까지 많은 음식을 시식한다. 또 그는 '매일 닭고기를 한 마리 이상 먹는다'는 원칙을 20년째 지키고 있다고 한다. 식사 약속에도 잊지 않고 닭을 주문한다.

BBQ 치킨은 2003년에 우리나라 프랜차이즈 업체로는 최초로 중국으로 진출했으며, 일본과 미국, 그리고 중국 상하이와 칭다오에 이어 싱가포르, 말레이시아, 호주, 남미 중동 등 세계 55개국 이상에 로열티를 받는 '마스터 프랜차이즈 방식'의 진출을 성공시켰다.

'쥬라기 공원'으로 유명한 할리우드의 황제 스필버그는 "나의 고민은 상상력의 전원이 꺼지지 않는 것이다. 나는 항상 너무 설레면서 잠에서 깨기 때문에 아침식사를 할 수 없을 정도이다. 나는 기운이 모자라서 무엇을 못 해 본 적이 없다."라고 말한 바 있다. '쥬라기 공원' 촬영 당시 촬영장에서 배우들과 수많은 스태프들을 모아놓고 하루 종일 정신없이 "스탠바이, 큐!"를 외치다 보면 스필버그 감독에게는 하루 해가 짧기만 했다. 어느덧 해가 지고 모두들 퇴근해야 할 시간이 되어 뿔뿔이 제 갈 길로 흩어지고 나면, 그는 작업을 더 하고 싶었지만 혼자서는 어쩔 도리가 없어 집으로 돌아가곤 했다. 영화에 대한 열정이 강한 그에게 하룻밤이라는 시간은 너무나 길게 느껴졌다.

'밤이 빨리 지나고 새 날이 밝아 하루 빨리 "쥬라기 공원"을 완성해야 할텐데, "쥬라기 공원"이 전 세계의 극장에서 상영되면 모든 관객들이 기립박수를 칠 텐데, 빨리 날이 새야 영화를 만들어 나갈 수 있을 텐데….' 하는 식으로 날이 새기만을 간절히 기다렸다고 한다. 그렇게 기다리다가 날이 새면, 이제 또 나가서 세계가 기립박수 칠 영화를 만들 생각에 가슴이 벅차올라 아침식사도 할 수 없었다고 한다.

한 마디로, 스필버그는 영화에 완전히 미쳐버린 것이다. 도저히 정상이라고 보기가 어려울 지경이었다. 그렇지만 스필버그가 영화에 미쳤기 때문에 '쥬라기 공원'이라는 대작이 탄생할 수 있었다. 스필버그처럼 미치면 그 힘이 전 세계에 미친다. 세상의 역사는 미친 사람들이 만들어간다고 해도 과언이 아닐 것이다. 스필버그는 영화에 미쳤다. 김현아는 피겨에 미쳤다. 박지성은 축구에 미쳤다. 빌 게이츠는 컴퓨터에, 서태지는 음악에, 그리고 이문열은 만화에 미쳤다. 그러나 아무도 그들을 미치광이 취급하지 않는다. 아니, 그들은 오히려 가장 성공한, 가장 존경하는 인물들이다.

나는 경호무술에 미쳤다. 아니, 그렇게 되기 위하여 노력해왔고 앞으로도 그럴 것이다. 또한 그런 일환으로 나는 10년 가까이 경호무술 도복을 입고 잠자리에 들고 있다. 그것은 꿈에서도 경호무술과 함께하기 위함이며, 그런 습관이 꿈속에서도 경호무술을 만나게 한다. 이제는 오히려 잠옷이나 속옷만 입고 자는 것보다 도복을 입고 자는 것이 더 깊은 잠에 빠지게 만든다.

잠들기 전 정갈하게 도복을 갈아입고 검은 띠를 맨 후, 간단한 스트레칭을 하고 정좌하여 5분간의 명상을 통해 하루 동안의 나를 되돌아본다. 그렇게 잠자리에 들면 도복을 입어서인지 반듯한 자세로 숙면을 취할 수 있다.

아침에 일어나면 간단한 스트레칭을 하고 흐트러진 도복과 검은 띠를 고쳐 맨 후 정좌하고 5분간의 명상으로 하루를 연다. 그런 습관이 나를 점점 변화시켜가는 것 같고, 어떤 때는 내가 정말 경호무술에 미쳤다는 생각이 들기도 한다.

'습관은 사람의 인생을 바꾸게 만드는 것 같다.'

6년 동안 도복 하나 둘러메고 집도 절도 없이 경호무술을 보급하고 다닐 때, 승학산에서 1년 동안 텐트치고 생활하면서 경호무술을 가르칠 때, 매달 천만 원 이상의 돈을 들여 전국의 모든 도장에 《경호무술신문》을 무료로 발송할 때, 법정 구속되어 구치소에서 경호무술을 가르칠 때, 정말로 나를 미친놈 취급하는 경우도 있었고, 당장 집어치우라고 온갖 오해와 비난이 쏟아질 때도 있었다. 그러나 제대로 '미친' 사람이라면 주위의 비판이나 비아냥거림 같은 것은 안중에 두지 않는다. 골키퍼 없는 골대에 아무리 골인을 시켜봐야 재미가 없듯이, 오히려 주위의 반대나 멸시가 있어야 미치는 보람도 있는 것이다.

성공하는 사람은 자기가 좋아하는 일을 하는 사람이 아니라
현재 자기가 하는 일을 사랑하는 사람이다.
하지만 성공을 넘어 아름다운 사람은
자기가 하는 일에 미쳐 있는 사람이다.

나는 도복을 입고 죽고 싶다

서울 연세로 홍익문고 앞에 가면 '문학의 거리'가 조성되어 있다. 이 문학의 거리 보도 바닥에는 이어령, 조정래 등 우리나라 유명 작가들의 두 손을 핸드 프리팅 해서 작가의 글귀 한 구절과 함께 동판에 새겨놓았다. 그 중 최인호 선생의 동판에는 '원고지 위에서 죽고 싶다'라는 말이 새겨져 있다. 특이한 것은, 다른 작가들의 글귀는 다 자필인데 최인호 선생의 글귀만 자필이 아닌 명조체 글씨로 새겨져 있다는 것이다. 자필 글귀를 받아야 할 시점에 그만 최인호 선생께서 작고하셔서 미처 받지 못했다는 것이다.

그의 두 손 또한 유족의 허락을 받아 영안실에서 핸드 프리팅 작업을 했다고 한다. 문학의 거리 동판에 새겨진 다른 작가들의 손은 모두 생존 작가들의 손이었지만, 최인호 선생의 손만 사후의 손이었다. 그 사후의 손에는 그의 작가적 열망과 문학적 완성이 그대로 전해졌고, '나 또한 도복을 입고 죽고 싶다'는 소원하는 마음이 일어나게 만들었다.

'원고지 위에서 죽고 싶다'는 이 말은 소설가로서의 그의 삶을 단 한 마디로 대변해주는 말이다. 목숨이 다하는 순간까지 작가로서의 삶을 살겠다는 강한 열정과 결의를 나타낸 말이다. 소원대로 그는 원고지 위에서 죽었다고 한다. 암투병 속에서 죽는 순간까지 글쓰기에 매진했다고 한다.

"빠진 오른손 가운데 손톱의 통증을 참기 위해 고무 골무를 손가락에 끼고, 빠진 발톱에는 테이프를 칭칭 감고, 구역질이 날 때마다 얼음조각을 씹으면서 미친 듯이 20매에서 30매 분량의 원고를 하루도 빠지지 않고 집필했다."

- 정호승 님의 '살며 생각하며' 중

그는 그렇게 원고지 위에서 생을 마감했다. 군인은 전장에서, 선생님은 교단에서 그리고 작가는 원고지 위에서 생을 마감하는 것이 최고의 죽음이자 삶일 것이다.

나는 최인호 선생의 삶과 죽음을 생각하면서 그동안 총재라는 이유로, 연맹 운영을 핑계로 도복 입기를 게을리했던 나 자신의 나태함을 질책해본다. 그러면서 앞으로 10년 후, 아니 몇 십 년 후, 내 생이 끝나는 날까지 도복을 입을 것이라는 다짐과 함께 '도복을 입고 죽고 싶다'는 소망을 가져본다.

최인호 선생은 원고지 위에서 죽고,

원고지 위에서 다시 사는 법을 일깨워주셨다.

무너진 후지 산의 꿈

오래전에 『후지 산의 꿈』이라는 일본 책을 읽은 기억이 난다. 물론 번역판이다. 책에서 후지 산은 일본인들의 하나의 신앙이라고 말하고 있다. 특히 너무 산이 높아 사계절 눈이 있는 후지 산은 언제나 구름 속에, 안개 속에 숨어 있기 때문에 그 신비로움이 더하다고 한다. 그래서 일본 사람들은 꿈에 후지 산을 보면 복이 온다고 복권 사러 간다고 한다. 책의 내용은 대충 이렇다.

일본에서 태어난 한 청년은 어려서부터 후지 산을 보고 자랐는데, 후지 산이 세상에서 가장 크고 위대한 자연이라고 생각하면서 자라게 된다. 그런 만큼 그는 누구보다도 일본 문화와 일본인들이 말하는 살아 있는 '신(神)'인 천황을 최고의 존재로 여기게 된다. 그는 그렇게 자라면서 후지 산이 있는, 천황이 존재하는 일본이 자랑스럽고 그런 일본에 태어난 자신이야말로 세상에서 가장 행복한 사람이라는 생각을 갖게 된다. 어느새 세월이 흘러 그는 청년이 된다. 청년은 천황을 모시고 천황에게 충성하는 삶이 최고의 삶이라고 생각했지만, 세상일이라는 것이 그렇듯 그는 자신의 적성에 맞지 않는 무역회사에서 근무하게 된다.

그렇게 따분한 일상을 보내던 중 그는 미국 파견의 기회를 갖게 된다. 그는 이 미국 출장의 기회 또한 별로 달갑지 않았다. 후지 산과 천황이 있는 일본을 벗어난다는 것이 그에게는 자신의 신앙을 버리는 것과도 같았기 때문이었다. 하지만 먹고는 살아야 하기 때문에 미국행 비행기에 몸을 싣는다. 미국에서의 생활도 그에게는 고통의 연속이었다. 그의 눈에 비친 미국 사람들은 한마디로 '싸가지가 없었다' . 아이가 어른에게 반말을 하고, 직장에서는 상사에 대한 충성심 또한 없으며, 단체정신 또한 없어 보였다. 그의 눈에 비친 미국인들은 모두 개인주의와 이기주의적이었다. 그에게는 개성이 곧 개인주의로, 자유가 이기주의로 비친 것이다. 그래서 그는 미국 사람들을 볼 때마다 항상 후지 산의 아름다움과 위대함에 대하여 말했다. 얼마나 후지 산에 대하여 말하고 다녔으면 사람들이 그를 '후지 산 드림'이라고 표현했을까? 그의 미국 생활은 숙소와 직장 그리고 후지 산에 대하여 얘기하는 것이 그의 삶이었다.

그러던 어느 날 자신과 그래도 말이 통하던 미국인 직장 상사로부터 티켓 하나를 받는다. 그것은 나이아가라 폭포로 가는 비행기와 버스 티켓이었다. 그 미국인 상사는 조용히 그 티켓을 주면서 "휴가를 줄 테니 머리를 식히고 오게. 자네는 미국에 와서 단 한 번도 여행을 다녀보지 않았지!" 하고 말했다. 썩 내키지 않았지만 그는 그렇게 미국에서 첫 여행을 하게 되었다. 워낙 먼 거리이기 때문에 그는 비행기와 버스를 몇 번을 갈아타면서 많은 미국 문화와 미국인의 일상과 접하게 된다. 그러면서 그들의 삶과 문화가 그동안 자신이 생각했던 것과 다르다는 것을 발견하고, 미국인들의 실용주의와 자유로움에 점점 빠져드는 자신을 발견할 때쯤, 그는 드디어 나이아가라 폭포에 도착한다.

그렇게 나이아가라 폭포에 도착한 그는 번개를 맞은 듯 귀에 '으르륵 쾅' 하고 천둥이 쳤다. 폭포 앞에서 그는 전혀 몸을 움직일 수가 없었다. 아니, 그 웅장함과 위대함이 그를 얼어붙게 만들었다. 머리끝부터 발끝까지 전율이 왔다. '그 밑과 끝이 보이지 않는 폭포' . 그는 숨을 쉬기가 어려웠다. 심지어는 대자연의 위대함에 소름까지 솟고 있었다. 그러다 갑자기 보잘것없는 자신을 저 나이아가라 폭포에 던지고도 싶어졌다. 대자연의 위대함 앞에서 그 자신의 후지 산이 무너지고 있었던 것이다.

우리도 어려서부터 백두산을 최고 높은 산으로 알고 자라왔다. 백두산이 가장 높은 산으로 알고 자란 우리와 끝이 없는 폭포인 나이아가라 폭포와 끝이 없는 산맥인 그랜드캐니언을 보고 자란 사람들은 아마도 생각하는 스케일이 다를 것이다.

오래전 자료이지만 우리나라의 1년 예산과 일본 도요타 자동차의 1년 매출이 같다고 한다. 더 중요한 것은 도요타 자동차의 1년 매출이 아닌, 일본의 1년 예산과 미국의 한 도시일 뿐인 워싱턴 주의 1년 예산이 같다고 한다. 그만큼 세계는 우리가 생각했던 것보다 더 크고 넓은 것 같다. 어쩌면 우리도 에베레스트 산이나 나이아가라 폭포 앞에서 우리의 백두산이 무너질지도 모른다. 하지만 우리가 우물 안에서 벗어나 세계의 넓은 들판에서, 인생의 싸움터에서 투쟁하는 용사가 될 때, 우리의 백두산은 지켜질 것이다.

얼마 전 일본과 미국에 갔었다. 후지 산과 나이아가라 폭포를 보지 못했지만 다음번에는 꼭 후지 산과 나이아가라 폭포를 볼 것이라고 다짐한다. 물론 백두산도 가보지 못했다. 하지만 백두산은 제일 나중에 가보고 싶다. 왜냐면 백두산을 보면서 내 마음속에서 후지 산과 나이아가라 폭포를 무너트릴 것이기 때문이다.

칼집 안의 승부

일본 거합도에는 '칼집 안의 승부'라는 말이 있다. 칼이 칼집 안에 있으면서 상대를 제압하거나 이기는 것을 말한다. 또한 칼은 칼집 안에 있을 때 상대에게 가장 큰 두려움을 줄 수 있다는 말이기도 하다. 반대로 일본의 사무라이들은 칼을 칼집에서 1센티만 뽑아도 그 행동은 결투를 요청한 것으로 간주한다고 한다. 그만큼 칼을 칼집에서 뽑는다는 것을 상당히 신중하게 생각했다고 한다. 밤이 두려운 것은 어두워서 보이지 않기 때문이다. 우리가 죽음이 두려운 것은 죽음에 대하여 경험을 해보거나 보지 못했기 때문이다. 칼은 칼집 안에 있을 때 상대에게 가장 큰 두려움을 줄 수 있다. 이미 칼집을 떠난 칼은 그 칼의 길이와 날카로움 이상의 두려움을 줄 수 없다.

나는 누가 "경호무술을 배우는 목적이 무엇입니까?" 하고 묻는다면, 여러 가지 이유가 있겠지만 가장 큰 목적은 "멋지게 지기 위해서입니다."라고 얘기한다. 이미 상대와 칼집 안의 승부를 해서 상대를 제압했는데 칼을 칼집에서 뽑을 필요가 없다는 뜻이다. 반대로 칼집 안의 승부를 해서 내가 졌다면, 그 또한 칼을 칼집에서 뽑을 필요가 없다.

목숨을 내건 실전 결투에서 한 번도 패한 적이 없는 일본의 전설적인 검성 미야모토 무사시는 다음과 같이 말했다. "진정한 사무라이는 지는 싸움은 안 한다. 내가 질 것 같으면 그 자리를 피한 다음, 이길 수 있는 상황과 환경을 만들어 상대를 이길 수 있을 때 싸운다. 이기도록 하여 이기는 것이 무엇이 나쁜가."

즉 진정한 사무라이는 상대를 이기는 것보단 질 상황을 만들지 않는다는 것이다. 가령 내 편은 나 혼자이고 상대는 내가 상대할 수 있는 이상의 수일 때 그 자리를 모면할 수 있는 능력도 싸움 기술이라고 한다. 칼집 안의 승부를 하기 위해서는 다음과 같은 방법이 있다.

첫째: 풍기는 기(氣)로써 상대를 제압한다. 이는 칼집 안의 승부에 있어서 가장 중요한 방법이며 끊임없는 자기 수련과 관리를 통하여 이룰 수 있다.

둘째: 덕으로써 상대를 감화시킨다. 웃는 얼굴에 침 뱉지 못한다는 말이 있다. 부모를 죽인 원수가 아닌 이상 웃음으로 대하고 진실한 마음으로 대한다면, 충분히 상대의 마음을 움직일 수 있다고 생각한다.

셋째: 말로써 상대를 설득한다. 말로 상대를 설득하는 방법에는 두 가지가 있다. 위협적인 말을 써서 상대를 굴복시키는 방법과 논리적인 방법으로

상대를 설득하는 방법.

현 시대를 살아가는 우리는 많은 사람들과 만나고 경쟁하고 싸워갑니다. 그럴 때마다 칼집 안의 승부를 하시길 바랍니다. 경호무술을 수련하는 목적은 칼집 안의 승부에 있어서 더 많이 이기기 위함입니다. 그리고 칼집 안의 승부에서 이겼다면, 상대에게 고개를 숙이세요. 그것이 바로 멋지게 지는 방법입니다

나는 오늘도 경호무술을 수련합니다.

칼집 안의 승부에서 더 많이 이기기 위해서.

나는 당신에게 머리를 숙입니다

인사하는 방법에는 여러 가지가 있다. 악수하는 방법, 포옹하는 방법, 그리고 머리를 숙이는 방법. 그 중 악수하는 방법은 서양의 문화다. 그것도 특히 미국 서부시대의 문화다. 미국 문화 중 근대화가 이루어진 것은 서부시대를 통해서였다고 해도 아마 틀린 말은 아닐 것이다. 우리는 서부영화를 통해 미국의 서부시대를 어느 정도 가늠할 수 있다 특히 총잡이들의 활약상은 많은 사람들이 인상적으로 기억할 것이다. 물론 미국은 지금도 그렇지만 서부시대에는 누구나 총을 소지할 수 있었고, 정당한 결투를 통해 상대를 죽이더라도 정당방위가 성립되었다. 1초라도 총을 늦게 뽑게 되면 자신의 목숨을 내놓아야 했다. 그래서 총은 자신의 손에 가장 가까운 허리와 장딴지 사이에 착용하게 되었다. 그렇게 목숨과 직결된 손에 총을 들지 않았다는 표현이 바로 빈손을 상대에게 보이는 것이며, 그 손을 상대에게 맡기는 것이 바로 악수인 것이다. 자신의 목숨과 직결된 손을 상대에게 맡김으로써 최고의 믿음과 신뢰, 그리고 평화를 뜻하는 것이 바로 악수인 것이다.

그 악수보다 상대에게 최고의 존중을 뜻하는 것이 바로 동양의 인사법인 고개를 숙이는 인사이다. 사람에게는 많은 급소와 약점이 있는데, 가장 치명적인 급소가 바로 머리 부분의 정수리다. 그래서 어린아이의 정수리를 함부로 만지면 안 된다는 말도 있다. 그 정수리를, 자신의 가장 치명적인 약점이자 급소를 상대에게 보여주고 맡김으로써 상대에게 최고의 존중과 예를 표하는 것이 바로 동양의 인사법이다. 두 인사법 중 무기를 들 손을 상대에게 맡기는 것과 상대에게 목숨을 맡기는 것, 어떤 것이 최고의 인사인지 여러분이 판단하길 바란다. 나는 경호무술을 수련하는 외국인 제자들이 나에게 악수를 청할 때마다 이 악수와 동양인사법의 차이를 설명해준다. 설명을 들은 제자들은 그 다음부터는 나에게 머리를 숙여 인사한다.

내가 들어서 알고 있는 지식과 내가그것을 온전히 내 것으로 만드는 지혜 사이에는 엄청난 간격이 있다.

아는 것이 힘이라고 했습니다. 아는 만큼 보인다고 했습니다. "아는 것이 적으면, 사랑하는 것이 적다."라는 레오나르도 다빈치의 말은 그래서 더 가슴에 사무칩니다. 내가 '사랑하는 것이 적다면, 아는 것이 적다.'라는 반대 해석이 가능하기 때문입니다.

우리의 가치가 싫으면 떠나라!

위 제목은 얼마 전 신문기사의 제목이다. 영국과 프랑스, 독일 정상이 잇달아 '다문화주의의 종언'을 고하고 있다. 내용은 '소극적인 관용' 대신 '근육질의 자유주의'를 강조하며 국가 정체성을 확립해 나간다는 내용 또한 포함되어 있다. 나는 연맹의 대표로서 회원 관리에 있어서 항상 다음과 같은 철학을 고수해왔다. "오는 사람 막지 않는다. 가는 사람 또한 잡지 않는다. 하지만 한 번 간 사람은 받지 않는다." 그런 철학과 운영으로 현재 우리 연맹은 경호무술 통합을 넘어 무에계의 대통합을 생각하게 되었다. 지부 도장이 1000개를 넘어서고 있으며 회원이 30만 명을 돌파하고 있다. 회원이 점점 많아질수록 나는 오히려 신문기사의 내용처럼 '소극적인 관용'보다는 '근육질의 자유주의'처럼 연맹의 정체성을 확고하게 확립해야겠다는 생각을 하게 되었다.

물론 회원이 많아질수록 목소리도 많아지고 의견 또한 대립되는 경우도 있다. 미국에 대 갑부인 빌게이츠는 직원들을 면접할 때, 자기랑 똑같은 생각을 하고 자기랑 같은 꿈을 가지고 있는 직원은 뽑지 않았다고 한다. 보통 우리는 면접을 볼 때 나와 같은 꿈을 가지고 있는 사람을 선발한다. 하지만 빌게이츠는 이런 생각을 가졌다고 한다. "나와 같은 생각을 갖고 나와 같은 꿈을 가지고 있는 사람은 나만으로 충분하다. 나는 나와 다른 생각을 하고 다른 꿈을 꾸는 사람이 필요하다." 나 또한 같은 생각을 가지고 있다. 하지만 다른 생각과 꿈은 추구하는 가치와는 다른 것이다. 누구나 부자가 되는 꿈을 갖지만, 어떻게 부자가 되느냐는 바로 가치인 것이다. 추구하는 가치가 다르다면 절대 함께할 수가 없는 것이다.

또한 발전적인 의견과 비판은 뒤에서 하는 욕과는 다르다. 추구하는 가치가 다르다면 떠나야 한다. 물론 누구의 가치가 옳은가는 후세가 평가하게 된다. 한 깃발 아래 모였다면 그 깃발을 최고의 가치로 생각하고 함께 단결해야 한다. 하지만 가치가 다르면서 자신의 깃발을 만들기 위한 방편으로 그 깃발 아래 머무른다면, 시간이 오래될수록 절대 그 깃발보다 더 크고 영광스러운 깃발을 만들 수가 없다.

우리 연맹이 점점 더 커지고 발전할수록 많은 사람들이 모여들고 있다. 개중에는 연맹의 깃발의 힘에 의지하여 자신의 깃발을 만들려는 사람도 있고, 자신의 단체를 알리기 위한 사람도 있다. 앞에서 나의 철학을 얘기했듯이, 나는 그것이 어떠한 목적이건 추구하는 가치가 같다면 오는 사람 막지 않는다. 또한 가는 사람도 잡지 않는다. 하지만 가치가 다르면서 연맹의 정체성을 흔드는 사람이 있다면 나는 절대 용납하지 않을 것이다. 내가 항상 하는 말 중에 다음과 같은 말이 있다.

"은혜는 갚는다. 복수는 꼭 한다. 그리고 술을 마신다."

내가 여기서 말하는 복수는 상대에게 똑같은 상처를 주는 복수가 아니라, 상대보다 성공한 후 상대를 용서함으로써 오히려 상대를 한없이 작게 만드는 복수인 것이다. 그러면서 나는 나의 큰 아량을 즐기면서 술을 마시는, 그것이 내가 생각하는 진정한 복수다.

옳고 그름을 떠나 가치가 다르다면 지금 떠나라! 그리고 자신의 깃발을 갖길 바란다. 만약 그러지 않는다면, 나중에는 한없이 작아져 자신의 깃발을 들지도 못할 것이다.

응립여수 호행사병(鷹立如睡 虎行似病)

명나라 때 홍응명이 쓴 『채근담』을 보면, 응립여수 호행사병(鷹立如睡 虎行似病)이라는 말이 있다. 내가 가장 좋아하는 말이기도 하다. 그 뜻은 "매는 조는 듯이 앉아 있고, 범은 병든 듯이 걸어간다."이다. 고수는 허술해 보이지만 안에 날카로운 그 무엇을 갖고 있다는 것이다. 성공한 사람들을 보면 대체로 그렇다. 비록 엉성한 듯하지만, 그 안에 숨겨진 발톱을 가지고 산다. 그 발톱에는 오랜 세월의 인고(忍苦)가 숨어 있다. 지금 보이는 성공은 절대 공짜로 얻어진 것이 아니기에 성공이 더할수록 더 허술한 모습으로 살아가기를 즐긴다. 조는 듯이 앉아 있고, 병든 듯이 걷는다 하여 가벼이 보는 우(愚)를 범하지 말아야 한다.

나에게 적은 위대한 스승이다

왜냐면 그들에게서 인내와 연민을 배우기 때문이다. 며칠 전에 우연히 오래된 영화인 '티베트에서의 7년'이라는, 브래드 피트가 출연한 영화를 보았다. 좀 지루할 듯한 영화 같았는데 보면 볼수록 아시아의 지붕이라고 불리는 고산지대 티베트의 풍경과 영화의 줄거리에 묘한 매력을 느끼게 하는 영화였던 것 같다. 영화의 줄거리는 대충 이렇다.

임신한 아내를 뒤로한 채 히말라야의 최고봉 원정을 떠난 오스트리아의 유명 산악인 하인리히 하러는 혹한의 산정에서 몇 번이나 죽을 고비를 넘기지만, 날씨 때문에 끝내 정상을 정복하지 못하고 실패하게 된다. 그러면서 하산하던 중 제2차 세계대전이 발발하여 영국군에게 포로로 잡히게 된다. 이것은 그의 험난하고 기나긴 여행의 시작에 불과했다. 영국군 포로수용소 생활, 그리고 죽음을 건 탈출. 귀향을 위해 다시 한 번 선택할 수밖에 없었던 히말라야에서의 사투, 그리고 티베트의 라사라는 금단의 도시에 이르기까지의 여정.

어느 날 낯선 땅 티베트의 이방인이 된 하인리히. 티베트의 모든 국민에게 추앙받는 종교적, 영적 지도자인 13세 어린 나이의 달라이 라마를 만나면서 그의 인생은 바뀐다. 그리고 달라이 라마에게 서방 세계의 문명을 가르쳐주며 우정을 나누게 된다. 그 후 엄청난 정치적 격변의 시기에 처한 티베트에서 7년의 세월을 보내게 된다. 하인리히는 달라이 라마와의 만남을 통해 영적인 성숙을 경험하게 된다. 하인리히는 자신이 원하는 모든 것을 가졌었지만 그것이 얼마나 무의미한지 깨닫지 못했다. 자신의 모든 것을 잃고 달라이 라마를 만나, 자기 스스로를 존중하는 마음을 얻을 수 있었다. 어린 달라이 라마가 자신에게 끼친 영향이 얼마나 큰지 깨닫고 그가 자신의 진정한 스승이었음을 알게 된다. 그러나 평온했던 영혼의 나라 티베트에서 중국 인민 해방군이 진격해오면서 모든 것이 변하게 된다.

깨달음과 자아를 발견해 나간다는 부분에서 영화의 내용은 무술을 수련하는 사람들의 경험이나 추구하는 길과 일치한다고 생각한다. 영화의 내용 중 주인공이 그동안 자기가 추구하고 이룩했던 모든 것들, 즉 많은 문명인들이 가장 가치 있게 생각했던 것들이 티베트인들에게는 전혀 관심사가 아니라는 것을 알게 되면서, 그들과 어울리면서 점점 변해가는 자신의 모습을 발견하게 된다.

가장 좋았던 내용은 중국 인민 해방군들이 티베트를 점령할 때 달라이 라마나 티베트 국민들이 중국 인민 해방군들에게 가졌던 마음이다. "나에게 적은 위대한 스승이다. 왜냐면 그들에게서 인내와 연민을 배우기 때문이다."

요즘 인터넷 상이나 다른 곳에서 우리 연맹이 경호무술을 통합하고 이제 대한민국 무예계의 통합을 꿈꾸자, 자기가 경호무술 창시자라고 허황된 주장을 하면서, 나와 우리 국제경호무술연맹에 대한 비방과 인격 모독을 하는 수준 이하의 글들을 접한다. 심지어는 사실과 다른 예전의 경력까지 조작하여 여러 곳에 글을 올리는가 하면, 증거 자료와 근거에서 경호무술 창시자에 대한 부분을 반박할 수 없게 되자, 내가 경호무술 단체로는 최초로 국가에 공인 신고한 한국경호무술협회(1995년 6월 26일 서울특별시에 신고) 사회단체 신고 사실과 사회단체 신고증까지 위조했다는, 말도 안 되는 비방을 하기도 한다. 그러면서 인천광역시에 사단법인 국제경호무술연맹의 법인 허가를 취소해달라는 민원을 제기하는가 하면, 다음카페의 경호무술 동호회가 1만 명 가까운 회원들이 가입, 활동하자, 다음 측에 특정 단체의 영리목적으로 활동한다며 카페를 폐쇄해 달라는 민원을 줄기차게 제기하기도 했다. 또한 우리 연맹의 모든 지부 도장에 연맹을 비방하는 공문을 보내기도 했고, 연맹 행사가 있을 때마다 그 행사를 방해할 목적으로 관련된 지부와 지부 도장에 연맹을 비방하고 협박하는 전화도 서슴지 않는다. 나는 그런 내용들을 보고받을 때마다. 우리 지부 도장 관장들과 제자들에게 다음과 같은 말을 되풀이한다.

"2등과 3등 그리고 꼴찌는 1등을 바라보면서 시기하고 질투하며 욕하지만, 1등 앞에는 2등과 3등 그리고 꼴찌가 보이지도 않습니다. 그냥 앞만 보며 달릴 뿐입니다. 또한 상대할 시간과 가치도 없습니다. 경호무술을 수련하고 보급할 시간도 제게는 부족합니다. 이미 '경호무술'은 우리 국제경호무술연맹이 통합을 이루었고, 이제 대한민국을 넘어 세계 최고를 생각하고 있습니다. 모든 것은 실력과 노력으로 평가받게 될 것입니다."

실력과 노력으로 평가받기보다는 권모술수와 자신들의 이름(아이디)를 속여가면서 인터넷이라는 어둠속에 끊임없이 비방하고 인신공격하는 불행한 그들의 모습 속에서, 나는 오히려 강철같이 단련해지는 나의 모습을 발견한다. 그리고 영화에서 티베트인들이 중국 인민 해방군들에게 가졌던 마음을 가져본다.

"나에게 적은 위대한 스승이다. 왜냐면 그들에게서 인내와 연민을 배우기 때문이다."

신을 믿으려면 악마의 존재를 인정해야만 한다

기독교에서 하나님을 믿는 이유는 악마의 유혹에 빠지지 않기 위함이기도 하고, 불교에서는 지옥 불에 떨어지지 않기 위함이기도 하다. 따라서 하나님이나 부처님을 믿으려면 악마의 존재와 지옥을 인정해야만 한다!

많은 종교들이 주님이나 메시아(Messiah)를 기다린다. 또한 재림을 얘기하기도 한다. 하지만 누가 어느 날 "내가 바로 메시아이고 내가 바로 너희들을 위하여 재림했다."라고 하면 확인도 안 하면서 돌 먼저 던지는 것이 현실이다. 그렇게 기다리던 주님이 재림했는데 확인해볼 생각도 안 하고 돌 먼저 던지는 것이다. 어쩌면 우리들의 마음속에 악마뿐 아니라 신의 존재조차도 부정하고 있는 것이 아닐까? 악마까지도 인정해야만 신을 믿을 수 있는 것이다. 그것은 다른 말로 얘기하면, 자기 것을 인정받으려면 남의 것을 먼저 인정해야만 한다는 말이다. 그것이 악마일지라도!

안중근 의사와 이토오 히로부미(伊藤博文)가 있었다. 안중근 의사는 대한민국에서는 애국자지만, 일본에서는 역적이다. 이토오 히로부미는 대한민국에서는 역적이지만, 일본 사람들이 생각할 때는 우리가 생각하는 광개토대왕 같은 애국자인 것이다. 더 중요한 것은, 일본에는 안중근 의사를 모시는 사당이 있다는 것이다. 한국에 이토오 히로부미를 모시는 사당이 있다면, 아마도 그 사람은 돌에 맞아죽을 것이다. 또한 일본의 망언에 의해 우리나라가 독도 영유권을 가지고 일본과 언론 플레이를 하면서 다툴 때, 일본 대학의 어느 교수는 독도는 한국 땅이라고 자신 있게 한국과 일본 TV에 인터뷰하는 것을 본 적이 있다. 사실 여부를 떠나서 한국의 대학교수가 그런 인터뷰를 했다면 아마도 그는 매장 당했을 것이다.

'반대를 위한 반대' , '나만이 정통이라는 아집' . 그것이 우리 무예계에는 더욱더 심해지고 있다. 특히 자신만 정통이고 다른 사람은 모두 사이비라는 주장과 함께, 실력과 노력보다는 오로지 다른 단체를 비방하고 인신공격만 하면서 흙탕물을 만드는 미꾸라지 한 마리가 경호무술계, 더 넓게는 대한민국 무예계를 혼탁하게 만들고 있다. 하지만 나는 신을 믿기 위하여 악마의 존재까지도 인정할 수 있는 여유로움, 그러한 여유로움을 가지고 전국경호무술단체협의회 대표이자 전국경호법인대표자회(NSCA) 의장으로서 그에게 마지막 경고를 한다.

"이제는 뒤에서 욕하지 말고 실력과 노력으로 승부해라! 그러면 너도 인정한다!"

중요한 것은 상을 받는 사람보다 상을 주는 사람이 위대하듯이, 남으로부터 인정받는 사람보다 남을 인정하는 위치에 있는 사람이 더 위대한 사람이다.

새옹지마(塞翁之馬)

얼마 전 일선 관장님으로부터 상담전화를 받았다. 다른 종목의 관장님이신데 경호무술에 관심이 많아서 단체에 가입하려 한다면서, 모 경호 관련 무술단체를 아냐고 했다. 물론 내가 경호무술을 창시했고 우리 국제경호무술연맹이 경호무술을 통합했지만, 내 것을 인정받으려면 남의 것을 먼저 인정해야 하므로 나는 다음과 같이 대답했다.

"단체마다 추구하는 철학과 기술이 다릅니다. 홈페이지나 활동사항 그리고 추구하는 철학과 기술의 특성 등을 살펴보신 후, 여러 가지를 종합적으로 판단하여 선택하시길 바랍니다. 또한 관장님 개인이 아닌, 도장 수련생 모두를 생각하여 신중하게 판단하시길 바랍니다."

물론 나는 자신감이 있었기 때문에 위와 같이 얘기했다. 그러면서 나는 우리 연맹의 장점과 현재 경호무술을 통합해 나가고 있는 상황들, 그리고 경호무술의 철학과 독창적인 기술을 설명했다. 설명을 다 듣고 나서 그 관장님은 말했다.

"사실 여기로 전화하기 전에 모 경호 관련 단체로 먼저 문의를 했습니다. 근데 10분 상담하는 동안 9분을 여기 욕만 하더군요. 근데 여기에 처음 그 단체에 대하여 문의하니 그냥 철학과 기술이 다르다고 하면서, 이 연맹의 장점과 경호무술의 우수성만 설명하시더군요. 제가 어디를 선택해야 하는지, 그것은 무술 지도자라면 누구나 알 수 있을 것입니다."

우리 연맹과 나를 헐뜯기 위하여 던진 모함들이 오히려 우리 연맹을 도와주는 꼴이 된 것이다. 나는 그러면서 '새옹지마'라는 얘기가 생각났다. 아래 글은 연맹 류정복 부총재님의 『바위섬』이라는 시집 중 일부 내용이다.

새옹지마(塞翁之馬)

옛날 한 농부는
애지중지(愛之重之)하던 당나귀가
우물에 빠지자 슬피 울었다.

당나귀도 깊은 우물 속에서
나오려고 발버둥 치며 울부짖었다.

농부는 당나귀를 구하려 했지만
어찌할 수가 없어서 포기하고
동네 사람들을 불러 모았다.

당나귀도 늙고
우물도 쓸모가 없으니
메워버리자고 했다.

동네 사람들이 달려들어
한 삽 두 삽 흙을 퍼부었다.

그런데 웬일인가?

당나귀는
위에서 떨어지는 흙더미를 피해
우물 바닥에 털고 털어버리니,

당나귀 발밑에 흙이 쌓이자
자기를 묻으려는 흙을 이용해
우물에서 빠져나올 수 있었다.

과연 지혜로운 말이로다.
새옹지마(塞翁之馬)!
다른 사람들이
나를 매장하기 위해 던진
질투와 모함의 흙이
오히려 나를 살릴 수가 있다.

남이 흙더미를 던질 때
그것을 털털 털어버리면
더 높이 더 크게 성장하는
새로운 발판을 만들 수 있으리라.

새옹지마(塞翁之馬).

비상등이 켜지면 미래의 대통령이 내립니다

어느 날 출근을 하다가 우연히 도장 차량을 보았다. 차 뒤에는 체육관 전화번호와 함께 다음과 같은 문구가 쓰여 있었다.

'비상등이 켜지면 미래의 대통령이 내립니다.'

난 그 글을 보면서 그 자리에 서서 한참을 생각했다. 도장 차들은 어린이들을 태우고 운행하다 보니 '어린이 보호 차량', '양보해주셔서 감사합니다' 등의 여러 문구가 적혀 있다. 하지만 '비상등이 켜지면 미래의 대통령이 내립니다'라는 문구는 참 기발하고 부모의 감성을 자극하면서 아이의 미래를 책임진다는 그 관장님만의 철학이 담겨 있었다. 나는 그 문구를 보면서 예전에 대구에 갔을 때 한 검도 도장의 포스터가 생각났다. 아마도 그 포스터의 이미지는 내 평생 잊지 못할 것이다. 포스터는 한 관장님이 나체의 모습으로 검을 들고 있는 사진이다. 물론 뒷모습이지만, 만약 앞모습으로 그런 포스터를 만들었다면 당연히 법에 저촉된다. 그것은 전혀 외설적인 느낌이 없이, 검을 들고 있는 그 관장님의 뒷모습에 검도의 역동성과 강인함이 잘 표현된 포스터였다. 그 사진을 보면 정말 검도를 배우고 싶은 욕구가 생기는 것도 같았다. 이처럼 어떤 것을 표현할 때, 어느 하나의 문구나 한 장의 사진이 백 번의 말보다 더 의사 전달의 효과와 감동을 주는 경우가 많이 있다.

나 또한 예전부터 경호무술을 하나의 문구로 표현하기 위해 많은 노력을 기울여왔다. 그래서 사용했던 문구들은 '길이 있어 내가 가는 것이 아니라, 내가 감으로써 길이 생기는 것이다', '대한민국 1위를 넘어 세계 최고를 생각합니다', '운영은 철저하게 사업적으로, 교육은 철저하게 무도정신으로', '윤리적인 제압을 통하여 인간존엄 정신을 행하는 무술' 등이다. 물론 내가 만들어낸 문구도 있고, 다른 곳에서 인용한 문구도 있고, 인용하여 변형시킨 문구들도 있다.

하지만 난 경호무술을 창시한 지 10년이 넘어서야 경호무술의 목적에 맞는, 경호무술이 추구하는 경호무술만의 철학을 생각해냈다. '맞서지 않는다', '겨루지 않는다' , '상대를 끝까지 배려한다' . 이것이 바로 경호무술이 추구하는 3원칙이다. 앞으로 멀지 않은 미래에 대한민국의 모든 체육관 차량에서 '비상등이 켜지면 미래의 대통령이 내립니다'라는 문구와 '겨루지 않고, 맞서지 않고, 상대를 끝까지 배려하는 인간존엄 정신을 행하는 무술'이라는 문구를 보게 될 것이라고 나는 확신한다. 나는 전국의 모든 관장님들에게 다음과 같이 말하고 싶다.

"전국의 존경하는 관장님 여러분! 저와 함께 겨루지 않고, 맞서지 않고, 상대를 끝까지 배려하는, 평화를 사랑하는 미래의 대통령을 만드시지 않겠습니까?"

무술인 최고의 덕목 따뜻한 카리스마

한 남자가 신문광고를 보다가 장난으로 그 광고를 낸 회사에 전화를 걸었다. 그 광고는 침대 광고인데, 광고에는 한 아리따운 여성이 침대에 누워 있었다.

남자 : "00 침대죠? 침대를 구입하려 하는데 얼마죠?"

여성 상담원 : "예, 고객님 싱글 사이즈는 25만 원이고, 더블 사이즈는 40만 원입니다."

남자 : "더블 사이즈를 구입하려 하는데, 그럼 침대에 누워 있는 여성분도

함께 보내주나요?"

여성 상담원 : "죄송합니다, 고객님. 그 여성분은 제일 처음 침대를 구입하신 분이 데려갔습니다."

이 남자는 처음에는 장난으로 전화를 걸었지만, 여성 상담원의 재치와 유머 있는 답변 때문에 침대를 구입했다고 한다. 비폭력 저항으로 유명한 인도의 정신적인 지도자 간디가 한때 자기의 마음속에 자리 잡은 불안을 고백하면서 "나에게 유머를 즐길 수 있는 센스가 없었다면 자살하고 말았을 것이다."라고 말한 적이 있다. 그렇게 강인한 정신력으로 식민지 조국 인도의 해방을 위해 투쟁했던 그도 그렇게 유머를 의식적으로 즐겼다고 한다. 영국의 사상가이자 역사가 토머스 칼라일은 "진실된 유머는 머리로부터 나오는 것이 아니라 마음으로부터 나온다. 말의 노예가 되지 말라. 남과의 언쟁에서 화를 내기 시작하면 그것은 자기를 정당화시키기 위한 언쟁이 되고 만다."라며 언쟁이 일어났을 경우에 유머의 힘을 최대한 활용하라고 말했다.

토머스 칼라일의 '유머의 힘'을 가장 잘 활용한 예는 아래 동·서양의 일화일 것이다.

조선을 개국한 태조 이성계는 당대 고승인 무학 대사의 가르침을 받으며 자신의 웅지를 키울 수 있었다. 어느 날 그는 무학 대사와 장기를 두며 담소를 나누고 있었다.

"대사, 우리 서로를 헐뜯는 농담이나 합시다. 어떻소? 나는 대사가 꼭 돼지 같아 보이는데, 웬일이오?"

"저는 전하가 꼭 부처님같이 보입니다."

"아니 대사, 내가 농담을 좀 하자는 것인데, 어째서 아첨을 하는 거요?"

"아닙니다. 저는 사실을 사실대로 말했을 뿐입니다."

그러고는 무학 대사는 이렇게 덧붙였다.

"자고로 돼지의 눈에는 돼지밖에 안 보이고, 부처님의 눈에는 항상 부처님밖에 안 보이는 법이죠."

윈스턴 처칠은 두 번에 걸쳐 영국 총리를 지낸 정치가이다. 뿐만 아니라 역사 등의 학문에도 뛰어나 두 번째 총리 재임 중 『제2차 세계대전』으로 노벨 문학상을 수상했다. 한 나라의 수상이 노벨 문학상을 수상한 것은 처칠이 유일하다. 또한 처칠은 그의 탁월한 유머감각 때문에 지도자로서 성공할 수 있었다. 처칠 영국 수상이 30분 늦게 의회에 참석했다. 정적들이 '게으른 사람'이라고 비난하자 처칠은 의원들에게 말했다.

"의원 여러분, 늦어서 정말 죄송합니다. 늦지 않으려 했지만 잘 안 돼서 죄송합니다. 그런데 여러분도 제 아내처럼 예쁜 여자와 사신다면 아침에 일찍 나오기가 쉽지 않을 것입니다. 그래서 다음부터 회의가 있는 전날에는 각 방을 쓰겠습니다."

77세의 처칠은 머리를 긁적이며 의회를 웃음바다로 만들었다.

유머는 위기 상황에서 지도자의 여유를 국민들에게 전달하는 수단이 되기도 한다. 1981년 3월 30일, 미국 워싱턴. 레이건 대통령은 이곳에서 열린 미국 노동총연맹 산업별 회의에 참석해 연설을 마친 후 차에 오르고 있었다. 군중을 향해 손을 들어 흔드는 순간 총성이 여러 번 울렸다. 암살 기도였다 대통령은 가슴에 총탄을 맞았다. 탄환이 레이건의 왼쪽 폐를 뚫었다. 심장과의 거리는 1인치(2.54cm) 미만이었다. 대통령은 그런 와중에도 유머가 넘쳤다. 총알 제거 수술에 들어가기 전, 대통령은 부인 낸시 여사에게 이렇게 말했다.

"여보, (배우시절 영화촬영 때 했던 것처럼) 재빨리 머리를 숙이는 걸 깜빡했어."

또 그는 수술실에 들어온 의사들에게 "당신들 모두가 공화당원(당시 여당)이라고 말 좀 해주시오."라고 농담을 건네 의사들의 긴장을 풀어주었다. 그들은 공화당원이 아니었지만, 닥터 지오다노가 "대통령님, 오늘은 우리 모두 공화당원입니다."라고 대답했다. 유머 한 마디로 심각한 상황을 낙천적 상황으로 바꿨다. 수술이 끝난 뒤 백악관 보좌관이 레이건 대통령을 찾아와서 "대통령님께서 안 계셔도 잘 돌아가고 있으니 조금도 염려하지 마세요."라고 말했다. 그러자 레이건 대통령은 "그런 소리를 듣고 내가 기뻐하리라고 생각하나?"라고 조크를 했다. 그리고 그는 12일 만에 퇴원했다. 그는 '암살 저격을 받고도 살아난 미국 최초의 현직 대통령'이 되었으며, 이후 재선에 성공했다.

박근혜 대통령은 2013년 6월 27일 나흘간 중국에 머물면서 중국인에게 적지 않은 관심을 받았다. 박 대통령은 칭화대 연설에서 시작 2분 30초와 마지막 40초를 중국어로 했다. 박 대통령의 강연이 끝나고 문답 시간에 통역의 마이크가 고장 나 통역이 박 대통령의 마이크를 이용하는 일도 있었다. 이때 박 대통령은 유머를 던져 청중석에서 폭소가 터졌다.

"예외적인 일을 통해 칭화대가 이공계 명문임을 다시 한번 강조하려는 일이 발생했습니다."

나는 경호무술 심사 때문에 지부 도장을 순회하다가 한 휴게소에 들른 적이 있다. 휴게실 화장실에 들렀는데 소변기 위에 다음과 같은 글귀가 쓰여 있었다.

'저를 소중히 다뤄주시면 오늘 본 것은 절대로 비밀로 하겠습니다.'

이 글귀를 읽고 나서 한번 크게 웃게 되고, 지방 출장으로 피곤했던 몸에 일순간 활력소가 생겼던 기억이 있다. 이처럼 유머는 우리 생활 곳곳에서 삶의 청량제가 되고 있으며 많은 곳에도 활용되고 있다. 우리가 잘 아는 TV 광고 카피 문구 중에 '집 나가면 개고생이다'라는 카피가 유행한 것도 같은 이치다. 다음은 내가 몸무게가 130kg 나가고 머리를 뒤로 묶으면서 경호무술 도장을 운영할 때의 일이다. 주부 세 명이 경호무술 수련 상담을 하고자 도장을 방문하여 질문했다.

"경호무술 홍보지에 보니 남녀노소 누구나 수련 가능하고 다이어트에 효과적이라고 적혀 있던데, 우리 같은 주부들도 배울 수 있나요? 그리고 다이어트에도 효과가 있나요?"

나는 대답했다.

"당연히 배울 수 있습니다. 경호무술은 작은 힘으로 큰 힘을 제압하는 과학적인 무술입니다. 그리고 다이어트에는 가장 효과적인 무술입니다. 저를 보세요."

주부 세 명은 한바탕 크게 웃고 수련회원으로 등록을 했다. 블루스 버튼은 "인간이란 뭔가 재미있는 이야기를 듣고 한바탕 웃고 나면 관계가 더욱 돈독해진다."라고 말했다. 이 주부 세 분은 아마도 경호무술 도장에 오면서 긴장했을 것이고 약간의 두려움도 가졌을 것이며 그래서 세 분이 함께 왔을 것이다. 더군다나 상담하는 나의 모습이 130kg의 몸무게에 머리를 뒤로 묶은 '산적 두목' 같은 모습이었기 때문에 그 감정은 더했을 것이다. 불안과 긴장의 순간에는 누구든지 기분을 전환하려고 애쓰지만, 쉽게 마음의 안정을 얻기는 힘들다. 인간에게는 주위 환경에 따라 두려움과 긴장으로 불안에 떨게 된다. 유머와 위트는 이러한 상황을 잠시 잊고 긴장을 풀어주는 청량제이다. 이 세 분의 주부도 나의 그 잠깐의 유머가 그분들의 긴장을 풀어주면서 등록까지 이어졌을 것이다. 어느 누구보다도 무술 지도자에게 있어서 유머는 상당히 중요하다. 항상 강직하고 카리스마 넘치는 모습을 추구하는 것이 무술 지도자이기에, 유머를 겸비한다면 무술인 최고의 덕목인 '따뜻한 카리스마'를 갖게 될 것이다.

'유머 + 카리스마 = 따뜻한 카리스마'

운이란 녀석이 자꾸 따라오네요.

언제는 싫다고 도망가더니,

한참 동안 코빼기도 안 보이더니,

이제는 좋다고 자꾸자꾸 따라오네요.

시도 때도 없이 나만 졸졸 따라다니네요.

그래서 제가 이 녀석에게 물었지요.

"왜 요즘 자주 날 졸졸 따라다니는 거지?"

녀석은 간단하게 대답하더군요.

"요즘 너의 웃는 모습이 참 보기 좋아."

- 서기수의 '꿈의 습관' 중

경호무술 지도자와 CEO

사람들은 자기만의 색안경을 끼고 세상을 본다. 또한 자기가 보고 싶은 것만 본다. 그것은 권력을 가진 지도자나 CEO들이 더 심하다. 권력자들이 보는 세상은 넓은 것 같지만, 실상은 보통 사람보다 좁을 때가 많다. 힘없는 사람들은 듣기 싫은 말도 억지로 참고 들어야 하지만, 힘 있는 사람은 듣기 싫어하는 말을 하는 사람을 외면한다. 평범한 사람들은 권력자의 눈 밖에 나지 않기 위해 듣기 싫어하는 말은 하지 않는다. 결국 권력자들은 듣고 싶은 말만 듣고, 보고 싶은 것만 보게 된다. 그들이 아는 세상은 실제와는 전혀 딴판인 경우가 허다하다. 그것을 가장 잘 보여주는 일화가 이승만 대통령 때의 일이다. 이 당시 대통령을 보좌하는 보좌관이 대통령에게 보고했다고 한다.

"각하, 쌀이 부족하여 국민들이 식량난을 겪고 있습니다."

그러자 이승만 대통령이 대답했다고 한다.

"그럼 빵을 먹으면 되지 않습니까?"

또한 CEO의 말은 명쾌해야 한다. 다른 뜻으로 해석되면 다른 명령이 되고, 이는 전달의 혼란으로 이어져 예기치 못한 결과를 초래한다. 그래서 지도자나 CEO의 명령은 간단명료해야 한다. 해석의 여지가 없어야 한다. 누군가 다른 해석을 했다면 불분명한 명령을 내린 관리자의 책임이다. 해석이 모호한 명령은 그만큼 자신감이 없음을 보여주는 것이다. 간단명료한 명령이 이행되지 않는다면, 상사는 급한 마음에 명령을 반복한다. 그래도 이행되지 않는다면 관리자는 자세하게 설명한다. 그러나 때는 이미 늦는다. 명령이 이행되지 않는 건 관리자나 상사의 판단이 존중받지 못하는 탓이며 지휘 체계가 무너진 탓이다. 이 또한 지도자나 CEO의 책임이다.

그리고 CEO 는 사람을 움직일 줄 알아야 한다. 사람을 움직이려면 그의 마음을 얻어야 한다. 그렇게 마음을 얻으면, 내가 원하는 것도 얻을 수 있다. 마음을 얻으려면 아래 인도 소년과 같이 이야기를 흥미롭게 하는 능력, 즉 비전을 제시할 줄 알아야 한다.

인도 사람들은 영화 보는 것을 좋아한다. 그만큼 인도에서는 많은 영화가 만들어지고, 영화 한 편의 러닝 타임은 짧아야 4시간이다. 인도의 가난한 소년들은 영화를 보는 특별한 방법을 가지고 있다. 여러 소년들이 주머니 속의 동전을 다 털어놓는다. 간신히 한 사람이 영화를 볼 수 있는 값이다. 소년들은 티케 한 장을 산 다음, 가장 이야기를 잘하는 소년을 영화관에 들여보낸다. 영화를 보고 나온 소년은 한 편의 영화 이야기를 1박 2일이 걸릴 정도로 장황하고 흥미롭게 풀어낸다. 이것이 인도 소년들의 영화를 보는 방법이다.

한 편의 영화 이야기를 1박 2일이 걸릴 정도로 장황하고 흥미롭게 풀어내는 것, 그것은 바로 비전을 제시하는 능력을 뜻한다. 그 비전이 다른 소년들의 마음과 호주머니, 그리고 영화를 볼 수 있는 특권을 얻게 한다. 1+1은? 당연히 2다. 그런데 사람들이 모이면 두 몫을 못 할 때가 있는가 하면, 셋 이상의 몫을 해낼 때도 있다. 지도자가 누구냐에 따라서 만들어지는 차이이다.

"최고의 선수들이 이끌기 때문에 최고의 감독이 되는 게 아니라, 최고의 감독이 이끌기 때문에 최고의 선수가 된다."

보고, 듣고, 말하지 않는다

사람들은 듣기, 말하기, 쓰기 등 의사 전달 수단 가운데서 일생 동안 '듣기'에 가장 많은 시간을 소비한다고 한다. 사람이 듣는 데 소비하는 시간은 쓰기보다 5배, 읽기보다 3배, 말하기보다 2배 정도 많다고 한다. 전체 커뮤니케이션의 약 50% 이상을 듣는 데 사용하고 있는 것이다.

그런데 우리 학교 교육의 현실은 그렇지 않다. 쓰기와 읽기, 그리고 말하기에 대해서는 많은 것을 가르치지만, '남의 이야기를 어떻게 들어야 하는가?'에 대해서 교육은 거의 이루어지고 있지 않다. 학교 교육뿐만 아니라 학원과 연구소는 물론 가정, 직장, 사회 어느 곳에서도 마찬가지다. 대부분의 사람들은 자기를 남에게 이해시키려면 자신의 이야기를 충분히 들려주어야 한다고 생각한다. 그러나 그것은 잘못된 생각이다. 내 이야기를 하기보다는 남의 이야기를 듣는 것이 나의 입장을 이해시키는 데 더 효과적인 방법이다.

한 번은 연맹 임원 중 한 분에게 부탁할 일이 있어 찾아간 적이 있었다. 물론 그 임원도 내가 어떤 부탁을 할 것인지 어렴풋이 알고 있었다. 우리는 저녁을 함께하고 술을 마시면서 세 시간 넘게 이야기를 나누었다. 그런데 그날따라 그 임원분이 얼마나 말을 많이 하던지, 원래 목적이었던 부탁의 말은 한 마디도 꺼내지 못하고 그저 그분의 이야기를 듣기만 했다. 그래도 가끔 맞장구를 치기도 하고, 공감을 나타내기도 하면서 재미있게 들었다. 아니, 재미있게 들어주었다는 표현이 맞을 것이다. 물론 헤어질 때까지 용건을 말할 틈도 없었다. 그래서 내심 '오늘 부탁하기는 틀렸구나!' 하고 포기하고 있었다. 그런데 헤어질 때 작별의 악수를 하는데, 그 임원은 놀랍게도 내 부탁이 무엇인지 이미 다 알고 있다며 걱정 말라는 말까지 한 마디 덧붙이는 것이었다. 그러니까 이야기는 그 임원분이 했지만, 설득은 내가 한 결과가 된 것이다.

남을 이해시키고 설득하려면 먼저 남의 이야기를 잘 들어주어야 한다. 남의 이야기를 듣는 가장 효과적인 방법은 이야기 자체보다 그 이야기 뒤에 숨어 있는 '생각'을 듣는 것이다. 커다란 꿈, 원대한 비전을 이루려면 많은 사람들과 함께해야 한다. 그리고 여기서 필요한 첫 번째 조건이 바로 남의 말을 잘 듣는 기술이다.

또한 무엇보다도 고객의 '생각'을 '듣는 기술은 경호원들에게는 필수적이다. 그래서 경호원들에게는 3대 불문율이 있다. 그것은 바로 '보고, 듣고, 말하지 않는다'이다.

〈聽, 들을 청〉

들을 '청'을 풀어쓰면 왕의 귀(耳+王)로 듣고, 열 개의 눈(十+目)으로 보고, 하나의 마음(一+心)으로 대하라고 해석할 수 있다.

한 분야의 1인자가 최후의 1인자다

원숭이와 고양이가 대화를 한다. 원숭이가 고양이에게 묻는다.

"고양이야, 너는 제일 잘하는 게 뭐야?"

고양이의 대답.

"난 달리기도 잘하고! 싸움도 잘하고! 잘하고! …, 잘하고…!"

너무 잘하는 게 많아 한참 자기 자랑을 한다. 원숭이가 다시 고양이에게 말한다.

"넌 정말 멋지구나! 잘하는 게 너무 많은 것 같아! 난 나무 타는 것밖에 잘하는 게 없어. 너 정말 부럽다!"

그러던 어느 날 호랑이가 나타났다. 잘하는 게 많은 고양이는 달리기든 싸움이든 호랑이보다 단 한 가지도 잘하는 게 없기 때문에 잡아먹혔다. 하지만 원숭이는 호랑이보다 나무는 하나 잘 타기 때문에 나무 위에 올라가 살 수 있었다. 많은 것을 잘하면 좋겠지만 그만큼 전문성이 없다는 반증이기도 하다. 우리 연맹 지부 중 정말 많은 것을 하는 분이 있다. 난 그에게 묻고 싶다!

"많은 일들 중에, 그 중 제대로 하는 것이 당신에게 있습니까? 그것은 무엇인가요?"

"정말 자신 있게 호랑이보다 단 한 가지라도 잘할 수 있는 것이 당신에게 있습니까?"

사업적인 능력과 많은 사람들을 만나는 것도 중요하지만, 세상에 태어나서 단 한 가지라도 전문가가 되어서, 단 한 사람에게만이라도 자신을 믿고 신뢰를 줄 수 있는 관계, 그것이 바로 원숭이의 지혜가 아닌가 싶다.

"고양이야! 세상 사람들을 다 내 사람으로 만들려 하다가는, 단 한 사람도 자기 사람을 만들지 못하게 된다."

다른 것은 몰라도 된다.
다른 것은 못 해도 된다.
하나만 잘하면 그것이 최고다.
한 분야의 1인자가 최후의 1인자다,

펭귄의 희생정신

펭귄들은 서로 촘촘히 다가서서 추위를 견딘다. 서로를 배려하며 고통을 함께 나누는 방식으로 추위를 견딘다. 가장자리에 매서운 바람을 가장 먼저, 가장 혹독하게 견뎌야 하는 펭귄은 일정한 시간이 지나면 바람이 가장 적은 안쪽으로 옮긴다. 그러면 또 다른 펭귄이 가장자리에 서서 거센 눈보라를 맞는다. 그 어떤 펭귄도 가장자리에 서는 것을 거부하지 않는다. 내가 앞에 서지 않으면 서로를 보호할 수 없고, 자신도 살아갈 수 없기 때문이다. '펭귄 효과'라는 말이 있다. 펭귄은 겨울이 올 무렵 무리지어 동시에 짝짓기를 한다. 이는 알에서 깨어난 아기펭귄이 6개월 후면 떠나는데, 여름에 먹이를 쉽게 구하도록 하기 위한 나름의 사랑법이다. 영하 60도의 혹한 속에서 수컷 펭귄들은 알을 발등에 올려 부화시키고, 알에서 깨어나도 여전히 품어 기른다.

그동안 암컷들은 수컷과 아기의 먹을 것을 찾아 바다로 나간다. 바다로 나간 펭귄들은 일렬로 서서 바다로 뛰어들 준비를 하지만, 선뜻 용기를 내지 못한다. 이때 배고픔을 참지 못한 누군가가 먼저 물에 뛰어들면 우르르 동시에 뛰어들어, 자신은 물론 수컷과 아기를 위한 식량으로 먹을 수 있을 때까지 먹는다. 그러나 가장 먼저 물속으로 든 펭귄은 바다사자에게 희생될 확률이 높다.

'펭귄 효과'라는 마케팅 전략이 있다. 새로운 제품을 소비자가 선뜻 나서서 구매하지 않을 때, 영향력 있는 누군가를 내세워 소비심리를 자극하는 전략이다. 눈치를 보다가 그때서야 무리지어 움직이는 소비를 겨냥한 셈이다. 펭귄 효과가 그런 의미라지만, 누군가 필히 솔선수범해야 할 때가 있다. 그럴 때 그 사람은 희생자가 아니라 소신 있고 용기 있는 사람이다. 우리 사회엔 그런 이들이 많으면 많을수록 좋다.

사람은 누구나 죽음 앞에서 두려움을 느낀다. 하지만 그런 본능조차도 고객을 위하여 희생하도록 훈련하는 것이 경호무술이며 '윤리적인 제압'과 '희생정신'을 가장 큰 가치로 생각한다. 우리 연맹이 경호무술을 천하통일하고, 한국 무예계의 통합을 이루고, 그리고 세계적인 단체로 성장하기까지에는 제일 먼저 바다에 뛰어드는 펭귄처럼 자기희생을 감수하면서 솔선수범해준 임원들과 경호무술 지도자, 그리고 범죄예방 위원들이 있었기 때문에 가능했다. 특히 연맹에서 매년 '소년소녀가장 돕기, 독거노인 돕기, 장애우 돕기' 등의 후원 행사를 할 때마다 힘든 여건에도 불구하고 항상 남보다 먼저 후원해주시는 분들이 그런 분들 아닌가! 싶다.

'우리 모두 바다에 제일 먼저 뛰어드는 펭귄이 됩시다.'

양떼 효과와 경호무술

중국의 유명 베스트셀러 작가 황샤오린 황명시의 글 중에 '양떼 효과'라는 글이 있다.

산만한 양떼들은 한 곳에 모아놓으면 좌충우돌한다.
그러나 우두머리 양이 선두에서 지휘하기 시작하면
양들은 추호의 의심도 없이 우두머리 양을 따라나선다고 한다.

양떼가 지나가는 길목에 나무를 가로로 눕혀놓고 관찰했더니
첫 번째 양이 폴짝 뛰어넘으면 두 번째, 세 번째 양도
모두 폴짝폴짝 뛰어서 넘었다고 한다.

여기서 한 가지 재미있는 점은 나무를 치워도
뒤따르던 양이 앞선 양처럼 폴짝 뛰어 지나간다는 사실이다.
이것이 바로 '양떼 효과'이다.

- 황샤오린 황명시의 '양떼 효과' 중

양떼 효과는 인간의 맹목적인 추종 심리를 상징적으로 비유한 것이다.

이제 경호무술을 보급한 지 20년이 넘어섰다. 그리고 경호무술은 이제 내 제자에 의하여 그들의 제자에게 보급되고 있다. 그만큼 나의 처신과 행동이 제자의 제자에게 영향을 줄 수 있기 때문에, 제자들에게 삶의 목표와 방향을 함께 나눌 수 있는 그런 스승이 나는 되고 싶다.

코비(Stephen Covey) 박사가 쓴 『성공하는 사람들의 7가지 습관』 중 세 번

째 습관이 무엇인지 아는가? 바로 '소중한 것을 먼저 하라'는 내용이다. 이 책에서 코비 박사는 일하는 속도가 중요한 것이 아니라, 일의 방향이 중요한다고 강조한다. 지도자 역시 제자들에게 뭔가를 잘할 수 있도록 하는 것이 아니라, 뭔가를 할 수 있도록, 맹목적인 추종이 아니라 방향을 제시하는 사람이다. '중요하지 않지만 시급한 문제'보다 '중요하지만 시급하지 않은 문제'를 먼저 처리하라는 코비 박사의 얘기는 그래서 더 설득력이 있어 보인다.

무인사호(武人四豪)

김희겸의 '석천한유도'라는 그림이다. 무인의 호방함을 담고 있다.

문인의 네 벗은 문방사우라 한다. 종이, 붓, 먹, 벼루가 그것이다. 많은 사람들이 모르지만 무인에게도 '무인사호(武人四豪)'라는 말이 있다. 벗 대신 호걸로 부른 게 문인과 다른데, 그 네 가지는 그림에서와 같이 말과 매와 칼은 쉽게 짐작되지만 나머지 하나가 뜻밖이다. 답은 관기(官妓)이다. 그림에 등장하는 저 여인들을 말한다. 이상하게 보일지 몰라도 내 눈에 참 호방하게 보인다. 영웅호색이라 하더니.

그림의 주인공운 '석천'이라고 한다. 석천은 무과 급제 후 전라 우수사와 경상 좌병사에 오른 전일상(田日祥)의 호이다. 그는 5대에 걸쳐 무관을 배출한 집안에서 태어나 종2품 당상 요직을 지낸 분이다. 멋들어진 누각에 올라 한가로이 여름 한철을 보내는 석천이 그림의 주인공이다.

그의 위용을 보여주는 요소들이 그림에 등장한다. 무골답게 키가 팔 척인 그가 적삼 위에 마고자를 걸쳤는데, 앉은 품새가 자못 듬직하다. 석천의 손에 매가 들려 있고, 바로 위 기둥에 칼이 매달려 있다. 험상궂은 아랫사람이 못가에서 말을 씻고 있다. 석천이 타는 저 말은 적토마나 천리마에 견줄 수는 없어도, 흰 바탕에 검은 반점이 예사롭지 않은 종자다. 수박을 소반에 받치고 술병을 든 채 누각을 오르는 여인들의 치맛자락이 버들가지처럼 나부낀다. 누마루에 앉은 여인들은 거문고를 타고, 연초를 장죽에 재여 석천에게 권한다. 손등에 올려놓은 매와 기둥에 걸린 칼은 무인의 호기와 어울리는 소재다. 무릎 앞에 놓인 붓과 벼루와 서책은 문무를 겸비한 그의 국량을 과시한다. 으스댈 만한 고관대작의 망중한이다.

현시대를 살아가는 우리 무술인들의 '무인사호(武人四豪)'는 무엇일까?

나는 무술 재벌을 꿈꾼다

세계에서 무술을 얘기할 때 동양의 세 나라를 얘기한다. 중국, 일본 그리고 한국. 하지만 이 세 나라 중 무술로서 세계적으로 이름을 떨치거나 무술 재벌이 된 인물이 없는 나라가 바로 한국이다. 심지어는 태권도의 종주국이면서 미국이나 다른 나라에 있는 태권도 재벌이 한국에는 없다. 대한민국에는 무술인 하면 떠오르는 사람이 없다. 그것은 많은 이유가 있겠지만, 한국의 무술인 중 부와 명예를 동시에 누린 사람이 없기 때문이며, 그러한 이유 중에 하나가 한국 무술의 단체 운영 방식에도 문제가 있다고 나는 생각한다.

내가 추구하는 경호무술의 운영 방식은 '운영은 철저하게 사업적으로, 교육은 철저하게 무도 정신으로'이다.

한국의 무술 수련 인구 중 80~90%가 유아, 어린아이다. 중고등학생이나 성인들은 무술을 수련하지 않는다. 그 가장 큰 이유 중의 하나가 무술을 직업으로 선택하면 경제적으로 힘들기 때문이다. 사회적으로 성공하는 지름길로 '고시(考試)'를 선택하는 요즘 무술 지도자의 사회적 직위와 만족도는 열악한 상황이다. 또한 프로야구나 프로축구 선수의 대우에 비하면 비교가 되지 않는다. 이에 무술인이라는 직업을 평생의 직업으로 생각하고 있으며 경호무술을 보급하고 있는 나는 무술만 잘해도 부와 명예를 동시에 얻을 수 있다는 것을 모든 사람들에게 보여주고 싶다. 또한 그러한 점이 경호무술의 긍지며 자부심이라고 나는 얘기하고 싶다. 내가 무술 재벌이 되고자 하는 것은 더 많은 돈을 벌기 위한 욕심 때문이 아니다.

내가 생각하는 무술 재벌은 무술을 좋아하는 사람들이 경제적인 안정과 사회적인 지위와 개인적인 자부심을 갖춘 상태라고 생각한다. 그러기 위해서 연맹에서는 여러 가지 다양한 준비와 활동을 하고 있다.

국제경호무술연맹은 평생 교육, 평생 책임의 선진 시스템으로 단체 운영을 하고 있다. 한 번 등록된 지도자에게는 평생 무료교육, 취업 추천, 활동 정보를 제공하며, 사단법인 국제경호무술연맹 산하에는 별도의 영리 법인을 두고 경호 대행과 용품 제작, 가맹사업과 후원단체 운영, 출판업과 교육 컨설팅과 장학사업 등 다양한 분야에서 활동하고 있다. 또한 무술 단체로서는 드물게 비영리 및 영리 법인회사를 50개 넘게 산하에 두고 있으며, 연간 1억 2천만 원의 예산을 책정하여 《경호무술신문》을 발행하고 있다. 인터넷에서도 무술, 경호 관련 단체 중 가장 많은 회원 수를 자랑하고 있다.

일반 무술은 호신과 건강을 가져다주지만, 경호무술은 호신과 건강 그리고 부와 명예를 추구한다. 중고등학생이 경호무술을 배우면 각 대학 경호학과와 연계하여 특례 입학을 추진하며, 직업을 얻기를 원하는 사람이 경호무술을 수련하면 경호원으로 활동할 수 있도록 취업과 연계해 나가고 있다. 국제경호무술연맹의 지부 도장 운영 방식도 별도의 영리 법인회사를 통하여 철저하게 사업적인 프랜차이즈 사업 방식으로 활성화시켜 나갈 것이다. 물론 그러면서 비영리 단체로서의 성격은 지켜 나갈 것이다.

이제 경호무술을 만들어 보급한 지 오랜 세월이 지났다. 하지만 무술에는 완벽함이란 없다고 나는 생각한다. 경호무술에 평생을 다 바치더라도 완벽에 가까운 무술로 변화, 발전시켜나가는 것, 바로 그것이 앞으로 내가 해나가야 할 일일 것 같다 그러는 과정에서 무술 재벌이 생길 것이고, 무술의 성인층 참여도 많이 유도해 활성화될 것이라고 나는 믿는다. 우리나라에도 무술 재벌이 나와서, 무술을 하면 부와 명예를 동시에 얻을 수 있는 시대, 나는 그러한 시대를 기대해본다.

성공하려면 돈을 보는 프레임을 바꿔라

내가 경호무술을 보급하면서 가장 강조하는 도장 운영 방식이 '운영은 철저하게 사업적으로, 교육은 철저하게 무도 정신으로'이다. 여기서 말하는 사업은 '돈(=사업)'과 결코 떼려야 뗄 수 없는 관계이다. 따라서 사업 성공은 돈 버는 것과 연결되며, 돈을 벌려면 돈을 보는 프레임을 바꿔야 한다.

그 중 가장 중요한 것이 푼돈을 보는 프레임이다. '푼돈'이라는 이름은 절대적으로 적은 액수의 돈에만 적용되는 것이 아니다. 단돈 100원도 상황에 따라서는 '귀한 돈'이 되기도 한다. 카네만 교수와 그의 동료인 아모르 트버스키(Amos Tversky) 교수가 1981년에 발표한 연구가 이러한 점을 잘 보여준다. 다음은 그 실험에서 쓰였던 질문과 유사한 질문을 제시했다.

상황 A

당신이 TV를 사기 위해 가전 매장에 들렀다. 마음에 드는 제품이 있는데 가격이 100만 원이었다. 생각보다 비싸서 고민하고 있는데 매장 직원이 말하기를, 1시간 거리에 있는 매장에서 특별 세일을 하고 있는데, 그곳에 가면 같은 물건을 3만 원 더 싸게 살 수 있다고 한다. 당신이라면 1시간 운전을 해서 3만 원 더 싼 TV를 사러 갈 것인가?

상황 B

당신이 전자계산기를 사기 위해 가전 매장에 들렀다. 마음에 드는 계산기가 있는데 가격이 5만 원이었다. 생각보다 비싸서 고민하고 있는데 매장 직원이 말하기를, 1시간 거리에 있는 매장에서 특별 세일을 하고 있는데 그곳에 가면 같은 물건을 3만 원 더 싸게 살 수 있다고 한다. 당신이라면 1시간 운전을 해서 3만 원 더 싼 계산기를 사러 갈 것인가?

이 질문을 받은 대다수의 사람들은 100만 원짜리 TV를 3만 원 더 싸게 사기 위해서 1시간씩 운전을 하지는 않겠지만, 전자계산기를 3만 원 더 싸게 사기 위해서는 기꺼이 그렇게 하겠다고 답했다. 그러면서 자신의 선택을 정당화하기 위해, 100만 원짜리 TV를 사면서 '푼돈 3만 원' 아끼자고 1시간씩 운전하는 것은 기름 값과 노동력의 낭비라고 주장한다. 그러나 5만 원짜리 계산기를 사면서 아끼는 3만 원은 아주 '귀한 돈'이라고 말한다. 원래 가격이 5만 원인데 2만 원에 샀으니 3만 원을 벌었다고까지 생각한다.

두 가지 모두 다 아낄 수 있는 돈은 3만 원이다. 정말로 경제적이고 합리적인 사람이라면 두 경우 모두 더 싼 매장으로 가거나, 아니면 두 경우 모두 싼 매장을 가지 말아야 한다. 그런데 대부분의 사람들은 그렇게 행동하지 않는다. 돈의 가치를 절대적인 액수로 파악하기보다는 '원래 가격'이라고 붙는 이름에 현혹되어 돈을 상대적 가치로 파악하기 때문이다. 그래서 계산기의 경우 5만 원 중 3만 원(60%)을 절약하기 때문에 상대적으로 많은 돈을 절약하는 것처럼 느껴지고, TV의 경우 100만 원 중 3만 원(3%)을 절약하기 때문에 아주 소소한, 즉 푼돈을 절약한다고 생각되는 것이다.

- 서울대학교 심리학과 최인철 교수의 『프레임』 중

진정으로 지혜로운 성공한 부자들은 돈의 절대 액수를 중요시하기 때문에 상대적 비교에 따른 푼돈이란 이름을 거부한다. 그래서 우리는 이런 말을 흔히 듣는다. "있는 사람이 더하다." 그들은 수백억을 가졌음에도 100원짜리 하나도 소중히 여기지만, 상대적 가치 프레임에 빠져 있는 사람들은 콩나물 값을 깎을 때는 100원을 귀하게 여기다가도, 10만 원짜리 물건을 살 때는 100원을 하찮게 여겨 깎으려고 하지 않고, 혹시나 100원을 깎아준다고 하면 오히려 기분 나빠 한다.

이 돈을 보는 프레임을 잘 활용하면 단체 운영에도 도움이 된다. 연맹이

나 협회 회비를 자발적으로 내도록 하는 경우와 일괄적으로 자동이체한 후에 원하지 않는 사람에 한해 자동이체를 취소할 수 있도록 하는 경우, 어느 쪽에서 회비가 더 많이 걷힐까? 답은 불을 보듯 뻔하다. 일단 이체된 이후에 환급받으려는 회비는 회원들에게 '푼돈'이라는 프레임이 적용된다. 따라서 회비를 내라고 하면 내지 않을 사람도 일단 자동이체로 빠져나간 회비에 대해서는 적극적으로 돌려받으려 하지 않는다. 따라서 단체의 지혜로운 사무국장이나 총무는 회비를 자동이체로 걷은 후에, 돌려받기를 원하는 회원들에게 한해서만 환급해주는 전략을 쓴다.

위 경우처럼 '푼돈'이라고 이름을 붙이는 것이 항상 나쁜 건 아니다 지혜롭게 잘만 이용하면 운영자 입장에서는 만족할 만한 성과를 얻을 수 있다. 바로 의미 있는 일에 돈을 '평생 한 번'이라는 프레임을 씀으로써 지출하는 돈을 가볍게 여기도록 만드는 것이다. 그래서 우리 연맹에서는 경호원이나 경호 사범 교육생을 모집할 때 '평생회원'이라는 제도를 운영하고 있는데, 한 번 등록된 회원은 평생 무료교육, 취업 추천, 활동 정보를 제공하고 있다.

내가 강조하는 '운영은 철저하게 사업적으로, 교육은 철저하게 무도 정신으로' 중 '철저하게 사업적으로'란 뜻은 돈을 보는 프레임과 세상을 보는 프레임을 바꾸는 것을 말한다.

〈돈에 대한 『탈무드』의 격언〉

- 돈이 인생의 전부가 아니라고 말하는 사람에게는 죽을 때까지 돈이 쌓이지 않는다.
- 부자가 되는 길이 있다. 내일 할 일을 오늘 하고, 오늘 먹을 것을 내일 먹으면 된다.
- 돈으로 행복을 살 수는 없지만, 행복을 불러오는 데 큰 역할을 한다.
- 가난한 사람에게는 적이 적고, 부자에게는 친구가 적다.

꿔준 돈 받아내는 신출귀몰한 아이디어

사람이 살다 보면 힘들 때도 있고 주머니에 한 푼도 없을 때가 있다. 연맹을 운영하다가 본의 아니게 한 신문사에 광고비를 체납한 적이 있다. 신문사에서는 여러 번 광고비를 독촉하다 나에게 내용 증명으로 소송을 제기한다는 편지를 보냈다. 그런데 그 내용 증명이 너무나 황당한 것은, 내가 12개월의 광고 기간 중 6개월의 광고비 6백만 원은 입금을 했고, 나머지 6개월 광고비 6백만 원만 미납을 했는데, 그 신문사는 12개월 총 1천 2백만 원의 광고비를 청구했다.

나는 그 신문사 대표와 친분이 있는 사이이기 때문에 계약서를 작성하지도 않아 근거서류가 없었지만, 다행히 계좌 이체된 통장에 근거가 남아 있었다. 나는 6백만 원을 과다 청구한 신문사에게 화가 났고, 답변서에 총 광고비는 1천 2백만 원이고 6백만 원은 입금했으며 나머지 미납 광고비는 6백만 원이라는 글과 함께 계좌 이체된 통장 사본을 첨부하여 그 신문사에 내용 증명을 보냈다. 이후 그 신문사에서는 나의 답변서를 근거로 소액재판 소송을 청구했고, 나는 그때쯤에는 사정이 나아져 미납된 광고비를 납부하게 되었다. 나는 얼마 전 한 책을 읽다가 미국 자본가 록펠러의 일화를 읽고 그 신문사 대표나 광고 담당자가 이 책을 읽었을 것이라는 확신을 가지게 되었다.

미국 자본가, 자선사업가 록펠러의 친구가 사업상으로 아는 사람에게 10만 달러를 꿔주고는 그것을 받을 수 없게 되자, 그 고민을 록펠러에게 털어놓았다. 다음은 그들 간의 대화다.

록펠러 : “왜 그를 고소하지 그러나?”

친 구 : “차용 증서를 받아뒀어야 하는 건데 그걸 소홀히 했어.”

록펠러 : “그럼, 그가 빌려간 20만 달러를 갚으라는 편지를 보내게.”

친 구 : "하지만 빌린 돈은 10만 달러밖에 안 되는데."

록펠러 : "바로 그거야. 그가 빚진 돈은 10만 달러밖에 안 된다는 답장을 보내올 테니, 차용 증서를 갖게 되는 것 아닌가."

얼마 전 그 신문사 신문에 '경호원들의 영원한 사부'라는 제목으로 나의 기사가 소개되었다.

살기 위해서 신문배달을 하다.
신문을 읽기 위해 스스로를 가르치다.
신문에 글을 쓰기 시작하다.
책을 쓰기 시작하다.
신문이 그에 대해 글을 쓰기 시작하다.
KEEP WALKING. 멈추지 말고 계속 걸어라.

코닥의 몰락

사진과 필름의 대명사 코닥이 경영난에 허덕이다가 법정 관리(파산보호 신청)를 신청, 검토 중이라고 한다. 코닥은 미국의 대표적인 기업으로 한때 직원을 16만 명 가량 고용하고 세계의 필름 시장을 70%까지 석권했었다. 그런 코닥이 과거 필름 시장의 성공에 취해 디지털 시대에 적응하지 못해 파산한다는 것이다. 더 아이러니한 것은 디지털 카메라를 제일 처음 만든 곳이 코닥이라는 것이다. 1975년 세계 최초로 디지털 카메라를 만들고, 1981년에는 내부 보고서를 통해 디지털 카메라의 위협에 대해서도 정확히 분석했다. 그러나 코닥은 디지털 카메라 사업에 나서지 않았다. 기존 시장인 아날로그 필름 시장을 지키겠다는 오만함이 문제였다. 그래서 사람들은 "코닥의 성공이 그 회사를 죽이고 있다."라고 평가하고 있다고 한다.

우리 연맹은 경호무술의 통합을 넘어, 경호무술을 통한 무예계의 대통합을 이루어가고 있다. 현재 지부 도장이 1000개를 넘어서고 있고, 50여 개의 경호 법인과 50여 개의 대학교 경호학과가 연맹 인증 교육기관으로 가입, 활동하고 있으며, 전국에 30만여 명의 수련회원을 두고 있다. 아마 외형적으로는 경호산업의 통합을 넘어 대한민국 무예계에 태권도 다음으로 성공을 이루었다고 보일 수도 있다. 하지만 나는 이럴 때일수록 '코닥의 성공이 그 회사를 죽이고 있다'는 교훈을 생각할 때라고 되새겨본다.

대중무술과 상업무술을 추구하며

무술 관련 칼럼을 읽다가 한국의 무술 지도자들을 비하하면서 욕하는 글을 보고 그 글 쓴 사람이 무술인의 한 사람으로서 너무 자기 고집과 아집에 사로잡혀 있다는 생각이 들었다. 그 칼럼은 한국 도장들이 너무 사업적이고 아이들을 돈벌이에 이용하고 있다고 하면서, 어린아이 위주로 되어가는 국내 도장들의 현실과 차량 운행을 하는 것에 대한 비판적인 내용 또한 담고 있었다. 또한 일본 무술 지도자들은 안 그런데 한국 무술 지도자들은 도장을 생계형으로 운영하면서 너무 상업적이라는 비판도 있었다. 하지만 그런 글을 쓴 본인 자신도 다른 직업이 없이 도장을 생계형으로 운영하고 있었다. 자신이 잘하는 일을 통하여 돈을 버는 것은 나쁜 것이 아니다. 나는 그에게 묻고 싶다.

"왜 도장은 사업적으로 운영하면 안 되는 것입니까? 음악가는 음악을 작곡하거나 부르면서 그 음악을 가지고 생계를 이어가면 안 되는 것입니까? 음악 말고 다른 직업을 가져야 하나요? 미술가는 그림을 가지고 부를 축적하면 안 되나요? 그럼 그림 그리는 것 말고 다른 직업을 가져야 하나요? 축구 지도자는?, 유아체육 지도자는? 수영 코치는?"

자기가 잘하고 좋아하는 일을 하는 것이 바로 행복이다. 그리고 그것을 가지고 부와 명예를 누린다면 가장 이상적인 직업이 될 수 있을 것이다. '운영은 철저하게 사업적으로, 교육은 철저하게 무도정신으로' . 이것이 경호무술이 추구하는 도장 운영 방식이다. 운영이 안 되는 도장들은 운영이 잘되는 도장을 보면서도 위의 사람과 같은 얘기를 한다. 저 도장은 너무 사업적이라고 말한다. 하지만 그 도장에 수련생이 많다는 것은 그 지도자에게 뭔가 특별한 노력과 능력이 있기 때문이다. 요즘 아이들은 우리가 생각하는 것보다 더 조숙하고 영리하다. 돈만 밝히고 놀이만 치중하는 지도자를 아이들과 학부모는 좋아하지 않는다. 또한 그런 도장에 보내지도 않을 것이다.

수련생이 많은 도장들은 아침 일찍부터 저녁 늦게까지 오로지 그 무술과 회원들, 즉 수련생들만 생각한다. 어떤 도장들은 사범들과 모든 정리를 마치고 새벽 2시에 퇴근하는 지도자들도 있다. 학부모와 통화할 때도 그 지도자는 그 제자에 대한 모든 것을 파악하고 있어야 한다. 그래서 한국의 지도자들은 제자의 키, 몸무게, 습관, 심지어는 여자친구 이름까지, 부모님이 모르는 것을 파악하고 있다. 그것이 그 아이를 도장에 계속 다니도록 하는 방편일지라도, 그것은 바로 관심이다. 한국의 도장들이 너무 초등학생 위주라고 얘기하지만, 그것은 너무나 당연하다. 우리나라 성인들은 운동을, 무술 수련을 하지 않기 때문이다. 물론 거기에는 여러 이유가 있겠지만, 나는 그에게 묻고 싶다.

"한국의 도장들이 유도나 우슈같이 되기를 바랍니까?"

만약 한국의 도장들이 유아, 초등학생을 공략하지 않았다면, 올림픽 종목 등의 엘리트 체육과 서양의 레저 스포츠에 밀려 아마도 유도 도장이나 우슈 도장처럼 몰락했을지도 모른다. 나는 유도나 우슈를 비하하기 위해 말하는 것이 아니다. 유도나 우슈는 선수 위주의 엘리트 체육이자 무술로서는 성공했지만, 그 종목의 도장들은 거의 문을 닫거나 있어도 운영에 많은 어려움이 있다. 하지만 태권도나 합기도 등은 유아, 초등학생들을 잘 공략하고 교육 또한 그들의 눈높이에 맞추어왔기에 한국의 도장들은 성공할 수 있었다.

나는 성인만 지도하다 보니 오히려 초등학생들을 지도하라고 해도 지도할 수 없을 것이다. 초등학교 선생님에게 대학생들을 지도하라면 할 수 있을 것이다. 하지만 대학 교수님에게 초등학생을 지도하라면 아마도 잘 지도하지 못할 것이다. 그것은 그들의 눈높이를 맞추어 교육하는 일은 아무나 할 수 있는 것이 아니기 때문이다.

차량 운행을 말한다면 당연히 성인들은 차량 운행을 할 필요가 없다. 하지만 그 대상이 유아나 초등학생일 때는 사정이 다르다. 내가 학원폭력 근절 및 청소년 선도운동을 하면서 알게 된 것이 학원폭력이나 납치 문제보다 더 사고가 많은 것이 어린이 교통사고라는 것이다. 특히나 어린이 교통사고는 거의 보행 중에 일어난다. 그래서 미국 같은 선진국들은 초등학생 등하교 때 의무적으로 스쿨버스를 운행하거나 부모가 픽업을 해야 한다고 한다. 부모님들이 가장 신뢰할 수 있는 관장님들이 자녀들의 보디가드가 되어 집까지 안전하게 데려다주는 것이 무엇이 나쁜가? 물론 차량 운행 때문에 교육에 소홀해진다면 그것은 문제가 될 수 있다. 하지만 무엇보다 중요한 것은 아이들의 안전이다. 내게도 자식이 있다 보니, 나 또한 도장을 보낸다면 차량 운행하는 곳에 보낼 것 같다.

요즘에는 학교 체벌도 없어졌다고 한다. 또한 어느 학교는 학과목 자율 편성의 일환으로 체육시간이 줄어들거나 없어지는 학교도 있다고 한다. 만약 태권도가, 합기도가 초등학생을 가르치지 않는다면, 우리 아이들은 어디에서 소리를 지르고, 어디에서 땀을 흘리며, 그리고 어디에서 인성교육과 예절을 배울까? 태권도든 합기도든, 또한 그것이 무도 외적인 놀이라 하더라도, 그나마 한국의 도장과 무술 지도자들이 있어서 아이들이 마음껏 뛰어놀면서 '무도인의 예(禮)'를 배울 수 있는 것이다.

경호무술은 성인 수련만을 추구하지 않는다. 오히려 초등학생이 많은 태권도, 합기도, 해동검도 도장들에 경호무술과 함께 지도하면서 성인들이 함께할 수 있는 그런 도장, 자녀와 삼촌, 그리고 부모가 함께 수련하는 도장, 경호무술은 그런 도장을 추구한다.

그런 의미에서 경호무술은 대중무술이며 상업무술이다.

경호 업무 시 거리의 개념과 보디 존에 대하여

경호원으로 활동하다 보면 거리에 대한 개념이 상당히 중요하다. 고객과 경호원과의 거리는

물론 고객이 만나는 사람과 경호원과의 거리 또한 중요하므로, 경호원이라면 보디 존(body zone)을 잘 활용하여 경호 업무에 활용해야 한다. 나중에 경험과 경력이 쌓여 경호원을 지도, 관리, 교육하는 업무를 하게 될 때도 보디 존을 잘 활용하여 아랫사람을 다스려야 한다.

국가마다 자신의 영공이 있고 영해가 있듯이, 사람에게도 보디 존이라는

것이 존재한다. 보통 남자인 경우 3미터가 자신의 보디 존이라고 한다. 만약 누군가 자신의 3미터 안에 접근하면 긴장하게 되고 상대를 경계하게 된다. 또한 보디 존을 다른 사람에게 침범 받으면 상당히 불쾌감을 느끼게 되며, 그것이 낯선 사람일 경우 더욱더 강해진다.

하지만 시대가 다변화되고 인구가 많아질수록 보디 존의 영역은 좁아진다. 옛날에는 사람들이 많지 않았기 때문에 길을 가다 낯선 사람만 보여도 그 사람을 경계하게 되었지만, 이제는 길을 걷다가, 또는 엘리베이터에서 옆에 낯선 사람이 붙어 있어도 그 사람을 경계하거나 불쾌감을 느끼지 않는다. 그러나 현대사회에서도 자신의 위치나 힘이 강해질수록 보디 존 또한 넓어진다. 보디 존 또한 약육강식이 존재한다. 자신보다 약자의 보디 존에 들어가면 아무런 거부반응이 없는 반면, 자신보다 강한 사람의 보디 존에 들어가면 불안하고 빨리 그 보디 존에서 멀어지고 싶어 하는 것이 사람의 심리다. 가령 어느 직장인이 과장에게 결재를 받기 위해 과장의 책상에 가면, 책상 앞에서 기를 못 펴고 주눅이 들게 마련이다. 그것이 사장일 경우에는 더 심하여 사장실 문 앞에서부터 긴장하게 된다. 회장일 경우는 회장실을 올라가는 엘리베이터 안에서부터 그런 긴장을 하게 된다. 그만큼 사회적인 직위가 올라가거나 강해질수록 그 사람의 보디 존은 넓어진다.

사람을 잘 다스리고 지휘하려면 보디 존을 잘 활용해야 한다. 적당하게 보디 존을 침범함으로써 자신의 위치를 그 사람으로부터 확인받을 수 있으며, 대인관계에 있어서도 자신의 보디 존으로 다른 사람을 불러들여 친근감이나 자신의 위치를 확인받을 수 있다. 가까운 예로 깡패들이 사람들을 협박할 때 흔히 쓰는 수법이 그 사람의 보디 존을 침범하는 것이다. 그 사람이 어디, 어느 장소에 있건 가까이 다가가 어깨를 치면서 말하는 것은 그 사람의 보디 존을 침범하여 그 사람에게 두려움을 느끼게 하기 위함이다. 몇 발짝 떨어져서 얘기하는 것과 바로 얼굴 밑까지 다가와 얘기하는 것은 많은 차이가 있다. 그것이 협박일 경우 후자 쪽이 효과적일 것이다.

반대로 상대를 내 보디 존 안으로 끌어들여서 상대에게 나의 위치와 힘을 과시할 수도 있다. 부하 직원에게 명령을 내릴 때 그 부하 직원의 책상이나 그의 보디 존 안으로 들어가서 명령을 내리는 것보다는, 나의 보디 존으로 불러들여 명령을 내리는 것이 더 효과적이다(막말이지만, 똥개도 자신의 집에서는 50% 먹고 들어간다는 말도 이와 같은 맥락이다).

급작스러운 보디 존의 침범은 침범 당하는 사람을 크게 당황하게 만든다. 어느 날 자고 있는 장군의 머리맡에 적국 장수의 편지가 배달됐다면 엄청난 충격을 받고 당황하게 될 것이다. 우리가 싸움을 할 때도 보디 존을 잘 활용해야 함은 물론, 경호원도 이 보디 존을 잘 활용해야 경호 업무를 하는 데 도움이 된다. 보디 존, 다시 말해 자신의 영역을 넓힐수록 그만큼 자신이 강해졌고 힘이 있다는 것이다. 이 글을 쓰면서 나는 과연 나의 보디 존의 영역은 어디까지일까 하고 생각을 해본다.

단순한 것이 화려함을 이긴다

많은 무술들이 보여주기 위한 기술에 치중되고 있는 것이 현재 우리나라 무술계의 현실이다. 태권도 시범대회를 보면, 태권도와는 전혀 상관없는 뒤로 덤블링 하면서 머리 위에 있는 사과 등을 격파한다. 이런 동작을 왜 해야 되는지 나는 전혀 이해할 수 없다. 그것은 같은 발차기를 해도 다른 사람보다 특별히 잘할 수 없기 때문에 뜨거나 돌아야만 다른 사람으로부터 인정받을 수 있기 때문이다. 그것이 태권도의 기술이 아니더라도.

앞차기와 옆차기를 가지고도 10년 수련한 사람과 20년 수련한 사람이 분명히 달라야 하며, 시범 또한 태권도의 주 기술에 초점이 맞추어져야 한다. 또한 무술 수련생 중 많은 중고생들이 540도 돌려차기, 720도 돌려차기를 하려고 그것의 수련에 열중하는 것을 많이 본다. 대련 시 돌려차기 하나도 제대로 상대하게 공격하지 못하면서…. 사실 그런 동작들은 전혀 실전에서 사용할 수 없으며 사용되지도 않는 동작이다.

합기도의 시범을 보면서 시범 시간과 주 내용이 낙법 위주로 되어 있으며, 낙법 또한 덤블링 위주로 시범을 보이는 것에 대하여 대단히 애석하게 생각한다. 합기도는 술기 위주의 시범이 되어야 한다. 상대를 제압하고 제압당하면서 자연스럽게 낙법을 배우게 된다. 또한 낙법도 백핸드 공중회전 같은 동작을 많이 하며, 구경하는 사람들도 그 같은 시범에 더 관심 있어 하고 박수를 많이 보낸다. 그런 동작을 배우려면 기계체조를 배우는 것이 더 체계적으로 잘 배울 수 있을 것이다.

낙법은 상대에게 제압을 당할 때 사용하는 것이다 술기보다 낙법을 더 수련하고 시범을 보이는 것은 '나는 상대를 제압하지는 못하지만 멋있게 제압당한다.'라는 표현이다. 그러니 합기도를 오래 수련한 사람과 시범을 보이다 보면, 넘어가는 낙법을 너무 수련한 나머지 상대가 손끝에 살짝 힘만 줘도 넘어가고 만다. 그래서 연무를 보다 보면 상대가 손끝만 닿는데도 공중에서 회전하면서 넘어간다. 보기에는 멋있을 수 있지만 실전에서는 그러한 제압과 낙법은 거의 불가능하다. 물론 합기(合氣)의 기술에 의하여 제압하는 고수도 있지만, 검도 베기 대회에서도 팔방에 대나무를 놓고 사방으로 움직이며 대나무를 베거나 짚단을 옆으로 10개 이상 세우고 한 번에 짚단을 베는 시합과 시범을 보일 때 발도, 베기, 잔심, 착검이 정확하지 않은 것을 보면서 기분이 이상할 때가 있다.

반면에 비디오를 통해 일본의 베기 대회를 보면, 10년 검도한 사람이나 50

년 이상 수련한 사람 모두가 발도하여, 하나의 동그랗게 만든 다다미를 놓고 한 번에 그 다다미를 벤 다음 착검하는 자세 한 동작만 가지고 모든 사람들을 평가하면서 베기 대회의 우열을 가르는 모습이 무척 인상적이었다. 그것은 단 하나의 베기 동작이라도 1년 수련한 사람과 10년 수련한 사람, 그리고 50년 이상 수련한 사람이 분명하게 다르기 때문이다. 그들 또한 짚단 열 개를 옆으로 놓고 충분히 벨 수 있으리라 나는 생각한다.

무술은 화려하고 보여주는 것이 아니라, 단순한 것이다!

권투가 실전에 강한 이유는 무식할 정도로 단순하게 주먹만 치는 것에 있다. 권투의 시범이란 그냥 주먹을 치는 것이다. 유도가 잡기에 강한 이유는 무식할 정도로 단순하게 잡기만 하는 것에 있다. 유도의 시범이란 그냥 상대를 업어 치고 메치는 것이다. 검도(죽도 검도)가 강한 이유는 무식할 정도로 단순하게 상대의 머리, 허리, 손목만 치는 것에 있다. 검도의 시범이란 그냥 손목, 허리, 머리를 치는 것이다.

권투의 같은 원투 치기라도 조금 한 사람과 많이 한 사람은 분명한 차이가 있으며, 그래서 시범을 보일 때도 그냥 주먹치기만 가지고 시범을 보인다. 유도의 업어치기, 검도의 정면 베기 또한 그러하다. 이런 것이 시범이고 기술이다!

경호무술은 오로지 상대를 다치지 않고 제압하는 경호유술, 즉 호신술 기술로만 이루어졌다. 수련 방식도 그렇게 수없이 던지고 던져지면서 상대를 다치지 않게 제압하는 '윤리적인 제압'을 배우는 것이다. 10대를 맞더라도 상대를 다치지 않게 제압하는 것이 경호무술의 기술이고 철학이다.

단순한 것이 복잡한 것을 이긴다.
단순한 문제를 복잡하게 말하는 데는 지식이 필요하고,
복잡한 문제를 단순하게 말하는 데는 지혜가 필요하다.

전통과 변화

무술의 역사와 전통만큼 변화도 중요하다고 생각된다. 긴 역사와 전통이 있는 무술 등은 오랜 시간 동안 많은 시행착오를 겪으면서 변화, 발전했기 때문에 그 기술들이 많은 합리성을 가지고 있다. 그렇기 때문에 변화 없는 역사와 전통은 별 의미가 없다. 현 시대의 체격 요건과 주위 환경은 백 년 혹은 천 년 전과 상당히 다르다. 전통을 너무 중요시여긴 나머지 옛것의 기술을 아무런 변화 없이 그대로 답습한다는 것은 상당히 모순이 많다고 생각된다. 병장 기술(봉술, 창술, 마상 무예 등)이 좋은 예라고 할 수 있겠다. 예전에 많은 사람들이 봉, 검, 창 등을 주위에서 흔히 구할 수 있었고 무사의 경우는 검을 항상 소지하고 있었기 때문에 그러한 병장 기술이 발전했다. 하지만 현시대에서 검이나 봉 등을 들고 거리를 활보할 수는 없을 것이다. 무술은 신체 방어와 호신도 중요한 목적이기 때문에 주위에서 흔히 구할 수 있는 단봉 등을 가지고 수련하는 것이 마땅하다고 생각된다. 그렇게 볼 때 옛것의 기술은 역사적인 가치와 새로운 창안에 많은 도움이 된다.

수련 방법에 있어서도 많은 과학적인 무술 장비들이 나와서 변화하고 있다. 죽도가 나오기 전까지는 현재 하고 있는 검도의 죽도 대련과 많은 차이가 있었을 것이다. 지금 우리 시대는 급박하게 변화, 발전해가지만, 무술만큼은 그 변화에 따라가지 못하는 것 같다. 연구, 변화, 발전하지 않고 역사와 전통에만 빠지는 우를 범한다면, 빠르게 발전하는 레포츠와 스포츠 등에 밀려 무술이 설 자리를 빼앗길 것이다. 반면에 너무 현실에 적응한 나머지 무술이 스포츠화 되어가는 것도 경계해야 할 것이다. 전통과 역사를 바탕으로 현실에 맞게 변화, 발전해 나가는 것, 바로 그것이 현시대 무술들의 과제이며 현시대 무술인들의 몫이다.

경호무술은 창시된 지 20년이 된 무술이 아니라, 20년 동안 변화, 발전된 무술이며, 앞으로도 내 평생 동안 변화, 발전해 나갈 것이다. 또한 그것으로도 부족하다면 나의 제자들이 변화, 발전시켜 나갈 것이다. 나는 그렇게 변화, 발전해 나가는 -ing가 경호무술이라고 말한다.

도복과 띠에 대하여

도복이 가지는 의미는 대단하게 느껴진다. 예전엔 중국 옷을 입으면 다 쿵후를 하는 줄 알았고, 치마바지(하까마)를 입으면 전부 검도를 하는 줄 알았다. 현재도 많은 사람들이 그런 식으로 생각하는 것 같다.

원래 도복은 무술 수련 시 입는 옷이 아니라, 그 당시 그 무술이 유행하던 당시의 평상복 그 자체였다. 국내의 무술 중에는 택견이 그 맥을 잘 살려서, 택견이 유행하던 당신의 평상복, 즉 한복을 입고 수련하고 있다. 하지만 현시대의 도복의 의미는 평상복의 개념보다는 무술 수련 시 입는 옷, 그리고 그 무술 종주국의 전통과 문화를 의미한다.

많은 무술 단체들이 독창적인 기술 개발도 중요하지만, 그 무술을 대표할 수 있는 독창적인 도복 개발도 중요하다고 생각된다. 도복을 입으면 그 사람이 어떤 무술을 하는지, 또한 그 무술의 특성은 무엇인지를 알 수 있으면 더욱더 좋을 것 같다. 도복 제작 시 실용성과 함께 그 무술의 특성과 문화가 도복에 표현될 수 있어야 한다.

도복에도 많은 변형이 있었다. 유도는 처음 올림픽 단체나 여러 체육 단체에서 유도 시합 시 선수들의 정확한 구분을 위해 도복을 칼라도 바꿔 입자고 했을 때, 종주국인 일본의 반대로 무산된 적이 있다. 그만큼 흰색이 가지는 유도 도복의 의미는 컸다고 할 수 있겠다. 요즘엔 흰색과 청색으로 구분해서 입고 있지만, 도복의 디자인과 함께 도복의 색도 중요한 요소 중의 하나라고 한다. 많은 무술들이 도복을 흰색으로 입는 이유는 흰색의 겸손함, 고결함 때문이며 결혼할 때 신부가 흰색 드레스를 입는 이치와 같다고 한다.

반면에 검정색과 흰색을 섞어서 도복을 입는 경우도 있다. 그 대표적인 예가 일본의 아이기도(合氣道)이다. 특히 아이기도의 도복은 그 무술의 특성을 잘 표현한 도복 중의 하나이다. 아이기도는 유단자가 되면 흰색의 상의에 검정색의 하의(하까마)를 입는다. 검정색은 '땅'을, 흰색은 '하늘'을 의미한다고 한다. 또한 검정색은 '음'을, 흰색은 '양'을 의미한다고 한다. 아이기도는 화(和)를, 즉 조화를 강조한다. 그래서 아이기도의 도복은 하늘과 땅, 그리고 음과 양의 화(和), 즉 조화를 뜻하며 평화를 말한다고 한다.

이처럼 도복에는 그 종주국의 전통과 문화가 담겨 있으며 그 무술의 철학이 담겨 있다. 요즘 도장에선 실용성을 우선하여 수련 시 반팔 티셔츠나 트레이닝 복 등을 입고 수련하며, 지도자도 트레이닝 바지에 반팔을 입고 지도하는 경우가 많이 있다. 그만큼 무술이 스포츠, 사회 체육화가 되어가는 것으로 생각된다. 하지만 나는 도복을 입고, 벗고, 관리하는 것도 무술 수련의 하나라고 생각한다. 무술을 수련하고 지도할 때는 도복을 입는 것이 바람직한 것 같다. 힘들더라도 그런 가운데서 좀 더 엄숙한 수련 분위기가 이루어질 것 같다.

무술에 있어서 도복과 함께 띠도 중요한 요소 중의 하나이다. 물론 띠를 매지 않는 도복도 있다. 띠는 그 무술인의 수련 정도와 직위를 나타낸다. 띠가 생기게 동기는 같은 무술을 수련할 때는 모두 같은 도복을 입기 때문이다. 예전의 중국, 일본 그리고 우리나라도 신분에 따라서 의복을 달리하여 입었지만, 무술 수련 시에는 같은 옷을 입었기 때문에 수련 정도와 직위를 나타내기 위하여 띠가 생기게 된 것이다. 만약 도복을 각 수련 정도의 차이에 따라서 다르게 입었다면 굳이 띠가 생기지 않았을 것이며, 띠를 매지 않는 도복이 그렇다. 그래서 블랙 벨트라는 말이 생겨났다.

띠는 보통 검정 띠와 흰 띠 그리고 색 띠로 나뉘어져 있으며, 색 띠는 노란 띠, 파란 띠, 빨간 띠로 나뉘어져 있다. 물론 이외에도 많은 띠가 새로 생겨서 더 세분화되기도 했지만, 보통은 위 5가지 띠가 기본이다. 여기서 검정 띠와 흰 띠는 일본의 아이기도 도복과 같이 음양을 뜻하고, 하늘과 땅을 뜻한다고 한다. 또한 색 띠는 태극과 만물을 의미한다고 한다. 그것은 이 색 띠가 색의 삼원색이기 때문이다. 노란색, 파란색, 빨간색을 합치면 모든 색을 만들어낼 수 있기 때문이다. 따라서 띠는 음과 양, 하늘과 땅, 그리고 우주만물을 뜻한다. 무술을 수련할 때 이 같은 도복과 띠의 의미를 한 번 더 생각한다면, 무술 수련에 더 도움이 될 것이다.

미는 무술과 당기는 무술

무술은 그 무술의 움직임과 특성에 따라 두 가지로 분리할 수 있다. 미는 무술과 당기는 무술. 미는 무술은 권투, 펜싱 등이며, 당기는 무술은 유도, 레슬링, 검도 등이 해당된다. 미는 무술을 동양보다 서양이 더 잘하고, 당기는 무술을 서양보다 동양이 더 잘한다. 물론 다 그런 것은 아니지만, 그것은 올림픽 종목의 무술 종목에서도 확연하게 차이를 보이는데, 그런 이유는 생활 관의 차이에서 온다. 서양은 식사할 때 포크와 나이프를 들고 밀거나 찌르면서 식사를 하고, 동양은 수저와 젓가락을 가지고 당기면서 식사를 한다. 톱질을 할 때 서양은 밀면서 하고, 동양은 당기면서 한다. 이렇듯 무술은 그 무술이 발생된 지역의 환경과 생활방식과 밀접한 관계를 가지고 있다. 따라서 이런 환경과 생활방식, 그리고 신체 체형을 고려하여 무술을 선택, 수련해야 한다.

미는 무술과 당기는 무술의 근육 발달 또한 다르게 발달한다. 권투 같은 미는 무술은 삼두박근과 활배근 등이 발달하며, 씨름 같은 당기는 무술은 이두박근과 등 근육 등이 발달한다. 권투를 한 사람이 씨름을 하거나 씨름을 한 사람이 권투를 하면 오히려 운동을 안 한 사람보다 못한 경우가 생기는 것도 이처럼 근육의 발달이 틀리기 때문이며, 한 쪽의 근육이 과도하게 발달하여 다른 쪽 움직임에 지장을 주기 때문이다. 그래서 유도를 수련한 사람과 권투를 수련한 사람, 그리고 태권도를 수련한 사람의 신체적 특징은 확연하게 차이가 난다.

무술을 수련할 때도 미는 무술과 당기는 무술을 같이 수련하면 오히려 지장을 줄 수 있다. 당기는 무술인 유도를 수련하는 사람이 같은 당기는 무술인 씨름, 레슬링 등의 무술을 수련하면 도움이 되지만, 권투와 같이 미는 무술을 수련한다면 오히려 수련에 역효과를 줄 수 있다. 그래서 종합무술을 수련하는 사람들은 유도, 검도, 권투 등의 밀거나 당기는 단순한 무술을 수련하는 사람보다 성취도가 떨어진다. 무술을 수련할 때는 자신의 신체구조와 근육 발달 여부, 그리고 적성 등을 고려하여 선택 수련해야 하며, 다른 무술을 병행하여 수련할 때는 되도록이면 같은 종류(미는지 당기는지)의 무술을 수련하는 것이 바람직하다.

그것은 무술을 떠나서 문화에서도 확연한 차이를 보인다. 서양은 사람이 죽으면 눈물을 흘리는 것이 수치이기 때문에 선글라스를 끼고 여자들은 검은 망사로 얼굴을 가린다. 반대로 동양에서는 상주가 곡을 하지 않는 것은 큰 잘못이다. 서양에서는 비가 오면 손등을 하늘에 대본다. 동양에서는 비가 오는지를 손바닥으로 확인한다. 또한 서양은 이름을 먼저 부르지만 동양은 성을 먼저 부른다. 수많은 예가 있지만 동서양의 문화가 다르듯이 미는 무술과 당기는 무술의 차이는 너무나 크다.

무술인은 아름다워야 한다

과거의 한국 무술계에는 역사 조작이나 자신의 무술이 최고라는 독선과 아집의 시대가 있었다. 하지만 이젠 다 같이 화합하고 선의의 경쟁을 통해 발전하는 것이 앞으로 대한민국 무술계와 무술인들이 추구해야 할 길이라고 생각한다. 많은 젊은 무술 지도자들이 주축이 되어 참신하고 깨끗하고, 그리고 아름다운 무술인 상을 심어줘야 하며, 자신이 솔선수범하면서 몸으로 직접 보여주는 무술인이 되어야 한다. 무술은 몸으로 배우고, 몸으로 가르치고, 몸으로 수련하는 것이다. 또한 몸과 함께 이론적인 정립, 과학적인 수련과 지도 방법이 뒷받침되어야 한다.

세계적으로 무술은 중국, 한국, 일본이 그 주도권을 잡고 있지만, 현재 중국과 일본에 우리나라의 무술과 무술인들이 뒤처지고 있다. 그나마 태권도 하나로 인해 무술 종주국의 명맥만 간신히 이어가고 있다. 또한 중국과 일본의 무술인들은 사회적으로도 존경받으면서 부와 명예를 같이 누리는 반면, 우리나라의 무술인들은 사회적 지위나 여러 가지 면에서 많은 어려움을 겪고 있다. 그것은 중국과 일본의 무술인들이 아름답기 때문이다.

일본의 무술인들은 몸이 불편하더라도 죽을 때까지 시범을 보여야 한다고 한다. 일본의 무술 시범대회를 보면 백발이 성성한 무술인들이 나와서 시범을 보이는 장면을 어렵지 않게 볼 수 있다. 시범을 보이는 사람의 연령층을 살펴보면 거의가 무술을 몇 십 년 이상 수련한 나이 많은 분들이 많다. 최하 연령층이 거의 40대 이상이다. 젊은 사람들은 실력이 부족하여 감히 시범 자리에 같이 하지를 못한다고 한다. 반면에 국내의 무술 시범대회를 보면 거의 20대의 젊은 사람들이 주축이 되어 시범을 보이고 있다. 시범 자체로 그 무술의 기술 시범보다는 체력이 많이 요구되는 그런 기술이 주 시범을 이루고 있다. 20대들이 시범을 보이는 그 시간에 그들의 스승들은 정장을 멋지게 차려입고 가슴에는 커다란 꽃을 달고 단상 위에서 근엄하게 무게를 잡고 앉아 있다.

중국의 무술계에는 '금분세수'라는 제도가 있다고 한다. 금분세수란 자신이 평생 동안 수련을 하고 제자를 지도하고 무림계에 이름을 떨치다가, 더 이상 자신의 단체를 운영하거나 제자를 지도할 능력이 안 되면, 많은 무림인들을 모아놓고 금으로 만든 세숫대야에 손을 씻고 무림계를 은퇴한다고 한다. 그동안 살아오면서 원한이 있거나 잘못이 있으면 지금 다 해소하자고 하면서, 반대 의견이 없으면 금으로 만든 세숫대야에 손을 씻고 영원히 무림을 떠나 자연인으로 돌아가는 것이 '금분세수'라는 것이다. 죽을 때까지 시범을 보이는 일본의 무술인, 그리고 자신이 떠날 때가 언제인가를 알고 미련 없이 떠나는 중국의 무술인, 국적을 떠나서 참 아름답고 멋진 무술인이라고 생각한다.

정의를 세우니 곧음이 자라고
마음을 돌보니 마디가 생기며
욕심을 버리니 시혜가 열리네.

제4장

멀리 가려면 함께 가라

경호원으로 활동하면서, 그리고 경호무술을 보급하면서 맺은 소중한 만남과 소중한 추억이 소중하게 담겨 있습니다. '사람이 미래다.' 그리고 '사람을 움직이려면 먼저 그의 마음을 얻으라.'는 말이 있습니다. 이 장을 통하여 인간관계의 노하우와 사람의 마음을 움직이는 법을 배울 수 있습니다.

> "빨리 가려면 혼자 가고, 멀리 가려면 함께 가라."

혼자서는 결코 멀리 갈 수 없다

우리가 컵 하나를 팔아도, 옷을 팔아도, 컨설팅을 해도 결국에는 사람에게 파는 것이다. 운전을 해도 차가 가는 것이 아니라 사람이 모는 것이다. 고성능의 내비게이션보다 어떤 때는 방금 누가 전화로 일러준 정보가 더 유용할 때가 있다. 사람과의 '관계'는 우리가 꼭 배워야 할 삶의 기술이다. 얼마 전 출간하여 200만 부가 팔리면서 베스트셀러가 된 조정래 작가의 『정글 만리』에서도 중국에서는 사업을 하려면 '꽌시' , 즉 사람과의 관계를 못하면 사업을 접어야 한다고 얘기하고 있다. 우리가 느끼는 행복이나 편안함은 자신이 만들어놓은 인프라 속에서 얻을 수 있는 지지와 격려, 그리고 사랑에서 비롯된다. 치사하게 뭔가를 얻으려 다가가지 말고, 내가 먼저 나누려는 마음으로 사람들과 만나야 한다. 밥을 '얻어 먹으러'가는 것이 아니라 '함께 먹으러' 가는 것이다.

가장 이상적이고 좋은 모임은 서로 간에 성공할 수 있도록 도와주고 애쓰는 것이다 그렇기 때문에 우리 연맹 임원회의, 경호위원회, 자문위원회, 그리고 한국 범죄퇴치 운동본부 범죄예방위원회는 단순히 경호무술의 보급과 발전뿐 아니라 서로 간의 교류를 통하여 함께 성공할 수 있도록 도와주기 위해서 있는 것이다.

다음은 삼성경제연구소가 뽑은 커뮤니케이션 분야 대표 강사이자 (주)이미지디자인컨설팅 대표로서 대학과 대기업에 출강 중이며 전직 대통령을 포함, 각계 유명인사의 개인이나 그룹 이미지 컨설팅을 담당했던 이미지 설계 전문가 이종선 CEO의 저서에서 인용한 내용이다. 저서로는 『고객만족, 서비스전략』 , 『달란트 이야기』 등이 있고 『혼자 밥 먹지 마라』를 번역했다.

1. 능력만 있으면 회사가 붙잡는다고 믿는 사람들에게

– 세상은 당신을 리더로 뽑지 않는다.

2. 모든 것을 귀찮아하는 사람들에게

– 당신은 지금 가장 중요한 일을 미루고 있다.

3. 사람이 스트레스라고 생각하는 사람들에게

– 당신 때문에 스트레스 받는 사람이 더 많다.

4. 일이 최우선인 사람들에게

– 지금 당신에게 정말 소중한 사람들이 떠나가고 있다.

5. 세상을 원망하는 사람들에게

– 세상이 당신에게 갚아야 할 빚은 없다.

6. 사소한 부탁도 거절하지 못하는 사람들에게

– 어차피 모든 사람을 만족시킬 수는 없다.

7. 잘나가는 사람들만 챙기는 이들에게

– 당신과 다시 일하고 싶은 사람은 없다.

8. 항상 안전한 길만 선택하는 당신에게

– 당신은 곧 한계에 부딪힐 것이다.

9. 피해 의식에 사로잡힌 사람들에게

– 당신은 제자리걸음만 하고 있다.

10. 나누는 것을 아까워하는 사람들에게

– 행운은 결코 당신에게 찾아오지 않는다.

11. 세상에 감사할 일이 별로 없는 당신에게

– 당신은 꿈과 점점 멀어지고 있다.

너 돈 많아? 나 사람 많다!

'사람이 재산이다.'라고 우리들은 흔히 말한다. 나 또한 제자들이나 주위 사람들로부터 "총재님은 어떻게 그 많은 사람들을 알고 지내며 인맥이 그렇게 넓습니까?" 하는 얘기를 많이 듣는다. 하지만 우리 모두는 태어날 때부터 많은 인맥을 가지고 태어난다. 가족이 그렇고 친척이 그렇고, 그리고 우리가 살면서 만나는 많은 사람들, 아마도 한 사람이 성년이 되는 날까지 수천, 수만, 아니, 헤아릴 수도 없는 수많은 사람을 만난다. 그 만남을 소중하게 관리하고 이어가는 것이 바로 인맥 관리인 것 같다.

세상에는 알음알음으로 다섯 사람만 거치면 세상의 모든 사람들은 서로 아는 사이라고 한다. 그만큼 지구촌은 인맥 네트워크로 이루어져 있다. 그 알음알음을 어떻게 이용하는가에 우리의 인생이 달려 있다. 요즘에 유행하는 '페이스 북'이 어쩌면 인맥 네트워크의 대표적인 시스템일 것이다. 페이스북에서는 오바마 미국 대통령도 나와 친구 사이다!

도복 하나 둘러메고 전국을 거닐었다. 인천에 처음 왔을 때, 나는 정말 아무것도 없었다. 인천이 연고가 아니었으며 돈도 없었고 아는 사람도 전혀 없었다. 그래서 집도 도장도 없었기에 승학산(문학경기장 건너편)에서 1년간 경호무술을 지도하기도 했었다. 그러다 인천에 다시 경호무술 도장을 열면서 내가 가장 절실했던 것은 바로 사람을 사귀는 것이었다.

고향도 아닌 타지에서 성공할 수 있는 길은 바로 인맥이라고 생각하고 나는 돈이 생길 때마다 사람들을 만났다. 단돈 만 원이 생겨도 나는 사람들과 순댓국을 먹으면서 사귀었고, 돈이 좀 있으면 저녁에는 항상 새로운 사람들을 사귀고 그들과 술을 마셨다. 어떤 때는 점심을 서너 번 먹을 정도로 정말 많은 사람들을 만났고, 그들로부터 사람들을 소개받았다.

그렇게 사람들을 만났고 공무원들과 술을 마셨으며 관장들을 사귀었다. 그런 만남이 어느새 경찰을 만나서 경찰서장을 사귀게 되었고, 공무원을 만나다 시장을 만났으며, 그리고 단체장들을 만나다 국회의원과 형님 아우가 되었다. 그런 소중한 만남이 이제는 나의 재산이고 삶이 되었다.

내가 그 많은 사람들을 사귈 수 있었던 것은 바로 문자의 힘이었던 것 같다! 나는 그 당시(물론 지금도 마찬가지지만) 사람을 처음 만나 명함을 받으면 바로 다음날 항상 문자를 보냈다. '소중한 만남, 소중한 인연, 소중하게 이어가겠습니다. 경호무술 창시자 이재영 올림.' 그 문자를 보낸 후부터 누가 되었든지 연맹의 사소한 일과 행사가 있을 때마다 항상 모든 사람에게 문자를 보냈다. 어떤 때는 매일 보낼 때도 있었고, 적어도 일주일에 두세 번 이상은 문자를 보냈다. 행사와 일이 없을 때는 명언이나 날씨 관련 문자를 보냈다.

'내일은 비가 온답니다. 우산 꼭 챙기세요! 경호무술 창시자 이재영 올림.'

사람을 처음 만나고 한 달 후에 다시 그 사람을 만나면, 적어도 나에게 10번 이상의 문자를 받았기 때문에 그 사람은 나의 친구가 되었다. 현재 나는 2000명 이상의 사람에게 이틀에 한 번씩은 꼭 문자를 보낸다. 지금은 무료지만 예전에는 문자를 한 명에게 한 번 보낼 때 20~30원 정도 들었기 때문에 한 번 문자를 보낼 때마다 5~6만 원의 돈이 든다. 한 달에 문자 관련 요금만 100만 원 가량 결재되었었다. 나를 잘 아는 사람들은 한 달에 100만 원가량의 돈을 들여 왜 그런 부질없는 일을 하냐고 묻기도 한다. 그럼 나는 속으로 생각을 반대로 한다. '이 사람은 이틀에 한 번 나에게 30원 투자하는 것도 아까운가 보다!'

내가 지금의 자리에 있기까지는 많은 사람들의 도움과 바로 문자의 힘이 있었다. 나는 돈 많다고 으스대는 사람에게 다음과 같이 말하고 싶다.

"너 돈 많아? 나 사람 많다!"

멋진 인생이란 다른 사람들과 더불어 사는 인생이다. 우리의 가장 즐거웠던 기억, 가장 소중한 기억, 가장 힘들었던 기억, 가장 사랑스러운 기억들은 대부분 사람들과 함께했던 순간들이다. 우리가 가장 많은 것을 배운 것도 사람들과 함께 있을 때였다.

정치, 종교, 그리고 진정한 중립

연맹, 즉 단체를 이끌다 보면 내 행동 하나가 많은 사람들의 입에 오르내리거나 비판받을 때가 많이 있다. 특히 주먹계의 대부로 알려진 조일환 회장님과 만날 때, 또 기독교에서 사탄의 앞잡이라고 얘기하는 통일교 문선명 총재님을 만났을 때, 그리고 선거철에 정치인들을 만날 때 많은 관장님들께서 우려도 했고 다른 단체에서는 비방도 있었다. 하지만 나는 진정한 중립은 어느 곳에나 속하지 않고 안 하는 것이 아니라, 어떠한 곳에도 속할 수 있고 누구든 만날 수 있는 것이라고 생각한다. 나는 정치인은 아니지만, 특정 정당과 이해집단의 사람이 자신들과 이념과 목적이 같은 사람만 만난다면, 편견을 지니게 된다고 생각한다. 오히려 정당을 떠나서 누구든지 만날 수 있는 것이 진정한 중립이라고 생각한다.

종교 또한 같다고 생각한다. 대한민국은 자유민주주의이며 누구나 종교 선택의 권리가 헌법에 보장되어 있다. 자신이 믿는 종교가 아니라고 하여 다른 종교를 이단시하는 것은 바람직하지 못하다고 생각한다. 어떤 종교가 불법적이고 반인륜적인 문제를 야기한다면, 그것은 법에 심판을 맡겨야 한다. 또한 나에게 있어 경호무술은 종교나 정치보다 상위 개념이다. 내가 특정 종교를 갖고 특정 정당에 소속되어 특정 후보를 지지하는 것이 경호무술 발전에 도움이 된다면 나는 그렇게 할 것이다.

우리 연맹이 경호무술을 통합하고, 이제 경호무술을 넘어 대한민국 무예계의 대통합을 꿈꾸는 원동력은 경호무술만 고집하지 않고 다른 무술 종목과 도장들도 포용하여 같이 발전시켜 나가는 데 있다. 또한 우리 연맹 회원 단체인 경호법인 회사의 입장도 정치인이든 어떠한 사람이든, 신변보호 요청을 해오면 최선을 다하여 경호한다는 입장이다. 특히 여·야의 정치인이든 종교인이든, 혹은 사회에서 지탄받는 인물이든 간에, 신변보호 요청을 해온다면 곧 그 사람이 최선을 다하여 지켜야 할 고객인 것이다.

이탈리아 정치가이자 작가인 마키아벨리의 『군주론』에는 다음과 같은 이야기가 있다. 두 사람이나 두 나라가 전쟁을 하면 귀하는 어떤 입장을 취하겠습니까? 많은 사람들은 중립을 지킨다고 말한다. 하지만 중요한 것은 전쟁이 끝나면 전쟁에 이긴 쪽이든 진 쪽이든 중립을 지킨 쪽에 원망을 지니게 된다는 것이다. 이긴 쪽은 자신이 전쟁할 때 도와주지 않았기 때문에 괘씸한 마음을 갖고 진 쪽 군사들을 징병하여 함께 쳐들어올 것이며, 진 쪽은 자신들을 도와주지 않았기 때문에 자신들이 졌다고 평생 원망할 것이라는 것이다. 반대로 중립을 지키지 않고 한 쪽 편을 들어 그 쪽이 이긴다면, 영광과 부를 함께 나눌 것이며, 편든 쪽이 지더라도 그 진 쪽에서는 평생 은혜로 기억할 것이라는 것이다. 그래서 마키아벨리는 적극적으로 한 쪽 편을 들라고 한다.

나는 앞에서도 언급했지만, 진정한 중립은 어느 곳에나 속하지 않고 안 하는 것이 아니라, 어떠한 곳에도 속할 수 있고 누구든 만날 수 있는 것이라고 생각한다. 나는 전국 지방 동시선거에서 많은 분들을 만났고, 그분들을 연맹에 임원으로 영입했으며, 그분들에 대한 지지 선언도 했었다. 어떤 분은 당선되었고 어떤 분은 낙선했지만, 중요한 것은 내가 그분들과의 인연을 소중하게 이어가고 있다는 것이다.

"운명을 받아들임으로써 운명과 한 몸이 된다. 운명과 한 몸이 되어야만 운명이 당신을 지배하지 않고, 바로 당신이 운명을 지배하게 될 것이다."

- 독일 여류작가 루이제 린저

존경을 받으려면 존경받는 사람과 함께하라

홍일표 국회의원님을 처음 알게 된 것은 의원님이 제17대 총선에 한나라당 인천남구 국회의원 후보로 경선에 출마하면서부터이다. 의원님은 나의 홍성고등학교 동문 선배님이시고 주위의 참모분들 또한 홍고 선배님들이 많다. 그래서 동문 후배인 나에게 선거 관련 모든 경호 업무를 의뢰하게 되었고, 나는 연맹 경호원 10명과 함께 의원님의 경호 업무를 맡게 되었다. 홍일표 의원님은 인천지법 판사와 서울고법 판사를 거쳐 대법원 재판 연구관으로 공직 생활을 마치고 법무법인 서해 대표 변호사로 계셨고, 나는 인천으로 연맹을 옮기고 나서 홍일표 선배님의 경호 업무를 맡게 되었던 것이다. 이는 나와 연맹에서는 영광스러운 일이었다. 그때 의원님은 낙선하셨지만, 의원님께서 하셨던 말씀은 지금도 내 기억에 생생하다. 나는 그때 결과에 승복할 줄 아는, 멋지게 지는 법을 배웠다.

"우리가 진 것이 아니라, 그들이 이긴 것이다."

나는 의원님과 그때의 만남이 인연이 되어 현재까지 우리 연맹 상임고문으로서 의원님으로부터 다방면에 많은 도움을 받고 있다. 이후 의원님은 인천광역시 정무 부시장을 역임하고 제18대, 제19대 국회의원에 당선되어 의정 활동을 하고 계시다. 두 번이나 선거에 낙선했지만 그것을 극복하고 올곧게 당신이 꿈꾸던 세상을 위하여 전진하시는 모습을 지켜보면서 나는 다음과 같은 말을 떠올렸었다.

'성공하는 사람이 더욱 성공하는 경향이 있다. 그것은 항상 성공을 생각하기 때문이다.'

아래는 홍일표 의원님을 수행, 경호하던 중에 생겼던 일화이다.

의원님이 지역 민원 해결을 위하여 지역 주민들을 만나고 있는데, 한 청년이 친구들과 달려오면서 의원님에게 인사를 했다.

"홍일표 의원님, 반갑습니다. 저는 예전에 한 번 뵈었던 000입니다."

청년은 아주 반갑게 의원님에게 다가와 인사하면서 악수까지 하려는 기세였다. 나는 의원님의 안전을 위하여 제지하려 했지만, 의원님이 손을 드셔서 한 발짝 물러섰다.

"아! 000 군, 반갑습니다. 아버님은 잘 계시죠?"

의원님은 청년의 손을 잡아주면서 반갑게 인사를 했다.

"아버님은 재작년에 돌아가셨습니다."

청년이 답했다.

"안타까운 일입니다, 훌륭한 분이셨는데. 항상 아버님을 생각하셔서 열심히 사세요."

의원님은 청년의 손을 어루만지며 얘기했다.

"감사합니다, 의원님. 항상 응원하겠습니다."

청년은 눈시울을 붉히며 대답했다. 나는 수행 업무가 끝나고 의원님께 여쭈어보았다.

"아까 그 청년과 아주 잘 아시는 사이신가 봐요?"

그러자 의원님은 잘 모르시는 사이라고 말하면서 아래의 말을 덧붙이셨다.

"나는 그 청년을 잘 모르지만 그 청년이 다가와 반갑게 인사를 해서 반갑게 인사를 했습니다. 그 청년에게 친구들 또한 있어서 이름을 불러주며 인사를 했지요. 만약 내가 모른 척했다면, 친구들이 있는데 그 친구의 처지가 난처했을 것입니다."

그러면서 말씀을 이어가셨다.

"그 청년의 아버지 또한 모르지만, 해맑고 예절바른 그 친구의 모습을 보면서 그런 청년을 키운 아버님도 훌륭하다는 생각이 들어 아까 그렇게 얘기했습니다. 나에게 있어 우리 지역 주민들은 모두가 아들, 딸, 그리고 부모 같은 분들입니다."

나는 의원님의 이런 말씀을 듣고 집으로 향하는 차 안에서 가슴 벅참을 느꼈다.

홍일표 의원님은 참모 회의를 할 때, 먼저 참모들이 이야기하도록 권장한다고 한다. 참모들이 모두 돌아가면서 제기된 문제에 대하여 의견을 제시하고 나면, 비로소 자신의 의견을 말한 다음 설득한다고 한다. 듣는다는 것은 마음을 열어주는 것이다. 남의 이야기를 들어주는 것은 마음이 넓거나 여유가 있다는 의미다. 상대를 받아들이는 배려가 없다면 참으로 훌륭한 리더가 될 수 없다. 의원님과 대화하면서 느끼는 가장 큰 특징은 철저하게 상대 중심이라는 점이다. 듣는 사람의 입장을 제일 먼저 생각한다. 일례로 의원님께서는 연설을 할 때도 어려운 단어를 사용하시지 않는다. 청중이 듣고 쉽게 이해할 수 있는 단어를 사용하여 그들을 배려한다. 판사 출신이라는 의원님의 이력을 생각해볼 때 이는 결코 쉬운 일이 아니다.

연맹에 행사가 있을 때마다 의원님과 의원님 사무실에서 도움을 주셔서 행사가 더욱더 빛이 난다. 특히 내가 이사장으로 있는 한국 범죄퇴치 운동본부에서 소년소녀가장 돕기 및 학원폭력 근절운동을 펼쳐 나갈 때, 음으로 양으로 많은 도움을 받고 있다. 나는 그런 것들이 감사해 《경호무술신문》을 발행할 때나 행사 포스터를 만들 때마다 의원님의 이력과 사진을 실어 드렸고, 그런 이유로 선거관리위원회에서 조사를 받고 '경고'도 받은 적이 있다. 하지만 나는 그럼으로써 오히려 내가, 우리 연맹이 조금이나마 의원님께 도움이 될 수 있어서 감사하게 생각한다. 아래는 《경호무술신문》을 창간했을 때 의원님의 축하 메시지이다.

> "《경호무술신문》의 창간을 진심으로 축하드립니다. 《경호무술신문》의 탄생은 전국의 무술을 사랑하는 무술인 여러분들뿐 아니라, 평소 경호무술에 관심을 갖고 계신 모든 분들께 크나큰 기쁨입니다. 《경호무술신문》은 경호무술의 홍보뿐 아니라 종합적인 정보의 제공으로 독자들의 알 권리 충족에도 앞장서는 경호무술계의 정론지로 우뚝 성장해 나갈 것입니다. 앞으로 경호무술계의 긍지와 자부심을 발현하고, 경호무술 언론문화 발전에도 기여해주실 것을 부탁드립니다. 끝으로, 이번에 《경호무술신문》 창간을 위해 노력하신 이재영 발행인을 비롯한 관계자 여러분들의 노고에 깊은 감사를 드리며, 저의 동문 후배이자 자랑스러운 경호무술 창시자 이재영 총재는 경호무술 보급 뿐 아니라 평소 사회 곳곳의 봉사활동에도 힘쓰고 계신 훌륭한 분입니다. 《경호무술신문》의 발전과 여러분들의 건승을 기원합니다. 감사합니다."
>
> \- 국회의원 홍일표

나는 의원님을 생각할 때마다 『말테의 수기』와 『릴케 시집』으로 유명한 오스트리아의 시인이자 작가인 라이너 마리아 릴케의 말을 떠올린다.

"사람이 존경을 받으려면,
존경받을 만한 사람과 함께 지내야 한다."

\- 라이너 마리아 릴케

당신은 우리들의 '바보 왕'입니다

환경 미화원으로 일하는 아저씨가 있었다. 이른 새벽부터 악취와 먼지를 뒤집어쓴 채, 쓰레기통을 치우고 거리를 청소하는 일을 평생 해온 사람이다. 누가 봐도 쉽지 않고 월급도 많지 않은 일인데, 그는 항상 밝은 얼굴로 콧노래를 부르며 즐겁게 일을 한다고 했다. 그것을 궁금하게 여기던 한 젊은이가 이유를 물었다. 힘들지 않느냐고, 어떻게 항상 그렇게 즐겁게 일을 할 수 있느냐고. 그러자 그 환경 미화원은 다음과 같이 말했다고 한다.

"나는 지금 지구의 한 모퉁이를 청소하고 있다네!"

내가 이 얘기를 접하고 가장 먼저 떠오른 분이 우리 연맹 이청연 고문님이다. 이청연 고문님은 2010년도에 인천광역시 교육감 후보로 출마하셨고, 나는 이때 이청연 고문님을 처음 만났다. 나와는 홍일표 국회의원님과 함께 홍성고등학교 동문 선배님이시다. 홍성고등학교는 매년 5명 이상이 서울대에 진학하는 장항의 명문 고등학교이며 현재는 특목고가 되었다.

이 당시 이청연 선배님은 평교사 출신으로 교육위원을 역임한 후, '교육개혁'을 캐치플레이어로 내걸고 진보 진영을 대표하는 교육감 후보가 되셨다. 아마도 이때 이청연 선배님은 환경 미화원이 지구의 한 모퉁이를 청소하는 마음처럼, 대한민국의 교육 개혁을 위해 대한민국의 한 지역인 인천광역시에 교육감 후보로 출마하셨던 것으로 기억한다.

이청연 고문님은 안타깝게 근소한 차이로 낙마하셨지만, 낙선에 굴하지 않고 인천광역시 자원봉사 센터 회장으로서 인천 지역 자원봉사 활동을 이끌어오셨다. 인천광역시 자원봉사 센터는 인천 지역 30만 자원봉사자들을 지원, 관리하는 인천시 산하기관으로 수장인 회장은 무보수 봉사 직이다. 나는 항상 따뜻한 미소와 자상함으로 상대를 편안하게 해주시는 이청연 고문님을 생각할 때마다, 바쁜 일정으로 연맹의 임원회의 때는 자주 참석하지 못하시지만, 연맹의 고문으로 계신 것만으로도 든든한 마음과 의지가 되고 있다.

내가 가끔씩 가는 '갈매기의 꿈'이라는 서민적인 막걸리 집에서 이청연 선배님을 몇 번 만난 적이 있다. 그때 막걸리 한 잔 하시는 이청연 고문님의 모습에서 소탈함과 서민적인 '따뜻한 카리스마'를 느꼈었다. 그때 이청연 고문님이 나에게 해주셨던 말씀을 항상 가슴에 새기고 있다. 그것은 세잎클로버에 관한 말씀이셨다.

우리는 흔히 풀밭에서 세잎클로버보다도 네잎클로버를 찾으려고 애쓴다는 것이다. '행운'의 상징이라고 해서 학창시절에는 네잎클로버를 코팅해서 책갈피로 쓰거나 지갑 속에 넣고 다니곤 하던 추억들이 있다. 하지만 우리는 나중에 알게 된다고 한다. 네잎클로버를 찾기 위해 그렇게 밟고 다녔던 세잎클로버의 의미가 '행복'이라는 것을. '행운'을 찾기 위해 '행복'을 밟고 다녔다는 것을.

2014년 지방선거에서 이청연 고문님은 인천광역시 교육감에 당선되셨다. 앞으로 이청연 교육감님의 부드러운 미소와 자상함, 그리고 따뜻한 카리스마로 인천광역시 교육계를 개혁해 나가실 것을 기대해본다.

인도의 어느 민간단체는 매년 3월 13일 국제바보대회를 연다고 한다. 본래 힌두교 봄 축제일인 이날, 그 단체에서는 '바보 왕'을 선발하고 시가행진을 하는 색다른 행사를 벌인다. 그 취지는 '바보들은 싸우지 않고, 속이지 않으며, 다른 사람들과도 잘 지낸다.'는 믿음에서, 자기들의 '바보스러움'으로 세상을 따뜻하게 지켜 나가는 '착한 사람들'을 격려해주기 위함이라고 한다.

"이청연 교육감님, 당신은 우리들의 '바보 왕'입니다."

판사님, 술 한 잔 하시지요!

내가 김윤기 판사님(서울지방법원 부장판사)과 인연을 맺게 된 것은 행운이었다. 서울대 법학과를 졸업하고 사법고시를 합격한 후 판사 생활을 하시는 김윤기 판사님과, 어려서부터 무술을 좋아하여 무술인 아니면 경호원이라는 삶을 평생의 목표로 살아가는 나와는 어떻게 보면 전혀 어울리지 않는 만남이었던 것 같다. 하지만 나는 오히려 그런 김윤기 판사님의 삶이 부러웠고, 김윤기 판사님 또한 운동과 무술에 관심이 많고 남자들의 세계를 아시는 분이라, 그런 나를 동생으로 받아주셔서 의형제를 맺게 되었다. 의형제를 맺는 날 주량이 한참이나 부족한데도 무리를 해서 술 취하신 모습이 좀 귀엽기도(?) 했지만, 그런 모습이 더 솔직하고 진실하게 와 닿았다.

우리 모두 학창시절을 생각하면서 가장 재수 없는 학우를 꼽으라면 아마도 이런 사람을 꼽을 것이다. 공부도 잘하고 운동도 잘하고 거기에 성격까지 좋고, 정말 너무 기분 나쁠 정도로 모든 것을 다 잘하면, 우리들은 오히려 그런 학우를 더 싫어했다. 거기에 덧붙여서 그런 애가 하교 길에 쓰레기까지 줍고 노인들을 보면 공손하게 인사까지 한다고 생각하면, 아마도 정말 속칭 '밥맛'일 것이다. 아무래도 아마 김윤기 판사님은 학창시절 그런 '밥맛'이 아니었을까 생각해본다.

내가 초등학교 때는 '바른생활'이라는 과목과 책이 있었다. 그 '바른생활'에 나오는 주인공이 바로 김윤기 판사님일 정도로, 정말 원칙과 정도를 걷는 분이시다. 어쩌면 그런 점이 '당신이 평생을 판사 생활을 걸어오게 하는 힘이었을지도 모르겠다는 생각을 나는 해본다.

김윤기 판사님은 그런 '밥맛'이면서 원칙과 정도만 걸으시는 '바보'다.

"바보는 천사일지 모른다. 길 잃은 우리의 발걸음을 인도하는 수호천사일지도 모른다. 바보는 아바타일지도 모른다. 때 묻은 우리 가슴을 정화시켜주기 위해 화신(化身)이 된 '순수'의 아바타일지도 모른다. 어쩌면 바보는 메시아일지도 모른다. 생의 뒤안길에서 신음하는 그 한 사람을 구하기 위해 사람의 몸을 입은, 하늘이 보낸 메시아일지도 모른다."

- 차동엽 신부의 『바보 Zone』 중

현재 김윤기 판사님은 우리 연맹의 법률 고문으로서, 많은 법률 관련 문제들을 조언해주고 연맹 임원이나 자녀들의 결혼식에도 여러 번 주례를 서주고 계신다. '영원한 범생이'와 '영원한 바보'이신 김윤기 판사님을 뵙고 술을 마시며 판사님의 망가지는(?) 모습에서 짜릿함을 느끼는 나는, 정말 나쁜 놈인 것 같다.

"판사님, 술 한 잔 하시지요!"

일찍이 노자(老子)는 "바보에게 축복이 있으라. 땅 위에서 가장 행복한 자이기 때문이다."라고 말했고, 그럼으로써 '큰 지혜는 어리석음과 같다'라는 고사성어가 생겨났다.

또한 예수께서는 말했다.

"하느님 나라는 이 어린이들과 같은 사람의 것이다. 잘 들어라, 누구든지 어린이와 같이 순진한 마음으로 하늘나라를 받아들이지 않으면 결코 거기에 들어가지 못한다." (루카복음 18, 15)

예수께서는 '어린이'가 아닌 '어린이와 같이 순진한 사람'을 지칭함으로써 '바보와 같이 순진한 사람'만이 하늘나라에 들어갈 수 있음을 가리킨 것이다. 그렇다. 바보야말로 '하늘의 진리' , 즉 천진을 알고 있는 지상의 부처이자 땅 위의 예수인 것이다.

바보들의 합창

세계에서 가장 유명하고 위대한 음악가를 꼽으라면 아마도 많은 사람들이 악성(樂聖) 베토벤을 꼽을 것이다. 그를 세계에서 가장 유명한 작곡가이자 음악가라고 칭한다면 아마도 누구도 토를 달지 않을 것이다. 하지만 우리들은 베토벤이 말년에 귀가 먹은 줄 알지만, 사실은 젊었을 때부터 귀가 먹었다고 한다. 귀머거리인 그가 자신이 작곡한 '합창 교향곡'을 자기가 지휘한다고 우겼다고 한다. 그때 많은 사람들이 그런 그를 만류하거나 반대했다. 그것은 지휘자는 단순히 무대에서 지휘만 하는 사람이 아니라, 몇 달 전부터 모든 오케스트라를 훈련시키고 그들과 함께 호흡해야 되기 때문이었다. 하지만 베토벤은 그런 많은 사람들의 만류에도 불구하고 자신이 '합창 교향곡'을 지휘했다.

베토벤이 '합창 교향곡'을 지휘할 때의 유명한 일화가 있다. 베토벤이 지휘자로서 오케스트라와 연습하면서 한 트럼펫 연주자에게 말했다. "선생님, 그 연주가 틀렸거든요? 다시 연주해보세요." 그러자 그 연주자가 말했다. "선생님, 저는 아직 연주를 시작도 안 했거든요!"

그렇게 우여곡절 끝에 지휘를 했고, 그는 그가 작곡한 '합창 교향곡'의 지휘와 연주를 마쳤을 때 뒤돌아서지 못했다. 왜냐면 그는 아무것도 들리지 않았고, 연주가 끝난 줄도 몰랐으며, 모든 사람들이 야유를 보내고 있을 줄 알았기 때문이다. 그때 한 직원이 그를 뒤돌아 세웠다. 그러자 모든 사람들이 기립박수를 치고 환호하는 모습을 보았다고 한다. 물론 베토벤 관련 영화에도 나오는 유명한 장면이다.

그는 대기실에 와서 다음과 같이 혼자 말했다.

"온 세상이 이 위대한 음악을 들었는데 나만 듣지 못했다."

그런데 중요한 것은 혼자 얘기한 것을 누가 들었는지, 그 얘기가 지금까지 전해져온 것은 아이러니하다. 정말 베토벤은 유명한 음악가 이지만 바보다. 귀가 들리지 않는 베토벤이 오케스트라를 훈련시키고 지휘를 한다는 발상 자체가 바보 같은 행동이었지만, 어쩌면 그런 행동과 미련스러움이 그 당시의 사람들이나 지금의 우리에게 더 감동을 주는지도 모른다.

우리 연맹에도 베토벤 같은 바보가 있다. 그는 바로 이주호 고문님이다. 내가 이주호 고문님을 처음 만난 것은 이주호 고문님이 『코리아뉴스타임즈』 취재 본부장으로 있을 때, 내가 도복 하나 둘러메고 전국을 다니며 경호무술을 보급하던 모습을 취재했는데, 우리는 그렇게 인연을 맺게 되었다. 집도 거처도 없이 전국을 다니던 나에게 『코리아타임즈』에서 취재해준 것은 나에게는 큰 힘이 되었다. 이후 10년 넘게 우리 연맹과 나의 기사를 다루어주고 있다.

중요한 것은 기자나 잡지사 입장에서는 사회에서 잘나가는 사람이나 경제적으로 여유 있는 사람들은 취재하고 기사로 다루어야 잡지나 신문사의 발전에도 도움이 될 텐데, 도복 하나 둘러메고 전국을 다니는 나를 취재하고 기사를 내준 것은 정말 나에게 큰 도움이 되는 일이었다. 그것도 한 번이 아니라 여러 번을 연재 형식으로 기사를 실어줬다. 그 기사들은 현재 경호무술의 역사이자 소중한 자료가 되고 있다. 나는 그런 것이 고마워 그에게 항상 감사하다는 인사를 했고, 그럴 때마다 바보 같은 그는 항상 나에게 얘기했다.

"난 당신의 철학과 용기, 그리고 우직함이 아름다워 취재를 했을 뿐입니다. 또한 사회의 각 분야 구석구석에서 활동하는 사람들의 이야기와 숨은 인재를 발굴하고 알리는 것이 언론의 역할입니다. 나 또한 무술인이었고 총재님같이 100kg 넘는 체격을 자랑했지만, 이제는 당뇨 때문에 운동도 못 하지만 총재님의 모습을 보면서 예전의 내 모습을 떠올리기도 하고, 또한 어려운 여건 속에서도 점점 발전하는 모습을 지켜보면서 대리만족을 느끼기도 합니다."

내가 봐도 그는 전혀 기자나 언론사 대표로 어울리지 않는 것 같다. 또한 그를 생각하면 총보다 강한 펜의 모습보다는 이웃집 아저씨 같은 포근한 모습이 떠오른다. 이주호 고문님은 현재까지 『시사뉴스타임즈』, 『종합뉴스매거진』, 『미션타임즈』 등 수많은 언론 매체를 창간하여 발행인 겸 대표이사로 활동해왔으며, 며칠 전에는 그가 창간한 『행정신문』 300호 복간 기념식을 가졌다.

그가 발행하는 잡지와 신문 등에는 사회적으로 성공한 사람들의 삶보다는, 어려운 여건에도 굴하지 않고 꿋꿋하게 생활해 나가는 사람들의 모습과 사회를 따뜻하게 만들어가는 사람들의 이야기를 조명하는 기사들이 많이 있다. 그렇기 때문에 그는 잡지와 신문사를 운영하면서 항상 힘들고 어려운 길을 걷고 있다. 하지만 나는 그런 이주호 고문님의 모습에서 귀머거리인 베토벤이 '합창 교향곡'을 지휘하는 미련함과 바보스러움을 본다. 귀머거리인 베토벤이 연주가 끝나고 뒤돌아섰을 때 많은 사람들이 기립박수를 치고 있는 것처럼, 고문님 당신이 우리들에게 뒤돌아섰을 때, 우리들은 이주호 고문님께 기립박수를 치고 있을 것이다.

이주호 고문님은 얼마 전 목사님이 되셨으며, 『미션타임즈』와, 『뉴스타임즈』 잡지를 발행하고 계신다. 그리고 여전히 나의 기사를 실어주고 계신다.

"이주호 고문님, 당신의 바보스러움이 아름답습니다."

앞의 '영원한 바보'이신 김윤기 판사님과 이주호 고문님, 그리고 나. 우리는 그렇게 셋이서 자주 만난다. 그럴 때마다 나는 속으로 생각한다. '바보들의 합창'이라고.

正論卓說
發行人 李 柱 濠

위촉장

성공은 열정을 잃지 않고 실패에서 실패로 가는 능력이다

김관중 부총재님을 통하여 이환섭 서장님을 소개받았다. 소개받을 당시 이환섭 서장님은 인천 중부경찰서장으로 재직 중이셨다. 이환섭 서장님은 동국대학교 경찰행정학과를 졸업한 후 인천지방경찰청 보안과장 및 경무과장을 역임하고, 인천 남동경찰서장에 이어 인천동부경찰서장을 역임하셨다.

처음 중부경찰서 서장실에서 만났을 때 인품이 너무 좋아 보이셨고 핸섬한 젠틀맨에 깔끔한 이미지였다. 점심에 식사를 하면서 소주 한 병을 함께 나누어 마실 정도로 호탕한 성격이셨다. 사람을 만나다 보면 받는 것 없이 호감이 가고 좋은 사람이 있다. 이환섭 서장님이 나에게는 그랬다. 나는 그런 이환섭 서장님에게 연맹 회원이나 지인들에게 단체 문자를 보낼 때마다 항상 함께 보냈고, 그럴 때마다 '축하합니다.' '항상 응원합니다.' 등의 답변을 보내주셨다. 그런 인연이 이어지면서 나는 서장님에게 연맹 고문직을 맡아 달라고 부탁드렸고, 서장님은 며칠간의 고심 끝에 고문직을 흔쾌히 수락하셨다. 나는 그 당시 경찰청 허가 경호 법인도 운영하고 있었기 때문에 이환섭 서장님과는 인허가권이나 감사 등 직접적인 공무 관계에 있었다. 그런 단체에 임원직을 맡는 것이 공직자로서 부담도 되었겠지만, 흔쾌히 고문직을 수락해주신 이환섭 고문님이 감사했고, 이후 나에게는 여러 가지로 큰 도움이 되었다.

한 번은 내가 형사 문제가 생겨서 관할 경찰서인 남동경찰서에서 조사받을 일이 생겼다. 나는 너무 억울하여 이환섭 서장님에게 부탁을 드렸다. 그런데 조사를 받기 위해 경찰서 현관에 들어서자 한 사람이 다가와 인사를 했다.

"이재영 총재님이죠?"

그는 수사과장이었다. 나는 수사과장실에서 커피를 마시고 이런저런 이야기를 하다가 담당 형사가 수사과장실로 찾아와 인사를 하고 자리를 옮겨 조사를 받았다. 조서를 작성하면서 담당 형사는 나에게 깍듯하게 '총재님'이라는 호칭을 사용했다. 나는 그때 속으로 '이래서 사람들이 출세를 하려고 하는구나.' 하고 생각했었다. 경찰서에서 조사를 받는다는 것은 별로 유쾌한 일이 아니다. 물론 사건에 영향을 미치도록 이환섭 서장님이 수사과장이나 담당 형사에게 압력을 행사한 것은 아니지만, 대우를 받으면서 조사를 받다 보니 기분 좋게 조사받은 기억이 생각난다.

이환섭 서장님은 중부경찰서장을 마지막으로 총경에서 경무관으로 승진 후 명예퇴임을 하셨고, 퇴임 후 인천동구청장에 출마하셨다. 한나라당에서 공천하기로 한 약속을 어겨 무소속으로 출마하셨는데, 나는 동구지역 연맹 지부 도장 관장님들과 서장님을 찾아가 지지 선언도 하고 부족한 능력이나마 선거에 도움이 되도록 노력했다. 그때 한나라당의 공천 문제 때문에 이환섭 고문님은 낙선하셨다. 낙선 후 이환섭 고문님을 만났을 때 다음번에는 당선될 거라는 결의에 찬 모습을 뵙고 나는 강한 카리스마와 낙선에도 불구하고 그것에 굴복하지 않는 이환섭 서장님의 강한 열정을 느꼈다.

1991년, 일본의 아오모리 현, 일본 최대의 사과 생산지이기도 한 이곳에 엄청난 태풍이 몰아쳐서 마을 전체가 쑥대밭이 됐다. 당시 피해가 얼마나 막심했는가 하면, 내일모레 수확을 앞둔 사과의 90%가 소실될 정도였다. 마을사람들이 망연자실한 얼굴로 하늘을 보며 '망했다'며 한탄만 할 뿐. 아무도 손을 써볼 엄두를 내지 못했다. 그런데 농민 한 사람은 비교적 차분했다.

"괜찮아."

'뭐가 괜찮다는 거냐?'는 시선으로 바라보는 사람들에게 그 농민이 이렇게 말했다.

"우리에겐 아직 떨어지지 않은 10%의 사과가 있잖아."

"그걸 어쩌려고?"

"우리가 말이야. 만약 이 떨어지지 않은 사과를 '떨어지지 않는' 사과로 만들어서 팔면 어떨까? 예를 들어 수험생 같은 사람들에게 시험에서 떨어지지 않게 해주는 '합격사과'를 만들어 팔면 말이야."

그러면서 아오모리 사람들은 살아남은 사과가 얼마 안 되므로 낱개 포장을 하여 포장지를 다음과 같은 광고 문구로 채웠다.

'초속 40m의초강력 태풍에도 떨어지지 않았던 바로 그 사과! 내 인생에 어떤 시련이 몰아친다 해도 나를 떨어지지 않게 해줄 그 사과, 합격사과.'

더욱 놀랍고 재미있는 것은 이 사과의 가격 정책이었다. 워래 사과 한 개에 1,000원이라면, 이 합격사과는 무려 10배나 비싼 1만 원으로 책정했던 것이다. 그런데 다 팔렸다. 결국 합격사과는 태풍으로 생긴 90%의 손실까지 만회하며 그해 일본의 대표적인 히트상품으로 자리매김했다. 나는 이환섭 고문님이 아오모리 농부님과 같이 '실패를 더 큰 성공'으로, '낙선을 더 큰 당선'으로 자리매김할 것이라고 확신한다.

스포츠와 전쟁의 차이점은 무엇일까? 스포츠는 최선을 다하는 것만으로도 박수를 받지만, 전쟁은 이기는 것만이 지상목표다. 스포츠에서 규칙을 어기면 승리는 의미가 없다. 하지만 전쟁에는 규칙이 없다. 규칙이 없는 게 유일한 규칙이며 속임수쯤은 기본이다. 승리를 위해서라면 반칙도 환영받는 세계가 전쟁터다. 나는 정치도 이 전쟁터와 같다고 생각한다. 정치에서 2등은 없다 오직 1등과 당선만이 그를 평가한다. 하지만 나는 그런 전쟁터와 같은 정치판에서 이환섭 고문님은 올곧게 자신만의 길을 걸으며, 초속 40m의 초강력 태풍에도 떨어지지 않았던 바로 그 사과, 아오모리 사과와 같이 시련을 극복하고 당선될 것이라고 믿어 의심치 않는다. 나 또한 부족한 능력이나마 그렇게 되도록 최선을 다할 것이다.

"성공은 열정을 잃지 않고 실패에서 실패로 가는 능력이다."

- 윈스턴 처칠

은혜는 갚아야 한다

나의 모교인 홍성고등학교는 장항의 명문 고등학교이다. 홍성 시내에 있는 중학교에서 홍고에 진학하려면 반에서 15등 이내(당시 50~60명 중), 면 단위 중학교에서는 반에서 5등 이내의 성적이 되어야 진학 원서를 써주었다. 그들 중 시험을 봐서 선발했는데, 그들 중에도 많은 학생이 탈락했다. 홍성고등학교 합격자는 고등학교 한 건물의 담을 채울 정도로 합격자를 발표했고, 그것을 보러 온 학부모와 학생들은 희비가 엇갈리기도 했다. 서울대에도 매년 5명 이상이 진학한다. 그런 고등학교인데도 나는 경호원으로 활동하면서 별다른 자부심이나 관심을 가지질 못했는데, 내가 모교인 홍성고등학교에 대해 자부심과 사랑을 갖게 된 것은 박창한 선배님 때문이다.

내가 박창한 선배님을 처음 뵙게 된 것은 동문 선배이신 홍일표 의원님(제18대, 19대 국회의원)이 국회의원 선거에 나왔을 때이다. 그 당시 박창한 선배님은 홍일표 의원님의 선거대책본부장이셨고, 나는 홍일표 의원님의 경호를 맡게 되면서 박창한 선배님을 처음 만났다. 그때 놀라웠던 것은 홍일표 의원님과 박창한 선배님이 홍고 동기동창이라는 사실이었다. 이후 박창한 선배님과 인연을 이어오면서, 항상 후배들을 배려하고 도와주시는 모습에 존경을 갖게 됐고 나 또한 큰 도움을 받아 평생의 은혜로 생각하고 있다.

내가 인천시청 앞에서 연맹을 운영하던 중 임대차 계약을 맺은 건물이 경매에 넘어가서, 전세 등기나 확정일자를 받지 못한 나로서는 건물에서 쫓겨날 위기에 처했었다. 이때 나는 후배들 일이라면 손발 다 벗고 나서시는 박창한 선배님에게 도움을 청했고, 박창한 선배님은 여러 가지 고민을 하시다가 한 의견을 내주셨다. 즉 선배님께서 명단을 줄 테니 내가 집필한 『보디가드의 세계』를 계좌번호와 함께 5권씩 택배로 보내라는 것이었다. 나는 이 당시 책을 처음 내면서 출판계약을 처음 하는 것이라, 출판 계약 시 인세를 책으로 받기로 했기 때문에 연맹 사무실에는 책이 많이 쌓여 있었다. 그러면서 박창한 선배님은 홍고 동문들에게 한 명 한 명씩 전화를 하셨다.

"우리 후배 중에 훌륭한 일도 많이 하고 앞으로 큰 인물이 될 후배가 있습니다. 지금 그 후배가 많은 어려움에 처해 있습니다. 우리 동문들이 나서야 하지 않겠습니까. 다행히 후배가 이번에 『보디가드의 세계』라는 책을 집필, 출간했습니다. 동문님들에게 5권씩 보내줄 테니 10만 원씩 후원해주시면 감사하겠습니다."

나는 그렇게 박창한 선배님이 통화를 한 동문 선배님들에게 책을 5권씩 택배로 발송했는데 총 300명 가까이 되었다. 책이 부족하여 출판사에서 가져다 발송해야 할 정도였다. 그렇게 300명 가까운 선배님들이 모두 10만 원씩 입금을 해주셔서 그 당시 어려운 고비를 넘길 수 있었다. 어쩌면 이때 박창한 선배님과 동문 선배님들의 도움이 없었다면 경호무술의 역사가 끊기게 됐을지도 모른다. 나는 그때의 계기로 모교인 '홍성고등학교'에 대한 자부심과 사랑을 갖게 되었다.

이후 박창한 선배님은 홍일표 의원님이 인천광역시 정무 부시장으로 취임하면서 선배님도 남구 노인복지관 관장에 취임하셨다. 그리고 나는 매년 연맹 회원들과 소년소녀가장 돕기 및 불우이웃 돕기 쌀 기증 행사를 했다. 나는 2008년에 불우이웃 돕기 쌀 기증 행사를 하면서 박창한 선배님이 계신 남구 노인복지관에 쌀 100포대를 기증했다. 이때 조금이나마 선배님의 은혜를 갚게 되어 흐뭇했다.

남구 노인복지관에 찾아가면 선배님은 항상 관장실에 계시지 않았다. 전화를 해도 관장실에는 전화만 혼자 울릴 뿐이었다. 직원들에게 물어보면 항상 복지관 강단에서 할아버지, 할머니들과 노인잔치, 노인 노래교실, 노인대학 등을 개최하면서 그들과 함께하신다고 했다. 그때 나는 선배님께서 나에게 해주셨던 말씀을 항상 가슴에 새기게 되었다.

"선배가 어둠 속을 조금 앞서서 헤매는 사람이라면, 죽어가는 노인은 불타고 있는 도서관과 같다."

선배님의 말씀은 친구나 선배도 좋지만, 보다 더 풍성한 경험을 가진 노인, 어른들과 만날 기회를 자주 만들어 깊이 있는 대화를 나누어보라는 뜻이었다. 그런 말씀을 증명이나 하듯이 선배님은 현재 한서대학교 사회복지학과 교수로 있으면서 노인 요양원을 운영하고 계신다. 연맹에는 자문위원 및 자문교수로서 도움을 주고 계신다.

『손자병법』 중에서 한비자는 다음과 같은 말을 했다.

"인간은 이익을 좇아 움직이는 동물이다. 인간의 마음을 움직이는 동기는 사랑도, 배려도, 의리도, 인정도 아니다. 오로지 이익뿐이다."

사람을 움직이는 건 어떤 형태든 상과 벌로 귀결된다. 돈을 좋아하는 사람은 상으로 돈을 받으면 좋아할 것이고, 명예를 좋아하는 사람은 상으로 명예를 수여받으면 좋아할 것이다. 반대로 벌은, 돈을 좋아하는 사람은 그에게서 돈을 뺏으면 되고, 명예를 좋아하는 사람은 그에게서 명예를 빼앗고 치욕을 심어주면 될 것이다. 하지만 박창한 선배님, 그에게서 빼앗을 것은 없다. 왜냐하면 그를 움직이는 것은 모교에 대한 자부심과 후배들에 대한 사랑, 그리고 노인에 대한 공경이기 때문이다.

얼마 전 박창한 선배님은 재인 홍성고등학교 동문회장에 취임하셨다. 인천에는 홍고 동문인 홍일표 국회의원, 이상권 국회의원, 이청연 인천광역시 교육감, 인천대학교 신호수 학장님이 계시고, 얼마 전 까지는 인천경찰청장님도 홍고 동문이셨다. 물론 이외에도 많은 훌륭한 분들이 계신다. 이 모든 선배님들은 내가 힘들고 어려울 때, 책을 통해 나를 후원해주셨다. 이제는 내가 은혜를 갚아드릴 때이지만, 아직도 나는 선배님들에게 여러 도움을 받고 있다.

현재 우리 연맹 본부는 인천에 있다. 많은 임원 분들이 중앙본부는 서울에 있는 것이 어떠냐면서 서울로 옮길 것을 권하지만, 나는 인천이 좋다. 그러면서 은혜를 갚아야 한다. 나는 나의 모교가 홍성고등학교라는 것이 자랑스럽다.

북한산에서 새벽이슬을 맞다

내가 학천 이상명 선생님(유림서도연구원 원장)과 인연을 맺은 지도 이제 20년이 되어간다. 이상명 선생님은 우리 연맹을 설립했을 때부터 지금까지 연맹 고문으로서 많은 도움을 주고 계신다. 내 개인적으로는 우리 경주 이 씨의 할아버지뻘 되시기도 한다. 처음 이상명 선생님을 뵈러 인사동 서예원에 갔을 때 선생님은 나에게 작품 한 점을 선물해주셨다. 찾아가 뵙기 이틀 전에 전화를 드렸기 때문에 미리 작품을 써서 준비해놓으신 것이다. 지금 생각해보면 너무 죄송할 따름이지만, 난 처음 작품을 받으면서 속으로 그런 생각을 했다.

'홍 예술가들이나 서예가들은 좋겠다! 그냥 손님 한 명 올 때마다 종이에 붓 한 번 휘갈긴 후 낙관 찍어서 주면 되니까!' 나는 그렇게 작품을 받아 인사동 표구 집에 작품 표구를 맡겼다. 그런데 그 작품을 받은 표구집 주인은 나에게 이런 말을 하는 것이었다.

"이학천 선생님 작품을 어떻게 구하셨습니까? 이분은 인사동 서예계, 아니 대한민국 서예계에서도 유명하고 작품을 안 내놓기로 소문나신 분입니다. 또한 작품은 휘호나 그런 것은 많이들 써주기도 하지만, 이 크기와 이런 작품은 아무에게도 주지 않습니다. 말 그대로 개인전이나 각종 행사에만 내놓는 작품이죠. 만약 작품을 팔 의양이 있으시다면, 제가 이 작품을 사실 분을 소개시켜 드리겠습니다."

나는 표구 집에서 그 얘기를 듣고 선생님께 죄송한 마음에 한참 부끄러워했었다. 그렇게 학천 선생님과 인연을 맺은 후 나는 연맹 행사가 있을 때마다 선생님에게 작품 부탁을 드렸었고, 선생님께서는 한 번도 거절 없이 연맹 행사에 작품을 후원해주셨다.

그러던 어느 날 나는 연맹 행사 때 '경호무술(경호무술 창시자 중)'이라는 휘호를 연맹 지부 도장 관장님들에게 주기 위해 작품 10점을 부탁드렸다. 선생님께서는 작품을 써줄 테니 단 한 가지를 약속하라고 하셨다. 내게 이틀 시간을 내달라는 것이었다. 난 그렇게 이틀을 시간을 내어 선생님을 찾아뵈었다. 첫날은 그냥 선생님과 인사동 거리, 파고다공원, 그리고 남산 등을 구경하면서 걸었다. 그리고 간단히 막걸리도 몇 잔 선생님과 마시면서 일상에 대한 여러 이야기를 주고받았으며 많은 조언도 해주셨다. 그렇게 7시쯤 저녁을 먹을 때쯤 선생님께서 말씀하셨다. "저녁 많이 드시게. 9시쯤 자고 4시쯤에 일어나 북한산에 올라갈 예정이니, 밥을 한 공기 더 드시게." 난 그렇게 밥 두 공기를 먹고 새벽 3시에 일어났다.

선생님께서는 서도연구원과 서예학원 그리고 주거도 한 건물에서 함께 하셨다. 난 그렇게 새벽 3시에 일어나 냉수마찰과 냉수로 목욕을 했다. 그 당시는 늦가을이었기 때문에 새벽에 건물 옥상에서 하는 냉수마찰은 너무 추웠다. 선생님은 한겨울에도 항상 아침에 냉수마찰을 한다고 하셨다. 그렇게 냉수마찰을 한 후 선생님이 주신 통을 들고 북한산을 올랐다. 처음에는 '이 통과 V자 모양으로 꺾인 이 도구가 무엇일까?' 하고 여러 생각을 하던 중, 선생님은 그 도구와 통으로 풀잎과 나뭇잎마다 맺힌 이슬을 모으기 시작하셨다. 나도 그렇게 선생님과 함께 3시간가량 이슬을 통에 받았다. 그렇게 이슬을 받아 서실로 돌아와 그 이슬을 벼루에 넣고, 나는 선생님이 가르쳐주신 자세로 무릎을 꿇고 손을 가지런히 모은 경건한 자세로 먹을 두 시간 가까이 갈았다. 선생님께서는 그 먹물에 금가루를 섞으신 후 내가 부탁드린 작품을 하나씩 써가셨다.

평소 연습하실 때는 기계로 먹을 갈고 아무 물이나 쓰지만, 남에게 작품을 주실 때는 냉수마찰을 하고 새벽에 북한산에서 이슬을 받아, 이렇게 두 시간 동안 먹을 갈아 금가루를 탄 후 작품을 쓰신다는 것이었다. 왜 그런 고생을 사서 하시냐는 내 질문에 선생님은 이렇게 대답하셨다.

"그냥 그러면 작품이 잘 써져! 작품은 내 자식이거든!"

그렇게 말하면서 작품을 쓰시는 선생님의 모습에서 나는 '예술인의 혼(魂)'을 보았다.

내가 연맹소식 문자를 보낼 때마다 선생님께서는 항상 답변을 보내주신다.

"가문의 영광인지고! 항상 절제된 생활과 자기관리에 만전을 기할지어다."

누구든 그렇듯 위대한 작품 앞에 서면 자신의 왜소함을 느끼게 됩니다.

학천 선생님의 작품은 단순히 글씨가 아니라, 모든 사람의 가슴에 새겨지는 거대한 혼이었습니다. 그 혼에 경외감을 느끼며 저도 모르게 고개를 숙였습니다.

열심히 인생을 살지 못한 잘못
하는 일에 최선을 다하지 목한 게으름
남에게 인정받기 위해 정진하지 못하고 대충대충 흘려보낸
지난 삶에 대한 후회…
위대한 작품 속에 자신이 반사되며
조용히 고개 떨어뜨리고 있는 자신을 발견합니다.

국토대장정
사단법인 국제 정호 무술 연맹
이재영 총재의 무사 완주를 기원하며 학천

IKF

의사야, 깡패야?

아는 형님을 통해 한 의사를 소개받았다. 이름은 '김기용' . 그 의사는 수원 세류동에 있는 '세류아주신경외과'라는 병원 원장이었다. 원장은 연세대학교 의과대학을 졸업하고 아주대학교에서 박사학위를 받은 후 동 대학교에서 교수를 지낸 재원이었다. 하지만 나는 어쩐지 그의 모습이 특별하게 다가왔다. 그렇게 그를 소개받고 4일이 지나 나는 경호 업무 중 테러를 당해 안구 뼈가 주저앉고 얼굴을 80바늘 이상 꿰매는 중상을 입어 그의 병원에 입원했다. 병원에 있으면서 그는 회진을 돌 때마다 항상 무뚝뚝한 말투로 두 마디만 했다.

"괜찮어! 푹 쉬어!"

나는 속으로 생각했다.

'웬 반말이야? 언제 봤다고.'

그를 소개한 형님은 건달이었고 그도 건달 같았다. 병원에 3개월 입원해 있으면서 그가 가운 입은 것을 몇 번 못 봤다. 항상 반팔에 사복을 입고 회진을 돌았으며, 어떤 때는 청바지를 입고 근무했다. 꼭 깡패같이.

또한 그의 병원건물 한 층에는 '대체의학' 관련 사무실이 있었는데, 나중에 알고 보니 그가 운영하고 있었다. 나는 무술을 수련하다 보니 스포츠마사지, 활법 등 대체의학에 관심이 많았고 관련 자격증도 많이 취득했었다. 하지만 이때 느낀 것은 의사들은 대체의학에 대하여 대단히 경멸하고 무시한다는 것이었다. 그것은 의사들의 엘리트 의식 또한 한 몫 했다. 의과대학 4년, 레지던트 3~5년, 그리고 전공의 과정 등 10년에서 20년 넘게 공부해서 사람의 생명을 다루는데, 사실 대체의학 분야에 종사하는 사람들의 공부는 그에 비하면 너무나 부족했다. 그런데 그는 병원 한 층을 대체의학 관련 사무실로 쓰고 있으며 그가 운영하고 있었다.

깡패 같은 의사, 가운을 입지 않는 의사, 대체의학에 관심이 많은 의사, 그는 내가 아는 상식으로는 도저히 이해할 수 없는 의사였다. 나는 그러다가 우연히 병원의 대체의학 사무실에서 그가 상담을 하면서 다른 사람에게 하는 말을 들었다.

"제가 대체의학에 관심이 많은 것은 의사로서 한계를 느끼기 때문입니다. 의사는 환자를 치료하다 보니 아픈 사람들만 저에게 찾아옵니다. 아프기 전에 치료하지 못한 것이 너무 안타깝기도 하고 저의 한계를 느꼈습니다. 하지만 '대체의학'은 그렇게 아프기 전에 예방하는 것이기 때문에 저는 대체의학을 공부하고 보급하려 하는 것입니다."

『대지』를 쓴 노벨상 수상자 펄 벅이 우리나라에 왔을 때의 일이다. 펄 벅이 경주의 고적지를 보기 위해 기차를 타고 달리는데, 창밖의 장면이 눈에 들어왔다. 한 농부가 볏단을 실은 소달구지를 몰고 가는데, 농부의 어깨에도 적지 않은 양의 볏단이 얹혀 있었다. 이를 궁금하게 여긴 펄 벅이 수행원에게 물었다.

"저 사람은 소를 두고 왜 저렇게 힘들게 볏단을 지고 가나요?"

"소가 너무 힘들까봐 거들어주는 거지요. 우리나라에선 흔히 볼 수 있는 일이랍니다."

수행원의 말에 펄 벅은 고개를 끄덕이며 나직이 말했다.

"나는 한국에서 보고 싶은 것을 이미 다 보았다. 저 모습 하나만으로도 충분하다."

나는 김기용 원장의 대체의학에 대한 소견을 우연히 듣고 그의 그 말 한마디로 환자에 대한 그의 애정과 삶의 태도를 알 수 있었다. 나는 그런 그를 흠모하여 10년 넘게 인연을 이어오고 있으며, 그가 병원을 개원할 때마다 연맹 회원들을 위하여 협력병원으로 협약을 맺어왔다. 또 그는 연맹의 부총재로서 나를 도와주고 있다.

나는 지금 그의 병원 '한국병원' 특실에서 이 글을 쓰고 있다. 얼마 전 법정 구속되어 형 집행정지로 풀려난 후, 고단한 심신과 마음을 추스르기 위해 한국병원 원장인 그에게 문자를 했다.

"형, 나 병원에 입원하려고. 4인실이나 사람 많은 데 싫어."

그가 답문을 보내왔다.

"특실에 입원해. 돈만 많이 줘."

"돈 없어. 보험 해야지."

그러자 그는 사람에게 배신당하고 4개월간의 수감 생활로 지친 나에게 '아직도 나는 좋은 사람들이 많다'는 생각을 일깨워주는 문자를 보내왔다.

"야 임마! 내가 언제 너에게 돈 받는 거 봤어? 특실 비워났으니 입원해!"

펄 벅의 말처럼 나는 그 한 마디로 그의 마음을 알기에 충분했다. 그는 여전히 한국병원에서도 회진을 돌며 반팔티를 입고 다닌다. 병원에 입원하고 나서 그가 가운 입은 모습을 한 번도 못 봤다.

다른 사람의 어깨에 기대어 잠들어본 경험이 있는가.
다른 사람에게 내 어깨를 빌려준 일이 있는가.
삶은 그런 것이다.
그렇게 누군가에게 빌려주기도 하고,
빌려오기도 하는 것.

임명장
IKF

사단법인 국제경호무술연맹
협력병원 협약식

형님 같은 멘토

'멘토(Mentor)'라는 말의 어원은 그리스 신화 호메로스의 '오디세이아'에서 나왔다. 고대 그리스에서 오디세우스가 트로이로 출정하며 아들 텔레마코스를 절친한 친구인 멘토에게 맡겼다고 한다. 그는 오디세우스가 돌아올 때까지 아들의 친구, 선생, 조언자, 아버지 역할을 하며 잘 돌봐주었다. 그 이후 '멘토'는 '지혜와 신뢰로 인생을 이끌어주는 지도자'라는 의미를 갖게 되었다. 나에게도 그런 멘토이자 형님이 계시다. 그는 바로 베스트셀러 『만만한 손자병법』의 저자 노병천 박사이다. 형님은 육군사관학교 35기로 졸업하고 미합중국 지휘참모대학 교환교수를 지냈으며, 육군대학 전략학처장 및 교수를 마지막으로 34년간의 군 생활을 마치고 육군 대령으로 예편했다.

예편 후 나사렛대학교 부총장으로 재직하다가 현재는 한국전략리더십연구원장으로 청와대를 비롯해서 대검찰청, 삼성그룹에 이르기까지, 미국과 한국 등에서 천 여회 특별 강연을 한 『손자병법』의 대가이시다. 그는 육군 소위 시절 청와대에 근무하면서 박정희 대통령을 전도한 기독교계의 유명 인사이기도 하다. 연맹에는 고문으로서 동생인 나를 도와주고 계신다. 1975년 육군사관학교에 들어가면서부터 『손자병법』을 손에 든 이래 수천 번 읽고 1000번 이상 정독했다는 그는 대한민국에서 그를 빼놓고는 『손자병법』을 논할 수 없다는 말이 있을 정도로 자타가 인정하는 『손자병법』의 대가이다. 그것을 증명이나 하듯이 2012년 집필한 그의 저서 『만만한 손자병법』은 베스트셀러에 올랐다.

겨루지 않고, 맞서지 않고, 싸우지 않고 이긴다는 경호무술의 철학 또한 『손자병법』에서 나왔다. 나는 노병천 형님의 영향으로 경호무술의 철학인

겨루지 않고, 맞서지 않고, 상대를 끝까지 배려하는 '윤리적인 제압'과 경호 무술 최고의 가치인 '희생정신'이라는 철학을 정립할 수 있었다. 노병천 고문님은 강연에서 다음과 같이 『손자병법』의 핵심 사상을 설파한다.

"부전승(不戰勝, 싸우지 않고 이긴다)이다. 백전백승(百戰百勝) 비선지선자야(善之善者也). 백 번 싸워서 백 번 이기는 것이 가장 좋은 것은 아니다. 부전이굴인지병(不戰而屈人之兵) 선지선자야(善之善者也). 싸우지 않고 적을 굴복시킬 수 있으면 가장 좋은 것이다."

영화 '록키'의 실버스타 스탤론이 들으면 머쓱해질 말이었다. 그는 영화 속에서 피터지게 얻어맞고 승리를 쟁취했기 때문이다. 싸우지 않고도 이긴다. 싸워야 이기고 지고 결과가 나는 것 아닌가? 아니었다.

"백 번 싸워 백 번 이기는 것을 하수들은 좋아해요. 이겼으니까. 그런데 싸우지 않고도 나의 인격, 실력, 하다못해 재력 때문에 상대방이 나한테 손을 들었을 때가 가장 좋은 것이죠."

여기서 '부전승(不戰勝)'이라는 지혜가 나왔다. 물론 부전승은 『손자병법』에는 없는 말이라고 한다. 하지만 『손자병법』의 사상을 표현하기에 손색없는 단어다. 노병천 박사는 또한 『손자병법』에 나오는 '全' (온전할 전)의 깊은 뜻을 헤아렸다.

"깨어져서 목적을 달성하고, 깨어져서 성공하고, 승리하면 좋지 않아요. 가장 좋은 것은 온전한 상태로 이기는 것입니다. 나도 온전하고 상대방도 온전한 상태에서 목적을 달성하는 법을 찾으라는 것이 『손자병법』의 핵심입니다. 전(全)의 사상입니다."

- 노병천 박사의 『만만한 손자병법』 강연 중

노병천 고문님의 강연 핵심은 '백 번 싸워 백 번 이기는 것이 가장 좋은 것이 아니고, 싸우지 않고도 적을 굴복시키는 것이 가장 좋은 것'이라는 것이며, 그것이 경호무술이 추구하는 가치이기도 하다. 또한 노병천 고문님이 설명하는 '全'(온전할 전), 즉 '나도 온전하고 상대방도 온전한'은 다치지 않게 상대를 끝까지 배려하는 경호무술의 '윤리적인 제압'을 말하고 있다. 나는 그런 노병천 박사님과 의형제를 맺고 많은 가르침을 받고 있으며, 형님은 연맹의 고문이자 내가 이사장으로 있는 한국 범죄퇴치 운동본부(ASS)의 명예회장으로서 나에게 든든한 버팀목이 되어주고 있다.

사람들은 자기만의 색안경을 끼고 세상을 본다. 또한 자기가 보고 싶은 것만 본다. 그것은 권력을 가진 지도자나 CEO들이 더 심하다. CEO들이 보는 세상은 넓은 것 같지만, 실상은 보통 사람보다 좁을 때가 많다. 힘없는 사람들은 듣기 싫은 말도 억지로 참고 들어야 하지만, 힘 있는 사람은 듣기 싫어하는 말을 하는 사람을 외면한다. 직원이나 아랫사람은 권력자의, CEO의 눈 밖에 나지 않기 위해 듣기 싫어하는 말은 하지 않는다. 결국 권력자나 CEO들은 듣고 싶은 말만 듣고, 보고 싶은 것만 보게 된다. 그들이 아는 세상은 실제와는 전혀 딴판인 경우가 허다하다.

나 또한 연맹 총재라는 이유로 누가 싫은 말을 하는 경우가 없다 보니, 오히려 세상을 보는 눈이 작아져가고 자기 아집에 사로잡히는 경우가 종종 있다. 그럴 때마다 노병천 고문님은 나에게 항상 회초리를 드는 말들을 쏟아내신다. 그래도 고치지지 않으면 당신 자신을 던져 나를 가르치신다. 얼마 전에도 한 말씀 하셨다.

"이 총재, 아니 재영아! 이번에 형이 실망이 크다. 당분간 형 볼 생각 하지 마라."

그리고 내가 어느 정도 시간이 흘러 내 잘못을 반성하고 있을 때쯤에는 어김없이 연락이 온다.

"그동안 반성 많이 했니? 형이 너무 많이 보고 싶다! 내일 시간 되니?

나는 내일 형님을 만날 생각에 마음이 설렌다.

밥은 먹을수록 살이 찌고
나이는 먹을수록 슬프지만
당신은 알수록 좋아집니다.
내 마음에 새긴 존경은 영원할 것입니다.

45세의 권투선수, 70세의 경호원

40연승 무패 행진을 달리던 24세의 권투선수가 있었다. 그의 이름은 조지 포먼. 그러나 그는 어느 날 도전자 무하마드 알리에게 KO로 패배하고 만다. 그 덕분에 알리는 권투 역사상 전설적인 승자로 기억되었지만, 포먼은 그날의 충격 때문에 잇따라 패배하고 결국 28세에 은퇴하고 말았다. 포먼은 은퇴 후 흑인 청소년들이 범죄자가 되는 것을 보며 안타까워했다. 그래서 체육관을 만들어 무상으로 개방했다. 건강한 운동으로 범죄에 빠지는 것을 예방하고자 한 것이다. 하지만 얼마 안 가 운영비가 바닥났고 체육관은 문을 닫아야 했다. 포먼은 다시 링으로 돌아가기로 마음먹었다. 하지만 체육위원회는 그의 나이가 너무 많다며 경기의 승인을 거부했다. 그의 나이가 벌써 38세이니 링에 오르기에는 무리라는 것이었다.

그러자 그는 "내가 재기하려는 이유는 아이들 때문입니다. 나를 바라보는 아이들에게 생명, 자유, 행복이 이루어진다는 것을 꼭 보여주고 싶습니다."

마침내 포먼은 당시 챔피언이었던 29세의 무어와 싸워 이겼고, 1994년 복서로서는 무려 45세라는 노인 나이로 챔피언의 자리에 올랐다.

우리 연맹에는 올해 70세의 나이에도 불구하고 어느 누구보다 왕성한 활동을 하는 박청 자문위원장님이 계시다. 자칭 지금도 '경호원'이라고 말씀하신다. 박청 자문위원장님은 6.25 때는 동생을 업고 피난을 가다가, 동생이 너무 못 먹어서 당신의 등에서 굶어 죽는 아픔을 겪기도 하셨다고 한다. 월남전에도 참전한 파병 장교였고 대령으로 전역하셨다. 전역 후에도 일반 상조회사의 영업 본부장으로 왕성한 활동을 하셨다. 나는 그때 인연을 처음 맺게 되었고, 내 결혼식 때는 위원장님의 도움으로 리무진부터 모든 웨딩 서비스를 상조회사에서 지원했다.

박청 자문위원장님은 군 출신이라기보다는 교육자 같은 인자함과 겸손함이 몸에 배어 있다. 항상 전화하기 전에 문자를 먼저 보내신다. "총재님, 오늘 용안을 뵐 수 있을까요? 총재님을 모시고 약주를 하고 싶습니다." 어떤 때는 그렇게 위원장님과 술을 한 잔 하다 말씀하셨다. "제가 총재님에게 해드릴 수 있는 것은 이렇게 가끔씩 총재님을 뵙고 술 한 잔 사드리는 것입니다. 이것이 저의 역할인 것 같습니다."

그러면서 항상 내려오실 때는 나의 쌍둥이 아들 이산, 이솔의 선물을 사오신다. 사실 나는 한 달에 두세 번 위원장님을 뵙는 시간에 많은 자문도 구하고, 어떤 때는 투정을 부리기도 한다. 나는 자타가 공인하는 말술이라 보통 술에 취하지 않는데, 위원장님을 뵐 때마다 술에 취하곤 한다. 위원장님은 지금은 지방에서 한우를 키우며 귀농하셨다. 얼마 전에는 광우병 때문에 큰 타격을 입기도 하셨다. 그러면서 항상 말씀하신다. "연맹 이 총재 소 한 마리 지정했어. 그래서 그놈은 사료도 더 많이 주고 더 많이 쓰다듬어주지. 빨리 그놈을 팔아서 이 총재 술 사줘야 될 텐데, 정이 많이 들어서."

얼마 전 어린이날에는 저녁노을의 사진과 함께 문자가 왔다.

"아우님? 오늘 수고 많으셨지? 산, 솔을 위해 피로할 거야. 나도 저녁노을을 바라보면서 하루 피로를 풀어본 다오."

그러면서 마지막 글 밑에 항상 '청'이라는 글자를 붙이신다. 사실 박청 자문위원장님은 나에게는 아버지뻘 되신다. 나는 이번에 연맹 임원들과 함께 박청 자문위원장님을 경호무술 산악회 회장으로 추대하고 함께 국토를 종주할 계획이다. 대한민국 산과 들, 바다를 위원장님과 함께 걸을 것이다. 물론 걸을 때마다 항상 위원장님과 같이 하지 못하겠지만, 한 달에 한 번이든지 일 년에 한번이든지, 나는 위원장님과 함께한다는 것만으로도 든든하다.

그러면서 나는 위원장님께 말씀드리고 싶다.

"형님, 당신께서는 나와 우리 연맹을 지켜주시는 우리들의 영원한 70세의 경호원입니다."

국토 대장정 중 박청 자문위원장님과 함께

아름다운 품격 그리고 추억

경호무술을 통하여 많은 분들을 만나고 많은 분들과 인연을 맺었지만, 그 중 굳이 품격을 말한다면 아마도 권영민 고문님을 꼽을 것 같다. 지금은 의형제로 지내고 있지만, 권영민 고문님과의 처음 만남은 어떻게 보면 어색하고 또 어떻게 보면 전혀 어울리지 않는 만남이었던 것 같다.

연맹에 후원과 도움이 될 거라는 주위 사람의 소개로 권영민 고문님을 처음 일식집에서 만났을 때는 속으로 '오늘 또 괜히 건달 하나를 사귀게 되었구나!' 하고 후회했었다. 비싼 일식집에서 양쪽으로 한 10명가량 동생(?)들을 앉혀놓고 식사하는 모습을 보면서 실망할 때쯤 권영민 고문님이 말했다. "자네가 이재영 총재인가? 얘기 많이 들었네! 술 한 잔 하게!" 그렇게 술 한 잔 하면서 처음 인연을 가지게 되었다.

권영민 고문님을 만나기 전부터 나는 이미 김두한의 마지막 후계자로 알려진 조일환 회장님과 인연을 맺고 있었기 때문에 정말 많은 건달들을 만났고, 그들과 생활도 같이(?) 하면서 건달들의 생리와 생활을 누구보다 더 잘 알고 있었다. 그렇기 때문에 나는 건달, 아니 깡패가 싫었다. 그런데 권영민 고문님과의 처음 만남의 자리가 자신을 건달 보스(?)처럼 포장하는 자리라는 것을 느끼면서 더 이상 인연을 맺고 싶지 않았었다.

하지만 권영민 고문님을 만나면 만날수록 처음 생각과는 달리, 윗사람을 모실 줄 알고 동생들을 사랑하며 정말 사람들을 좋아하는 사람이라는 것을 알게 되었고, 건달이 아닌 성공한 사업가로서 많은 사람들에게 인정과 존경을 받는 보기 드문 남자라는 걸 알게 되었다. 당신 자신이 남자들의 세계를 좋아해서 건달인 척 하는 부분도 있었기 때문에 처음에 그런 오해도 했었던 것 같다. 나는 그런 권영민 고문님과 의형제를 맺고 10년 넘게 인연을 이어가고 있다. 연맹 행사 때는 총재로서 나를 받들어주시지만, 행사가 끝나고 함께 소주 한 잔 할 때는 형님으로서 내게 많은 조언을 해주신다. 나는 그런 권영민 고문님에게 많이 의지도 했었다.

권영민 고문님은 나에게 가장 아름다운 추억을 만들어주신 분이다. 중동 번화가에서 권영민 고문님과 술 한 잔 하는 어느 날 갑자기 소나기가 내리기 시작했다. 그것도 지나가는 소나기가 아닌 정말 장대비였다. 그렇게 사람이 많았던 중동 번화가에는 갑자기 모든 사람들이 모두 실내로 들어가 버려 장대비만 내릴 뿐 단 한 사람도 없었다. 모두가 1, 2층의 술집에 들어가서 창밖의 비를 감상하고 있을 때쯤, 갑자기 고문님께서 한 술집에 들어가

더니 비 내리는 중동 번화가 한가운데에 파라솔을 치라는 것이었다. 술집 주인은 권영민 고문님이 단골인지라 무척 난감해 하다가 결국은 파라솔을 쳤다.

그렇게 비가 내리는 아무도 없는 중동 번화가 거리의 한가운데서 나와 권영민 고문님은 파라솔을 치고 술을 마셨다. 비 때문에 실내에 들어가서 술을 마시고 있는 모든 사람들이 이 창밖의 희귀한 장면을 보면서 아마 말도 많았을 것이다. 나는 그때는 정말 쪽팔리기도 하고 실내 1, 2층에 있는 모든 사람들이 나를 보고 있는 것 같아 창피했다. 나는 이 당시 머리를 길러 뒤로 묶고 있었기 때문에 머리가 비에 젖어 정말 물에 빠진 생쥐 꼴이었다. 하지만 권영민 고문님은 처음부터 줄곧 여유롭고 이런 것을 생활의 일부분이라는 듯 즐기고 있었다. 나 또한 시간이 점점 흐르면서, 술에 취하면서, 어느새 사람들을 의식하기보다는 그런 분위기를 즐기게 되었다. 그리고 나는 지금도 비가 올 때면 그때의 추억이 아름답게 다가온다.

사람에게는 품격이라는 것이 있다. 사실 나는 시골의 부유하지 못한 집안에서 자라났다. 매일시장 어물가게 '명랑상회' 막내아들로 생활하면서 항상 고개를 숙이시는 부모님을 보고 자랐기 때문에, 나 또한 연맹을 운영하면서 누가 나를 대우해주거나 나에게 고개를 숙이는 데 익숙하지 않았으며, 남 앞에 나서는 그런 분위기를 무척이나 어색하게 여겨왔고 지금도 그런 것 같다. 하지만 권영민 고문님은 만석꾼의 집안 3대독자로서 어려서부터 부유하게 자랐기 때문에 그런지, 그에게서는 자연스럽게 품어져 나오는 품격과 여유로움이 있었다. 나는 그 품격과 여유로움을 부러워하기도 하고 배우려고 노력도 많이 했지만 쉽게 생겨지지 않았다.

조선시대 신분사회가 엄격할 때 양반과 천민이 있었다. 지금도 우리는 양반에 대해 말할 때, 양반은 체통 때문에 비가 오면 비를 맞으면서도 뛰지 않고, 아무리 배가 고파도 아무 데서나 식사를 하지 않는다고 조롱하듯 한다. 하지만 나는 그 체통이 바로 품격이고, 소수의 양반이 많은 양민과 천민들을 지배할 수 있는 힘이 아니었을까 하는 생각을 해본다. 천민은 더운 여름날 어디서나 윗도리를 벗어던지고 누울 수 있지만, 양반은 아침 일찍부터 저녁 늦게까지 의관을 정제하고 생활해야 했었다. 누군들 윗도리를 벗어던지고 시원한 나무 그늘 아래 눕고 쉽지 않았을까? 만약 그것이 임금이라면 어떠했을까? 한 가지를 예를 든 것 이지만, 그런 하나하나의 품격이 모아져 사람을 여유롭고 크게 만드는 것 같다. 나는 그런 아름다운 품격을 지니고 있는 권영민 고문님이 부럽다! 나 또한 경호무술 지도자로서 그런 품격을 지니도록 노력할 것이다!

부드럽고 은밀한 제압

얼마 전 『월간조선』에서 나와 경호무술에 대하여 인터뷰를 했는데, 기사 제목이 '부드럽고 은밀한 제압'이었다. 나는 이 제목을 본 순간 우리 연맹의 이재섭 사무총장님을 떠올렸다. 항상 행사가 있을 때마다 그림자처럼 앞에 나서지 않고 부드럽고 은밀하게 행사 준비와 진행, 그리고 행사 후의 모든 뒤처리를 도맡아 하시는 분이 이재섭 사무총장님이다. 항상 나와 함께 하지만 앞에 나서는 경우는 거의 없다. 자신을 낮추고 뒤로 한 발짝 물러서서 겸손한 모습으로 버티고 계시는 분이 그였다. 나는 그런 모습을 볼 때마다 아래 글귀를 떠올렸다.

"적을 만들고 싶다면 친구를 이기고, 우정을 쌓고 싶다면 친구가 이기도록 해라."

그는 나보다 10살 이상 많지만, 우리는 나이를 떠나 진정한 우정을 나누고 있다고 나는 생각한다. 얼마 전에는 미국 워싱턴 주에 있는 국제보안전문대학에서 경호무도학 박사학위 또한 함께 취득했다. 이재섭 사무총장님은 집이 성남이라 연맹이 있는 인천에는 이틀에 한 번씩 출근한다. 그는 건설회사를 운영하면서도 토, 일요일에는 산악회 3개를 운영할 정도로 왕성한 활동을 하고 있다. 한번은 그가 성남에서 버스를 타고 인천까지 20리터짜리 물통을 들고 온 적이 있다. 내가 무슨 물통이냐고 묻자 그가 대답했다.

"총재님께서 술을 많이 드시기 때문에 헛개나무 물을 달였습니다. 매일 공복에 한 잔씩 드세요."

그 무거운 물통을 버스를 타고 성남에서 인천까지 들고 오는 그의 모습을 생각하니 나는 코끝이 찡해왔다. 사람은 어려움에 처해봐야 사람의 소중함을 느끼는 것 같다. 내가 제일 힘들 때, 구치소에 수감되었을 때, 그리고 내가 건강이 제일 안 좋을 때, 묵묵하게 나를 도우면서 연맹을 지켜주신 분이 바로 이재섭 사무총장님이다. 우리 연맹에는 이재섭 사무총장님처럼 나보다 10살 이상 나이가 많은 연맹 임원 분들이 많이 있다. 나는 그들과 사석에서는 '호형호제' 하면서 스스럼없이 지낸다. 하지만 이재섭 사무총장님은 나보다 10살 이상 나이가 많으면서도, 사석이든 술자리에서든 한 번도 나에게 반말을 한 적이 없고, 오히려 항상 존칭을 쓰신다. 나는 그런 이재섭 사무총장님을 보면서 항상 지는 것 같지만 뒤에 이기는 사람, 그런 분이 이재섭 사무총장님이 아닌가 생각해본다.

〈밀레와 루소의 우정〉

밀레의 그림 속에서 가을이 끝나고, 밀레의 그림 속에서 날이 저문다. 밀레의 그림 속에서 저녁종이 울리고, 밀레의 그림 속에서 양들이 돌아온다. 그는 어릴 때부터 그림을 좋아했다. 그가 부모로부터 물려받은 재산은 오직 빈곤 한 가지뿐이었다. 그는 23세 때 미술의 도시 파리로 가서 그림을 그렸다. 그러나 그의 그림은 끝까지 돈이 되지 않았다. 그는 허름한 농가를 빌려 부인과 세 아이를 부양하면서 가난하게 살고 있었다. 그러던 어느 날 친구였던 루소가 찾아와서 그의 손에 거금을 쥐어주었다. 그의 그림이 어느 미국인에게 고가로 팔렸다는 것이었다.

당시 그의 호주머니에는 단돈 2프랑이 남아 있었다. 나중에 알려진 사실이지만, 그때 밀레의 그림을 구입한 사람은 바로 루소 자신이었다. 밀레는 지독한 가난 속에서 친구의 도움을 받으며 작품에 전념하다가, 마침내 61세의 나이로 가난과 병고에 시달리다 쓸쓸히 이 세상을 하직하고 말았다. 하지만 루소 같은 친구가 없었다면 오늘날 밀레의 작품은 없었을 것이다.

'나에게 있어 이재섭 사무총장님은 루소 같은 존재이다.'

세상을 사는 방법에는 두 가지가 있다.
스스로 빛이 되는 방법, 그리고 빛을 비추는 거울이 되는 방법.
거울은 어두운 구석까지 그 빛을 전해준다.

친우(親友)
당신의 장점을 찾아주려고 하는 사람,
당신의 결점을 고통으로 여겨주는 사람,
음으로 양으로 당신을 돌봐주며,
세상과 당신의 사이를 결합시켜주는 사람,
이런 사람을 벗으로 삼아야 한다.

조금 경우가 좋지 않더라도 참아주는 사람,
그러나 때로는 화를 내어 충고도
해주는 사람,
이런 친구를 얻어야 한다.

또한 언제나 당신과 경쟁을 하여
당신을 격려해주는 사람,
이런 친구를 아껴야 할 것이다.

제일 우측이 이재섭 사무총장님 사진

나는 자랑스러운 한국인입니다

"요즈음 한국인이란 말은 혐오스런
낱말이 되고 말았습니다."

"한국인은 매사에 혐의를 받고 있으며
조롱받고 있습니다. 또한 미국에서
반공주의 노선은 소멸된 지 오랩니다."

"그러나 본인은 누가 뭐래도 자랑스러운
한국인이며, 자랑스러운 통일교인입니다."

위의 말은 유명한 일화를 남긴 박보희 총재님이 미국 국회 청문회에서 하신 말씀들이다. 박보희 총재님이 청문회에서 증언하게 된 계기는 이른바 '코리아게이트'라고도 불리는 박동선 사건이었다. 이 사건은 1976년 미 의회 윤리위원회에서 개최한 청문회를 통해 언론의 큰 뉴스로 다뤄졌고, 미국의 민심은 급작스럽게 반한적인 외교 분위기로 치달았다. 이때를 정치적 출세를 위한 절호의 기회로 판단한 국제관계소위원회 위원장인 도널드 프레이저 의원의 주도 아래 한·미관계 조사가 시작되었다. 그들은 김형욱 전 중앙정보부장을 청문회에 회부시켜서 일단의 정치적 목적을 달성하자, 다음 목표로 미국에서 활동 중이던 문선명 선생과 통일교회를 표적으로 삼고, 그분의 보좌관으로 활동 중이던 박보희 총재를 위원회에 소환시켜 청문회를 개최했던 것이다.

나는 통일교를 믿어본 적도 없고 통일교인도 아니다. 하지만 대한민국의 국민으로서 박보희 총재님 같은 분이 대한민국의 국민이라는 것이 자랑스럽다. 박보희 총재님과의 만남은 일본에서 개최된 세계평화무도 연합세미나에 참석하기 위해 일본에 방문했을 때이다. 박보희 총재님을 만나기 전부터 나는 그분이 워낙 유명하신 분이기 때문에 그분에 대해 알고 있었고, 특히 그분이 육군사관학교 출신이자 외교관 출신이라는 것에 큰 호감을 가지고 있었다.

나는 일본 도쿄 베이 호텔에서 개최한 세계평화무도 연합세미나에서 경호무술 기술 강연과 함께 경호무술 연무시범을 보였다. 그런데 그 시범을 보신 박보희 총재님께서 내가 다가와 다음과 같이 말씀해주셨다.

"정말 인상적인 시범이었네. 특히 상대가 비록 적일지라도 상대 또한 다치지 않도록 제압한다는 경호무술의 윤리적인 제압은 큰 감동이었네. 어쩌면 그것이 지금 내가, 아니 우리 통일교가 추구하고자 하는 길과 같을지도 모르겠네. 대한민국에 이 총재와 같은 젊은 친구들이 있어 다행이네."

칭찬은 고래도 춤추게 한다는 말이 있다. 그것도 자신이 존경하는 사람에게 받는 칭찬은 그 사람의 인생을 변화하게 만든다. 나는 이후 박보희 총재님의 도움으로 많은 분들을 소개받았으며, 경호무술을 대한민국을 넘어 세계 많은 곳에 알릴 수 있는 좋은 기회 또한 가질 수 있었다.

박보희 총재님은 리틀엔젤스 예술단을 창설하여 한국 문화를 세계에 알리는 데 많은 공헌을 해오셨고, 리틀엔젤스 예술학교를 설립하여 한국 문화를 세계 곳곳에 알리는 민간 문화 외교관들을 양성하시고 계시다. 또한 한국문화재단을 창설, 이사장 겸 총재로 재직하고, 워싱턴타임즈 회장을 역임하며, 남북통일에도 많은 기여를 하고 계시다.

앞에서도 언급했지만, 나는 통일교가 무엇인지 모르며 종교에도 큰 관심이 없다. 나의 종교는 바로 '겨루지 않고, 맞서지 않고, 상대가 비록 적일지라도 상대를 끝까지 배려하는' , 경호무술을 수련하고 가르치고 보급하는 것이다. 그것이 작게는 가족과 이웃의 생명과 재산을 지켜주고 넓게는 인류 평화에 기여한다면, 그것이 바로 나의 종교다. 나는 박보희 총재님을 통하여 경호무술의 세계화라는 꿈을 가지게 되었고, 외국에 나갈 때마다 박보희 총재님의 저서 『나는 자랑스러운 한국인(총3권)』을 비행기 안에서 읽어보곤 한다. 이후 박보희 총재님의 소개로 지금은 고인이 되신 통일교의 문선명 선생님 또한 만날 수 있었다.

99도와 100도의 차이는 1도에 불과하지만, 이 1도가 사람을 끓어오르게 하고 사람을 움직인다.

아낌없이 주는 나무

내가 김위웅 대표님을 만난 것은 내 입장에서는 철저하게 사업적인 일이었다. 이 당시 김위웅 대표님은 '(주)경우상조'라는 상조 회사를 운영하고 있었고, 나는 연맹과 스폰서 계약을 하면서 그에게 천만 원의 후원금을 입금받았다. 후원 계약은 연맹에 행사가 있을 때마다 (주)경우상조에 홍보 시간을 30분 정도 주는 것이었다. 하지만 기대와는 달리 김위웅 대표에게는 별 도움이 안 되었다.

그러던 어느 날 연맹의 행사 중 많은 사람들이 모이게 되었다. 이때 역시 나는 김위웅 대표에게 연락하여 홍보를 할 수 있도록 했다. 그동안 천만 원의 후원금을 받고 별 도움을 주지 못했던 나로서는 그나마 다행이라고 생각했다. 하지만 이때 김위웅 대표가 나에게 이렇게 말씀하셨다.

"총재님, 오늘은 홍보를 하지 않도록 하겠습니다.

나는 너무 당황하여 그에게 물었다.

"아니, 오늘같이 좋은 기회가 어디 있습니까? 사람들도 많이 모였는데."

그러자 김위웅 대표는 나에게 또 이렇게 말씀하셨다.

"총재님, 당연히 오늘 홍보를 한다면 많은 분들이 가입할 것입니다. 더 없이 좋은 기회입니다. 하지만 오늘 제가 이 자리에서 홍보를 하면, 총재님의 이미지에는 좋지 않을 것 같습니다. 각계각층의 훌륭한 분들이 많이 왔는데 여기서 상조 가입 홍보를 하면, 행사를 주관하는 총재님의 이미지에 누가 될 것 같습니다."

하지만 천만 원의 후원을 받았던 나로서는 재차 홍보할 것을 권유했지만 김위웅 대표님은 나의 가슴을 뜨겁게 하는 한 마디를 하셨다.

"제가 총재님을 한번 보고 말 것이 아니기 때문에 오늘 홍보를 못 합니다. 앞으로 평생 함께하면서 도와주시면 됩니다. 아니, 함께 서로 도움이 되었으면 합니다."

이날 김위웅 대표님은 상조 회원은 얻지 못했지만 나의 마음을 얻으셨다. 그렇게 김위웅 대표님과 인연을 이어오면서 나는 정말 많은 도움을 받았고, 서로 많은 만남과 대화를 나누었다. 그리고 나는 그를 연맹의 사업본부장을 거쳐 부총재로 임명했지만, 그에게는 여전히 도움이 되지 못하고 있었다. 그러던 어느 날 내가 행사를 앞두고 그에게 문자를 보냈다. 돈을 빌려야 하는 어려운 부탁이기에 전화를 하지 못하고 문자를 보낸 것이었다.

"부총재님, 죄송하지만 중요한 행사가 있다 보니 운영비가 좀 모자랍니다. 여유가 되신다면 500만 원만 빌려주실 수 있으세요?"

그러자 김위웅 부총재님으로부터 답변이 왔다.

"총재님, 제가 총재님과 개인적인 돈 거래는 힘들 것 같습니다. 제가 지금 여유가 300만 원 정도밖에 안 됩니다. 지금 보내드리겠으니 연맹에 후원한 것으로 해주세요. 다 도와드리지 못해 죄송합니다."

그리고는 300만 원을 입금해주셨다. 우리 모두는 '아낌없이 주는 나무'의 내용을 너무나 잘 알고 있을 것이다. 처음에는 그늘을 제공했지만 나중에는 자신의 모든 것을 다 주는 나무. 반대로 사람에게는 제일 경계해야 하는 '거지 근성'이라는 게 있다. 거지 근성이라는 것은 누군가에게 도움을 받으면 처음에는 고마워하지만, 그 도움이 반복되면 그것이 무감각해져서 나중에는 계속 도움을 바라게 만드는 것이 거지 근성이다. 우리 모두에게는 거지 근성이 잠재되어 있다. 자신의 자식에게는 아낌없이 주는 나무가 되지만, 또한 반대로 자신의 부모에게는 거지 근성을 보이기도 한다. 김위웅 부총재님은 나에게는 '아낌없이 주는 나무'였는데, 나는 그에게 '거지 근성'만 보였던 것 같다. 하지만

나는 그 빚을 감사하게 생각한다.

누구에게 줄 빚이 있고 그것을 감사하게 생각한다는 것은, 내가 다음에는 누군가에게 '아낌없이 주는 나무'가 될 수 있기 때문이다.

패배도 아름다울 수 있다

요즘 태권도장은 유아체육이나 어린아이 위주의 교육 프로그램으로 지도하다 보니, 태권도장에서 중고등부 학생들이나 성인들을 찾아보기 힘들다. 나 또한 고등학교 때까지 태권도를 수련한 태권도인의 한 사람으로서, 그런 태권도의 현실에 대하여 많은 생각과 실망을 하기도 했었다. 하지만 태권도에 대한 생각을 바꾸게 만들어주신 분이 있는데, 바로 김관중 부총재님이시다.

김관중 부총재님은 중앙대학교 체육교육학과를 나와 평생을 태권도 지도자의 길을 걸어온 정통 태권도인이시다. 현재는 아드님(김선창, 태권도 공인 6단)과 함께 태권도장을 함께 운영하면서 '태권도태무회' 고문이자 시범단장으로서 태권도태무회를 이끌어가고 계신다. 태권도태무회는 태권도를 사랑하는 관장, 사범님들의 모임으로, 매주 금요일 도장에 모여 함께 수련하고 기술 개발을 하며 정보를 교류하고 있다. 나는 그들이 금요일마다 늦은 시간에 모여 함께 새벽까지 수련하는 모습을 보면서, 그들의 태권도에 대한 사랑과 열정을 느낄 수 있어서 좋았다.

처음 김관중 부총재님이 운영하는 한신체육관에 들러 심사를 보면서 느꼈던 것은 태권도가 결코 유아나 초등학생만을 위한 무술이 아니라, 성인들이 태권도를 하면 이렇게 실전적이고 아름다울 수 있구나! 하는 감탄과 함께, 태권도도 프로그램을 바꾸면 이렇게 고등부나 성인부가 활성화될 수 있구나 하는 것이었다. 즉 나는 거기서 태권도의 미래를 보았다. 나는 이때 경호무술만을 고집하는 독선과 아집에 갇혀 있지 말고, 태권도와 경호무술이 결합되었을 때, 혹은 합기도와 유도 그리고 타 무술과 경호무술이 결합되었을 때 그것이 더 발전된 형태의 경호무술이라는 큰 깨달음을 갖게 되었다. 김관중 부총재님은 현재 연맹의 많은 태권도 관장님들이 함께하기까지 음으로 양으로 많은 도움을 주셨고, 인천 서구에 생활체육으로 경호무술이 최초로 채택되도록 노력하셨으며, 경호무술 발전에도 많은 도움을 주고 계신다.

한신체육관은 1년에 한 번씩 서구 문화회관에서 모든 회원과 학부모를 모아놓고 공개심사와 태권도시 범대회를 개최한다. 나는 매년 심사위원으로 참석하면서 느끼는 게 있다. 왜 태권도가 국기가 되었고 왜 태권도가 전 세계에 보급되었는지, 그리고 태권도는 결코 약한 무술이 아니라 단순히 가르치는 사람의 눈높이와 교육 프로그램의 차이일 뿐이라는 것을.

그렇게 태권도를 사랑하고 태권도를 지도하는 김관중 부총재님은 태권도의 민주화를 위해 누구보다 솔선수범하여 앞장서오셨다. 전국의 모든 시·군·구 태권도 협회들이 회장을 선출할 때, 관장들이 직접 선출하는 직선제가 아니라, 일부 기득권을 가진 대위원이나 임원들만 선거에 참석하는 간선제로 행해졌었다. 이때 태권도의 직선제라는 이슈를 가지고 직접 후배이자 나이 어린 관장들을 찾아다니며 서명을 받아, 인천 서구에 최초로 직선제라는 태권도 민주화를 이루어 내셨고, 직접 서구 태권도협회장에 출마하기도 하셨었다. 그 당시 나는 김관중 부총재님의 당선을 위하여 내 능력껏 최선을 다했지만, 직선제에도 불구하고 많은 문제점들과 기득권 있는 세력의 방해로 낙선하셨다. 하지만 선거 패배 후에도 서구 태권도협회 행사라면 누구보다 앞장서서 활동하시는 모습, 나는 그런 김관중 부총재님의 모습을 보면서 '패배도 저렇게 아름다울 수 있구나' 하는 또 다른 배움을 얻었다.

나는 그런 김관중 부총재님의 모습을 통해 태권도의 민주화는 결코 국기원이나 대한 태권도협회의 몫이 아니라, 김관중 부총재님같이 일선 관장님들이 자신의 위치에서 최선을 다해 나갈 때 진정한 민주화가 이루어지리라는 생각을 가지게 되었다. 그리고 나 또한 부족하지만 서울시 태권도협회 자문위원으로서 태권도의 발전과 민주화를 위해 노력할 것을 이 글을 통하여 다짐해본다. 아마도 다음번 선거에도 김관중 부총재님은 서구 협회장, 아니 그것을 넘어 직선제로 바뀐 인천 태권도협회장, 더 크게는 대한 태권도협회장에 출마하시리라 생각하며, 그렇게 되도록 나 또한 최선을 다하여 도울 것이다. 연맹 행사라면 한 번도 빠짐없이 참석하시는 김관중 부총재님께 나는 말씀드린다.

"당신의 도전이 아름답듯, 당신의 패배 또한 아름다웠습니다.
그리고 그런 당신과 인연을 맺게 되어 영광입니다."

"어리석은 사람은
인연을 만나도 몰라보고,

보통 사람은
인연인 줄 알면서도 놓치고,

현명한 사람은
스쳐도 인연을 살려낸다."

- 피천득

왼쪽부터 김관중 부총재, 이재영 총재, 이환섭 서장(연맹 고문), 김춘중 경위(연맹 자문위원)

바다에 빠져죽을지라도 바닷물로 세수하고 싶다

어느 날 연맹으로 나를 찾는 전화가 왔다.

"해동검도 지부를 운영하고 있는 이무상이라고 합니다. 총재님을 만나 여러 이야기를 나누고 싶습니다. 시간을 내주신다면 감사하겠습니다."

그렇게 나는 연맹 이무상 부총재를 처음 만났다. 그를 만났을 때 나는 지금도 그의 첫인상을 잊을 수가 없다. 머리는 짧은 스포츠, 그리고 바바리코트에 검은 선글라스. 그의 첫인상이다. 그도 나를 처음 만났을 때 무척 놀랐다고 한다. 130kg의 거구에 머리는 뒤로 묶었고 목소리가 쩌렁쩌렁 울렸다는 것이 그에게 비친 나의 첫인상이었다고 한다. 이심전심이라 했던가! 우리는 그렇게 많은 대화를 나누면서 의기투합했다. 시간이 흐를수록 그의 호탕하고 시원시원한 성격이 좋았으며, 무엇보다도 경호무술에 대한 열정이 남달랐다. 또한 나는 그의 이력이 마음에 들었다.

그때까지만 해도 내가 만나는 거의 모든 사람들이 무술 지도자나 내게 경호무술 배우는 제자들이었다. 그렇기 때문에 그들은 거의 나와 같은 생각과 같은 꿈을 가지고 있었다. 그런데 오랜 일간지 사업 본부장을 지냈고 도장 운영도 사업이라고 말하는 그의 사업 마인드가 마음에 들었다.

앞에서도 말했지만, 미국의 대 갑부인 빌 게이츠는 직원들을 면접할 때, 자기랑 똑같은 생각을 하고 자기랑 같은 꿈을 가지고 있는 직원을 뽑지 않았다고 한다. 보통 우리들은 면접을 볼 때, 나와 같은 생각을 갖고 같은 꿈을 꾸는 사람을 선발한다. 하지만 빌 게이츠는 이런 생각을 가졌다고 한다. '나와 같은 생각을 갖고 나와 같은 꿈을 가지고 있는 사람은 나만으로 충분하다. 나는 나와 다른 생각을 하고 나와 다른 꿈을 꾸는 사람이 필요하다.' 즉 빌 게이츠는 자기와 생각이 다르면 언제라도 'NO'라고 말할 수 있는 사람이 필요했던 것이다.

나는 그렇게 나와 다른 생각을 갖고 있는 이무상 부총재를 연맹 성남 지부인 성남특별경호단 단장으로 임명했다. 그는 사업 능력을 증명이나 하듯이 몇 개월 만에 성남경호무술협회 발대식 겸 전국 경호무술 연무대회를 성남시청 내의 성남 시민회관에서 개최하게 되었다. 나는 그날 경호무술 창시자로서 직접 경호무술 시범을 보였고, 연맹 고문이자 현 성남시장인 이재명 변호사를 그때 처음만나 소개받았다. 이재명 변호사는 그 당시 성남경호무술협회 고문으로 활동하고 있었으며, 이후 성남시장에 당선되었다. 얼마 전에는 재선에도 성공했다.

성남경호무술협회는 나날이 발전하여 발대식과 연무대회를 개최한 지 채 1년도 되기 전에 또다시 성남 야탑동 디자인 센터에서 전국 경호무술 연무시범대회를 개최했다. 성남 지역에서 1년 동안 두 번씩이나 전국 경호무술 연무시범대회를 개최했기 때문에, 성남에서 경호무술에 대한 인기는 날로 높아져갔다. 이 모든 것이 이무상 단장의 노력과 능력 때문이었다.

하지만 튀어나온 못이 망치를 얻어맞듯이, 이무상 단장의 호탕하고 물불 안 가리는 약간은 거만한 이미지가 연맹의 다른 임원들에게 시기와 질투의 대상이 되었고, 많은 임원들이 이무상 단장을 견제하면서 그와 대립하게 되었다. 내가 그를 연맹에 기획이사로 임명하자 그것은 최고로조 다다랐다.

그러던 어느 날 연맹 임원회의가 끝난 회식 자리에서 연맹 임원들과 이무상 단장 사이에 언쟁이 붙어 분위기가 험악해지기까지 했다. 나는 내 앞에서 그러는 모습이 화가 나기도 하고 한편으로는 나의 통솔력 부족인 것 같아 자리를 박차고 일어서면서 한 마디 했다.

"사람을 친구로 대하면 친구가 되고, 적으로 대하면 적이 됩니다. 가부간에 친구가 될지 적이 될지 여러분들이 결정하세요. 친구를 얻는 유일한 방법은 자신이 먼저 친구가 되는 것입니다."

나는 그러면서 겨루지 않고, 맞서지 않고, 상대가 비록 적일지라도 상대를 끝까지 배려하는 것이 경호무술이라고 가르치는 나 자신이 부끄러웠고, 그것을 몰라주는 임원들에게 실망을 느꼈다. 이후 이무상 단장은 연맹 기획이사를 거쳐 연맹 부총재로 활동했는데, 그의 성격 탓에 여전히 임원들 중 일부와 대립을 했다. 나는 그럴 때마다 오히려 그것이 나에게는 또 다른 숙제를 푸는 과제라고 생각했다.

내가 아는 교훈에는 이런 말이 있다.

"얼굴을 씻는 데 강물이 다 필요한 것은 아니다. 세숫대야 하나만 채울 정도면 된다. 한강물에 세수하려면 오가는 게 더 번거롭고, 풀풀 날리는 먼지 바람에 더 더러워질지도 모른다. 사람이 무조건 많다고 좋은 것은 아니다. 사람이 많으면 갈등과 대립이 생긴다. 명령을 하달하는 데도 시간이 오래 걸리고, 그만큼 여러 활동에 많은 제약을 받는다. 명확한 지휘계통과 갈등 조정 능력이 없다면, 많은 사람들이 오히려 독이 된다."

하지만 나는 '바다에 빠져죽을지라도 바닷물로 세수하고 싶다.'

이후 이무상 부총재는 경호법인 회사를 3개나 운영하는 SNS 경호그룹을 출범, 성남의 거의 모든 경호 업무를 도맡아 하고 있으며, 성남시 산하에 '새싹 지킴이'를 발족, 학교폭력 및 아동 성폭력 예방운동에 누구보다 앞장서고 있다. 나와는 연맹 총재, 부총재의 직위를 떠나 오랜 친구로 우정을 나누고 있다.

얼마 전 이무상 부총재와 나는 연맹 고문이신 이재명 성남시장의 도움과 성남시의 후원으로 회원 100명과 함께 '독도 지킴이'를 조직, 4박 5일의 일정으로 독도를 방문한 적이 있다. 나는 그때 이무상 부총재의 또 다른 모습을 발견했다.

히말라야 8000m급 16좌를 모두 오른 산악인 엄홍길 씨는 철저하게 준비하고 계획하는 사람으로 유명하다. 그 이유에 대한 설명이 『엄홍길의 휴먼

리더십』이라는 책에 나와 있다.

"평지에선 웃어넘길 수 있는 사소한 실수가 높은 곳에서는 팀 전체를 죽음으로 몰고 갈 수 있다. 장비의 매듭 하나가 풀리는 사소한 부주의 때문에 목숨이 왔다 갔다 한다. 따라서 고산 등반이란 처음부터 끝까지 아주 섬세하게 관리하지 않으면 성공할 수 없다. 서울에서는 깜빡 잊고 못 챙긴 물건을 다시 사면 되지만, 히말라야에서는 그럴 수가 없다."

숙소에 도착해 여정을 풀고 난 뒤에 엄홍길 씨와 대원들은 더 바빠진다. 사흘 동안 7t이 넘는 짐을 꾸리는 병참 기지로 변하는 것이다. 텐트와 아이젠, 산소통, 의약품, 고소식량, 쌀, 김치에서부터 철사, 못, 이쑤시개까지 수백 가지 품목을 점검해야 한다. 엄홍길 대장의 등산 철학은 '인간은 최선을 다하고, 신이 허락하면 정상을 잠깐 빌린다.'는 것이다.

내가 4박 5일간 독도를 방문하기 위해 울릉도에서 지켜본 이무상 부총재의 모습 또한 엄홍길 대장의 모습과 다르지 않았다. 우리들은 비용을 절감하기 위해 모든 식사를 가져간 식재료로 펜션에서 취사를 통해 해결했는데, 그 모든 준비를 이무상 부총재가 도맡아 했다. 말이 100명이지, 매 끼니 100명의 식사준비는 만만한 일이 아니었다. 또한 함께 간 회원들이 모두 학생(고등학생, 대학생)이기 때문에, 그들의 통솔과 안전 문제 또한 매우 중요했다. 그런데 그런 모든 부분을 한 치의 빈틈없이 그가 이끌었다. 특히 풍랑 주의보로 우리가 일정보다 이틀 더 발이 묶였을 때, 그의 상황 대처능력은 매우 돋보였다. 나는 그렇게 이무상 부총재가 한 단계, 한 단계 발전해가는 모습을 볼 때마다 한 글귀가 떠오른다.

"친구가 실패를 하면 눈물을 흘리지만, 친구가 최고가 되면 피눈물을 흘린다."

나는 이무상 부총재를 볼 때마다 피눈물을 흘린다. 하지만 그 피눈물을 바닷물로 씻는다. 최고의 자리에 오른 대가들과 거장들의 숨길 수 없는 단 한 가지의 특징은 모두 최고를 요구하고, 최고를 고집하고, 최고를 생각하고, 스스로 최고가 된다는 점이다.

당신은 영원한 챔피언

처음 이희천 대표님을 소개받아 그의 풍채와 우렁찬 목소리를 듣고 나는 놀랐다. 나 또한 186cm에 몸무게가 100kg이 나가는데, 나보다 12살이나 많으면서 나와 체격이 비슷할 정도이니, 그 나이에는 체격이 보통 체격이 아니었다. 그도 그럴 것이, 그는 서울 장충체육관에서 개최한 격투기 초대 챔피언 출신이었다. 이희천 대표는 현재 서울 강남에서 '(주)엠피씨엔에스'라는 경호 회사를 운영하고 있고, 내가 의장으로 있는 전국경호법인대표자회(NSCA) 부의장으로서 나와 함께 대한민국 경호산업을 이끌어가고 있다. 항상 자신에 차 있는 모습, 처음 만난 사람이라도 먼저 다가가는 사교성, 그리고 그의 남자다움에 반해 나는 이희천 대표를 연맹 고문으로 추대했고 나와는 의형제를 맺었다.

이희천 고문은 '공과 사'를 확실하게 구분하신다. 개인적인 술자리에서는 나와 호형호제 하지만, 연맹 행사나 임원회의 때는 누구보다 깍듯이 나를 대우해주신다. 나는 연맹 임원들과 모일 때는 이희천 고문님을 연맹의 '노조위원장'이라고 말한다. 그만큼 이희천 고문님은 바른 소리를 서슴없이 하시는 스타일이다. 직언하는 이희천 고문님과 나는 의견이 달라 가끔씩 부딪히기도 하지만, 그럴 때마다 "이 총재가 곧 연맹이고 연맹이 이 총재가 아니냐!"는 그의 말 한 마디에 나는 용기를 얻기도 하고 반성도 하게 된다. 사람들에게 이희천 고문님을 소개하면 거의 모든 사람들이 다음과 같이 말한다.

"정말 호탕한 분인 것 같습니다. 진정한 무인(武人)을 보는 것 같습니다."

그만큼 이희천 고문님은 누구보다도 대인관계나 사회 활동을 잘하신다. 그런 모습에서 나는 많은 것을 배우며, 연맹을 운영하면서 고비 고비마다, 그리고 인생을 살면서 어려울 때마다 항상 이희천 고문님과 많은 것을 의논한다.

어렸을 적 시골에 살았던 사람들은 '마중물'을 알 것이다. 펌프에서 물이 잘 나오지 않을 때 물을 끌어올리기 위해 위에서 붓는 한 바가지의 물을 마중물이라고 한다. 즉 마중물은 땅속 깊은 곳에 있는 물을 불러오는 힘이요 희망이다. 얼마 전 국회 헌정기념관에서 대한민국 시민봉사대상 경호 대상을 받는 이희천 고문님의 모습을 보면서 나는 그에게 한 마디 했다.

"당신은 우리 연맹의 마중물입니다."

충고는 칭찬에서부터 출발한다

나는 사단법인 국제경호무술연맹과는 별도로 NGO 단체인 한국범죄퇴치 운동본부(ASS) 이사장으로서 비영리 민간단체를 운영하고 있다. 그런 범죄퇴치 운동본부에 가장 많은 활동과 도움을 주시는 분이 바로 윤태한 부총재님이다. 윤태한 부총재님은 미스터코리아 출신으로 보디빌더 코치 생활을 역임하시고, '뉴스 팬'이라는 언론 매체를 운영하면서 연맹 홍보이사로 재직하다가, 현재는 부총재로 활동하고 계시다. 또한 한국범죄퇴치 운동본부 서울 지역 본부장으로 활동하면서 자연보호와 환경단체에도 활발하게 사회봉사 활동을 하고 계신다.

나는 항상 다른 사람의 단점보다는 장점을 얘기하고, 자신의 이야기를 하기보다는 다른 사람의 말을 경청하는 윤태한 부총재님을 보면서 아래와 같은 교훈을 배우고 있다.

'상대에게 충고를 하려면 먼저 찬사와 지적과 격려의 세 부분으로 나누어 말해야 한다. 그렇게 하면 지적받는다고 여기지 않으면서 분발의 계기로 삼을 수 있다. 그리고 오히려 그런 말을 해준 것을 고마워할 것이다. 꼭 필요한 충고를 해야 될 경우 먼저 상대의 의견을 존중하고 능력을 인정하며 찬사를 보낸 다음, "그러나", "단지" 등의 단서를 달아 전달하면 더 효과적이다.'

대부분의 경우 일단 감동을 받으면 어느 정도 비판의 말이 뒤따르더라도 겸허하게 받아들인다. 특히 윗사람이 아랫사람에게 충고할 때 이 방법을 사용하면 만족할 만한 효과를 얻을 수 있다. 미국의 가장 힘든 시대를 이끌던 위대한 대통령 링컨의 힘은 격려 한 줄이었다. 비난과 협박에 시달리던 그가 암살당했을 때 주머니에 발견되었던 낡은 신문기사 한 조각.

'링컨은 모든 시대의 가장 위대한 정치인 중 한 사람이었다.'

링컨은 이 제목의 신문기사가 적힌 신문 쪼가리를 주머니에 넣고 다니며 그는 고난의 시간을 견뎌냈다. 그냥 주머니에 넣고만 다녔다면 오늘날 그것은 '낡은 신문기사' 그 이상도 이하도 아니었을 것이다. 수없이 꺼내보고 또 보면서 낡은 것이리라.

'사람 때문에 힘들어지지만, 또 사람 때문에 기운을 차린다. 사람에게 입은 상처와 아픔을 치유해주는 것 역시 또 사람이다.'

찬사와 격려보다 더 중요한 것은 상대의 말에 경청하는 것이다. 어느 마을에 상담을 통하여 사람들의 병을 치유하는 유명한 상담가가 있었다. 한번은 한 사람이 그 상담가를 찾아가 얘기했다,

"선생님, 저에게 상담하는 방법과 선생님만의 상담 비법을 알려주세요."

그러자 그 상담가가 답변했다.

"특별한 비법은 없습니다. 나는 그냥 사람들의 얘기를 진지하게 들어줬을 뿐입니다."

이처럼 사람들과 대화할 때는 상대방의 말을 경청하는 것이 중요하다. 그래서 톨스토이는 다음과 같이 말했다.

"말은 적으면 적을수록 기쁨은 더 커진다."

윤태한 부총재님은 연맹 임원회의나 평상시, 그리고 술자리에서도 말하기보다는 상대의 말을 듣기를 좋아한다. 아니, 경청해준다. 너무나 진지한 태도로 상대의 얘기를 들어주기 때문에 말하는 사람도 신이 난다. 내가 술에 취해 한 말을 하고 또 해도, 항상 진지한 태도로 들어주시는 유태한 부총재님에게 나는 상대의 마음을 사로잡는 법을 배우고 있다. 진실과 성의를 가지고 이야기하면, 그 목소리에는 어느 누구도 흉내 낼 수 없는 진실성이 깃들어 있다. 남의 마음을 사로잡기 전에 우선 자신의 마음을 사로잡아야 한다. 나는 윤태한 부총재님을 통하여 자신을 조절하고 자신의 마음을 사로잡는 법을 배우고 있다.

"내가 한 마디 할까?" 하고 건네는 이야기는 조언이 되기보다는, 조언을 가장한 상처가 되기 쉽다. 말을 하고 난 뒤 가슴이 아픈 경우는 진정한 조언이었고, 말을 하고 난 뒤 마음이 어쩐지 후련해지면 그건 조언을 가장한 폭력인 경우가 대부분이다.

왼쪽에서 네 번째가 윤태한 부총재

바다도 한 방울의 물로 시작된다

연맹 백승호 수석 부총재님을 처음 만났을 때는 백승호 대표님이 인천 주안에서 '뉴월드 나이트클럽'을 운영할 때이다. 나는 고향 선배이기도 한 백승호 대표님의 배려로 나이트클럽 안전 요원으로 연맹 경호원들을 파견하게 되면서 처음 인연을 맺었다. 그 당시 뉴월드 나이트클럽은 인천을 떠나 서울, 경기, 그리고 인천 지역에서 가장 유명할 정도로 운영이 잘되었다. 새벽녘 클럽 운영이 마감될 때쯤 백승호 대표님의 사장실에 들어가면, 그 당시는 카드보다는 현금을 많이 사용하는 시기였기에 돈 세는 기계를 두 개나 가지고 돈을 셀 정도로 운영이 잘되었다.

하지만 '화무십일홍 권불십년' . 아무리 아름다운 꽃도 열흘을 넘기지 못

하고, 아무리 막강한 권력이라고 해도 10년을 넘기지 못한다는 말처럼, 백승호 대표에게도 큰 위기가 다가왔다. 세금 탈루로 영업 정지와 함께 몇 십억을 추징당하고 옥살이를 하게 되었다. 그렇게 백승호 대표는 인생의 밑바닥까지 떨어졌지만, 그는 정말 속에서도 희망을 찾는 뚝심이 있어 전혀 색다른 길로 재기에 성공했다. 어쩌면 인생 밑바닥에서 재기에 성공할 수 있는 백승호 대표님의 저력은 돈이 있을 때나 없을 때나 사람들로부터 인심을 잃지 않았기 때문이다.

백승호 대표는 현재 세금바로쓰기운동 상임 부회장, 공해추방 운동본부 부회장, 그리고 우리 연맹 수석 부총재로 있으며 많은 사회 활동을 하고 있다. 40개 사회봉사 단체의 임원으로 있을 정도로 많은 사회 공헌을 한 것이 인정되어, 인천지방경찰청장 감사장과 인천광역시장 표창도, 그리고 얼마 전에는 국회 헌정기념관에서 '자랑스러운 한국인상 세재대상'을 수상했다. 세상은 참 아이러니하다. 세금 탈루로 몇 십억의 추징금과 벌금, 그리고 옥살이까지 한 백승호 부총재님이 세금 관련 시민 감시단체인 세금바로쓰기운동 상임 부회장으로 활동하게 될 줄이야…. 화려하고 누구보다 풍족한 화류계 생활을 접고 시민 사회봉사 단체의 시민운동가로 성공한 백승호 부총재님의 모습에서 나는 많은 것을 배우고 있다. 내가 힘들 때마다, 그리고 괴로워 술을 마실 때면 백승호 부총재님은 항상 나에게 얘기한다.

"다른 모든 사람들이 이 총재를 대단하게 생각하는데, 왜 본인만 그것을 모르고 있냐. 가끔씩은 앞으로의 일보다는 현재까지 이루어놓은 것을 생각하기 바란다."

백승호 부총재님의 말씀은 지금 서 있는 그 자리에서 행복을 찾으라는 말이다. 나는 힘들 때마다 백승호 부총재님의 이 말 한 마디에 용기를 낸다.

한 번은 내가 참석하기로 한 행사에 불참한 후 백승호 부총재님에게 사무총장님을 대신 보냈다고 별스럽지 않게 얘기했다. 그러자 백승호 부총재님은 정색을 하며 말했다.

"이 총재는 공인으로서 약속 하나하나를 소중하게 생각해야 합니다. 또한 회원 한 명 한 명과의 약속도 10만 회원 전체와의 약속이라 생각하고 공인으로서 처신해주길 바랍니다."

나는 백승호 부총재님의 말씀을 들으면서 마더 테레사 수녀님의 말씀을 생각했다

"나는 한 번에 한 사람만 껴안을 수 있습니다. 모든 노력은 바다에 붓는 물 한 방울과 같지만, 붓지 않으면 바다는 단 한 방울일지라도 그만큼 줄어들 것입니다. 당신이나 당신 가족, 당신이 다니는 회사에서도 마찬가지입니다. 단지 시작하는 것입니다. 한 번에 한 사람씩."

연맹 지부도장과 회원들이 점점 많아지면서 나는 사소한 약속이나 회원 한 분 한 분의 의견을 너무 소홀히 했던 것 같다. 나는 이 글을 빌어 백승호 부총재님과 테레사 수녀의 말씀처럼 회원 한 분 한 분이 제일 처음이자 마지막 회원이라는 생각으로, 초심을 잃지 않고 최선을 다하는 마음을 가질 것을 다짐해본다.

"바다도 한 방울의 물로 시작됩니다."

성자가 된 청소부

이상일 회장님은 평생을 교직에 계시다 정년퇴임하시고, 현재는 우리 국제경호무술연맹 전북 협회장으로 제1대 회장을 역임하고 제2대 회장으로 활동하고 계신다. 또한 한국청소방역공사를 직접 운영하고 계시기도 하다. 많은 직원들이 있지만 직접 작업복을 입고 현장에서 청소하는 모습을 보면 참 여러 가지로 많은 것을 느끼게 하신다.

얼마 전 한 TV 교양 프로그램 강의에서 다음과 같은 이야기를 하는 것을 들은 적이 있다.

"게으름도 경쟁력이다. 뉴턴은 만유인력의 법칙을 발명했다. 그가 얼마나 게을렀으면 사과나무 밑에서 사과나무가 떨어지기를 기다렸겠는가! 아리스토텔레스가 얼마나 게을렀으면 물방울 떨어지는 것을 한없이 보고 있었겠는가! 리모컨이 발견된 계기는 게으름의 극치다!"

이런 것을 내가 기억하고 있다는 것은 바로 내가 게으르다는 사실의 반증이다. 그런 나에게 정년퇴임 후에도 휴일 없이 일하시는 이상일 회장님의 부지런한 모습은 큰 가르침이 되고 있다. 현재 우리 연맹의 전북 지부는 다른 지역보다 더 활발하게 경호무술이 보급되고 있다. 그 중심에는 이상일 회장님의 부지런함이 있기 때문이다.

사실 나와 이상일 회장님은 나이로 보면 아버지뻘이 되신다. 선배와 후배, 스승과 제자 사이로 결집된 것이 무술 단체이다. 그래서 무술 단체는 다른 어느 단체들보다 단합도 잘되고 상하 관계가 확실하다. 그런데 아버지뻘 되시는 이상일 회장님이 연맹의 지부장으로 함께하는 것에 대하여 많은 얘기들이 있지만, "나는 오히려 이러한 점이 우리 연맹만이 가진 다른 단체와의 차별화된 개성이자 장점이다."라고 말하고 싶다.

어느 선진국에서는 대통령이나 총리가 임기가 다하고 자리에서 물러났다가도 그 사람의 능력이 필요하다고 국가나 국민이 요청하면, 예전에 자신이 임명하던 하위직인 장관직이라도 흔쾌히 받아들이고 자신의 남은 인생까지도 국가를 위해 봉사하는 마음으로 산다고 한다. 평생을 교육자로 살아오다가 정년퇴임 후 청소방역공사를 운영하면서 직접 관공소와 학교들을 다니며 작업복을 입고 청소하시는 모습, 어느 누가 이분보다 아이들을 더 잘 지도하고 그들의 스승들을 더 잘 이끌 수 있을까! 연맹 행사가 있을 때면 항상 제일 먼저 달려와주시고 단 한 번도 말씀을 놓지 않고 존댓말로 대해주시는 이상일 회장님, 말씀을 낮추시라고 몇 번을 말씀을 드려도 끝까지 존댓말을 쓰다가, 사람들이 다 가고 단둘이 남게 되면 항상 두 손을 꼭 잡아주면서 바쁘더라도 꼭 건강 챙기라며 아들한테 하듯 편안하게 대해주시던 이상일 회장님.

갑자기 예전에 읽었던 『성자가 된 청소부』라는 책이 생각납니다. 그러면서 여러분께 이 이야기를 꼭 하고 싶습니다.

“항상 지금 이 순간, 최선을 다해 살아가면서 거기서 행복을 찾아가는 이상일 회장님, 당신은 우리 연맹의 경쟁력입니다.”

“진정한 행복은 먼 훗날 달성해야 할 목표가 아니라, 지금 이 순간 존재하는 것입니다. 인간의 마음은 행복을 찾아 늘 과거나 미래로 달려가지요. 그렇기 때문에 현재의 자신을 불행하게 여기는 것이지요. 행복은 미래의 목표가 아니라, 오히려 현재의 선택이라고 할 수 있지요. 지금 이 순간 당신이 행복하기를 선택한다면 당신은 얼마든지 선택할 수 있습니다. 그런데 안타까운 것은, 대부분의 사람들이 행복을 목표로 삼으면서 지금 이 순간 행복해야 한다는 사실을 잊는다는 것입니다.”

- 프랑수아 클로르의 『꾸뻬 씨의 행복여행』 중

법학박사와 시인

우리 연맹에서는 2006년에 전주에서 결식아동 돕기 전국경호무술 연무대회 및 경호무술 전북협회 발대식을 개최했다. 개회식 날 나는 연맹 임원들과 함께 행사장인 전주로 향했는데, 행사장의 위치와 지리를 잘 모르기 때문에 전북 지부에서 전주 톨게이트로 안내할 사람을 보내주기로 했다. 전주 톨게이트에 도착하자 승용차 한 대가 비상등을 켜고 있었다. 나는 그 승용차 뒤에 차를 정차한 후 차에서 내렸다. 승용차에서는 웬 중년신사가 나와 인사했다.

"경호무술 전북협회 수석 부회장 류정복입니다."

나는 조금 당황했다. 경호원이나 젊은 사범 아니면 관장이 나와 있을 줄 알았는데, 나이 지긋한 중년의 신사가 나와 있었기 때문이었다. 나는 그렇게 류정복 부총재님을 처음 만났다. 그 당시 류정복 부총재님은 원광대학교 대학원 법학과 교수로 재직 중이었다. 나중에 안 사실이지만, 연맹에서 총재가 내려온다고 의전 상 경호원이나 관장들이 아닌 전북협회 수석 부회장이신 류정복 부총재님이 직접 나오신 것이었다.

그렇게 첫 인연을 맺고 연맹 행사가 있을 때, 그리고 내가 전주에 방문할 때마다 류정복 부총재님을 뵈어오다가, 4년이 흐른 후 전북협회 류정복 수석 부회장님을 연맹중앙본부 부총재로 임명했다. 지부 수석 부회장에서 본부 부총재로 임명되었다고 축하 겸 상임부총재인 박춘열 교수님도 함께하여 우리는 밤새도록 술을 마셨다. 그리고 나는 류정복 부총재님과 의형제를 맺었다.

의형제라는 것이 뭔지, 내가 전주에 내려갈 때마다 류정복 부총재님은 내 술 상대를 하다가 몸살이 나시기도 했다고 한다. 한번은 이틀 동안 쉬지 않고 막걸리를 마신 적도 있었다. 전주에는 막걸리가 유명하다. 한 주전자에 (큰 주전자) 만 원인데, 한 주전자를 시킬 때마다 안주가 20가지 정도 나온다. 물론 한 주전자를 추가할 때마다 더 좋은 안주들이 20가지씩 계속해서 나온다. '이렇게 장사해서 남을까?'라는 생각이 들 정도다. 전주에 내려가면 류정복 부총재님과 자주 가는 막걸리 집이 있다. 내가 원광보건대학에 강의를 가기 때문에 가끔씩 들러서 이제는 단골이 다 되었다. 언뜻 안 어울릴 것 같지만 류정복 부총재님은 막걸리를 좋아하신다. 아니, 나 때문에 좋아하시는 척한다. 전화할 때마다 "동생 언제 막걸리 마시러 올 겨?" 하고 여유를 부리지만 아마도 자주 가는 것을 싫어(?)하실 거라고 추축해본다.

류정복 부총재님은 전북대학교 대학원과 원광대학교 대학원 법학과 교수 등, 35년간 교단에 몸담아오셨고, 한국법학회장, 전국교원단체 총연합회장, 한국법률실무 평가원장 등을 지냈으며 『헌법학총론』 등 법서(法書) 13권을 저술하고 논문 62편을 쓰신 국내 법조계의 큰 어른이시다. 현재는 미래 초·중·고등학교를 설립하여 이사장으로 재직하시고 계시다. 우리 연맹에서는 류정복 부총재님의 도움으로 국내 고등학교에서 두 번째로 미래고등학교에 경호과를 개설하고 있으며, 앞으로 류정복 부총재님과 함께 경호대학을 설립할 준비 중에 있다.

류정복 부총재님은 특이한 이력을 가지고 있다. 초·중·고등학교에 다닐 때부터 문학에 소질이 있어서 전국 백일장 대회에서 시, 수필, 논문 부분에서 장원을 하는 등 뛰어난 문학 소년이셨다. 법학과 교수로 재직하시면서 '바위섬' , '하와이 연정' , 그리고 '당신은'등 3편의 시가 『문예사조(文藝思潮)』에 당선, 등재되면서 시인으로 등단했다. 아래는 류정복 부총재님 시집 『겨울여행』에 나오는 '성공의 비결'이라는 시이다.

성공의 비결 I

성공의 비결이 무엇인가
곰곰이 생각해본다.

지금 이 순간부터
나는 내 과거에 대하여
모든 책임을 질 것이고

더 크고 밝은 미래를 위해
나는 조심스레 벗을
스스로 사귈 것이다.

내가 닭을 벗으로 사귄다면
여기저기 땅을 후벼 파며
모이를 쪼아 먹는 법을
저절로 배울 것이지만

내가 독수리를 벗으로 삼는다면
하늘 높이 훨 훨 날아다니며
사냥하는 법을 익힐 것이기에

나는 독수리 되어
드높은 하늘 위로 힘껏 날 수 있는
삶의 지혜를 찾을 것이다.

나는 언제 어디서나
과감하게 행동하는 습관을
스스로 길러갈 것이고

용감한 리더십으로
잠재한 두려움의 수증기를
멀리멀리 날려버릴 것이며

내 운명(運命)의 방향을
내 스스로 개척할 것이다.

이것이 내 성공의 비결이리라.
이것이 내 성공의 비결이리라.

성공의 비결 II

성공의 비결이 무엇인가
조용히 생각해본다.

지금 이 순간부터
나는 내 현재에 대하여
모든 책임을 질 것이고

크고 밝은 미래를 위해
나는 조심스레 사람을

스스로 사귈 것이다.

나는 오늘 하루를
남을 용서하는 마음으로 맞이하고
내 가족의 행복과 건강을 기도하며,

거칠고 험난한 폭풍우 속에서도
두려움에 떨지 않고

오직 등대의 불빛만을 바라보면서
노련하게 항해하는
현명한 선장이 될 것이다.

나는 나의 성공(成功)을 위한
선택의 능력을 가지고 있기에

나는 어떠한 경우에도
주춤하거나 물러서지 아니하고

내가 스스로 선택한 길을
나 홀로
묵묵히 걸어갈 것이다.

이것이 내 성공의 비결이리라.
이것이 내 성공의 비결이리라.

나는 시와는 전혀 어울릴 것 같지 않은 인생이었지만, 류정복 부총재님이 주신 『바위섬』과 『겨울여행』이라는 시집을 읽으면서, 고등학교 때 국어 선생님의 얘기가 문득 생각났다. "소설을 쓰고 나면 발가벗겨진 기분이지만, 시를 쓰고 나면 아름다운 옷을 입은 기분이다."라고 말씀하시면서 선생님은 시를 제대로 이해하려면 적어도 그 시를 10번 이상은 읽어야 하며, 읽을 때마다 다른 느낌으로 다가오는 것이 시라고 하셨다. 나는 이제야 이 말뜻을 조금은 이해할 것 같다.

시(詩)를 알게 해주시고 항상 연맹을 위하여 노력해주시는 류정복 부총재님, 감사드립니다.

"형님, 막걸리 한 잔 할겨?"

당신과 함께라면 지옥도 두렵지 않습니다

제주도에는 세 가지가 많고(三多) 세 가지가 없다(三無)고 한다. 많은 세 가지는 돌, 바람, 여자이고, 없는 세 가지는 담, 도둑, 거지라고 한다. 나는 거기에 덧붙여서 제주도에는 변하지 않는 세 가지가 있다고 생각한다. 그것은 바로 돌, 경호무술, 그리고 우영수 회장님이다.

우리 연맹 모든 임원들에게 "누가 가장 연맹을 위하여 노력하시는 분인가?"라는 질문을 한다면, 아마도 누구나 다 제주협회 우영수 회장님을 얘기할 것이다. 내가 우영수 회장님과 만난 지도 이제 15년이 되어간다. 그 15년 동안 한결같이 연맹을 위하여 제주도에서 달려와주신 분이 우영수 회장님이다.

연맹 임원 분들 중 연맹 행사에 소홀하신 분들이 있는데, 연맹 행사라면 항상 제주도에서 한 번도 빠짐없이 달려오시는 우영수 회장님이 있어서 나는 감히 그들을 채찍질 할 수 있었다. 내가 우영수 회장님과 사람들을 만날 때마다 내가 우영수 회장님보다 나이가 많은 줄 안다. 우영수 회장님은 그만큼 동안이시다! 하지만 꼭 그것만은 아니다! 나보다 16년이나 연배이신데도 항상 다른 사람들 앞에서 자신을 낮추고 그림자가 되어 묵묵하게 무술 후배인 나를 챙겨주시다 보니, 사람들이 그런 오해를 하는 것 같다. 만약 우리 연맹에서 창업 공신을 꼽는다면 우리 국제경호무술연맹에서는 제1등 공신으로 제주도 우영수 회장님을 선정할 것이다. 어제 우영수 회장님께서 미국체육대학교(아메리칸스포츠유니버시티 ASU) 초빙교수에 임용되셨다. 이제 나는 우영수 회장님과 함께 세계의 넓은 들판으로 나갈 것이다.

"나는 당신과 함께라면 지옥도 두렵지 않습니다."

[제주신문』 신문기사

국제경호무술연맹 제주도 지회(회장 우영수) 사무소가 개설되었다. 제주 지회 우영수 회장은 정통 무술인으로서 제주 지역 무술계의 대부로 알려진 것처럼, 후배 무술인과 관장들로부터 많은 존경을 받고 있다. 그는 현재 제주 관광대 경호학과 교수로 재직하고 있으며 '우영체육관' 을 직접 경영하면서 후진 양성에도 노력하고 있다.

또한 공업사와 부품 공장 등을 운영하는 성공한 사업가이기도 하다. 그러한 우영수 회장의 능력에 힘입어 제주 지회는 경호무술 지부 도장이 계속하여 늘어나고 있으며, 사무소를 개설한 지 한 달도 되지 않아 벌써부터 경호무술 시범대회를 치르고 청소년 범죄예방 퇴치운동을(법무부 범죄예방위원회) 후원했다.

지난 제17대 대선에서 이재영 총재와 함께 한나라당 대통령선거 경호안전 특별위원회 부위원장으로도 활동했던 우영수 회장은 연맹 중앙본부 부총재직 또한 겸하고 있다.

연맹 행사가 있을 때마다. 항상 제주도에서 제일 먼저 달려오는 우영수 회장은 연맹 임원들로부터 믿음과 신뢰를 주는 인물로도 알려져 있다. 우영수 회장은 평소에도 폭탄주(소주+소주)를 즐길 정도로 호탕해서 주위에 사람들이 끊이질 않는다.

그런 우영수 회장이 있어 이번 경호무술 제주 지회 개설이 경호무술의 역사에 있어 하나의 큰 전환점이 될 것이라고 믿어 의심치 않는다.

신사풍의 외모와 복장, 절도 있고 예의 있는 행동, 그리고 날카로운 그의 눈빛에서 제주도 지역 경호무술의 미래를 점쳐본다.

제주도 경호무술 협회에서

성공한 이의 과거는 비참할수록 아름답다

위의 말은 우리 연맹 부총재이신 이경호 회장님이 나에게 해준 말이다. 사실 이경호 부총재님은 내가 적극적으로 접근해서 연맹에 영입한 사람 중의 한 분이시다. 내가 꼭 함께해야 하는 분 중에 이경호 부총재님이 계셨는데, 나는 그분이 하시는 사업에 관심을 많이 가지고 있었다. 그 당시나 지금이나 이경호 부총재님은 그 분야에서 최고의 자리에 있었다. 아니, 최고라기보다는 내가 아는 분의 우상에 가까웠다. 나는 그분을 얻기 위해서는 이경호 부총재님을 얻어야 했고, 나는 그렇게 이경호 부총재님에게 접근했다. 우리 연맹의 많은 임원 분들이 나와 경호무술이 좋아서 함께하신 분들이라면, 이경호 부총재님은 오히려 내가 접근해서 연맹의 임원으로 영입한 분이다.

나는 이경호 부총재님이 주최하는 세미나에 몇 번 참가했다가 이경호 부총재님을 처음 소개받았다. 소개하신 분이 이미 내 소개를 했기 때문에 내가 경호무술을 하는 사람이라는 것을 이경호 부총재님은 알고 있었다. 처음 소개받는 날 인사하면서 이경호 부총재님이 내게 했던 말을 생각하면 지금도 웃음이 나온다.

"이경호입니다. 이 총재님께서는 저에게 빚이 많습니다. 경호무술은 원래 제 거거든요."

이경호 부총재님은 이름이 '경호'다. 그래서 그런 뜻으로 얘기한 것이다. 우리는 그렇게 처음 인사를 나누고 친구가 되었다. 자주 만나면서 많은 대화도 했다.

이경호 부총재님은 회사를 세 개나 운영하고 있고, 네트워크 마케팅 관련 최고 사업자이기도 하시다. 또한 옥스퍼드 대학, 프랑스 소르본느 대학, 그리고 동경대에서 마케팅 및 경영학을 수료할 정도로 자타가 공인하는 마케팅 분야의 전문가이다. 업무상 해외에도 매년 여러 곳을 다니다 보니 여러 가지로 아는 것도 많고 경험도 풍부하시다. 대화하다 보면 전혀 몰랐던 분야의 새로운 얘기들을 듣게 되고 많은 것을 배우게 되었다. 또한 경호무술 홍보와 마케팅에 대해서도 많은 조언을 받았고 실질적으로 많은 도움이 되었다.

그러던 어느 날 함께 술을 마시다 지금까지 경호무술을 보급해오면서 힘들고 어려웠던 얘기들을 하게 되었다. 그 얘기를 다 듣고 나서 이경호 부총재님은 나에게 단 한 마디를 해주셨다.

"성공한 이의 과거는 비참할수록 아름답습니다."

나는 이 한 마디가 얼마나 가슴에 와 닿았는지, 지금도 힘들 때마다 이 말을 항상 되새기곤 한다. 나는 정말 실패를 많이 했다. 사업이 망해 집과 사무실 모든 것을 다 잃고, 6년 동안 도복 하나 둘러메고 경호무술을 보급하면서 전국을 떠돌아다니기도 했으며, 산에 텐트를 치고 1년 동안 생활하면서 경호무술을 가르치기도 했다. 그러다 예비군 훈련을 못 받아 벌금 30만 원을 못 내 두 번이나 구치소에 수감되어, 하루에 3만 원씩 노역장에 유치되기도 했다. 가장 큰 실패는 가족과 헤어진 일이다.

하지만 '성공한 이의 과거는 비참할수록 아름답다.'라는 말 한 마디는 그 동안의 생활이 헛되지 않았다는 용기와 함께, 앞으로 꼭 성공하여 비참한 과거까지도 아름답게 만들어야겠다는 생각으로 나에게 희망이 되고 있다.

'성공한 이의 과거는 비참할수록 아름답습니다.'

슈퍼 마인드로는 절대로 백화점을 할 수 없다

구멍가게 마인드로는 슈퍼를 할 수 있지만, 슈퍼 하는 마인드로는 절대로 백화점을 할 수 없다.

내가 연맹 김영호 여성 부총재/여성 위원장을 만났을 때 떠올렸던 말이다. 처음 김영호 대표를 소개받고 보험을 한다는 말에 나는 보통 우리가 생각하는 '보험 아줌마'를 생각했다. 그런데 그런 생각도 잠시, 대화를 나누면서 그녀의 큰 스케일을 느꼈다. 경호업계와 무술계는 여성들이 많지 않다 보니 내가 여성 사업가를 만나는 것은 드문 일이었다. 나는 여성 CEO인 김영호 대표에게 큰 호감을 가지게 되었다. 마인드가 구멍가게나 슈퍼가 아닌 백화점 마인드였다. 그런 김 대표는 누구보다 파란만장한 인생 스토리를 가지고 있었다.

김영호 대표는 가정형편 때문에 고등학교를 중퇴하고, 직장 생활로 모은 돈으로 26세에 대학에 진학한 후 29세에 첫 번째 대학을 졸업, 좀 더 공부하고자 하는 뜻이 강해 서른이란 나이에 방송통신대학에 편입을 했다. 그 후 결혼을 해서 은행의 중견 간부인 남편의 수입과 김 대표의 과외수업 소득을 합쳐 평범하게 살던 중, IMF 직전 구조 조정에 들어간 사건이 인생을 바꾸었다. 명예 퇴직한 남편을 보며 고민하던 김 대표는 '메트라이프 생명'의 지점장 급 모집 공고를 보고 외국계 회사에 몸담고자 굳은 결심을 한다. IMF라는 혹독한 시기에 생업을 변경할 만큼 개척 영업에 밤잠을 아껴가며 몰두한 지 3년 만에 억대 연봉자의 대열에 들어섰다.

그녀의 또 다른 도전은 백만 달러 원탁회의(MDRT) 멤버였다. 김 대표는 전 세계 79개국 450개 보험회사에서 일부만 얻을 수 있는 이 명예를 무려 10년 넘게 유지하여, 두 번째 관문인 MDRT의 종신 멤버 자격을 얻게 되었다. 그러기까지 많은 시련이 있었지만, 김 대표는 오히려 더욱 자신을 채찍질하여 1주일에 3건씩 계약을 해야만 성공할 수 있는 스타 제도 속에서 무려 6년 동안 300주 계약을 달성하는 기염을 토했다. 보험사 전체로도 몇 명밖에 되지 않는 대기록을 세운 것이다. 그리하여 메트라이프 생명에서는 김 부총재에게 보험설계사로서 최고의 자리이자 회사의 주주 자격을 가질 수 있는 대표 FSR의 직위를 주었다. 이는 즉 수많은 FSR을 거느리고 통솔할 수 있는 경영인에 임명되었다는 것을 의미한다.

많은 맞벌이 주부들에게 존재만으로도 멘토가 되고 있는 김 대표는 인천대학교 행정대학원의 제32대이자 여성 최초의 총 원우회장으로도 활동하고 있다. 나는 그런 김 대표와 여러 번 만나면서, 나보다 10살이나 많은 김영호 대표에게 연맹의 여성 부총재 겸 여성 위원장을 맡아달라고 부탁했다. 김영호 대표는 흔쾌히 승낙하고는 다음과 같은 조건을 달았다.

"일단은 제가 많이 부족하지만 3개월간의 경호무술 지도자 과정을 이수하겠습니다. 교육이수 후 돈은 얼마가 들어도 좋으니 여성 부총재 취임식을 시켜주십시오. 임원 및 회원들에게 드릴 선물과 모든 경비는 제가 준비하겠습니다."

나는 그런 조건을 들으며 속으로 '내가 사람을 잘 봤구나!' 하고 생각했었다. 이후 김영호 대표는 경호무술 지도자 과정을 이수했고, 현직 여성 사업가로는 드물게 경호무술 단증과 지도자 자격증을 취득한 최초의 여성 부총재라는 기록을 세웠다. 이때까지 우리 연맹에는 여성 임원이 없었기 때문에 김영호 여성 부총재의 활동 덕택에 이후 각 사업 분야에 활동하는 여성 CEO들을 연맹의 여성 위원으로 영입하여, 김영호 부총재를 중심으로 다른 단체들보다 여성 위원들의 활동이 활발해졌다. 나는 그런 김영호 부총재와 함께 연맹 행사뿐 아니라 많은 행사에도 함께 참석했다. 그럴 때마다 안상수 인천광역시장 등 사회적으로 저명한 분들을 김 부총재에게 소개시켜주었다. 하지만 이미 그들은 김영호 부총재를 알고 있었다. 그럴 만큼 그녀는 사회 활동도 많이 하는 여성 CEO였다. 김 부총재는 내가 이사장으로 있는 한국범죄퇴치 운동본부 최고 위원으로도 활동하면서 소년소녀가장 돕기, 학원폭력 근절운동 등 각종 사회봉사 활동에도 누구보다 앞장서오고 있다.

'바늘로 코끼리를 죽이는 3가지 방법'이라는 유머가 있다.

첫 번째 방법은 바늘로 코끼리를 찌른 후 죽을 때까지 기다리는 것이다.

두 번째 방법은 코끼리가 죽기 바로 직전에 바늘로 코끼리를 찌르는 것이다.

세 번째는 코끼리가 죽을 때까지 계속하여 바늘로 코끼리를 찌르는 것이다.

첫 번째 사람은 감나무에서 감이 떨어지기를 바라는 게으른 사람이다.

두 번째 사람은 노력보다는 호시탐탐 기회를 노리는 기회주의자다.

하지만 세 번째 사람은 노력과 열정이 있는 성공하는 사람이라고 나는 생각한다. 하루가 부족하여 하루 24시간을 쪼개어 항상 최선을 다하는 김영호 여성 부총재를 지켜보면서, 바로 그녀가 코끼리가 죽을 때까지 바늘로 찌르는 사람이 아닌가 생각해본다. 2013년 12월 5일 국회 헌정기념관에서 '자랑스러운 한국인상 금융 대상'을 받는 김영호 부총재를 보면서 나는 '코끼리를 쓰러트리는 강한 여성 파워'를 느꼈다. 앞으로 김영호 여성 부총재의 활동에 많은 기대를 걸어본다

내가 법정 구속되어 구치소에 수감되면서 가장 힘들 때, 이재섭 사무총장님과 더불어 매주 한 번도 빠지지 않고 면회를 와준 당신께, 10살이나 많은데도 항상 내가 반말을 하는 것에 불만인 당신께 나는 한 마디 합니다.

"김영호 여성 부총재님, 아니 누님, 고마워."

'구멍가게 마인드로는 슈퍼를 할 수 있지만,
슈퍼 하는 마인드로는 절대로 백화점을 할 수 없다.'

격려해보아라, 당신을 잊지 않게 될 것이다

연맹이 있는 인천시청 앞은 거의 사무실 건물이다 보니 건물 1층들은 식당이 많다. 점심시간에는 웬만한 식당은 자리가 없을 정도로 잘된다. 하지만 세상살이가 그렇듯, 그 중 운영이 잘 안 되는 식당도 있었는데, 유난히도 연맹 1층에 있는 식당이 잘 안 됐다. 3년이나 간판과 주인이 3번이나 바뀔 정도였으니 말하지 않아도 알 것이다. 그러던 어느 날 '굴 세상'이라는 간판이 올라갔고 주인이 한 번 더 바뀌게 되었다. 항상 점심을 식당에서 먹었던 나는 1층에 있는 굴세상이라는 식당에 가게 되었는데, 거기서 곽진주 사장을 처음 만났다.

곽진주 사장의 첫 인상은 '오드리 햅번' 같았고(자칭), 음식도 맛깔스럽고 정갈했으며 조미료를 넣지 않은 건강식이었다. 보통 식당은 망한 곳은 계속 망하기 마련인데, 굴 세상은 오픈한 지 3개월도 안 되어 시청 앞의 명소가 될 정도로 운영이 잘되었다. 음식이 정갈하고 맛도 있었지만, 무엇보다도 곽진주 사장의 친절함과 사업수단이 활기차게 한 것 같다. 나는 그렇게 굴 세상에서 자주 식사를 했고, 가끔씩 저녁에 술 약속이 있을 때에도 이곳에서 1차로 굴 요리와 소주를 마셨다. 곽진주 사장과는 형식적인 눈인사와 안부인사를 주고받기도 했다.

그렇게 얼마간의 시간이 지났을 때 곽진주 사장이 나에게 아이 옷 두 벌을 선물하면서 쌍둥이들 100일을 축하한다는 인사를 했다. 내가 우리 쌍둥이 아들들 100일을 어떻게 알았냐고 묻자, 내가 식당에서 연맹 임원들과 하던 애기를 언뜻 들었다고 했다. 아이가 있는 사람들은 누구나 느끼는 거지만, 누가 선물을 줄 때 자신에게 주는 선물보다 아이들에게 주는 선물에 더 감동한다. 그녀는 이후에도 가끔씩 어린이날 같은 때, 쌍둥이 이산, 이솔의 돌 때도 아이들 옷을 선물해주었다. 나중에 안 사실이지만, 그녀는 식당을 하기 전에 유아복 매장을 운영했었고, 이 당시에는 동생이 인수받아 그 매장을 운영하고 있었다고 한다.

나는 그런 마음 씀씀이가 고마워서 식사와 손님을 만날 때도 거의 굴 세상에서 식사를 했다. 연맹에는 항상 찾아오는 손님이 많았는데, 거의 오는 사람들이 관장들이었다. 그런데 관장들과 굴 세상에서 식사를 할 때, 어쩐 일인지 거의 모든 관장들이 곽진주 사장과 인사를 했다. 어떤 때는 심지어 목소리만 듣고도 서로 아는 사이도 있었다. 나는 그때 '그녀가 인천 무술계의 대모라도 되나!' 하고 엉뚱한 상상을 하기도 했다. 그러던 중 그녀가 예전에 오랫동안 인천 실내 체육관에서 '태권아트'라는 무술 용품점을 운영했었다는 사실을 알게 되었다. 나는 이후부터 용품점이지만 같은 무예계에 몸담았었다는 것이 반가워서 더욱 가깝게 지냈고, 그녀를 연맹의 여성 위원으로 임명, 연맹의 한 식구가 되었다.

한 번은 곽진주 사장이 운영하는 굴 세상에서 술 취한 사람들이 행패를 부린 적이 있다. 사장도 여자고 일하는 종업원들도 모두 여자들이다 보니, 술 취한 사람들이 희롱하면서 행패를 부린 것이었다. 나는 우연히 지나가다 그것을 발견하고 그들을 제압했고, 그 후 경찰이 출동하면서 모든 것이 잘 해결되었다. 고맙다며 식사를 대접하는 곽진주 여성 위원에게 나는 말했다.

"여성 위원님, 아니 누님, 누님도 인천에 따님과 둘이고 나도 인천이 고향이 아니니, 우리 서로 친남매처럼 의지하면서 지내요. 그리고 곽진주 여성 위원님의 뒤에는 우리 국제경호무술연맹이 있다는 것을 항상 기억하세요."

이때 나보다 5살이 많은 곽진주 여성 위원의 눈에 눈물이 흐르고 있었다. 나는 그녀의 눈물에서 그동안 여자 혼자 식당을 운영하면서 겪었을 고생을 어느 정도 가늠할 수 있었다. 이후 곽진주 여성 위원은 식당이 바쁠 때도 연맹 행사라면 열일을 제쳐놓고 참석하여 도움을 주어왔다. 특히 연맹에서 매년 개최하는 소년소녀가장 돕기 행사에 누구보다 앞장서서 후원해오고 있다. 현재도 독거노인 무료 식사제공 행사에 음과 양으로 많은 도움을 주고 있다.

내가 내 인생에서 가장 힘든 시기인 법정구속으로 구치소에 수감되었을 때 그녀는 나에게 면회를 왔다.

"총재님, 나 면회를 오면서 이런 데 처음이라 엄청 떨렸어. 무슨 일이야? 항상 좋은 일도 많이 하시는 분이, 이런 데 오실 분이 아닌데, 얘기를 듣고 엄청 놀랐어."

그러면서 그녀의 눈에 눈물이 고였다. 그녀는 곧 말을 이었다.

"예전에 총재님이 내가 힘들 때 이런 얘기를 나에게 해줬지, 내 뒤에는 국제경호무술연맹이 있다고. 총재님 뒤에는 우리 여성 위원들이 있다는 것을 잊지 마!"

그리고 그녀는 나오게 되면 자신의 식당으로 오라고 했다. 두부 요리를 맛있게 해준다고. 그때 그녀의 격려 한 마디가 나에게 얼마나 큰 힘이 됐는지 아마 경험해보지 않은 사람은 아무도 모를 것이다. 나는 이후 형 집행정지로 풀려나 '굴 세상'에서 세상에서 가장 맛있는 두부 요리를 먹었다.

격려해보아라, 당신을 영원히 잊지 않게 될 것이다.

우리는 살면서 수많은 사람들을 만나고 수많은 사람들을 흘려보내곤 한다. 그렇게 시간이 흐르고 흘러서 느끼는 것이 있다. 흘러간 것도 사람이지만, 남아 있는 것도 사람이라는 것을.

악마를 이기려면 완전한 선이 되어야 한다

독일의 철학자 칸트의 아버지는 폴란드인이었다. 그가 슐렌지엔으로 가기 위해서 말을 타고 산길을 지나갈 때였다 강도가 나타나 그의 말과 가진 모든 것을 빼앗았다.

"숨긴 것은 없느냐?"

"없습니다."

"그럼 이제 가거라."

모든 것을 빼앗겼지만, 그는 무사히 강도들 틈을 빠져나왔다. 그런데 그때

바지춤에 몰래 감추어둔 금덩어리가 있음을 뒤늦게 발견했다. 그는 순간 고민했지만 강도들에게 다시 돌아갔다.

"죄송합니다. 조금 전에 너무나 무섭고 정신이 없어서 숨긴 것이 없느냐고 물었을 때 없다고 대답했는데, 조금 가다가 이 금덩이가 숨겨진 것을 발견했습니다. 받으십시오!"

말이 끝나자 강도는 빼앗은 물건과 말을 내주면서 그에게 엎드렸다

"잘못했습니다. 저를 위해서 기도해주십시오! 당신이 두렵습니다."

바보 같은 투명함에 그 강도들도 무릎을 꿇고 말았다. 불의가 판을 치는 세상에서는 진실 앞에서 누구나 떤다. 내가 이 얘기를 하는 것은, '악을 이기려면 완전한 선만이 이길 수 있다는 얘기를 하고 싶기 때문이다. 선 비슷한 것으로 악을 이기려면 악마에게 지고 만다.' 이런 교훈을 나에게 알려준 사람이 바로 연맹의 여성 위원인 한국청소년 보호육성회 인천 연합회 김도경 국장님이다.

나는 소년소녀가장 돕기 등 정말 많은 사회봉사 활동을 한다. 왜냐면 경호무술을 홍보하기 위해서다. 하지만 그녀는 진정한 봉사 활동을 한다. 자신의 사업체를 알리는 목적이 아닌 진정한 봉사 활동이다 .나랑 항상 함께 봉사 활동을 끝내면 나에게 얘기한다.

"총재님, 오늘도 고맙습니다. 앞으로도 많이 도와주세요."

그녀가 고마워할 일이 아니다. 오히려 나는 경호무술을 홍보하는 데 이용했고, 모든 준비와 행사는 그녀가 해놓았다. 그런데 그럴 때마다 나는 생각한다.

'오히려 나는 경호무술과 내가 이사장으로 있는 한국범죄퇴치운동본부가 많이 홍보도 되고 고맙지.'

그녀를 볼 때마다 한없이 작아지는, 사회봉사를 경호무술 홍보에 이용하는 나 자신이 부끄럽지만, 나는 그녀를 보면서 생각한다. '악을 이기려면 완

전한 선만이 가능하다는 것을.'

나는 며칠 후에도 그녀와 아동, 성폭력 예방 캠페인을 개최한다.

'나는 경호무술을 홍보하기 위해서.'

'그녀는 완전한 선을 위해서.'

얼마 전 그녀가 나에게 해바라기 사진과 함께 보내준 문자는 나에게 큰 힘이 되고 있다.

'어제 핀 해바라기입니다. 이 해바라기는 내 눈엔 어제부터 피기 시작했지만, 인간의 눈에 핀다는 느낌으로 다가가기 전에 많은 시간을 싹을 틔우고, 키를 키우고, 몽우리를 틀고, 피기 전 온갖 힘을 다하던 시간이 있었기에 인간의 눈에 아름답게 보일 수 있지 않을까요? 총재님, 앞으로도 뜨거운 한여름에 가장 조용하게, 가장 강열하게 피는 해바라기같이 세상을 이겨보시길.'

"누구나 봉사할 수 있음으로 누구나 위대해 질수 있다. 봉사하는 데는 학위가 필요한 것도 아니고, 봉사하는 데 주어와 동사가 꼭 일치할 필요도 없다. 오직 자비가 넘치는 마음만 있으면 된다."

- 마틴 루터 킹 목사

선한 사람은 마음에 쌓은 선에서 선을 내고 악한 자는 그 쌓은 악에서 악을 내나니, 이는 마음에 가득한 것을 입으로 말함이니라. (누가복음 6:42)

왼쪽에서 첫 번째 김도경 여성 위원

그림자의 가치를 아십니까?

우리는 보통 경호원을 그림자에 비교한다. 그 이유는 그림자는 태양이나 빛의 반대편, 즉 어두운 곳에 항상 존재하면서 묵묵히 함께하기 때문이다. 만약 그림자가 없다면 태양도 빛도 없다는 반증이기도 하다. 보이지 않는 곳에서 항상 함께하는 존재, 그것이 바로 그림자이다.

우리 연맹에도 그림자 같은 존재가 있다. 그분은 바로 김성기 부총재님이다. 재작년쯤에 김성기 부총재님과 가장 가까운 연맹의 다른 부총재님의 자녀 결혼식이 있었다. 결혼식 날 아무리 둘러보아도 김성기 부총재님이 보이지 않았다. 결혼식 준비도 김성기 부총재님께서 누구보다 앞장서서 도와왔기 때문에 함께 축하해야 될 자리에 김성기 부총재님이 보이지 않아 나는 의아해 했다. 나중에 알고 보니 주차장에서 찾아오는 손님들 주차 관리를 하고 있었다. 다른 사람들은 전부 결혼식장에서 서로 인사하고 사진 찍고 뷔페에서 식사를 하고 있을 때, 김성기 부총재님은 주차장에서 마지막까지 늦게 오는 손님들을 위해 주차 관리와 안내를 하고 있었던 것이다. 나는 그런 김성기 부총재님 모습을 지켜보면서 아래와 같이 여러 가지 많은 생각들이 떠올랐다.

이때뿐이 아니었다. 연맹 행사가 강원도에서 있든지, 충청도에서 있든지, 전라도에서 있든지 간에, 누구보다 가장 일찍 달려와 함께했던 분이 김성기 부총재님이셨다. 하지만 사진에는 없다. 왜일까? 나는 주차 관리하는 김성기 부총재님의 모습에서 그것을 알 수 있었다. 항상 김성기부 총재님이 사진을 찍거나 다른 준비물을 챙기셨다. 그리고 지금의 모습처럼 가장 보이지 않는 곳에서 그림자가 되어 행사를 준비했었다.

김성기 부총재님은 술을 못 드신다. 또한 말보다는 항상 행동으로 보여주시는 분이기 때문에 서로 오랜 시간 깊은 얘기를 한 적이 없었다. 그러다 내가 원광보건대학 경호스포츠과에 강의를 갔다가 김성기 부총재님과 식사를 하면서 그동안 그분이 살아오면서 힘들고 어려웠던 과정과 그것을 극복했던 얘기를 들은 적이 있다. 예전에 사업이 부도가 나서 몇 십억의 빚을 지고 3남매와 단칸방에서 생활했다고 한다. 하지만 그 와중에도 신용 하나로 대인관계를 잘 이끌어 모든 빚을 갚고 자녀들을 모두 대학원 교육까지 가르쳤다고 했다. 그 중 딸 나영이는 현재 나의 제자가 되어 연맹의 수석 사범으로 있으면서 현재 박사과정을 준비 중에 있다.

김성기 부총재님은 연맹의 행사든 봉사활동이든 행사가 있을 때마다 항상 먼저 달려오고 누구보다 먼저 후원과 도움을 주고 계신다. 한 번은 명절을 앞두고 내 통장에 김성기 부총재님으로부터 수십만 원이 입금된 적이 있었다. 내가 그분께 입금한 돈이 무엇이냐고 문의하자 이렇게 말씀하셨다.

“찾아뵙지 못해서 죄송합니다. 총재님이 돈이 없지는 않겠지만, 많은 사람을 거느리고 챙기다 보면 정작 자신의 가족을 못 챙길 수도 있습니다. 제가 없어봐서 압니다. 그냥 편하게 사모님과 가족끼리 식사라도 하십시오.”

그 이후로 몇 년간 명절과 특별한 일이 있을 때마다 아무 말씀도 안 하시고 돈을 입금해주고 계시다. 사실 김성기 부총재님의 말씀처럼 사람이 살다 보면 돈이 없을 때가 있다. 특히 명절 등을 앞두고 돈이 없으면 참 힘들다. 이 글을 빌어 감사의 인사를 드린다. 나는 김성기부 총재님을 생각하면서 다음과 같은 말을 하고 싶다.

“태양이 없다면 그림자가 없듯이, 그림자가 없다면 태양 또한 없다는 것이다.”

왼쪽에서 두 번째가 김성기 부총재

손가락으로 바위를 뚫어라!

우리나라에 제일 권위적인 집단이 어디일까? 누구는 법조계를 말하고 나는 무예계를 말한다. 하지만 진실로 제일 권위적인 집단은 교수들이다. 교수들만큼 권위적인 집단도 없을 것이다. 나 또한 그랬다. 운동을 떠나서 말로만 떠드는 권위적인 교수들이 싫었다. 아마도 죄진 사람이 경찰이나 경찰차를 보면 멈춰지는 것처럼, 우리 무술 지도자들은 체육관에서는 누구나 지도자요 종교로 따지면 교주이기 때문에, 나보다 똑똑하고 논리적인 교수들에게서 어쩌면 자격지심을 느꼈는지도 모르겠다. 실전과 말, 그리고 실기와 이론은 다른 것이다. 그런 마음에는 나는 변함이 없다. 하지만 양동선 연맹 상임 부총재님(전남과학대학 무도경호과 학과장)은 나의 그런 생각과 자격지심을 극복하게 해주신 분이자 인생의 은인이다.

학과장님과는 정말 많은 추억들이 있지만, 고졸인 나를 배움의 길로 안내해주시고 대학 강단에 세워주신 분이다. 처음 교수로 임명받기 위하여 전남 곡성의 전남과학대학을 방문하는 날, 교문에 들어서자 어느 청소부 같은 분이 청소를 하며 정문 쪽으로 내려오고 있었다. 그런데 갑자기 양동선 학과장님이 차에서 내리더니 그 청소부한테 인사를 했다. 난 그 모습에서 '역시 학과장님은 대학 청소부에게까지 차에서 내려 인사를 하시니 정말 겸손하신 분이다.'라고 생각했었다. 그런데 내가 청소부인 줄 알았던 바로 그분이 전남과학대학 설립자이자 우리나라 사학의 대부(代父)로 통하는 우암 조영기 이사장님이었다. 조영기 이사장님은 80이 넘은 연세에 한국사학법인연합회장을 맡고 계시면서 4000여 개에 달하는 국내 대학과 사학을 12년째 이끌고 계시는 분이었다.

전남과학대학 정문에는 손가락을 형상화한 동상이 있다. 그 동상은 바로

'손가락으로 바위를 뚫어라!'라는 뜻이다. 중국의 고사에 우공이산(愚公移山)이라는 말이 있다. 어리석은 영감이 산을 옮긴다는 뜻이다. 우공(愚公)이란 사람은 나이가 이미 90세에 가까운데 마을 앞 두 산이 가로막혀 돌아다녀야 하는 불편을 덜고자 산을 옮기기로 한다. 어리석은 일로 보여도 한 가지 일에 매진하여 끝까지 포기하지 않고 노력하면 언젠가는 목적을 달성할 수 있다는 의미다. '손가락으로 바위를 뚫어라!'는 바로 이 우공이산의 묵묵함과 우직함을 뜻하는 것이었다. 나는 감히 조영기 이사장님과 양동선 학과장님의 모습에서 '손가락으로 바위를 뚫는' 이 '우공이산(愚公移山)'의 모습을 보았다. 연맹 행사에 한 번도 빠짐없이 묵묵하게 참석하여 항상 곁을 지켜주신 양동선 학과장님, 나는 그런 양동선 학과장님과 의형제를 맺고 4년째 인연을 이어가고 있다. 나를 배움의 길로 안내해 주시고 나를 대학 강단에 처음으로 설 수 있도록 만들어주신 분, 항상 부족함이 많은 나지만 언제라도 보고 싶다면 인천으로 달려와, 소탈하게 소주나 막걸리를 함께 마셔주시는 분, 나는 그런 양동선 학과장님의 모습에서 손가락으로 바위를 뚫는 우공이산(愚公移山)의 가르침을 받고 있다.

당신의 도전은 아름답습니다

연맹 이영호 부총재님은 서울시 해동검도협회 총관장으로 서울 지역 해동검도의 교육과 보급을 담당하고 있다. 또한 우리 연맹 서울시 경호무술협회 제3대 회장으로서 경호무술의 보급 또한 맡고 계시다. 두 무술 단체의 가장 큰 서울 지역을 맡고 있는 것은 그만큼 능력이 있기 때문일 것이다. 항상 새로운 분야에 도전하는 그의 모습을 보면서 나 또한 많은 것을 배우고 벤치마킹하기도 한다.

한 번은 연맹 나이지리아 지부장인 빌 오프라 조슈아 지부장과 함께 미팅을 하는데 영어를 유창하게 하는 이영호 부총재를 부러워한 적이 있다. 영어를 언제 배웠냐고 물었더니, 아침마다 30분씩 필리핀에서 전화가 와서 영어로 대화를 하는 트레이닝을 한다고 했다. 그렇게 영어 회화 교육을 받는 데 한 달에 5만 원 정도 비용이 들고, 나눈 대화는 홈페이지에 일주일간 저장되어 다시 들을 수도 있다고 했다. 나 또한 소개를 받아 지정된 시간에 30분씩 필리핀에서 오는 전화를 받으면서 영어 회화 트레이이닝을 했었다.

얼마 전에는 쿠팡 티몬 등 소셜커머스를 이용하여 해동검도와 경호무술을 홍보하여 큰 호응을 얻었다. 무예계에서 이처럼 소셜커머스를 이용한 홍보는 최초였다. 그런 만큼 정보화 시대에 정보가 빠르고 그것을 잘 활용하는 분이 이영호 부총재님이다. 또한 국내 무술인으로서는 최초로 스피드스택스, 일명 '컵 쌓기 대회'를 개최하여 청소년의 여가 활동과 레크리에이션 발전에도 많은 기여를 하고 있다. 그러면서 청각 장애인에게 경호무술을 지도하기 위하여 수화를 배운다는 이영호 부총재의 얘기를 듣고 나는 아래 이야기를 생각했다.

몇 차례 대표이사 후보에 올랐다가 번번이 탈락한 한 임원이 자신의 실력과 능력을 근거로 미국 본사에 억울함을 호소했다. 본사의 답변은 뜻밖이었다. 실력과 능력은 탁월하지만, 리더가 되기에는 여러 모로 부족하다는 것이었다. 그는 무엇이 부족했던 것일까. 본사에서 조목조목 짚어준 내용은 이렇다. 유머가 전혀 없고, 직원들에게 인간적인 관심을 보이지 않았다는 점, 그리고 무엇보다 경비 아저씨나 청소하는 아주머니에게 먼저 인사한 적이 없을뿐더러 그들의 인사도 받아주지 않았다는 점이다. 그것이 그가 매번 탈락하는 결정적인 이유였다. 우리보다 훨씬 개인적이고 실력과 효율을 우선시할 것 같은 외국계 금융사의 사례라서 더 놀라웠다. 동서고금을 막론하고 리더에게 필요한 것은 통계보고서를 정확하게 작성하는 능력이 아니라, 모두가 공유할 수 있는 비전을 제시하고 사람을 이끌 수 있는 인간적인 모습이다.

얼마 전 이영호 부총재는 수화 관련 자격증을 취득했고, 4년째 매주 월요일 청각 장애인들에게 경호무술과 해동검도를 가르치고 있다. 나는 그런 그의 모습에서 리더의 인간적인 모습을 보았다. 다음은 나와 이영호 부총재와의 사이에 있었던 일화이다.

이영호 부총재는 협회 행사 때문에 토, 일요일은 항상 바쁘고 나 또한 연맹 행사로 바쁘다 보니, 우리는 만날 일이 있을 때는 항상 평일에 만난다. 이영호 부총재의 도장이 끝나는 시간이 9~10시 정도여서, 서울 잠실에서 연맹 본부가 있는 인천에 오면 밤 11시 정도가 되어 늦은 시간에 만나게 되었다. 그렇게 우리는 밤 11시에 만나 여러 업무 관련 일을 마치고 술을 마시는데, 그러다 보니 몇 차에 거쳐 새벽 5시까지 술을 마시게 되었다. 이영호 부총재는 평소 술을 마시지 않기 때문에 멀쩡했고 나는 술에 취했었다. 내가 술이 센 편이라 웬만하면 술에 취하지 않는데, 이상하게 그날은 술에 취해 이영호 부총재에게 실수를 했다. 내가 술에 취해 "너 누구냐?" 하면서 휘청거리며 주먹을 휘둘렀다고 한다. 나는 생각나지 않지만 함께 동석했던 사람이 다음날 얘기해줘서 알았다. 나는 다음날 이영호 부총재의 전화를 받고 쥐구멍이라도 들어가고 싶은 심정이었다.

"총재님, 어제는 술이 과하신 것 같습니다. 저는 술을 마시지는 않지만 웬만하면 술자리에서 먼저 일어나지 않습니다, 하지만 어제는 총재님에게 맞아죽을 것 같아 먼저 일어났습니다. 죄송합니다."

전화를 끊고 나는 부끄러운 생각에 얼굴이 달아올랐다. 이영호 부총재님도 평생을 운동과 무술을 수련하신 분이다. 그런 입장에서는 아마도 화가 많이 났을 것이고 다음날 전화에서도 화도 낼 만한데, "총재님에게 맞아죽을 것 같아서"라는 말이 나를 한없이 부끄럽게 만들었다. 이영호 부총재님의 상대에 대한 배려의 마음이 느껴졌다. 이영호 부총재님은 나보다 나이가 많기 때문에 그 마음은 더했다. 상대를 배려할 줄 아는 마음, 청각 장애인들에게 무술을 지도하는 따뜻함, 그리고 항상 새로운 분야에 도전하는 도전정신, 나는 그런 이영호 부총재님에게 한 마디 하고 싶다.

"당신의 도전은 아름답습니다."

그러면서 하루하루 최선을 다해 살아가는 이영호 부총재님의 모습을 생각하며 중국 송나라 때『벽암록』의 한 구절을 떠올려본다.

"어제는 지나간 오늘이요
내일은 다가오는 오늘이다.
그러므로 오늘 하루하루를
이 삶의 전부로 느끼며 살아가야 한다. "

- 중국 송나라 때『벽암록』중

명리 진짜 이야기
병천

너무 큰 것은 형상이 없다

영국 옥스퍼드 대학 내부에 1600년대 초에 세워진 건물 하나가 있었다. 그런데 350년이라는 세월이 흐르자 그 건물 천장의 들보들이 썩어가기 시작했다. 참나무로 된 들보가 제 수명을 다한 것이었다.

대학 관계자들은 이 문제를 놓고 상의했다.

놀랍게도 의논 도중 그들은 새로운 사실을 알게 되었다. 당시 그 건물의 건축 책임자가 훗날 들보가 썩을 것을 미리 알고 대비하여 대학의 특정 장소에 참나무를 심고 잘 유지하도록 부탁해 놓았다는 것이다. 그 부탁은 역대 삼림감독관을 통해 충실히 지켜졌고 그 결과 대학 한쪽에는 잘 자란 참나무숲이 보존될 수 있었다.

연맹에 경기도 협회장을 임명할 때 내가 그 건축 책임자의 마음이었다. 전국에 16개 시·도 지부가 있지만 경기도가 제일 크기 때문이기도 하다. 사단법인 국제경호무술연맹 경기도협회 회장 조범기, 그가 바로 나에게는 옥스퍼드 대학의 참나무이다.

경기도 이천 쪽에 가면 '부악체육관'이라는 상호를 흔히 볼 수 있다, 그가 총관장으로 있는 명문 도장이다. 이천에 있는 설봉산은 원래 부악산이라고 불렸다고 한다. 그래서 부악체육관이고 부악체육관은 이천 지역에서 명문으로 통한다. 이천시생활체육합기도연합회장, 아세아항공문전학교 항공보안학부 교수, 경호무술경기도협회장 그를 가리키는 지시어는 숱하게 많지만 나는 그를 단 하나로 정의한다. '무도인'

가끔 만나 술을 마실 때 말하곤 한다. “회장님, 아니 나랑 형님동생 합시다.” 나보다도 연상인 그지만 한 번도 나의 부탁을 받아주지 않고 항상 존대를 한다. 그를 만날 때는 항상 아내가 함께 해서 술을 많이 권하지도 못한다. 어쩌면 그것이 그의 작전인지도 모르지만 그런 것들이 더 믿음이 가고 형님 같다는 생각을 갖게 한다. 그를 보다 보면 노자(老子)의 말이 생각난다.

“너무 큰 음은 소리로 안 들리고 너무 큰 상은 형이 없다.”

인간의 귀는 ‘큰소리’를 들을 수 없고, 인간의 눈은 ‘큰 형상’을 볼 수 없다. 그러니 인간의 머리로는 ‘큰 지혜’를 알아듣지 못한다.

크게 충만한 것은 빈 것과 같다. 그러나 그것의 작용은 다함이 없다. 크게 곧은 것은 굽는 것과 같고 뛰어난 기교는 졸렬한 것과 같고 뛰어난 말솜씨는 어눌한 것과 같다.

조범기 부총재, 그는 어눌한 것 같지만 나에게 삶에 지혜를 가르쳐 주는 사람이다.

이 글을 빌어 그에게 한마디 한다.

“형님, 이제 나 동생 해줘라.”

제일 왼쪽 조범기 회장

합기도의 통합과 발전을 기원하며

얼마 전 대한민국 합기도계가 술렁였다. 합기도의 대한체육회 인정단체 취소가 결정되고 한국의 합기도(HAPKIDO)와 일본의 아이기도(AIKIDO)가 합기도(合氣道)라는 명칭 싸움에 휘말리고 있기 때문이다. 대한체육회 인정단체 취소는 어쩌면 예견되었던 결과일 수도 있다. 진정성과 통합, 그리고 대표성을 잃은 통합 단체에 대한체육회에서는 합기도의 대표성을 인정할 수 없기 때문일 것이다. 통합단체 대표 간 서로 고소 고발로 인하여 진정성을 잃었고, 참여한 법인 단체들이 전부 해산하고 한 단체로 통합하기로 한 약속도 이루어지지 않았다. 또 가장 중요한 것은 합기도 메이저 단체들이 불참하고 단체가 둘로 쪼개져서 대표성을 잃었기 때문이다.

이런 중요한 시기에 합기도의 통합과 세계화를 추구하는 사단법인 대한민국 합기도협회가 발족했다. 회장은 연맹 부총재로 재직 중인 대림대학 최방호 교수님이시다. 최방호 교수님은 중앙체육관 총관장으로 합기도와 국술 지관을 20여 개 가까이 배출한 정통 무술인이시다. 또한 북미와 유럽 지역에 여러 번의 순회 시범을 했고, 그로 인해 그 지역에서는 '합기도의 그랜드 마스터'로 알려져 있다.

내가 도복 하나 둘러메고 전국을 다니다 평촌 '승용체육관'에서 경호무술을 지도할 때 최경순 관장님의 소개로 최방호 총관장님을 만나게 되었다. 그 당시 나는 연맹도 문을 닫았고 도장도 없는, 말 그대로 국제경호무술연맹 타이틀만 가지고 전국을 다니며 경호무술을 보급하던 어려운 시기였다. 그때 나는 최경순 관장님의 도장에서 최경순 관장님과 함께 돼지 사료로 쓰이던 유효 기간이 지난 라면을 기증받아 끼니를 때우면서 숙식을 해결했었다. 하지만 그 당시 최방호 총관장님은 중앙체육관이라는 자신의 제자들로 이루어진 지관이 20여 개 가까이 되었으며, 생활체육 군포시 합기도연합회 회장으로 활동하고 있었다. 몇 번 심사에 초대하여 참여하며 교류를 하다가 나는 최방호 총관장님을 연맹 부총재로 영입하게 되었다. 내가 힘들고 어려운 시기였기에 최방호 총관장님 같은 분이 연맹 부총재로 있는 것이 우리 연맹과 나에게 큰 힘과 도움이 되었다.

그렇게 최방호 부총재님과 인연을 맺은 지 이제 15년 가까이 되어간다. 그 15년이라는 세월을 생각하면서 최방호 부총재님을 떠올리면 나는 오래전에 읽었던 그리스로마신화 중 오비디우스의 『변신 이야기』라는 책이 생각났다. 물론 책 내용을 얼핏 보기에는 그저 인간이나 신이 동식물, 무생물로 변했다고 해서 변신 이야기라고 생각할 수도 있지만, 이 세상에 변하지 않는 것은 없다. 나 또한 어제와 오늘이 다르고, 오늘의 나와 내일의 내가 또 다를 것이다. 한 순간 한 순간을 놓고 보면 매번 다른 게 인간이다.

누구는 그런 변신을 겪으면서 유충에서 번데기로, 번데기에서 다시 나비가 되어 하늘을 날아오르지만, 그런 변신에 성공한 사람은 우리 사회에 그리 많지 않다. 하지만 그런 변신에 성공한 사람이 바로 최방호 부총재님이시다. 최방호 부총재님은 중앙체육관 관장부터 시작하여 중앙체육관을 20여 개 가까이 오픈하여 명문 도장으로 발전시킨 후, 모든 체육관을 제자들에게 물려주고는 대림대학 사회체육과 외래강사로 시작하여 체육학 박사학위를 취득하고 전임교수가 되었다. 또한 사단법인 대한호국무예 합기도협회 사무총장을 역임하다 회장에 취임한 후, 이제는 합기도의 통합과 세계화를 추구하면서 사단법인 대한민국 합기도협회 회장에 취임했다.

그런 변신과 발전에 성공한 최방호 부총재님에게 진심으로 축하의 인사를 드린다. 나 또한 경호무술을 창시하기 이전에 합기도를 가장 많이 수련한 합기도인의 한 사람으로서 누구보다 더 큰 기쁨을 느끼며, 사단법인 대한민국 합기도협회 자문위원장으로서 최방호 회장님을 최대한 도울 예정이다. 이렇게 연맹의 많은 분들이 점점 변화하면서 발전해 나가는 모습을 볼 때마다 나는 말하고 싶다.

"이러한 모든 것들이 바로 우리 연맹의 발전이자 나에게도 영광스러운 일입니다."

사단법인 대한민국 합기도협회와 최방호 회장님의 앞날에 발전과 행운이 있으시기를 기원합니다.

불가능에 어퍼컷을 날리다

오래간만에 연맹 부총재로 있으면서 육군 82** 부대 대대장인 이재권 중령을 만나기 위해 부대를 방문한 적이 있다. 이재권 중령은 나와는 호형호제하는 사이로, 가끔씩 만나 회포를 푼다. 이날도 회포를 풀기 위하여 소주를 한 잔 하러 가는데, 이재권 부총재가 나에게 얘기했다.

"이 총재, 오늘은 내가 멋진 사업가 한 분을 소개해줄게, 아마 사귀면 연맹에도 많은 도움이 될 거야. 프로권투 출신 사업가이고 부천에서 생활체육회 이사로도 활동 중인 스포츠맨이라네."

나는 그렇게 이날 천지웅 정원호 대표를 소개받았다. 스포츠맨들은 한번 사람을 사귀면 간과 쓸개를 빼줄 정도로 호탕하다. 하지만 그러기 전까지 경계도 심하고 보이지 않는 힘겨루기를 하는데, 특히 무술 종목은 그것이 더 심했다. 이때 처음 만난 정원호 대표가 그랬다. 나중에 안 사실이지만 정원호 대표는 내가 총재라는 직함에 비해 나이가 상당히 젊어보이는 데다 생각했던 것보다 덩치가 너무 커서, 은근히 술로 한번 이겨보겠다는 오기가 생겼다고 한다. 하지만 내가 술은 좀 마시는 편이라 새벽까지 함께한 사람들과 대작하면서 한 치의 흐트러짐 없는 나의 모습을 보고 믿음이 가 이때부터 마음을 열었다고 한다.

이때부터 정원호 대표와 인연을 맺고 그의 스포츠와 생활체육에 대한 열정에 반하여 연맹 부총재로 활동해줄 것을 부탁했고, 정원호 대표는 흔쾌히 승낙했다. 이후 부총재로 임명하고 나서 정원호 부총재가 내게 임원 주소를 부탁해서 주소를 보내주었는데, 며칠 후 연맹 임원들로부터 전화가 왔다.

"총재님, 세심한 배려에 감사합니다. 앞으로 연맹의 발전을 위하여 이 한 몸 분골쇄신하겠습니다."

거의 모든 임원들에게서 비슷한 전화와 문자가 왔다. 이유를 알아보니 정원호 부총재님이 건강식품을 제조, 판매, 유통하는 회사를 하시는데, 주소를 보내준 연맹 모든 임원 분들에게 내가 임원 분들에게 보내는 안부편지와 함께 건강식품을 보냈던 것이다. 물론 나는 다시 모든 임원 분들에게 문자를 보냈다.

"이번에 보내드린 선물은 금번에 새로 임명된 정원호 부총재님이 임원 분들에게 신임 부총재로서 인사로 보내주신 것입니다. 정원호 부총재님께 감사의 전화나 문자 부탁드립니다."

이때의 일은 연맹 임원님들께 소속감과 자부심을 갖는 계기가 되었으며, 연맹과 나 그리고 정원호 부총재님이 함께 빛나는 일이 되었다. 나는 그때 생각했다.

'사업은 이렇게 하는 것이구나!'

정원호 부총재는 16세부터 취미로 시작한 복싱에 흥미를 느꼈고, 2년 후부터는 7년간 프로복서로 활동했다. 운동신경이 좋다고 평가받은 그의 전적은 17전 4무 3패로, 원정 경기를 갔을 때 KO승이 아니면 상대에게 압도적이었을지라도 늘 무승부를 주곤 했다는 점을 감안해도 우수했다. 그러나 프로모터가 없어 대전 상대를 고를 수도 없었고, 상대 선수의 대타로 뛰기도 했다. 아쉬움 속에 선수 생활을 접은 정 부총재는 플라스틱 제조 공장을 시작했고 단란한 가정을 꾸렸다. 우직함과 성실함으로 4년 만에 20억의 수익을 올렸지만 호사다마였을까. 그가 믿었던 사람에게 어음만 받고 물건을 주었다가 4개월 만에 전 재산을 잃고 4억의 빚이 생겼다. 억울했지만 정 대표는 굳건하게 다시 일어났다. 2003년경 정 부총재는 건강식품 전문회사인 '천지웅'을 설립했다.

창업 전에 18년이 넘도록 건강식품 업계에서 유통업을 담당하며 사람을 파악한 것이 밑바탕이 되어, 그 결과 현재의 체계를 잡은 지 단 5년 만에 천지웅은 8명의 직원으로 연매출 10억을 달성하여 화제를 모으기도 했다. 사업에서 성공을 거두는 동안에도 정 부총재는 부천시 오정구 축구협회 부회장과 회장에 연달아 선출되는 등 스포츠 사랑을 지속해왔다.

지역사회를 위해 한 번 봉사하겠다는 마음으로 시작한 스포츠와 봉사에는 특히 어려운 환경에 처한 청소년들에게 장학금을 주고 경험을 토대로 선도하는 정원호 부총재가 적임자였다. 이외에도 부천시 생활체육과 이사, 한국범죄퇴치 운동본부 범죄예방 위원, 한국청소년육성회 오정구 지회장을 맡으며 경찰들과 친분을 얻어 경찰체포술 연구원 상임 연구원으로 활동하고, 부천시 복싱연합회 회장에 선출되기도 했다.

이렇듯 선수와 지도자를 거쳐 사업에도 성공한 정원호 부총재는 '부천의 일꾼'으로 인정받아 2013년 12월 5일 국회 헌정기념관에서 '자랑스러운 한국인상' 체육대상을 수상했다. 나는 그런 정원호 부총재가 연맹의 임원이라는 것이 자랑스럽다. 상대의 펀치에 쓰러졌다가 공이 울리기 전에 당당히 일어서는 복서의 모습은 영원한 감동을 준다. 비록 인생의 첫 단추를 제대로 꿰기가 어려웠어도, 7전 8기로 일어서는 이야기를 완성하는 한 전직 복서의 성공담도 그러하다. 유년기와 청년기의 못 다한 꿈을 사업과 사회 활동을 통해 이루어가는 천지웅의 정원호 대표는 진정한 인생의 승리자이다.

일곱 번 넘어지고 여덟 번 일어나다

연극배우 출신의 탤런트 김명수 씨, 우리 국제경호무술연맹의 홍보대사이다. 내 개인적으로는 의형제를 맺고 형님 동생 하고 있다. 김명수 씨를 경호무술 홍보대사로 위촉하기 위하여 처음 만났을 때 김명수 씨는 이런 말을 했었다.

"형식적인 홍보대사가 아니라 앞으로 경호무술의 홍보와 발전에 최선을 다하겠습니다. 앞으로 연맹 행사에도 최대한 참석하도록 노력하겠습니다."

그러면서 우리는 밤이 새도록 술을 마셨고, 첫 만남이었지만 서로 뜻을 같이 하여 의형제를 맺었다. 이후 명수 형은 말씀처럼 연맹 일이 있을 때마다 바쁜 촬영 일정 속에도 참석해주셨다. 연맹 임원의 애경사에는 형수님과 조카들까지 가족동반으로 참석했고, 연맹 행사가 있을 때는 촬영이 끝나고 늦게라도 참석해주셨다. 내가 경호 일을 해오다 보니 많은 연예인들을 봐왔지만 명수 형같이 소탈하고 진솔한 연예인은 처음이었다.

한 번은 함께 술을 마시다 명수 형이 약속이 있다면서 먼저 일어났고, 나는 자리가 파한 후 명수 형이 있는 곳으로 향했다. 도착해보니 대학로 호프집에서 연극 후배들을 불러놓고 치킨과 생맥주를 사주고 있었다. 그러면서 명수 형은 후배들에게 얘기했다.

"나는 항상 내 인생에 감사한 마음을 갖고 있다. 내가 사랑하는 일을 한다는 것에 감사하고, 내가 크게 돈을 벌지는 않지만 이렇게 후배들에게 가끔씩이라도 술을 사줄 수 있는 것에 감사한다."

그러면서 덧붙였다.

"사실 연기를 하다보면 맡은 배역이 마음에 들지 않을 때가 있다. 하지만 내가 마음에 들지 않는 배역을 내가 더 사랑하고 그것을 잘 소화해 낼 때 어쩌면 더 큰 행복을 느끼는 것 같다. 성공하는 사람은 자신이 좋아하는 일을 하는 사람이 아니라 내가 지금 하고 있는 일을 좋아하는 사람이듯이, 진정한 연기자는 내가 좋아하는 배역보단 내가 더 하기 싫은 배역을 잘 소화하는 사람이다."

그런 얘기를 하는 명수 형님의 모습에서 소탈함과 진정한 프로 정신을 느꼈다. 얼마 전에는 '광개토대왕'에서 황회 대장군 역을 맡게 되었다면서, 창술 잘하는 사람 있으면 소개시켜 달라고 부탁했다. 무술 연기는 대역들이 다 하지만, 그래도 당신이 어느 정도는 수련해야 연기에 도움이 될 것 같다는 것이다. 우리가 연예인들을 보면 그들의 화려함만 보게 되지만, 사실 그 화려함과 성공 뒤에는 더 많은 노력과 실패가 있었다는 것을 알아야 한다. 명수 형과 가끔 술자리를 하다 보면, 그동안의 성공 뒤에는 그것보다 더 많은 실패가 있었다는 것을 깨닫게 해준다. 그러면서 긍정적인 생각이야말로 그 실패들을 극복한 원동력이라는 생각을 갖게 해준다. 나는 명수 형을 생각할 때마다 미국의 복서 플로이드 페터슨이 한 말이 생각난다. 플로이드 페터슨은 요한슨과 경기에서 1라운드에 7번이나 넉 다운되었다고 한다. 그러나 그는 경기 후 다음과 같은 유명한 말을 남겼다.

"남들은 나를 가장 많이 넉 다운 당한 복서라고 부르지만, 나는 가장 많이 일어선 복서이기도 하다."

성(城)은 쌓는 것보다 지키는 것이 중요하다

연맹의 이사들 중에는 나와 개인적으로 호형호제하는 동생들이 많이 있다. 경호 회사를 운영하는 동생도 있고, 체육관을 운영하는 동생도 있으며, 그리고 대학교수로 활동하는 동생도 있다. 그들과는 힘든 시기부터 지금까지 함께해오고 있다. 얼마 전 나는 금요일 저녁 10시쯤에 연맹의 이사이면서 동생들인 그들에게 문자를 보냈다.

"사랑하는 동생들과의 모임(이사회) 내일 오후 3시."

하루 전, 그것도 저녁 10시가 넘은 시간에 문자를 보냈기 때문에 나는 많은 이사들이 불참할 것으로 생각하고 크게 기대를 하지 않았었다. 다음날 아침 문자를 한 번 더 보냈다. 한 25명 정도에게 문자를 보냈던 것 같다. 그리고 나는 다음날 오후 3시에 집합 장소인 '갈매기의 꿈'이라는 막걸리 집에서 그들을 기다렸다. 그냥 몇 명이 오면 함께 막걸리나 마실 생각이었다.

그런데 약속시간이 되자 한 명 한 명 도착하거나 전화가 오기 시작했다. 울산에서도 오고 전주에서도 오고 대구에서도 왔다. 그렇게 20명 가까이 모였다. 난 내색은 안 했지만 속으로 감동을 받았다. 하루 전, 그것도 저녁 10시에 문자를 보냈는데, 전국에서 연맹 이사이자 동생들이 거의 모두 와주었다. 못 오는 동생들도 꼭 오고 싶었지만 중요한 일 때문에 못 오게 되어 죄송하다는 전화가 왔다. 나는 그런 동생들을 보면서 내가 인생을 잘못 살지는 않았다는 자긍심을 느끼기도 했다. 그들 중에는 내 제자도 있고, 내가 도복 하나 둘러메고 전국을 다닐 때 만난 관장들도 있으며, 그리고 경호업무 때문에 인연을 맺은 경호 회사의 대표들도 있다. 우리 연맹에는 많은 임원들이 있지만, 어떤 면에서는 바로 그들이 '경호무술을 움직이는 사람들'이자 연맹을 이끌어가는 젊은 리더라고 나는 자랑스럽게 말할 수 있다.

위대한 업적은 결코 혼자 만들어지는 것이 아니다. 또한 위대한 업적을 이루었다면 그 업적을 지키고 이어가는 것 또한 중요하다. 지금의 연맹이 있기까지 많은 분들의 땀과 노력이 있었다면, 앞으로 그것을 지키고 이어가는 것은 바로 그들, 내 동생들의 몫인 것 같다. 성(城)은 쌓는 것이 중요한 것이 아니라 지키는 것이 중요한 것이다. 또한 지키는 것 못지않게 더 중요한 것은 그 성 안에 있는 모든 사람들이 함께 같은 뜻을 가지고 생사(生死)를 같이 하는 것이다.

나는 이번에 『도복 하나 둘러메고』라는 나의 두 번째 책을 낸다. 책에는 경호무술 발전에 함께했던 많은 분들과의 소중한 추억들도 포함되어 있다. 나는 동생들과의 모임에서 연맹 이사이자 동생인 그들에게 얘기했다.

"이번 책에 여러분 모두와의 소중한 추억을 소중하게 담으려 했지만, 모두의 얘기를 싣지 못했습니다. 중요한 것은 여러분들이 내 책에 쓰이는 것보단, 여러분들이 꿈을 이룬 후 여러분들이 쓰는 책에 나와 했던 소중한 추억을 써주시기 바랍니다. 위대한 업적은 이루는 것보단 이어가는 것이 더 중요합니다. 또한 빨리 가려면 혼자 가고, 멀리 가려면 함께 가라는 말처럼, 우리 함께 천천히 지킬 것을 지키며 멀리 갔으면 합니다."

그리고 나는 동생들과 밤이 새도록 막걸리를 마셨다.

카자흐스탄 연재기 1

[해외활동 수기] 카자흐스탄 국제사범 조백종

조백종 부총재는 국제사범이라는 호칭을 좋아한다. 미국에서 수년간 합기도를 보급하다 이제 조백종 국제사범은 카자흐스탄에서 전국을 순회하면서 경호무술을 보급하고 있다. 그의 이런 해외활동 수기를 회원들에게 소개하고자 《경호무술신문》에 연재 형식으로 다룬다.

한국을 떠나 머나먼 카자흐스탄에 도착한 지 6개월이 되었다. 모든 것이 낯설고 서먹하던 시간이었지만, 그런 외로움조차도 사나이들의 우렁찬 기합소리에 다 묻히는 듯, 이제 나는 인종의 벽을 넘어 서서히 동양 무술의 신비로움을, 한국의 문화를 카자흐스탄에 보급하면서, 어느새 나도 모르게 소주보다는 보드카를 마시며 내가 카자흐스탄 문화에 익숙해짐을 느낀다.

한국에 갈 때마다 이재영 총재님과 밤새 술을 마시며 대작으로 밤을 새지만, 이번 5월에 방문했을 때는 초저녁에 도망(?)왔다. 항상 총재님을 뵐 때마다 진한 인간미를 느끼지만, 술로는 도저히 당할 수가 없어 1차에서 간단히 파하고 아쉬움을 뒤로 한 채 돌아오는 발걸음이 무척이나 무거웠다. 총재님의 부탁으로 해외활동 사항들을 연재해 달라는 말씀이 있으셔서 부족한 글솜씨나마 연맹의 발전을 바라는 마음에서 펜을 든다.

내가 해외에 다니면서 가장 안타까운 것은 해외에서는 유명한 자랑스러운 한국인들이 오히려 국내에서는 그 가치조차 평가가 되지 않고 있다는 것이다. 이곳 카자흐스탄에도 그런 분 중에 하나인 자랑스러운 한국인 홍범도 장군이 있다. 홍범도 장군은 조선의 독립을 위해 목숨을 바쳐 김좌진 장군의 청산리 대첩과 견줄 봉오동 전투를 승리로 이끄신 역사적인 인물이지만, 지금껏 그 누구도 관심을 가지지 않은 인물이다. 왜? 그분의 유해가 이곳 카자흐스탄 크즐오르다에 외로이 묻혀 있어야 하나! 우리 대한민국과는 너무도 머나먼 곳이기에, 아마 대한민국 국민들은 홍범도 장군을 잘 알지 못할 것이다.

우리도 모르게 이곳 카자흐스탄 크즐오르다에 외로이 묻혀 있지만, 카자흐스탄에서는 홍범도 장군의 동상과 비석을 만들어 그분의 업적을 기리고 있다. 정말 부끄러운 일이 아닐 수 없다. 나는 오늘 홍범도 장군을 만나러 왔다. 참배를 하면서 우리 무술인이 본받아야 할 역사적으로 위대한 장군님을 우리가 너무도 소홀히 생각했었던 것 같다는 반성을 해본다.

우리는 과연 무엇을 위해 지금 무술을 수련하는 것일까? 이 물음에 쉽게 대답할 수 있는 사범이 얼마나 될 수 있을지 의문스럽다. 이것은 우리의 숙제로 남겨두고자 한다.

파란만장했던 홍범도 장군님의 이야기는 다음 호에 연재하겠습니다.

카자흐스탄에서

국제경호무술연맹 국제사범 조백종

카자흐스탄 연재기 2

[해외활동 수기] 카자흐스탄 국제사범 조백종

우리는 카자흐스탄 북쪽 카라간다에서 남쪽에 위치한 크즐오르다로 가기 위해 만반의 준비를 해야만 했다. 기차 안에서 식사와 간식거리를 모두 해결해야 하는 관계로 이것저것 필요한 물품을 준비해서 기차에 올라야 한다. 왜냐하면 대한민국처럼 기차 타고 서너 시간에 갈 만한 거리가 아니기 때문이다. 카자흐스탄의 광활한 대륙은 무한한 그 무엇인가를 느끼게 한다. 여기 카라간다 직원들이 새벽 환송회를 하며 아주 먼 길이라며 보드카를 정겹게 마구 건넨다. 그래야 기차에서 잠이 잘 온다며.

드디어 새벽 2시에 크즐오르다 행 기차에 몸을 실었다. 일단 몸이 피곤하니 서둘러 침대를 펴고 매트를 깔고 잠자리에 들 준비를 한다. 가볍게 시원한 카라간다 산 생맥주 1L 정도 나눠 마시고 누우니 잠도 잘 온다. 크즐오르다까지는 기차로 30시간을 가야 하는 멀고도 먼 길이다. 이틀 밤을 기차에서 보내야 한다. 처음에는 정말 많이 놀랐는데, 이제 그 정도 시간은 그리 길다는 느낌을 갖지 않는다. 거대한 대륙에 익숙해져 있어서 그런지 몰라도, 한국과는 다르게 기차가 한 번 정차하면 큰 역은 20분에서 30분 정도 정차하고(물차가 와서 물 공급도 하고 기차 길에서 상인들이 새벽 시간인데도 배고픈 이들을 위해서 길에 나와서 장사를 한다) 작은 역은 1분 정도 머무르다 떠난다.

하룻밤을 기차에서 보내고 아침을 해결하고자 컵라면에 물을 받기 위해 석탄으로 물을 데우는, 우리나라로 치면 정수기라고 해야 할까? 하여튼 처음 보는 광경에 신기했다. 식사를 마치고 기차 복도에 나와 바깥 경치구경 좀 하고 있는데 낯선 사나이가 말을 건넨다. "아트크다 브이라고?" 우리말로 하면 "당신 어디에서 왔소?"라고 묻는 것이다. 난 "야이즈 까레이."라고 말하면서 자연스레 대화가 이어진다. 처음 보는데 친근감 있게 말도 잘 시킨다. 내가 합기도, 경호무술 마스터 조라고 소개하자, 자기는 카자흐스탄 타시켄트라는 도시에서 복싱을 했다고 한다. 나에게 크즐오르다는 왜 가냐고 물어온다. 그곳에서 합기도와 경호무술 세미나가 있어서 간다고 하니 경호무술이 뭐냐고 한다. 처음 듣는 무술 이름에 호기심이 느껴진 듯하다.

존경하는 이재영 총재님이 강조하시는 '상대와 겨루지 않는다. 상대와 맞서지 않는다. 상대를 끝까지 배려한다' , 이 세 가지를 설명하기 위해 한참을 어렵게 이야기해야만 했다. 그 친구는 얘기를 다 듣고 나서 정말 좋은 무술이라며 칭찬을 한참 동안 했다. 경호무술을 지도하는 국제경호무술연맹 사범으로서 무한한 자긍심과 경호무술을 할 수 있도록 도와주시고 이끌어주신 이재영 총재님께 다시 한 번 깊은 감사를 드린다.

이곳 기차는 실내에서 장사도 한다. 여러 가지 전통 물건들도 팔고 하는 것이 조금은 색달랐다. 그 친구가 기념으로 카자흐스탄 전통 모자를 선물로 주고 싶다며 하나를 사서 건넨다. 기분이 좋았다.

혹시 몇 해 전인가 TV에서 '주몽' 이라는 드라마를 보았다. 아마도 고구려를 건국하기 전 이야기인 듯싶다. 부여라는 나라의 주몽이 소금을 구하기 위해 옥저 땅을 지나 고산국에 있는 소금 산을 향해 떠난다. 고산국은 몽고를 지나서 있기에 지금의 카자흐스탄이라는 이야기를 이곳 사람들은 많이들 한다. 이곳 카자흐스탄은 높은 산이 많다. 보통 해발 4000m 정도에서 6000-7000m 정도 되고 한여름에도 눈이 녹지 않는 만년설이 대부분이다. 기차 타고 가다 보면 하얗게 눈처럼 보이는 것이 참으로 많다. 그것이 바로 소금이란다. 어떻게 바다가 아닌 광활한 대륙에 소금이라니. 바다가 전혀 없는 땅에 소금이라니. 참 자연의 위대함이 다시 한 번 느껴지고 신기하기도 하고, 하여튼 놀라울 따름이다.

그 옛날 지금 비행기 타고도 먼 거리를 걸어서 이렇게도 먼 곳까지 찾아다닌다는 것이 보통사람이라면 해낼 수 있었을까? 참으로 힘들었을 것이다. 주몽 대장군도 우리와 같은 무술인이었기에 가능하지 않았나 싶다. 우리 경호무술 사범님들도 지금 힘들고 어려운 시기를 겪고 있을 것이다. 모든 사범님들도 이 역경과 고비를 잘 참고 이겨내어 멋진 결과를 얻어내길 기원해본다.

어느덧 기차는 장장 30시간을 달려 크즐오르다에 서서히 다다른다. 침대를 정리하고 이불을 정리해서 승무원에게 건네고 드디어 하차했다. 아침 9시 정도 된 것 같다. 카라간다는 북쪽에 자리해서 많이 추운데, 이곳 크즐오르다는 남쪽에 있어서 그런지 날씨가 많이 더웠다. 바로 옆이 우즈베키스탄이라는, 우리에게 익숙한 나라다. 이번 기사는 카라간다에서 크즐오르다까지 오는 기차 여행을 정리했다.

정말이지 좋은 글을 남기고 싶지만, 나 자신이 소설가가 아닌 이유로 내가 느낀 그대로의 느낌을 여러 사범님들께 전하고 싶은 마음에, 부족하지만 이해를 바라며 오늘은 여기서 마칠까 한다.

카자흐스탄에서

국제경호무술연맹 국제사범 조백종

현재 조백종 사범은 카자스흐탄에 경호무술협회 설립, 카자흐스탄 경호무술 역사에 한 획을 그었으며, 한국으로 입국하여 연맹 중앙본부 부총재로 재직하면서 평택에서 경호무술 도장을 열어 경호무술을 보급하고 있다.

스승 같은 제자 '금산의 꿈, 금산의 희망'

연맹을 이끌면서 많은 사람을 만나고 많은 제자들을 배출하다 보면, 어떤 때는 내가 그의 제자 같은, 스승 같은 제자를 만나기도 한다. 우리 연맹 충남 지부 사무국장인 박시훈 관장이 나에게는 그런 스승 같은 제자이다. 나는 사제지간의 관계를 떠나 박시훈 관장 그의 삶의 태도를 존경한다. 그는 특히 연맹에서 사회봉사를 할 때면 누구보다 앞장서서 달려온다. 한 번은 내가 이사장으로 있는 한국범죄퇴치운동본부(ASS)에서 익산에 있는 '사회복지법인 국제원'과 자매결연을 맺으면서 '장애우 돕기' 행사를 개최한 적이 있다.

행사 전에 우리는 후원비를 미리 걷었기 때문에 행사 날에는 쌀과 후원 물품 전달, 그리고 자매결연 행사가 예정되어 있었다. 당연히 나를 포함한 모든 참석자들이 정장을 하고 국제원에 도착했다. 그런데 박시훈 관장은 봉고차에서 10여 명의 사범 및 제자들과 함께 운동화에 트레이닝 복을 입고 차에서 내렸다. 나는 그에게 행사장에 왜 트레이닝 복을 입고 왔느냐면서, 아무리 휴일이라도 행사장에는 복장을 갖추어야 한다고 언짢게 얘기했다. 그러자 그가 대답했다.

"인터넷으로 알아보니 국제원이 장애우를 보살펴주는 시설인 것을 알았습니다. 저와 제 제자들이 함께 화장실 청소와 주변 청소를 하려고 합니다. 청소는 저희들에게 시켜주십시오."

그렇게 국제원 주변 청소를 마치고 장애우들과 함께 즐겁게 축구를 하는 그와 그들의 모습에서 나는 오히려 부끄러움을 느꼈다. 박시훈 관장은 그렇게 연맹의 행사나 사회봉사 활동이 있을 때마다 항상 그의 사범 및 제자들을 데려와 궂은일을 도맡아 한다.

"밑바닥 일을 제대로 할 수 있어야 모든 일을 잘할 수 있습니다. 밑바닥

일을 제대로 경험하지 못하면, 나중에 지도자로 성장했을 때 제자들을 통솔하고 가르치기 어렵습니다."

나는 시훈이의 이런 말 속에서 스승 같은 제자의 그릇을 느꼈었다. 나는 그런 그에게 우리 연맹 충남 지부의 실질적인 운영자인 충남경호무술협회 사무국장으로 임명했고, 그는 자신의 고향인 충남 금산에서 충남 경호무술협회 발대식을 개최했다. 그동안 박시훈 관장이 살아온 인생을 증명이나 하듯, 화환을 거절한다는 초청장에도 불구하고 계단부터 충남 지부 사무실까지 화환을 놓지 못할 정도로 꽃밭을 이루었고, 500여 명이 넘는 내외 귀빈들이 참석, 성공적인 발대식을 개최하게 되었다.

더욱 뜻 깊었던 것은, 내가 평소 존경해왔던 사단법인 세계합기유술연맹 박희수 총재님이 참석하셔서 더욱 빛이 났던 일이다. 박희수 총재님은 대한민국 합기도 도주이신 최용술 도주의 직계제로 대한민국 합기도계의 최고 원로 내우를 받으시는 분이고, 나 또한 경호무술을 창시하기 전까지 제일 오래 수련한 무술이 합기도인 데다, 현재까지도 나는 사단법인 대한민국 합기도협회 자문위원장(합기도 공인 9단)으로 활동하고 있기에 무척 영광스러웠다. 박희수 총재님에게 나는 우리 연맹 충남 경호무술협회 발대식에 참석해주셔서 감사하다는 말과 함께 악수를 나누는데 한 말씀 하셨다.

"우리 시훈이를 잘 부탁드립니다."

순간 '우리 시훈이'라는 말이 내 머리를 맴돌았다. 박희수 총재님은 나와 우리 연맹 임원들이 행사를 끝내고 돌아가는 차까지 시훈이와 함께 끝까지 배웅하녕서 "시훈이를 잘 부탁한다."는 말씀을 덧붙였다. 그렇게 배웅하는 박희수 총재님과 시훈이를 뒤로 하고 올라가는 차 안에서 나는 생각했다.

'시훈이가 합기도를 수련했다고 하더니, 박희수 총재님의 제자이구나!'

올라가는 20여 명의 우리 연맹 임원들 차 안에는 금산의 특산물인 인삼이 한 박스씩 실려 있었다. 물론 시훈이가 준비한 선물이었다. 그렇게 다음

행사장으로 향하고 있는 시훈이로부터 전화가 왔다. 내가 먼저 입을 열었다.

“시훈아, 행사가 너무 멋지게 잘 치러져서 고맙다. 그리고 인삼도 고맙고, 귀한 선물, 임원들도 모두 감사하게 생각하고 있다. 앞으로 충남 지역에 경호무술의 역사를 멋지게 써가길 바란다. 그리고 박희수 총재님에게도 참석해주셔서 감사하다는 말씀 전해드려라. 너를 잘 부탁한다는 말씀이 너무나 감사하더구나!”

그러자 시훈이는 너무나 깜짝 놀랄 얘기를 했다.

“총재님, 죄송합니다. 사실은 박희수 총재님이 저의 아버님입니다. 총재님이 여러 가지로 신경쓰실까봐 말씀을 안 드렸습니다. 멀리까지 와주셔서 너무 감사드립니다. 아버님 또한 매우 감사하다는 말씀 전해드리라고 했습니다. 앞으로 항상 초심을 잃지 않고 열심히 노력하겠습니다.”

나는 전화를 마치고 정말 많이 놀랐고, 많은 생각들이 머리를 수치고 지나갔다.

‘어떻게 보면 우리 연맹은 경호무술을 보급하는 무술 단체이다. 박희수 총재님의 세계합기유술연맹과 서로 경쟁하는 무술 단체인 것이다. 아버지가 합기도 단체의 총재인데도 아들은 경호무술 단체의 지부를 맡는 박시훈 국장, 그리고 그것을 허락해주면서 아들을 잘 부탁드린다는 아버지, 나는 형연하기 어려운 감동을 느꼈다.’

히말라야 고원 라다크 사람들의 말 중에는 ‘호랑이의 무늬는 밖에 있고, 사람의 무늬는 안에 있다.’는 말이 있다. 사람마다 고유의 무늬가 있다는 말이다. 섬세하고 아리따운 무늬가 있는가 하면, 선 굵고 터프한 무늬도 있다. ‘나는 박희수 총재님과 박시훈 관장 두 부자의 모습에서 무인의 아름다운 무늬를 보았다.’

이후 박시훈 관장은 금산에 건물을 지어 3층짜리 단독 건물로 경호무술과 합기유술을 보급하면서 충남 지부를 활발하게 운영하고 있으며, ‘(주)박시훈 경호법인'이라는 경호 회사를 창업, 금산의 인삼축제 등 금산, 대전 지역의 많은 경호업무를 도맡아 운영하고 있다. 또한 금산에 무술 종목을 떠나 많은 관장, 무술인들로 구성된 '무술인연합회를'를 조직하여 금산 지역에서 각종 사회봉사 활동을 펼쳐 나가고 있다. 얼마 전에는 바비큐 가든을 금산에 오픈, 요식업 분야까지 진출했다. 나는 가든 오픈식 날 시훈이의 아버님인 박희수 총재님께 정식으로 인사를 드리고 밤새도록 회포를 풀었다. 나는 이때 시훈이에게 경호 사 이름에 어떻게 '(주)박시훈 경호법인'이라고 이름을 넣을 생각을 했냐고 묻자 시훈이는 대답했다.

"경호무술 창시자이신 총재님의 모습을 지켜보면서, 태어나서 제 이름으로 하는 뭔가를 하고 싶었습니다. 제 이름을 걸고 경호 회사를 하면 누구보다도 더 긍지와 자부심을 가질 수 있고, 그만큼 책임감 또한 느끼기 때문입니다."

나는 그렇게 얘기하는 시훈이의 모습에서 아래 글귀를 떠올렸었다.

'일찍 뜻을 세운 사람은 일생 동안 하나의 목표를 견지한다. 하지만 뜻을 세우지 못한 사람은 항상 새로운 목표를 세우느라고 인생을 허비한다.'

주는 것만 보시가 아니라, 잘 받는 것도 보시다

연맹 임원 중 내가 동생처럼 생각하는 임원들이 몇 명 있는데, 그 중에서 경북 포항에서 '연세대 동부태권도장'을 운영하고 있는 김재영 관장은 내가 친동생처럼 생각하는 동생이다. 김재영 관장은 나와 이름이 같아 여러 에피소드도 많이 있다. 그런 김재영 관장은 우리 연맹 경북 경호무술협회 제3대 회장으로 활동하고 있으며, 연맹 중앙본부에는 이사로 재직하고 있다. 그의 체육관은 수련생이 300명이 넘을 정도로 포항 지역에서 성공한 도장으로 알려져 있으며, 현재는 박사과정을 밟고 있을 정도로 항상 최선을 다하는 삶을 살아가고 있다. 나와는 아세아항공전문학교 항공보안학부 자문교수로 함께 활동하고 있다.

항상 전화할 때나 만날 때 익살스러운 말투로 "총재 형님아!" 하고 부르는 그를 볼 때마다 나는 생활의 활력소를 느낀다. 건강이 최고라면서 매달 알로에를 보내주고, 연맹에 올 때마다 차 트렁크에 선물을 한 아름씩 싣고 온다. 나는 그런 것이 고맙고 부담스러워 그러지 말라고 얘기하면 화난 표정으로 그는 말한다.

"내가 형님아에게 이런 것도 못 하냐!"

'나는 그럴 때마다 주는 것만 보시가 아니라, 잘 받는 것도 보시다'라는 생각을 하게 된다.

한번은 내가 연맹 고등학생, 대학생 100명의 회원들과 독도 지킴이를 조직하여 2박 3일의 일정으로 독도 탐방을 간다는 얘기를 듣고, 어떻게 알았는지 묵호항에 재영이가 나타났다. 내가 어떻게 알고 왔냐고 묻자 재영이는 대답했다.

"총재님이 독도를 지키기 위하여 회원들과 함께 가는데 당연히 동생이 달려와야지요. 우리 경북 협회에서 과일을 준비했습니다."

그러면서 회원 100여 명이 먹을 분량의 과일을 차에서 내려주었다. 나는 그런 마음 씀씀이가 고마워 울릉도로 출발하기 전에 배 시간도 많이 남아 있어 묵호항에서 재영이와 코가 삐뚤어지도록 술을 마셨다. 연맹 임원들은 "우리 연맹에는 재영이밖에 없다."는 농담을 하기도 했다(내 이름도 '재영'이기 때문에 연맹 임원들은 나에게 농담을 한 것이었다). 기분이 좋아 술을 얼마나 많이 마셨는지, 나는 묵호항에서 울릉도로 가는 배 안에서 4시간 동안 뱃멀미가 나서 오바이트가 나왔다. 하지만 배 안에는 연맹 고등학생, 대학생 회원들이 나를 보고 있어 멀쩡한 척하려니 그것이 더 힘들었다.

나는 재영이에게 '보고 싶다.'는 말을 잘 하지 않는다. 왜냐하면 한 번은 내가 재영이에게 전화를 하여 "오늘은 왠지 재영이가 보고 싶다."라고 하자 4시간이 지나고 재영이로부터 전화가 왔다.

"총재 형님아! 나 인친이다 어디 있나!"

도장에서 아이들을 가르치다 나의 보고 싶다는 말 한 마디에 교육을 사범에게 맡겨놓고 포항에서 인천까지 4시간에 걸쳐 운전하여 올라온 것이다. 재영이도 내가 보고 싶었는데 마침 전화가 와서 모든 것을 다 미뤄놓고 올라왔다고 했다. 그렇게 나는 재영이와 4박 5일 동안 인천에서 술도 마시고 여행도 하며 많은 대화를 나누었다. 이때 재영이가 했던 말을 나는 힘들 때마다 되새긴다.

"형님아! 총재님 같은 형님이 내 형님이어서 정말로 고맙고 감사하다. 형님아, 항상 믿고 따를 테니, 형님도 지금같이 항상 나의 자랑스러운 형님으로 남아줘라!"

얼마 전 법정 구속되어 힘들었을 때, 모든 것을 제쳐놓고 달려온 재영이. 아무런 말없이 눈에 이슬이 맺힌 재영이. 나는 그런 그의 이 말이 힘들고 외로울 때 나에게는 큰 힘이 되었다.

당신의 최고의 가치는 당신이 독특하다는 데 있다. 남과 다르다는 것이 당신 최고의 경쟁력이다. '넘버 원'보다 더 이 세상이 필요로 하는 사람은 유일무이한 '온리 원(only one)'이다.

"재영아, 너는 나에게 온리 원이다."

- 재영이가 재영이에게

능력보다는 우직함이 아름답다

연맹 일로 항상 주말에는 행사가 있다 보니, 나는 행사가 없는 주말에는 배낭 하나 둘러메고 여행을 떠난다. 여행 중 혹시나 연맹 지부 도장이 있는 곳을 방문할지도 몰라 배낭 안에는 항상 도복을 챙긴다. 여행은 재충전의 시간이 되기도 하지만, 여행을 하면서 느낀 경험담이나 사진들을 연맹 홈페이지와 카페에 '나는 걷는다'라는 제목으로 연재하면서 회원들과 함께 공유하는데, 어쩌면 글과 사진을 올리는 그것이 더 재미있어서 여행에 빠져드는 것 같다(현재 '나는 걷는다'라는 제목으로 출판 준비 중이다).

이날도 주말여행 차 당진으로 가는 버스에서 경치를 감상하고 있는데, 핸드폰으로 입출금 통보 문자가 왔다. 연맹 광주 지부 이재식 회장이 보낸 것이었다. 나는 이재식 관장에게 전화를 했다.

"이 관장, 자격증 신청한 것도 없는데 왜 입금했어?"

"총재님, 카카오스토리 보니 오늘 여행하시는 날이죠. 부족한 성의나마 경비에 보태 쓰세요. 많이 못 보내드려 죄송합니다."

그러면서 덧붙였다.

"광주 쪽으로 여행 한 번 오세요. 오시는 길에 지도자 교육도 하시구요. 제가 광주 지역 관장들 군기를 확실하게 잡아놓겠습니다."

연맹 광주광역시 지부 발대식 때도 3차까지 뒤풀이를 한 후, 이재식 회장이 관장들과 성의를 모았다면서 올라갈 때 경비를 하라고 봉투에 100만 원을 준 기억이 이때 생각났다.

'나는 역시 속물인가 보다. 칭찬은 고래를 춤추게 한다더니, 현금은 나를 설레게 했다.'

나는 그런 이재식 관장의 마음 씀이 고마워 다음 여행은 광주로 갈 거라고 얘기했고, 나는 그렇게 배낭 하나 둘러메고 광주로 여행을 내려갔다. 여행은 총 4박 5일로 계획했고, 광주 지역을 배낭 매고 여행하다 마지막 날 광주 지역 지부 도장 관장들을 상대로 경호무술 지도자 교육 겸 세미나를 개최하기로 했다. 또한 내가 객원교수로 있는 전남과학대학교 경호보안과 양동선 교수님과의 약속도 잡혔다. 광주 지역 무등산과 시내 등 여러 곳을 여행하고 있는데, 하루에도 몇 번씩 이재식 관장에게서 전화가 왔다.

"지금 어디십니까?"

"식사는 하셨습니까?"

아무래도 내가 광주 지역에 있다고 하니 자신이 모시지 못해 부담스러워 하는 눈치였고, 나는 그래서 교육 하루 전 이재식 관장이 운영하는 도장인 '문관경호무술원'을 방문했다. 이재식 관장의 도장 방문은 처음이었다.

항상 연맹 지부도장을 방문할 때마다 나에게 감동을 주는 것은 연맹 마크와 연맹 깃발이다. 문관경호무술원에 도착하자 간판과 도장 입구에서 연맹 마크가 나를 맞이했고, 도장 안에는 태극기 밑에서 연맹 깃발이 뿌듯하게 내 가슴으로 다가왔다. 도장 사무실에 들어가니 이재식 관장과 내가 함께 찍은 사진이 벽에 걸려 있었다. 그 사진은 익산의 사회복지법인 국제원에서 장애우 돕기 행사 때 함께 직은 사진이었다. 나는 그 사진을 보면서 이재식 관장과의 여러 가지 추억들 머리에 떠올랐다. 항상 연맹 행사가 있을 때마다 열 일 제쳐놓고 달려왔던 그였다. 특히 소년소녀가장 돕기나 사회봉사 활동은 한 번도 빠지지 않고 참석하려 노력했고, 참석하지 못하는 날은 죄송하다며 후원비를 입금했다.

이재식 관장은 연맹 광주광역시협회 회장뿐 아니라 내가 이사장으로 있는 한국범죄퇴치 운동본부 광주광역 지역본부 본부장으로도 활동하고 있다. 또한 나와 함께 아세아항공전문학교 항공보안학부 자문교수로서도 특강을 담당하고 있다. 이재식 관장은 젊은 나이에 광주 지부를 이끌면서, 나이 많은 관장들을 통솔하느라 많은 우여곡절 또한 겪었다고 했다. 나는 그런 이재식 관장을 지켜보면서 젊은 시절 나를 보는 것 같아 그와는 개인적으로 호형호제하며 지낸다.

나는 이재식 관장과 차를 한 잔 하면서, 요즘 제일 관심 있는 것이 뭐냐고 물어봤다. 이재식 관장은 제자들의 이야기가 궁금하다고 말했다. 자신의 제자들이 무엇을 좋아하고, 무엇을 하며, 어떤 고민을 안고 살아가는지, 그들의 삶과 생각이 궁금하다고 했다.

"수련하는 제자들의 표정이나 태도에 활기찬 에너지가 없으면 무슨 고민이 있나 싶어요. 제가 아무리 열심히 가르치려 해도 제자들이 반응이 없으면 소용없는 거죠."

그는 그러면서 제자들과 함께할 때 제일 행복하다고 말했다. 자신이 연구 개발한 수련 지도법도 제자들을 지켜보는 데서 시작됐다고 했다. 자신이 가르친 제자들이 눈에 띄게 달라지는 모습을 지켜보면서 경호무술에 대한 보람을 느낀다는 이재식 관장에게서 나는 그의 '아름다운 우직함'을 느꼈다.

일본에는 '전문바보'를 뜻하는 '센몬빠가'라는, 바보의 장점을 원용한 직장인 문화가 독려되고 있다. '센몬빠가'는 한 분야에 바보스럽게 몰입하는 사람을 가리키는데, 이는 일본 장인 문화의 기반이 되며 기초과학 분야에서 노벨상 수상자를 대거 배출시키는 쾌거를 올린 원천이기도 하다. '내가 이날 본 이재식 관장은 센몬빠가였다. 나는 이날 양동선 교수님, 이재식 관장과 함께 밤늦도록 회포를 풀었다.

다음날 경호무술 지도자 교육을 하기 위해 관장들이 모여 있는 도장에 들어서는데, 도장 정면에 플래카드가 내 눈앞에 다가왔다. '환영, 경호무술 창시자 이재영 총재님 초청 세미나' . 나는 이재식 관장의 세심한 배려에 감사했고, 많은 관장들이 참석하여 지도자 교육을 성공리에 마칠 수 있었다. 교육을 끝내고 관장들과 식사를 하면서 많은 대화를 나누었고, 앞으로 연맹에서 많은 지원을 할 것을 약속했다. 또 광주 지부에서는 이재식 관장을 중심으로 광주 지역에 경호무술의 역사를 새롭게 써간다는 다짐을 했다. 인천으로 향하는 나를 마중 나온 이재식 관장은 두툼한 봉투를 전해주며 말했다.

"총재님께서 무료 교육을 하신다고 말씀하셨지만, 우리 광주 지부에서는 지도자 교육비를 걷었습니다. 광주 지부 과장들의 성의라고 생각하시고 올라가실 때 경비를 하시기 바랍니다."

나는 인천으로 향하는 버스 안에서, 우직하게 한 단계 한 단계 광주 지역에 경호무술을 보급해 나가는 이재식 관장을 생각하면서 아래의 중국 속담을 떠올렸다.

'느리게 가는 것을 두려워하지 말고, 가만히 서 있는 것을 두려워하라!

우리에게 부족한 것은 능력이 아니라 우직함이다.'

철마는 달리고 싶다, 저 시베리아 들판까지

연맹 정재교 이사는 한국철도공사에 무도 사범/과장으로 근무하고 있다. 내 개인적으로는 친형제처럼 지내고 있으며 자주 만나 많은 대화를 나눈다.

연맹 임원들이 급하게 기차표를 구해야 할 때 그에게 부탁을 하면 모든 것이 OK였다. 나 또한 지난 추석에 몇몇 분이 부탁을 하여 재교에게 기차표 몇 장을 왕복으로 부탁했다. 내가 아는 분들에게 한국철도공사에 아끼는 제자가 있다고 자랑을 했더니, 아는 지인이 나에게 부탁했던 것이다. 그리고 재교는 추석 연휴 전 나에게 인사를 올 겸하여 추석 선물과 함께 기차표를 가지고 연맹에 찾아왔다. 나는 그렇게 재교와 술을 한 잔 했는데, 술을 어느 정도 마시자 재교가 나에게 솔직하게 얘기했다.

"총재님, 사실 추석 연휴에는 철도공사 직원이라도 표를 구하기가 어렵습니다. 총재님 부탁이고 해서 새벽에 기차역에서 줄을 서서 예매를 했습니다."

나는 그런 재교의 마음 씀씀이가 고마워 재교와 밤늦도록 회포를 풀었다. 다음날 아침 재교에게서 문자가 왔다.

"총재님 해장국은 드셨어요?"

"아니, 못 먹었다."

"제가 해장국을 보내드릴 테니 맛있게 드세요."

'나는 뜬금없는 재교의 문자에 재교가 새벽에 집에 가지 않았나, 아니면 나에게 어떻게 해장국을 보낸다고 하는 것일까?' 하고 의문을 갖고 있는데, 내 핸드폰으로 통장 입출금 통보 서비스로 20만 원이 입금되었다고 문자가 왔다. 재교가 입금한 것이었다. 그리고 재교에게서 문자가 왔다.

"총재님, 어제 술 많이 드셨는데, 건강 챙기시고 맛있는 것 사드세요."

돈 액수가 중요한 것이 아니라 그때 나는 정말 감동받았다. 재교는 항상 명절 때나 스승의 날, 그리고 연맹에 행사가 있을 때마다 선물이나 상품권 등을 보내준다. 사람은 참 간사한 것 같다. 난 그럴 때마다 아이처럼 기뻤다. 한 번은 재교가 고급 양주인 '조니워커 블루'를 보내준 적이 있다. 나는 그것을 핸드폰으로 사진을 찍어 연맹 임원들에게 자랑하고 다닌 적도 있다. 그리고 너무 아까워 마시지 않다가, 추석 때 부모님에게 차례를 지내면서 가족들과 함께 마셨다. 지금까지도 그렇지만, 아마도 앞으로도 선물이 아니라면 가족들과 조니워커 블루 같은 고급 양주를 사먹을 일은 없을 것이다.

재교는 유도 엘리트 코스를 밟은 정통 유도인이다. 초등학교 4학년 때 기계체조를 시작으로 2년 만에 전국소년체전에서 3위로 입상했으며, 중학교 시절에는 전국 유도대회 정상에 올랐다. 이후 엘리트 코스를 밟아 용인대학교 유도학과 선수단에 장학생으로 입학했고, 국군체육부대인 상무에 입대하면서 유도 인생의 정점을 찍기 시작했다. 그동안 유도를 하면서 그가 성적을 내는 데 주안점을 뒀다면, 상무 입대 후에는 진짜 유도를 해보자는 뜻을 마음에 새겼다고 한다. 제대 후 100여 년의 역사를 가진 철도청 유도 실업팀 선수 및 무도 사범을 겸직하며 유도에 대한 생각과 철학의 전환점을 맞았고, 당시 무도 사범으로 활동했지만 선수 생활을 겸직하고 있던 터라 다수의 유도대회에 출전, 조이철, 추성훈, 송대남 등 당시 국내 내로라하는 유도 선수들과 대결해서 승리를 거두기도 했다. 그리고 이후 지도자의 길을 걸으면서 대한민국의 유도 희망 왕기춘, 정다운 등의 선수를 배출했다.

유도와 관련된 일이라면 멈추지 않고 직진했던 재교는 2004년에 한국철도공사 실업팀 무도 사범에서 서울지역 본부에 특채 2기로 특채되어 현재에 이르고 있다. 또한 2013년 아시아게임에 앞서 실시하는 제4회 인천 실내무도 아시아경기대회에는 선수단의 총괄 경호를 맡았었고, 전국 유도대회 심판 활동과 누리스타 봉사단 임원 경호 및 봉사단원 임명 활동에도 힘을 쏟고 있다.

재교는 위의 여러 활동을 인정받아 2013년 12월 5일, 국회 헌정기념관에서 실시한 '2013년을 빛낸 자랑스러운 한국인상 시상식'에서 무예 대상을 수상했다. 나는 그런 재교를 지켜보면서 얘기했다.

"너는 한국철도공사의 보디가드다."

그런데 재교는 나에게 너무 뜻밖의 대답을 했다.

"총재님, 저는 한국철도공사 사장 되는 것이 꿈입니다."

나는 이때 망치로 한 대 얻어맞은 것 같은 기분이었다. 대통령 경호원이 꿈인 사람과 대통령이 되는 것이 꿈인 사람의 스케일은 다른 것이다. 그만큼 재교는 그 그릇이 컸다. 나는 그런 재교를 생각할 때면 '코이'라는 물고기가 떠오른다. 이 물고기는 자라는 환경에 따라서 그 크기가 달라진다고 한다. 즉 어항같이 좁은 공간에 있으면 몇 cm밖에 못 자라다가, 연못에서는 20cm 이상 자란다고 한다. 같은 물고기가 강물에서는 1m 이상 자란다.

'인간은 바늘 하나도 용납하지 못할 만큼 속이 좁은 존재일 수도 있고, 우주를 다 품을 수 있을 만큼 속이 넓은 존재일 수도 있다.'

나는 재교가 한국철도공사 사장이 되는 날, 우리나라가 통일이 되어 재교와 함께 철마를 타고 달리고 싶다. 저 넓은 시베리아 들판까지.

"재교야, 형이랑 기차여행 한 번 하자, 니캉, 내캉."

뒷줄 가운데가 정재교

잠을 자는 자는 꿈을 꾸지만, 잠을 참는 자는 꿈을 이룬다

자기 체험 프로그램 중에 죽음에 대하여 체험하는 프로그램이 있다. 나 또한 참가하여 경험한 적이 있다. 관 뚜껑을 열고 들어가 10분 정도 관 뚜껑을 닫고 죽음에 대하여 생각하는 프로그램이다. 물론 유서도 쓴다. 단순히 10분 정도의 경험이었지만, 잠시라도 삶과 죽음에 대하여 깊이 생각할 수 있는 기회였던 것 같다. 그런데 나는 이 체험보다도 더 가까이, 그것도 더 절실하게 죽음에 대하여 생각하게 된 하나의 에피소드가 있다.

어느 날 배가 너무 아파 뜬눈으로 밤을 지새웠다. 예전에 장염을 앓아본 경험이 있어 약국에서 장염 약을 사먹었는데도 통증이 가라앉지 않았다. 웬만하면 병원에 잘 가지 않는 나는 참다 참다 도저히 참을 수가 없어 사무실과 같은 건물에 있는 내과에 갔었다. 그런데 의사 선생님이 여러 진찰을 하더니 정색을 하면서 큰 병원으로 최대한 빨리 가보라고 했다. 나는 당황했다. 그리고 속으로 생각했다. '드디어 올 것이 왔구나.' 입원하기 전에 밀린 업무를 먼저 처리하기 위해 나는 연맹에서 밤늦도록 일을 하고 있었다. 그런데 갑자기 참을 수 없는 복통을 느꼈다. 너무나 고통이 심해 거의 기다시피 걸어가 택시를 타고 길 병원 응급실에 도착했다.

MRI를 찍고 여러 검사를 한 후, 나는 응급실 침대에 누워 병동으로 이동하고 있었다. 의사와 간호사가 침대를 밀면서 가는데, 갑자기 지하 통로에 불이 켜진 간판이 보였다 '암센터 병동' . 순간 눈앞이 캄캄해져왔다. 부모님 두 분이 모두 젊으신 나이에 암으로 돌아가셔서 나는 평상시에 '암'이라는 병에 대해 두려움이 있었기 때문에 충격이 더 컸다. 그렇게 병실에 도착했는데 병실 사람들이 모두 배에 호스를 꽂고 있었고 중환자들 같았다. 나를 데려다준 간호사는 수술을 할지 모르니 단식을 해야 하며 물 한 모금도 마시면 안 된다고 하고는 병실을 나갔다. 그때까지도 나는 고통을 호소하고 있었다.

한 시간쯤 지나자 다른 간호사가 들어와 채혈을 하고 혈관주사와 진통제를 놓아주고 나가면서 급하게 수술을 해야 한다고 했다. 나는 속으로 생각했다. '암 말기라도 조직검사를 먼저 하는데, 얼마나 급하면 새벽에 급하게 수술을 해야 되나. 이러다 죽는 것 아닌가.' 하면서 두려움이 엄습해왔다. 그러면서 그동안 살아온 삶에 대하여 후회가 들었다. 이럴 때 옆에서 손을 잡아주고 가슴에 기댈 사람이 없다는 게, 갑자기 나 자신이 불쌍했다. 열심히 살아왔다고, 그리고 인맥이 많다고 자랑해왔는데, 막상 죽음 앞에서 기댈, 그리고 울어줄 사람 하나 없다는 게 나를 더욱 슬프게 했다. 그 몇 시간 동안은 몇 년 같은 몇 시간이었고, 삶과 죽음을 몇 번 왔다 갔다 했다. 그렇게 수술실에 들어갈 때 아무에게도 연락을 안 한 것이 무척 후회스러웠다.

그런데 수술을 마치고 회복실에서 눈을 떴는데, 어떻게 알았는지 연맹 사무국장이 앉아 있었다. 병원 관계자가 급하게 수술 동의서가 필요해서 내 핸드폰에서 1번을 누르니 사무국장 번호가 있어 사무국장에게 전화를 했던 것이었다. 나는 사무국장에게 얘기를 듣고 웃지도 못한 채 표정 관리가 힘들었다. 나는 암 때문에 입원하고 수술을 받은 게 아니라 급성 맹장으로 맹장이 터져 복막염으로 급하게 수술을 했던 것이었다고 사무국장이 말했다. 암 병동 센터에 입원한 것은 본관 입원실이 리모델링 중이라 모든 입원 환자를 암 병동에 입원시켰던 것이었다. 복막염으로 급하게 수술을 하다 보니 그런 얘기를 못 들은 나는 혼자 오해를 했던 것이다.

그렇게 이틀이 지난 후 병실에서 잠을 자다 인기척에 일어났는데, 한 무리의 사람들이 내 침대 옆에 모여 기도를 하고 있었다. 몇 명은 울고 있었는데, 모두들 슬픈 표정이었다. 나중에 안 사실이지만, 사무국장이 내가 수술 후 회복실에 있을 때, 연맹 임원들에게 문자를 보냈다고 한다. "총재님이 입원 수술 중입니다. 길병원 암센터 병동 몇 호." 그리고 나는 복막염으로 급하게 수술을 해서 배에 호스를 꽂고 있었다.

많은 사람들이 내가 암수술을 받는 줄 알았기 때문에 병문안 오는 사람들마다 일일이 설명을 해야만 했다. 그렇게 한바탕 난리를 친 후 하나의 해프닝으로 끝났지만, 나는 그때 죽음에 대해서도 많이 생각해보고 나의 인생에 대해서도 뒤돌아보는 계기가 되었다. 며칠 후 몸도 많이 회복되었다. 병원 주변을 산책하고 있는데 병원 현관의 한 글귀가 눈에 들어왔다.

'잠을 자는 자는 꿈을 꾸지만, 잠을 참는 자는 꿈을 이룬다.'

암으로 입원한 줄 알고 죽음의 공포를 느꼈던 나이기에 위 글귀는 더욱 가슴에 다가왔다. 그러면서 위 글이 길병원의 창업주인 이길여 원장이 좌우명으로 삼았던 글이라는 것을 알게 되었다. 행사장에서 몇 번 인사를 나누고 봤던 분이었기에, 병원 회보나 책을 보면서 그분에 대하여 알고 있었다. 그분은 산부인과부터 시작해 현재의 길병원을 이루어냈고, 가천길대학교를 세우고 경원대학교를 인수하는 등 사회 각 분야에서 최고를 행해 달려가는 여성 CEO이며, 현재까지 하루에 4시간 이상 자본 적이 없다고 했다. 무엇보다도 환자를 진료할 때, 청진기를 항상 자신의 옷 속, 가슴에 넣고 있다고 했다. 그것은 가뜩이나 아파서 온 환자에게 차가운 청진기를 대지 않기 위해서라고 했다. 이 얘기 하나만으로도 그녀의 환자에 대한 애정과 배려가 느껴진다. 또한 현재의 성공이 있기까지 부동산 투기나 이권 등이 아닌 오로지 실력과 노력으로 성공 신화를 이룬 인생 스토리가 존경스러웠다.

얼마 전 한 행사장에서 이길여 총장님과 인사를 나누었다. 예전에 봤던 것보다 그녀의 인생 스토리를 알고 보니 그녀가 더 아름다워 보였다. 나는 그때 결심했다. 빠른 시간 안으로 우리 연맹의 임원으로 꼬셔야(?)겠다고.

나는 가끔씩 낮에 졸음이 밀려올 때, 그리고 내가 게을러질 때 그녀의 좌우명을 생각한다.

'잠을 자는 자는 꿈을 꾸지만, 잠을 참는 자는 꿈을 이룬다.'

경호무술과 아이기도(AIKIDO)

내가 아이기도(일본 합기도, AIKIDO)를 처음 알게 된 것은 경호 회사를 운영하면서이다. 그 당시 나는 도장이 없었기 때문에 일반 도장의 낮 시간을 빌려 경호원들을 교육했는데, 그때 윤대현 회장(사단법인 대한합기도회)을 처음 만났다. 이 당시 윤대현 회장은 서울 신사동에서 한국합기도진흥회와 국제킥복싱연맹 도장을 함께 경영하면서 합기도와 킥복싱을 함께 지도했다. 나는 그의 도장에서 낮 시간을 빌려 경호원들을 교육했다. 당연히 윤대현 회장과 자주 만나게 되었고 무술에 대한 이야기와 토론도 많이 했다. 그 당시 서로 무술관에 대하여 많은 의견차를 보이기도 했다.

윤대현 회장은 그 당시 일본 합기도, 즉 아이기도와 교류를 하고 있었고, 아이기도에 대한 자부심과 긍지, 그리고 열정 또한 대단했다. 한 번 아이기도에 대하여 얘기하면 몇 시간이고 지칠 줄 몰랐다. 나는 윤대현 회장으로부터 아이기도 교본을 처음 받았고 이때 아이기를 처음 알게 되었다. 사실 그때 아이기도에 대하여 매력을 느끼기도 했었다. 만약 내가 경호 회사를 계속 운영하지 못했거나 경호무술을 창시하지 않았다면, 어쩌면 아이기도와 인연을 맺었을지도 모르겠다. 많은 사람들이 경호무술과 아이기도가 비슷하다고 한다. 특히 경호무술 연무시범 동영상을 본 많은 분들이 그렇게 얘기한다. 어떤 때는 내가 봐도 비슷하게 느껴지기도 한다.

하지만 내가 아이기도를 배운 적이 없기 때문에 경호무술을 창안할 때 아이기도를 참고하지 않았으며 기술을 모르기 때문에 참고할 수도 없었다. 나는 개인적으로 아이기도라는 무술에 대하여 매력을 느낀다. 앞에서도 언급했지만 만약 내가 경호무술을 창시하지 않았다면 아이기도라는 무술에 매료되어 아이기도를 수련하고, 나중에 실력이 되면 아이기도 지도자가 되었을 것이다.

물은 고이면 썩는다. 시대와 상황, 그리고 사람의 신체 체형이 바뀌어가면서 무술도 변해야 한다. 그렇기 때문에 경호무술은 진행형이다. 즉 항상 변화, 발전한다는 것이다. 내가 합기도를 가장 많이 수련했기 때문에 경호무술을 처음 창안할 때 합기도의 기술을 가장 많이 수용했다. 내가 합기도를 수련하지 못했다면 지금의 경호무술은 없었을 것이다. 하지만 그런 이유로 인하여 경호무술이 합기도로 오인 받는 경우도 많았으며, 합기도의 틀을 벗어나기가 매우 힘들었다. 하지만 마침내 자신 있게 경호무술만의 철학, 원리, 기술을 얘기하면서 합기도의 틀을 벗어나자, 이제는 많은 분들이 배우지도 못했던 아이기도와의 유사성을 얘기한다. 난 이런 과정이 바로 경호무술의 발전이라고 생각한다.

아이기도는 훌륭한 무술이며 세계적인 무술이다. 아마도 태권도 다음으로 전 세계에 많은 수련 인구를 가지고 있을 것이다. 우리가 아는 세계적인 스타 스티븐 시갈도 아이기도를 수련했다. 그런 무술과 창시된 지 이제 20년이 채 못 된 경호무술이 비교되는 것에 대하여 난 매우 감사하게 생각한다. 어쩌면 아이기도가 추구하고 있는 화합과 평화가 내가 추구하고자 하는 경호무술의 철학일지도 모른다는 생각을 하기도 했었다.

내가 경호무술을 말하면서 얘기하는 '윤리적인 제압'이라는 말은 아이기도 때문에 처음 알게 되었다. 그런 철학을 알게 해준 대한합기도회 윤대현 회장님께 감사드린다. 대한합기도회가 국제 조직인 국제아이기도연맹의 정식 지부로 승인되고 나날이 발전해가는 대한합기도회의 모습을 보면서 박수를 쳐드리고 싶다. 아마도 윤대현 회장이 없었다면 한국의 아이기도는 없었을 것이다. 앞으로 아이기도를 배울 수 있는 기회가 된다면 배워보고 싶다.

제자를 사랑하다

경호원들을 양성하고 경호무술을 보급하다 보면 제자와 사랑에 빠지기도 한다. 물론 나의 혼자 생각이지만 나는 제자에게 특별한 감정을 느끼기도 했었다. '이수진' 이제 이름을 개명하여 '이예원'이다.

얼마 전 제자와 문자를 주고받다가 내가 문자를 보냈다.

"수진아, 이제 너도 나이를 먹었으니 결혼해서 엄마가 되어 봐. 여자는 약하지만 엄마는 위대해. 난 네가 내 제자라는 것이 자랑스러워."

문자를 보내고 나서 '이제 나도 나이가 먹어가는구나.' 등 많은 생각을 하면서 '나에게 이런 여자 제자도 있구나.' 하며 뿌듯했다.

그러면서 마지막에 이 말을 덧붙일 걸 하는 아쉬움을 갖는다.

"남자친구 생기면 내가 많이 부족하지만 스승으로서 밥 한 끼 사줄게."

숲에 참나무가 많은 이유가 있다. 건망증 심한 다람쥐 때문이다. 다람쥐는 도토리를 주울 때 하나는 먹고, 하나는 땅속에 묻어둔다고 한다. 덕분에 땅속에서 겨울을 난 도토리가 싹을 틔어 숲을 푸르게 한다. 다람쥐가 도토리를 묻고 잊어버리기 때문에 숲은 울창해진다.

나는 부족함이 많고 건망증이 심한 다람쥐일 수도 있지만 수진이 같은 제자들과 가끔씩 통화를 하면 그들이 사회를 인생을 아름답게 울창하게 만드는 것 같다.

그러면서 나는 제자들과 통화를 할 때마다 느낀다.

그들에게 구석에 의자가 되고 싶다고….

권투 선수가 15라운드 경기를 할 수 있는 것은 구석이 있기 때문이다. 1분간의 휴식시간, 그리고 링 한구석에 놓인 의자가 없다면 어떤 선수도 15라운드를 뛸 수 없다.

나는 제자들에게 구석에 놓인 의자가 되고 싶다.

"가족은 선택이 아닌 운명이지만 제자는 내가 선택한 가족이다."

경호무술
경호무술
경호무술

외로움과 쓸쓸함의 뒤편

대한민국에서 '권법'과 '권격도'를 말한다면 아마도 누구나 대한프로권법협회 김봉철 회장님을 말할 것이다. 김봉철 회장님은 누구나 태권도라는 이름으로 부와 명예를 누리던 시절, 당신만의 독창적이고 실전적인 무술을 보급하고자 '권법'을 창시하여 한 시대를 풍미하신 무인(武人)이시다. 무엇이든 처음 시작이라는 것이 힘들고 외롭듯 김봉철 회장님 또한 힘들고 어려운 시기를 겪으셨지만, 많은 시범과 노력으로 권법을 하나의 무술로서 자리매김 시키셨고 '사단법인 대한프로권법협회'를 설립하여 성공한 무술인 중 한 사람으로 많은 사람들이 기억하고 있다. 그 당시만 해도 '사단법인' , 그것도 무술 분야는 아무나 설립할 수 없었다.

무술 관련 사단법인은 태권도, 검도, 유도, 합기도가 유일했으며, 그것도 한 단체만 인정하여 허가를 해주는 시기였기에 권법협회 사단법인 허가는 대단한 쾌거였다. 그런 쾌거 뒤에는 김봉철 회장님이라는 인물이 있었기 때문에 가능했다. TV에도 많이 출연하여 직접 시범을 보이셨으며, 전국 각지의 행사에서도 권법 시범을 보이면서 전국을 누비고 다니셨다. 그런 김봉철 회장님이지만 외롭고 쓸쓸한 말년을 지내셨다. 무술인들에게는 퇴직금도 없고 연금도 없다. 그것이 김봉철 회장님 시대부터 현재까지 우리 무술인들의 자화상이다. 제자에게 권법협회를 물려주고 자식들의 집을 옮겨 다니면서 생활하시는 김봉철 회장님의 모습에서 나는 '무인(武人)의 외로움'을 보았다.

나는 그런 김봉철 회장님을 3년간 모시고 있었다. 아니, 김봉철 회장님이 나를 도와주고 계셨다는 표현이 올바를 것이다. 전국에 도복 하나 둘러메고 다니다 인천에 와서 집도 도장도 없이 승학산에서 교육하던 시절, 김봉철 회장님은 나에게 큰 힘이자 버팀목이었다. 그래서 나는 이후 김봉철 회장님을 연맹 고문으로 추대하고 자랑스럽게 그분의 제자가 되었다. 도장도 없이 승학산에에서 경호무술을 교육하다 인천에 다시 경호무술 본부 도장인 경호무술 연수원을 열었을 때, 누구보다도 기뻐해주고 함께해주신 분이 김봉철 회장님이시다. 그 당시 나도 힘든 시기였기에 좀 더 잘해드리지 못했던 것이 후회스럽다. 예전에 어른들께서 그러한 말씀들을 해주셨다. "부모는 자식이 자라서 장성하여 효도할 때까지 기다려주지 않는다. 지금 이 시간이 마지막이라고 생각하고 항상 부모님께 최선을 다해라."라고. 그때는 몰랐지만 부모님이 다 돌아가시고 나서야 그 뜻을 알 것 같다. 스승님 또한 그런 것 같다.

말년에 당뇨 때문에 술은 많이 못 드셨지만 어쩌다 술 한 잔 하실 때면, 멧돼지를 눕혀놓고 맨 주먹으로 돼지의 배를 뚫어 창자를 꺼내는 시범, 맨 주먹으로 깡패 대여섯을 눕혔던 무용담, 그런 말씀으로 시간 가는 줄 모르셨던 김봉철 회장님. '그때 좀 더 경청하고 많은 얘기들을 들어드릴 걸' 하고 후회를 해보지만, 당신께서는 이제 안 계시군요….

예전에 장수들이 나이가 들어 전쟁 영웅담을 얘기하는 것이 자신의 제일 큰 행복이었던 것처럼, 무인(武人)의 삶도 나이가 들면 자신의 무용담을 얘기하는 것이 가장 큰 행복이라는 것을 이제야 조금은 이해할 것 같다.

"어머님! 아버님! 스승님! 당신들에게 전 세계로 보급되고 있는 경호무술의 무용담을 말씀드리고 싶지만, 역시나 옛 어른들의 말씀처럼 당신들께서는 기다려주시지 않았습니다."

셰익스피어의 4대 비극 중 하나인 「맥베스」에서 셰익스피어는 이렇게 말한다.

"꺼져라, 꺼져라, 단명한 촛불이여! 인생은 걸어가는 그림자에 불과하다. 자기 시간에는 무대 위에서 뽐내고 슬퍼하지만, 지나고 나면 아무도 귀 기울이지 않는 가련한 배우에 불과하다."

또한 세익스피어는 「뜻대로 하세요」에서 이렇게 말했다.

"모든 세상은 무대요, 모든 남자와 여자는 배우일 뿐이다. 그들은 등장했다 퇴장한다."

세익스피어는 이 세상은 무대이고 인간은 배우라고 보았다.

나는 걷는다, 고로 철학한다

걷기는 그런 것일 수 없다. 같은 결승점을 향해 모두가 뛰는 승부나 에너지를 탈진시키는 전력 질주가 아니다. 특별한 것 없는 우리들이야 이른 아침부터 직장과 교문을 향해 뛰고, 대입 시험과 승진 경쟁에 시달리고, 산더미 같은 문제에 둘러싸여 마음마저 달린다. 정신없이 지내다 꽃이 피는가 싶어 고개를 들면 벌써 꽃은 지고 있다.

하지만 걷기는 어떤가. 걷기는 특별한 기술도, 장비도, 돈도 필요 없다. 그저 몸과 공간, 그리고 시간만 있으면 된다. 일단 걷기 시작하면 우리의 몸과 마음은 대화를 나누고, 주변을 둘러보며 우리가 이런 풍경 속에 있음을 알게 된다. 속도전에서 벗어나 자유를 즐기는 것, 그래서 걷기는 아름답다.

나는 걷는다. 고로 철학한다.

철학자 프레데리코 그로 파리 12대학 교수는 자신의 저서 『걷기, 두 발로 사유하는 철학』에서 이 같은 걷기의 아름다움에서 한 걸음 더 나아가 이렇게 말한다. "나는 걷는다. 고로 철학한다." 걷기란 "하루 혹은 여러 날에 걸친 일상과 일의 속박으로부터 탈출할 수 있는 멈춤의 자유"이며 "아무도 아닌 사람이 되는 것"이라고 말한다. 걷기는 자유로움, 충족감, 신선함, 자극, 깨달음뿐 아니라 때로는 고통, 고독, 우울 등 갖가지 사유의 근육을 키워주는 철학이다. "천재지변이 일어나 모든 것이 파괴되고 문명도 사라져버리면 인류의 폐허 위에서 내가 할 일이라고는 걷는 것밖에 없을지 모른다."는 저자는 독자들에게 이렇게 말하며 책을 마무리한다.

"걸어라, 삶으로부터 아무것도 배우려 하지 말고, 지나치다 싶을 정도로 모든 것을 잊어버려라. 그러면 얼마 안 있어 자기가 걷는 것을 보게 되고, 자기 자신의 몇 미터 뒤에 서서 자신을 뒤따라가게 될 것이다. 그러니 차가운 달빛 아래 한 발을 다른 발 앞에 내딛기만 하면 된다."

- 프레데리크의 그로의 『걷기, 두 발로 사유하는 철학』 중

일이 막힐 때는 무조건 걸어보세요 걷다 보면
불필요한 생각은 떨어져 나가고,
누군가에게 그 답을 구하지 않아도 스스로 답을 알게 됩니다.
신선한 에너지가 몸 구석구석까지 흐르기 시작하면

의식은 명료해지고 사고는 단순해집니다.
그래서 무엇이 중요한지 알게 되고
행동도 진취적으로 바뀌게 됩니다.
걸음을 잘 걷는 습관 한 가지가
여러분의 운명을 바꿀 수 있습니다.

나는 걷는다

예전에 읽었던 책 중에 『나는 걷는다』라는 책이 있었다. 책의 내용은 30년간의 기자 생활 끝에 퇴직한 저자가 여생을 편히 보내기를 거부하고, 예순두 살의 나이로 이스탄불과 중국의 시안(西安)을 잇는 1만 2000km에 이르는 실크로드를 오직 걸어서 여행한 경험담을 바탕으로 하고 있다. 그는 4년 동안의 계획을 세워 배낭을 메고 여행을 떠나면서 여행이 한 구간 끝날 때마다 여행 기록을 남겼고, 그것으로 『나는 걷는다』라는 책을 썼다. 나는 그 책을 읽으면서 그만큼은 아니더라도, 대한민국 국토를 종주할 꿈을 갖게 되었다. 물론 예전의 힘든 시기에 7년 동안 도복 하나 둘러메고 전국을 다닌 적은 있지만, 이제 좀 더 큰 꿈인 대한민국 국토를 종주하고 싶어졌다. 물론 위 저자처럼 매일 여행을 하는 것은 아니다. 시간이 날 때마다 주말을 이용하여 종주를 하는 것이다.

내 계획은 이렇다. 쉬는 주말, 금요일 저녁에 대중교통을 이용하여 땅 끝 마을인 해남으로 떠난다. 해남에 도착하면 이틀 동안 대한민국 국토를 종주한다. 그리고 일요일 저녁 다시 대중교통을 이용하여 집으로 돌아온다. 그리고 다시 다음 쉬는 날 금요일에 먼젓번의 일요일 종주가 끝난 곳으로 대중교통을 이용하여 내려가서, 다시 거기부터 종주를 시작하는 것이다. 일요일까지. 그렇게 1년이든 10년이든 쉬는 날을 이용하여 해남부터 시작해서 통일전망대까지 걸어서 종주하는 것이 나의 꿈이자 계획이다. 물론 종주를 하다가 우리 지부 도장이 있는 곳에서는 도장에 들러 같이 경호무술 수련을 하는 것도 포함되어 있다. 현재 우리 국제경호무술연맹은 전국 1000여 개의 지부 도장을 두고 있다. 웬만한 시, 군, 구에는 거의 도장이 있기 때문에 내려갈 때마다 경호무술 수련도 함께 할 것이다.

또한 나의 종주 계획과 스케줄을 우리 회원들과 함께 공유하여, 처음에는 나 혼자 시작된 종주가 시간이 흐를수록 점점 많은 사람들과 함께하게 됨으로써 우리 회원 모두가 함께 대한민국 국토를 종주하는 것이다. 쉬는 날에만 종주를 이어서 하기 때문에 어쩌면 내 인생이 끝나는 날까지 종주를 끝마치지 못할지도 모른다. 하지만 나는 내 종주가 통일전망대까지 다다르기 전에 통일이 되어 나의 종주가 통일전망대에서 끝나지 않고 백두산으로, 더 넓게는 중국까지 이어지는 것을 바랄 뿐이다.

나는 그 시작의 일환으로 매주 주말을 이용하여 민족의 젖줄인 한강 종주를 완료했다. 한강 르네상스 사업으로 모든 한강 공원이 자전거 도로와 도보로로 이어져 있어 그것이 가능하다. 또한 10일간 추석 연휴를 이용하여 국토 종주를 했으며, 얼마 전에는 100여 명의 연맹 회원들과 '독도 지킴이'를 조직, 울릉도와 독도에 다녀왔다. 나는 현재 대한민국 국토를 종주하고 있다.

울릉도, 독도에서 사진

차나 한 잔 마시고 가거라!

휴일을 이용하여 한강 종주를 끝내고 10일간의 국토 대장정을 한 다음, 독도에 다녀와서 모처럼 흐트러진 마음을 다잡고자 절에 왔다. 나는 특별히 종교는 없지만 절에 오면 마음이 편안해지는 것 같다. 어쩌면 절이 산에 있기 때문이며, 절에 오려면 등산을 하면서 자연과 어울려야 하기 때문일 것이다.

나는 오늘 종교를 떠나 108배를 해봤다. 처음에는 얕잡아보고 시작한 108배가 나중에는 나 자신과의 싸움이 되었다. 정말 장난이 아니었다. 처음으로 부처님에게 절을 하면서 땀을 흠뻑 흘려보니, 예전에 읽었던 어떤 큰스님의 법문 이야기가 생각났다.

유명한 어떤 큰스님이 한 절에 법문을 알리기 위하여 왔다고 한다. 너무나 유명한 큰스님이었기에 많은 사람들이 그 스님의 법문을 들으려고 모였다. 하지만 그 스님은 한사코 한 명씩만 만났다고 한다. 첫 번째 사람이 큰스님에게 질문을 했다.

"큰스님, 부처님은 어디에 계십니까?"

큰스님이 대답했다.

"너는 이 절에 몇 번째인고?"

그러자 그 사람이 대답했다.

"예, 스님, 오늘이 처음입니다."

그러자 큰스님이 대답했다.

"차나 한 잔 마시고 가거라!"

두 번째 사람이 큰스님에게 질문했다.

"큰스님, 부처님은 어디에 계십니까?"

큰스님이 대답했다고 한다.

"너는 이 절에 몇 번째인고?"

그러자 그 사람은 대답했다.

"예, 스님, 저는 10년째 항상 이 절에 오고 있습니다."

그러자 큰스님이 대답했다고 한다.

"너두 차나 한 잔 마시고 가거라!"

그 얘기를 듣고 있던 절의 주지스님이 큰스님에게 질문했다.

"아니, 큰스님, 처음 온 사람이나 10년 동안 온 사람이나, 질문에 대답을 똑같이 차나 한 잔 마시고 가라니요?"

그러자 큰스님이 대답했다고 한다.

"너 또한 차나 한 잔 마시거라!"

나는 이때 등산과 108배를 마치고 불경소리를 들으면서 차 한 잔을 마시니 아주 조금은 그 큰스님의 말씀이 이해가 가는 것도 같았다. 어쩌면 내가 마시는 이 찻잔 속에 부처님이, 혹은 하나님이 계실지도 모른다는 것을.

나는 오늘도 걷는다.

세상의 모든 길은 집으로 돌아가는 길이다

경호무술 보급과 연맹 일 말고는 모든 일을 제쳐놓고 몇 년 동안 오로지 걷기만 했습니다. 혼자서 한강을 걸었고, 지리산을 걸었고, 울릉도와 독도를 걸었으며, 그리고 제주도 올레 길을 걸었습니다. 심지어는 감옥에서도 매일 걷기만 했습니다.

참 오래 걸었습니다. 끊임없이, 하루도 빠짐없이 걸었습니다. 걷지 않으면 숨 쉬지 않은 것처럼 답답했습니다. 제 삶은 오직 걷기 위해 태어난 사람 같았습니다. 새벽에도 걸었고 아침에도 걸었고 점심에도, 저녁에도, 어떤 때는 한밤중에도 걸었습니다.

그렇게 걷고, 걷고 또 걷다 보니 하나 깨달은 것이 있습니다.

세상의 모든 길은 상처투성이지만, 집으로 가는 길이기도 하다.

세상 모든 길은 집으로 돌아가는 길이다.

책을 마치며

보잘것없는 무광택한 인생이지만, 누가 나에게 "과거로 돌아간다면 무엇을 하고 싶냐?"고 묻는다면 나는 아래의 무라카미 하루키의 얘기를 들려주고 싶다.

2012년에 노벨 문학상 후보로 거론된 적이 있는 일본 소설가 무라카미 하루키에게 누군가 물었다고 한다.

"다시 젊어질 수 있다면 무엇을 하고 싶은가?"

무라카미 하루키가 단호하게 대답했다.

"다시 젊어지는 것을 원치 않는다."

나는 현재 배낭 하나 둘러메고 대한민국 국토를 종주 중이다. 배낭에는 도복 하나 넣고, 그러면서 나는 『나는 걷는다』라는 제목의 책을 집필 중이다.